国家社会科学基金重大项目"鲁迅与20世纪中国研究"资助

从南京走向世界

"鲁迅与20世纪中国"青年学术论坛

谭桂林　朱晓进　杨洪承　主编

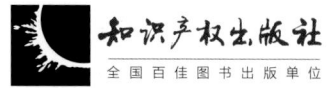

图书在版编目（CIP）数据

从南京走向世界："鲁迅与20世纪中国"青年学术论坛／谭桂林，朱晓进，杨洪承主编．—北京：知识产权出版社，2016.5
ISBN 978-7-5130-4180-5

Ⅰ.①从… Ⅱ.①谭… ②朱… ③杨… Ⅲ.①鲁迅著作研究—学术会议—文集 Ⅳ.①I210.97-53

中国版本图书馆CIP数据核字（2016）第 096887 号

责任编辑：文　茜　　　　　　　　　　责任校对：董志英
封面设计：SUN工作室　　　　　　　　责任出版：卢运霞

从南京走向世界："鲁迅与20世纪中国"青年学术论坛

谭桂林　朱晓进　杨洪承　主编

出版发行：	知识产权出版社 有限责任公司	网　址：	http://www.ipph.cn
社　址：	北京市海淀区西外太平庄55号	邮　编：	100081
责编电话：	010-82000860 转 8342	责编邮箱：	wenqian@cnipr.com
发行电话：	010-82000860 转 8101/8102	传　真：	010-82005070/82000893
印　刷：	保定市中画美凯印刷有限公司	经　销：	各大网上书店、新华书店及相关专业书店
开　本：	720mm×1000mm　1/16	印　张：	25.25
版　次：	2016年5月第一版	印　次：	2016年5月第一次印刷
字　数：	415千字	定　价：	58.00元

ISBN 978-7-5130-4180-5

出版权专有　　侵权必究
如有印装质量问题，本社负责调换。

目 录

"寂寞""听将令"和"曲笔"
　　——《新青年》视野中的《狂人日记》............鲍国华 / 1
论鲁迅钞古碑与教育部职务之关系............陈 洁 / 8
论《阿Q正传》的电影改编............陈伟华 / 16
1912~1949：西方表现主义美术在中国
　　——以鲁迅、陈师曾、黄忏华、刘海粟、倪贻德为中心..崔云伟 / 36
女性、牺牲与现代中国的烈士文章
　　——从鲁迅、秋瑾到丁玲............符杰祥 / 60
鲁迅书简的披露过程............葛 飞 / 79
与摩罗先生商榷有关鲁迅的"国民性"等问题......古大勇 / 91
近代的超克、漫长的20世纪与"竹内鲁迅"......韩 琛 / 106
从虚妄返归真实：鲁迅生命尽处的"梦与怒"......贾振勇 / 124
周作人的"镜像"与"另一个鲁迅"
　　——论1936年周作人对"鲁迅"的叙述............李 玮 / 151
鲁迅在上海沦陷时期文学中的投影............李相银 / 166
文宝峰的鲁迅传播与研究............梁海军 / 184
《〈故事新编〉论》导论：鲁迅的"文脉"及
《故事新编》的读法............刘春勇 / 197
论鲁迅小说中的"主义"与"问题"之争............刘长华 / 210

启蒙语境中"故事新编"的尝试、变奏与中断：
也论《补天》 ………………………………… 龙永干 / 222
"鲁迅学术史"考辨 …………………………… 邱焕星 / 236
鲁迅与"失语者" ……………………………… 施　龙 / 248
从比较视野论鲁迅儿童观的先锋性 …………… 谈凤霞 / 261
论周作人附逆事件中的"鲁迅"因素
　　——从佚诗《槛衫吟》说起 …………… 唐东堰 / 283
鲁迅在德语世界的传播与接受 ………………… 谢　淼 / 295
托洛茨基"太初为事"与鲁迅的文艺批评观 …… 杨　姿 / 305
再说"看"与"被看"
　　——鲁迅、李翊云或围观的阴影 ……… 叶　子 / 323
知识、日常、身体的权力策略
　　——鲁迅对早期中国市民社会知识女性命运的探讨 …. 张　娟 / 332
越轨的都会之恶：《阿金》的挑战 …………… 张　克 / 344
鲁迅留日时期的历史观 ………………………… 张　勇 / 357
剑指国民性：重读《死后》 …………………… 朱崇科 / 372
从绍兴到南京：文化场域的转换与
青年鲁迅的"书剑"人格建构 ………………… 卓光平 / 384
后　记 ……………………………………………………… / 397

"寂寞""听将令"和"曲笔"*
——《新青年》视野中的《狂人日记》

天津师范大学　鲍国华

《狂人日记》作为中国文学史上的第一篇现代白话小说,是鲁迅在"寂寞"的心境下,听《新青年》诸君之"将令"的产物,而且为响应"主将"的积极态度,在创作中不恤用了"曲笔"。"寂寞""听将令"和"曲笔"由此成为理解这篇小说的三个关键词。《狂人日记》"表现的深切"与"格式的特别"均与《新青年》的办刊宗旨、思想倾向和表达方式有着重要的关联。将小说置于《新青年》的视野之中,才能更有效地考察鲁迅的文体选择。

一

1922年12月3日,鲁迅为即将出版的自家第一部小说集作序。这篇题为《呐喊·自序》的文字,因涉及鲁迅小说创作之缘起,及其由教育部官员周树人到新文学大家鲁迅的华丽转身,日后成为研究其小说最常被征引的文献之一;更因文中的部分叙述,与鲁迅的其他文章略有抵牾(如"幻灯片事件"之于《藤野先生》),而成为考察其从事文学活动的心理症候——"原初的激情"——的重要依据。❶不过,尽管同属于"出山记"之类的自述性

---

* 本文原刊于《汉语言文学研究》2015年第2期。

❶ 周蕾从影像学视角对此进行了深入研究。参见周蕾:《原初的激情——视觉、性欲、民族志与中国当代电影》,远流出版事业股份有限公司2001年版,第22~38页。

文字，《呐喊·自序》却不似胡适《逼上梁山——文学革命的开始》一文，洋溢着成功者的自信与满足，而是和鲁迅的大部分作品一样，曲径幽深，其中出现频率最高的一个关键词是"寂寞"。"寂寞"一词在全文中出现凡10次，其中仅有2次用于形容"文学革命"初期求其友声的《新青年》同人，其余则都是对自家心境的概括。对"寂寞"的反复提及，固然出于鲁迅撰写该文时的心绪，彼时新文化运动高潮已过，《新青年》也转型为政党的机关刊物，昔日精诚合作的战友早已星散，或高升，或退隐，或转向，或沉默，作为继续前进者的鲁迅，难免失落与感伤。不过，"寂寞"之于鲁迅，却并非肇始于这一时期，而是其一以贯之的心境。由民国初年到"文学革命"爆发以前，在《呐喊·自序》中多有表述，自不待言；晚年定居上海，仍难以排遣寂寞之感，称自家著作《中国小说史略》"是一本有着寂寞的运命的书"，❶可见一斑。这一心境使鲁迅即使面对如火如荼的新文化运动，也大体采取冷眼旁观的态度。《新青年》创刊已近3年，迁至北京也1年有余，鲁迅仍只是作为一个读者，不曾参与撰稿和编务，直到老朋友钱玄同约稿，发表中国文学史上第一篇现代白话小说《狂人日记》，❷才一发而不可收，逐渐奠定了新文学的创作实绩。

《狂人日记》作为鲁迅在《新青年》上的初次亮相，用他的话说，是"听将令"的产物。以陈独秀、胡适、钱玄同等《新青年》编者为"将"，自甘为"卒"，不将自家视作新文化运动的核心力量，这一表述极有分寸，

---

❶ 鲁迅：《〈中国小说史略〉日译本序》，见《鲁迅全集（第6卷）》，北京：人民文学出版社2005年版，第348页。

❷ 后有研究者发现，陈衡哲的短篇小说《一日》发表于1917年6月的《留美学生季报》，时间早于《狂人日记》近一年，以此动摇后者的开创地位。这固然体现出中国现代文学史料研究的不断深入，也源于一些学者，尤其是海外学者反感事事"由鲁迅大师开创"的研究思路。事实上，陈衡哲的这篇小说是否一经刊出即在中国国内传播并产生反响，尚无史料可证，因此即便《一日》的创作和发表时间均早于《狂人日记》，它毕竟最初流传于海外，无法和刊载于国内且"立竿见影"的后者相提并论，遑论二者艺术水平之差距。有心的研究者今后仍有可能在边边角角的史料中找到发表时间早于《狂人日记》的中国现代白话小说，但从传播角度而言，《狂人日记》作为"第一篇"的历史地位当之无愧，不可动摇。

也确实体现出鲁迅的自我定位。《狂人日记》之后，鲁迅又在《新青年》上先后发表《孔乙己》《药》《风波》《故乡》4篇小说。《新青年》由创刊到终止，十余年间刊登创作小说仅9篇，不及其39篇翻译小说的1/4，鲁迅的5篇占其大半，且成就之高，令余者难以望其项背。对于当时提出理论但缺少创作实绩的《新青年》同人而言，鲁迅的加入，可谓恰逢其时，而且其小说的创作水准，较之对于新文学"提倡有心，创造无力"的胡适等人，堪称"但开风气也为师"。鲁迅之于《新青年》，贡献颇多；但《新青年》之于鲁迅的文学事业，则更为关键。且不论"鲁迅"这一笔名就是他在发表《狂人日记》时首次采用，并成为他一生中最常使用的笔名，今人惯于以"鲁迅"称之，概源于此。而加入《新青年》的作者队伍，不仅促成文学家"鲁迅"的诞生，也开启了其创作的一个喷涌期，除上述5篇小说外，还有新诗6首，论文和杂感数十篇，后者大多收录于《坟》和《热风》这两部文集之中。这些"听将令"的产物，即便在日后被编入各类文集，为学人和读者尊奉，其价值却只有在《新青年》的视野中才能看得更加真切。尤其是《狂人日记》这篇"开山之作"，其主题设置与文体选择无不受到当时《新青年》之规约。可见，鲁迅所谓"听将令"大体符合事实，并非谦辞。

二

《新青年》杂志与晚清风行一时的《民报》《新民丛报》等相近，以宣扬思想文化为宗尚，文学作品不占主要地位，即便偶有刊载，也只是彰显杂志之"杂"，大体上仍处于"客卿"地位，而且往往是翻译压倒创作，思想意义大于文学价值。鲁迅的加入促使文学在《新青年》中地位上升，但仍不能改变其重思想之旨归。《狂人日记》的艺术技巧相对成熟，对文体的经营也颇为用心，但在研究者看来，其"格式的特别"也只能服从并服务于"表现的深切"。正如对《新青年》的研究主要建立在思想史层面，发表在《新青年》上的《狂人日记》，首先也是作为一个思想文本，而不是文学文本彰显其价值。这一观照《狂人日记》的基本视角，滥觞于其早期接受史，并一直延续至今，不曾削弱，而依托于《新青年》广阔且深邃的思想史视野，才更为有效。虽然后世研究者基于所谓"纯文学"立场，或指斥《狂人日记》"思想大于形式"，缺乏小说的基本特质，或褒奖《狂人日记》小说形式的巨大意义，构成一种穿越思想的文体。但是很明显，他们讨论的其实是作为一个独立文本的《狂人日记》，或者是收录在小说集《呐喊》中的《狂人日记》，而脱离了《新青年》在1918年时的历史语境。

作为一篇富于思想价值的小说，《狂人日记》最突出的文体特征，在于文言小序和白话日记的并存。研究者对此颇为用力，分别从"陌生化手法"（王富仁）、"对立关系"（薛毅、钱理群、王晓初）、"反讽结构"（温儒敏、旷新年、宋剑华）、"史传传统"（时世平）、"语言否定性"（文贵良）等视角切入，均有重要的理论发现。❶其中，王桂妹《白话+文言的特别格式——〈新青年〉语境中的〈狂人日记〉》❷一文从小说存在的原生态语境入手，通过考察《新青年》上发表文学文本，尤其是小说文本的基本格式"文言序言+正文"，为《狂人日记》的文体构成寻找渊源，极为有见，其结论也可以证明《狂人日记》的文体实为顺应《新青年》常例而成，的确是"听将令"的产物。不过，鲁迅对小说文体的选择，其渊源似乎不限于此。《新青年》同人发起的新文化运动，旨在除旧布新，但新旧思想文化关系复杂，头绪繁多，很难找到一个简明且有效的切入点。胡适等人于是以文学为突破口，将新旧思想文化之争化约为新旧文学之争，进而化约为文言和白话的二元对立模式。这一化约虽难免学理空疏之弊，但简单明了，切实可行，而且深谙文化论争攻其一点、不计其余之道，即首先站稳自家立场，再给论争对手贴上反对者的标签，令其居于自家精心设置的二元对立模式之中，别无选择，从而在具体的辩驳过程中得心应手、稳操胜券。以文言和白话分别

---

❶ 王富仁：《〈狂人日记〉细读》，见王富仁：《历史的沉思——鲁迅与中国现代文学论》，陕西人民教育出版社1996年版，第120~124页；薛毅、钱理群：《〈狂人日记〉细读》，载《鲁迅研究月刊》1994年第11期；王晓初：《两个世界的革命和对立：狂人由疯狂到康复的记录——〈狂人日记〉之我见》，载《鲁迅研究动态》1989年第5~6期合刊；温儒敏、旷新年：《〈狂人日记〉：反讽的迷宫——对该小说"序"在全篇中结构意义的探讨》，载《鲁迅研究月刊》1990年第8期；宋剑华：《狂人的"病愈"与鲁迅的"绝望"——〈狂人日记〉的反讽叙事与文本释义》，载《学术月刊》2008年第10期；时世平：《在传统与现代之间——〈狂人日记〉的文言小序与史传传统》，载《江汉论坛》2010年第9期；文贵良：《语言否定性与〈狂人日记〉的诞生》，载《鲁迅研究月刊》2013年第8期。

❷ 载《文艺争鸣》2006年第6期。

代表不同的思想文化立场，再诉诸是非善恶的价值评判。由此，新与旧之争被悄然置换为西方与中国、现代与传统、对与错、善与恶，甚至进步与落后、文明与野蛮的二元对立，于二元中或取或弃，其倾向性不言而喻。而鲁迅在《狂人日记》中设置的两套文本系统——文言小序和白话日记——亦可作如是观：文言和白话的对立，隐含着对于新旧价值的不同取舍。这一文体形态及其背后的价值立场，既顺应了《新青年》同人的理念，又使小说获得了巨大的艺术张力和广阔的阐释空间。

三

《新青年》倡导白话之初，其理论文章的拟想读者毫无疑问是各类文人，倡导者们期待与后者的辩驳切磋，因此必须采用文言。所谓与同行对话用文言，对下层启蒙用白话，这一话语策略和晚清白话文运动一脉相承。旨在宣扬白话文的《文学改良刍议》《文学革命论》等名作均以文言写就，也暴露出新文化倡导者的尴尬与无奈——若以白话著文，很可能得不到任何关注，陷入没有人支持也没有人反对的"无物之阵"——日后刘半农不惜采用"海派"手段，与同样敢想敢干的钱玄同合演"双簧信"，也源于此，但因此引发同人非议，则有些出乎两人的意料。但随着新文化运动的开展和白话文日益深入人心，这一状况开始得到改善，《新青年》同人的信心也日渐增强。1918年年初，《新青年》从第4卷第1号开始使用白话文和新式标点，至同年5月出版的第4卷第5号全部使用白话。《狂人日记》恰好在这一期刊出，借助"文言小序+白话日记"的结构模式，既彰显文白对立的理念，又折射出新文化倡导者曾经的尴尬与无奈。

《狂人日记》采用《新青年》发表小说（包括翻译小说）常见的文体形式，却又明显呈现出一种"非典型"结构（王桂妹语），即小序并非日记以外的独立存在，缺少小序会造成文本思想内涵和审美价值的流失。事实上，这类叙述者发现某人手稿，经过处理加以披露的小说结构模式，古今中外均不乏其例。如《红楼梦》中空空道人抄录石头上的文字，再由曹雪芹先生批阅增删成书。在西方的冒险小说中，这一模式则更为常见。相比之下，《狂人日记》的结构模式更为独特，小序和日记之间的对话与对立关系，是绝大多数同类文本所不具备的。文言小序和白话日记代表两种彼此不能相容的思想文化立场，"狂人"徘徊两间，"发狂"时成为独异的个人，以白话承载其惊世骇俗的思想，"病愈"后则回归众人，用文言表达对昔日言行的追悔。小说中的众人（包括病愈后的"狂人"自己）形成对"狂人"的围剿；小序虽短，却也构成对日记的包围，甚至居高临下的俯瞰。小序中的"余"公开发表部分日记，意在"供医家研究"，亦不免"奇文共欣赏"的企图。这与早期白话文创作（特别是新诗）的遭遇别无二致——被视为"奇观"，遭到反对者的轻视与嘲笑。但颇为有趣的是，刊载《狂人日记》的《新青年》第4卷第5号已全部改用白话，这就使文言小序显得特别突兀，其文本价值也因此得到了尴尬的凸显—构成"奇观"效果的不再是白话日记，反而是文言小序。将"文言+白话"的《狂人日记》发表于全部使用白话的《新青年》第4卷第5号，使文言小序在诸多白话文的包围中"示众"。这是出于编者的刻意所为，还是因为鲁迅的投稿恰逢其时，尚难以得知。但在《新青年》同人苦于缺少创作实绩，颇感"寂寞"之时，"听将令"的鲁迅适时加入，的确使"文学革命"的诸多理想得以落实。

鲁迅的加入，排遣了《新青年》同人的"寂寞"，但自家是否因此摆脱"寂寞"，由消极转向积极呢？《呐喊·自序》中说，因为主将不主张消极，所以在创作小说时不恤用了"曲笔"。所谓"曲笔"，即在悲伤压抑的整体氛围中增添几笔亮色，尤见于小说结尾处，以顺应"文学革命"的乐观情绪。鲁迅自述曾将"曲笔"用于小说《药》和《明天》（发表于《新潮》）之中，并未提及《狂人日记》。事实上，"曲笔"在《狂人日记》中也有所体现，即最后一则日记中发出的"救救孩子……"的呐喊。作为小说的"结尾"，"救救孩子"的呼声振聋发聩，在当时引起巨大共鸣，自不待言；而几十年后，当代作家刘心武在其小说《班主任》结尾处发出同一呐喊，足见其仍流风未散，余韵不衰，具有强大的历史穿透力。然而，鲁迅在"救救孩子"后面使用省略号而不是感叹号，仍然令人浮想联翩。从时间上看，小序中的情节发生在日记之后，此时已病愈（或曰被治愈）的"狂人"赴某地任候补官，并将自己患病期间所作日记题名《狂人日记》，颇有往事不堪回首的追悔之感。日记在前，小序在后，日记为因，小序为果。由此可见，小说的真正结尾并不是"救救孩子"，而是小序中的情节，只不过隐含于文言之中，又置于日记之前，不易察觉。鲁迅寄希望于未来，呼唤"救救孩子"是实，这促使他为《新青年》撰稿，与陈独秀、胡适等人同气相求。但鲁迅对于新文化的前景，从未有过《新青年》同人的乐观与坚定。这体现出鲁迅对进化论的态度。进化论于20世纪初经严复译介进入中国，影响了几代知识分子。其中鲁迅由最初信奉到渐生怀疑，胡适则践行终生（改名适、字适之即源于"物竞天择，适者生存"之说）。胡适将进化论简化为新胜于旧并最终取代旧的线性规律，这一"越来越好"的思维模式，颇适用于新文化运动的除旧布新，并为"文学革命"的合法化提供了理论依据。鲁迅则有所不同，他曾受严复《天演论》的影响，接受过进化论，但又蒙乃师章太炎"俱分进化"说之指引，认定进化中有反复、有倒行，对线性模式颇有怀疑。对鲁迅而言，旧之后未必是新，新也未必能够取代旧。即便在《狂人日记》中将文言与白话相并置，他也没有将二者视为"非此即彼"的关系，而更近乎视为"或此或彼"的关系——新可能是旧的产物，旧也可能是新的终结——"狂人"即如此。加上鲁迅的悲观心态，认定自家经历过旧时代，本身具有"原罪"（吃过人），对新文化的价值和自家之于新文化的意义也就颇有保留。

事实上，鲁迅对《新青年》同人这一新文化群体还是充满感情的，否则也不会在《呐喊·自序》中如此感伤。鲁迅晚年追忆昔日诸友，仍时时流露出深切的怀念之情。借助小说聊以慰藉那在寂寞里奔驰的勇士之时，自家的"寂寞"却无以排遣。"狂人"在小说文言小序中的结局，似乎预告了《新青年》同人和鲁迅自己的未来，这再一次印证了鲁迅那不出己愿的深刻，也增添了他"寂寞"的虚无感。

论鲁迅钞古碑与教育部职务之关系*

鲁迅博物馆　陈　洁

1912~1917年这一时期在鲁迅日记中留下了简洁的史实记载。在鲁迅自述创作历程的《呐喊·自序》中,对这些年的追忆只用了寥寥数语:"我于是用了种种法,来麻醉自己的灵魂,使我沉入于国民中,使我回到古代去,后来也亲历或旁观过几样更寂寞更悲哀的事,都为我所不愿追怀,甘心使他们和我的脑一同消灭在泥土里的,但我的麻醉法却也似乎已经奏了功,再没有青年时候的慷慨激昂的意思了。"❶许多年来,鲁迅便寓在S会馆里钞古碑。

在S会馆"钞古碑"这一场景,因为鲁迅的叙述,构成学界对鲁迅绍兴会馆时期(1912年5月至1919年11月)想象的基础。❷

S会馆里有三间屋,相传是往昔曾在院子里的槐树上缢死过一个女人的,现在槐树已经高不可攀了,而这屋还没有人住;许多年,我便寓在这屋里钞古碑。客中少有人来,古碑中也遇不到什么问题和主义,而我的生命却居然暗暗的消去了,这也就是我惟一的愿望。夏夜,蚊子多了,便摇着蒲扇坐在槐树下,从密叶缝里看那一点一点的青天,晚出的槐蚕又每每冰冷的落在头颈上。

---

* 本文原刊于《鲁迅研究月刊》2014年第6期。

❶ 鲁迅:《呐喊·自序》,见《鲁迅全集(第1卷)》,人民文学出版社2005年版,第440页。

❷ 从1912年5月6日至1919年11月21日,大约七年半,鲁迅住在北京宣武门外南半截胡同绍兴会馆(1916年5月6日以前住在绍兴会馆中的藤花馆,5月6日以后住在会馆中的补树书屋)。

那时偶或来谈的是一个老朋友金心异，将手提的大皮夹放在破桌上，脱下长衫，对面坐下了，因为怕狗，似乎心房还在怦怦的跳动。

"你钞了这些有什么用？"有一夜，他翻着我那古碑的钞本，发了研究的质问了。

"没有什么用。"

"那么，你钞他是什么意思呢？"

"没有什么意思。"❶

钞古碑是一个概要的说法。《鲁迅全集》对钞古碑专门做过一个说明："钞古碑 作者寓居绍兴会馆时，在教育部任职，常于公余搜集、研究中国古代的造像和墓志等金石拓本，后来辑有《六朝造像目录》和《六朝墓名目录》两种（后者未完成）。"❷这个解释简略概括了鲁迅公余钞古碑的活动。鲁迅对于金石学的兴趣，是从青年时代就开始的，在绍兴会馆时期，又特别致力于此。有研究者述及鲁迅曾想编纂一部六朝碑拓文字集成，因此编写了《六朝墓名目录》《六朝造像目录》《六朝墓志目录》《直隶现存汉魏六朝石刻录》。❸据现存鲁迅辑录金石目录可知，《六朝墓志目录》是《六朝墓名目录》的前身。❹此外，鲁迅辑录的金石目录仅现存的就还有《汉画象目录》《唐造象目录》《嘉祥杂画象》等，并抄写《百砖考》《汉石存目》《四川通志等书金石录摘抄》等。❺

目前学界普遍认为，绍兴会馆时期为鲁迅文学的潜伏、准备、孕育期；鲁迅在这一时期的主要精力用于钞古碑、辑校古籍、读佛经，因此这七年被划入"十年沉默期"。鲁迅为何在这一时期致力于钞古碑？目前学界普遍依照周作人的解释，将之视为鲁迅的韬晦策略。鲁迅为什么要钞古碑，收集碑

---

❶ 鲁迅：《呐喊·自序》，见《鲁迅全集（第1卷）》，人民文学出版社2005年版，第440页。

❷ 同上书，第443页。

❸ 萧振鸣：《鲁迅美术年谱》，国家图书馆出版社2010年版，第113页。以上4件手稿现存中国国家图书馆。

❹ 中国国家图书馆藏《六朝墓志目录》首页写有："《六朝墓志目录》经修改增删，写成《六朝墓名目录》"。

❺ 鲁迅手稿《汉画象目录》《嘉祥杂画象》《百砖考》《汉石存目》《四川通志等书金石录摘抄》现存中国国家图书馆。

拓画像？真的如他所说是"没有什么意思"吗？周作人专门写有《抄碑的目的》做出解释：在袁世凯复辟时期，"北京文官大小一律受到注意，生恐他们反对或表示不服，以此人人设法逃避耳目，大约只要有一种嗜好，重的嫖赌蓄妾，轻则玩古董书画，也就多少可以放心"。❶因此，钞录古碑是"避人注意，叫袁世凯的狗腿看了觉得这是老古董；不会顾问政治的"。❷周作人对鲁迅钞碑的目的解释只揭示了鲁迅钞古碑的社会历史背景。

鲁迅钞古碑的动机还有更具体、更深层的原因。首先，长期被学界忽视的一点是，古碑与鲁迅在教育部的工作直接相关。社会教育司第一科职务的首项就是"博物馆图书馆事项"，❸又有"五 调查及搜集古物事项"。博物馆、图书馆在现代中国是新兴事务。"欧美考古学的资料多数归博物馆与公共团体所有。"❹"博物馆与遗物的保存有密切关系，更兼有研究与教育两种意义。"❺鲁迅写在《拟播布美术意见书》中的"播布美术之方"就包括保存碑碣、壁画及造像。因此，鲁迅的钞古碑并没有陷入个人爱好的狭小空间，也并非仅仅是韬晦策略的消极状态。

学界忽视鲁迅钞古碑与鲁迅在教育部工作的相关性，主要是因为学界长期忽视了鲁迅在教育部的工作实绩以及鲁迅与教育部同事的交往，而这些史实在鲁迅日记中有清晰的记载。

征集金石拓片本身即属教育部的工作之一。1916年10月15日，教育部在《晨钟报》登出启事征集全国金石拓本。

京师图书馆以历代金石拓本流转于民间者实为不尟，若不搜集保藏，势必散失，殊为可惜，昨已呈经教育部咨行各省征集全国金石拓本送交图书馆

---

❶ 周作人：《抄碑的目的》，见钟叔河编订：《周作人散文全集（第12卷）》，广西师范大学出版社2009年版，第153页。

❷ 同上书，第155页。

❸ 参见《教育部分科规程》"第四条 社会教育司置第一科第二科分掌各项事务"，载《教育部编纂处月刊（第一卷第六册）》，于1913年7月由当时的教育部编纂处印行，"法令"第24~25页。

❹ [日]滨田耕作著，俞剑华译：《考古学通论》，商务印书馆1933年9月国难后第一版，第63页。

❺ 同上书，第100页。

收存，以免散失而保国粹云。❶

民国时期，教育部注重对西方教育理论、资讯的翻译、介绍，也涉及西方近代考古学的介绍。1913年，在《教育部编纂处月刊》第2~4册的"附录"栏里登载了法国考古学家沙畹（Edouard Chavannes）主撰图书的目录：《中国北方考古旅行摄影目录译汉》。❷这本书是1913年1月27日邮寄到教育部的，是由前清驻法使署寄致前清学部，逾岁而始达。❸据这篇目录的作者猜测是法国极东学会（俗译法国博古学堂）"于光绪末年遣员游历我邦，归有所记"。❹其目录包括——第一编，汉刻：河南登封县石阙、四川雅州府石阙、孝堂山石室、武梁祠（含孔子见老子画像）、两汉诸石刻；第二编，景纪五秄至八秄间佛教雕刻：附近大同府之云冈诸石窟、河南府附近龙门窟、河南省鞏县石窟寺、济南府千佛山、佛教碑刻杂集；第三编，唐宋陵墓；第四编，各博物藏品；第五编，石刻文字；第六编，景物。❺鲁迅在1913年9月11日的日记中，曾记载首次将该月刊寄给绍兴的周作人。❻在鲁迅同一日的日记中，还有教育部同事赠拓的记载："胡孟乐贻山东画像石刻拓本十枚。"❼胡孟乐赠鲁迅的汉画像拓片是山东武梁祠画像佚存石拓本。《中国北方考古旅行摄影目录译汉》中也有武梁祠画像石，据此可推断鲁迅应该读过该文。

这是鲁迅日记中最早关于汉画像的记载。这次赠拓被认为是"鲁迅收藏

---

❶ 《教育界近闻两则》，载《晨钟报》1916年10月15号，第二版。

❷ 参见《教育部编纂处月刊（第一卷第二册）》《教育部编纂处月刊（第一卷第三册）》《教育部编纂处月刊（第一卷第四册）》，分别于1913年3月、4月、5月由当时的教育部编纂处印行。

❸❹ 《中国北方考古旅行摄影目录译汉》，载《教育部编纂处月刊（第一卷第二册）》，于1913年3月由当时的教育部编纂处印行。

❺ 《中国北方考古旅行摄影目录译汉》，见《教育部编纂处月刊（第一卷第二册）》《教育部编纂处月刊（第一卷第三册）》《教育部编纂处月刊（第一卷第四册）》，分别于1913年3月、4月、5月由当时的教育部编纂处印行。

❻ 鲁迅日记1913年9月11日："上午以《教育部月刊》第一至四期寄与二弟。"后又陆续将该月刊寄给周作人。参见《鲁迅全集（第15卷）》，人民文学出版社2005年版，第78页。

❼ 《鲁迅全集（第15卷）》，人民文学出版社2005年版，第78页。

汉画像拓片的开始"。❶教育部的同事胡孟乐（1879~?），名豫，浙江绍兴人，日本早稻田大学师范理化科毕业，与鲁迅同时期留日，后在山会初级师范学堂为同事。❷和许寿裳同日（1912年5月6日）到北京教育部工作，并在同一科任科员，即普通教育司第一科（负责幼儿园及小学教育）。❸

  教育部的刊物登载法国考古学家主撰的考古摄影书的介绍，教育部同事赠拓片，这都并非偶然。当时近代西方考古学传入中国，而中国收藏拓片正是发达时期，教育部的不少同事都关注到此。教育部同僚也时常以金石相互赠送。朱希祖1913年日记记载，在访问钱念劬先生家时，看到钱稻孙"书案上有法国考古家摄影中国唐以前画像数十种，如武梁石刻、云冈佛像等，皆在其列，内有多种不见于中国金石书者。窃谓中国唐以前古画不可得而见矣，赖兹石刻犹可考见源流，而金石学家专讲文字，图画不甚措意，宜著一唐以前画图考，源流派别，分别部居，亦一不朽之作也，不独历廿（原文如此。——笔者注）史画之赖以考见已也"。❹由此可见钱稻孙对石刻的兴趣。钱氏于1913年1月28日以石刻贯休作《十六应真象》赠送鲁迅。❺

  由以上材料看来，鲁迅收藏石刻画像，从一开始就有西方考古学的影响。1917年7月，鲁迅从日本丸善书店邮购了美国学者劳弗尔（B. Laufer）的《汉代的中国陶器》（*Chinese Pottery of the Han Dynasty*）。❻1917年4月24

---

❶ 萧振鸣：《鲁迅美术年谱》，国家图书馆出版社2010年版，第90页。赵献涛《鲁迅与汉画像新论》也据鲁迅日记中1913年9月11日，"胡孟乐贻山东画像石刻拓本十枚"，从而断定"鲁迅对于汉画像的收集开始于民国初年，而不是开始于《鲁迅年谱》所说的1915年"，载《石家庄学院学报》2008年第10卷第4期。

❷ 《鲁迅全集（第17卷）》，人民文学出版社2005年版，第174页。

❸ 参见许寿裳藏《教育部职员表》，现存于北京鲁迅博物馆。

❹ 朱希祖：《癸丑日记》，见李德龙、俞冰主编：《历代日记丛钞》（影印本第168册），学苑出版社2006年版，第267~268页。

❺ 参见鲁迅日记，见《鲁迅全集（第15卷）》，人民文学出版社2005年版，第46页。

❻ 鲁迅日记记载：1917年7月，"十八日晴。上午丸善寄来《支那土偶考（第一卷一册）》"，见《鲁迅全集（第15卷）》，人民文学出版社2005年版，第290页。《支那土偶考》，见《鲁迅全集（第17卷）》，人民文学出版社2005年版，第293页。*Chinese Pottery of the Han Dynasty*，见《鲁迅全集（第17卷）》，人民文学出版社2005年版，第537页。

日,"上午丸善寄来不列颠博物馆所藏《土俗品图录》❶一册"。❷鲁迅藏书中有滨田耕作1926年出版的《通论考古学》。❸鲁迅藏书中还有《汉石存目》《魏晋存石目》等,鲁迅所藏这两本金石书都是罗振玉校补本。❹在《汉石存目》中,罗振玉在前贤基础上,增补了流出海外的部分金石目录。❺曾有研究者指出,20世纪初,学者们开始用近代考古学方法积累汉画像资料。鲁迅成为当时汉画像拓片收藏者中的佼佼者。❻拓片在现代中国"非常的发达",日本考古学家誉之:"对于细阴刻或低浮雕的绘画文字,复制原大的便法,莫过于拓本(rubbing)。"❼不过他们只把拓本作为摄影的补助,为考古的调查方法之一。

  鲁迅整理古碑,不但注意其文字,而且研究其图案,是旧时代的考据家、赏鉴家所未曾着手的。❽蔡元培指出,鲁迅对汉碑图案很感兴趣,"从前记录汉碑的书注重文字,对于碑上雕刻的花纹毫不注意"。❾在西方近代考古学中,已有"型式学的方法"(typological method),型式学的研究须注意先观察遗物的形状与装饰的纹样等。纹样的研究有顾达尔(Goodyear)的《莲

---

❶ 《土俗品图录》(英国伦敦不列颠博物馆所藏中世纪手工艺品和艺术品的英文藏品目录),见《鲁迅全集(第17卷)》,人民文学出版社2005年版,第279页。

❷ 《鲁迅全集(第15卷)》,人民文学出版社2005年版,第282页。

❸ 参见北京鲁迅博物馆鲁迅藏书。

❹ 现存中国国家图书馆。《汉石存目》,有"会稽周氏臧本"章,福山王懿荣纂,上虞罗振玉校补。《魏晋存石目》诸城尹彭寿纂,上虞罗振玉校补。

❺ 《汉石存目》中罗振玉写道,尚"有前贤未曾寓目者,乃为东邦友人借去为写真工人乾没遗失者过半,……又画象诸石流出海外者不少,尝欲为海外贞珉录以记之"。书中《附录》即为海外贞珉录所载汉画象。《汉石存目》,"会稽周氏臧本",福山王懿荣纂,上虞罗振玉校补。

❻ 萧振鸣:《鲁迅美术年谱》,国家图书馆出版社2010年版,第90~91页。

❼ [日]滨田耕作著,俞剑华译:《考古学通论》,商务印书馆1933年9月国难后第一版,第57页。

❽ 许寿裳:《亡友鲁迅印象记》,广西师范大学出版社2010年版,第42、45页。

❾ 蔡元培:《记鲁迅先生轶事》(1936年11月16日),见高平叔编:《蔡元培全集(第7卷)》,中华书局1989年版,第146页。

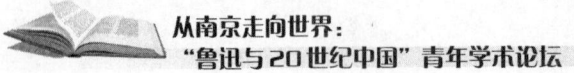

花纹研究》、牟特氏（Muth）的《中国德国古铜器的动物纹》。❶

"画像造像不仅为美术品，实为重要之史材。"❷博物馆收藏文物，以供研究，"器物之史材，较文字之史材，尤为重要。晚近欧美学者，研考东亚文明，据器立说，成书多有"。❸雕刻绘画（包括中国三代以后的古铜器、汉代画像石、六朝石窟寺及佛像）等都被列入考古学资料范围。❹在近代考古学家看来，狭义之史学，专使用以文字所记之文献的资料，而考古学则以人类遗留之物质的遗物为其研究之材料。❺考古学的资料中，遗迹之最普通者为坟墓。❻

鲁迅钞古碑，也是借助金石研究中国历史。鲁迅对文字记录本就有一种不信任态度，所以他辑校古籍，有时是用文字与金石对校来修正文字的讹误。因为文字不仅有可能在传播中出现错误，更有可能经由当权者删改，仅凭文字，很难还原真实的历史，也需要借助图像，这是他重视金石的重要原因。鲁迅特别重视对金石真伪的考证。鲁迅在做金石目录时，专门做了《伪刻坿》，并在目录中，根据其他金石书（多根据罗，指罗振玉）指出伪作。❼鲁迅在整理金石目录时，还不时摘抄前人的论及金石文章，如洪颐煊《平津

---

❶ [日]滨田耕作著，俞剑华译：《考古学通论》，商务印书馆1933年9月国难后第一版，第70~71页。

❷ 马衡：《中国金石学概论》，见马衡、陈衡恪：《中国金石学概论　中国绘画史》，时代文艺出版社2009年版，第57页。

❸ 《发刊辞》，见国立历史博物馆编辑部编辑：《国立历史博物馆丛刊》（第一年第一册），国立历史博物馆售品处发行，1926年10月10日，第2页。

❹ [日]滨田耕作著，俞剑华译：《考古学通论》，商务印书馆1933年9月国难后第一版。

❺ [日]滨田耕作：《考古学通论》（续第一册），见国立历史博物馆编辑部编辑：《国立历史博物馆丛刊》（第一年第二册），国立历史博物馆售品处发行，1926年12月10日，第22页。

❻ [日]滨田耕作：《考古学通论》（续第二册），见国立历史博物馆编辑部编辑：《国立历史博物馆丛刊》（第一年第三册），国立历史博物馆售品处发行，1927年2月10日，第39页。

❼ 如在《六朝造象目录（一）》中，鲁迅就有多处根据他书记录指出伪作。朱异造象，罗录云疑伪作。周文有造象，阳刻，永定二年，罗录云伪作。翚伏龙造象，延和元年六月，赵录云疑伪。现存于中国国家图书馆。

读碑记》、俞樾《春在堂随笔》、端方《匋斋藏石记》。❶鲁迅1934年2月11日致姚克信中说："关于秦代的典章文物，我也茫无所知，耳目所及，也未知有专门的学者，倘查书，则夏曾佑之《中国古代史》最简明。生活状况，则我以为不如看汉代石刻中之《武梁祠画像》"，"汉时习俗，实与秦无大异，循览之后，颇能得其仿佛也"。❷这段话表现出鲁迅对石刻记载的重视。许广平也指出注意于当时风俗"这也就是先生研究汉唐画像的真意"。❸"还有，我们看书里面的文字，总没有看图来得清楚，从石刻中，可以知道古代的游猎，战斗，刑戮，卤簿，宴会，甚至神话，变戏法，音乐，车马仪式等，这些都是研究史实的最好材料，平常人大抵不措意的。"❹许广平也特别重视鲁迅致姚克信中多次提及的《武梁祠画像》《朱鲔石室画象》❺，并强调鲁迅所说的"印汉至唐画像，但唯取其可见当时风俗者，如游猎，卤簿，宴饮之类"（鲁迅1934年6月9日致台静农信）❻。在《谈胡须》一文中，鲁迅就凭借汉石刻画像和北魏至唐的佛教造像，来判断中国古代男子的胡须上翘。❼

---

❶ 参见鲁迅手稿《汉画象目录》《四川通志等书金石录摘抄》等。例如，《汉画象目录》中《武氏前石室画象》《朱鲔墓石室画象》等摘抄洪颐煊《平津读碑记》；《南武阳功曹墓阙》等摘抄俞樾《春在堂随笔》；《食斋祠园画象》等摘抄端方《匋斋藏石记》。

❷ 此信中还写道："北平之所谓学者，所下的是抄撮功夫居多，而架子却当然高大，因为他们误解架子乃学者之必要条件也。"见《鲁迅全集（第13卷）》，人民文学出版社2005年版，第23页。引文中省略号为引者所加。

❸ 许广平：《关于汉唐石刻画像》，《鲁迅回忆录》（十一篇），见鲁迅研究资料编辑部编：《鲁迅研究资料（1）》，文物出版社1976年版，第123页。

❹ 同上书，第124页。

❺ 鲁迅在《汉画象目录》中写的是"《朱鲔墓石室画象》"，而在致姚克信中写的是"《朱鲔石室画象》"。

❻ 许广平：《关于汉唐石刻画像》，见鲁迅研究资料编辑部编：《鲁迅研究资料（1）》，文物出版社1976年版，第124~125页。

❼ "清乾隆中，黄易掘出汉武梁祠石刻画像来，男子的胡须多翘上；我们现在所见北魏至唐的佛教造像中的信士像，凡有胡子的也多翘上，直到元明的画像，则胡子大抵受了地心的吸力作用，向下面拖下去了。"参见鲁迅：《说胡须》，见《鲁迅全集（第1卷）》，人民文学出版社2005年版，第184页。

论《阿Q正传》的电影改编*

湖南大学　陈伟华

前　言

迄今为止，就鲁迅小说《阿Q正传》的电影改编而言，影响最大的是上海电影制片厂1981年出品的彩色电影《阿Q正传》。该电影的编剧是陈白尘，导演是岑范，主要演员有严顺开（阿Q）等。《阿Q正传》获第二届瑞士韦维国际喜剧电影节最佳男主角"金手杖"奖（1982年）、葡萄牙菲格拉棕福兹国际电影节评委奖（1983年）、第六届《大众电影》"百花奖"最佳男演员奖（1983年）等多种奖项。❶

由《阿Q正传》改编而成的电影文学剧本有多种。如《阿Q》（又名《女

---

* 本文系国家社科基金项目"中国小说的电影改编研究（1905—2010）"（项目批准号：11CZW071）和"2014年度湖南省普通高校学科带头人培养对象项目"的阶段性成果。本文的部分内容以《论〈阿Q正传〉的电影改编模式》为题刊于《鲁迅研究月刊》2015年第6期。

❶ 岑范：《我识阿Q——兼作〈阿Q正传〉导演阐述》，见上海市文学艺术界联合会、上海电影家协会编：《银色印记：上海影人创作文选》，复旦大学出版社2005年版，第152页。

人与面包》），❶ 王乔南编剧，东华书店发行，出版年不详。《阿Q正传》，许炎、徐迟编剧，上海长城画报社1958年出版，香港长城电影制片有限公司新新电影企业有限公司1957年联合拍摄，袁仰安导演，关山饰阿Q。《阿Q正传》，刘建国、刘水长、张梦瑞编剧，剧本载北京出版社《作证》（1980年）。❷ 此外，该小说还被改编成20余种话剧。如《阿Q》（六幕话剧，阿梦昭编剧，上海华通书局出版，1929年）、《阿Q》（话剧，袁牧之改编，署名袁梅，载上海《戏周刊》，1934年）、《阿Q之趣史》（美国雪森库鲁编剧，美国聂格风剧团1937年在纽约华盛顿戏院演出）、《阿Q正传》（五幕话剧，田汉编剧，汉口时代出版社出版，1937年）、《阿Q正传》（三幕话剧，杨村彬、朱振林编剧，1937年）、《阿Q正传》（六幕话剧，许幸之编剧，上海光明书局，1940年）、《阿Q正传》（七幕滇戏，孟晋编剧，昆明云南省教育厅实验剧场出版，1949年）、《阿Q正传》（滑稽戏，南薇编剧，1956年）、《阿Q的大团圆》（短剧，佐临编剧，上海电影制片厂演员剧团1956年演出，应云卫导演）、《阿Q正传》（四幕滑稽戏，集体改编，陆群执笔，大公滑稽剧团1961年在上海演出，陆群导演）、《阿Q正传》（三幕话剧，日本霜川志远编剧载日本早川书房出版《悲剧喜剧》第8期，1969年，日本时代剧团1974年演出）、《阿Q正传》（八场绍剧，潘文德、王云根编剧，1979年，绍兴绍剧团1979年在杭州演出，章金元导演）、《阿Q正传》（七幕话剧，陈白尘编剧，中国戏剧出版社，1981年）、《阿Q》（芭蕾舞剧，钱世锦编剧，1981年）、《阿Q》（现代舞剧，重庆市歌舞团《阿Q》创作组编剧，1981年）、《阿Q正传》（七幕滑稽戏，穆尼、陆群编剧，1981年）、《咸亨酒店》（话剧，梅阡编剧，北京人民艺术剧院1981年演出，梅阡导演）、《阿Q正传》（德国克里斯托夫、海因编剧，德国卡塞尔的黑森州剧院20世纪80年代演

---

❶ 鲁海指出：1932年4月，北京出版了一本《阿Q及其他》的电影剧本集，作者署名：力工，书名上题：滑稽电影。版权页上未署出版者，只有代理发行处为：和平门外文化学社。该集子包括六个电影剧本，其中第二个为《阿Q》，是无声片。该书的书口上印有《女人与面包》的字样。力工即王乔南。参见鲁海：《〈阿Q正传〉的电影剧本》，载《图书馆杂志》1986年第3期。

❷ 彭小苓、韩蔼丽编选：《阿Q70年》，北京十月文艺出版社1993年版，第546~548页。

出）、《吉根纳特》（根据阿Q正传改编的印度戏剧，1985年）。❶

还有一些作品，将《阿Q正传》与鲁迅的其他作品结合起来改编，如陈涌泉创作《阿Q与孔乙己——根据鲁迅小说〈阿Q正传〉、〈孔乙己〉改编》，刊载于《剧本》2002年第2期。

已有研究者注意到《阿Q正传》的各种改编。邵伯周在1987年发表了《从小说到剧本，再到舞台和银幕——〈阿Q正传〉改编述评》，指出最早把《阿Q正传》改编为话剧剧本的是陈梦韶，1928年，他为厦门双十中学的演出而改编。第二个把《阿Q正传》改编为话剧剧本的是袁牧之。1937年，朱振声把《阿Q正传》改编为三幕社会剧。1937年，在上海，出现了两个改编本：田汉改编的五幕剧，许幸之改编的六幕剧。这两个改编本有不少类似之处：一是以《阿Q正传》为中心，编进了鲁迅其他一些小说中的人物和情节。二是一些人物性格被"改造"了。"田本"和"许本"中，吴妈都成为很泼辣的风流寡妇，"田本"中闰土有很高的觉悟，而"许本"中，赵太爷、假洋鬼子不仅凶恶，并且都是色鬼。三是编造了原著所没有的许多情节。这两个改编本，因为增加了许多人物和情节，戏剧性是加强了。❷邵伯周认为：为了纪念鲁迅诞生一百周年，陈白尘把《阿Q正传》分别改编为话剧剧本和电影文学剧本。这个改编本既十分忠实于原著，又适合于舞台演出。可以说这是从1931年以来所有改编本中最为成功的一个。❸

张跃中、汪粉林在《带泪的笑——电影文学剧本〈阿Q正传〉读后》中以读后感的形式谈了电影文学剧本的优点。指出改编者遵循原作的结构，故事情节的展开，基本上参照原作叙述的次序，在此基础上作了发挥和再创造。❹

金宏宇、原小平在《〈阿Q正传〉改编史论》中指出：尽管《阿Q正传》的改编者们基本上走的都是忠实原著的改编路子，但众多改编本的差异还是显而易见的。虽然《阿Q正传》的改编本为数众多，有些还具有相当高的艺术

---

❶ 彭小苓、韩蔼丽编选：《阿Q70年》，北京十月文艺出版社1993年版，第546~548页。

❷❸ 邵伯周：《从小说到剧本，再到舞台和银幕——〈阿Q正传〉改编述评》，载《上海师范大学学报（哲学社会科学版）》1987年第3期。

❹ 张跃中、汪粉林：《带泪的笑——电影文学剧本〈阿Q正传〉读后》，载《电影新作》1981年第5期。

水准，但其中即使最具功力的改编本，如许幸之本、陈白尘本、陈涌泉本，也曾为不少人所诟病。这实际上是一个经典名著改编中常见的问题。那就是：愈是经典性的作品，其改编难度愈大，改编本愈难以得到观众的认可。其根本原因在于经典性的作品的内在精神和艺术高度往往具有某种不可替代性和不可超越性，因而改编本的再创作不易达到原著所确立的高度。❶

本文拟深入细致地考察岑范导演、陈白尘编剧的电影《阿Q正传》与原著的异同，分析其中的电影改编手法，探讨编剧与导演的改编意图和电影的效果。并借此探讨适合《阿Q正传》一类的小说的电影改编模式。

一、改编手法及意图探寻

（一）以更多同情心刻画主角，增强善恶人物的对比

原著《阿Q正传》篇幅较长，人物众多，故改编成电影时，人物数量充裕。但因为电影是视觉艺术，人物与场景密不可分，设置场景时必须同时安排活动于其中的人物。所以，尽管《阿Q正传》中人物众多，改编成电影时，仍有不少人物发生变化。如小说中的"我"不见了，鲁迅其他小说中出现的人物如蓝皮阿五、红眼睛阿义等人被安排在这里。其原因是：为了更好地表现阿Q所处的典型社会，编剧把鲁镇上的咸亨酒店搬了进来。对此，陈白尘的想法是：担心如果把孔乙己、单四嫂子、狂人、九斤老太等请来，自己驾驭不了，会喧宾夺主，把阿Q冷落在一边。所以只把鲁镇上的"咸亨酒店"的招牌搬来未庄，并把其掌柜、顾客红鼻子老拱、蓝皮阿五以及航船七斤、红眼睛阿义等都请来了。❷

对于电影中"我"的消失和鲁迅的出现，陈白尘的解释是：其一，《阿Q正传》的第一章《序》里的第一句话就是"我要给阿Q做正传"，其中第一个字"我"只能是作者鲁迅，而不是小说中假托的"我"。请做《序》的鲁迅先生出场一下，然后进入正文，未为不可。其二，阿Q的言行虽可构成一个

---

❶ 金宏宇、原小平：《〈阿Q正传〉改编史论》，载《鲁迅研究月刊》2004年第9期。

❷ 陈白尘：《〈阿Q正传〉改编杂记》，见陈白尘著，董健编：《陈白尘论剧》，中国戏剧出版社1987年版，第311~312页。原载《戏剧论丛》1981年第3期。

电影或者舞台剧本的故事，但如果抽去作者的议论，阿Q这个典型便会失去灵魂，原著的风格也将无存。如果要保存议论，则发议论者就不好不出现。其三，《阿Q正传》是鲁迅的原著，请鲁迅出现，是对鲁迅的一点敬意，而且，《鲁迅传》的电影似乎拍不成了，在影片中出现他的形象，也是慰情聊胜于无的意思。❶

电影《阿Q正传》特别注意了对阿Q的形象的塑造，并比原著表现出更多的同情心。而且通过增强善恶人物的对比，突出强调了穷人之善与不幸，强化了富人为富不仁和帮凶之仗势欺人。具体表现如下：

电影中的阿Q比小说中相对好看，更善良。导演岑范指出：在鲁迅原著中，阿Q是个头上长着癞痢、嘴里离不开"妈妈的"，既有农民式的质朴，有时却又显得十分愚蠢、无知，也颇带有游手之徒的狡猾。他是一个可笑又可悲、可恨又可恶、可怜又可气的小人物。考虑到影片拍成之后可能去国外公映，为了不让那些专爱"欣赏和嘲弄丑陋的中国人"的某些洋观众得到满足，我们必须重视阿Q造型。❷

电影还为阿Q的不良行为进行了理解性的阐释。"阿Q调戏尼姑"一事，电影画面提示，阿Q是在众人的怂恿之下进行的，并非完全耍流氓，他自己也被众人戏弄了。电影将"和尚"摸得改为了"别人"摸得，有意避免了人们对佛教的误会。对"阿Q偷萝卜"，电影也进行了理解性的呈现。电影告诉观众，阿Q的偷是迫于无奈。原因是调戏吴妈之后，阿Q再也找不到事做，他坐在河边时，恰好一个小孩吃着肉包子从他面前经过，又看见狗在吃肉骨头，这些景象刺激了他的肠胃，使他实在受不了，才潜入静修庵去偷萝卜充饥。再如"向吴妈求爱"，电影透露出这样的意思：正是由于吴妈的无心引导，才闹出祸事来，并不完全是阿Q的罪过。电影为了表现阿Q本性善良的一面，原来要将赵太爷、假洋鬼子、白举人等统统拉出去杀头，改为打板子，而且强调要"脱了裤子打"。这些细节，导演岑范在《我识阿Q——兼作〈阿Q正

---

❶ 陈白尘：《〈阿Q正传〉改编杂记》，见陈白尘著，董健编：《陈白尘论剧》，中国戏剧出版社1987年版，第311~312页。

❷ 岑范：《我识阿Q——兼作〈阿Q正传〉导演阐述》，见上海市文学艺术界联合会、上海电影家协会编：《银色印记：上海影人创作文选》，复旦大学出版社2005年版，第150页。

传〉导演阐述》中均重点提及。❶

　　在导演岑范看来，鲁迅是针对当时国民的麻木愚昧，以"哀其不幸，怒其不争"的态度创作《阿Q正传》的。改编成电影，对于原著中那些"滑稽和笑料"，既不能照搬无误，更不能任意夸大。在艺术处理上，要尽力体现原著的基本精神，绝不从生理上、外形上丑化阿Q，而是从阿Q的思想上和行动上表现他的可笑而又可悲、可气而又可怜，更多地赋予这个人物以同情，掌握好分寸，着重表现"哀其不幸"这一点。❷鲁迅本意是想描写一种普遍的国民劣根性。在小说中，效果是比较好的，但放在大众传媒的电影中，如果不加以改编，如果没有更明确、具体、有针对性的批判对象，则很可能失去批判的力度。由于"精神胜利法"在每个人身上都或多或少地存在，如果让观众感觉电影在讽刺和批判自己，观众很难从情理上接受它。因为观众走进电影院看电影，大多是为了放松和愉悦，而并非为了来挨骂。而如果将批判的矛头指向具体的某类人或者某个阶层，观众们以旁观者的身份在一边看热闹，则显然效果要好得多。正如编剧陈白尘所希望的那样，阿Q在电影中更多地是一个不幸的、令人同情的对象。小说改编成电影之后，主题发生了部分位移。阿Q的命运是不幸的，但由于他善于运用"精神胜利法"，使他在生活中表现出一种乐观的面貌。这种情况的存在，客观上造成一种喜剧效果。让观众在看电影时不致心情过于沉重，既能发生笑声，又能够获得教益。

　　为了使阿Q的形象更加鲜明，电影还增加了阿Q口头禅的出现次数，借此强化阿Q的性格特征。如阿Q的口头禅"我总算被儿子打了，现在世界真不像样"在被赵太爷打时也有出现，而小说中在该处未出现。另一口头禅"君子动口不动手"出现的次数比小说更多。这种手法可以称为同语境话语的移用。作为一种手法，同语境话语的移用在电影中有运用。如阿Q被赵太爷打，有人说他是穷疯了。他说"穷，我们家先前比你阔多了"，事件电影与小说同，但细节上增加了村民对他的议论和他的回应。回应之话部分为小说原话，但出现的位置不同。

---

❶ 岑范：《我识阿Q——兼作〈阿Q正传〉导演阐述》，见上海市文学艺术界联合会、上海电影家协会编：《银色印记：上海影人创作文选》，复旦大学出版社2005年版，第151~152页。

❷ 《大众电影》记者：《寄予更多的同情——〈阿Q正传〉导演岑范谈构思》，载《大众电影》1982年第4期。

被改编成电影之后，跟阿Q处于同样阶层的小D和管土谷祠的老头的形象也发生一些变化，小D比小说中强壮，管土谷祠的老头子形象比小说中更为高大。在电影中，阿Q赌钱输了，回到土谷祠，老头关切地安慰他。众人都来买阿Q从城里带来的衣物，管土谷祠的老头提醒他们说："这回你们都不怕阿桂了"，对村人以前对阿Q的抛弃表示责怪。老头多次帮阿Q向地保求情，并警告阿Q不要将偷东西的事情告诉别人。陈白尘在《〈阿Q正传〉改编杂记》谈到了他对看土谷祠的老头子进行改编的用意：在《阿Q正传》里，鲁迅对他是笔下留情的，他虽然一度想赶阿Q离开土谷祠但又毕竟未赶。他是未庄里唯一不曾鄙视或伤害阿Q的人，而且他一直让阿Q住在那里，可见他是有点情义的。因此，他模仿《药》里瑜儿坟上添上的花环，让老头子在阿Q被捕时送上用棉被扎成的"棉环"。80年代的"主将"也不主张消极。❶

电影还增加了牢头的形象。阿Q被大牢里的牢头欺负，意在将帮凶写得更坏。地保在电影中的形象也更坏，更令人讨厌，他多次敲诈阿Q的钱。

咸亨酒店原不在小说所描写的未庄，酒店里的一帮酒客在原小说中也多是没有姓名的，电影所表现出来的酒客，作为看客和帮凶而存在。中国的酒文化渊源流长，但酒鬼、酒徒之类一直都为人们所不喜欢。借酒浇愁时，酒成为一种精神的麻醉品；酒后乱性时，酒又成为"恶的催化剂"。阿Q之所以会去调戏小尼姑，一方面是因为酒客的起哄怂恿（酒客的怂恿在小说中没有，在电影中有较明显表现），另一方面是由于阿Q喝醉了酒，有了胆气。电影在此对酒民们进行了善意的提醒，对酒鬼进行了批评。

（二）忠于原著故事框架，注重叙事细节，注意填补其中空白并删繁就简

《阿Q正传》比较完整地呈现了阿Q的一生，是阿Q的人生传记。但原小说是一种碎片化的叙事，其中的叙事有诸多跳跃，存在很多叙事空白。电影在依原著表现阿Q一生的发展脉络的基础上，在细节方面做了很多工作。

电影补充很多细节，并改变了原著的一些情节。这些工作很好地填充了原著中的叙事缝隙，也增加了叙事的流畅性。如阿Q被赵太爷打一事。有人说阿Q是穷疯了，他回应说："穷，我们家先前比你阔多了。"电影在细节上增加了村民对他的议论和他的回应。原著的第一章是序。在该章，阿Q说自己姓

---

❶ 陈白尘：《〈阿Q正传〉改编杂记》，见陈白尘著，董健编：《陈白尘论剧》，中国戏剧出版社1987年版，第309页。

赵，地保叫阿Q到赵太爷家里去，遭到赵太爷棒打。电影将阿Q遭赵太爷打用在酒店喝酒串联起来。在阿Q赌钱被抢被打的故事中，电影补充了土谷祠老头对阿Q的叮嘱。再如赵太爷纳妾与吴妈求婚事件中，赵太太赌气不吃饭，实际将干粮藏在衣服里。这个细节为电影所增加。吴妈来打灯油，恰好听见了赵太太为赵老爷纳妾之事的争吵。此处为电影的重点表现的内容之一。富人多妻多妾，穷人娶不起老婆，对比效果非常明显。这些画面也给阿Q向吴妈求婚营造了语境。电影在阿Q在调戏小尼姑之时，闪现了阿Q看吴妈的画面，给阿Q向吴妈求婚埋下伏笔，原著中也没有这一细节。电影中还增加了吴妈在早上请阿Q去赵太爷家舂米的画面，强化了阿Q向吴妈求婚的意愿。这一系列细节的补充，使得阿Q向吴妈求婚显得合情合理，观众不至于感觉突兀。而之后，情节急转直下，吴妈居然要因此而上吊，阿Q也竟然因为向吴妈求婚而被迫向赵太爷家赔礼道歉，甚至因此被迫离开未庄。阿Q再次回到未庄，地位空前之高。中秋，他请大家在酒店喝酒，议论寡妇的儿子被杀，阿Q的中兴史于是被传开。电影增加了阿Q请客喝酒的情节，并明确指出被杀之人为夏四奶奶的儿子，增强了电影的时代感。

　　小说对阿Q如何成为替罪羊被抓进牢房语焉不详，电影则补充了阿Q作替罪羊的原因和过程。阿Q被审时，电影增加了阿Q自述在未庄销赃的对白，突出了阿Q的无知和天真。

　　电影的结尾，酒店老板擦去阿Q欠账的记录，众人在酒店聊天，这也是小说中所没有的。此外，电影还增加了一些类似鲁迅的话。

　　为使观众更好地明白故事情节，电影在叙事方式方面也有诸多改变。电影将小说中多处出现的概述转换成画面叙事，并根据需要调整了原小说的叙事顺序。如电影将阿Q遭人取笑与人打架之事，具体转化成了王胡与阿Q的打架，并由此事引出"君子动口不动手""儿子打老子"等阿Q的口头禅。此情节出现的顺序比小说中有所提前。在小说中，该情节出现在阿Q赌钱被抢被打之后。此外，电影中，阿Q与王胡比赛捉虱子等故事均被省略掉了。

　　原著中的不少叙事不方便用画面进行表现，电影则适时地运用了画外音的手法。如电影的序幕中，运用了画外音对阿Q的名字、籍贯等进行解说。阿Q割稻子的事情以及阿Q忌讳说癞的事件，也均配画外音进行讲述。对于这种做法，编剧陈白尘有自己的看法，他认为《阿Q正传》不同于鲁迅其他小说之处，在于它从《序》起全篇贯串着作者对阿Q亦即对"一个现代的我们国人的灵魂"的充满悲愤而幽默的插话，这种插话是阿Q的灵魂，也是这篇小说的灵魂,更是这篇作品独特风格所在。如果电影中抽去它,就是抽掉它的灵魂。因此,他把这些插话作为鲁迅的解说词依然夹写在阿Q的故事之中,作为保持原著的一种方法。❶

电影还采取删减与合并的手法对原著的故事情节进行处理。在小说《阿Q正传》中,同一件事有多次出现的情形,有时是具体叙述,有时是概括叙述。这在小说中可起到强化的效果。但电影中如果出现太多就可能显得重复啰唆。电影作了简化处理,让该事件一般只出现一次,如阿Q遭人取笑以及与王胡等人打架之事,在小说中经常被提及。电影则将其综合成王胡与阿Q打架,被撞头。

阿Q与王胡比赛捉虱子的情节在电影中被省略掉了。这种处理虽然对全面展现阿Q的性格有一些影响,但让电影的画面变得更好看。正如岑范所指出的那样:电影不同于文学作品,是一种视觉艺术。人们在阅读一部小说时不会对那些过分丑恶、凶残、肮脏的人与物产生直接的感官刺激。阿Q头上长的癞痢疮,冬季在破棉袄上捉虱子,还要送到嘴里咬出声来。单看这些文字描写,读者还能接受,但作为电影,如果把这些在放大若干倍的银幕上出现,再配上音响效果,那些花钱买票希望得到艺术享受的观众恐怕就坐不住了。❷

（三）用笔诙谐,主旨立人

《阿Q正传》是一部虚构的人物传记。巧妙用笔才会具有可读性,才能跃然纸上。此类作品,需要有好的主题,才会有价值,才会具有长久的生命力。《阿Q正传》最初发表于《晨报副刊》的开心话栏目,因栏目风格的原因,因此文风偏重于诙谐和幽默。而鲁迅的思想家的素养,使他的创作带有严肃和庄重的底色。因此,小说《阿Q正传》又承担了剖析和批判国民劣根性的重任。所以,小说在读起来让人发笑的同时,又有很强的悲剧感,有悲凉感。改编成电影之后,如果仍旧保持这种味道,在一定程度上会影响观众的观影情绪。事实上,电影《阿Q正传》作了一些调整,其整体风格偏重于轻松

---

❶ 陈白尘:《〈阿Q正传〉改编者的自白》,见陈白尘著,董健编:《陈白尘论剧》,中国戏剧出版社1987年版,第304页。原载《群众论丛》1981年第5期。

❷ 岑范:《我识阿Q——兼作〈阿Q正传〉导演阐述》,见上海市文学艺术界联合会、上海电影家协会编:《银色印记:上海影人创作文选》,复旦大学出版社2005年版,第150页。

和诙谐，营造出了喜剧效果，但其主旨也具有很高的品位，是鲁迅先生一贯倡导的"立人"。

"立人"，让人奋进，可以通过两种方式进行。其一是给人压力；其二是给人鼓励。原著虽然也充满喜剧性，让人不由自主发笑，但其中给人的压力更多一点，而电影则相对给人的压力少一些，给人的鼓励更多一些。为了实现这种变化，电影对原著作了很多局部的调整。

在原著中，阿Q向吴妈求爱和阿Q参加革命的事件所占篇幅并不多，但电影给予了很长的篇幅。电影还适度突出了原著中的叙事支线，如较详细地描写了赵太爷家里娶小老婆的纠纷。对于这些调整，编剧陈白尘指出：愈是伟大的文学名著，根据它所拍摄的电影每每使人失望，或者说很难满足它的每一个读者。作者所创造的人物是语言艺术的产物，它通过读者——而且是各个不同的读者自己的想象加以补充来完成的。一旦让具体的演员演出来，他或她只能符合这部分读者或那部分读者的想象，甚至难以符合大多数读者的想象。❶陈白尘的本意是：阿Q的春梦，为原著所有，电影加重渲染，是有意为之。因为阿Q的一生，除了极其短暂的"中兴"之外，从来不曾得意过。所以他让阿Q在梦中，不仅精神上取得胜利，而且在实质上获得全部的胜利，这也是精神胜利法的变形。在戏剧结构上，把这场戏搞得热闹些，也可以让青年观众对《阿Q正传》加强点兴趣。❷电影中，这几处改动，因为银幕上很清楚地告诉观众是阿Q做梦，是戏中戏，所以具有较好的笑点，观众感觉比较轻松。

电影还压缩了小说的前四章，扩充最后一章。这个调整对"立人"主旨的突出也是有帮助的。对此，编剧陈白尘的想法是：前面较多静的描写，缺少动作，为电影和舞台所忌。最后一章"大团圆"，在小说里对阿Q何以糊糊涂涂死去，读者可以掩卷而思，在电影和戏剧里难以如此含蓄，因此增加了一些戏与人，希望是在不失原著的精神下，使得阿Q死得更加糊涂些，观众却明白些。例如"投革命党"与"投案自首"、抢赵家与在城里偷窃过有意无意的混淆等都是。县太爷及把总大人与白举人的矛盾，是阿Q判死刑的关键，

---

❶ 陈白尘：《〈阿Q正传〉改编者的自白》，见陈白尘著，董健编：《陈白尘论剧》，中国戏剧出版社1987年版，第303页。

❷ 陈白尘：《〈阿Q正传〉改编杂记》，见陈白尘著，董健编：《陈白尘论剧》，中国戏剧出版社1987年版，第310~311页。

不能不正面写。小说中写阿Q进监狱，牢房中另有三个人，像临时的看守所，而不像当作江洋大盗捕来所应关进的正式监狱，所以他扩大了它的编制，并增设了牢头等人物，并把《药》中的红眼睛阿义请过来凑数（辛亥革命后他不会失业的），凡此等等，都意在使阿Q死得更糊涂一些。❶电影对对原著的这些改编，实质上是放大了阿Q身上的不足，让观众更好地对照自己、反观自己，从中受到教益。

因为立人的主旨的需要，改编成电影之后，原著中的人物形象在整体形象方面也发生了变化。电影突出了穷人之善及不幸，强调了富人为富不仁和帮凶之仗势欺人。观众可以看到，一方面，赵太爷、地保等人比小说中更坏，在电影中，还多了一个坏牢头的形象，而另一方面，土谷祠的老头变得更友善，电影所增加的土谷祠老头帮阿Q说好话、赠送给阿Q棉被等行为，让人感受到人世间的温情。

二、电影《阿Q正传》的反响和争议

陈白尘曾在谈论《阿Q正传》的电影改编时指出：希望以鲁迅的原著之力能重新唤起全国人民的羞恶之心，借改编起到通俗化的作用，并引起观众重读鲁迅原著的兴趣。❷从电影的反响看来，他的愿望实现了。对电影《阿Q正传》的关注，至今为止有两个时间段比较热。其一发生在20世纪80年代，即电影《阿Q正传》上映后的10年间，个中原因，当是鲁迅及电影《阿Q正传》的重大影响。其二发生在2005年以后，即中国电影诞生100周之后。究其原因，可能有二：第一是中国电影产业的兴盛以及电影热的兴起；第二是鲁迅重评、重估的出现。

电影《阿Q正传》拍成之后，引起了巨大的反响。电影《阿Q正传》开拍之初就受到外界的关注。《鲁迅研究月刊》1981年第5期刊载了陈小根的文章《为纪念鲁迅先生诞辰一百周年电影〈阿Q正传〉正在绍兴皇甫庄、阮社等地紧张拍摄》，指出：为了纪念鲁迅先生诞辰100周年，由著名老作家陈白尘根

---

❶ 陈白尘：《〈阿Q正传〉改编杂记》，见陈白尘著，董健编：《陈白尘论剧》，中国戏剧出版社1987年版，第309~310页。

❷ 同上书，第314页。

据鲁迅同名小说改编的故事片《阿Q正传》在绍兴紧张拍摄。该片由观众熟悉的《红楼梦》导演岑范和摄影师陈震祥担任。扮演"阿Q"的是第一次上银幕的上海曲艺剧团演员严顺开。近一周来，他们在鲁迅外婆家皇甫庄拍摄土谷祠的镜头，刚刚结束，他们又选择了历史上著名的"竹林七隐士"之一阮籍结社对歌饭酒之地——柯桥阮社前的庙台，拍摄部分场景，导演、摄影师和演员冒着盛夏酷暑，不辞辛劳挥汗奋战。❶《电影评介》1982年第7期刊载了陈先元的《赴法前夕话〈阿Q正传〉——访〈阿Q正传〉的导演岑范同志》。该文章报道，岑范等人即将携《阿Q正传》赴法国参加戛纳电影节。陈先元等人对岑范进行了采访。这次参加电影节，有关部门推荐的电影共有三部，即《阿Q正传》《邻居》和《潜网》。电影节组委会研究后选定《阿Q正传》参加比赛，其余两部作为会外放映。❷《电影通讯》1982年第9期以"在第二届国际喜剧电影节上《阿Q正传》主要演员严顺开获最佳男演员奖"为题报道："8月29日，我国彩色故事片《阿Q正传》主要演员严顺开在瑞士韦维举行的第二届国际喜剧电影节上获最佳男演员奖。参加这届电影节的有澳大利亚、比利时、中国、捷克斯洛伐克、芬兰、法国、西德、匈牙利、意大利、波兰、瑞士、美国和委内瑞拉等国家提供的约50部影片。"❸

《阿Q正传》是中国现代文学名篇，它以其自身所具有的魅力，长久地获得人们的关注。电影《阿Q正传》获得人们的关注，获得国际大奖，一方面是因为原著的影响，另一方面也是由于电影本身所取得的艺术成就。

电影《阿Q正传》公映至今已有30多年，它一直吸引着观众的眼光，也吸引着学界的目光，形成一部特殊的《阿Q正传》接受史。学界对电影的争议大多集中在电影对原作的改动之处，主要如下。

（一）关于阿Q及其他人物形象

对电影《阿Q正传》中的人物形象的评论，集中在阿Q身上。关于阿Q形象，有褒有贬。

---

❶ 陈小根：《为纪念鲁迅先生诞辰一百周年电影〈阿Q正传〉正在绍兴皇甫庄、阮社等地紧张拍摄》，载《鲁迅研究月刊》1981年第5期。

❷ 陈先元：《赴法前夕话〈阿Q正传〉——访〈阿Q正传〉的导演岑范同志》，载《电影评介》1982年第7期。

❸ 《在第二届国际喜剧电影节上〈阿Q正传〉主要演员严顺开获最佳男演员奖》，载《电影通讯》1982年第9期。

有人认为单独强调"哀其不幸"的一面,完全没有必要。如东进生认为:强调或加强作品中的"哀其不幸"一面,是完全不必要的。阿Q的"不幸"与"不争"是互为因果的。原作中,阿Q在土谷祠里被捉之后,已经笔墨不多,重墨全放在公堂画圆和去法场上,剪裁十分得当。影片却花了不少笔墨写官场中的倾轧、斗法及监牢里的"黑吃黑"等。这样,便把对阿Q的描写削弱了。虽说这样有助于对时代气息的渲染,但一部影片毕竟有各自任务,枝蔓多了往往会减弱主旨的阐发。原作中写到阿Q从城里回来,赵家从邹七嫂处得知阿Q那里有便宜货可买,"赵太爷便在晚饭桌上,和秀才大爷讨论,以为阿Q实在有些古怪,我们门窗应该小心些"。在这样说过之后,竟还要喊阿Q来。影片却改为,当阿Q在赵府上说了没货之后,邹七嫂劝解说:"也没什么好,而且来路不正!"这之后赵太爷才说阿Q古怪,关照大家门户当心。虽是小小改动,但减弱了对赵太爷伪善的揭露。❶

有人认为电影中阿Q形象的内涵不如原著。如王得后认为:影片非滑稽,非"为笑笑而笑笑"的成功,关键在于把握和强调了阿Q的质朴的品性。影片中阿Q的质朴达到不知道避害总是直白说出有害于自己的事实的程度。阿Q的梦是影片中的一个高潮,因此阿Q的这一面留给观众的印象是强烈的、深刻的。这是这一个阿Q银幕形象的特色,是它的成就,但也是它的弱点。因为相形之下,阿Q的精神胜利法表现不足,缺乏这个典型本来所具有的更广博更深邃的全部思想内涵。❷

杜云南认为《阿Q正传》揭示了阿Q这些人物形象中沉重的奴隶意识:把做稳奴隶视作自己人生中最大的幸福;当他们想做奴隶而不得的时候,他们也可能奋起反抗,这种反抗,虽然会有多种表现形式,但都是奴才式的反抗。❸

章玮认为影片深刻、细致地刻画了主人公阿Q的性格特征和他的悲惨遭遇,真实、生动地展示了20世纪20年代初期我国的社会风貌和农民群众的精

---

❶ 东进生:《影片〈阿Q正传〉漫评》,载《电影新作》1982年第4期。

❷ 王得后:《这个阿Q的银幕形象——看上影拍摄的〈阿Q正传〉》,载《电影艺术》1982年第12期。

❸ 杜云南:《奴隶意识的艺术展播——影片〈祝福〉、〈阿Q正传〉人物形象分析》,载《电影评介》2010年第1期。

神状态，进一步显示了原作的价值和人物形象的典型意义。❶程勇在《试析〈阿Q正传〉电影改编的成败》中指出：电影《阿Q正传》没有添加一些能表现阿Q正面品质的情节，扮演阿Q的演员未选好。❷

还有人提到电影中的其他人物，如庙祝、夏瑜等。东进生认为：鲁迅笔下的庙祝也是不很可爱的角色，改编者对这一角色做了大胆革新，使之成为与原作中的庙祝截然相反的人物。这种对原作小的"不忠实"，恰恰是对全局的忠实，并充分表现出编导的艺术胆识。❸东进生还指出：阿Q中兴之后，回到咸亨酒店，说到杀革命党，影片居然加进夏瑜这一人物，并用"闪回"予以正面表现，似有蛇足之感。虚写夏瑜式的人物，是作者精于剪裁的表现，现在的影片却把"裁外"之笔拾回，不但影响全片直接叙述的朴素自然的风格，也冲淡了阿Q梦境的气氛。❹

（二）关于画外音

关于画外音，有论者指出使用画外音可取，但使用过多。如张跃中、汪粉林的《带泪的笑——电影文学剧本〈阿Q正传〉读后》指出，利用鲁迅先生的"画外音"把全剧串联起来，这是可取的。但我们感到"画外音"似乎多了一些，有损于剧本的完整性，到了银幕上可能会分散观众的注意力。❺有人认为前半部分的画外音过密，后半部分较为恰当。如东进生认为：运用画外音不仅表现了原作语言风格，还帮助渲染了情绪、气氛。稍感不足的是，影片前半部分，旁白间隔密了些，似乎像"默片时代的说明字幕"，一段完了，必来一次。这样，就容易使观众"出戏"。相比之下，影片后半部分的分寸感就更恰当些。影片尾声，加入一段旁白："阿Q死了，他虽没有女人，但并不如同小尼姑所骂的那样断子绝孙……"这一段语言不但很靠拢原作的风格，而且意味深长。❻还有人认为不可避免地要使用旁白，但最好要少用。

---

❶ 章玮：《生动 形象 显明 深刻——评故事影片〈阿Q正传〉》，载《电影评介》1982年第5期。

❷ 程勇：《试析〈阿Q正传〉电影改编的成败》，载《宁波职业技术学院学报》2005年第6期。

❸❹ 东进生：《影片〈阿Q正传〉漫评》，载《电影新作》1982年第4期。

❺ 张跃中、汪粉林：《带泪的笑——电影文学剧本〈阿Q正传〉读后》，载《电影新作》1981年第5期。

❻ 东进生：《影片〈阿Q正传〉漫评》，载《电影新作》1982年第4期。

如王得后认为：影片以旁白开始，以旁白结束，总计有25段之多，放映过程中平均3分多钟有一次旁白，也形成了一个明显的特点。在改编中运用旁白以保持小说的思想特性和原著的风格是不可避免的。旁白不是不可以用，而是最好少用，少到非用不可的时候才用。可以逼迫我们去多多寻找最富有表现力的动作和对话，在欣赏上可以免去观众听许多对话之外还听许多旁白的负担。这也可能有助于提高我们电影的电影化程度和文学性。❶

（三）关于电影中的梦

原著中略写的"梦"在电影中得到放大，这也引起了论者的关注。导演岑范想通过这种淋漓尽致的描写来揭示人物的内心世界和他对革命的理解，并以此烘托"大团圆"的结局。❷王得后认为：这场梦的艺术处理本身也还有些缺点：一是太实；二是太戏剧化，和全片的风格欠协调；三是太长，使全片的结构失去匀称。❸东进生则认为：影片《阿Q正传》中阿Q做梦一场，便属于这种点睛之笔。这场戏，不仅编导匠心独运，手法不凡；阿Q的扮演者严顺开同志演得也酣畅淋漓、活灵活现，而且其他各个创作部门的人员也都为这一场重戏竭尽全力，作了增砖添瓦的努力。影片对这段戏，拍了近千呎的胶片、约50个镜头。在情节上，大大丰富和加强了阿Q对赵太爷、假洋鬼子及白举人等的揭露。影片对这些情节上的改动和增加，目的都是突出阿Q那可悲而又有同情心的一面；同时又深刻地揭露了阿Q的自私狭隘。为了调动一切手段，展示这一内容，在摄影和美术设计上也进行了大胆的处理。❹

三、小说《阿Q正传》的电影改编经验

小说《阿Q正传》特色鲜明，具有很高的艺术性和很强的思想性。它不仅是鲁迅的名作，也是中国现代小说名篇。事实上，《阿Q正传》本身存在一些适合电影改编的因素。首先，该小说寓意深刻，思想性较强，能够引人深

---

❶❸ 王得后：《这个阿Q的银幕形象——看上影拍摄的〈阿Q正传〉》，载《电影艺术》1982年第12期。

❷ 《大众电影》记者：《寄予更多的同情——〈阿Q正传〉导演岑范谈构思》，载《大众电影》1982年第4期。

❹ 东进生：《谈影片〈阿Q正传〉中的梦》，载《电影评介》1982年第4期。

思。《阿Q正传》，创作于1921年12月至1922年2月，连载于《晨报副刊》。孙伏园在晨报馆编副刊，要添开"开心话"栏目，每周一次，向鲁迅约稿。从第二章起，因内容并不"开心"，便移在"新文艺"栏里。❶小说中主要的事件都是围绕其精神胜利法的刻画而展开，精神胜利法应当是鲁迅所说的"国民的劣根性"之一。其次，故事性比较强，场景叙事比较多，对事件有比较详细的描写，适于转换成电影故事。《阿Q正传》在叙事上多采用了概述的方式，这种方式一方面使得场景叙事较弱，不大好还原小说中的情景。但同时，也给电影改编留下了充足的想象加工空间和较为充足的故事情节。再次，地方色彩浓郁。小说中的静修庵、未庄、酒店等都带有明显的绍兴地方色彩，因此容易找到拍摄地点。最后，小说叙事简洁，结构清晰，以线性顺序为主，也容易为观众看明白。

原著为传记体小说，采用的是碎片化的叙事，没有一个贯穿始终的悬念。而在小说文本之中，存在很强的戏剧要素。正如许幸之所指：其中有阶级的对立，有身价的高低，有经济的矛盾，有爱与欲的纠纷，有奸诈和正义的对抗，有压迫者和被压迫者的斗争，有人性本能的冲突，有真正革命者和冒充革命者。因此，他确信《阿Q正传》有戏剧性存在。❷编剧陈白尘曾指出：鲁迅说《阿Q正传》实无改编剧本及电影的要素，如果不是过分自谦，就是有意骗人。因为它的本身就存在一切戏剧电影的要素，根本不需要改编。从故事发展编排来说，按照原著稍加剪裁就行了。❸当然，将它改编成电影也存在一些客观的不足，正如导演岑范所指出：将文学作品改编成电影一向困难多多。因为故事情节为人所熟知，人物的命运也毫无悬念，不能引人入胜。❹

---

❶ 鲁迅：《〈阿Q正传〉的成因》，见《阿Q正传》，人民文学出版社1976年版，第80~91页。
❷ 许幸之：《〈阿Q正传〉的改编经过及导演计划（代序）》，见鲁迅创作，许幸之编剧：《阿Q正传（六幕剧）》，光明书局1948年版，第6页。
❸ 陈白尘：《〈阿Q正传〉改编者的自白》，见陈白尘著，董健编：《陈白尘论剧》，中国戏剧出版社1987年版，第304页。
❹ 岑范：《我识阿Q——兼作〈阿Q正传〉导演阐述》，见上海市文学艺术界联合会、上海电影家协会编：《银色印记：上海影人创作文选》，复旦大学出版社2005年版，第150页。

电影《阿Q正传》的成功，说明适合被改编成电影的小说最好能够具备一些适合改编的条件。当然，有一些条件是显性的，有一些条件是潜在的，需要编剧去挖掘。

《阿Q正传》是一部喜剧电影，也可被视为虚构类传记电影。从它的拍摄原因来看，它同时又是一部纪念电影。电影《阿Q正传》为纪念鲁迅诞辰一百周年而拍摄。陈白尘在《〈阿Q正传〉改编者的自白》中谈到了电影文学剧本《阿Q正传》改编经过。1980年春，为了纪念鲁迅先生诞生一百周年，陈白尘将《阿Q正传》改编成了电影文学剧本，并将其交给上海电影制厂。后又受江苏省话剧团的嘱托，根据电影剧本改编为七幕话剧。舞台剧由江苏省话剧团首先开排，中央实验话剧院和西安话剧院等也开始筹备。❶陈白尘在该文中回顾了《阿Q正传》的电影及舞台剧改编经过。他觉得他对许广平和鲁迅感到愧疚。原因是1947年春，许广平曾告诉他说香港有家电影公司想拍摄《阿Q正传》，她拿不定主意，想征询他的意见。他以香港电影商人和编导者能否理解原著者的"目的"为虑，并说当时国民党已重启内战，中国局势将要发生大变化，建议再等几年，让人民的中国来拍摄这部名著，致使《阿Q正传》被耽搁了30多年。陈白尘解释说当时劝阻许广平，自己绝无企图染指之意。陈白尘改编《阿Q正传》，与赵丹有关。当时赵丹希望他修改电影剧本《鲁迅传》，用以纪念鲁迅诞生一百周年。他建议赵丹演阿Q，赵丹则要他去编电影剧本。就这样，他成了电影《阿Q正传》的编剧。❷由陈白尘所述可知，鲁迅和《阿Q正传》的巨大名气，对该小说的电影而言，既是一种资源，同时也可能是一种束缚。将《阿Q正传》改编成电影，如同戴着脚镣跳舞。事实表明，即便是可能有着诸多的"不方便改编"之处，依然还有很多的改编空间，可以把改编工作做得尽可能完美。

1981年版电影《阿Q正传》给后人留下了不少的改编经验。

导演岑范曾撰文《从〈阿Q正传〉的拍摄谈改编》谈了他导演《阿Q正传》的心得。他指出：拍摄《阿Q正传》，主要考虑了五个方面的问题。第一，是从认真研究原著入手。他认为导演必须要有自信心，即便是对待鲁迅

---

❶ 陈白尘：《〈阿Q正传〉改编者的自白》，见陈白尘著，董健编：《陈白尘论剧》，中国戏剧出版社1987年版，第298页。

❷ 同上书，第300~302页。

的作品，也不能迷信。第二，是细致研究改编本。他强调编剧和导演（包括电影评论家和理论家）之间，经常交流，沟通思想，统一认识。电影的编剧和导演谁也离不开谁。第三，是分析自己，亦即"我"如何拍这部戏。导演必然要在影片中表现自己对作品与人物的独特思考和认识。第四，是考虑影片拍出来将会收到什么效果，观众可能会有些什么反映、评论。❶岑范最后进一步指出：文学改编成电影时，一定要充分发挥电影所特有的、其他艺术所无法替换的艺术手段，来感染观众，征服观众；一部文学作品被改编成电影，必有所失，但也必有所得，它是一部被赋予了新内容、新形式的新的艺术作品。导演在创作中，确有一种强烈的自我表现欲；在影片中，就是导演所表现出的对生活、对人物的独特感受和认识。❷由岑范的改编心得看来，将小说改编成电影，虽然是以原著为基础，但它客观上是一种艺术创造。因此，不可避免，而且很有必要渗入编剧和导演的个人色彩。那种独特的感受和体会，可能正是电影的成功之处。实际上，电影《阿Q正传》更吸引论者关注的地方，正是陈白尘、岑范他们所加入的东西，如电影的"喜剧色彩"、放大的"梦境""咸亨酒店""画外音"等。

如果把《阿Q正传》视为传记式电影，则可见这类电影的一些特点，如以刻画人物为主，主人公具有典型性和传奇性，围绕人物所发生的故事具有较强的辐射力和较丰富的社会文化内涵等。鲁迅的小说中，《祝福》《孔乙己》《故乡》《高老夫子》等作品的电影改编都可以借鉴《阿Q正传》。

电影《阿Q正传》所体现出来的一些具体的改编手法和原则可以作为范式通用。

首先，需要尽可能地挖掘主角的传奇性，没有传奇色彩的人物留不住观众。阿Q并非伟人，也并非圣贤，一生也没有干过大事。他只是非常普通的一个农民而已。但鲁迅抓住了他身上存在的典型"精神胜利法"——他的"传奇"，把他变成了奇人。陈白尘和岑范很好地把这种"传奇"在银幕上表现了出来，取得了很好的效果。换言之，即便是小说能够被改编成电影，但如果小说的主人公身上没有适合电影表现的"传奇"要素，则很可能会让观众感觉没有看点。

---

❶❷ 岑范：《从〈阿Q正传〉的拍摄谈改编》，载《电影艺术》1983年第11期。

其次，可以通过增补、删减故事情节或者配以字幕和画外音的方式，填补原著中的一些空白，使观众能够看得懂。无论画面如何精美，无论音响效果如何完善，作为叙事性的故事片，故事情节始终是基础，需要特别看重。20世纪80年代初所拍摄的《阿Q正传》，其画质放在21世纪来看，显得非常粗糙。那是当时拍摄器材及洗印技术不够发达所造成的。可以说，现在的智能手机所拍摄的视频，在画质上都要优于《阿Q正传》。但人们依然愿意去观看，并不因为画面的不够精美而抛弃它，是因为它具有引人入胜的故事情节。

再次，改编虚构类的传记小说，还要特别注意电影所要承载和所能表达的主题思想。一般而言，长篇小说具有较为丰富的主题思想和文化内涵。受时间限制，电影不可能将原著的思想内涵全部表现。编剧和导演要精心地选择一个主题进行表现。如电影《阿Q正传》强化了原著中的"哀其不幸"，而弱化了其中的"怒其不争"，取得了巨大成功。电影作为一种大众传媒，过于深奥和隐晦的主题不利于影响观众。反之，过于浅白道理和过于直白说教也会使观众厌烦。要做到寓教于乐。

四、结　语

总体而言，电影《阿Q正传》十分忠于原著，将原著所述故事情节几乎悉数搬上银幕。电影还较多地运用画外音以保持原著特色。虽然忠于原著，但电影也增加了不少细节，以填充叙事的缝隙。情节方面，无重大故事情节的增加。风格方面，电影比原著多更多一些温情。小说的悲剧色彩很浓，而电影在整体上呈现喜剧色彩。小说有刻画中国人的普遍人性的意图，而电影《阿Q正传》则表现出明显的时代特色，在电影中，好人与坏人的对比更加明显，阶段立场较为显露。

本文主要从改编的角度对《阿Q正传》进行了分析，且侧重具有范式意义的做法。就作品本身而言，无论是小说版，还是电影版，无论是它们的形式，还是它们的内容，都还有许多可论析之处。作品总是在不断地接受延续它们的生命。《阿Q正传》是鲁迅创作出来的小说，当它被读者阅读时，就变成了千千万万的读者们的《阿Q正传》。从这个意义上来说，电影《阿Q正传》也只是陈白尘和岑范的《阿Q正传》。如果换其他的编剧和导演来摄制，肯定又是另外一种风貌。即使是剧本、编剧和导演都用原班人马，换用了不同的演员，效果也肯定大为不同。我们有理由相信，《阿Q正传》的新版电影非常值得期待。

　　小说和电影一样，都是审美的艺术。不同的人由于审美观的不同，对同一事件会有不同的评价。但无论是褒还是贬，作者、编剧和导演都应该得到承认。一些好的经验，可以被学习和借鉴。经典的文学作品有着无限的电影改编空间。也正如陈白尘指出：名著的本身是不变的，而每个改编本都会各各不同。这除了改编者的修养素质不同的原因之外，还有时代的影响。30年代有30年代的要求，这种时代要求不能不影响着、约束着各个不同时代的改编本。80年代有自己的时代要求，将来90年代也会有它的要求，还要出现新的改编本。电影的改编也应如此。❶由此看来，对电影而言，文学确实是一座用之不衰、取之不竭的宝库。

---

　　❶　陈白尘：《〈阿Q正传〉改编者的自白》，见陈白尘著，董健编：《陈白尘论剧》，中国戏剧出版社1987年版，第305页。

1912~1949：西方表现主义美术在中国
——以鲁迅、陈师曾、黄忏华、刘海粟、倪贻德为中心

山东艺术学院　崔云伟

目前美术理论界对于西方表现主义美术有两种理解：广义的和狭义的。广义的西方表现主义美术是指在绘画、雕塑等美术中许多采用了各式各样的表现手法并具有强烈的表现特征的现代美术流派。狭义的西方表现主义美术则专指在20世纪初期德国画坛上甚为活跃的一种现代绘画流派，主要包括两个社团：桥社和青骑士社。笔者在此所采用的是对于广义上的表现主义美术（以下简称表现主义美术）的理解。其代表人物主要有：塞尚、梵·高、高更、比亚兹莱、克里姆特、马蒂斯、毕加索、罗丹、布朗库西、蒙克、恩索尔、鲁奥、凯尔希纳、赫克尔、诺尔德、珂珂式加、康定斯基、蒙德里安、珂勒惠支、格罗斯、波菊尼、杜桑、米罗达利等。

民国以来，在表现主义美术的传播过程中，鲁迅、陈师曾、黄般若、郑午昌、黄忏华、刘海粟、林风眠、倪贻德等均做出了重要贡献。其中以鲁迅、陈师曾、黄忏华、刘海粟、倪贻德等为代表。

一

民国初年，鲁迅即使不是最早，也是较早关注表现主义美术的重要人物之一。据《鲁迅日记》载，1912年7月11日，"收小包一，内P. Gauguin：《Noa Noa》……各一册……夜读皋庚所著书，以为甚美；此外典籍之涉及

印象宗者，亦渴欲见之"。❶ P. Gauguin，即日记中所说的皋庚，今译高更，表现主义美术的重要先驱者之一。Noa Noa，今译《诺阿 诺阿》，系为高更所作。这是一本自传性的游记，全书共分六章。内容有对塔希提岛自然风光的描绘，有对当地土著风情的记录，有对岛上神话传说的解释，还有高更对资本主义社会的尖锐批判。书中还附有12幅木刻插图，是德·蒙弗莱德（de Monfreid）根据高更的画所作。这是目前在《鲁迅日记》中所发现的有关表现主义美术的最早记录，恐怕也是民国以来在中国思想文化界有关表现主义美术的最早记录之一。

在《鲁迅日记》中还有下述记载，堪可注意。1912年8月16日，"得二弟所寄V.van Gogh：《Briefe》一册"。❷ 该书为德文，梵·高《书信集》。同年，9月20日，"收二弟所寄《绥山画传》一册"。❸ 该书为德文《塞尚画传》，德国迈耶尔-格拉夫编，内收图画40幅，1910年慕尼黑佩珀出版社增订版。同年，11月23日，"晚得二弟所寄书三包，……J.Meier—Graeve：《Vincent Van Gogh》一册"。❹ 该书为《文森特·梵·高》，画集，德国迈耶尔-格拉夫编。内收作品50幅，1912年慕尼黑佩珀出版社出版。1913年3月9日、5月18日，均"收二弟所寄德文《近世画人传》二册"。❺ 此书为德文《现代插图画家传记丛书》。其一为《爱德华·蒙克》，慕尼黑-莱比锡佩珀出版社出版。同年8月8日，"收相摸屋书店信，……又小包一个，内德文《印象画派述》一册"。❻ 该书为讲演集，匈牙利拉扎尔（B.Lazar）著，内收拉扎尔在布达佩斯大学的讲演稿6篇，并附插画32幅，1913年莱比锡-柏林托伊布纳出版社出版。这几则史料中所提到的塞尚、梵·高、高更、蒙克等皆为表现主义美术的重要先驱者。鲁迅关注表现主义美术如此之早，这在民国初年的学术景观中确实是一件令人惊异的精神性事件。

鲁迅对表现主义美术的详细理解和接受，主要来源于他所翻译的5部（篇）日本译文，分别是1924年发表并于同年出版的厨川白村的《苦闷的象

---

❶ 《鲁迅全集（第15卷）》，人民文学出版社2005年版，第10页。
❷ 同上书，第16页。
❸ 同上书，第21页。
❹ 同上书，第31页。
❺ 同上书，第53、63页。
❻ 同上书，第74页。

征》，1924~1925年发表并于1925年出版的厨川白村的《出了象牙之塔》，1928年发表并于1929年出版的板垣鹰穗的《近代美术史潮论》，1929年4月出版的《壁下译丛》中的片山孤村的《表现主义》和1929年6月21日发表于《朝花旬刊》第1卷第3期上的山岸光宣的《表现主义的诸相》。其中最为重要的是他对于《近代美术史潮论》的翻译和介绍。

《近代美术史潮论》之第八章《理想主义与形式主义》，首先介绍了表现主义的雕刻家罗丹。与一般美术史论家不同，板垣鹰穗一方面强调了罗丹雕刻手法的高强，另一方面又着意指出，在罗丹的作品中还展现出的一种"特殊的思想底表现"。❶笔者正是在这种意义上将罗丹划归为表现主义的雕刻大师的。罗丹将这两方面的艺术要素，即一方面是他的"绘画底的技巧的高强"，另一方面是他的"特殊的思想底表现"，非常精妙地组合起来的作品，是《巴尔扎克》。著者说："为纪念那以中夜而兴，从事创作为常习的文豪巴尔扎克的风采计，罗丹便作了穿着寝衣模样的巴尔扎克。乱发的头，运思的眼——这里所表现的神奇地强烈深刻的大诗人的风采，和被着从肩到足的长寝衣的身躯一同，成为浑然的一个巨大的幻象。在那理想化了的增强了深刻的性格描写上，结构虽然大胆，却很感得纪念品底的效果。然而，这样大胆的尝试，却收得如此成功的缘故，究竟在那里呢？——这不消说，是在绘画底手法上的他的技巧的高强。只要单取巴尔扎克的脸面来一想，便明白他的技巧的优秀，是怎样有益于这诗人的性格描写了。恰如用了著力的又粗又少的笔触，描成大体的油画的肖像一般的大胆，使巴尔扎克的性格，强而深地显现出来。虽说已经增强了观念描写，但将生命给与作品者，也纯粹地还是造形底的表现。"❷这段描述可以说是极为精确地把握住了这部作品的艺术精髓。该章还将罗丹的《巴尔扎克》与克林该尔的《贝多芬》进行了比较，发现了隐藏在这两大艺术作品背后的法德两国不同的"艺术意欲"。该章略有遗憾的是，仅仅附有《行走的人》（鲁迅译为《行步的人》）、《巴尔扎克之首》等少量罗丹杰作。倘能再将罗丹的《地狱之门》或《加莱义民》附上，就更好了。

---

❶ [日]板垣鹰穗著，鲁迅译：《近代美术史潮论》，见北京鲁迅博物馆编：《鲁迅译文全集（第3卷）》，福建教育出版社2008年版，第366页。

❷ 同上书，第368页。

第九章《最近的主导倾向》则集中介绍了表现主义美术。该章首先从里格尔（Alogis Riegl）的"艺术意欲"说的角度，将19世纪以来的欧洲艺术分为南北两大系统。南方系统以法国为中心，加上意大利、西班牙；北方系统以德国为中心，加上荷兰、瑞士、挪威、俄罗斯。从而将南方系统统一于"纯造形底的艺术意欲"，将北方系统统一于"思想本位的艺术意欲"。南方系统始祖是塞尚、高更和雷诺阿，北方系统始祖是梵·高、蒙克和霍德勒。下文分三段予以详述。

第一段详述了法国的塞尚、高更以及受塞尚影响的立体派的毕加索和受高更影响的野兽派的马蒂斯。著者高度赞赏塞尚是"一切画家中最像画家的画家"，指出："在绥珊（塞尚。——笔者注）的艺术上，主要的题目有二。就是画面的构图的'综合底统一'和为表现物体的体积起见的'面的结构'"，"和要捕捉物体的外底的现象的印象派，恰相反对，他想将物体的造形底地内在底的约束，表现出来。其致力于统一画面和结构物体的'面'，就都为了对于这目的。由他而表现的画像，其实，这东西本身，便是整然的一个造形底的世界。"❶ 但是对于毕加索，这位深受塞尚影响的立体派大师，著者的评价就明显偏低了。著者指出，立体派的绘画过于追求"物的立体底表现"，过于崇奉塞尚的话——"在自然界，一切皆以球体，圆锥体，圆柱体为本而形成"，明显是将塞尚的艺术硬化为一个"教义"了。❷ 著者亦高度评价了高更，指出他的绘画在"求得画面的装饰底的效果"，"从南国的自然景物的简素的情形，和有色人种的皮色和服饰，造出一种雅净的织纹一流的图案来"。❸ 他一生中的大作《我们从哪里来？我们是谁？我们往哪里去？》，其构想是"纯全的壁画风"，其风格则是纯然的象征主义。与对毕加索的贬低不同，著者对于高更的后学马蒂斯则予以了热情洋溢的评价，认为"恰如看见质地美艳而彩色鲜明的东洋磁器似的他的画，乃在求得色彩的装饰底效果。将物体还元为色彩，而以工艺品一流的味道示人，是他的绘画的主眼"。❹ 著者最后作了这样的盖棺论定："他们的

---

❶❷ [日]板垣鹰穗著，鲁迅译：《近代美术史潮论》，见北京鲁迅博物馆编：《鲁迅译文全集（第3卷）》，福建教育出版社2008年版，第393页。

❸ 同上书，第396页。

❹ 同上书，第397页。

努力,到处总不离造形的世界。要以纯造形底的技巧之高强示人的他们的艺术意欲,到处总都是法兰西风。"❶以上评价可以说都是相当准确的。

  第二段详述了北方系统的先驱者梵·高、蒙克和在德国兴起的表现主义美术运动。著者高度评价了梵·高和他的艺术,认为"热情底地亢奋了的自然的情形,是他的世界。这倒是他的心眼所见的超自然底的世界。一切的现象,在这里是起伏,交错,燃烧。白日的光使万物亢奋而辉煌,树木喘息着,大地战栗着。那又厚又浓,从颜料筒中挤了出来的颜料的强有力!再没有能如望诃霍(梵·高。——笔者注)那样,能捕自然的泼辣的生命的作家了。他的绘画,是已经超过了造形底的东西的世界,而表现着隐藏在那深处的深的'力'"。❷这些评价即使放到今天也是相当前卫和准确的。对于蒙克的艺术,著者亦进行了热情洋溢的评价。著者首先指出,在蒙克的天性中,有着一种阴郁的性质,这与蒙克童年的不幸——"有着狂信者一般虔敬的父亲,和因肺病而夭亡的母亲"有着很大的关系。❸蒙克的特殊的嗜好,是"以幽暗的心绪,观察浊世的情形,将隐伏在人间生活的深处的惨淡的实相,用短刀直入底的简捷,剜了出来"。❹"恋爱生活"和"死"则是蒙克酷爱的主题,从中蒙克写出了"人间底的冲动和恐怖"。蒙克艺术所特有的这种"精神底阴郁"——对于现世的形而上学底的恐怖——的表现,正是使他所以成为表现主义之祖的缘故。❺著者并对德国表现主义美术运动——从桥梁派到新艺术家协会再到青骑士派,作出了自己的评价。著者对桥梁派的评价尚可,对于其中的几位代表人物,如凯尔希纳、诺尔德、沛息斯坦因、罗特鲁夫等,亦无什么恶感,但对青骑士派就不那么客气了。对于康定斯基、保罗·克利、马尔克等这些现今在美术史已有定评和好评的画家,评价甚低。对于乔治·格罗斯、奥托·迪克斯这两位在美术史上亦有相当地位的漫画家,竟直斥他们为"恶趣味的作家"。柯柯施卡亦是德国表现主义美术运动中一员健将,在现代美术史上亦有相当的地位。著者对柯柯施卡亦无好感,说他徒然继承了梵·高的风格,只有表现的粗疏。这些评价均对鲁迅的表现

---

❶ [日]板垣鹰穗著,鲁迅译:《近代美术史潮论》,见北京鲁迅博物馆编:《鲁迅译文全集(第3卷)》,福建教育出版社2008年版,第397页。
❷❸❹ 同上书,第398页。
❺ 同上书,第400页。

主义美术观产生了甚深的影响。

最后一段讲述了意大利和俄罗斯的美术，其中包括对于未来派的评价。板垣鹰穗对未来派的评价，亦并不高。他首先否认了未来派的纯艺术主旨，指出未来派的实质是一种致力于打破传统的极端的社会运动。未来派画家所寻求的东西，是运动的大胆的表现法。"那盛行尝试的，是将一件事故的种种情形，或物体运动的种种状态，'同时底'地，作为一个的造形底表象，表现出来。那结果，便连只是荒唐无稽的——带些恶作剧模样的——'尝试'，也在其中出现了，然而有时也有收了相当的效果的兴味颇深的作品。"❶未来派的艺术确实呈现出上述状况，其在创新上的追求是值得肯定的，但是这种创新的方式究竟在美术史上占有多大的艺术价值，则是很难说的。与对未来派艺术的评价相反，板垣鹰穗在谈到北方系统中俄罗斯的画家哈盖勒和绥盖勒时，笔触就禁不住又热情洋溢起来。他特别肯定了绥盖勒的艺术风格，将之喻为俄罗斯的蒙克，指出他的题材，亦是讽刺浊世的生活的，在他的一系列作品中，可以窥见鬼气而阴森的观念的表现。板垣鹰穗对于北方系统、对于蒙克的情有独钟可见一斑。这种特殊的爱好和评价亦使鲁迅产生了对于蒙克相当程度上的好感。

该章还附有表现主义的美术插图多幅，如塞尚的《静物》《博徒》《风景》、梵·高的《风景》、蒙克的《病娃》、毕加索的《拭足的女》《斑衣小丑》《两场》《比爱罗》、勃拉克的《静物》、马蒂斯的《女》、柯柯施卡的《自画像》、沛息斯坦因的《木雕》、罗特鲁夫的《自画像》、康定斯基的《白色的中心》、马尔克的《马》等，但是没有梵·高的《向日葵》、高更的《我们从哪里来？我们是谁？我们往哪里去？》、蒙克的《呐喊》等，这是颇为遗憾的。

由上述论述可知，鲁迅对于表现主义美术的接受是相当全面和准确的。作为现代中国文化领域中的一名杰出的文学家、思想家、革命家，鲁迅能够在美术领域中有此贡献和识见，在20世纪上半期的中国已属罕见。

---

❶ [日]板垣鹰穗著，鲁迅译：《近代美术史潮论》，见北京鲁迅博物馆编：《鲁迅译文全集（第3卷）》，福建教育出版社2008年版，第406页。

二

陈师曾（1876~1923年），江西修水（古之义宁）人，是20世纪初中国著名的美术史论家、国画家。他早年留学日本（1902~1909年），与鲁迅同学。1921年夏天，陈师曾撰写了《文人画之价值》一文，连同他翻译的日本大村西崖的《文人画之复兴》，合称为《中国文人画之研究》，1922年由上海中华书局印刷出版。《文人画之价值》亦曾以白话文《文人画的价值》为名于1921年春天发表于北京大学《绘学杂志》第2期。这是一篇有关文人画研究的经典之作，深刻阐释了文人画的历史价值和现代意义。就是在这篇文章中，陈师曾第一次将正在西方方兴未艾的表现主义美术，同中国传统文人画联系起来进行论证，以此来证明文人画非但不是落后的，反而是先进的著名观点。这在中国传统画论中也可以说是一个创举。

陈师曾从历代文人画的特征中概括出文人画的四大要素，即"第一人品，第二学问，第三才情，第四思想"，认为"具此四者，乃能完善"。❶他对文人画的定义是："何谓文人画？即画中带有文人之性质，含有文人之趣味，不在画中考究艺术上之工夫，必须于画外看出许多文人之感想，此之所谓文人画。……画之为物，是性灵者也、思想者也、活动者也，非器械者也，非单纯者也。否则直如照相器，千篇一律，人云亦云，何贵乎人邪？何重乎艺术邪？所贵乎艺术者，即在陶写性灵，发表个性与其感想。而文人又其个性优美、感想高尚者也。其平日之所修养品格，迥出于庸众之上，故其于艺术也，所发表抒写者，自能引人入胜，悠然起澹远幽微之思，而脱离一切尘垢之念。"❷从以上陈师曾对文人画的界定可以看出，他对文人画总体特征的把握不是从画上之功夫着眼，而是从画外文人之感想和画内文人之性质、文人之趣味上来加以概括。陈师曾在对文人画和照相器的比较中，指出照相器千篇一律，人云亦云，毫无个性可言，而文人画之所以被尊为艺术，其重要原因即在于它能够陶写人的性情，发表人的个性和感想。而文人平日之所修养品格，已经远远超出于庸众之上，是个性最为优美，感想最为高尚

---

❶ 陈师曾：《文人画之价值》，见李运亨、张圣洁、闫立君编注：《陈师曾画论》，中国书店2008年版，第171页。原载《中国文人画之研究》，中华书局1922年版。

❷ 同上书，第167页。

者。由他们所创造的艺术——文人画，自然最能引人入胜，最能达到艺术的胜境。由此可知，陈师曾对文人画审美特征的把握是同他对艺术的观念紧密结合在一起的。陈师曾的艺术观念是主观表现论，特别强调艺术创造者的主观个性和思想表现。这不同于康有为在《万木草堂藏画目》中所提出的写实象形论，不同于陈独秀在《美术革命——答吕澂》中所大力提倡的写实主义，也不同于当时徐悲鸿在《中国画改良论》中所提出的基本观点。❶ 陈师曾的这篇文章，实际上正是对康有为、陈独秀、徐悲鸿等的文章的一个强力反拨。

针对有人攻击文人画形体不正确，失画家之规矩，任意涂抹，以丑怪为能，以荒率为美的论调，陈师曾辩护道，文人画之不见赏流俗，正可见其格调之高。"旷观古今文人之画，其格局何等谨严，意匠何等精密，下笔何等矜慎，立论何等幽微，学养何等深醇，岂粗心浮气轻妄之辈所能望其肩背哉！"❷ 陈师曾还总结出文人画的特征正是宁朴毋华，宁拙毋巧，宁丑怪毋妖好，宁荒率毋工整，纯任天真，不假修饰。所有这一切正好能自由发挥画家的个性，突出其独立精神，"力矫软美取姿，涂脂抹粉之态，以保其可远观不可近玩之品格"。❸ 陈师曾主张艺术的胜境不能以华丽细致的表相而定，而应以自由发挥性灵与感想而定，"神情超于物体之外，而寓其神情于物象之中"，❹ 离形得似，妙合自然，用现代美学术语来讲即是一种"象征"（symbol）。陈师曾并不反对写形，而是认为不能把形似作为艺术创作的目的，不能惟形是求，斤斤计较于此，用笔时，应当另有一种意思，另有

---

❶ 康有为的《万木草堂藏画目》撰写于1917年，1918年原文曾在上海长兴书局出版。陈独秀的《美术革命——答吕澂》刊登于1919年《新青年（第6卷第1号）》，同期还发表了吕澂的《美术革命》。他们共同提出了"美术革命"的口号。徐悲鸿的《中国画改良论》于1920年6月刊载于北京大学《绘学杂志》，其前身《中国画改良之方法》曾于1918年5月23~25日在《北京大学日刊》上连载。这时徐悲鸿的观点尚是改良论，后来则是"写实主义"，后期则又更明确地主张"素描为一切造型艺术之基础"，"仅直接师法造化而已"。

❷ 陈师曾：《文人画之价值》，见李运亨、张圣洁、闫立君编注：《陈师曾画论》，中国书店2008年版，第167页。

❸ 同上书，第168页。

❹ 同上书，第171页。

一种寄托。正如一个人的作画过程，"经过形似之阶段，必现不形似之手腕。其不形似者，忘乎筌蹄，游于天倪之谓也"。❶陈师曾的这种看法，不但来自其自身丰富的艺术创作实践，而且与他对西方艺术的深刻观察与认识有关。一方面，陈师曾已经认识到，"西洋画可谓形似极矣"，"自19世纪以来，以科学之理研究光与色，其于物象，体验入微"，❷更是达到了一个新的写实高峰。但是，另一方面，陈师曾又更为清醒地看到，西洋画到了19世纪末20世纪初，从后期印象派开始，❸"乃反其道而行之，不重客体，专任主观。立体派、未来派、表现派，联翩演出，其思想之转变，亦足见形似之不足尽艺术之长，而不能不别有所求矣"。❹显然在这里，陈师曾已经注意到近代美学中所推崇的移情论、表现论已经远远超过了模仿论、写实论。正基于此，陈师曾才得出了他始终念兹在兹的重要结论："文人画不求形似，正是画之进步。"❺

这样，陈师曾从表现主义美术重主观、重个性的审美特征和移情论美学观❻中找到了同中国文人画重精神、重气韵、重性灵、重感想的契合处；从表

---

❶❷❹❺ 陈师曾：《文人画之价值》，见李运亨、张圣洁、闫立君编注：《陈师曾画论》，中国书店2008年版，第171页。

❸ 后期印象派，根据笔者的界定，为表现主义美术的派别之一。陈师曾在《文人画之价值》中，将之表述为"后印象派"。但是，在陈师曾所译日本美术史论家久米氏所著《欧洲画界最近之状况》中，陈师曾将之译为"新印象派"。众所周知，印象派、新印象派、后期印象派，在西方现代美术史上是三个不同的绘画流派，故而这是不能不特别加以注意的。在这篇文章中，久米氏已经提到后期印象派的三位大师塞尚、梵·高、高更，并在与印象派的比较中，对于这一流派的艺术追求，如对于"画家之情志"的着意追求，作了相当清晰的描述。这表明早在1911年，陈师曾通过翻译这篇文章，对于后期印象派就已经有了相当程度的了解，这对于他10年之后撰写《文人画之价值》自然也是有一定程度的帮助的。参见[日]久米氏著，陈师曾译：《欧洲画界最近之状况》，见李运亨、张圣洁、闫立君编注：《陈师曾画论》，中国书店2008年版。原载《南通师范校友会杂志》1911年第2期。

❻ 陈师曾在他的这篇文章中将移情论美学观表述为"感情移入"。具体阐释则为："盖艺术之为物，以人感人，以精神相应者也。有此感想，有此精神，然后能感人而能自感也。"参见陈师曾：《文人画之价值》，见李运亨、张圣洁、闫立君编注：《陈师曾画论》，中国书店2008年版，第171页。

现主义美术突破写实传统、冲破模仿樊篱向表现发展的趋势同中国文人画不求形似而重天机流露、重主观个性的自由抒发方面找到了连接点。虽然陈师曾在他的这篇文章中没有充分展开这种比较，但其精神实质是不难窥见的。特别是表现主义美术正处于发生发展期，他能洞悉其艺术主旨并首次尝试同中国文人画作比较研究，应该说是极其富有远见卓识的。❶

陈师曾的《文人画之价值》发表以后产生了广泛的影响，不少画家和美术史论家重新认识文人画，展开了对于文人画的讨论。其中黄般若（1901~1968年）的《表现主义与中国绘画》则将陈师曾的相关看法进一步发扬广大了。

黄文是国内第一篇将表现主义与中国绘画作为专题来集中进行论述的比较研究论文。该文一起笔即带有强烈的论辩性。针对有人认为东西方画学"今日均有盛极难继之象"，苟非有调和而救济之，不免有穷途之叹的观点，黄般若旗帜鲜明地指出："吾国多数之思想界，最大之谬误，则为昧于近代各国画学之趋势，以为西方画学仍在写实主义之下。而以祖国之艺术，离自然太远，所描景物，远近之距离亦不能表明，而多意造幻想，趋于游戏，遂生轻忽之心，反而醉诸已成过去写实主义与印象主义。"❷接下来，黄般若详细考察了欧洲各国的画学历史，指出写实主义与印象主义，过于注重人的视觉，以逼肖为归，囿于客观未能更有进化。其后发生的后期印象主义，则为自然主义之反动，其所秉持的写实观，已经与前人大为不同。"其所持之主张，为'实在即自我，自我反映于外，方是自然'，故其画所描之对象，亦为表现自我。盖所谓自然，并非炫耀人目逐时表现之外象，而为内心所感应之具象表现也。画中之物形，纯属画家表白对其物所生之情绪，要

---

❶ 陈师曾之所以能够把表现主义美术与中国文人画放在一个同等的位置上进行比较，与他早年对于东西方美术的平等理解有着密切的关系。早在1911年，他就提出了这样的观点："东西画界，遥遥对峙，未可轩轾。系统殊异，取法不同，要其唤起美感、涵养高尚之精神则一也。"参见陈师曾：《欧洲画界最近之状况（附识）》，见李运亨、张圣洁、闫立君编注：《陈师曾画论》，中国书店2008年版，第187页。

❷ 黄般若：《表现主义与中国绘画》，见黄般若著，黄大德编：《黄般若美术文集》，人民美术出版社1997年版，第23页。原载《国画特刊》，1926年广州出版。

皆自我感应而表白之,绝不束缚自然,自由发挥,毫不瞻顾。其画肖像也,亦主张对于其人所在之感情,即可云肖不必拘于眉目之逼真"。❶由以上论述可知,黄般若对于后印象主义的表现性特征是相当熟悉的。这一段论述几乎句句都可对应到梵·高的绘画作品中来。从一定程度上讲,这是一段针对梵·高绘画的精彩评论。

黄般若继而指出,第一次世界大战之后,反对自然主义的派别相继崛起,意大利的未来主义、德意志的表现主义、法兰西的达达主义等雄踞艺坛,而表现主义则尤为突出。黄般若再次着力批判了自然主义与印象主义,指出艺术终究是创造,欲全然放弃作者之主观,而成为纯客观,是绝对不可能的事。模仿自然,不但遮蔽了人性的价值与自由,而且在事实上也足以促成艺术的屈服与灭亡。黄般若高度赞同《印象主义与表现主义》一书的著者朗支鲁的观点,认为"大凡真的艺术,是不求与外界一致,而求与艺术家内界一致。印象派画家,其心目完全受自然之支配,而表现派之画家,为表现其内界之蕴藏,故力求战胜自然,屈服自然,破坏自然,而以自然的碎片组成自己之艺术品。印象派的画家仅有选择自然材料之自由,而表现派画家,则进而改造自然。"❷基于上述种种评论,黄般若最终得出属于自己的重要结论:"今日东西方画学,已不谋而合,其原因艺术实为灵感的创造。而我国画坛,对于精神与主观二者,早已尊重,故翰墨所流,皆诗书之华,性情所托,多蕴藉之妙。旷世之思,轶凡之想,此绘画而尤推重于文人者,职是故也。"❸这样一来,黄般若就把来自两个不同的世界(一个是西方,一个是东方)、两个不同的时间(一个是现代,一个是古代)的两种不同类型的画种(一种是油画,一种是文人画),在共同的画学追求,即共同的审美追求与艺术特质上巧妙地连接起来。这个共同的画学追求即他们对于精神与主观的同等重视。黄般若进一步高度赞扬了中国绘画的形式之美,指出"不似之似,斯为上乘,诗趣与逸致,均为吾国绘画之独擅,亦即今日西方所重之表现神感之表现主义是也"。❹这一观点亦为当时来华的孔威廉博士所认同。他在演讲中指出中国人富有感受性,颇能尽传神之能,自表神感,现在欧洲盛

---

❶ 黄般若:《表现主义与中国绘画》,见黄般若著,黄大德编:《黄般若美术文集》,人民美术出版社1997年版,第23页。

❷❸ 同上书,第24页。

❹ 同上书,第25页。

行的表现主义，中国早已有之，并认为"中国人常舍弃本国之艺术而他求"以为新，是国人的谬误之见。对此，黄般若亦明确认为，"不当抛弃祖国最有价值之艺术而撷拾外来已成陈迹之画术，复据为己有"。❶这就有力地回应了文章开头所提出的观点。

综上所述，黄般若秉承陈师曾《文人画之价值》中的基本论点，首次深化和细化了关于中国绘画和表现主义的相关论述，对于两者之间的相联性和沟通性进行了精彩的阐释。他不但没有像康有为、陈独秀那样将包括文人画在内的中国绘画的写意传统看得衰颓已极，并大大落后于西方的写实主义艺术，反而着力赞扬了中国绘画重主观、重精神的表现精神，并认为这一艺术精神与当时正在欧洲最新兴起的表现主义的审美趣味正相吻合。这一观点在当时可以说是极其富有前瞻性的。

1931年1月，郑午昌（1894~1952年）发表《中国画之认识》，也认同陈师曾、黄般若、刘海粟等的看法。他对中国画的表现性特征十分重视，借引刘海粟在《国画概论》中的观点，认为"吾国画虽有时代之变易，及门户派别之分歧，然多能超脱自然外观，而不囿于见觉，发表画人伟大之心灵与独得之感应，而尽画之极致也"。❷郑午昌对中西绘画的比较研究多所创见，他说："综观中西绘画，而寻其演进之次序，可分为四程：第一程漫涂，第二程形似，第三程工巧，第四程神化。此四个程序，无论综合中西绘画全史的进程，或个人绘画一生的进程而言，虽迟速有别，而皆不能逾此。西画之古典派、写实派、自然派等，皆属由第一程进于第二程，力求形似者也。印象派、新印象派、后期印象派，即由第二程而进于第三程，力求技巧精工者也。立体派、新浪漫派、象征派、未来派、表现派等，皆由第三程而进于第四程，力求脱略形迹，超神入化而尚未成功者也。惟西画之进于第四程，纯求精神的自我表现者，不过是19世纪事；较我国画，约后一千四百余年。"❸"及玛蒂斯（Henri Matisse）以野兽派健将跃起，将达文西以至印象派、新印象派等之艺术根本问题——'自然的樊篱'，'客观的影象'——一概屏弃之，全以自己的情绪作画，遂与欧洲艺术史以革命之纪念。……以

---

❶ 黄般若：《表现主义与中国绘画》，见黄般若著，黄大德编：《黄般若美术文集》，人民美术出版社1997年版，第25页。

❷❸ 郑午昌：《中国画之认识》，载《东方杂志》1931年第28卷第1号。

后表现派（Expressionist）接踵而起，以康定斯基（Wasserly Kandensky）为领袖，更彻底主张自我表现，以为绘画应与音乐有同样之自由，要使美的生命，独立存在，不必用自然对象或理智说明，以为中介，只须用色彩形状的结构和调和，为内面自我的表现。此派在现代欧洲艺术界，最有势力，其所制作，虽与我国画不相貌似，然审其对于画学之意识，则已进于第四程，而有契乎我元人之论调矣。"❶郑午昌作为著名美术史论家，曾著《中国美术史》《中国画学全史》，对中国画的发展历史可谓全局在胸，因而他对中国传统文人画和西方现代绘画的表现性特征的体认是比较权威的。

三

陈师曾、黄般若、郑午昌主论文人画，兼及表现主义美术。也就是说，他们都将表现主义美术作为一种可资参考并加以利用的理论资源，这其实正是他们的阅读接受视野。黄忏华则撰写了我国第一本西方现代美术研究专著《近代美术思潮》❷。该著设有三章，分别为：新兴绘画、新兴雕刻和新兴建筑。内容包括印象主义、新印象主义、立方体主义（立体主义）、未来主义、后期印象主义、构图主义、恶魔主义、罗丹、穆立尔、美斯多洛、伊壁斯顿、19世纪末以来的建筑界、维也纳的分离派等。

该著在论述立体主义时，指出立体主义的目的，是反抗客观的写实主义。"立方体派底愿望，是离开模写，从事创造。"❸他们为想从象征上表现物体的特质，"不惜乎排弃那个物体底客观的形似"，❹"却叫自己底主观自由涌出"。❺他们的作画，许多是几何学形体的杂然聚合。"一种画面上，一个形体，比他周围底别的形体，很占优势底时候；那个主要形体，就支配画面全体，而且反映到其他所有底各形体上，叫那些形体，都类似起自己底形

---

❶ 郑午昌：《中国画之认识》，载《东方杂志》1931年第28卷第1号。
❷ 黄忏华编述：《近代美术思潮》，上海商务印书馆1922年版。该著绝大部分章节所论述的正是广义上的表现主义美术。
❸ 同上书，第18页。
❹ 同上书，第21页。
❺ 同上书，第20页。

态来。"❶他们在如何处置光上，也有着一套不同于新印象派的新观念。这些论述可以说真正把握住了立体主义的根本特质。

在论述未来主义时，指出未来派宣言书的中心思想，"是对于过去底反抗，是对于过去底文明、过去底艺术、过去底情调底反抗"。❷未来派绘画的特质，主要表现为："（一）不画裸体"；"（二）反抗绘画底各派"；"（三）画运动底姿态"。未来主义者，观察运动底姿态。他们画正飞跑着的马，不是4条腿，而是20条腿。"（四）物体互相底影响"。未来派主张线和线互相照映、面和面互相呼应，各物体之间互相影响。他们依照"支配画面底情绪的法则"，"在描写喧噪的群众底画上，群众骚扰底场面，用许多交错底线表现，叫我们生一种混乱的感情"。"（五）目击和想起都画"。"未来派力说不可不叫观者同化在画中。要想叫观者同化在画中，不可不把"目击底"和"想起底"，综合起来表现"。"（六）二重视觉"。未来派的画家，把视觉的两重力量，应用在艺术上。他们的视觉，呈现出X光线的效果。"（七）画心底状态"。未来派常常主张"画心底状态"。这就不可不把"目击底"和"想起底"，综合起来表现。"（八）物质力底表现"。❸未来派在咆哮而且疾驰的自动车上发现一种新的美。他们极力讴歌物质世界的伟力，认为只有这样，新意大利才能够从中毒当中救出来，从颓废当中离脱出来。这些论述都是相当深刻的。

在论述后期印象主义时，强调指出了再现和表现的不同。认为"画外面底，执着'美'。画内面底，超越'美'和'丑'。画物象底外形，忘记自己底灵魂底，是'再现'（representation）底艺术"，"接触物象内面底意义底艺术，是'表现'底艺术"，并认为后期印象派的画家"拿人格底表现，做唯一目的。在他们，艺术底极致，是'表现'（Expression），不是'美'。'美'是从属'表现'发生底现象"。❹他们的作品，不是物象底灵巧的模写，不是物象底薄弱反映，而是一个新的实在。他们的目的，是创造新形体，即不是模写"生"，而是制作和"生"一样价值的艺术。所

---

❶ 黄忏华编述：《近代美术思潮》，上海商务印书馆1922年版。该著绝大部分章节所论述的正是广义上的表现主义美术，第21页。

❷ 同上书，第25页。

❸ 同上书，第28~32页。

❹ 同上书，第33~34页。

以,"他们底色彩同他们底笔触,不是说明自然现象底,是他们底情感底象征"。❶ 正是在这种意义上,著者认为"与其叫他们做后期印象主义,不如直接叫他们做表现主义(Expressionism)——表现派(Expressionists),比较适当得多",❷ 并认为,单纯化亦是后期印象派的一大特征。后期印象派的绘画,并非从理智上企图单纯化,所以单纯化的缘故,正是热中"表现"自然的结果。❸ 这些把握都是相当精确的。

在论述罗丹时,认为"在罗丹:自然底万有,是美。而所有底美,在'真'当中"。❹ 罗丹的唯一师父,是自然。但是,他并不是和印象派一样程度的自然主义者。他对于光接触自然的外容,并不满足。他想拿那个外容做因由,感着内部的真实。他的眼睛,想诵读的是自然心里头的深奥的秘密。罗丹曾这样说:"所谓宗教:不是对于肉眼和心眼都看不见底一种神秘底'力量'底感情么?不是我们人对于无限底智和爱,对于无限和永远;底意识底兴奋么?在像这样底意味,我也是宗教家。人假如以为我光生在官能底世界上,就是误解。在我们:线和阴影,是一种神秘东西底象征。我想接触那个神秘东西不止。艺术家表现外部底真实,同时内部底真实也不可不表现。而所谓艺术底神秘性,在用一种外容(现实底小世界)象征那个神秘底力量(看不见底广大永远底世界)。"❺ 罗丹的雕刻,也实际证明了他的话。别的雕刻家,把生命转到雕刻,而罗丹把雕刻转到生命。他所千思万想的就是冲进未知的境界,去听神秘的果子树上的啼鸟的声音。因此"他底作品,抱一种感想;就是出现在这个世上,去做一种广大无边底世界底一个象征"。❻ 正是在这种意义上,"罗丹底雕刻,可以叫灵的写实主义,或者一种象征主义。所以他比起印象派底自然主义来,实在和后期印象派底性质,有许多底近似点"。❼ 这些论述都是非深解罗丹者所不能道出的。

20世纪20年代,表现主义美术在欧洲亦正处于发生和发展的黄金时期,

---

❶❷ 黄忏华编述:《近代美术思潮》,上海商务印书馆1922年版。该著绝大部分章节所论述的正是广义上的表现主义美术,第33~34页。

❸ 同上书,第35页。

❹ 同上书,第50页。

❺ 同上书,第51页。

❻ 同上书,第52页。

❼ 黄忏华编述:《近代美术思潮》,上海商务印书馆1922年版,第52页。

黄忏华的这部著作几乎是在同一时期出现在了中国，其眼光可以说是相当前卫的。尤为难能可贵的是，黄忏华对于表现主义美术的理解亦是相当准确的，其中还有着诸多独特的感悟。鲁迅在论及19世纪末以来的欧洲各个新派画时，曾经对它们进行过批评，说这些作品"几乎非知识分子不能知其存意。因此绘画成了画家的专利品，和大众绝缘，这是艺术的不幸"。❶鲁迅这话是在1930年说的，在说这话之前，他可能还没有看到过黄忏华的这部著作。假如鲁迅看到过这样一部面向大众的普及性的美术史著作，我想他是不会做出如此决绝的判断的。❷

四

在传播表现主义美术的过程中，刘海粟、林风眠、倪贻德等也做出了重大贡献。他们和上述论者的最大不同，在于他们都是直接从事西画者（这并不否认他们之中有的人也从事中国画，且取得了骄人成绩，如刘海粟、林风眠等）。在这些人中，以刘海粟的贡献为最大。

刘海粟（1896~1994年），江苏常州人，我国新美术运动的拓荒者，现代艺术教育的奠基人，同时是饮誉海内外的著名现代艺术大师。他学贯中西，艺通古今，在油画、中国画、诗词、书法、美术史论等方面，均取得了卓越成就。

刘海粟由于在他所创办的上海美专首次在绘画中使用人体模特儿，被当时思想文化界中的保守势力目为"艺术叛徒"。他干脆以"艺术叛徒"自居，于1925年2月15日在《艺术》周刊第90期上撰文《艺术叛徒》，高唱艺术的反叛精神和讴歌新艺术的创造精神。这篇文章实际上是一篇梵·高论。他热烈称颂梵·高为"艺术叛徒之首"，认为"梵·高是近代艺坛最伟大之画

---

❶ 刘汝醴：《鲁迅在中华艺术大学讲演记录》，见王观泉编：《鲁迅美术系年》，人民美术出版社1979年版，第45页。

❷ 鲁迅在对中华艺术大学的学生进行的这次讲演中，对于未来主义给予了极其猛烈的批判。但是，恰恰就在黄忏华的这部著作中，早在鲁迅这次演讲的8年之前，黄忏华就对未来主义的宣言、画家、艺术特质等给予了明白晓畅且极为清晰的描述。

家,他是天纵之狂徒,他是太阳之诗人"。❶ "梵·高之创作,皆表现其生命与太阳不枯涸之源泉。彼伟大强烈之精神,足以与太阳光辉争荣,故彼一生研究太阳光辉,在他的线条里色彩里都有热烈之光辉恒久存在。他虽一生穷苦无聊,以度其生涯,然其因艺术而死,因太阳而死,此种光荣之死,照耀千古,实为最伟大之勇力。狂热之梵·高,以短促之时间,反抗传统之艺术,由黯淡而趋光辉,一扫千年颓废灰暗之画派,用其如火如荼之色彩,自己辟自己的途径,以表白其至洁之人格,以其强烈之意志与坚卓之情操,与日光争荣,真太阳之诗人也!"❷

　　刘海粟对于现代主义的各个流派:印象主义、新印象主义、后印象主义、野兽主义、立体主义、表现主义等,都十分重视,都做过相当认真细致的研究。1929年他到欧洲后,在两年多的时间里认真考察了法、意、德、比等国的艺术,对于在这些国家已经发生和正在发生的现代艺术有了相当直观和深入的认识和了解。1932年,他编印了一套《世界名画集》丛书,包括《特朗》《莫奈》《雷诺阿》《塞尚》《梵·高》《高更》《马蒂斯》《毕加索》等分册。在这套丛书中,傅雷亲自编选了一册画集《刘海粟》,作为《世界名画集》第二集出版。这样做的原因,主要是期望中国的画家也能够参与到整个世界美术的现代潮流中来,继而进一步推进中国的现代绘画潮流。1935年,刘海粟撰写了《欧游随笔》,❸ 其中对法国野兽主义等表现主义流派作了认真的研究,并向国人进行了详细的介绍。1936年,刘海粟又将英国美术史论家J.W.厄普的《现代绘画运动》译成中文,定名为《现代绘画论》,由上海商务印书馆出版。这是一本论现代绘画比较具体而确当的书,广泛涉及后期印象派、立体主义、野兽主义、未来主义等,并以巴黎为中心提供了当时法国现代艺术运动中的一些最新信息。刘海粟之所以将此书译出,主要是为了端正视听,消除当时国内少数人对于塞尚、马蒂斯、德朗、

---

❶ 刘海粟:《艺术叛徒》,见顾森、李树声主编:《百年中国美术经典文库(第三卷)·美术思潮与外来美术(1896—1949)》,海天出版社1998年版,第57页。原载1925年2月15日《艺术》周刊第90期。

❷ 同上书,第57~58页。

❸ 刘海粟:《欧游随笔》,中华书局1935年版。

莫迪里阿尼等人的不理解或讽刺诋毁，❶从而使人们能正确对待现代绘画运动。同年，刘海粟还提出了"艺术的革命观"，认为"艺术是表现，不是涂脂抹粉""表现两个字，是自我的，不是客观的""艺术之表现，在尊重个性""艺术的目的，要领导大众，极端表现自我的结果"等。❷显而易见，刘海粟的艺术革命论即是艺术表现论，它与刘海粟对于西方现代艺术的重视是一脉相承的。

关于刘海粟的艺术，1932年倪贻德在《艺术旬刊》上发文《刘海粟的艺术》，认为后印象主义三大师塞尚、梵·高、高更对刘海粟都有影响，其中尤以梵·高的影响为最大。"他（刘海粟。——笔者注）与梵高之间，好像有着先天的共鸣之点——在他的画面上，那燃烧般的色彩，那涡卷形的笔触，那火球一般的太阳，那向日葵的题材，都表示了他对于梵·高所受的影响之强烈。"❸刘海粟欧游之后，"他的梵·高的作风更加显著"。稍后，"马蒂斯的明快的作风，郁德里罗的稚拙的表现，也使他起了共鸣"。❹刘海粟虽然受了许多大家的影响，但他始终不失自我，他的作风前后仍是一贯的。"他的每张作品都在向我们明示着他的气概，他的性质，他所遭的际遇，他所生的时代，他所处的国家。那便是豪放，力量，幸运，东方的情韵，新中国的期望。"❺倪贻德最后还将刘海粟的艺术赋以哲学上的阐释，认为就作家类型而言，刘海粟明显属于尼采所谓的阿波罗型和提奥尼索斯型中的提奥尼索斯型。❻应当说这一把握亦是相当准确的。刘海粟对野兽派情有独钟。

---

❶ 比如徐悲鸿就认为塞尚浮，马蒂斯劣，均为画界无耻之徒，他们的绘画一小时可作两幅，其价值"未见得就好过买来路货之吗啡海绿茵"等。参见徐悲鸿：《惑》，载《美展》第5期，1929年4月22日。

❷ 刘海粟：《艺术的革命观——给青年画家》，见郎绍君、水天中编：《二十世纪中国美术文选（上）》，上海书画出版社1999年版，第407、409页。原载1936年出版的《国画》第2号、第3号，中国画学出版社编行。

❸ 倪贻德：《刘海粟的艺术》，见林文霞编：《倪贻德美术论集》，浙江美术学院出版社1993年版，第41～42页。原载《艺术旬刊》1932年。

❹ 同上书，第42页。

❺ 倪贻德：《刘海粟的艺术》，见林文霞编：《倪贻德美术论集》，浙江美术学院出版社1993年版，第42～43页。

❻ 同上书，第43页。所谓提奥尼索斯型，即酒神艺术家类型。

《前门》（1922年）作于刘海粟赴欧之前，用较为写实的方法描绘北京前门的景色。但在写景的人群和车马时，显然用了欧洲野兽派粗放简练的画法，笔触随意，纵横恣肆，用色大胆，不拘物象，极具表现主义的特点，表明他已经注意到欧洲近期画风。赴欧后在意大利所作《威尼斯》（1931年）代表了刘海粟在欧洲所受影响，如借鉴了印象派的手法，但仍受野兽派的影响居多。

在刘海粟的绘画中，我们看到了表现主义美术对他的油画的创作的影响。林风眠（1900~1991年）也接受了表现主义美术的至深影响。从他发表的《一九三五年的艺术》来看，他对现代主义有较深刻的理解，意识到潮流的变化，而且在趣味上也更倾向于现代主义，特别是表现主义。这些影响亦可从他的绘画作品：油画与中国画中看出。林风眠的艺术主张是中西艺术结合论。他曾于1920~1925年在法国勤工俭学和学习艺术，对这一时期的表现主义美术深得风气之先。1925年回国之前，他已经对印象主义、后印象主义、表现主义及以马蒂斯为代表的野兽派有了相当程度的了解。回国后，一方面他面对现代主义采取开明态度，而对顽固保守势力则进行对抗；另一方面他又特别重视在创作中吸收中国传统艺术精神及其水墨画的写意技巧与人物画的装饰风格，在自己的创作中融合东西方艺术，身体力行调和中西艺术。他创作的大幅油画《人道》（1927年）、《摸索》（1924年），用在法国学到的油画技法来表现他作为一个东方艺术家的精神和理性，借以抒发他的艺术情感。《痛苦》（1929年）明显地受到了毕加索《亚威农少女》（1907年）的影响，画中运用三个裸女表达人类的痛苦，酷似立体派手法。《人道》《痛苦》得到了苏天赐的高度评价，邓以蛰则特别欣赏他的《人类的历史》，认为这是林风眠的一幅大纯大疵的杰作。《既往之梦》"参用国画的笔法，可称创格"。林风眠在这幅画中"运用浓淡之法于油画，也是一种破除欧洲艺术的成规的方法"。❶这种方法与当时正在西方兴起的未来主义、立体主义有着异曲同工之妙，但又纯然不同于它们，而融成了林风眠自己独特的丰神。林风眠对中国水墨画的变革也起了相当大的作用。林风眠是由东方进入西方

---

❶ 有关邓以蛰评论林风眠的《人类的历史》《既往之梦》，具体参见邓以蛰：《观林风眠的绘画展览会因论及中西画的区别》，见邓以蛰：《艺术家的难关》，北平古城书社1928年版。

又回到东方，他对表现主义的形象构成方法进行研究，对后印象主义色彩十分神往，同时了解到野兽主义节奏明快的线条运用根源于东方绘画和工艺。他吸收这些养料来发展中国画，他创作的戏剧人物画、古代仕女画及花卉、鸟禽，既有传统的、民间的艺术特征，又融汇了西方绘画的某些优点，丰富了中国水墨画的表现力，探索出将表现主义美术融入中国绘画、进而发展中国画的一条新路。以林风眠在民国时期创作的《笛》（纸本彩墨）为例，从题材上看，似乎属于中国传统仕女画，但构图与笔墨都不同于传统的观念，画家所追求的是表达一种形式美和意境。这幅画让人想起的倒常常是马蒂斯笔下的美人。

五

1932年，在表现主义美术的催生下，我国现代美术史上唯一具有现代自觉意识的现代主义美术社团——决澜社在上海成立了。决澜社的核心人物有留法学西画的庞薰琹、王济远、张弦和留日学西画的倪贻德等人。

决澜社的艺术观点和精神在《决澜社宣言》中基本表现出来：

环绕我们的空气太沉寂了，平凡与庸俗包围了我们的四周。无数低能者的蠢动，无数浅薄者的叫嚣。

我们往古创造的天才到哪里去了？我们往古光荣的历史到哪里去了？我们现代整个的艺术界又是衰颓和病弱。

我们再不能安于这样妥协的环境中。

我们再不能任其奄奄一息以待毙。

让我们起来吧！用了狂风一样的激情，铁一般的理智，来创造我们色、线、形交错的世界吧！

我们承认绘画决不是自然的模仿，也不是死板的形骸的反复，我们要用全生命来赤裸裸地表现我们泼辣的精神。

我们以为绘画决不是宗教的奴隶，也不是文学的说明，我们要自由地、综合地构成纯造型的世界。

我们厌恶一切旧的形式，旧的色彩，厌恶一切平凡的低级的技巧。我们要用新的技法来表现新时代的精神。

二十世纪以来，欧洲的艺坛突现新兴的气象，野兽群的叫喊，立体派的变形,达达主义的猛烈,超现实主义的憧憬……

二十世纪的中国艺坛,也应当现出一种新兴的气象了。

让我们起来吧!用狂飙一般的激情,铁一般的理智,来创造我们色、线、形交错的世界吧!❶

从《决澜社宣言》中我们可以清楚地看到其和表现主义美术的密切关联。决澜社对周围凡俗和平庸的世界发起了总动员和总攻击。其"狂飙一般的激情,铁一般的理智"酷似未来主义、达达主义对传统的激烈反叛。未来主义崇尚动感,赞美速度,歌颂摧枯拉朽的力之美。达达主义则蔑视人间一切既定的法规和秩序,要把整个世界翻个底朝天。《宣言》中所讲的"我们厌恶一切旧的形式,旧的色彩,厌恶一切平凡的低级的技巧。我们要用新的技法来表现新时代的精神",正是决澜社企图破旧立新的艺术纲领。在《宣言》中还表现出一股强烈的形式主义和表现主义气息。在他们的绘画世界里,只有单纯的色、线、形的交错。他们认为绘画"绘画决不是宗教的奴隶,也不是文学的说明",他们要"自由地、综合地构成纯造型的世界"。现代绘画的自律自为在这里得到了突出强调。当我们看到康定斯基绘画的点、线、面的极端自由又极端理性的各种各样的抽象组合,我们也就理解了决澜社的追求。但这只是一个起点,他们要用点、线、面来表达他们火辣辣、赤裸裸的全生命的激情,"二十世纪以来,欧洲的艺坛突现新兴的气象,野兽群的叫喊,立体派的变形,达达主义的猛烈,超现实主义的憧憬"等,这些表现主义美术各个流派,都成了他们得以取法的强大理论资源和实践后盾。他们的心灵与表现主义美术大师们是相通的。实际情况也正如此,决澜社的青年画家们大多数人受到印象派及其以后的西方现代美术的影响,从马奈、莫奈、塞尚到毕加索、马蒂斯、卢奥、莫迪里阿尼、郁德里罗等画家均对他们发生了影响。但他们对西方现代艺术并不是单纯模仿,而是综合学习,取其精神。"决澜社画家的作品各有特点,各自在寻求自己的艺术道路。他们注重形式风格的探索,推动了中国油画艺术的发展。决澜社的出现,标志着中国油画艺术出现变化的转机,今天来看也应给予正确的

---

❶ 倪贻德:《决澜社宣言》,见林文霞编:《倪贻德美术论集》,浙江美术学院出版社1993年版,第44~45页。原载《艺术旬刊》1932年10月第1卷第5期。

评价。"❶

决澜社成员之中，在艺术理论方面做出重要贡献的是倪贻德（1901~1970年）。他是我国著名的油画家、水彩画家和艺术理论家。他撰写了《决澜社宣言》，发表了众多与表现主义美术有着密切精神关联的重要论文，主要包括《现代绘画的精神论》《现代绘画的取材论》《超现实主义的绘画》《立体主义及其作家》《野兽主义研究》等。

倪贻德在《现代绘画的精神论》中认为，绘画先须依据一种精神（Esprit）来表现，若只有巧妙的技巧来制作，便没有艺术的精神，也不会有艺术的高贵价值。"十九世纪的绘画，是照样描写目所见的自然，而二十世纪的绘画，是自我的绘画的精神的表现。塞尚是这种绘画的精神的发见者，谷诃（梵·高。——笔者注）描写自我精神的太阳，高更甚至到泰依提去探求绘画的精神的王国。由这些画家的努力，纠正了绘画为描写自然的误谬，绘画显然是画家所具的艺术的自我之表现。所以，至少追求纯粹绘画的人，应当从这绘画的精神的自觉出发的。"❷倪贻德用这种绘画精神来解释现代绘画作品，认为人们在看到现代绘画时，只是看到了粗暴的外形的破坏，而没有接触到绘画的精神的本格。这些绘画作品其实并不是故意地对外形进行破坏，"乃是表现内面的精神之强烈的感激所生出来的必然的要求，及效果的表现的结果"。❸这样倪贻德就从内在精神出发，对现代绘画进行了充分的肯定。他所取法的理论资源显然是康定斯基于1908年所著的《论艺术的精神》。倪贻德并对19世纪的绘画和20世纪的绘画进行了比较，认为"十九世纪的绘画的基础是自然主义，现代的绘画可说是写实主义"。❹但现代绘画的这种写实主义，又可说是一种"魔术的写实主义"。❺"现代的绘画，在表现上具有高的精神的燃烧性。"❻"人们为其独自的个性的写实性的表现所惊异，又其强烈的变形的表现效果使人感到灵魂的动悸。这便是二十世纪

---

❶ 阳太阳：《恂恂长者 谆谆教诲》，见陈瑞林编：《现代美术家陈抱一》，人民美术出版社1988年版，第139页。

❷ 倪贻德：《现代绘画的精神论》，见丁言昭编选：《倪贻德艺术随笔》，上海文艺出版社1999年版，第110页。原载《艺术旬刊》1932年。

❸ 同上书，第112页。

❹❺❻ 同上书，第113页。

的绘画的精神。"❶倪贻德则在另一篇文章《现代绘画的取材论》中对20世纪以来的西方现代绘画的各个流派在绘画题材的选择方面的特色进行了清晰的描述。他的论述,基本把握住了西方绘画从古典形态到现代形态转换过程中的各种新的趋势,即从客观到主观,从再现到表现,从重视题材的主题到特别关注题材中的思想、精神、情感、兴味等的转变规律。这同他在《决澜社宣言》中所表述的思想是一致的,其基本理论资源均来自西方表现主义美术。倪贻德亦对野兽主义发表了极为精彩的看法。他首先特别强调了后期印象主义对于野兽主义的重要影响,接下来,着力分析了野兽主义独特的艺术特质。针对有人认为野兽主义是对纯粹绘画的否定,旗帜鲜明地指出,"他们并不是纯粹绘画的否定,却是十分地进于纯粹绘画的核心",❷并高度赞赏了马蒂斯的重要作用。❸这些观点即使以今天的眼光看来也是相当前卫和准确的。

　　1932~1935年,决澜社的画展每年举办一次,共举办了四次。后来由于成员陆续分散,决澜社也就结束了它的历史使命。决澜社之所以在20世纪三四十年代最终退出中国现代美术的历史舞台,一方面,在于其成员太年轻,涉世未深,太一厢情愿,考虑问题又过于简单。❹他们想创造一种色、线、形交错的纯造型的世界。从现代艺术的自律自为方面来看,当然无可厚非。而这种想法在三四十年代血与火的斗争中,是不合时宜的。在阶级斗争、民族斗争白热化的年代,被压迫阶级和民族的生死存亡是第一位的大事,纯形式的艺术探索很难具有生存的空间。另一方面,则在于他们的对手——黑暗的旧中国的势力终究过于强大,最终导致他们试图通过绘画革命改变中国艺术、中国文化乃至中国现实的运动被无情的中国现实所湮灭。"他们自信只有凭了他们的热情可以打破那苦闷,凭了他们创造的光明

---

❶ 倪贻德:《现代绘画的精神论》,见丁言昭编选:《倪贻德艺术随笔》,上海文艺出版社1999年版,第115页。

❷❸ 倪贻德:《野兽主义研究》,见丁言昭编选:《倪贻德艺术随笔》,上海文艺出版社1999年版,第104页。

❹ 用他们的精神同道者李宝泉的话来说:"他们只有学术上的奋勇,他们不知有利害上的排挤。"参见李宝泉:《洪水泛了》,见林文霞编:《倪贻德美术论集》,浙江美术学院出版社1993年版,第47页。

可以冲散那黑暗"的希望最终全部落了空。❶与此同时，与决澜社的形式主义的追求有着明显的区别，并有着明确的主题性、战斗性和功利性的新兴木刻、新兴漫画，由于其主创者（如鲁迅等）切中了中国现实的命脉，却获得了长足的发展，成为中国现代美术史上的两大奇迹。抗日战争和解放战争（1937~1949年）使得以徐悲鸿为代表的写实主义在中国取得了全面胜利。及至新中国成立以后，国内美术教育界风行的仍然是徐悲鸿教学体系。

随着决澜社的消亡，表现主义美术的影响也逐渐从中国现代美术史上淡出了。表现主义美术在中国的再次崛起，是在20世纪80年代。由于这一部分远远超出了笔者所论及的对象，故而从略。

---

❶ 李宝泉：《洪水泛了》，见林文霞编：《倪贻德美术论集》，浙江美术学院出版社1993年版，第48页。

女性、牺牲与现代中国的烈士文章
——从鲁迅、秋瑾到丁玲

上海交通大学　符杰祥

中国文学素有颂扬牺牲的殉道传统。如果说烈士精神代表着一种英勇无畏、舍生取义的至高道德，那么烈士文学则承载着铭刻不朽、歌颂正义的纪念功能。由此，现代文学才会在晚清以来风云多变的不同时期，继续且持续谱写革命事业用以自证合法性与正义性的"正气歌"。然而，也正因为烈士精神至高无上、毋庸置疑的神圣性与崇高性，趋于非理性的、集体无意识的烈士情结及其文学现象很少会被视为一种需要反思与值得讨论的问题。有鉴于此，本文以现代文学之父鲁迅所关注的秋瑾、丁玲这两代献身革命的新女性为主要对象，尝试讨论烈士情结在现代文学与女性命运中的发生与变形、规约与限制、吊诡与矛盾。引入性别因素是特殊的，也唯其特殊，才会以比较尖锐的方式揭示出问题的普遍性与复杂性。

一、牺牲颂：颂扬命令与烈士文章

现代中国愈演愈烈的激进主义风潮，肇自晚清。其后或有消歇，影响却从未消止。在世界格局的剧烈演变中，现代中国自遭遇"三千年未有之变局"以来，迅速进入了一个前所未有的革命时代。回顾20世纪史，从戊戌变法到改革开放，其间历经辛亥、"五四""五卅"、北伐、抗战、内战、"反右""文革"种种重大事件，一方面可说是波澜壮阔、风雷激荡，另一方面也可说动荡不安，乱象纷纭。尽管有保守主义的合力制衡，推动现代历史进程的先锋力量无疑是打着各色革命旗帜的激进主义潮流。从种族、民族，到性别、阶级，涌入东方的各种思想文化激流在时代的河床上交错、冲撞、突起、回环,分裂中汇集,曲折中向前。是故,要厘清激进风潮与烈士文章的关系,不能不溯源而上,从晚清讲起。

在破旧立新的危机时代,破坏远甚于建设,激烈几等于进步。鲁迅在回顾自己为何会在1903年发表《斯巴达之魂》这样鼓吹"为国民死"的文章时,对晚清风度与文章的关系有非常生动的描述:"但这是当时的风气,要慷慨激昂,顿挫抑扬,才能被称为好文章,我还记得'被发大叫,抱书独行,无泪可挥,大风灭烛'是大家传诵的警句。"❶何为"好文章"?不只是看"顿挫抑扬"的文章做法,还要看和"慷慨激昂"的革命风气是否相配。

危机年代在某种意义上也可以说是易走极端的非常年代。时势越是黑暗沉沦,就越是容易产生"时日曷丧,予及汝皆亡"的激烈心态。而且,每当艰困绝望之时,迷信仅靠流血就可以从速解决一切难题的烈士情结便会更趋激烈。谭嗣同在变法失败后拒绝避难便是一种典型的烈士心态:"各国变法,无不从流血而成。今日中国未闻有因变法而流血者,此国之所以不昌也。有之,请自嗣同始。"❷数年后的徐锡麟亦怀同样心思,他在赴任起事前致语秋瑾等党内同志:"法国革命八十年才成,其间不知流过多少热血。我国在初创的革命阶段,亦当不惜流血,以灌溉革命的花实。"❸在给秋瑾的信中亦有"我辈所作之事,必须从速成就"之语。❹无论是变法一派,还是革命一派,都信仰"流血而成"与"从速成就"之法。在晚清流血崇拜的风气之下,除了鲁迅等少数思想者,法国革命血流成河的悲剧并没有像雨果的《九三年》那样引起太多警惕与疑虑,反而成为国内激进风潮更为迷狂的精神资源。由此而来的,便是鼓吹恐怖暗杀的铁血主义与侠烈之风盛行。极端的文字中,乃至有《杀人篇》这样鼓吹"文明者,购之以血"的文章:"中

---

❶ 鲁迅:《集外集·序言》,见《鲁迅全集(第7卷)》,人民文学出版社2005年版,第4页。

❷ 蔡尚思等编:《谭嗣同全集》,中华书局1981年版,第546页。

❸ 吕公望:《辛亥革命光复纪实》,见中国人民政治协商会议浙江省委员会文史资料研究委员会编:《浙江辛亥革命回忆录》,浙江人民出版社1981年版,第158页。

❹ 徐锡麟:《致秋瑾书》,见郭延礼编著:《解读秋瑾(上册)》,山东教育出版社2013年版,第15页。

国病夫也病在畏死","是故今日支那之兴也，则第一义曰杀人"。❶晚清名流为文皆是慷慨激昂，立场有异，风格却无明显分别。在谭嗣同、刘师培、章太炎、蔡元培、吴稚晖等人的诗文中，"杀人""流血""头颅"之类的字眼随处可见。南社诗人高旭《盼捷》一诗中的"炸弹光中觅天国，头颅飞舞血流红"，可谓一种激进文风的代表。风气之下，晚清新女性同样是以牺牲为志，诗多豪语。唐群英在1904年赴日留学的赋别诗有云："日俗从军行，战死埋丘墟。不必说生还，生还实辱余。"❷而秋瑾以女性之姿手持利刃的肖像，与其大量歌颂流血的诗文一起，更成为那一时代革命女性的典型象征。

　　青年鲁迅早年也写过《斯巴达之魂》这样赞美女性死谏与流血殉难的文章，文风同样热血澎拜："丈夫生矣，女子死耳。颈血上薄，其气魂魂，人或疑长夜之曙光云。"但很快，他就从一个时代激进而狭隘的流血崇拜与烈士情结中清醒与觉悟过来。鲁迅拒绝光复会的刺杀任务，转而投身"立人"的启蒙事业，便是"孤独者"逆向而思、自我回心的结果。对于烈士精神，他一直是敬仰的；对于烈士情结，他后来是警惕的。多年之后，以"立人"告别"流血"的鲁迅又经历了一场刘和珍、杨德群等女学生遇难的"三一八惨案"，也再度对流血崇拜背后的烈士情结发出不合时宜的质疑："世界的进步，当然大抵是从流血得来。但这和血的数量，是没有关系的，因为世上也尽有流血很多，而民族反而渐就灭亡的先例。"❸

　　从儒家孔孟的"舍生取义，杀身成仁"，佛教的"无我相，大慈大悲，普渡众生"，到耶教的"流血赎罪"，❹中外文化都有一种殉道传统，对牺牲精神也都是一致赞美的。不过，当流血成为一种晚清时代的盲目崇拜，就

---

❶ 李群：《杀人篇》，见张枬、王忍之编：《辛亥革命前十年时论选集（第1卷·上）》，生活·读书·新知三联书店1960年版，第21、24页。

❷ 转引自吕芳上：《"好女要当兵"：中央军事政治学校武汉分校女生队的创设（1927）》，见鲍家麟编著：《中国妇女史论集八集》，稻香出版社2008年版，第318页。

❸ 鲁迅：《死地》，见《鲁迅全集（第3卷）》，人民文学出版社2005年版，第283页。

❹ 灵石：《生死界与名誉界》，见张枬、王忍之编：《辛亥革命前十年时论选集（第1卷·下）》，生活·读书·新知三联书店1960年版，第865页。

很容易激发偏执极端、迷信狂热的烈士情结。在一种将流血神圣化、道德化的高调宏论中，只要轻言牺牲，敢死轻死，便会精神胜利，尽得风流。汤增璧在《民报》称赞烈士刘道一有古代刺客所不及处，就在于"其心纯洁高尚"，"乌能比其烈欤？"❶在这样一种注重道德精神而非成败实效的"革命之心理"之下，"得一英雄，诚不如得一烈士。英雄罕能真，烈士不可伪也。一以权谋胜，一以气骨称"。❷崇拜烈士而轻忽英雄，就在于看重"气骨"而非"权谋"。对此，陈平原指出：晚清志士多是热血青年，而非成熟的政治家，他们更注重理想、精神与信念的宣扬，没有认识到革命是一项需要谋略、实力与耐心的"系统工程"。❸晚清的热血青年，其实也大多是鲁迅后来在"左联"成立大会上所说的一类"对于革命抱着浪漫谛克的幻想的人"。他告诫说："革命是痛苦，其中也必然混有污秽和血，决不是如诗人所想像的那般有趣，那般完美；革命尤其是现实的事，需要各种卑贱的，麻烦的工作，决不如诗人所想像的那般浪漫；革命当然有破坏，然而更需要建设，破坏是痛快的，但建设却是麻烦的事。"❹这其中的洞见，未尝没有来自晚清的教训。

不计成败的唯意志论造就了大量轻言牺牲的烈士，也造就了大量颂扬牺牲的烈士文章。比如秋瑾的《致徐小淑绝命词》："虽死犹生，牺牲尽我责任；即此永别，风潮取彼头颅。壮志犹虚，雄心未渝，中原回首肠堪断！"比如谭嗣同的绝命诗："有心杀贼，无力回天，死得其所，快哉快哉！"既有一种明知失败的绝望，又有一种不惜殒命的悲壮。烈士的流血牺牲刺激了新的烈士文章的产生，而烈士文章又激励了新的烈士赴死就义。烈士与烈士文章在前仆后继中相互建构，建构对方，也为对方所建构。秋瑾、陈天华、吴樾等革命党人，牺牲前都留有致党内同志与家人朋友的"绝命书""意见书""与妻书"之类文字，就义后这些文字广为流传，并催生了大量向烈士致敬的新的烈士文章。秋瑾曾写过《吊吴烈士樾》等祭烈士的诗文，她在遇难后，其生前所做诗文与后人为其所做诗文同样渲染了一种壮烈的牺牲精

---

❶ 揆郑：《刘道一》，载《民报》第25号，1910年1月。
❷ 伯夔：《革命之心理》，载《民报》第24号，1908年10月。
❸ 陈平原：《中国现代学术之建立》，北京大学出版社1998年版，第298页。
❹ 鲁迅：《对于左翼作家联盟的意见》，见《鲁迅全集（第4卷）》，人民文学出版社2005年版，第238~239页。

神。这些烈士文章,既有烈士自己生前所写,又有崇拜者在烈士牺牲后所写。烈士们既是烈士文章的书写者,又是被书写者。或者说,他们是作者,也是读者,更是主角。

烈士与烈士文章相互生产在晚清虽是极端现象,但其生产机制却是源远流长,有深厚的文化传统,也有深远的现实意义。卢苇菁在研究明清时期的"贞女"现象时指出:"这动荡的几十年也是一个创造烈士的时代,很多儒家男女为保卫自己的政治尊严或为个人尊严而英勇赴死,乱世给晚明以来对极端行为的迷恋添入了新因素,把人们对极端英勇行为的期待和迷恋推向了新高点。"❶正如我们在晚清、北伐、抗战等不同时期所看到的,危机年代是一个生产烈士的年代。尽管动荡原因不同,或是帝国王朝走向衰落,或是革命思潮蓬勃兴起,或是民族国家遭遇危机,制造烈士的结果却是相同的。革命时代的崇高牺牲并非王权时代的卑微殉难所可比,烈士心态在不同时期也有不同境界,但或古或今,心理攸同。

如果说时代制造了烈士的牺牲,那么文学则创造了烈士的新生。梅仪慈(Yi-tsi Mei Feuerwerker)在研究中注意到一个现象,比如"左联五烈士","被国民党政府同时处决的总共二十三人,其中只有五名作家——尽管此五人的党内地位不高——一直被尊崇为'五烈士'","不知何故,文学创作相较其他事业更具将人提升为烈士的倾向"。❷这的确是现代中国文学与政治关系中一个耐人寻味的问题。回顾现代文学史,那些最著名的烈士往往都会留下诗文创作。他们生前的创作,如秋瑾的诗歌弹词、夏明翰的就义诗、殷夫的红色鼓动诗等,以文学的方式满足了人们对烈士精神的期待。如此,以他们为对象或原型的文章与文学才会有更出色的加工创造。因为不朽的功绩,烈士们享有崇高的名声;但同时也是因为有不朽的文学,他们崇高的名声才会永载史册,真正不朽。假如没留下大量的诗文创作,秋瑾后来的烈士形象想必要单薄或苍白得多,能否像现在这样深入人心也是一个很大的问题。丁玲对所崇拜的秋瑾印象深刻,晚年仍牢记的就是"秋雨秋风愁煞人"

---

❶ [美]卢苇菁著,秦立彦译:《矢志不渝:明清时期的贞女现象》,江苏人民出版社2012年版,第52页。

❷ Yi-tsi Mei Feuerwerker, *Ideology Power Text Self-Representation and the Peasant "Other" in Modern Chinese Literature*, Stanford: Stanford University Press, 1998, p.91.

这一名句。"左联五烈士"中最动人的形象是殷夫和柔石，并非因为比其他几位烈士的牺牲方式更为壮烈，也并非因为他们与鲁迅这位为之撰写《为了忘却的记念》等纪念文章的大作家关系密切，而是因为他们自身的文学创作更为出色优秀，更有审美价值。尤其是柔石，其小说创作名篇如《为奴隶的母亲》《二月》被谢铁骊等人先后改编为各类影视戏剧，流播甚广。由此不难看出，文学与政治在现代中国存在一种相互建构、相互生产的微妙关系。

中国文学的殉道传统漫长久远，在革命时代依然发挥着深刻的制约作用。就像胡缨在讨论秋瑾与现代殉身史的问题时所指出的，向烈士致敬的文章遵循一种与牺牲之烈相称的"颂扬命令"："传记这一体裁本来就有相当的溢美倾向，而面对非同寻常的创伤性死亡时，因循常规的反应就显得极度不合时宜，传记的溢美倾向这时就变成了一道命令，而成为一种要求与创伤性死亡之烈度相称的庄严崇高的反应。通过对某个特定惨烈死亡的高度颂扬，烈士传从而对抗了死亡本身那骇人的无意义。当以殉身的措辞来纪念一个死亡时，这一颂扬命令最明白无疑地发挥着作用，一举多得地满足了社会心理、道德和政治的需求。"[1]"颂扬命令"意味着烈士文章是一个不断生产与创造圣徒形象的漫长过程。尽管致敬烈士的理想形象早已被规定，烈士文章的写作却并不是一次性完成的，它需要根据不同时期政治、道德与社会审美需求而反复塑造、重新描写。书写历史永远是一种书写现实的要求。尤其是在烈士所献身的事业获得胜利之后，革命的神圣性需要圣徒的殉难流血来证明，革命的合法性也需要烈士的记忆神话来铸造。因此，革命烈士需要革命文学的塑造来永垂不朽，革命文学也需要塑造革命烈士来创造经典。在高度程式化与模式化的一次次重塑过程中，烈士形象必然会越来越"高大"，越来越"真实"。文学真实作为一种精神的真实，审美的真实，是以实现烈士精神的完美呈现为原则的，它需要牺牲者的原型人物做出部分让渡与必要"牺牲"，来完成文学故事的完整塑造与典型重构。

在现代中国，传统的史传文学尽管有颂扬命令的溢美倾向，"史"的写实要求却暴露出"文"的浪漫不足，难以满足民族国家重塑神圣记忆的现

---

[1] 胡缨：《性别与现代殉身史：作为烈女、烈士或女烈士的秋瑾》，见游鉴明、胡缨、季家珍主编：《重读中国女性生命故事》，江苏人民出版社2012年版，第118页。

实需求。因此，晚清以传记为主的烈士文章到后来逐渐被小说、戏剧等新的文类所取代。例如革命党在《民报》时期，刊发的主要是《烈士吴樾君意见书》《徐锡麟传》这样的纪念文章，或是"烈士吴樾""徐锡麟烈士"这样的纪念肖像。随着辛亥革命胜利，各种英雄演义的戏剧与小说开始大量出现。以秋瑾为例，从晚清的纪念诗文，到民国后的各种演剧，再到社会主义时期的各种影视戏剧改编，现代第一女烈士的文学形象在重写过程中越来越抽象而高大，是和脱离传记模式越来越虚构和想象化的文类变迁相一致的。

　　颂扬秋瑾牺牲精神的文学创作造成的烈士效应影响了数代中国新女性，这其中就包括丁玲母女。秋瑾是作为同代人的丁玲母亲余曼贞"最崇拜"的女英雄，秋瑾的故事丁玲从小就听母亲多次讲过。丁玲在去世前的最后一篇文章《死之歌》中，还再次提到秋瑾对自己的影响。在聆听母教的意义上，秋瑾成为丁玲所自觉追溯的革命源头与精神教母。作为秋瑾之后的第二代新女性，置身于革命潮流之内的丁玲也写过不少纪念烈士的文章，如《向警予同志留给我的影响》《纪念瞿秋白同志被难十一周年》《我所认识的瞿秋白同志》《胡也频》等。和所有纪念文章一样，丁玲也遵循了一种高度理想化与程式化的颂扬命令，从赞美牺牲精神开始，到学习烈士精神结束。不过，作为经受过"五四"新文化洗礼的新女性，丁玲遵循颂扬命令，却并未固化对象。其文章中闪烁的个性光彩与人性光辉，在一定程度上突破了颂扬命令的僵化模式。丁玲对瞿秋白的理解和同情，对人性世界的丰富把握，对《多余的话》的敏锐感悟，现在看来无疑也是精细深刻的。

　　在丁玲早期的烈士文学中，最值得注意的是1931年7月写的《某夜》，这是丁玲唯一一篇小说形式完成的纪念性创作。小说是献给"左联五烈士"之一的丈夫胡也频的，有着特殊意义。《某夜》同样是高度程式化与理想化的，丁玲凭借小说的方式虚构与颂扬了她心目中的烈士之死。她想象烈士们牺牲的场景是无比壮烈的：勇敢悲愤，视死如归，高喊口号，高唱国际歌。其中一位发出了怒吼："同志们，起来！不要忘记，现在我们虽要死去了，可是在另外一个地方，就在今天正开着盛大的代表会。我们的政府就在今天成立了，我们庆祝我们的政府，我们的政府万岁！……""我们"的集体认同与"同志"的演说显然战胜了个人内心的黑暗与恐惧，"于是黑暗逃走了，展在眼前的是一片灿烂的光明，是新的国家的建立"。丁玲对烈士之死的悲壮渲染达到了烈士文学所需要的崇高美学的效果。即便是阴风呼啸的黑暗夜景，也被作者想象为一种精神上的壮丽象征："头上有风的叫啸，嘶嘶的，像红色的大纛，在上面招摇。"❶比起社会主义时期烈士文学的后起之秀《红岩》，丁玲在"左联"时期的创作其实已具备了所有英雄传奇的浪漫元素。不过，也许正因为没有像后来的《红岩》那样在大胆想象的小说化过程中走得太远，丁玲文学所闪烁的依然是人性而非神性的光彩。她在粗线条的烈士群像勾勒中，依然写出了一个人的爱与死。丁玲笔下的胡也频是"一个热情的诗人"，有着内心的悲哀与伤痛，有着对爱与生命的留恋。与鲁迅的《药》直面"暗暗的死"相比，丁玲的《某夜》不够写实，但也没有像其他和后来的烈士文章那样完全符号化和类型化。更重要的是，比起《莎菲女士的日记》等成名作，这部不大为人注意、也不够成熟的小说习作对丁玲自己以后的文学与人生道路具有一种自我启示、自我教诲的探索意义。当文学创作者以自己最理想化的想象表现烈士精神时，文学想象中的烈士精神也在用来支持创作者自己。从小说中烈士形象的塑造，可以看出丁玲想象中的烈士精神与英雄气概，也可以看出丁玲精神世界发生激烈转向的幽隐曲折。写这篇小说，丁玲是决意要继承胡也频的革命遗志，"踏着烈士的血迹前进"了。❷事实也的确如此，一直为保持精神自由而徘徊在革命门外的丁玲入党，此后创作也转而粗暴激进起来。正如里夫（Earl H.Leaf）所说："许多共产主义的领袖和文艺工作者，往往是由于他们亲友的监禁和死刑，才由急进思想的憧憬的绿色牧场中，进而至共产主义的战场。"❸在这个意义上，丁玲不仅在向烈士丈夫致敬时生产了新的烈士文学，而且自我生产了她自己这个潜在的新的革命烈士。

丁玲的幸与不幸在于，经历"五四"之后，她的这种继承烈士遗志的行为没有再像谭嗣同之妻李闰、林旭之妻沈鹊应、徐锡麟的党内同志秋瑾等女性那样，被视为烈妇殉夫而遮蔽了女性自身的革命意义。然而，胡也频遇

---

❶ 丁玲：《某夜》，见《丁玲全集（第3卷）》，河北人民出版社2001年版，第361~362页。

❷ 丁玲：《胡也频》，见《丁玲全集（第6卷）》，河北人民出版社2001年版，第97页。

❸ 里夫（Earl H.Leaf）：《丁玲——新中国的先驱者》，转引自周芬娜：《丁玲与中共文学》，成文出版社1980年版，第64页。

难后小报上散布的"丁玲以泪洗面"的各种谣言,❶不也暗含着一种烈女殉夫的阴暗的期待吗?就像一种宿命,当丁玲被国民党特务绑架囚禁后决心做烈士而最终未做成烈士时,一种性别身份带来的烈女心结与道德压力便始终困扰着她。直到最后的回忆文章,丁玲仍在为自己的幸存一再辩解:"我落在魔掌里,我没有办法脱离。而且我知道,敌人在造谣,散布卑贱下流的谎言,把我声名搞臭,让我在社会上无脸见人,无法苟活,而且永世休想翻身。这时,我的确想过,死可能比生好一点,死总可以说明自己。"❷"只有一死"才能证明自己的"忠贞气节",这是怎样的一种惨烈?而"要活下去"便无法摆脱丧失气节的嫌疑,这又是怎样的一种扭曲?丁玲后期的人生与文学备受打击,"不死"的烈士情结与"活着"的心理阴影至死未休。在这一点上,她未必比先烈秋瑾更为幸运。

二、烈士谱:从"列女"到"烈士"的性别麻烦

尽管"颂扬命令"在革命时期获得了极大的发挥空间,女性牺牲者进入男性荣誉的烈士谱系却并非名正言顺。那么,作为传统中国"列女传"的一脉,新女性是如何被革命时代塑造,并进入烈士文学谱系的?塑造女烈士的过程又会遭遇怎样的性别麻烦与困扰?

即使在"五四"之后,性别在烈士谱系建构中依然是一个具有挑战性的因素。晚清以来,面对西方帝国的铁血强权与亡国灭种的危机,"二万万女同胞"被国族主义重新发现、塑造与征召。金一在为《女子世界》撰写的发刊词有言:"女子者,国民之母也。欲新中国,必新女子;欲强中国,必强女子;欲文明中国,必先文明我女子;欲普救中国,必先普救我女子,无可疑也。"❸丁初我的思路与之完全相同:"欲再造吾中国,必自改造新世界始,改造新世界,必自改造女子新世界始。"❹这种由男性先驱所主导的

---

❶ 丁玲:《死人的意志难道不在大家身上吗?》,见《丁玲全集(第7卷)》,河北人民出版社2001年版,第7页。

❷ 丁玲:《死之歌》,见《丁玲全集(第6卷)》,河北人民出版社2001年版,第322页。

❸ 金一:《女子世界发刊词》,载《女子世界》1904年第1期。

❹ 初我:《女子世界颂词》,载《女子世界》1904年第1期。

声音，将女性解放置于国族解放之下，清楚地挑明了重塑新女性与重建新中国的从属关系，也为一种革命意识形态的主流叙述奠定了基本模式。显然，现代女性解放的驱动力从一开始就是中国式的国族主义而非西方式的女权主义。女性解放的命运与国族解放的命运由此相互纠缠：女性解放的前提与目的是为了国族解放，国族危机则为女性解放提供了机遇与平台。尽管有西方女权学者认为危机年代只是为中国女性提供了一个并未挑战男性权力关系的"虚假的机会"，❶但它毕竟让中国女性从幽暗的私人角落走上了公开的历史舞台。不过，国族危机下的女性解放，也是以女性牺牲为代价的。在晚清流行的《世界十女杰》《世界十二女杰》之类的新读物中，供中国女性学习的西方爱国女性的典范人物，多是在革命或战乱年代牺牲殉难的"女豪杰""女英雄"。其中最有名的三位莫过于被梁启超称为"近世第一女杰"的罗兰夫人、俄国女虚无党人苏菲亚与圣女贞德。在晚清激烈慷慨的烈士风气之下，鼓吹为国族牺牲也是塑造新女性必然的一部分。晚清人士在比较西方近世的《世界十女杰》与中国传统的《列女传》《闺秀传》时，就批评中国女性"有殉姑者，有殉父母者，其下有殉其所欢者。所殉之人不同，所殉之法不同，要之牺牲于一人，而非牺牲于全国"。❷这些男性先驱们同样赞美女性殉难，不满的只是"牺牲于一人"，与其所批评的《列女传》骨子里没有什么区别。东西女性的优劣之辩，似乎只在于为谁牺牲的"全国"与"一人"之别。造就贞节烈女的传统道德与国家烈士的革命道德在此发生了微妙的交集关系。在鼓吹女性牺牲这一点上，传统女德文化在被激烈批判中得到了更隐秘的继承，革命道德则借用国家名义偷换了传统女德文化。"女同胞"被解放的女权诉求就变成了和男子一样可以流血牺牲的权利与义务。柳亚子在《革命与女权》一文中因之高歌："我女同胞乎，缺彼菜市之刀，而再接再厉。"作为晚清激进思潮的产物，现代第一女烈士秋瑾后期的诗文

---

❶ 在李木兰（Louise Edwards）看来，在战乱年代参与中国政治的女性人物只是变成了"危机女性"，"这种'危机女性'产生了女战士，但最终并未对男性权力和特权提出挑战"。参见李木兰：《战争对现代中国妇女参政运动的影响："危机女性"的问题》，见王政、陈雁主编：《百年中国女权思潮研究》，复旦大学出版社2005年版，第221~222页。

❷ 转引自唐欣玉：《被建构的西方女杰》，四川大学出版社2013年版，第48页。

充斥着"拼将十万头颅血""为国牺牲敢惜身"之类的断头、流血之语。她在1906年致王时泽的信中再次表达了自己决心继男性牺牲者之后做第一个女烈士的意愿:"男子之死于光复者,则自唐才常以后,若沈荩、史坚如、吴樾诸君子。不乏其人,而女子则无闻焉,亦吾女界之羞也。愿与诸君交勉之。"❶矛盾分裂的是,秋瑾对自己的女性身份既敏感在乎又厌弃排斥。她不满于自己默默无闻的女子身份,不只喜欢男子装扮,更希望以牺牲女性肉身的激烈方式来成就与男子一样的烈士名声。秋瑾的革命诉求在《精卫石》中有最集中的表达:"余日顶香拜祝女子之脱奴隶之范围,作自由舞台之女杰、女英雄、女豪杰,其速继罗兰、马尼他、苏菲亚、批茶、如安而兴起焉。"❷号召"二万万女同胞"做像罗兰夫人、苏菲亚、贞德一样的"女豪杰",这和当时梁启超、柳亚子等男性先驱的声音并无什么分别。我们无法识别这是否属于女性的声音,唯一可以识别的,是从作者身份中得知这是发自女性的声音。

吊诡的是,即使国族意识开始觉醒的新女性愿意和男同志一起流血牺牲,却还是因性别问题被排除在烈士文学的谱系之外。秋瑾在生前就表达了"身不得,男儿列;心却比,男儿烈!"❸的英雄情怀,但她绝不会想到,青史留名的烈士意愿在身后还是会遭遇如许曲折与麻烦。在秋瑾牺牲前10天,廖仲恺曾在《民报》发表《苏菲亚传》,赞美苏菲亚为革命献身是"大慈大悲大无畏",并引巴枯宁的话作为结语:"女员者,党人之灵魂也。若有女员发愿随喜者,吾党当事之以圣徒。"❹此前,徐锡麟在给秋瑾的信中也称其为"竞雄同志",并赞其"如同志者,有英雄之气魄,神圣之道德,麟实钦佩之至,毕生所崇拜者也"。❺这似乎在理论上排除了"女员"的性别障碍。

---

❶ 王时泽:《回忆秋瑾》,见郭延礼编著:《解读秋瑾(上册)》,山东教育出版社2013年版,第149页。

❷ 郭长海、郭君兮辑校:《秋瑾诗文集》,浙江古籍出版社2013年版,第173页。

❸ 同上书,第80页。

❹ 胡缨著,龙瑜宬、彭珊珊译:《翻译的传说:中国新女性的形成(1898-1918)》,江苏人民出版社2009年版,第133页。

❺ 徐锡麟:《致秋瑾书》,见郭延礼编著:《解读秋瑾(上册)》,山东教育出版社2013年版,第15页。

但事实上，即使在党内同志那里，秋瑾最初也并未像其他男性牺牲者一样获得"烈士"称号，遑论"圣徒"荣誉。在同案的徐锡麟、陈伯平、马宗汉、秋瑾殉难后，《民报》迅即发表了赞美牺牲者的纪念肖像与文章。颇为触目的是，尽管同时刊登，男女仍然有别。徐锡麟等人均有"烈士"称号，独有秋瑾被称作"女士"或"女侠"。例如第16号同期登载的肖像中，徐锡麟被称为"徐锡麟烈士"，秋瑾则是"秋瑾女士"。秋瑾也未像徐锡麟一样获得入选烈士传的待遇。在章太炎为几位同案牺牲者所写的祭文中，徐锡麟、陈伯平、马宗汉三位男同志被誉为"志士"某君，列在最后一位的秋瑾则被称作"列女秋氏"。尽管一同受祭，"志士"和"列女"的用词还是把秋瑾和其他男性同志谨慎地分开处理了。在抨击传统女德束缚女性的革命时代，鲁迅眼中"有学问的革命家"章太炎却以古文大师的严谨，❶坚持用"列女"这一传统女德来规范对"秋氏"的表彰。由此不难理解，在完成祭文的颂扬命令时，章太炎为何在《秋瑾诗词》的序言中对秋瑾的"变古易常为刺客""语言无简择"颇有微词。❷对秋瑾这类喜欢在公开场合女扮男装、抛头露面发表演说的性别颠覆与表演行为，美国学者朱迪斯·巴特勒称为"性别麻烦"，❸因为其越界言行已触犯了传统社会性别的文化底线。章太炎在执意将秋瑾与古代列女放在一个谱系接受祭奠时，他对秋瑾这位叛逆女性是既接受又拒绝的：接受她的热心革命，不满她的性别僭越。也许在章太炎看来，能把一个不守妇道、违背女德的叛逆女性放入"列女传"的谱系之中，已是一种非同寻常的抬举了。并非偶然的是，在南史氏为徐锡麟所做的另一篇烈士传中，作者向上追溯《史记·刺客列传》中从荆轲到聂政的古代侠客风流，向下构建了一个从张文祥、万福华、王汉、吴樾到徐锡麟的近世烈士谱系，❹同案的秋瑾仍被排除在外。如何看待秋瑾牺牲的问题，其实是反映了一个时代的文化风度的。章太炎等人的公开排斥不过是冰山一角。晚清志

---

❶ 鲁迅：《关于太炎先生二三事》，见《鲁迅全集（第6卷）》，人民文学出版社2005年版，第566页。

❷ 章炳麟：《秋瑾集序》，见郭延礼编著：《解读秋瑾（上册）》，山东教育出版社2013年版，第285页。

❸ [美]朱迪斯·巴特勒著，宋素凤译：《性别麻烦：女性主义与身份的颠覆》，上海三联书店2009年版。

❹ 南史氏：《徐锡麟传》，载《民报》第18号，1907年。

士鼓动女性成为烈士,又拒绝承认其为烈士,所暴露的矛盾之处根本还不在于性别,而在于性别背后的道德规范与礼教秩序。这让我们不得不深思烈士情结的另一面。晚清志士召唤女性牺牲,在多大程度上是一种说得出口的解放女性的现代意识,多大程度上又是一种说不出口的烈女殉节的古老意识?烈士情结是突破了女德规范,还是巩固了女德规范?秋瑾牺牲之后所遭遇的难题,从一个侧面暴露出许多鼓吹女性解放的革命志士在道德观念的保守迂执之处,实际上和他们所抨击的那些卫道士们相距未远。在女性牺牲的烈士待遇问题上,晚清的革命党人仍是男女有别的父权家长,无意、也不愿给女性同等的尊严与位置。

接下来的问题是,中国第一女烈士无法被写入烈士传,是否只是晚清新旧过渡时代的一个临时或暂时现象?这是同样需要深思的。辛亥之后,尤其是经历"五四"新文化运动对节烈观的批判之后,女烈士的名义问题确实从名义上已得到了解决,至少没有像章太炎那样把秋瑾公开排除在烈士文章之外的现象了。富有意味的是,秋瑾的命运在民国以后发生逆转,不仅获得了以往男性专享的先烈祠的资格,而且声誉远超同时代的男性同志。随着革命胜利,秋瑾戏剧性地成为英烈殿堂中一位圣徒般的英雄。革命政府在民国元年为其举行了声势浩大的国葬仪式,复葬西湖西泠桥畔,与岳武穆同垂不朽。在革命之后,秋瑾曾经以女匪身份被抛弃与埋没的遗骨转而成为烈士的光荣象征,被湘浙两省相互争夺。秋瑾墓最早被好友徐自华选在与苏小小、郑贞娘相邻的西湖边,"三坟鼎足"构成了一个"美人、节妇、侠女"的烈女三角。革命告成,秋瑾则和徐锡麟、陶成章一起被称为绍兴"三烈士",又构成了一个新的烈士三角,而且是响应孙中山革命号召的"最著者"。❶曾经是徐锡麟下属的秋瑾,无论是建祠立碑的烈士待遇,还是文学书写的纪念规模,在后来都远远超过了其革命引导者、死亡方式也更为惨烈的徐锡麟。秋瑾何以从千千万万个烈士候选人中脱颖而出,被文学反复塑造,被历史高度铭记?胡缨认为与秋瑾"特殊的死亡方式和强有力的纪念者"有关。❷遗憾的是,其精致细腻的分析恰恰漏掉了性别这一至关重要的因素。

---

❶ 胡缨:《九葬秋瑾》,见邓小南、王政、游鉴明主编:《中国妇女史读本》,北京大学出版社2011年版,第258~259页。

❷ 同上书,第273页。

在根深蒂固的等级制那里，女性之血向来被视为不洁之物，像西方中世纪一样，"只有男人的英雄血才代表着战场上有价值的牺牲"。❶例如，贞德是巫女还是圣女，直到莎士比亚的戏剧《亨利六世》里仍充满争议。不过，随着革命告成，秋瑾的烈士形象塑造也经历了由女匪、女侠到烈士、圣徒的神圣化过程，以致获得了一个和圣女贞德一样的"圣秋瑾"称号。❷烈士名誉的承认让秋瑾之前被满清官府污蔑的女性之血变得无比圣洁，对民族国家的奠基也具有了特殊的神圣意义。如蔡元培在力主纪念秋瑾时所说："夫民国肇造，赖诸先烈牺牲之功为多，女侠更为女界之第一人，不有表彰，恶足以示来兹。……庶后之人凭流连，足以兴其爱国观念，民国人心，益以巩固。"❸抗战时期的另一篇纪念秋瑾的文章说得更为明白："志士仁人在当时死难者不能谓不多，然以弱女子而蹈火赴汤、视死如归者，仅得秋烈一人。"❹如果不是"女界之第一人"，"仅得秋烈一人"，"幸借蛾眉光祖国"的性别激励意义就无从产生。❺看似悖谬的是，秋瑾之前因为是"女性"而被排除在外，之后又因为是"女性"备受优待。这当然可以解释为时代进步，但问题远非如此简单。如果在烈士礼遇上真正可以做到男女平等，为什么又因为"女性"的原因将秋瑾从千千万万的牺牲者中挑选出来？秋瑾被历史高度识别，除了必要条件的"烈"，还不是因为备选条件的"女"？优选背后的机制，依然是一种男女有别的父权体制；优选背后的意图，依然是为了建构一种超越女性的男子气概。明清之际的史学家潘柽章对《列女传》有非常独特的见解，在他看来，该书旨在讽刺男性不如女子。"传列女

---

❶ [美]佩吉·麦克拉肯主编，艾晓明等译：《女权主义理论读本》，广西师范大学出版社2007年版，第652页。

❷ 陶在东：《秋瑾遗闻》，见郭延礼编著：《解读秋瑾（上册）》，山东教育出版社2013年版，第66页。

❸ 王去病、陈德和：《秋瑾年表（细编）》，转引自胡缨：《九葬秋瑾》，见邓小南、王政、游鉴明主编：《中国妇女史读本》，北京大学出版社2011年版，第264页。

❹ 赵而昌：《记鉴湖女侠秋瑾》，见郭延礼编著：《解读秋瑾（上册）》，山东教育出版社2013年版，第57页。

❺ 景墨：《吊秋女士》，见郭延礼编著：《解读秋瑾（上册）》，山东教育出版社2013年版，第398页。

者,所以愧夫男子而二其行者也。"❶潘柽章有感于明亡之后,士大夫堕落变节,反不如节妇烈女视死如归,而秋瑾之死被用来激励男子报国的意义何尝不是如此。秋瑾殉难后的这类悼诗比比皆是:"堂堂二百兆男子,几许能如一妇人""慷慨从容赴市曹,蛾眉意气比天高""衣冠羞尽群男子,生死轻于一鸿毛""男儿不少龙光剑,宛转偷生愧阿娇""弱族倩卿纤手扶,男儿空自挂桑弧""枉说中原是病狮,裙钗身受胜须眉""愧煞须眉二百兆,更谁霹雳扫妖尘""卓荦不世姿,男儿愧几许""奇气如卿胜丈夫,为爱家国赴东途"。❷这种对秋瑾个人的特殊表彰,无形之间又对女性群体构成一种普遍贬抑。在"愧煞须眉"的痛心疾首之间,字里行间又分明隐含、暗示着一种"须眉"本该胜"蛾眉"的男性优越论。

安德森(Benedict Anderson)指出,"民族国家没有清晰可辨的诞生日",国族传记不能用福音书的方式顺时而下,而需要溯源而上,"通过记述烈士之死来为民族国家立传"。❸烈士之死孕育着民族国家的新生,烈士之血的神圣性也印证着民族国家的神圣性。因此,一旦进入民族国家的英烈殿堂,烈士的形象、名声就必须得到维护或保护。这意味着,当女性获准进入烈士文学谱系,其所带来的性别麻烦亦必须在神圣化的重塑过程中进行处理。胡缨发现:"一旦升上民族主义的祭坛后,道德约束似乎益发严格,女烈士之'女'全无任何身体特征或颠覆性的潜能,而仅仅意味着烈士添加了一点色彩和多样化。"❹也就是说,女性进入烈士谱系,是以不挑战性别秩序为前提的。革命之后重写的烈士谱系为满足多样化的性别色彩,既需要"女"性之名,又不需要女"性"之实。易言之,越是要塑造女烈士的圣洁形象,越是要祛除男女之情、儿女之情之类的性别麻烦。从这个角度讲,作

---

❶ 潘柽章:《松陵文献》,见衣若兰:《史学与性别:〈明史·列女传〉与明代女性史之建构》,山西教育出版社2011年版,第330页。

❷ 郭延礼编著:《解读秋瑾(上册)》,山东教育出版社2013年版,第391~400页。

❸ Benedict Anderson, *Imagined Communities Reflection on the Origin and Spread of Nationalism*, London and NewYork: Verso, 1983/2003, p. 205.

❹ 胡缨:《性别与现代殉身史:作为烈女、烈士或女烈士的秋瑾》,见游鉴明、胡缨、季家珍主编:《重读中国女性生命故事》,江苏人民出版社2012年版,第132页。

为历史人物的秋瑾备受烈士礼遇，是因为她的性别色彩，而一旦享受烈士礼遇，作为文学形象的秋瑾就必须遵循烈士塑造的神圣机制，抑制或克服自己的性别身份。

在获得烈士礼遇之前与之后，秋瑾文学形象在不同时期的演绎可谓大相径庭。在晚清的《轩亭冤》《六月霜》等戏剧传奇中，秋瑾被塑造为一个哭泣喊冤的弱女形象，很符合传统女德模式。随着辛亥革命胜利，秋瑾作为女烈士的形象被重新塑造，女性特征也越来越模糊。从晚清文学中，我们还可以经常看到秋瑾梳妆、养花、流泪、作诗、带儿携女之类日常生活细节，而在后来的许多文学与戏剧电影改编中，如夏衍1936年发表的话剧《自由魂》、1959年张君秋主演的京剧《秋瑾传》、1962年柯灵完成的同名电影剧本，❶这些女性气质的私人化细节就越来越少了。在性别细节的抽空中，秋瑾被中性化为一个抽象的符号，成了在精神气质上和男烈士没有任何区别的女烈士。事实上，尽管向往一种英勇强悍的男子气概，秋瑾作为天涯飘零的孤身女性也常常有流泪与脆弱的时候，这在其闺中好友徐自华、吴芝瑛的回忆文章中都有细节可查。秋瑾在后期的诗歌也全非悲壮慷慨，同时也有"昨夜风风雨雨秋，秋霜秋露尽含愁"之类悲秋、感伤的一面。有后世学者批评早期的传奇、杂剧、文明戏"塑造秋瑾的形象有所歪曲与不足"，"秋瑾的形象是不够高大，也不够真实的"。❷其实，"不够高大，也不够真实"云云，不过是因为秋瑾同时代人的创作保留了女性气质的柔弱因素，有违烈士文章高大全的颂扬命令而已。由此而论，要成就从女士到烈士的英雄神话，作为历史人物的秋瑾除了要牺牲生命，还要为自己"高大"而"真实"的文学形象牺牲性别。为了维护烈士没有"歪曲与不足"的完美形象，一切不符合英雄形象与民族国家需求的性别因素，都要在回溯历史的选择性建构中刻意削弱与回避。反之，则要被刻意放大与强化。

女烈士秋瑾的在神圣化过程中所遭遇的"去女性化"问题，一如季家珍（Joan Judge）所论："她的鲜血如同罗兰夫人一样流进了现代世界的历史之

---

❶ 夏晓虹：《秋瑾文学形象的时代风貌》，载《中国现代文学研究丛刊》2009年第4期。

❷ 魏绍昌：《秋瑾的艺术形象永垂不朽：从传奇、文明戏到话剧和电影》，见郭延礼编著：《解读秋瑾（上册）》，山东教育出版社2013年版，第325、328页。

中，但与此同时，像罗兰夫人和中国历史上的女英烈一样，秋瑾为人们所纪念也因为她的一生融入了主流的政治叙述。秋瑾也成了晚清革命斗争中的一个偶像。只有忽略其为女性代言的一面，她们的故事才能成为晚清历史的一部分。女杰的豪情只能当作英雄气概来解读，新的女性时间也只有在与男性时间交汇时才能感觉得到。"❶秋瑾之后的革命女性，经历未必如此曲折，但去性化的机制是一样的：为了成为新女性，首先必须成为新男性，或者说是成为与新男性一样的人，亦即"融入主流的政治叙述"，"与男性时间交汇"。这是新女性在接受革命父权规训过程中的必经课程。

和秋瑾相比，丁玲这一代新女性所经历的革命化程度更高，"去女性化"或"拟男化"也更为严重。参加过北伐的"女兵"谢冰莹就如此自白："在这个伟大的时代，我忘记了自己是女人，从不想到个人的事情，我只希望把生命贡献给革命。"❷"左联五烈士"中唯一的女性冯铿则在小说《红的日记》中，借女主人公马英之口自述："红的女人呀！……你们都暂时把自己是女人的事忘掉干净罢！"同样，革命之风越是激烈，塑造女烈士的去性化机制也越是严苛。这其中最典型的莫过于丁玲后期时代的《红岩》。颇富象征意义的是，这项高度集体化、组织化、政治化的文学工程最终是以罗广斌、杨益言两位男同志的名义完成的。小说中刻画最成功的烈士形象当属女烈士江姐，而最女性的人物则非反派女角玛丽莫属。相较于革命女战士的壮志豪情和钢铁意志，中央社记者玛丽的"花枝招展""妖艳"风姿与其摩登的西洋化名字一样，"娇滴滴"的女性气十足。仅此一端，就足以够得上一个非革命或反革命女性的标准样板了。所以，毫不奇怪的是，到了"文革"时期，革命女性尽管担任主角，样板戏中的厌女症却是很严重的。

女性进入烈士谱系是一个神圣化的过程，却也是一个去性化的过程。非去性似乎不足以显示其神圣，女烈士的塑造机制何以至此？潜伏其中的厌女症在此表现出了一种根深蒂固的灵肉分裂：充满诱惑的女性肉身是不洁的、邪恶的，只有牺牲肉身，精神方能显示出超越女体的高贵与纯洁。在深层结

---

❶ [加]季家珍著，杨可译：《历史宝筏：过去、西方与中国妇女问题》，江苏人民出版社2011年版，第255页。

❷ 吕芳上：《"好女要当兵"，中央军事政治学校武汉分校女生队的创设（1927）》，见鲍家麟编著：《中国妇女史论集八集》，台北稻香出版社2008年版，第315~316页。

构上，现代烈士传暴露出了与传统"列女传"一样的思维模式、一样的性别压抑和道德限制。在现代文学的英烈殿堂，古老的"列女传"依然幽魂盘旋，阴灵未散。由此背景来看丁玲，其文学创作中的独特性与复杂性就显得极有价值了。经历"五四"洗礼而又投身革命的丁玲比秋瑾个性更为解放，也比谢冰莹等更为复杂深刻。像鲁迅一样，她不只是在奔走呐喊，同时也在彷徨思考，追随进步潮流而又非亦步亦趋。丁玲骨子里有一种"五四"新女性的莎菲气质，极为叛逆，也极为敏感。对于女性身份她不可能像秋瑾那样完全放弃，声称自己卖"文"字不卖"女"字便表现出了一种极端的女性自尊。因此，尽管也经受了革命的驯化，丁玲在延安还是写出《三八节有感》这样的文章。最引人注目的是她在抗战时期创作了《我在霞村的时候》《新的信念》等系列"准烈士"小说。无论是为我军送情报的女孩子贞贞，还是被鬼子强暴的老女人，其小说主角都是从敌人魔爪下逃离出来的女性。这些牺牲了肉体却幸存下来的"准烈士"女性，性格倔强，也积极参加对敌斗争的宣传或情报工作。然而，因为是活着回来，她们饱受蹂躏的女性身体更像是一种民族耻辱的象征，被村民议论，被家人嫌弃。丁玲不仅描写了有违"列女传"和"烈士传"写作法则的女性，而且描写了拒绝一死了之、伤痕累累的女性病体。这些小说引发男性同志的严厉批评，症结其实不在于那些革命教义的表面说辞，而在于触犯了烈士情结的性别禁忌。不过，这些批评反而验证、泄露了神圣机制背后的厌女症秘密。至于丁玲"文革"复出后为平反冤案发表类似投名状的《杜晚香》，其社会主义女劳模的造型固然失败苍白，"铁姑娘"模型却从另一个方面暴露出了去性化的神圣机制对女性作者的深重压抑。正是在这一点上，丁玲贯穿了两个时代的文学创作犹如革命中国新女性塑造的活化石，表现出了不同面向的多种可能与限度。

三、结　语

从晚清经验出发，鲁迅反对盲目牺牲与流血崇拜。对于秋瑾之死，《药》一反烈士文学模式过度颂扬的"精神胜利法"，揭示烈士之血做了人血馒头的残酷悲剧。对于丁玲的牺牲传闻，鲁迅写过"可怜无女耀高丘"的悼诗，对于"丁玲还活着"的消息，鲁迅也当然"没有片言只字有责于她的

'不死'"。❶从秋瑾到丁玲,两代革命女性最大的悲剧不是发生在牺牲之时,而是在牺牲之后。她们用各自的文学与故事,为鲁迅提出的"娜拉走后怎样"的问题提供了复杂而矛盾的注解。

---

❶ 丁玲:《鲁迅先生与我》,见张炯主编:《丁玲全集(第6卷)》,河北人民出版社2001年版,第119页。

鲁迅书简的披露过程

南京大学　葛　飞

1937年1月，许广平发布征集鲁迅书简启事，为出版《鲁迅全集》作准备。次年，《鲁迅全集》由复社出版，没有收入书简、日记。1937年6月，许广平已编印出版了一本《鲁迅书简》（影印），只收有69封信；鲁迅逝世后的两三年间，杂志上披露的鲁迅书简，也是许广平提供的。1946年，许广平编印《鲁迅书简》（排印）出版，收信833封，征集来的书信仍有一些没有入集，为数不太多。到了20世纪50年代，征集鲁迅手泽成了国家行为，1958年出版的《鲁迅全集》第10卷，仍是书信选集，触及"周扬派"人物的信件一概不选；"文革"期间出版的鲁迅选集、书信选，又特意要收入牵涉"周扬派"人物的信，对此学界已多有论述。程振兴已注意到，鲁迅存世遗简中，"有些因各种不便明言的原因，被收信人和征集者事先经过选择而'过滤'和'淘汰'掉，并因此最终湮没在历史的烟尘中了"。❶本文更感兴趣的是那些没有被湮没的鲁迅书简的披露过程，这个过程漫长而曲折，时代不同，敏感的方面亦不一致。鲁迅已逝，敏感的是刊布者、收信者以及鲁迅书简所涉及的人物。

一

抗战爆发前，主导《鲁迅全集》出版事宜的主要是鲁迅的老友。鲁迅逝世后的第三天，许寿裳即致函蔡元培，请他为出版《鲁迅全集》一事向当局

---

❶ 程振兴：《鲁迅书信的征集与择取》，载《中国现代文学研究丛刊》2010年第1期。

疏通。❶鲁迅书信、日记以及辑录之古籍，书法精美，为保存手泽起见，许广平拟影印出版，而国内有力办此的，惟有商务印书馆。❷从许广平处得知"商务"不大愿意出版《鲁迅全集》之后，许寿裳、马裕藻游说胡适出面，"商务"老板王云五这才同意出版。❸许寿裳拟定蔡元培、许寿裳、马裕藻、沈兼士、周作人、台静农、茅盾7人组成鲁迅全集编印委员会，❹由许广平在鲁迅先生纪念委员会成立大会（1937年7月16日）上正式提出，台静农名字改换为许广平，其他人皆未更动。胡愈之、王任叔（时为中共文委委员）、郑振铎也出席了此次会议。❺

大致在1938年3月上旬，复社始有出版《鲁迅全集》的意向。复社本是为了印行斯诺《西行漫记》而创设，发起人胡愈之是中共秘密党员。出版《鲁迅全集》的意向也报告给八路军驻沪办事处主任刘亦文，并获得延安方面的同意。复社中人说，许广平、王任叔、郑振铎起草了一个出版计划，交给上海文化界审查，然后才正式发表。❻不过，许广平也将草案分寄给原先的鲁迅全集编印委员会的7位成员，征询他们的意见。草案将《鲁迅全集》分为三部分：（1）创作；（2）翻译；（3）日记、书信、金石考证。第三部分暂缓出版。3月21日茅盾复函许广平、胡愈之，报告在港与王云五交涉情形。王云五说：（1）"商务方面对于北新版权不能收回一点，所虑者只在法律问题"。若能取得北新不捣蛋的保证，"商务愿照原约即刻印行《全集》"，"至于营业上的竞争，王老板说不成问题"；（2）复社暂缓的第三部分，"商务"

---

❶ 《许寿裳致许广平》（1936年10月28日），见周海婴编：《鲁迅、许广平所藏书信选》，湖南文艺出版社1987年版，第291~292页。

❷ 许广平：《鲁迅书简编后记》，见许广平编：《鲁迅书简》，鲁迅全集出版社1946年版，第1049~1050页。

❸ 《许寿裳致许广平》（1937年5月17日，6月5日），见周海婴编：《鲁迅、许广平所藏书信选》，湖南文艺出版社1987年版，第309、314页。

❹ 《许寿裳致许广平》（1937年7月2日），同上书，第315~316页。

❺ 《鲁迅先生纪念委员会昨日开成立大会》，见中国社会科学院文学研究所鲁迅研究室编：《1913-1983鲁迅研究学术论著资料汇编（第3卷）》，中国文联出版公司1987年版，第836~837页。原载1937年7月19日上海《大公报》。

❻ 宜闲：《鲁迅全集出世的回忆》，载《文艺丛刊》（香港）第2期，1946年12月。

可以出版。双方可统一版式，共同出版《全集》。茅盾认为，"我们这边可走之路甚多，所以就同意了他的第一议"，万一与"北新"交涉不果，"即行第二办法，或即废约"。❶其实1937年李小峰即致函许广平说：鲁迅交由北新出版的著作可以收入《全集》，但北新仍要出单行本。❷李小峰还建议先出书信普及本，交给北新书局出版或发行，将来出全集时再精印。❸

马裕藻见到复社出版草案后大为不满：全集不全，鲁迅金石考证方面的工作虽与"新的方面"无关，然其不朽价值甚大。马裕藻主张暂缓与"商务"废约。他还强调，这是他和沈兼士、周作人、齐寿山的共同意见。❹这就迫使复社修改了原初的计划，排印鲁迅辑录的古籍，至于"日记、书简、六朝造像目录、六朝墓志目录、汉碑帖、汉画像等，因影印工程浩大，一时不易问世"，仍付诸阙如。❺日记、书简为何不能退而求其次，也排印入《全集》呢？许广平日后解释说自己过于为出版家利益着想，以为影印耗费成本过巨，倘先行排印，将来影印本问世就难以销行。❻

许广平显得既无定见又固执，一度同意复社只出创作、翻译，非要影印书信、日记不可。在战时的状态下，从保存文献着眼，排印书简、日记才应是急务。日军占领上海租界后，一度逮捕拘押许广平，导致鲁迅1922年全年日记遗失。杨霁云殷殷以鲁迅书简、日记未加付梓为念，屡次催促许广平。1944年秋到次年春，杨霁云帮助许广平复写鲁迅书简、日记，许广平"把抄

---

❶ 《茅盾致许广平、胡愈之》（1938年3月21日），见周海婴编：《鲁迅、许广平所藏书信集》，湖南文艺出版社1987年版，第345~346页。

❷ 李小峰致许广平的信时间署"7月15日"，收入《鲁迅、许广平所藏书信集》（第455页）时，编入1938年。李小峰在信中还说："最近沪平两地版税之按月致送，并无脱期及拖欠等项。"据许广平致许寿裳函，1937年7月起，北新即不再致送沪、平两地生活费。参见海婴编：《许广平文集（第3卷）》，江苏文艺出版社1998年版，第334、336~337页。

❸ 《李小峰致许广平》（1938年5月18日），见周海婴编：《鲁迅、许广平所藏书信集》，第454页。

❹ 《马裕藻致许广平》（1938年3月28日），同上书，第448~449页。

❺ 鲁迅先生纪念委员会：《鲁迅全集发刊缘起》，载《文艺阵地（第1卷）》第3期，1938年5月16日。

❻ 许广平：《鲁迅书简编后记》，见许广平编：《鲁迅书简》，鲁迅全集出版社1946年版，第1050~1051页。

稿分藏数处，有时甚至一日数迁"。❶1946年，《鲁迅书简》终于由鲁迅全集出版社出版，结果仍是排印。许广平在编后记中说，"先后惠寄的信有八百余封，通讯者七十余位"，并且希望存有信件者"继续惠假（如有一时不便发表的，当代保留）"，❷以便再版时增订。许广平没有说出所得信件和惠寄者的确数，已经寄来仍"不便发表"的信也是有的。这里要追问的是：在这部收录较为齐备的《鲁迅书简》问世之前，哪些书简被"优先"披露？涉及哪些内容的信最好暂不发表？

二

1937年5月，生活书店出版《收获》（胡风主编的"工作与学习丛刊"第3辑），内收"鲁迅病中书信"9封，还有许广平写的"附记"。其中，覆时玳（360806）、答欧阳山（360825）、覆杨霁云（360828）、覆王治秋（360915）皆有指责"周扬派"人物态度横暴、善于玩手段的段落。许广平在"附记"中说："有人说他把持文坛，事实上他日夕希望多些人出来，他从没有在文坛上扩大私人势力的念头。看他对文艺工作者宣言的解释，对《作家》的态度，就是一个有力的反拨"；答徐懋庸信也是忍无可忍，针对的并不是个人，却仍有人说鲁迅"气量小，一点点小事就和人争闹"。1936年7月1日，鲁迅领衔发表《中国文艺工作者宣言》，致时玳信说："宣言不过是发表意见，并无组织或团体，宣言登出，事情就完，此后是各人自己的实践。有人赞成，自然很以为幸，不过并不用联络手段，有什么招揽扩大的野心，有人反对，那当然也是他们的自由，不问它怎么一回事。"❸鲁迅在世时，许广平忙于照料鲁迅的日常起居，没有参加社会文化运动，也就没有介入文坛纠纷。鲁迅逝世后，她即要出面维护鲁迅的声誉。

"鲁迅病中书信"还有一封"覆沈××"（360816）。鲁迅手迹是"明甫先生"，刊载于《收获》时被改为"××先生"，并加了"覆沈××"的标题。收信者是沈雁冰（茅盾），内容主要是关于去日本养病问题，编者在

---

❶❷ 许广平：《鲁迅书简编后记》，见许广平编：《鲁迅书简》，鲁迅全集出版社1946年版，第1050~1051页。

❸ 鲁迅：《覆时玳》，见《收获》，上海生活书店1937年5月，第58~59页。

鲁迅复函末尾加了一段文字："（注）前次来信谓若到日本，总要有通日语者同去，则你较为省力；鄙意倘一时无此同伴，则到日本后雇一下女，似亦可将就，因从前杨贤江夫妇在日时雇过下女，杨日语不很高明，杨夫人完全不懂，但下女似乎很灵，作手势颇能了然（原信）。"❶隐去收信者名字，是怕外间误以为茅盾怂恿鲁迅赴日养病？郭沫若曾指责好些"自命为鲁迅的'亲友'者"才是鲁迅的"真正敌人"，"例如"，一位日本人回忆鲁迅曾说："我对于马克思的著作不曾读过一页"，"苏联几次请我去，我都没有点头，我倒很想到日本去游历"。❷鲁迅葬仪将他定位为"民族魂"，赴日养病的想法也成了不可言说之事。访苏呢？萧三在纪念文章中征引了鲁迅给他的信件，说明鲁迅曾答应赴苏参加十月革命节。由于萧三没有拿出原件，《鲁迅书简》（1946年）将之放进了附编，附编所收信件皆抄录自公开出版物。到了1958年，萧三才将原件（320911）寄给了许广平，❸鲁迅在这封信中说："坐船较慢，非赶早身不可。至于旅费，我倒是有办法的。"但据冯雪峰、周建人、胡风等人回忆，鲁迅从来没有访苏计划，胡风还称，鲁迅对自己说过："吃了白面包回来，还能不完全听话么？"❹那么，鲁迅答应萧三又是应酬之语了。我们也没有证据表明鲁迅读过马克思原典，鲁迅致曹聚仁函（330507），且说"关于学说之类，我不了然"，为李大钊文集作序，"只能说几句关于个人的空话"。（此信首次披露于1946年版《鲁迅书简》。）

1937年6月，三闲书屋出版许广平编选的《鲁迅书简》（影印），文化生活出版社代售，收信69封。该书没有前言、后记，也未加注释。选信时照顾到了鲁迅方方面面的友人，每人一两封。其中，也有不少信提及了"所谓战友""工头"对自己的攻击，如致杨霁云（341216、360828）、萧军萧红（350423）、胡风（350912）、时玳（360525）、曹白（361015）、台静农（361015）。致胡风的没有上款，编者又未加任何说明，当时的"普通读者"恐怕会莫名其妙吧！1946年版《鲁迅书

---

❶ 鲁迅：《覆时玳》，见《收获》，上海生活书店1937年5月，第60~61页。
❷ 郭沫若：《不灭的光辉》，载《光明》第1卷第12期，1936年11月25日。
❸ 《萧三致许广平》（1958年12月12日），见周海婴编：《鲁迅、许广平所藏书信选》，湖南文艺出版社1987年版，第525页。
❹ 胡风：《鲁迅先生》（1984年作），载《新文学史料》1993年第1期。

简》有致胡风函6封（现今可见的仍是6封），编者附注："首行称呼，悉被胡先生裁去。"❶鲁迅一生论敌可谓多矣，而1937年版《鲁迅书简》，除了批评"周扬派"的，基本上没有讥评其他人物的文字。我们可以认为，披露"鲁迅病中书简"、影印出版《鲁迅书简》，在很大程度上是左翼派系之争的延续。

"鲁迅病中书简"选了致茅盾、欧阳山各一封，1937年版《鲁迅书简》也收了一封致茅盾的（360813）。可怪的是，1946版《鲁迅书简》竟然没有一封给茅盾、欧阳山的信。二人将书简寄给许广平之时，当然是同意发表，到后来又出于种种顾虑，转而要求不发表——倘若收信人不提出，许广平是没有理由不收录的。茅盾对许广平说：鲁迅给他的信，"有二三封是讲《海上述林》之校印的，发表了也许又将引起喧哗，但现在也一并奉上"。❷1936年1月17日，鲁迅致函茅盾，请他催促开明书店加快排印瞿秋白译文集《海上述林》。同年8月31日函又说：《海上述林》下卷原定6月底排竣，却至今未成，去信开明经理章锡琛亦无回复，请茅盾再帮忙催一催。9月3日复函茅盾："昨日收到一日信，才明白了印刷之所以牛步化的原因，现经加鞭，且观后效耳。振铎常打如意算盘，结果似乎不如意的居多，但这回究竟打得印出了十分之八九，成绩还不算坏。"❸茅盾晚年回忆录道，上卷排得太慢，是因为"我们没有如期付排版费"，鲁迅知道后大为生气，与内山完造商量，将纸型送到日本印刷，内山垫一部分款项，交由内山书店经销，用书款抵账。下卷发排缓慢，仍是因为资金不到位。❹茅盾仍没有说明鲁迅为何说郑振铎"打如意算盘"，导致上卷印刷"牛步化"。外间得见前揭函件，会怀疑郑氏有意阻滞，而茅盾在搬弄是非？《海上述林》共印500本，上卷到沪后，鲁迅致函茅盾说：

---

❶ 许广平：《编者附记》，见《鲁迅书简》，鲁迅全集出版社1946年版，第950页。

❷ 《茅盾致许广平》（1937年2月18日），见周海婴编：《鲁迅、许广平所藏书信选》，湖南文艺出版社1987年版，第342页。

❸ 鲁迅：《360903致沈雁冰》，见《鲁迅全集（第13卷）》，人民文学出版社1981年版，第419页。

❹ 茅盾：《我走过的道路（下）》，人民文学出版社1998年版，第25~29页。

"初拟计款分书,但如抽出三分之一交C.T.(郑振铎),则内山老板经售者只300本,迹近令他做事而又克扣其好处,故付与C.T.者,只能是赠送本也。"❶鲁迅改变注意,照顾内山的商业利益,其他人本来就是捐款,只得赠书一两本。唯郑振铎负责出面筹款,却无法给捐款人事先约定的册数,茅盾说"又将引起喧哗",可见鲁迅改变原议时已引起过喧哗。单单这一件事,恐怕不足以导致1946年版《鲁迅全集》不收致茅盾函,只是其他事体已无法详考落实了。

三

为纪念鲁迅逝世两周年,茅盾主编的《文艺阵地》第2卷第1期(1938年10月)刊发鲁迅手迹8幅,致曹聚仁函1通,致赖少其、英伟各2通。第2卷第2期续刊致曹聚仁函4通,致王治秋7通。见于第2卷第1期的致曹聚仁(330618),第一段是:

近来的事,其实也未尝比明末更坏,不过交通既广,智识大增,所以手段也比较的绵密而且恶辣。然而明末有些士大夫,曾捧魏忠贤入孔庙,被以衮冕,现在却还不至此,我但于胡公适之侃侃而谈,有些不觉为之颜厚忸怩耳。但是,如此公者,何代蔑有哉。

曹聚仁来信应该谈到了胡适,才会引发鲁迅的回应。鲁迅似也十分蔑视胡适,但细细读来,则鲁迅并不完全认同曹的观点。可惜致鲁迅函件大多已不可见,我们可以从曹聚仁主编的《涛声》中窥知其"胡适观"。1933年《涛声》出了两辑"胡适批判专号",此外还刊载了一些批胡散篇。曹聚仁写了《胡适与秦桧》,❷不知何人化名"老前辈"的《恭喜胡适大发财》,❸更有石不烂要胡适引颈洁尸,以待"即将来临的劳苦民众之白刃与火把","人谓先生如何奔走经营,叩头拜赐,绘声绘影,历历如画,……长中公时

---

❶ 鲁迅:《360903 致沈雁冰》,见《鲁迅全集(第13卷)》,人民文学出版社1981年版,第433页。
❷ 《涛声》第2卷第18期,"胡适批判专号二",1933年5月13日。
❸ 《涛声》第2卷第1期,1933年1月1日。

之征歌选色，抹牌吟诗，一底百金，一花千金，未曾吝色"，"千祈勿再假痴假聋"，对《涛声》《读书杂志》《二十世纪》等刊物的批判以及其他一切传言，作相当之声辩。❶文坛攻讦之风甚盛，面对他者攻击，鲁迅有触即发，正与胡适的态度截然相反。

《文艺阵地》所刊之鲁迅书简，只有给王冶秋的一封（360405）论及了"周扬派"："我们里，我觉得实做的少，监督的太多，个个想做'工头'，所以苦工就更加吃苦。现此翼已解散，别组什么协会之类，我是决不进去了。"❷（"我们""里"之间原有"这一翼"三字，被收信人涂掉，《文艺阵地》连排"我们里"而未加说明。）

《文艺阵地》刊出的鲁迅手泽，比较重要的是鲁迅为瞿秋白所书之对联"人生得一知己足矣 斯世当以同怀视之"。3首总题为"教授杂咏"的打油诗，也郑重其事地刊出了。第一首是讽刺钱玄同的："作法不自毙，悠然过四十；何妨赌肥头，抵当辩证法。"据说，钱玄同曾讲过头可断，辩证法课不可开，大概是鲁迅1932年回平省亲时听来的。第二首讽刺赵景深的误译、意译，第三首讽刺章衣萍和北新书局："世界有文学，少女多丰臀。鸡汤代猪肉，北新遂掩门。"鲁迅将"教授杂咏"录入日记，并手书给友人，身前并未发表，《文艺阵地》影印的是录送友人的手迹，无上下款。

鲁迅书简中涉及顾颉刚以及与《语丝》同人交恶的内容，也是一大敏感问题。因篇幅和论题关系，这里只能约略述之。1927年年初，鲁迅从厦门大学辞职尚未离开厦门之际，黄坚回京接眷，得知鲁迅与许广平的关系，回厦门后，广布于众。鲁迅追问川岛（章廷谦），"才知此种流言早已有之"，在京传播的是品青、孙伏园、章衣萍、李小峰和周作人太太。1929年5月鲁迅赴北平省亲，又认为《语丝》同人在散布他和许广平的"流言"，是怕他来抢饭碗。在孔德学院遇到钱玄同而不予理睬，则是因为钱玄同与顾颉刚来往较密。如是种种，鲁迅在给川岛、给许广平的信中多有道及，早年在北京的《语丝》同人，鲁迅也只信任川岛一个人。致许广平的信编入《两地书》（1933年初版）时，人名大多作了处理，譬如说，"钱玄同"改作"金因

---

❶ 石不烂：《致胡适之先生书》，载《涛声》第2卷第21期，1933年6月3日。

❷ 《鲁迅致王冶秋》（1936年4月5日），载《文艺阵地》第2卷第1期，1938年10月。

异"，川岛改作"狐灵"。致川岛的信到了20世纪50年代才陆续披露于世，此前川岛一直不愿拿出；现今我们所能看到的，也不是鲁迅致川岛的全部信件。1937年，他对许广平说，手头存有鲁迅给他的八九十封信，但"不打算发表"。次年，许广平托魏建功向川岛索信，川岛未予回复。❶ "流言""饭碗"以及顾颉刚……鲁迅在给其他友人的信件中亦有道及，这些信件也不是许广平优先披露的对象，收入1946年版《鲁迅书简》之前，没有在《收获》《文艺阵地》《鲁迅风》等刊物以及1937年版《鲁迅书简》发表过。

1939年1月出版的《鲁迅风》（周刊）第1~3期，登载了一批鲁迅致罗清桢、许钦文的信件，这批信件完全没有臧否人物的敏感文字。《鲁迅风》由王任叔、柯灵、文载道等人创办，王任叔撰写了发刊词。他也是拟定复社出版《鲁迅全集》草案者之一。

上文涉及的几份刊物，虽然皆以学习鲁迅精神作号召，但是各家杂志的主编的现实利益和政治考量并不一致。虽说信件皆由许广平提供，编辑们也应该参与了信件的挑选。胡风是《收获》的主编，代售1937年版《鲁迅书简》的文化生活出版社，总编辑是巴金。《中国文艺工作者宣言》即刊载于巴金主编的《文季月刊》，鲁迅签名居首，巴金位列第二，徐懋庸在给鲁迅的信中遂怪罪巴金等人破坏统一战线、行为"卑劣"。胡风、巴金等人也有动力刊载鲁迅批周扬派的书简来回应攻击。《鲁迅风》回避臧否人物的鲁迅信件，也许可以说明抗战爆发后的中共文委不愿世人再把目光集中于鲁迅与"周扬派"及"进步"人士的矛盾，以免影响当下的统一战线。

四

与鲁迅关系密切的友人中，曹靖华是一个独特的存在。鲁迅致曹靖华信件的披露过程，也有专门论述的必要。鲁迅表彰未名社"是一个实地劳作，不尚叫嚣的小团体"，靖华也是"一声不响，不断的翻译着"，"不尚广告，至今无煊赫之名，且受挤排，两处受封锁之害"。❷ 未名社已于1932年解

---

❶ 周海婴编：《鲁迅、许广平所藏书信选》，湖南文艺出版社1987年版，第442、452页。

❷ 鲁迅：《曹靖华译〈苏联作家七人集〉》，见《鲁迅全集（第6卷）》，人民文学出版社2005年版，第572~573页。

散,除了韦丛芜外,鲁迅仍将其他成员视为"老友"。鲁迅一生写的最后一封信,如果不算给内山完造的短笺的话,即是致曹靖华的(361017),这封具有高度纪念意义的信函披露过程也甚为曲折。台静农、王冶秋也是未名社成员,鲁迅给他们的涉及"周扬派"的信件,1937~1938年已有揭载;此类信件,曹靖华在1965年之前似乎没有拿出,所以才不见刊载。1937年许广平征集鲁迅书简,曹靖华只拿出了4封,❶同年出版的《鲁迅书简》收了1封。1946年版《鲁迅书简》收致曹靖华6通,其中,361017函录自曹靖华《生命中的第一声雷》,并非完整版本。1958年版《鲁迅全集》第10卷,收致曹靖华23封。1965年,因为国家"备战",曹靖华将其保存的鲁迅信函原件共计85封半交给鲁迅博物馆,写了一份《"鲁迅来信抄存本"说明》。

在真正意义上的全集面世之前,收信者在纪念鲁迅的文章中征引信函,也是鲁迅书简的一种"发表"方式。曹靖华作《生命中的第一声雷》,大段征引了鲁迅给他的最后一信,但略去了有关印行瞿秋白《海上述林》的段落,下面一段也被省略了:"《文学》由王统照编后,销数大减,近已跌至五千,此后如何,殊不可测。《作家》约八千,《译文》六千,新近出一《中流》,并无背景,亦六千。《光明》系自以为'国防文学'家所为,据云八千,恐不确;《文学界》亦他们一伙,则不到六千也。"❷1936年7月,中国文艺作家协会召开成立大会,傅东华报告筹组经过,大会选举茅盾、夏丏尊、傅东华、洪深、叶圣陶、郑振铎、徐懋庸、王统照、沈起予9人为理事。这基本上是以"文学社"为班底,周扬并未出面。鲁迅领衔发表《中国文艺工作者宣言》,曹靖华也签名了,但没有发表论战文章。鲁迅发表《答徐懋庸并关于统一战线问题》后,曹靖华复函鲁迅说,此文"影响到此间好多人对于上海作协的态度。此间似曾有人活动,替作协声张的,但近似缩头了,这人大概奉有沪作协圣谕的"。❸"此间""作协"指北平作家协会,"上海作协"即是中国文艺作家协会。前者到了11月22日才举行成立大会——鲁迅已逝世了,选举孙席珍、曹靖华、高滔、王余杞、管舒予、李何

---

❶ 《曹靖华致许广平》(1937年4月10日),见周海婴编:《鲁迅、许广平所藏书信选》,湖南文艺出版社1987年版,第398页。

❷ 《作家(第2卷)》第2期,1936年11月15日。

❸ 周海婴编:《鲁迅、许广平所藏书信选》,湖南文艺出版社1987年版,第157页。

林、杨丙辰、顾颉刚、李辉英、澎岛、谭丕谟11人为执行委员,当时有报道称这个组织"号召文艺作者在'国防'的旗帜下联合",❶但是内部分歧仍是不小的。

瞿秋白是鲁迅、曹靖华共同的朋友,曹靖华旅苏之际,给鲁迅、瞿秋白寄了不少俄文书籍、版画,鲁迅给曹靖华寄"左联"机关刊物,如是种种,在鲁迅致曹靖华函中多有体现。曹靖华的《素笺寄深情》征引了大量的鲁迅信件,回忆他和鲁迅、瞿秋白的友谊和工作。多少有点让人吃惊的是,曹靖华说,当年将别德内依的《没工夫唾骂》、卢那卡尔斯基的《被解放了的董·吉诃德》等书寄给鲁迅、瞿秋白,"主要是为了请他们欣赏台尼和毕斯凯叶夫的插画寄的。秋白同志恐怕也是为了同样的目的,即:主要是向中国读者介绍画,而把这些没有十分必要译的东西译出来了"。❷1933年12月12日,鲁迅致函曹靖华:"别德内依的《没功夫唾骂》已由它兄(瞿秋白。——笔者注)译出登《文学月报》上,原想另出单行本,加上插图,而原书被光华书店失掉(我疑心是故意没收的),所以我想兄再觅一本,有插画的,即行寄下,以便应用。"(此信初次揭载于1958年版《鲁迅全集》)既然曹靖华觉得它们"没有十分必要译",为何还要寄?是苏联方面授意,还是瞿秋白点名要求?瞿秋白将《没工夫唾骂》译载于"左联"机关刊物,当然不是为了让读者看画,而是为了打击"托派"。该诗嘲讽托洛茨基自传完全是吹牛皮,托氏是"恶棍""乱咬的疯狗",有的只是"孟什维克升官图上的成就";可是大家都承认斯大林才是"天才"。这其实是出于自保而"奉旨喝骂"——托洛茨基的《文学与革命》申明苏俄团结"同路人"政策,也用专章来表彰善作鼓动诗的"无产作家"别德内依。1927年,韦漱园、李霁野译《文学与革命》,在《未名》连载,1929年"未名丛书"出单行本。翻译"同路人"作品,也是未名社的主要工作。那时的鲁迅也较为欣赏托氏的文艺政策,翻译了一些"同路人"小说。加入"左联"后,鲁迅就不大提托氏了,到了晚年还被冯雪峰利用来打击托派。曹靖华在1961年说《没工夫唾骂》等书"没有十分必要译",的确需要一些勇气。

---

❶ 奂英:《北平文化动态(Ⅰ)》,见中国社会科学院文学研究所现代文学研究室编:《"两个口号"论争资料选编》,人民文学出版社1982年版,第1014页。

❷ 曹靖华:《素笺寄深情》,载《人民文学》1961年第9期。

1963年，曹靖华觉得《生命中的第一声雷》写得不够好，改写成《望断南来雁》，刊载于同年10月号《人民文学》。这一次，他抄录了361017函有关《海上述林》部分，仍未征引关于诸杂志销量的那一段。1972年，陕西人民出版社拟出曹靖华散文集《春城飞花》，曹靖华去信单演义，要求删去《望断南飞雁》中的两段话：一段就是鲁迅信中有关《海上述林》的话，另一段是说自己接到鲁迅最后一信前刚刚收到《海上述林》上卷。❶曹靖华没有说删除原因，单演义也是知道的——瞿秋白在"文革"中被定性为"叛徒"。不说违心的话、不提瞿秋白，也是难能可贵。至于"周扬派"，不论是他们在台上还是失势，曹靖华在回忆鲁迅的文章中始终无一语道及。据笔者所见资料，首次完整刊发361017致曹靖华函的，是南京大学中文系现代文学教研组编《鲁迅选集》第4卷（1974年）。编者在后记对瞿秋白、周扬都作出了"批判性说明"。1976年7月，《鲁迅书简：致曹靖华》由上海人民出版社出版，书前有曹靖华《无限沧桑怀遗简——代前言》，此文是在《"鲁迅来信抄存本"说明》❷的基础上增删而成，"说明"中关于瞿秋白的文字被删去。1976年8月，人民文学出版社出版《鲁迅书信集》，这也是第一部收录了至出版时征集到的所有书信的集子。

  鲁迅早已故去，敏感的是刊布者、收信者以及鲁迅书简所涉人物和政治问题。时代不同，敏感的方面亦不一致。鲁迅手迹之真实性、权威性自然毋庸置疑，这里要说的是，择取鲁迅书简发表与收信人以书简为中心有选择性地回忆/阐释鲁迅，乃一枚硬币的两面。这些回忆/阐释又被链接进不同时代的《鲁迅全集》"权威"版本的注释之中。对于收信者、刊布者而言，于何时拿出哪些鲁迅书简，总是意味着如何处理自身与鲁迅、自身与鲁简所涉人物的关系，往大处说，就是处理自身、鲁迅与现代中国政治文化的三角关系。唯当书简披露于世后，才能参与建构鲁迅的社会形象、建构鲁迅与各方面的历史—当下关系，作为文本的鲁迅书简也因此在公共空间中"生成"。

---

❶ 曹靖华：《曹靖华书信集》，河南教育出版社1991年版，第186页。
❷ 曹靖华：《"鲁迅来信抄存本"说明》，载《新文学史料》1992年第3期。

与摩罗先生商榷有关鲁迅的"国民性"等问题*

泉州师范学院　古大勇

摩罗先生是我一直以来比较关注的作家和思想者,对他那些散发出"血的蒸汽"的忧患文字,我一直心怀崇敬之意。"摩罗"的别名来源于鲁迅的《摩罗诗力说》,"摩罗"象征着鲁迅所呼唤的"精神界之战士"。鲁迅曾在20世纪初的中国热情呼唤"精神界之战士"的出现,但是应者寥寥,如箭入海,悄然无声,于是鲁迅不禁悲叹:"今索诸中国,精神界之战士者安在?"❶20世纪中国的"精神界之战士"谱系时断时继。然而,钱理群先生说,摩罗"终于与鲁迅所开创的,已经中断了的精神界之战士的谱系承续上了"。❷钱先生的这句话是对摩罗的最高称赞和肯定。大概2005年之前的摩罗确实配得上这样的"盛誉"。该时期创作出版的《耻辱者手记》《自由的歌谣》《因幸福而哭泣》《不死的火焰》《大地上的悲悯》等著作,表明摩罗确实以一个"精神界之战士"的姿态出现在公众面前,他坚定地主张继承鲁迅的优秀传统,像鲁迅一样站在底层立场,站在弱势群体的立场,本着博大的人道主义情怀,表达对一切非人因素的"耻辱"的批判与反抗,对中华

---

* 本文部分内容分别以《"不存在一种独属于中国人的劣根性"?——就"国民性"问题与摩罗先生商榷》为题刊于《社会科学论坛》2008年8月(上半月期),以《"爱国主义"没有错,"学理疏漏"方为错——评析摩罗〈中国站起来〉》为题刊于《社会科学论坛》2010年第16期(半月刊)。

❶ 鲁迅:《鲁迅全集(第1卷)》,人民文学出版社2005年版,第102页。
❷ 摩罗:《耻辱者手记——一个民间思想者的生命体验》,江苏人民出版社2010年,第7页。

几千年的"奴道主义"的无情否定与批判,对个性尊严与思想尊严的维护与追求,对美好的、健康的人性的呼唤,对民主、自由和平等的积极向往,对知识分子真正品格的拥护和追求等。一时间,思想界对摩罗好评如潮。笔者也是在这个角度欣赏摩罗的。这个时期摩罗是鲁迅精神的优秀继承者,是"五四"精神的优秀继承者。然而,摩罗却遽然"转身"了,2008年,摩罗在柏杨逝世之际发表《但愿柏杨的时代就此结束》一文,对鲁迅和柏杨的"国民性批判"思想提出质疑和批评。2010年长江文艺出版社出版了他的《中国站起来》,标志摩罗已经正式转变为一个不折不扣的"文化民族主义者"。在《中国站起来》一书中,他几乎全盘否定了"五四"。他毫不留情地否定了我们一向视为民族文化英雄的鲁迅、胡适、蔡元培、陈独秀、李大钊、钱玄同等一代"五四"先驱,对于他们的"全盘西化"、批判国民劣根性、批判传统文化、拿来西方文化的主张和策略,他更是愤慨不已,横加笔伐,他用一个词来界定鲁迅、胡适这些"五四"先驱的身份——"身在中国,心系西方"的"洋奴"。在这些主张中,摩罗都不同程度地涉及对鲁迅和鲁迅思想的评价。本文就摩罗的这些观点,提出商榷性意见。

一、有没有一种独属于中国人的劣根性

2008年,摩罗在柏杨逝世之际发表《但愿柏杨的时代就此结束》一文,对鲁迅和柏杨的"国民性批判"思想提出质疑和批评。摩罗认为中国的"国民性"是由西方传教士、鸦片贩子和枪炮手发现和描述的,国民性话语表现为一种"西方/东方""文明/野蛮""先进/落后"的二元对立关系。近代以来,中国人民在西方列强的凌辱、掠夺和屠杀之中,深刻体会到文化的溃败和自尊的伤害,他们将失败的原因归结于"国民劣根性",以至于长期以来沉溺于批判"劣根性"的"自虐"体验之中,不能自拔。因此,摩罗主张"中国人应该及早从这种自虐倾向中摆脱出来,挺直腰杆做人。中国人的缺点,都是人性缺陷的一部分。不存在一种独属于中国人的劣根性和罪性,全人类只有一种人性,而人性的缺陷都是相通的、相同的。中国人当下最重要的不是反思自己的所谓劣根性,而是像当年的日本人那样切实地进行制度建

设",摩罗最后呼吁"但愿鲁迅和柏杨的时代就此结束"。❶在摩罗看来,我们的民族太过于"自虐",残酷地"自揭伤疤",最后不可避免地导致严重的"自伤",成为一个"伤痕累累"的民族。笔者完全可以理解摩罗是善良的,他始终对我们这个多灾多难的民族和人民怀着一颗深深的怜悯和挚爱之心。笔者同意他的部分观点,如他对国民性话语的来源和性质的观点、对制度建设的呼吁等,对他的基本观点却不能同意。

摩罗在文中将国民性等同于人性,事实上,国民性和人性是两个不同的概念。"国民性"一词并非中国原创,而是在近代西学东渐过程中,从日本引进的来源于西方的外来词,与此相关的词还有"民族性""民族精神""国民精神"等,是英语"national character"或"national characteristic"的日译。日语中"国民性"等有关词汇大量出现在明治维新时期,面对涌入日本的西方文明,日本知识分子自然对两种文明以至于两个人种进行比较。国民性理论最初有一个倾向,即把种族和民族国家的范畴作为理解人类差异的首要准则,确立欧洲的种族和文化优势,表现为一种西方中心主义立场,在这一点上,摩罗的认识是准确的。但是,从词源学上来剥离国民性话语的不平等的西方立场,并非意味着国民性的不存在。事实上,国民性是客观存在的,它是一个民族由于生活在同一地域,共同受到一种或多种文化的浸染,在长期的历史发展过程中形成的区别于其他民族的典型特征,表现为共同的思维方式、心理素质、审美观念、道德规范与价值尺度等。而"人性",顾名思义,指人的本性,包括人的自然属性和社会属性。人性就是那些从根本上决定并解释制约着人类行为的固定不变的人类天性,虽然人性在不同的历史阶段会被打上阶级性的烙印或者有民族性的差异,但是总有普遍共通的人性存在。国民性和人性是两个不同的范畴,国民性具有民族性和地域性的特色,而人性却体现为人类性的特征,国民性可以体现为人性,但并非所有的国民性都是人性,只有那些具有普遍意义的国民性才能体现为人性。阿Q无疑是当时中国国民性的代表,但阿Q性格内涵中的"精神胜利法"具有人性的特征,因为不同民族的国民都摆脱不了"精神胜利法"的心理,"精神胜利法"具有超越民族的人类学内涵的意义。但是,

---

❶ 摩罗:《但愿柏杨的时代就此结束》,载《南方周末》2008年6月5日,第25版。

像阿Q性格系统中存留的"不孝有三，无后为大"和"严守男女之大防"等"样样合于圣经贤传"的观念，无疑不具备人性内涵，仅仅表现为国民劣根性。就鲁迅所批判的全部国民性来说，像"自私""虚伪""巧滑""惰性""冷漠""麻木""健忘"等或许不同程度地具有普遍意义的人性内涵特征，但像"面子观念""奴性""保守""狭隘""瞒和骗""做戏""卑怯""马虎作风""诈和骄""无特操""虚无党"等无疑在当时的中国人身上表现尤为突出。而柏杨在《丑陋的中国人》《再论丑陋的中国人》中揭露的"酱缸文化""明哲保身""自卑和自傲""表里不一""窝里斗""不团结""缺乏创造性""一盘散沙""对事不对人""只我例外""死要面子""今天天气哈哈哈""缺少终极关怀和终极理念""向钱看向权看""器小易盈"等劣根性，哪一点没有击中国民性的要害之处？国民性中当然有一部分表现为人性，因为国民性的主体都是具有人性内涵的"人"，每个民族的国民性总有一小部分内涵交叉重叠，那就是体现为人性的"共性"，但是，由于生活在不同地域和文化背景下，每个民族必然带上本民族的独特文化"胎记"，这通常表现为"个性"，国民性就体现为"共性"与"个性"的统一。但是国民性之为国民性，是在于它的区别于其他民族的独特标志的"个性"。事实上，各个民族在长期的历史发展过程都形成了自己具有"个性"标志的国民性。大体而言，日本人具有敬业精神与群体意识，德国人擅长理性思辨，俄国人骁勇顽强，英国人有绅士风度，美国人富有梦想，法国人倾向浪漫……因此，我们不难明白：德国为什么会产生包括黑格尔、康德等在内的群星灿烂的思想家？遭受战争重创的日本为什么在战争结束后能取得那样令人瞩目的经济奇迹？鲁迅也曾经比较了中国和日本的国民性："我把两国的人民比较了一下。中国把日本全部排斥都行，可是只有那认真却断乎排斥不得。无论有什么事，那一点是非学习不可"，"日本人的长处，是不拘何事，对付一件事，真是照字面直解的'拼命'来干的那一种认真的态度"。❶这种认真的精神就是日本人所特有的敬业精神，而这是许多中国人所缺乏的。柏杨也在《丑陋的中国人》中比较了中国人的"窝里斗"特征和日本人的团队精神。❷

---

❶ 黄源：《忆念鲁迅先生》，人民文学出版社1981年版，第163页。
❷ 柏杨：《丑陋的中国人》，湖南文艺出版社1981年版，第12~13页。

摩罗曾经撰文探讨过俄罗斯诞生灿烂文化"群星"、"巨人何以成为巨人"的内在原因。在摩罗看来，这源于"巨人"诞生的"土壤"与环境：全体俄罗斯人，不要说追随"巨人"丈夫流放到西伯利亚的妇女们和许多爱戴"巨人"的民众，即使是官方的统治者，包括艺术院秘书、禁卫军军官、要塞司令、岛区长官、典狱长、总检查官，"无不表现出强烈的尊严意识与人道主义倾向，他们即使身居要职也改变不了沙皇政权的专制体制与非人性质。但他们以自己良好的人文素质和历史良知，在国家机器与历史要求、民族利益、革命思想之间构成了一种弹性，正是这弹性使得新思想新力量不但未遭毁灭，反而勃然发展。这些官员作为人民的一部分，实际上可以看作是反对他们的那些思想家革命家的精神资源和社会基础"。❶摩罗认为，一个优秀人物的成就"还同时需要周围那些有血有肉的人的理解、支持、温暖、尊敬、鼓励，他需要从这样的心灵交流中得到勇气和力量。如果没有这些条件，再伟大的人也会枯竭夭亡而无从成其伟大。在这样的意义上，任何一个伟大的人都是凭着他族群并代表他的族群成为伟人的。所以，那些产生了巨人的民族必是像巨人一样可敬可仰的民族"。❷试问，这种俄罗斯"巨人"诞生的土壤——全体俄罗斯人所体现的"尊严意识与人道主义倾向""良好的人文素质和历史良知"，给予"巨人""理解、支持、温暖、尊敬、鼓励"的族群，难道不体现为一种俄罗斯的国民性？

摩罗主张中国应该从国民性批判的"自虐"深渊中走出来，进行坚实的制度建设。摩罗此点建议是基于以下事实：无论是鲁迅还是柏杨，他们的改造国民性主张都不同程度地忽略了制度建设。主张制度建设本没有错，这是必要的，但是，是否一定要以结束"柏杨的时代"为代价？是否必须以放弃国民性批判为代价？笔者认为大可不必。其一，鲁迅、柏杨所批判的劣根性在当下社会并没有消失，这是一种顽固的"疾病"，只要"疾病"还在，就有疗治的必要，讳病忌医只会使"病情"加重。中国需要更多的像鲁迅、柏杨这样的"医生"。其二，制度建设能不能彻底解决问题？何清涟在《现代化的陷阱》中认为，中国的腐败现象的产生和制度建设有一定的因果关

---

❶ 摩罗：《耻辱者手记——一个民间思想者的生命体验》，内蒙古教育出版社1998年版，第5页。

❷ 同上书，第8页。

系,但是,腐败还有深厚的民间基础和文化土壤。腐败当然不是中国所独有,外国也有,中国的腐败不仅仅有制度的原因,更有文化的原因,即中国几千年沿袭下来的"不以腐败为耻,反以腐败为荣"的文化心理是腐败滋生膨胀的土壤。中国传统的政治体制和"贪渎"文化,不可能使民众对腐败有一种真正道义上的痛恨,不可能使民众发自内心地以腐败为耻,而是相反。因此,孤立的制度建设有时也不是万能的,"不以腐败为耻,反以腐败为荣"是属于国民文化心理的范畴的,这其实又回归到鲁迅的改造国民性老主题上来了。因此,我们在强调制度建设的时候,国民性改造同样不可以忽视。摩罗说:"由于我们一百年来长期沉溺于'国民劣根性'的自虐体验中,从而大大耽误了我们对于制度建设的关注和努力",甚至"以所谓'国民劣根性'、'中国国情'等等莫须有的理由拒绝这种建设"。❶其实,在鲁迅、柏杨的国民性批判之外,也有很多有识之士关注制度建设,譬如以胡适为代表的一帮自由主义知识分子,就孜孜以求西方的民主制度在中国"开花结果"。鲁迅关注国民性改造,胡适关注制度建设,侧重点有异,这是分工的不同,可以并行不悖,不能强调鲁迅而忽略胡适,也不能钟情胡适而菲薄鲁迅,"鲁迅是药,胡适是饭",两者缺一不可。我们要鲁迅式的国民性批判,我们也要胡适式的制度建设,这才是一个既分工又协作的和谐社会。当然,中国的制度建设起步晚,措施不力,效果不佳,其原因是复杂而多重的,我们不能简单地把这种罪责统统摊在"国民性批判"头上。这其中,一个不能忽略的原因是源于中国特定的历史和现实,中国几千年的专制政治统治的流弊与儒家文化的内在桎梏沉重地羁绊了制度建设的"后腿",令其举步维艰。其三,世界上是不是只有中华民族"自虐"?在柏杨的《丑陋的中国人》诞生前后,就有日本人写过《丑陋的日本人》、美国人写过《丑陋的美国人》、英国人写过《丑陋的英国人》、法国人写过《丑陋的法国人》、韩国人写过《丑陋的韩国人》、德国人写过《丑陋的德国人》等。自明治维新以来,日本论坛上"日本人劣等民族说"就十分流行,1891年以来,就有三宅雪岭的《真善美日本人》《伪恶丑日本人》,批判日本国民劣根性。因此,与柏杨进行对话的日本作家黄文雄说:"日本民族可以说是一个自虐性

---

❶ 摩罗:《但愿柏杨的时代就此结束》,载《南方周末》2008年6月5日,第25版。

的民族，舆论界不但对政府，连日本人本身的缺点、缺陷，也天天被批得体无完肤……从日本人的'奴隶根性'论，到'日本人畸形'说等等，'丑陋的日本人'百余年来不知已被说了几千万遍，甚至有人（教育部长）主张废止日本语，使用法语当国语。日本政府或日本人天天被骂，骂了百多年，并未见日本人亡国灭种。"❶自虐的日本却成为世界上的头等强国，自虐也没有妨碍日本人进行先进的制度建设。"自虐"在中国却成为制度建设不力的"替罪羊"，岂非咄咄怪事？难道此"自虐"非彼"自虐"也？

摩罗说："这种国民劣根性乍一看当然是指整个民族"，"但在实际的言说中常常偏重于底层人，也就是主要体现在闰土、祥林嫂、七斤、华老栓、华小栓、阿Q等等小人物身上"。❷其实鲁迅国民性批判的一个更重要的对象是知识分子，鲁迅改造国民性思想的核心是反奴性，鲁迅反奴性的主要对象是中国知识分子。而在柏杨的《丑陋的中国人》《再论丑陋的中国人》中，也看不出专门指向底层人物的倾向。

摩罗撰此文不久正好发生"5·12"汶川地震，中国人在国难面前表现出来的伟大人性光辉让他感动不已，摩罗说："看来中国社会具有足够多的光明与善良，社会文明的程度和成熟的程度可能超过那些目光冷峻的人士之预料。如果不受到人为破坏，中国社会的自组织能力已经越来越成熟。中国根本不是、而且很可能从来不是所谓一盘散沙。此后再也不应该老揪着中国人的所谓'国民性'问题不放。以批评国民劣根性为能事的人应该调整自己的眼光和视角。这种批评只会对极少数人有利。"❸但是笔者同时注意到钱理群先生对此次地震灾难的思考，他也深深感动于中国人突然呈现出来的"人性中最美好的方面"和"中国国民性极其可贵的一面"，但笔者更在意他接着表达的"忧虑"和"恐惧"："我也有这样的恐惧，即灾难过去'以后'的恐惧。灾难毕竟是一个非常态的状况，人们最终还要回到常态之中；我的忧虑正在于，回到原来固有的生活里，我们会不会故态复萌，又恢复了那个自

---

❶ 柏杨：《酱缸震荡——再论丑陋的中国人》，人民文学出版社2008年版，第4页。

❷ 摩罗：《但愿柏杨的时代就此结束》，载《南方周末》2008年6月5日，第25版。

❸ 摩罗：《请以国家的名义哀悼亡灵》，载http://blog.sina.com.cn/moluo，2008年5月16日访问。

私的、颓废的自我,那种冷漠的、互不信任的人与人之间的关系,那样一种僵硬的、官僚化的、非人性、反人道的权力运作?——我相信这绝不是杞人忧天,因为我们体制的弊端依然存在,我们国民性的弱点依然存在","中国人可以共患难,却难以同富贵;别看现在全民同心同德,日子太平了,又会是窝里斗。然后再等待下一次危难中的爆发,再来团结自救。正是这样的循环,使我们这个民族,既不会垮,总在前进,但又极其缓慢"。❶

二、与摩罗《中国站起来》中有关问题的商榷

2010年年初,长江文艺出版社推出了摩罗先生的新书《中国站起来》。在《中国站起来》这本书里,摩罗的思想发生了根本性的变化,由原先"五四"精神的继承者"变脸"为对"五四"的全盘否定,否定了他以前极力推崇的胡适、鲁迅、蔡元培、陈独秀等"五四"先驱。摩罗遽然转身后发出的"声音"引来了评论界、网络、媒体上一片批评之声,曾经与摩罗并驾齐驱的余杰和徐晋如公开宣布与他绝交;挚友萧瀚毫不留情地批判了摩罗;曾经对摩罗作出崇高评价的钱理群选择沉默;一个叫"崇拜摩罗"的博客也以一篇《精神界战士摩罗神经错乱了吗》宣告了偶像的倒塌。网络上也出现了大量对摩罗的谩骂之声。笔者认为情绪化的谩骂不是科学探讨问题的方法,正确的办法是针对书中的具体观点,进行客观平和的学理性探讨。

(一) 由西方人发明的"国民性"话语究竟在西方文明占有多大的位置

摩罗夸大由西方人发明的"国民劣根性"批判在西方文明体系中的位置和重要性,《中国站起来》的大部分篇幅都在不厌其烦地围绕"国民性"话语展开论述,揭露"五四"先驱服膺的"国民性"话语的文化殖民性质及其带来的消极后果,而对西方文明体系中相对先进性、优越性的一面避而不谈,对于西方文明引进中国百年来取得的历史进步作用也避而不谈,从而给读者造成的阅读假象或错觉就是"国民劣根性"批判是西方文明的主要内涵或重要内涵。诚然,摩罗在书中也提到:"当时在西方世界影响最大的意识

---

❶ 钱理群:《生命至上:灾难中的精神资源——震灾中的思考之一》,载《文学报》2008年6月5日,第4版。

形态，大致可以分为两类：一类是引导国民对于精英掌握的社会制度、国家实体、文化体系予以认同的，这包括后来以所谓'现代性'命名的一个观念体系，诸如自由、平等、民主、人权等等。这一套意识形态可以称作'社会图式'。另一类是意识形态的功能，在于描述世界各国的人文状况，以及世界作为一个整体的结构，各个国家在这个结构中的不同地位，不同关系。这一套意识形态可以称其为'世界图式'。"❶在这个"世界图式"中，西方在政治、经济、文化、国民性等方面处于优越或中心的位置，而东方则处于相对的劣势或边缘的位置。摩罗认为，"五四"先驱接受了这种"世界图式"，"就是认可了西方作为屠杀者和掠夺者而拥有的道德优势和文化优势，就是认可了中国必须接受他们的掠夺、教化、改造和奴役。认可了强者对于自己群体的奴役之合理性，这就是精神大崩溃的开始"。❷

摩罗对于西方意识形态的两大分类，大体可以成立。但是，在该书中，摩罗为什么紧紧抓住西方人对中国人"国民劣根性"描述为中心的第二类意识形态不放？为什么对第二类"社会图式"避而不述或轻描淡写？为什么不认真说说中国人在西方人那里学来的"自由、科学、平等、民主、人权"理念？为什么不说说"自由、科学、平等、民主、人权"这些理念对20世纪中国做出的贡献？在批判胡适"无能""无知""无耻"的同时，为什么不说说胡适为民主和人权而斗争，并企图在旧中国实践西方自由主义的宪政制度的努力呢？胡适等人所乃以参照的就是摩罗所定义的第一"社会图式"，难道这一"社会图式"有什么不好？难道胡适将这一"社会图式"引进中国的努力也有错？事实上，在摩罗所归纳的西方文明两大"图式"中，以自由、平等、民主、人权等为内涵的第一类"社会图式"更为重要，是属于先进的普适性的人类价值，给中国带来的益处很多，对中国的影响更大。

（二）是"国民劣根性"的枷锁压垮了中国人的"精神脊梁"吗？

摩罗认为伟大的中国脊梁被"三道精神枷锁"紧紧锁住百年，正是"三道精神枷锁"在阻碍着中国的崛起：第一重枷锁是"国民劣根性"批判，第二重枷锁是"西方文化崇拜"，第三重枷锁是"西方国家崇拜"。而在这"三道精神枷锁"中，"国民劣根性"批判被置于首位，并一再强调中国人

---

❶❷ 摩罗：《中国站起来》，长江文艺出版社2010年版，第8页。

"被'国民劣根性'的枷锁压弯了精神脊梁"❶。究竟是什么压弯了中国人的"精神脊梁"？诚然，"国民劣根性"批判是其中的一个重要原因，但并非摩罗所谓的最主要原因。"国民劣根性"批判实践只限于狭窄的精英知识分子圈子，有多少底层老百姓受到它的深刻影响？自鲁迅以来的中国百年历史中，许多底层老百姓无法也无意图进入精英知识分子苦心经营的思想世界，无法理解他们包括"国民劣根性"批判在内的思想实践。试想，阿Q和阿Q的子孙们能理解鲁迅在《阿Q正传》中进行"国民劣根性"批判的良苦用心吗？精英知识分子不过是在那里自说自话，没有来自底层民众的哪怕半点的响应。假如事实是这样，摩罗用全称判断称"中国人被'国民劣根性'的枷锁压弯了精神脊梁"的结论有什么根据呢？所以，一百年来压弯了包括绝大多数底层民众在内的中国人"精神脊梁"的根本原因不是"国民劣根性"批判，而是人的自我尊严和基本人权的缺乏。

在解放前的旧社会，当底层百姓过着卖儿鬻女、牛马不如的生活时，当民众面临随时被抓进大牢的危险、连基本人身权利甚至生命权利都无法得到保障时……他们的"精神脊梁"还能挺直吗？温家宝总理在2010年的政府工作报告中首次提到"尊严"二字，提出政府要让人民生活得"更有尊严"，会场为此响起的掌声长达5秒钟，"尊严"论不仅在"两会"代表委员中引发热议，而且成为当时中国舆论的焦点。尽管不同的社会群体对于尊严的理解可能有差异，但有一点可以肯定，每个人都希望能过上自己心目中的挺起"精神脊梁"的、"有尊严的生活"。

基本人权、个性尊严、平等、自由等是写作《耻辱者手记》时期的摩罗一再强调的理念主张，那个时期的摩罗，像鲁迅一样"拼尽全力维护人格之尊严、人性之尊严、个性之尊严、思想之尊严"。❷可是到写作《中国站起来》时，摩罗似乎不再像前期那样歌颂来源于西方文化的所谓"人权""个性尊严""自由"等主张了，因为在他看来，这些都是他现在甚为反感的"西方意识形态"。虽然在《中国站起来》一书中，摩罗也提到"内修人权"，但只是一笔带过，整本书都在试图向读者证实：打破"国民劣根性"

---

❶ 摩罗：《中国站起来》，长江文艺出版社2010年版，第46页。

❷ 摩罗：《耻辱者手记——一个民间思想者的生命体验》，内蒙古教育出版社1998年版，第80页。

批判、"西方文化崇拜"和"西方国家崇拜"这"三道精神枷锁",就能够使中国人挺直"精神脊梁"。

(三)将鲁迅、胡适、蔡元培等定义为"洋奴"是否恰当?

摩罗对我们一向视为民族文化英雄的鲁迅、胡适、蔡元培、陈独秀做出了全盘否定,对他们进行"国民性批判"、否定传统文化、"全盘西化"的主张和策略横加笔伐,极尽嘲弄,认为他们是"身在中国,心系西方"的"洋奴"。笔者认为"洋奴"这个定义并不恰当。理由如下:

首先,如果西方文化确有长处,我们为什么不可以虚心学习呢?近代以来,西方在科学、技术、经济、文化、政治制度等方面代表着先进,是不容置疑的事实。西方已经进入"工业社会",中国却停滞于小农经济,西方打仗时船坚炮利,中国尚使用弓箭土炮,西方早已实现宪政制度,中国还在搞"张勋复辟"。另外,看看我们家里的各种基本生活设施,电脑、手机、冰箱、洗衣机、电视、空调等,包括各种交通工具……这些东西的理论基础和技术发明,哪一样不来源于西方近代科学?胡适在"五四"时期说中国"不但物质上不如人,不但机械上不如人,并且政治社会道德都不如人……",❶这难道说错了吗?自己不如人,虚心向别人学习,进而进行创造超越,这种途径难道有错吗?

其次,学习西方是为了弥补自身的不足,变得和对手一样强大,从而拯救自己的国家、振兴自己的民族?还是为了卖身求荣,背叛自己的国家和民族,充当"西崽",做西方的奴隶?摩罗在书中也说过,"五四"一代精英人物"是企图用置之死地而后生的方法,激发国人抛弃自己的文化,以求在西方化的道路上起死回生。就此而言,陈独秀、蔡元培、胡适、鲁迅等五四文化领袖,就是引领中华民族死里逃生的伟大民族英雄"。❷摩罗既然说"五四"一代精英人物是"英雄",另一方面又说他们是"洋奴",这就显得有点自相矛盾。也许摩罗把他们定义为"洋奴"的最大理由就是"五四"一代精英人物的"全盘西化"主张。可是,在当时特定历史条件下,能有几条路可以选择呢?大体有以下三种:固守传统、"全盘西化"和"中西兼

---

❶ 胡适:《请大家来照照镜子》,见胡适:《胡适文存·四》,黄山书社1996年版,第459页。

❷ 摩罗:《中国站起来》,长江文艺出版社2010年版,第15页。

容"。固守传统文化之路肯定行不通,主张摩罗不赞成"全盘西化",很显然,摩罗赞成的就是"中西兼容"之路了。然而,我们想一想,在"五四"那个生死存亡的历史关头,"中西兼容"之路能否行得通?"五四"先驱们当时是站在民族生死存亡的高度来审视传统文化,他们当然知道传统文化也有正面优秀的东西,但是当传统作为一个庞大的整体,在阻碍着社会进步与发展时,要冲破传统的束缚和禁锢,就必须采取断然决绝的态度,进行无情地彻底反对,从而置死地而后生,唤醒国人从传统文化的禁锢中解放出来,接受民主与科学的"新声"。正如陈独秀所说:"要拥护那德先生,便不得不反对孔教、礼法、贞节、旧伦理、旧政治。要拥护那赛先生,便不得不反对国粹与旧文学。"❶"五四"先驱们对中国社会与文化的弊病有着深刻清醒的洞察:"中国人的性情是总喜欢调和、折中的。譬如你说,这个屋子太暗,须在这里开一个窗,大家一定不容许的。但如果你主张拆掉屋顶,他们就会来调和,愿意开窗了。没有更激烈的主张,他们总连平和的改革也不肯行。"❷在当时的中国,"一切都太难改变了,即使搬动一张桌子,改装一个火炉,几乎也要血;也未必一定能搬动、能改装。不是很大的鞭子打在背上,中国人是自己不肯动弹的"。❸试想,封建传统如此顽固而难以改变,中国人如此保守麻木,如果一开始不采用彻底决绝、全盘否定式的态度,而是折中妥协,走所谓"中西兼容"之路,那最后往往会被社会调和势力和反对势力所重重包围,改革就会变质或流产。因此,在那样的背景下,要实现强国保种、民族自救的迫切使命,就必须毫不妥协地对传统进行决绝地批判,反对复古,向西方学习,进行社会变革和文化重建。否则,就无法实现改革,中国就会面临"落后就要挨打"甚至亡国的危险,这是一种策略的需要。实际上,新文化同仁对于过激的"反传统"主张是多有反省或自知的,如李大钊就说过:"吾今持论,稍嫌过激。盖尝秘窥吾国思想界之销沉,非大声疾呼以扬布自我解放之说,不足以挽积重难返之势。"❹很显然,在"五四"那个关乎民族生死存亡的特定历史时刻,只有两条路可走:要么固

---

❶ 陈独秀:《本质罪案之答辩书》,载《新青年》第6卷第1号。

❷ 《鲁迅全集(第4卷)》,人民文学出版社2005年版,第14页。

❸ 《鲁迅全集(第1卷)》,人民文学出版社2005年版,第240页。

❹ 李大钊:《李大钊文集(上册)》,人民文学出版社1984年版,第247页。

守传统,要么"全盘西化",不是东风压倒西风,就是西风压倒东风,没有第三条路可走,"中西兼容"之路行不通。因此,为了挽救处于重重危机之中的中国,"五四"先驱只有"全盘西化"一条路可以选择,除此之外,别无他途。摩罗也知道"五四"一代精英人物的"全盘西化"是一种迫不得已的"置之死地而后生"的方法,既然能理解他们的苦衷,为什么又苛刻地把他们定义为"洋奴"呢?

再次,"五四"先驱对西方文化也并非完全被动地吸收,他们对西方文化的弊端亦有反省。例如,当西方"民主"与"平等"观念被引进中国,成为时髦的口号与话题时,鲁迅却独特地表达了对"民主"("众数")的批判。鲁迅认为,"借众以陵寡,托言众治,压制乃尤烈于暴君"。❶ "以众陵寡",就是指打着"民主"的旗号,以"众数"的名义,以"个人"为对立物,镇压不同的意见,损害个人的利益,谋取私利,这是另一种形式的假公济私,最终受损害的是"众数"("人民")的利益,"以独制众"是明显的独裁,但"以众虐独"何尝不是另一种形式的"独裁"?鲁迅警惕对"民主"("众数")的无理性崇拜,警惕这种被利用、被异化的"民主"。

(四)"跨越五四,回归康梁"就能让中国崛起?

摩罗认为中国崛起的真正之途在于"跨越五四,回归康梁","回归康梁"真能有如此的神功,让"中国站起来"?摩罗一厢情愿的想法是否过于乐观?如摩罗所说,中华文明指导中国人长达3000余年,可是在1840年西方尚未入侵中国之前,西方的英法等国已经进行了"工业革命",率先在地球上崛起,为什么中华文明不能引领1840年之前的中国崛起呢?要知道,1840年之前,西方的"国民劣根性"学说尚没有传入中国,"西方文化崇拜"和"西方国家崇拜"的两把"枷锁"尚没有带上中国的"脖子"?"五四"之后的20世纪中国,也掀起了若干次传统文化复兴的浪潮,可为什么只有新时期以来的"向西方学习"的改革开放浪潮才使中国的经济发展起来,国力大大增强,崛起在世界的东方?西方现代文明,当然确实存在许多问题,譬如摩罗在书中所提到的对地球环境进行掠夺和造成破坏的"西方病",但是这些问题绝不能成为我们否定和拒绝西方现代文明成就的理由,尤其不能成为我们护短扬己的理由。西方现代文明以科学和民主为标志,分别把人从物

---

❶ 鲁迅:《鲁迅全集(第1卷)》,人民文学出版社2005年版,第46页。

的奴役和人的奴役下解放出来,促进了人类巨大的进步,这是绝对不容回避的。

摩罗为什么不提传统文化黑暗和落后的一面?写作《耻辱者手记》时期的摩罗毫不留情地揭露和批判了以等级制度和专制制度为特征的儒家文化"吃人"的残酷性,怎么那么快就和曾经批判过的"敌人""握手言和"了呢?网络上的一位女大学生说,如果没有"五四"新文化运动,那么她或许会遭遇以下的命运:没有机会到学校读书、磕头、裹小脚、包办婚姻、姨太太命运,甚至守节、殉节、贞节牌坊……她说,"如果五四精英带来的精神崩溃是这样的,我看就应该让崩溃更彻底一些"。❶

在《中国站起来》一书中,摩罗用连篇累牍的文字一再论证西方对东方的抢劫、侵略和殖民统治,给我们的错觉好像是西方的先进就是依靠抢劫、侵略和殖民统治而完成的。中国人爱好和平,不会去抢劫,所以我们才落后。更大的错觉是认为中国落后的重要原因就是这些西方强盗抢劫我们的结果,而不知自我反省,从自身内部找原因。不可否认,抢劫和殖民统治在西方近代文明的产生过程中确实起了很大作用,但那只是外因,而不是内因。西方文明发达的根本原因在于其先进的政治制度、经济制度和文化。韩国没有抢劫过其他国家,可它为什么先进?日本一开始企图抢劫别人,可是在"二战"中一败涂地,"二战"后的几十年间,日本没有抢过谁,却又崛起了,这又是为什么?韩、日的先进是因为虚心向他人学习,自力更生、发奋图强的结果,而不是依靠殖民侵略、依靠抢劫来完成的。

要让中国崛起,正确的做法是,既不是"跨越五四,回归康梁",也不是"全盘西化,抛弃康梁",而是"既要五四,也要康梁",中国文化不能少,西方文化也不能少、两者各有所长,也有所短,以此所长,补彼所短,汲取两者的精华,抛弃两者的糟粕,以海纳百川的气概吸收人类一切优秀的文化,这才是中国崛起的正确之途。

最后,笔者要强调的是,摩罗能"冒天下之大不韪",顶住来自各方面的压力,面对"精神界战士"桂冠被摘掉的危险,面对谩骂,不人云亦云,而提出一些他自己独特思考的观点,纵然很多观点存在疏漏之处,但也确实

---

❶ 崇拜摩罗:《精神界战士摩罗神经错乱了吗》,载http://blog.sina.com.cn/hanliyong,2010年1月12日访问。

给我们带来莫大的震惊,并给我们重新发现一个思考问题的角度和方法。他不是不知道批判鲁迅、胡适、蔡元培、陈独秀等人,会得罪很多人,会使自己"众叛亲离",会让曾经的"粉丝"一个个离他而去,但他还依然这样做。就此而言,摩罗敢于独特思考的精神可嘉,敢于顶住压力发表自己的思想和捍卫自己观点的精神可嘉。伏尔泰说:"虽然我不同意你的意见,但我誓死维护你说话的权利。"笔者深有同感,笔者虽然不同意摩罗的大部分观点,但依然维护摩罗说话的权利。

近代的超克、漫长的20世纪与"竹内鲁迅"

青岛大学　韩　琛

在"二战"后不久完成的论文《何谓近代——以日本与中国为例》中，竹内好以鲁迅《灯下漫笔》中的一段文字作为结语，重申了对于"一治一乱"的两种"奴隶时代"之外的"第三样时代"的期待。❶实际上，各种"第三样时代"的想象性开始，屡屡出现于东亚现代性的进程中，而包括竹内好在内的东亚知识人，亦往往不能自已，用浪漫主义的文字，为每一个"第三样时代"的开端背书。1942年，当太平洋战争爆发之际，竹内好在《大东亚战争与吾等的决议》一文中，为战争的爆发尽情欢呼："历史被创造出来了，世界在一夜之间改变了面貌。"❷而在新中国于1949年成立之时，胡风也尽情高歌——"时间开始了"。❸事实证明，"新世界"的窗口在东亚的频频开启，总是会产生神启般的动员力量，其所造成的自由的幻觉与意志的狂欢往往令知性战栗、理智崩溃，而惨痛的后果需要在漫长的时间中显现并消化。甚至连那些曾经的"欢呼者"们，也被其无情吞噬，譬如胡风以及"胡风集团"、竹内好同时代的诸多"昭和知识人"。历史吊诡如斯，东亚世界不断开始的"第三样时代"，总是以其不可遏止的自我否定、沦落与终结，

---

❶ [日]竹内好著，赵京华译：《何谓近代——以日本与中国为例》，见孙歌编：《近代的超克》，生活·读书·新知三联书店2005年版，第221~222页。

❷ [日]竹内好著，孙歌译：《大东亚战争与吾等的决议》，同上书，第165页。

❸ 胡风：《欢乐颂》，载《人民日报》1949年11月20日。

证明了自身的"卑贱的权力"和对手的"恋物的力量"。❶

一、近代的超克：一个东亚问题

无论是来自一个中国文学研究者的学术本能，还是源于对东亚之整体的现代化宿命的直感，竹内好在太平洋战争处于胶着状态、即将终结之际书写的《鲁迅》，显示了某种先觉者的禀赋。其于冥冥之中以鲁迅为结点，在超克西方现代性的共同意义基础上，串联起了现代日本之"近代的超克"❷思想与中华人民共和国的革命社会主义实践。沟口雄三认为竹内好的中国叙述充满主观性，其在对日本的"脱亚式"近代主义进行自我批判的同时，将中国推向了对立的理想主义的一端，中国仅仅作为憧憬的对象而存在。❸竹内好是在作为媒介即方法的鲁迅、毛泽东和社会主义中国身上，复活了被法西斯主义所遮蔽的"近代的超克"思想。

于是，"在近代化方面一片空白、本应是落后的中国反而将其空白化为动力，自我更生为世界史上史无前例的全新的第三种'王道'式的近代"。❹而这个"王道式的近代"先后辗转为康有为的大同思想、章太炎的平等主义、孙中山的民生主义，终而最后演化为"在一张白纸"上描绘的另类现代性项目：矛盾性地结合现代性与反现代性之悖反性张力结构的——中国社会主义革命。中国学者汪晖关于毛泽东的社会主义的诠释，非常类似于竹内好的"近代的超克"论述：

> 毛泽东的社会主义一方面是一种现代化的意识形态，另一方面是对欧洲

---

❶ [英]劳拉·穆尔维著，钟仁译：《恋物与好奇》，上海人民出版社2007年版，第1页。

❷ "近代的超克"主要内涵大略可概括为日本在追求（西方）近代化过程中的"反（西方）近代主义"兴起。参见[日]竹内好著，赵京华译：《近代的超克》，见孙歌编：《近代的超克》，生活·读书·新知三联书店2005年版，第354~355页。

❸ [日]沟口雄三著，孙军悦译：《作为方法的中国》，生活·读书·新知三联书店2011年版，第5~6页。

❹ 同上书，第11页。

和美国的资本主义现代化的批判;但是这个批判不是对现代化本身的批判,恰恰相反,它是基于革命意识形态和民族主义的立场而产生的对于现代化的资本主义形式或阶段的批判。因此,从价值观和历史观的层面说,毛泽东的社会主义思想是一种反资本主义现代性的现代性理论。——反现代性的现代性理论并不仅仅是毛泽东思想的特征,而且也是晚清以降中国思想的主要特征之一。❶

一方面,因为中国和日本拥有各自的现代化路径,甚至这种现代化路径的不同,构成彼此之间的殖民与反殖民的战争。另一方面,因为要面对同一个西方的压力,以及同样的西方中心的现代性文明的诱惑,中国和日本又几乎形成相似的反现代性思想及其实践。当竹内好以反西方的"大东亚战争"消解殖民主义的"侵华战争"时,其实就是以东洋反现代性的外在同一性,消解东亚现代性的内在差异性。"二战"后,竹内好把中国的"抵抗的近代"普遍化为"东洋的近代",而将日本的追随欧洲的"脱亚的近代"贬抑为"什么也不是",实际上亦间接释放了近代日本之"近代的超克"的思想实践,进而在反现代性的同一性基础上再生产了亚洲的连带。

然而,这个亚洲主义的反现代性轴线,与臭名昭著的"大东亚共荣圈"有着难以切割的关联性,"近代的超克"思想其实无法掩盖日本近代化过程中的帝国主义和法西斯主义倾向,最后日暮途穷,在"二战"中土崩瓦解。东亚社会近代以来的"反现代性的现代性"的历史实践,固然相当程度上实践并"实现"了各自的另类现代性主张,但是亦造成不同程度的灾难性后果,其影响直到今天仍未消除。

为何东亚世界对于普遍的社会公平、大众民主和广泛自由的"第三样时代"的追求,无一例外地导致了社会压抑的再生?为何革命变成了宗教,启蒙变成了神话,解放变成了奴役,反抗导致了恐怖,对于民主的追求导致了普遍的极权,而对于现代性的抵抗导致了法西斯主义的发生,使种种现实版的"第三样时代",最终都走向自我的毁灭?更为重要的是,为什么东亚世界的"近代的超克"抑或"反现代性的现代性"的思想创造和历史实践虽然

---

❶ 汪晖:《去政治化的政治:短20世纪的终结与90年代》,生活·读书·新知三联书店2008年版,第64~65页。

纷纷失败，但其余绪至今仍在影响着东亚世界的社会生活、政治秩序和文化认同，让西方自由主义者看来已然"终结"的历史依旧延续？为何欧洲的和解似乎已经初步实现，而东亚国家的彼此不信任依然存在，甚至"冷战"时代的对峙状态虽然缓解，但继续将亚洲分裂为两个彼此敌对的"阵营"？

事实表明，无论是立足于"近代的超克"的"大东亚战争"，还是立足于"反现代性的现代性"的中国社会主义革命，并没有构成一种人性解放、社会正义、区域和谐的状况，当然也没有形成一种和平、对等的国际新秩序，反而不约而同地陷入了一种野蛮且虚无的历史状况之中。其原因不能简单归结于本身已经成为目的的民族主义、亚洲主义等新迷信，而应当从东亚世界追求现代性以及对于现代性的反动的历史脉络中重新寻找解答的可能性。东亚世界追寻"第三样时代"的历史实践的失败，或者正反映了"反现代性的现代性"的悖反式矛盾——作为"反证"，内在于全球资本主义现代性的整体状况之中，并是它的结构性困境和历史性危机的症候性反应。

今天的东亚世界，依然处于这个危机状况的延续之中，而不是之外。当"近代的超克"的幽灵以"竹内鲁迅""反现代性的现代性"的历史变体，游荡于当代中国的知识创造和意识形态生产领域的时候，便是这个危机状况达到一种新状态的显示。当代东亚世界的历史状况，并不比20世纪开端前后更令人感到慰藉，反而显示出一种令人不安的历史循环的吊诡，其依然处于一个联头带尾的、至今尚未终结的"漫长的20世纪"❶的尾声之中。

二、漫长的20世纪

在霍布斯鲍姆的欧洲中心视野的世界史叙事中，掐头去尾的"短暂的20世纪"——从第一次世界大战爆发到苏联解体这一段历史，形成了一个连贯的历史时期。❷其以标志19世纪西方资本主义文明的衰败的第一次世界大战为起点，期间经历了苏俄革命的成功、欧洲法西斯主义的兴起、第二次世界大战的爆发、东西方对峙的"冷战"时代、第三世界国家的民族解放运动等事

---

❶ [意]杰奥瓦尼·阿锐基著，姚乃强等译：《漫长的20世纪——金钱、权力与我们社会的根源》，江苏人民出版社2001年版，第6页。

❷ [英]霍布斯鲍姆著，马凡等译：《极端的年代》，江苏人民出版社2011年版，第6页。

件，最后以德国统一、东欧国家剧变、苏联解体、"冷战"结束为终点。这是一个西方现代性遭遇各种危机与挑战、最终自我克服的历史，并证明了资本主义现代性作为一个普遍性的历史范畴，可以不断自我肯定并延续下去。而对于其历史上最大的内在性挑战——社会主义革命的克服，或许也是最后的证明。"短暂的20世纪"其实是一个社会主义革命及其失败的历史。

联头带尾的"漫长的20世纪"，是对于西方中心视野的世界史叙事的反动，它在总体上是一个东亚对于西方现代性之全球化扩张的反动的历史——其起始于1895年的中日甲午战争，一直延续到到21世纪的今天，仍未结束，形成了一个大体上连贯的历史时期。❶这个"漫长的20世纪"以中华文明相对于欧洲文明的衰落以及东亚传统帝国秩序（朝贡体系）解体的中日甲午战争的爆发为起点，期间历经日俄战争、辛亥革命、太平洋战争、中华人民共和国成立、朝鲜战争、东亚民族解放运动的风起、东亚"冷战"秩序的形成、日本"二战"后经济的腾飞、"文化大革命"（东亚/世界范围内）的兴衰、全球化境遇下的东亚经济的发展与融合、中国的改革开放与经济崛起等，然而并未因为欧洲"冷战"局面的结束而同时结束，而是在"后冷战"的历史状况下，依然延续着东亚旧有政治格局与意识形态状况。

"漫长的20世纪"与"欧洲/世界史"视域中的"短暂的20世纪"彼此关联：中日两国以不同的方式参与了第一次世界大战，而亚洲战场也是"二战"的重要组成部分，至于"二战"后形成的"冷战"秩序也包括东亚的分裂、对峙在内，社会主义体制的全球崩溃在20世纪末同样波及东亚，东亚世界并未隔离于20世纪的世界史脉络之外。但是，"东亚的20世纪"与"世界/欧洲的20世纪"相比，亦有其独特的历史轨迹，而不能以欧洲/世界史的标准简单衡量之。在其论述中，竹内好反复辩证的日本纠结于东洋与西洋、近代与反近代的矛盾状况，以及"二战"后对于"大东亚战争"的二重性的分离——"大东亚战争是殖民地侵略战争，同时也是对帝国主义的战争"，包括对于东亚之"反西方、反现代性"的历史实践的强调，其实都是试图从西方中心主义的世界史脉络中，发明一个东亚的抵抗脉络以及一个普遍的东亚

---

❶ 1895年作为中国及东亚社会的历史转折点的论述所在多有，例如张灏就认为，1895~1925年的30年是一个转型时代，是中国思想文化由传统过渡到现代、承前启后的关键时刻。参见张灏：《中国近代思想史的转型年代》，见许纪霖主编：《现代中国思想的核心观念》，上海人民出版社2011年版，第3页。

现代史。

当然，对于1989年之后的世界知识界来说，无论是来自左翼还是右翼，更为普遍的倾向是认为"历史已经终结"，即更为认同于一个与"漫长的19世纪"相对的"短暂的20世纪"。福山认为1989年东欧社会主义体制的崩溃，表征着资本主义自由民主制度之历史合法性的最终确立，"自由民主制度也许是'人类意识形态发展的终点'，和'人类最后一种统治形式'并因此构成'历史的终结'"。❶汪晖则认为这是一个"冷战"的终结与革命的终结彼此叠合的时代，20世纪末叶的世界大转型以社会主义党国体制的这一资本主义外部体系的终结为标志——"不但是社会主义体系的瓦解，而且也是阶级斗争、民族斗争和政党政治等传统政治形式的大规模衰落"。❷福山与汪晖叙述"历史的终结"的政治视角也许完全对立，但是"历史的终结"的结论异曲同工，即资本主义现代性完成了其世界性的霸权建构。汪晖甚至认为，20世纪90年代不是"短暂的20世纪"的尾声，而更像是"漫长的19世纪"的延伸，今日的中国和东亚世界，当然也不能例外地深陷于这个历史已经终结的世界史脉络之中。

与"历史的终结"相对，哈贝马斯却认为现代性作为一个方案，依然处于其未完成的状况之中。现代性方案包含客观化的科学、道德与法的普世主义基础和自主的艺术的无情发展，而"主体的自由"的实现则是这个方案的标志。现代性方案的具体实践过程却充满了难以克服的扭曲、异化和压抑，甚至完全背离了其初衷——人的自由和解放，并使20世纪变成一个前所未有的充斥战争、屠杀、饥荒的极端年代。虽然现代性本身就存在自我悖反的矛盾，而启蒙思想中也存在自我倒退、毁灭的萌芽，❸但是这一切尚不足以否认"主体的自由"与启蒙现代性的密不可分以及启蒙现代性所确立的民主、自由、人权的普遍价值。现代性的历史并没有终结，这个世界距离所谓"主体的自由"依然遥远，甚或关于实现广泛的自由、平等与正义的启蒙现代性，

---

❶ [美]福山著，黄胜强等译：《历史的终结与最后之人》，中国社会科学出版社2003年版，第1页。

❷ 汪晖：《去政治化的政治：短20世纪的终结与90年代》，生活·读书·新知三联书店2008年版，第1~57页。

❸ [德]霍克海默、阿道尔诺著，渠敬东、曹卫东译：《启蒙辩证法》，上海人民出版社2003年版，第3页。

根本就是一个永远不能完成的方案。

"短暂的20世纪"与"漫长的20世纪"、"未完成的方案"与"历史的终结"并不矛盾,"历史的终结"宣布了以资本主义、自由、民主、正义为基本内核的启蒙现代性意识形态霸权的最终完成,而"未完成的方案"则表明了现代性之不可消除的内在悖论以及其历史过程对于其初衷的背离。对于近代以来不得不融入"世界"之中的东亚地区来说,它既处于这种普遍性意义上的"历史终结"与"未完成性"的矛盾纠葛之中,但同时又拥有自己独特的历史状况和现实矛盾。也许,正是对于西方资本主义"霸道"之外的"王道"——"第三样时代"的盲目追求,以及抵抗现代性的行为与意识形态——"近代的超克"和"社会主义革命"——本身,而不是任何其他别的外在因素,让东亚的20世纪变得如此漫长,至今仍不能自我完成。

"漫长的20世纪"是东亚世界近代以来的难以克服的现代性焦虑与主体性危机的不断生成与延续。以"近代的超克""进入世界史的日本"为意识形态的"大东亚战争"以及"二战"后中国追求"马克思主义中国化"的社会主义实践,既是试图克服现代性之危机的努力,也是难以超越现代性之基本价值结构的表征,既生产出了各种有关"第三样时代"的想象性可能,也让种种乌托邦实践以失败而告终。"失意的抵抗"和"沦落的革命"的历史后果的至今延宕,让东亚世界的20世纪变得残酷、跌宕又漫长,并充满各种戏剧性的因素。

三、世界史脉中的东亚

即使以"反现代性"作为逻辑起点,"近代的超克"也依然是现代性的产物,它并不是对于现代性的无条件地拒绝,而是期待在对源于西方的现代性的抵抗中,将现代性的诸要素主体化。西方现代性的主要概念范畴——资本主义、理性、科学、进步、民主等,同样也是"近代的超克"思想的核心内容。甚至,对于西方现代性的抵抗、反动、革命行为本身,即体现了一种"现代性精神":"它带来了人的能动性、自主性和人在时间之流中的位置的观念发生的某些急剧转变。它带来了未来的观念,在这种观念中,可以凭借自主的人的能动性——或者凭借历史的步伐——得以实现的各种各样的可能性是开放的。"❶现代性精神不但质疑任何前现代的本体论思维,而且其质疑的目标最终落实于现代性方案本身,即通过自我革命,将现代本身不断地再生产出来。

现代性方案之自反式的进步、发展辩证,深刻地影响到现代东亚世界的思想生产。各种"近代的超克"话语在东亚的不断产生,并非是在简单地抵抗、否定西方现代性方案,而是通过外在的否定将一种批判、反思的现代性精神内在化,即竹内好所说的,"通过抵抗,东洋实现了自己的近代化。抵抗的历史便是近代化的历史,不经过抵抗的近代化之路是不存在的",与此同时,"欧洲通过东洋的抵抗,在将东洋纳入世界史的过程中确认了自己的胜利"。❷在这个以"侵入/抵抗""冲击/反应"为二元结构的历史合谋过程中,东洋、西洋各自克服了——以对方为镜像的——自己内在的敌人,实现了主体性的现代化以及世界史的完成。"近代的超克"思想流行的日本"昭和时代",其实就是一个反复地质询自己的近代化的时代,"近代的超克"话语既是日本"脱亚入欧"式近代化的产物,又是通过自我否定而再生产出本土性近代化想象的内在驱动力。"近代的超克"的自我解构式的反讽性话语结构,实际上也是竹内好所谓的近代精神的根本命题之一——"无法怀疑怀疑着的自我"——的东亚式变奏。

西方通过空间、时间上的扩张以及对于东方他者的殖民化、知识化,来实现自我认同与主体建构的发展进步的观念、历史目的论的观念,同样在东方的"抵抗"中被东方内在化。亦即,东亚是在对于西方中心主义视野中的"东亚"的抗拒中,成为作为主体的现代东亚,"抵抗""反动"和"革命"就是东亚之能动的现代主体性的具体体现。竹内好是这样描述鲁迅、中国的抵抗式的近代性的:"这大概是旧的东西变成新的东西的时机,也可能是反基督教者变成基督教徒的时机,表现在个人身上则是回心,表现在历史上则是革命。"❸在竹内好的阐释中,鲁迅的"回心"和中国的"革命"是超越现代性的更为激进的现代性,而反现代性的目的是寻求一种比"现代性"

---

❶ [以]S.N.艾森施塔特著,旷新年、王爱松译:《反思现代性》,生活·读书·新知三联书店2006年版,第9页。

❷ [日]竹内好著,赵京华译:《何谓近代——以日本与中国为例》,见孙歌编:《近代的超克》,生活·读书·新知三联书店2005年版,第186页。

❸ 同上书,第212页。

更完美的现代性——其在历史目的论的进步发展逻辑中肯定存在于未来,只要你能够作为一个主体思维、并具有作为主体而存在的能动性——其通过强烈的自我抵抗、反思、批判体现出来。或者没有比"近代的超克"概念,更能体现这种激进主义的现代性追求的"赶超式"意味了。自反式的"近代的超克"在历史目的论逻辑中构成了一种完全自洽性的循环式论证,所谓"不断抵抗""永远革命"的对于现实当下的绝对否定/弃绝,就是这种面向未来乌托邦的螺旋进步逻辑的最好体现。

就像竹内好对于"革命/反革命""进步/反动"的辩证阐释一样,"回心""近代的超克""反现代性的现代性"的确构成了一种基于批判反思精神的新现代性想象,即从内部不断涌现出自我否定性动力的生产性现代性。鲁迅之基于进化论的"历史中间物"修辞,❶就是这种自我否定的现代性意识的体现。然而讽刺的是,这种内部的自我否定革命最终折射于一个外部的他者——西方身上,其与现代西方通过在空间殖民扩张中与东方的不断遭遇,而持续生产出"进步/落后""现代/原始"的身份自觉,从而自我认同的现代性逻辑并无分别。竹内好将鲁迅、中国因"落后"而存在的"现代空白"——"无"演绎为一种"革命"优势时,不过将"进步/落后"的"西方/东方"格局,颠倒为"落后/进步"而已。毛泽东在"一张白纸上"画"最新最美的图画"的"无/乌托邦"幻想,❷也源于同样一种逻辑,而鲁迅之"无路之路"的说法,❸应该也相去不远。

现代东亚的一切"近代的超克"叙事,对于黑格尔的亚洲停滞论、东方专制主义以及马克思的亚细亚生产方式的思想反动,其实皆是一种反黑格尔的黑格尔主义、反马克思的马克思主义。日本的迅速"现代转向"并"超克近代",即是对于"亚洲停滞论"的"超克的超克"。而中国的革命社会主义实践不但"超克"了马克思有关"亚细亚生产方式"的论述,亦"超克"了马克思的生产力决定论——资本主义不发达、无产阶级力量薄弱、以农民为主体的中国(还有前苏联),比西方先行到达了更进步的社会主义乌

---

❶ 鲁迅:《写在〈坟〉后面》,见《鲁迅全集(第1卷)》,人民出版社2005年版,第302页。

❷ 毛泽东:《介绍一个合作社》,人民出版社1975年版,第2页。

❸ 鲁迅:《故乡》,见《鲁迅全集(第1卷)》,人民出版社2005年版,第510页。

托邦（一度还是共产主义）。不过，与黑格尔之现代主体的自觉的历史意识不同，"近代的超克"的世界史意识是建立在双重主体自觉基础之上，首先是在启蒙现代性基础上对于"封建传统"的自觉的扬弃，然后是在批判现代性的基础上对于现代性的自觉的扬弃。"近代的超克""大东亚战争""大跃进""文化大革命"等东亚世界的各种"另类现代性"项目，皆是一种在"世界史"逻辑之中的"反现代性的现代性"实践，从而也在根本意义上彻底否定了自己的任何另类历史可能性。

20世纪的东亚知识者从未停止过对于"东亚另类现代性"历史的发明。资本主义生产、市场经济、市民社会、民族国家、现代思想、海外贸易等现代性因素，被一次次地证明在宋、明之际甚或更早，即已"发生"于东亚，旨在说明东亚不但比西方"现代"得更早，而且"不一样"。东亚现代性即使如此"不一样"，但是也深陷于"一样"的发展主义、进步主义逻辑，而西方则从来都是这些实践的历史"标准"。东亚世界之"近代的超克"思想和实践，依然是以西方现代性为核心的"世界史"的变奏之一。甚至这种"永远革命"的历史目的论，最终将"革命""发展"，而不是"人"，变成了目的本身。其总是以东亚相对于西方的差异性起家，却以消除内在差异的全能主义和整体主义告终。它在"永远革命"中甚至失去了自我否定的任何机会，被自设的不可抗拒的"历史"力量——走向"大东亚共荣圈"抑或"共产主义乌托邦"的"第三样时代"的必然性——快速地推向未来，即其自我崩溃的历史终点。

四、辩证超克：特殊与普遍

服膺于历史目的论，以重构世界史为旨归，乃是基于一种普遍主义的历史观。"近代的超克"的悖反式的历史主义论述，却以强调东亚的特殊性作为基体，此系作为抵抗行为的"超克论"的源头。"抵抗"源于东亚作为一个特殊性的地缘身份认同的体现，而"反现代性的现代性"之反语式的循环，则是对于普遍主义的现代性发展、进化逻辑的承认——以抵抗现代性为始的东亚世界，最终还必然落脚于现代性的终点，无论是经由"回心"还是"转向"。竹内好区别了日本和中国的近代，更为推崇中国的"回心"式近代，而贬低日本的"转向"式近代，"脱亚入欧"的明治时代的日本近代化是"脱亚洲"的非主体性的近代化，而中国的近代化则是不断"回心"到东亚历史基体上的主体性的近代化，也就是东洋的抵抗的近代。

对于自身文化、传统、地域的特殊性的强调，无疑是东亚面对西方普世现代性论述霸权的抵抗策略，而这种对于特殊性的强调从清末"中体西用"的早期近代化策略，到今天的对于"中国模式"的强调，从日本浪漫派的国粹主义倾向到战争期间对于神教国体的拜物教等，所在多有，至今不绝。而日本"二战"后经济快速的恢复与崛起、亚洲四小龙的经济奇迹以及最近30年之大陆中国的经济崛起，似乎又以新的事实，证明着这种东亚"文化/传统/风土"的特殊主义主张的历史合法性。其中，尤以"东亚儒教资本主义"的"另类现代性"路径的说法最为流行，或者还应包括所谓纠结"儒教传统""现代革命"与"资本市场"的"通三统"的"中国模式"。❶日本和中国在各自的历史基体和思想道统的基础上，完成了自己的"近代"及"近代的超克"。"也就是说，正如日本将欧洲近代思想巧妙地吸收进了日本前近代以来的思想构造中，实现了日本独特的自我革新一样[如日本的福泽谕吉（1835~1901年）]，中国也是在其前近代以来的思想构造中逐渐接受欧洲，实现了中国独特的自我变革。"❷

关于东亚现代性路径的特殊主义修辞，亦反身确证了西方世界的殖民主义论述——相对于理性、现代、运动的普遍主义西方来说，东方是非理性、传统、稳定的特殊空间，其处于一个循环、轮回的时间范畴内，而不是像西方那样，处于线形不可重复的时间——也就是"不断现代"的历程之中。不过，与黑格尔、马克思论述中国和亚洲的"停滞、封闭"不同，韦伯关于中国之特殊的资本主义性质的描述显然更为精彩：传统中国在"非资本主义"的财富积累模式之外，"尚有一种资本主义，亦即国家御用商人及包（所构成）的资本主义——政治资本主义——欣欣向荣。此外，纯粹经济的、亦即纯粹赖'市场'而活的、商业阶级的资本主义也有发展。……然而，现代发展里所特有的理性的产业资本主义，在此种政体下，则无立足之地"。❸韦伯的"政治资本主

---

❶ 甘阳：《通三统》，生活·读书·新知三联书店2007年版，第3~49页。

❷ [日]沟口雄三著，孙军悦译：《作为方法的中国》，生活·读书·新知三联书店2011年版，第24页。

❸ [德]马克斯·韦伯著，康乐、简惠美译：《中国的宗教：儒教与道教》，见韦伯著：《韦伯作品集V·中国的宗教 宗教与世界》，广西师范大学出版社2004年版，第160~162页。

义"论述,非常契合于近代东亚之独特的另类现代性想象。东亚世界在其现代化过程中普遍存在的威权资本主义、官僚资本主义或国家资本主义模式,无不与"政治资本主义"传统的论述相对应。而伴随东亚经济、特别是中国经济的崛起,这个东亚"政治资本主义"模式备受关注和推崇。

这种以国家为主体的"政治资本主义"发展模式,似乎的确实现了"近代的超克"思想,找到了一条后发现代性国家之不同于西方的现代化道路。也就是说,东亚社会在现代性方面的"落后"与"空白",甚至是那些反市场资本主义的诸历史因素,反而使之产生了超越西方现代性的结构性动力,并最终生成出一种主体性的东亚现代性。在竹内好的著作《鲁迅》中,被认为是一个"旧式的人"的鲁迅,便被竹内好塑造东洋近代的典范——旧东西以其旧的面貌承担新使命,并开辟一个主体性的近代东洋新时代。在竹内好看来,中国的停滞和落后以及因落后和停滞而发生的反抗,恰恰就是鲁迅这样的亚洲新人产生的条件,同时也使中国发生了不同于日本的自下而上的现代革命。"使鲁迅这样的人物得以诞生的,一定是以激烈的抵抗为条件的社会。只有在欧洲历史学家所谓亚洲之停滞,也即日本进步历史学家所称的亚洲之停滞的社会中才能诞生鲁迅这样的类型。正如托斯妥耶夫斯基的诞生以俄国式落后为条件那样。当所有通向进步的道路都被封闭了,所有新的希望都被粉碎了的时候,才能积淀起鲁迅那样的人格吧。不是旧的东西变成新的,而是旧的东西以他旧的面貌而承担新的使命,只有在这样一种极限条件下才能产生这样的人格。"❶鲁迅所代表的东洋的独特性,被想象性地赋予了超越、重构西洋现代性的价值,即竹内好后来提出的机能性的"重构西洋的普遍价值"的"作为方法的亚洲"思想。

对于亚洲之独特性的强调,使"近代的超克"虽然呈现为一种反殖民、反帝国的主体性姿态,但是在根本上契合了西方殖民主义话语关于东方之特殊性的他者化知识论:东方作为一种特殊物件,在与西方的遭遇碰撞中,被剥离、荡涤了它的特殊性,从而最终汇流于普遍性的"西方/世界"之中。当然这并不意味着特殊性不存在,而是说特殊性作为一种束缚、标签,不具备抽象的形而上学的纯粹性,因而最终成为自由主体的枷锁——越强调特殊

---

❶ [日]竹内好著,赵京华译:《何谓近代——以日本与中国为例》,见孙歌编:《近代的超克》,生活·读书·新知三联书店2005年版,第209页。

性，便越不自由。而普遍的东西作为特殊的东西的总体，却拥有绝对的自由和诠释自己的能力：普遍的东西是自由的威力；它是它本身并且侵占了它的他物，但不是作为一个暴力的东西，反而是暴力震荡之中安静地留在自己那里，正如它被称为自由的威力那样，它也可以被称为自由的爱和无限制的天福，因为它对待相区别的东西就只能像对待它自己那样，在相区别的东西中它就回到了自身。❶实际上，普遍性是特殊性之自我理解、自我生产的终极诉求。就像西方将自己的特殊性通过征服他者的自我表述，最终被建构为一种绝对自我肯定的普遍性一样，"近代的超克"对于东洋的独特性的追求与强调，其实内在于一个超越独特性、将自身普遍化的"转守为攻"的逻辑中。

"近代的超克"思想亦具有将自身普遍化的强烈倾向，因此所谓东亚的特殊性，往往被赋予了自然主义的普遍化标签，其密切关联于东亚的风土、人文和生活。而东亚世界特有的"无""混沌""天下""时势""公"等传统文化概念，便成为将本土的特殊性抽象为世界化的普遍性的重要范畴，此即竹内好所谓的——"必须成为无，才能成为一切。回归于无，就是在自己的内部描绘世界"。❷也许没有比"无"更具普遍性的抽象概念了。"近代的超克"因此转虚为实，构成一种新普遍性论述，或者至少对于东亚文化圈来说是具有普遍性的论述。但是，"近代的超克"寓普遍于特殊的机能主义（非实体性）逻辑，往往使自己陷入自我背反的矛盾中。一方面有普世化的倾向，其永远革命、不断否定的反讽式话语逻辑，具有将自身进行周而复始的循环论证并趋于无限的性质，帝国主义日本时代的大东亚共荣圈设计，"文革"中国的世界革命想象，无疑都具有一个"无/乌托邦"的抽象内核，正因其抽象而空无，并指向未来，从而具有了无从证伪的真理性。❸另一方面，在主张自身现代性项目的普遍性的同时，又拒绝与西方现代性的通约性，也就是拒绝认同"源自西洋的普遍性价值"。例如其往往以东亚特殊的历史、地理与人文为名，拒绝西方代议制的民主形式，却声称拥有比代议制

---

❶ [德]黑格尔著，杨一之译：《逻辑学（下卷）》，商务印书馆1981年版，第270页。

❷ [日]竹内好著，孙歌译：《〈中国文学〉的废刊与我》，见孙歌编：《近代的超克》，生活·读书·新知三联书店2005年版，第176页。

❸ [美]酒井直树：《现代性与其批判：普遍主义与特殊主义的问题》，载《台湾社会研究季刊》第30期，1998年6月。

民主更具普遍性和实质性的人民民主，从而使民主主义在特殊/普遍的辩证中，落入自我虚无化的境地。

伴随社会主义现代性实践的全球性溃败，东亚"近代的超克"的特殊性、本土化论述非但失去了普世化的动力，而且彻底沦落为一种自洽性的防御性论述。其一方面通过强调对外的"普遍的特殊性"价值，而继续挑战启蒙现代性的价值论述；另一方面则利用对内的"特殊的普遍性"意识形态，不断进行动国族主义动员。特殊与普遍的内外有别的辩证，被有效地运用在追求"另类现代性"的特殊道路论之中。

五、特殊道路与帝国的幽灵

对于自身的特殊性的强调，抑或是对于西方资本主义现代性之负面因素的警惕，往往使东亚世界致力于寻求一种另类的现代性道路。帝国日本时代之"近代的超克"、革命中国的"延安道路"、"二战"后东亚的儒教资本主义等，要么在西方帝国主义之外，寻求王道乐土的"大东亚共荣圈"，要么在苏联"修正主义"之外发明中国式社会主义，东亚对于体现自己本源价值、内在真我的另类现代性道路的追求至今不衰。"特色模式"的历史起源，可追溯到19世纪德国的特殊道路（Sonderweg）——一条既避免了自由主义（个人主义/无政府主义）的英法发展方式，又摆脱了俄国式的专制主义的另类现代性途径。❶特殊道路的话语来源非常复杂，但民族主义、文化主义是其理念的核心内容，其往往诉诸"我就是我""做真正的自我""国家/主权高于一切"的强烈的身份辩证，并总是特别地体现为一种国族浪漫主义叙事。

竹内好在"二战"后重估日本浪漫派时认为："'日本浪漫派'这个说法本身就是作为近代主义的反命题提出来的。其内涵是：认可民族为一个要素。"❷"日本浪漫派"与"德国浪漫派"一样，至少在策略上，拒不承认外在于国族及其文化之外的任何历史、价值和意义，在将西方及其现代性话

---

❶ [美]伊万·塞勒尼：《诸种第三条道路》，载《开放时代》2011年第9期，第72~79页。

❷ [日]竹内好著，徐明真译：《近代主义与民族问题》，见薛毅、孙晓忠编：《鲁迅与竹内好》，上海书店出版社2008年版，第436页。

语否定为绝对他者的同时，树立起一种纯粹的、自恋式的、浪漫主义的国族主体认同。当国族与近代、本土与西方作为绝对对立的概念来规定时，西方现代性便被作为他者遭到否弃，而本土、民族、国家则作为本源得到确立，但是这个本真自我肯定不是物质性、制度性的东西，而必然是作为国族灵魂的文明、文化和文学。竹内好将文学者鲁迅视为是超越并生成启蒙者鲁迅的"终极之场"——本源的、内在性的"东洋德性"——的原因就在这里。其作为一个国族的自我表述、自我认识和自我认同，在终极意义上不是一种证实的真理表述，而是一种文化表述。而在这种本真自我的文化认同中，个人及其价值最终要作为成就国族的牺牲而实现，因为个人不过是这个永恒的文化本源得以延续的偶然性链条。伯林曾经论述费希特描绘的这种追求本土文化自觉的"国族真我"的浪漫主义的文化逻辑：

> 个人是不存在的，费希特宣称，"他不应该算是什么东西，而必须完全消失；只有集体是存在的"。"理性的生活就包含于此，个人在种群中忘记自己——为了所有人的生命而置生死于度外，并为了他们而牺牲自己的生命。"自由的功能就是实现"完全的自由，独立于任何不是我们自己的、不适我们纯粹自我的东西"。如果这个自我等同于"民族"，那么民族就有运用一切智慧和暴力的武力去实现它的尊严的道德权力。❶

当然不能否认作为一种现代现象的民族主义，在被压迫民族的反帝、反殖民斗争中的革命性意义，以及其"在面对不论是由外部的强权还是内部的结构所产生的全球暴力与社会不公正时，个体就被赋予一种独特的认同和尊严"。❷但是，基于被压迫、被殖民的历史创伤，后发现代性国家的民族主义往往以文化主义甚至种群主义塑造强烈的国族认同政治，体用二分的"本土化/现代性"意识，被表征为"反现代性的现代性"追求，现代性不过是重构内在性的纯粹国体的外在西用，并最终将被超越并抛弃，从而形成自己独特的另类现代性模式。东亚世界的这种紧张的身份认同是一种建立在文化本质

---

❶ [英]以赛亚·伯林著，潘荣荣、林茂译：《现实感》，译林出版社1997年版，第205~206页。

❷ [英]安东尼·史密斯著，叶江译：《民族主义：理论、意识形态、历史》，上海人民出版社2011年版，第2页。

主义基础之上的"社会同质性"认同，它往往只能通过极端的排外主义来建构内在的匀质同一性，因为国族内部彼此差异的族群、地方和个体，只有在共同面对一个似乎同样是本质性的、非历史的西方他者时，才能够暂时掩盖彼此差异，达成一致。正是在这种逻辑之下，对亚洲殖民扩张的"大东亚战争"，在反西方的帝国主义战争中被转换为解放亚洲的战争，从而遮蔽了其帝国主义、殖民主义的本质。竹内好"二战"后念兹在兹的"国民国家"，固然与战时的"国体国家"有所区别，但其反西方的文化国族主义意识始终如一。

无论是19世纪德国的"德意志特殊道路"，还是20世纪日本的"近代的超克"，皆是反西方、反民权的国族主义意识形态，其造成了内政的集权化、国权的拜物化，并与民粹主义相结合，在社会危机加剧的历史节点，为更为极端的法西斯主义和军国主义的发生提供了契机。而百年中国之现代性追求中从来就内含着一个反西方的内核，即便是那些追求资本主义现代性的思想也不例外，而充满了理想主义色彩的毛式社会主义革命，则将这个反西方的国族主义意识形态发展到极致，甚至后毛时代的中国，依然时常祭起将这个反西方的意识形态大纛，以应对国内不断涌现民主主义诉求。在竹内好的启发下，汪晖以"反现代性的现代性"定义毛式社会主义，将之界定为一种反西方现代性的另类现代性实践。陈宜中认为在这里，"德意志国族浪漫主义话语经由竹内好的中介，与毛泽东所代表的中国社会主义传统嫁接了起来"。❶而且，当代中国的"反现代性的现代性"的知识生产，为当下中国的国族主义勃兴提供了意识形态支持。与此同时，伴随经济崛起和国力提升，中国国族主义具有日益极端化、激进化为国家主义的倾向与可能。❷

国家主义的兴起是一种社会极端危机状态的显示，其表征的不是国族意识的充盈实在，也不是"反现代性的现代性"想象臻达极致的反映，而是"革命（反革命）主体"无可救药地堕入了为革命而革命、为抵抗而抵抗的虚无主义境地的体现——如毛泽东对于马克思主义的极简主义、当然也是本土主义的概括："马克思主义的道理千头万绪，归根结底就是一句话，造反

---

❶ 陈宜中：《德意志独特道路的回声？——关于中国"反民权的国族主义"》，载《政治科学论坛》2010年9月第45期，第107~152页。

❷ 许纪霖：《当代中国的启蒙与反启蒙》，社会科学文献出版社2011年版，第236~268页。

有理。"❶虽然以"超克""抵抗"西方现代性为价值核心,但东亚世界追求"第三样时代"的"反现代性的现代性"项目,实际上依然拘囿于一个进步/落后、特殊/普遍辩证的"历史主义"逻辑。而其间发生的文化本质主义式的"东方自恋癖",又与欧洲自认天赋资本主义精神的自恋话语相去不远,亦反向证明了西方关于"东方"的"刻板印象"的殖民主义知识生产。这种彼此之间强烈地将对方贬低为他者的"政治无意识",其实是一种相互转移内在危机的共谋关系——主体神话总是建立在"他者/主体"神话的废墟之上。

所有关于"另类的现代性"道路的探索与实践,都以最终的失败拯救了它们的敌人——全球资本主义,其"通过给予它的对手以刺激和恐惧,在第二次世界大战后进行自身改革,并通过确立经济计划的声誉,给予它的对手改革方法"。❷然而,这并不意味着"近代的超克"思想及其实践的历史终结,因苏联、东欧社会主义体制的遽然坍塌而提前终结的20世纪,却在东亚依然延续,而"冷战"铁幕也依然垂朝韩"三八线"。这一切都在表明一个危机的时代并未消逝,其严峻的程度,或者并不比之前的任何时代稍有缓解。于是,"近代的超克"思想及实践周而复始,一再归来,辗转游荡于东亚世界,而最新发明的中国模式,也许就是最近的一个。

迄今为止的现代历史中,各种类似"近代的超克"的知识生产和历史实践,其实皆是这个不平衡的全球现代性项目之否定之否定的结构性内容之一。各样关于"第三样时代"的想象、设计与实践,虽然没有动摇启蒙现代性的基本路径,并纷纷以自身的堕落而告终,但以种种失败的实验,使这个仍然处于"未完成的现代性方案"之中的世界,变得更加开放、民主和公平。

六、余论:"透底"与尾声

执着于对一个大时代的期翼,今日中国左翼知识者依然钟情"反现代性的现代性"想象,在抵抗新自由主义霸权的同时,亦期望从"毛式社会主

---

❶ 毛泽东:《在延安各界庆祝斯大林60寿辰大会上的讲话》,载《人民日报》1949年12月20日。

❷ [英]霍布斯鲍姆著,马凡等译:《极端的年代》,江苏人民出版社2011年版,第8页。

义"经验中火中取栗，重构"第三条道路"的可能。而自由主义者照旧扼腕于民主不彰、自由无路，期待理想在中国的实现，其变革的热情丝毫不让左派。而摸着石头过河的中国现实，却在选择性新自由主义的暗夜中一路狂飙，其成就的巨大与后果的严重，一样地令人瞠目。中国知识者、特别是新左翼知识者，在这个时候"遭遇"竹内好——一个被认为具有极右翼色彩的日本思想家，实际上提供了一个别有意味的寓言时刻——永远革命的"透底"，无论来自左翼还是右翼，或者总是殊途同归：

凡事彻底是好的，而"透底"就不见得高明。因为连续的向左转，结果碰见了向右转的朋友，那时候彼此点头会意。脸上会要辣辣的。要自由的人，忽然要保障复辟的自由，或者屠杀大众的自由，——透底是透底的了，却连自由的本身也漏掉了，原来只剩下一个无底洞。❶

"透底"的尽头是无限的虚无，其似乎注定以追求自由开端，却终止于自由的失落。于是，几乎所有追求乌托邦的时代，皆告终于一个"歹托邦"，而一切不断革命，也往往终结于反革命。或者，我们应该庆幸一个极端的年代行将终结，虽然各种极端话语——既有复古的，也有激进的——至今喧哗不止。眼下的中国，依然处于"漫长的20世纪"的尾声之中，而其尽头将不会是任何一个"第三样时代"。历史证明，那些有关未来乌托邦的设计，无论是来自理性、科学，还是天启、神谕，皆以为能够推测人类社会的未来，能够将人类带入一个"完美新世界"，但正是这种生于乌有的观念，引起了各种悲剧和灾难的循环式发生。因为那些"导致了凭空想象的、伪科学的关于人类行为的历史和理论，它们为了做到抽象化和形式化而牺牲了事实；更导致了基于对美好结果的顽固盲信而进行的革命、战争和意识形态斗争——这些巨大的错误观念夺取了无数无辜的人们生命、自由和幸福"。❷

---

❶ 鲁迅：《透底》，见《鲁迅全集（第5卷）》，人民文学出版社2005年版，第109页。

❷ [英]以赛亚·伯林著，潘荣荣、林茂译：《现实感》，译林出版社1997年版，第44页。

从虚妄返归真实：
鲁迅生命尽处的"梦与怒"*

山东师范大学　贾振勇

一

七八年前，笔者写过一篇《鲁迅生命尽处的自我理性审视与调整——从〈关于太炎先生二三事〉〈因太炎先生而想起的二三事〉说起》。❶该文主要围绕鲁迅临终前怀念太炎先生的精神动机展开：（1）鲁迅怀念太炎先生的文章，隐藏多重心理动机和深刻精神线索，具有浓重的自我评价和自我确证色彩；（2）进化论和阶级论是一种理性的认知逻辑和阐释工具，在鲁迅的精神世界中具有互文性特点，但均非鲁迅的本源动力与终极信仰；（3）在现实境遇尤其是革命阵营内部问题的刺激下，鲁迅寂寞心境中的不宽恕姿态，是他一贯直面黑暗的不屈战斗精神的展现；（4）鲁迅在生命的最后岁月，又开始了一个精神界战士新一轮自我形象的理性审视和思想信仰的自我调整。对前三个层面的命题，拙作的论述较为透彻。但因种种限制，最后一个命题未能说透：临终前的鲁迅，如何调整自己的政治信仰？如何重塑自我的精神动力？如何再造作为社会人和政治人的自我形象？遗憾的是，那场规模罕见的

---

*　本文为国家社科基金项目"创伤与中国现代作家独创性关系研究"阶段性成果，项目批准号15BZW181。本文原刊于《文艺争鸣》2016年第5期。

❶　贾振勇：《鲁迅生命尽处的自我理性审视与调整——从〈关于太炎先生二三事〉〈因太炎先生而想起的二三事〉说起》，载《鲁迅研究月刊》2009年第1期。

"国防文学"大论战不久,❶鲁迅就去世了。他没能来得及将生命尽处的自我理性审视与调整,更全面、更真切地落实到有生之年。

因为鲁迅生命的终结,这一命题具有了事实的难以确定性、理解的多重可能性和阐释的多维开放性。因为鲁迅自我理性审视与调整的戛然而止,我们只能依据他生前的种种"迹象",在感同身受中进行一种设身处地的分析、判断与推论。悖论与循环之处在于,这种分析、判断与推论,又因鲁迅自我理性审视与调整的未完成性,而缺乏最终的实证性和确定性。我们所能确证的,是诸多"迹象"的存在与支撑,使这一命题无法被证伪。解决这个命题面临这样一种学术困境,并不能掩盖和否定该命题对于我们理解鲁迅尤其是后期鲁迅的重要性。其重要性更在于:因为鲁迅精神的典型性和辐射性、符号化和仪式化,这个命题常常以直接或变形的方式,再现于后来者的精神视野和价值场域;不但屡屡勾起后来者对历史的沉重记忆与痛切反思,而且深刻影响着后来者的精神构成、价值倾向与人文诉求。鲁迅身后留下的这个命题,仍然在拷问我们的灵魂。它不但关乎我们对鲁迅整体形象的认识、理解、建构与阐发,而且关乎那段文学历史的叙事的真实性和准确性。鲁迅虽死,但他依然而且必将长久在场。

笔者对这一命题的关注,最初源于对瞿秋白关于鲁迅从"进化论"到"阶级论"这个所谓"定论"的疑问。大约在2001年,承蒙杰祥兄寄赠夏济安《黑暗之门:中国左翼文学运动研究》英文版复印件,又引发了笔者对这个问题的进一步思考。后来,笔者越来越清晰地意识到这个命题对理解鲁迅尤其是后期鲁迅的重要性、不可回避性、不可替代性。正如李欧梵在为《剑桥中华民国史》写的《文学趋势:通向革命之路,1927—1949》中对夏济安观点的进一步阐发的:"如已故的夏济安生动地概述鲁迅晚年时所说,左联的解散'引发了他生活中最后一场可怕的危机。不但要他重新阐明自己的立场,就连马克思主义,这么多年来他精神生活的支柱也岌岌可危了'。左联的解散,突然结束了反对右翼和中间势力的七年艰苦斗争,鲁迅现在被迫要与从前的论敌结盟。更有甚者,'国防文学'这个口号以其妥协性和专横性

---

❶ 仅据人民文学出版社1982年出版的《两个口号论争资料选编》统计,在他们能查阅到的300余种刊物上,就发现了有关的论战文章485篇。

向他袭来,既表示他的马克思主义的信仰受挫,又表示他个人形象受辱。"❶ 显然,即使我们不考虑这个命题对后世的影响性与牵连性,鲁迅生命尽处的自我理性审视与调整,也足以凸显鲁迅和"左联"核心成员在人事、组织与具体观点方面发生纠葛的深层原因所在。这个命题背后,隐藏着鲁迅精神世界一个重要而又内在的价值倾向与立场选择问题,即鲁迅后期社会理想和政治信仰究竟如何、将会如何的问题。

关于这个命题的通俗而又"历史"的说法,笔者认为是鲁迅的"转变"问题。从这个视野和角度来看,这个命题的前身,在1928年"革命文学"论战时代就已闹得沸沸扬扬。1928年"革命文学"论战,是新文化运动后当时中国思想文化界最重要也是最热闹的事件,左翼的郑伯奇和右翼的李锦轩均有生动形象的描述。新文化运动中那些叱咤风云的人物,此时或高升或退隐,可是鲁迅依然站在中国思想文化界的潮头,自然也就更加引人侧目。由于鲁迅先是和创造社、太阳社激烈论战,后又"联合"成立中国左翼作家联盟;那么鲁迅的加入"左联",则被时人视为"转变"。"转变"问题不仅成为当时文坛的焦点,甚至成为街谈巷议的话题。北平的东方书店,敏锐抓住这个文坛乃至社会的热点现象,在1930年年底、1931年年初迅速出版了黎炎光编辑的《转变后的鲁迅》。该书上编是"鲁迅近作及其答辩",中编是"拥鲁派言论集"(包括郭沫若的《"眼中钉"》、钱杏邨的《鲁迅》等大作),下编是"反鲁派言论集"(主要是梁实秋的文章)。至于散见在各类文章尤其是花边新闻中的相关言论,更是不绝如缕。私下的议论,也就可想而知了。

鲁迅死后不久,不少人又炒作当年的这段公案。1936年11月9日的上海《申报》,刊登了一篇新闻报道《平文化界悼念鲁迅》。这篇新闻报道,综合社会各界对鲁迅去世的种种反响,提炼了当时人们聚焦鲁迅的四个热点问题,均瞩目于如何评价鲁迅。其中第二个,就是关于"转变"问题的描述与概括:"鲁迅于民国十六年后之二三年内,曾因创作态度问题,与当时属于前进之分子之创造社、太阳社等人物,从事笔战。其后民国十八年左右,氏之态度变更,左翼作家大同盟成立,前进文人,纷纷加入。宣言发表时,署

 [美]费正清、费维恺编,刘敬坤等译:《剑桥中华民国史(下)》,中国社会科学出版社1994年版,第502页。

名其首者,赫然为鲁迅氏。此后,即一贯的社会主义思想立场,发表言论,文坛上谓氏此时期态度之变更,为'转变'。意谓由人道主义立场,转向社会主义立场也。"❶

因为这篇报道,以及《质文》上郭沫若的文章、《中流》上雪苇的文章均论及"转变"问题,王任叔专门写了一篇为鲁迅辩护的文章《鲁迅的转变》。这篇文章的结论是:"鲁迅先生自始至终是个历史的现实主义者,一九二七年以后与一九二七年以前,他并没有什么'转变',或'转变'得'迟缓'。自然,随着历史的进展,鲁迅先生也迈征了,但那不是一般意义上说来的'转变',我以为。"❷王任叔的文章,表面上是否定"转变"命题的存在,但实际上不过是否定来自"左"和"右"两个阵营对鲁迅"转变"或"投降"的嘲讽与指控。这篇文章所特意着墨的,实际上是以鲁迅思想、精神的一贯性和连续性,来证明鲁迅"转变"的历史必然性与逻辑合理性;尤其"迈征"一词,看似异于"转变"或"投降",其实终究离不开一个"变"字。

如果说"转变"尚属中性词,那么另一个深含贬义的词"投降",更是在当时的文人圈子中广为散播,几近贯穿鲁迅生命的最后10年;鲁迅死后依然波澜迭起,迄今常常涟漪泛起。只不过因为言论空间的逼仄,今之褒贬者均浅尝辄止而已。应该看到,与"转变"说的中性色彩相比,"投降"说满含贬损与刻薄,是对鲁迅的一种恶意嘲讽与严厉指控。当时有一篇为鲁迅辩护的文章说:"代表资产阶级作家们,异口同声地说鲁迅在投降。与其说他们是侮辱鲁迅,不如说是挑拨离散普罗文学运动的实力。"❸其实,讽刺与指控鲁迅"投降"者,并不是"资产阶级作家们"的专利;考诸史实,有不少"左联"核心成员,在私下乃至公开场合,就曾得意扬扬宣称"鲁迅向我们投降",甚至伟大领袖有了钦定后还津津乐道。现在回过头去再看这段公

---

❶ 《平文化界悼念鲁迅》,见中国社会科学院文学研究所鲁迅研究室编:《1913—1983鲁迅研究学术论著资料汇编(第2卷)》,中国文联出版公司1986年版,第148页。

❷ 王任叔:《鲁迅先生的"转变"》,同上书,第136页。

❸ 于因:《鲁迅的投降问题》,见中国社会科学院文学所鲁迅研究室编:《1913—1983鲁迅研究学术论著资料汇编(第1卷)》,中国文联出版公司1985年版,第618页。

案,个中的前因后果、是非曲直、余波所及,颇值得回味。尤其是再看看那些将鲁迅视为"同路人"或"党外的布尔什维克"的论调,历史的幽暗与复杂则更加发人深省。

且不论关于"转变"的那些褒与贬。无论是出于尊重历史真相的诚实,还是出于准确理解、阐释鲁迅的需要,由进化论转向阶级论、由人道主义立场转向社会主义立场,亦即鲁迅最后10年的社会理想、政治信仰与价值取向等问题,确乎是他生命历程中的一个重要精神事件。与之相关的还有许多不能忽视的衍生问题,例如鲁迅接受马克思主义、认同革命、加盟"左联"之后的艺术创造力问题。在鲁迅活着的时候,李长之对此就有敏锐的感觉:"鲁迅在这一个阶段里,一方面是转变后的新理论的应用了,另一方面却是似乎又入于蛰伏的状态的衰歇。在这一时期,他的著作是不多的,他的文章,也又改了作风,并没能继续在上一阶段里所获得的爽朗开拓的气度。……大体上看,鲁迅时时刻刻在前进着,然而,这第六阶段的精神进展,总令人很容易认为是他的休歇期,并且他的使命的结束,也好像将不在远。"❶事实上,这个问题不但关涉鲁迅个人的艺术创造力问题,更关涉着人们长期难以直抒胸臆的文学与革命、文学与政治的复杂关系命题。

有关"转变"命题的研究,迄今没有得到专门的梳理。不但依然众说纷纭,更由于言论空间的有限性而步履蹒跚。从该命题研究的历史与现状看,大多数著述对这一命题的探讨,思路和逻辑与当年的王任叔大致类似;即使异于"转变"的历史必然性与逻辑合理性的相关研究,例如一些海外现代中国文学研究者的相关研究,也大多也着眼于具体现象,就事论事地分析鲁迅与"左联"核心成员的矛盾冲突,在更深层因素的揭示上往往是点到为止,或许在他们看来这不是一个问题。今天我们需要充分而明确地意识到,鲁迅"转变"的历史必然性和逻辑合理性,固然是鲁迅精神世界的重要一维;但理想与现实的不一致性、理论与实践的不协调性,尤其鲁迅与"左联"核心成员之间的对抗性,由此引发的鲁迅晚年精神世界的内在矛盾性和差异性,更是需要我们深入思考并加以辨析的问题关键。至于衍生的鲁迅接受马克思

---

❶ 李长之:《鲁迅批判》,见中国社会科学院文学所鲁迅研究室编:《1913—1983鲁迅研究学术论著资料汇编(第1卷)》,中国文联出版公司1985年版,第1287~1288页。

主义、认同革命、加盟"左联"之后的艺术创造力等命题,因为长期以来人们对"革命是什么""政治是什么""文学又是什么"等基本问题都难以穿透壁垒,那么这一研究能否进入问题的核心地带、真相地带和实质地带就可想而知了。

需要我们严肃思考的,或如阿伦特所说:"理解现代革命最难以捉摸然而又最令人刻骨铭心的地方,那就是革命精神——重要的是牢记,创新性、新颖性这一整套观念,在革命之前就已经存在,然而革命一开始这套观念就烟消云散了。"[1]真相往往发生在革命的第二天。鲁迅在生命的最后十年涉足"革命",是不是同样也要面对革命精神、创新性和新颖性的烟消云散呢?再由此透视鲁迅的"转变"及其衍生问题,尤其是鲁迅生命尽处的自我理想审视与调整,鲁迅自我的内在丰富性和复杂性,革命真相的丰富性和复杂性,文学与政治关系的丰富性和复杂性,可否进一步清晰而准确地呈现在我们眼前?

二

之所以再回首鲁迅"转变"这个历史话题,自然是将鲁迅生命尽处的自我理性审视与调整,视为鲁迅"转变"历程的一个尾声。这是一个未完成的"转变",但"转变"的种子毫无疑问已经萌芽。尽管鲁迅没有留下类似从"进化论"到"阶级论"那样自我阐释的文字,但从他生命最后几年对"友军中的从背后来的暗箭"的愤怒、指责和抱怨来看,尤其是在"国防文学"论战中的公开决裂,以及生命尽处仿佛回光返照般的高亢创作热情与昂扬斗志,足以显示一个新的"转变"已经处于乃至突破了临界点。由于人间鲁迅很快为死亡所捕获,由于鲁迅的公开决裂还只是呈现为具体的人与事,由于鲁迅临终前几年的文字更多侧重感性述说,因此得出一个简单的"转变"结论自然显得武断。问题的关键,不是"转变"这个结论本身,而在于我们如何理解与阐释鲁迅生命尽处的那些"转变"迹象及其可能的走向。

以鲁迅思想、精神的一贯性和连续性,来证明鲁迅"转变"的历史必然

---

[1] [美]汉娜·阿伦特著,陈周旺译:《论革命》,译林出版社2007年版,第34页。

性与逻辑合理性,至今已觉不新鲜。且不说坊间的那些阐释如何五花八门,仅从人的存在的连续性这样一个基本事实看,这种论证也具有重复论证的嫌疑,某种意义上只是证明了一个本来是不证自明的现象。正如有的心理学家所看到的:"我们人类在自己的一生当中,可以改变许多,然而却永远还是原来的自己——这一点最让我们惊叹。尽管自我同一性在不断更新、在一切关系领域不断拓展,尽管我们与周遭世界的关联不断变幻,我们的骨子里始终有不变的本色。"❶ 从一个人一生的事迹和史迹中,寻找大量现象来说明一个人思想与精神的"同一性",难道不是轻而易举的事情吗?这类研究当然不是可有可无,而且依然还可以丰富和深化我们对研究对象的认知与理解。但对鲁迅这样一个独特而重要的历史人物而言,在类似的论证已经比较丰富与充分的状态下,需要我们另辟蹊径,去更多关注鲁迅思想和精神世界中的那些矛盾性、差异性乃至断裂性的因素与现象。

就一个人的存在而言,无论是转变还是固守、是断裂性还是连续性、是同一性还是差异性,除了那些来自外在事物和现象层面的影响与刺激外,还应该有一个更为内在、更为隐蔽的立足点和动力源起着关键的支点作用。对鲁迅而言,这个更为内在、更为隐蔽的立足点和动力源,笔者以为就是他的"天真"。之所以有此印象,除了来源于阅读大量褒扬鲁迅的文字外,还来源于那个曾引起鲁迅误解和不屑的沈从文。沈从文在鲁迅的生前身后,尽管留下了不少对鲁迅的"微词",但这并不妨碍他内心深处某一层面上对鲁迅的认同和共鸣。尤其那篇写于天地玄黄、改朝换代之际的《一个人的自白》,沈从文刻意模仿鲁迅《〈呐喊〉自序》的那段自传性叙事,难道不是处于文学理想国轰然倒塌临界点的沈从文,在鲁迅的命运中感受到了自我的某种相似性?难道不是在鲁迅因"天真"而与世相违的那种寂寞、无奈和痛苦中,寻找到了高度的认同与共鸣?

事实上,沈从文对鲁迅"天真"个性的认同与共鸣,不仅仅是自己将要落难之际的某种心理应激,而是有着一贯性和连续性的稳定认知与评价。众所周知,因"丁玲信"事件,鲁迅与沈从文互有"微辞"。鲁迅在1925年4月30日"得丁玲信",尔后将这封信判断为沈从文的化名来信:"且夫'孥孥

---

❶ [瑞士] 维蕾娜·卡斯特著,刘沁卉译:《依然故我》,国际文化出版公司2006年版,第7页。

阿文'，确尚无偷文如欧阳公之恶德，而文章亦较为能做做者。然而蔽座之所以恶之者，因其用一女人之名，以细如蚊虫之字，写信给我。"❶这一事件经过后人的研究，已经证明是鲁迅误判。但鲁迅之所以是鲁迅、沈从文之所以是沈从文，在于他们不以私人之好恶抹杀对方之光彩。比如鲁迅在1936年与埃德加·斯诺谈话中，将沈从文列为新文学运动以来"中国涌现出来的最优秀的作家""最优秀的短篇小说家"之一。说如果"丁玲信"事件是引发沈从文对鲁迅颇多"微词"的原因，那也属人之常情。但沈从文同样能"避免私人爱憎和人事拘牵"，公正、客观地看待并充分肯定自己看到的鲁迅的"可爱处"和"可尊敬处"。

在1926年发表的《北京之文艺刊物及作者》中，沈从文就评价鲁迅说："把他四十年所看到的许多印象联合起来，觉得人类——现在的中国，社会上所有的，只是顽固与欺诈与丑恶，心里虽并不根本憎恨人生，但所见到的，足以增加他对世切齿的愤怒却太多了，所以近来杂感文字写下去，对那类觉得是虚伪的地方抨击，不惜以全力去应付。文字的论断周密，老，辣，置人于无所脱身的地步，近于泼剌的骂人，从文字的有力处外，我们还可以感觉着他的天真。"❷在1934年出版的《沫沫集》里的那篇《鲁迅的战斗》中，沈从文不但认为"对统治者的不妥协的态度，对绅士的泼辣态度，以及对社会的冷而无情的讥讽态度，处处莫不显示这个人的大胆无畏精神"，更认为鲁迅的战斗"还告了我们一件事，就是他那不大从小厉害打算的可爱处。从老辣义章上，我们又可以寻得到这个人的天真心情。懂世故而不学世故，不否认自己世故，却事事同世故异途，是这个人比其他作家名流不同的地方"；而且将之与他认为趋时、世故、懂得获得"多数"的郭沫若相比较，认为"鲁迅并不得到多数，也不大注意去怎样获得，这一点是他可爱的地方，是中国型的作人的美处。这典型的姿态，到鲁迅，或者是最后的一位了。……使'世故'与年青人无缘，鲁迅先生的战略，或者是不再见于中国

---

❶ 鲁迅：《250720 致钱玄同》，见《鲁迅全集（第11卷）》，人民文学出版社1981年版，第452页。

❷ 张兆和主编：《沈从文全集（第17卷）》，北岳文艺出版社2009年版，第27页。

了！"❶还应该看到，判定鲁迅"天真"，不仅是沈从文的一种理性判断与陈述，还是他阅读鲁迅的一种心理体验与艺术感悟。例如，在1940年发表的《从周作人鲁迅作品学习抒情》中，沈从文就说周氏兄弟："一个充满人情温暖的爱，理性明莹虚廓，如秋天，如秋水，于事不隔。一个充满对于人事的厌憎，情感有所蔽塞，多愤激，易恼怒，语言转见出异常天真。"❷

可以说，无论是在"为人"层面还是"为文"层面，沈从文都将"天真"这顶桂冠戴在鲁迅头上。从某种意义上看，沈从文堪称鲁迅的一个"另类"知音。在沈从文的字典中，"天真"这个词意味着什么？过多的推断或许有妄作解人之嫌。但沈从文用"天真"一词来评价"五四精神"，则是一个重要的价值参照系。例如他在1940年发表的《"五四"二十一年》中说："世人常说'五四精神'，五四精神的特点是'天真'和'勇敢'。"❸在1948年发表的《纪念五四》中，更是用"天真"这个词进行深度阐释："五四精神特点是'天真'和'勇敢'，如就文学言，即生命青春大无畏的精神，用文字当成一个工具来改造社会之外，更用天真和勇敢的热情去尝试。幼稚，无妨，受攻击，也无妨，失败，更不在乎。大家真有信心，鼓励他们信心的是求真，毫无个人功利思想夹杂其间。要出路，要的是信心中的真理抬头。要解放，要的是将社会上愚与迷丢掉！改革的对象虽抽象，实具体。一切出于自主自发，不依赖任何势力。"❹过多的联想或许容易引发误判，正如鲁迅将"丁玲信"误认为是沈从文扮作女人来信一样。但沈从文用同样的"天真"一词，来评价鲁迅和"五四精神"，是否蕴含着他眼中鲁迅超越常人的真正价值所在呢？

"天真"一词固然有多重含义，但在沈从文那个性十足、绝不流俗的语言运用中，是表征和形容来自人之天性的真实、真诚、本真、纯真、善良、正直、赤诚、坦荡等类含义，与《老子》所谓"含德之厚者，比于赤子"、《孟子》所谓"大人者，不失其赤子之心者也"等古之论述，含义取向大致

---

❶ 张兆和主编：《沈从文全集（第16卷）》，北岳文艺出版社2009年版，第165~170页。

❷ 同上书，第259页。

❸ 张兆和主编：《沈从文全集（第14卷）》，北岳文艺出版社2009年版，第135页。

❹ 同上书，第298页。

类同；与世故、圆滑、虚伪、投机、欺诈、蒙骗、狡诈、无特操等品格，毫无疑问是截然相反。具体到鲁迅，则主要指涉其在人格、个性、品行、节操等方面的特征和品质，尤其是这些特征和品质在精神境界层面所抵达的高度。其实，不仅仅是沈从文慧眼独具。用"天真"或类似词语来评价鲁迅个性、品质和人格者，在鲁迅的时代不乏其人。仅列举几例有代表性的评价。例如张定璜认为："鲁迅先生不是和我们所理想的伟大一般伟大的作家，他自己也知道自己的狭窄。然而他有的正是我们所没有的，我们所缺少的诚实。"❶ 又如张申府对鲁迅的"真"，是只嫌其少不嫌其多："他的东西，实在看了令人痛快。他不是一般的文人。他的东西似乎有时过损。也不是一般文人的损法。人的最不可恕的毛病是虚伪。鲁迅是恰与这个相反的。……鲁迅的文章只应向更真切处作。"❷ 鲁迅去世后，上海《时事新报》刊登了一篇特写《盖棺论定的鲁迅》，专辟一节"不知世故是天真"，直言："我以为'天真'是鲁迅的本性。"❸

　　人之"本性"，通常状态下要展现于人之言行和日用人伦，从而为他人所感知与评价。源自"本性"又体现于日用人伦的"天真"，不但为鲁迅赢得了如沈从文这样"睽违已久"的"另类"知音的高度认同，更在友善者那里获得深切共鸣，例如曹聚仁将之比于伊尹："孟子说伊尹将以道觉斯民，自任以天下之重，但一面说：'伊尹耕于有莘之野，非其义也，非其道也，禄之以天下，弗顾也。系马千驷，弗视也，非其义也，非其道也，一介不以与人，一介不以取人'。这才是鲁迅先生人格的写照。鲁迅先生和胡适先生的分野正在于此，胡适先生爱以他的学问地位'待价而沽'，鲁迅先生则爱受穷困的磨折，并不曾改变他的节操，至死还是'非其义也，非其道也，一

---

❶　张定璜：《鲁迅先生（下）》，见中国社会科学院文学所鲁迅研究室编：《1913—1983鲁迅研究学术论著资料汇编（第1卷）》，中国文联出版公司1985年版，第88页。

❷　张申府：《终于投一票》，同上书，第146页。

❸　《盖棺论定的鲁迅》，见中国社会科学院文学所鲁迅研究室编：《1913—1983鲁迅研究学术论著资料汇编（第2卷）》，中国文联出版公司1986年版，第145页。

介不以与人,一介不以取人'(见《遗嘱》)。"❶再例如李长之感慨鲁迅的坦诚和担当精神:"在中国,自己敢于公开承认是左翼(《南腔北调集》,页四六)而又能坚持其立场的,恐怕很少很少,许多怕落伍,又怕遭殃,就作出一种依违两可的妾妇状了,即此一端,也可见鲁迅的人格。"❷

我们不难发现,在沈从文和鲁迅的其他同代人眼中,"天真"不是口无遮拦的率性或者固执己见的任性,而是鲁迅审慎之思想、自由之精神、独立之人格、天然之良知、自我之意志、处世之伦理、耿介之情操在为人、为文等层面展现出来的特性,是鲁迅个性、人格、品质、品行的代名词,是鲁迅精神一个弥足珍贵的象征。在"天真"背后所矗立的,是鲁迅对"赤子之心"的葆有与秉持,对真实和独立自我的矢志不移的坚守。这种展现、葆有、秉持和坚守,不但与趋时、趋利、媚世、媚势、媚权、世故、虚伪、圆滑、投机等品性无缘,而且绝不屈服于外在的任何压力与诱惑;只会听从自己内心深处的召唤,只会服从真理、正义和良知的引导;至少也得经过深思熟虑,才会走向自己认为是"真"的那一面,亦即黑格尔所谓的"由自己决定自己是什么"。❸由此来看,别人眼中的那个鲁迅的"转变"或"投降",表面看是来自某种主义、思想、理论的魅力、蛊惑或者"围剿";但根本的立足点和动力源,来自鲁迅精神世界的某种深层的自我心理需要,来自鲁迅自身道德标准、伦理规范和价值情操的内在支撑,来自鲁迅人格建构和自我意志的诉求、延伸与扩展,是鲁迅的"由自己决定自己是什么"。所以,如果与那些阐释鲁迅"转变"必然性与合理性的宏篇大论对照看,倒是鲁迅死后的一篇新闻特写,更简洁明快地凸显了鲁迅的个性、人格与品质:"鲁迅的自信力很强,旧的东西他看不来,新的东西因为愿心许得太过,他又不相信,他只要他要说的话,骂他所要骂的人。他执笔为文,自由自在,不受别

---

❶ 曹聚仁:《论多疑》,见中国社会科学院文学所鲁迅研究室编:《1913—1983鲁迅研究学术论著资料汇编(第2卷)》,中国文联出版公司1986年版,第527页。

❷ 李长之:《鲁迅批判》,见中国社会科学院文学所鲁迅研究室编:《1913—1983鲁迅研究学术论著资料汇编(第1卷)》,中国文联出版公司1985年版,第1286页。

❸ [德]黑格尔著,朱光潜译:《美学(第2卷)》,商务印书馆1979年版,第175页。

人的拘束，不受什么旗帜的哄骗。"❶

可以化繁为简地认为，"天真"既是鲁迅人生选择与价值取向的内在立足点和动力源，又是鲁迅自我坚守在日用人伦领域的具体展现。换句话说，"天真"的本性是鲁迅思想和精神的一个原点；一切来自本性之外的思想、理论、观念等精神元素和心理体验，最终都要经过"天真"这个自我本性标尺的认同或者拒绝，然后才外化为日常言行和日用人伦中的取舍。由此来看，鲁迅所接受和信奉的，必定是经过"自我"深思熟虑、审慎思辨而独立选择的；让他再逾越真理哪怕是一步，都需要他重新进行分析和判断。对于鲁迅的坚守自我的本性，敌对阵营的直言不讳，有时比同一阵营的谀辞更接近事实本身。1937年1月25日，叶公超在《晨报》发表了一篇《鲁迅》。该文因为颇有讽刺、攻击之嫌疑，遭到了左翼阵营的抨击。逆耳之言固然并非全是"忠言"，但"忠言"也并非不能来自对立面。叶公超是否有指摘之意暂且不论，但他的确抓住了鲁迅精神中"自我本性的坚守"这样一个重要的命题："他实在始终是个内倾的个人主义者，所以无论他一时所相信的是什么，尼采的超人论也好，进化论也好，阶级论也好，集体主义也好，他所表现的却总是一个膨胀的强烈的'自己'。"❷

倘若这个"自我本性的坚守"，采取"躲进小楼成一统"的姿态，倒也与世无争。问题的关键在于：当这个"膨胀的强烈的'自己'"，采取积极入世的姿态，在"由自己决定自己是什么"之后，加入一个不需要有"自己"、仅仅需要"自己"去"服从"和"服务"的组织或团体时，会遭遇到什么呢？汉娜·阿伦特在论及某些主义及其作为时说，它"宣传的真正目的不是说服，而是组织——'无须拥有暴力手段而能累积权力'。出于这个目的，意识形态内容的创新只能被看做是一种不必要的障碍"。❸鲁迅有没有意

---

❶ 《盖棺论定的鲁迅》，见中国社会科学院文学所鲁迅研究室编：《1913—1983鲁迅研究学术论著资料汇编（第2卷）》，中国文联出版公司1986年版，第147页。

❷ 叶公超：《鲁迅》，见中国社会科学院文学所鲁迅研究室编：《1913—1983鲁迅研究学术论著资料汇编（第2卷）》，中国文联出版公司1986年版，第663页。

❸ [美] 汉娜·阿伦特著，林骧华译：《极权主义的起源》，生活·读书·新知三联书店2008年版，第463页。

识形态内容方面（比如文学与阶级、政治等的关系）的创新或可不论，就是保持自我的独立性与自我的主体性这么一件事关个体自由之事，难道是可能的吗？会不会被视为一种障碍呢？

三

章乃器的挽联"一生不曾屈服，临死还要战斗"，堪称道尽鲁迅悲壮生命历程的神来之笔。可是这悲壮的战斗姿态，何尝不是鲁迅的无奈和痛苦所在？沈从文曾为已死的鲁迅感慨："对工作的诚恳，对人的诚恳，一切素朴无华性格，尤足为后来者示范取法。……至于鲁迅先生那点天真诚恳处，却用一种社交上的世故适应来代替，这就未免太可怕了。因为年青人若葫芦依样，死者无知，倒也无所谓，正如中山先生之伟大，并不曾为后来者不能光大主义而减色。若死者有知，则每次纪念，将必增加痛苦，其实这痛苦鲁迅先生在死后虽可免去，在生前则已料及。"❶其实，这痛苦死后虽可免去，生前又何尝只是料及？鲁迅最后10年尤其是临终前的几年，在自我心理的体验上，难道不是饱尝了"痛苦"的煎熬与折磨？而这"痛苦"的不堪忍受，又岂是"谬托知己""沽名获利"的"敲门砖"所能形容？

鲁迅最后的10年，虽然是他的地位和声望如日中天的时代，但在精神和心理上又有多少悠闲、惬意和舒适呢？尤其是临终前那几年所遭受的精神压力与心理伤害，应该丝毫不亚于他生命中的其他"黑暗"时期。许广平记载过一件令人黯然的事：1936年的夏天，鲁迅已经病入膏肓，病症稍有减轻后，"在那个时候，他说出一个梦：他走出去，看见两旁埋伏着两个人，打算给他攻击"。❷指责鲁迅者，或许说这是他有"迫害狂"的佐证。但如果尊重史实、了解鲁迅当年处境者，不能不承认：这个梦，主要就是简单的日有所想、夜有所思，是过多的焦虑、压力乃至恐惧在梦境中的变形和回响；真正的来源绝非出于鲁迅的向壁造车，实乃萦绕在鲁迅身边的那些来自外界的

---

❶ 沈从文：《学鲁迅》，见张兆和编：《沈从文全集（第16卷）》，北岳文艺出版社2009年版，第287~288页。

❷ 景宋：《最后的一天》，见中国社会科学院文学所鲁迅研究室编：《1913—1983鲁迅研究学术论著资料汇编（第2卷）》，中国文联出版公司1986年版，第362页。

种种"攻击"。

　　一个人面对来自外部世界的"攻击",首先触发的是心理的应激和精神的防卫,是感觉、直觉、情绪、情感、潜意识等层面的本能自我保护反应,其次才是知性和理性的分析与判断。即使后发的知性分析和理性判断,对"攻击"的性质做出"合理"的解释与认定,在思想与观念上化解和谅解"攻击"的攻击性质;也难以代替和消除感觉、直觉、情绪、情感、潜意识等层面的心理应激和精神防卫的高度紧张印迹。解铃还须系铃人,"攻击"的化解和消除,最终要依靠日用人伦中基本的、正面的日常事实体验和心理感受进行累积式修复与改善。简单概括,对"攻击"性质的评判或者说是否"敌人"的最终判断,既来自自我理性的审视、分析与认定,更来自精神和心理底层的感觉、直觉、情绪、情感、潜意识等层面的更基础、更内在的切身感受与体验;既来自价值领域的参照与指引,更来自经验领域的印证和支撑。

　　说一千道一万,外人的评价终究是隔岸观火,最权威的认定当然要来自当事人。即使当事人的认定从价值领域或理性判断上看是错误的,也不能代替和抹杀当事人在精神和心理层面的那些负面的切身体验与实际感受的客观存在性和真实性。简单地说,是不是攻击,是不是对手,是不是敌人,最终要取决于当事人最终的综合理解与判断;因为"攻击"不是指向你我,而是引发了当事人的应激与防卫,主要针对当事人产生影响、发生意义。鲁迅一生所面对的攻击和敌人,的确数不胜数。那么最后十年尤其临终前的那几年,鲁迅自己认定的主要的攻击和敌人是什么呢?熟读鲁迅最后10年的著述和书信者,从鲁迅的无奈、不满、厌恶、讽刺、抱怨、指责乃至最终发难来看,自然不难发现鲁迅在经验领域和精神、心理层面遭受压力、折磨和痛苦的主要来源所在。仅举几例就可一叶知秋:

　　今之青年,似乎比我们青年时代的青年精明,而有些也更重目前之益,为了一点小利,而反噬构陷,真有大出于意料之外者,历来所身受之事,真是一言难尽,但我是总如野兽一样,受了伤,就回头钻入草莽,舐掉血迹,至多也不过呻吟几声的。只是现在却因为年纪渐大,精力就衰,世故也愈

深,所以渐在回避了。❶

我之退出文学社,曾有一信公开于《文学》,希参阅,要之,是在宁可与敌人明打,不欲受同人暗算也。❷

但,敌人是不足惧的,最可怕的是自己营垒里的蛀虫,许多事都败在他们手里。因此,就有时会使我感到寂寞。但我是还要照先前那样做事的,虽然现在精力不及先前了,也因学问所限,不能慰青年们的渴望,然而我毫无退缩之意。❸

叭儿之类,是不足惧的,最可怕的确是口是心非的所谓"战友",因为防不胜防。例如绍伯之流,我至今还不明白他是什么意思。为了防后方,我就得横战,不能正对敌人,而且瞻前顾后,格外费力。身体不好,倒是年龄关系,和他们不相干,不过我有时确也愤慨,觉得枉费许多力气,用在正经事上,成绩可以好得多。❹

或说,鲁迅树敌多多,来自同一阵营的不能算做敌人,只能算是"人民内部矛盾"。俗语说的好,站着说话不腰疼。给当事人造成的精神压力和心理伤害,可是只有当事人去承担!廉价的理解、同情和开导无济于事。在鲁迅眼中,敌人不足惧,叭儿不足惧;那么,是谁让他感到焦虑、疲惫、可怕和难以名状的愤怒呢?难道不是那些精明的"青年""自己营垒的蛀虫"和口是心非的"战友"?难道不是那些"元帅""工头""英雄""指导家""状元"们?如果尊重鲁迅的个体经验和心理感受的话,那么给鲁迅造成精神压力和心理伤害的,难道不是一目了然吗?熟知鲁迅最后10年经历者,尤其熟知鲁迅与"左联"关系史者,更不难看到真正或者主要给鲁迅造成精神压力和心理伤害的,究竟来自谁、来自何方。

问题的严重性更在于,这种精神压力和心理伤害不可避免地要给鲁迅的精神世界和思想领域,带来理性和感性、理论和经验等诸多层面的矛盾感和混乱感,很容易引发他内在精神世界的矛盾、差异乃至断裂,使他对自我本

---

❶ 鲁迅:《330618 致曹聚仁》,见《鲁迅全集(第12卷)》,人民文学出版社1981年版,第185页。

❷ 鲁迅:《340501 致娄如瑛》,同上书,第399页。

❸ 鲁迅:《341206 致萧军、萧红》,同上书,第584页。

❹ 鲁迅:《341218 致杨霁云》,同上书,第606页。

性的坚守常常处于进退失据的尴尬困境。当年一篇嘲讽鲁迅的文章，或许充满恶意，但至少在现象层面点出了鲁迅的困境所在："既然做了CP（"CP"是中国共产党的简称，下同。——笔者注）在文学上的'旗手'，当然一切文学上的理论都须跟着CP的政治主张走，于是由'普罗列塔利亚文学'而走到'民族革命战争的大众文学'，纵然受到了同志们以及社会人士们的诽笑责难，也只有硬着头皮作'韧性'的斗争，这种'哑子吃黄连'的苦闷，我们也应该替死了的人坦白申诉的。……鲁迅在后期文坛生活中，最凄惨的无过于由'普罗文学'转变到'民族革命战争的大众文学'这一段。"❶事实上，对于这种"哑子吃黄连"的境地，作为当事者的鲁迅本人，比谁都清楚；个中甘苦，可谓冷暖自知："今天要给《文学》做"论坛"，明知不配做第二、第三，却仍得替状元捧场，一面又要顾及第三种人，不能示弱，此所谓'哑子吃黄连'——有苦说不出也。"❷

鲁迅生命的最后10年，饱受病痛的折磨；最后的几年，更是病入膏肓。他在抵抗疾病、衰老等不可抗力的同时，还要去迎战来自外界的"攻击"。那时的鲁迅，该是怎样的力不从心与苦不堪言呢？对于鲁迅自身来说，如果真能如他所说的去"回避"，那么这些也就不会构成精神和心理层面的压力、折磨和痛苦。但他又"毫无退缩之意"，既不想放弃对自我本性的坚守，又不肯扭曲自己的意志；宁可"横站"，也要直面这惨淡的人生。鲁迅的同时代人、俄罗斯的别尔嘉耶夫曾说："革命是使人贫乏也使人丰盈的一种重要体认。"❸毋庸多言，造成鲁迅既想"回避"又"毫无退缩之意"状态的根源，来自他最后10年所投身的"革命"领域，来自他对"革命"的期冀和切身的体验与感受，即来自革命的"诱惑与奴役"。

考诸鲁迅一生的史迹，对于革命、对于马克思主义，无论是在经验和现象层面，还是在理性和理想领域，鲁迅的独特之处在于，始终都能秉持自己

---

❶ 梅子：《鲁迅的再评价》，见中国社会科学院文学所鲁迅研究室编：《1913—1983鲁迅研究学术论著资料汇编（第3卷）》，中国文联出版公司1987年版，第1114~1115页。

❷ 鲁迅：《350912 致胡风》，见《鲁迅全集（第13卷）》，人民文学出版社1981年版，第212页。

❸ [德]尼古拉·别尔嘉耶夫著，徐黎明译：《人的奴役与自由》，贵州人民出版社1994年版，第173页。

内在的认识和独立的判断，绝难接受政治势力、社会团体、领袖权威、人情世故等外部因素的左右与摆布。需要注意的是，鲁迅对革命的认识、理解、判断和感觉，具有整体性思考和经验主义的特征，即立足于人类社会的总体视野来衡量革命的理想、事实、价值和意义。他在生命中的最后10年，对革命现象与革命本质的打量与审视，尽管主要侧重于共产党的革命，但这也只是他所思考的人类社会革命链条中的一环。当然，这一环毕竟是他感受最深切、体会最复杂的一环。所以，当他从理性和理论的领域介入经验的和实践的领域，从革命的旁观者纵身跃入革命的洪流；理性的、理论的乃至理想的革命形态与经验的、实践的和现实的革命形态之间发生的重大差异和矛盾，也就如影随形般矗立在他眼前。或许，之前的惶惑和疑虑不但没有消除，反而因为革命实践的复杂性和矛盾性而日益加重。

应该说，鲁迅对革命的认同与参与，迥异于同一阵营的那些职业、半职业革命文人们的狂热、献身与尊奉。王任叔的判断是恰切的："他一开始就对于人类有个伟大的理想，而欲实现这理想，他又不欲空谈而注重实作。"❶对鲁迅而言，认同和接受共产党的革命理念与革命理想，是他"不欲空谈而注重实作"的具体表现。但认同与接受，只是意味着他将之视为看待社会发展与变革的一种思想框架和理论武器，很难说会构成他自我存在本性的动力源与终极信仰。正如叶公超所言，无论是超人论还是进化论，无论是阶级论还是集体主义，这些只不过是鲁迅的"自我"在不同人生时段的价值取向的具体选择而已。尤其是超人论和进化论逐渐丧失自我阐释、自我推动的能量后，鲁迅精神世界在理性认知层面的对比逻辑和经验事实层面的参照意识，在历练中必然要渐次增强；鲁迅自我坚守与选择中的警惕性，当然也会水涨船高。

这就不难理解鲁迅在逐渐认同与接受"革命"的同时，为何始终保持着冷静、慎重甚至是怀疑。早在轰轰烈烈的国民革命年代，鲁迅对自我与革命就有清醒的定位："老实说，远地方在革命，不相识的人们在革命，我是的确有点高兴听的，然而——没有法子，索性老实说罢，——如果我的身边革

---

❶ 王任叔：《鲁迅先生的"转变"》，见中国社会科学院文学所鲁迅研究室编：《1913—1983鲁迅研究学术论著资料汇编（第2卷）》，中国文联出版公司1986年版，第134页。

起命来，或者我所熟识的人去革命，我就没有这么高兴听。有人说我应该拼命去革命，我自然不敢不以为然，但如叫我静静地坐下，调给我一杯罐头牛奶喝，我往往更感激。"❶到了1928年"革命文学"论战时代，在已经基本接受马克思主义作为理解、阐释社会发展与变革的一种思想框架和理论武器后，鲁迅依然没有减少对革命前景的忧虑与警醒："革命被头挂退的事是很少有的，革命的完结，大概只由于投机者的潜入。也就是内里蛀空。这并非指赤化，任何主义的革命都如此。但不是正因为黑暗，正因为没有出路，所以要革命的么？倘必须前面贴着'光明'和'出路'的包票，这才雄赳赳地去革命，那就不但不是革命者，简直连投机家都不如了。虽是投机，成败之数也不能预卜的。"❷

暂且不论鲁迅对革命的认识与理解，是否主要来自经验主义和现象层面的支撑。即使在理论、理性乃至理想层面，鲁迅的认同与接受也不是盲目和尊奉，而是有着极其鲜明的独立性和悲观主义色彩。比如他对革命及其前景的忧虑与预估，迄今依然振聋发聩："古时候一个国度里革命了，旧的政府倒下去，新的站上来。旁人说，'你这革命党，原先是反对有政府主义的，怎么自己又来做政府？'那革命党立刻拔出剑来，搁下了自己的头；但是他的身体并不倒，而变成了僵尸，直立着，喉管里吞吞吐吐地似乎是说：这主义的实现原本要等到三千年之后呢。"❸仔细琢磨鲁迅这段话的剑锋所指，我们就不能不联想起多少年后霍弗的类似看法："如果一种教义不是复杂晦涩的话，就必须是含糊不清的；而如果它既不是复杂晦涩也不是含糊不清的话，就必须是不可验证的；也就是说，要把它弄得让人必须到天堂或遥远的未来才能断定其真伪。"❹

人们常说，理论是灰色的，唯有生命之树长青。假使这种忧虑和预估，只是出自虚无思想、悲观主义在鲁迅精神世界的惯性作用；那么，革命的光

---

❶ 鲁迅：《在钟楼上——夜记之二》，见《鲁迅全集（第4卷）》，人民文学出版社1981年版，第30页。

❷ 鲁迅：《铲共大观》，同上书，第106页。

❸ 鲁迅：《透底》，见《鲁迅全集（第5卷）》，人民文学出版社1981年版，第104页。

❹ [美]埃里克·霍弗著，梁永安译：《狂热分子》，广西师范大学出版社2008年版，第109页。

辉灿烂图景，自然会用活生生的事实去矫正鲁迅的悲观与虚无。可是，当一种理论和理想仅仅是或者主要是在口头上蛊惑人心，经常性地无法获得经验和现实层面的支撑；或者说经验和现实层面的观感，足以架空乃至解构理论和理想时，会对一个认同者、接受者造成怎样的震荡、冲击和精神困扰呢？仅从鲁迅对同一阵营革命文人们的观感中，就可以印证理想与现实、理论与实践的差异和矛盾，在鲁迅眼中的确是存在着的。例如王平陵曾讽刺和攻击左翼作家说："大多数的所谓革命的作家，听说，常常在上海的大跳舞场，拉斐花园里，可以遇见他们伴着娇美的爱侣，一面喝香槟，一面吃朱古力，兴高采烈地跳着狐步舞，倦舞意懒，乘着雪亮的汽车，奔赴预定的香巢，度他们真个消魂的生活。明天起来，写工人呵！斗争呵！之类的东西，拿去向书贾们所办的刊物换取稿费，到晚上，照样是生活在红绿的灯光下，沉醉着，欢唱着，热爱着。象这种优裕的生活，我不懂先生们还要叫什么苦，喊什么冤，你们的猫哭耗子的仁慈，是不是能博得劳苦大众的同情，也许，在先生们自己都不免是绝大的疑问吧！"❶王平陵是不是污蔑革命文人暂且不论，关键是鲁迅怎样看待这些现象呢？

  鲁迅在诸多公开场合虽较少点名指摘，但私下里却毫不掩饰自己的厌恶和鄙夷："创造社开了咖啡店，宣传'在那里面，可以遇见鲁迅郁达夫'，不远在《语丝》上，我们就要订正。田汉也开咖啡店，广告云，有'了解文学趣味之女侍'，一伙女侍，在店里和饮客大谈文学，思想起来，好不肉麻煞人也。"❷对于革命实践中诸如此类违背革命理想和革命伦理的人与事，鲁迅的鄙夷、不屑与不满，更有众所周知的"梯子论"可以佐证："梯子之论，是极确的，对于此一节，我也曾熟虑，倘使后起诸公，真能由此爬得较高，则我之被踏，又何足惜。中国之可作梯子者，其实除我之外，也无几了。所以我十年以来，帮未名社，帮狂飙社，帮朝花社，而无不或失败，或受欺，但愿有英俊出于中国之心，终于未死，所以此次又应青年之请，除自由同盟外，又加入左翼作家连盟，于会场中，一览了荟萃于上海的革命作

---

❶ 王平陵：《"最通的"文艺》，见中国社会科学院文学所鲁迅研究室编：《1913—1983鲁迅研究学术论著资料汇编（第1卷）》，中国文联出版公司1985年版，第772页。

❷ 鲁迅：《280815 致章廷谦》，见《鲁迅全集（第11卷）》，人民文学出版社1981年版，第633页。

家，然而以我看来，皆茄花色，于是不佞势又不得不有作梯子之险，但还怕他们尚未必能爬梯子也。哀哉！"❶ 由具体而实际的革命现象得来的这类经验和体会，在鲁迅最后10年的著述尤其是书信中，可谓比比皆是。相信识者能察，自不必多言。

四

如果说理论、理性和理想层面的疑惑和矛盾，不足以给鲁迅带来精神压力和心理伤害；那么在现实和经验领域遭遇的"革命"之种种"真相"，尤其是他那独立的自我所遭受的种种"围剿"，如果在日积月累中达到了触目惊心的地步，他认识、理解和判断革命的整体性视野与经验主义思维模式，显然要遇强则强，足以引发他再次乃至多次的重新审视他所认同和接受的思想框架和理论武器。鲁迅置身其中又难以摆脱的革命之种种矛盾、纠葛与斗争，当然也会再次乃至多次诱发和强化他在理性和理想层面本来就已存在的怀疑主义和虚妄感。从外到内的如此种种，如果量变累积到质变阶段，则足以"轰毁"鲁迅在思想和精神领域的连续性和一贯性，进而导致差异性、矛盾性乃至断裂性的产生。鲁迅那个独立的、膨胀的、强烈的"自己"，在寻求新的存在动力源层面上，势必又会要求"自己"开始新的一轮"从新做过"。

1928年"革命文学"论争之后，鲁迅之所以在理性层面接受马克思主义并怀着理想主义精神投入到革命事业，必定有着来自历史、现实与理想等诸多层面的深刻复杂原因。在众多的阐释中，大众哲学家艾思奇的理解可谓高人一筹："'五四'以后鲁迅先生所以终于能够走到辩证唯物论的方面来，接受了马克思主义，也正是由于他在战斗中看见了真正民主的现实力量（不是借多数以压制别人，而是以创造多数人和全社会的友爱合作自由发展的高级社会为目的，以争取一切人能以同志关系相待而又不妨碍相互的个性发展

---

❶ 鲁迅：《300327 致章廷谦》，见《鲁迅全集（第12卷）》，人民文学出版社1981年版，第8页。

的合理社会为目的的现实力量）——即无产阶级力量的缘故。"❶艾思奇的解释堪称高屋建瓴，尤其是括号里面的解释，不但符合原典马克思主义的真实内涵，而且将实现人类社会理想模型的巨大可能性（革命的诱惑性）突出，切合了鲁迅"对于人类有个伟大的理想"一贯憧憬与自我诉求。问题在于，鲁迅在理性和理想层面接受马克思主义，是否意味着他在文学的和革命的实践领域完全认同与信任这一主义的实践者们呢？

显然，鲁迅并没有将那些革命文学鼓吹者尤其是自封的革命者等同于革命事业本身，反而是在历史经验和现实刺激的基础上，一直带着浓重的怀疑精神和忧虑意识，去审视他的新同盟者们。正如王任叔所说，鲁迅是个历史的现实主义者，历史和现实的经验与教训，时时刺激和提醒他去察其言观其行。应该说，鲁迅的评判标准，更多的是经验的、历史的与现实的，而非理论的、理想的和虚拟的。例如"左联"成立大会，本应是一个团结的大会、胜利的大会，可是鲁迅不肯扭曲自己的意志去说冠冕堂皇、鼓舞人心的话，反而根据历史经验和切身体会大泼冷水、大唱反调，尤其说左翼作家很容易成为右翼作家，致使不少人会后火气冲冲去责难斡旋者冯雪峰。再例如合作了一年多后，当鲁迅对"友军"们又增添了新的经验与体会，就旧账、新账一起算，不但将"左联"的骨干力量创造社"极左倾的凶恶的面貌"推上前台，斥之为"翻筋头""才子+流氓"；而且一针见血地借题发挥说："这情形，即在说明至今为止的统治阶级的革命，不过是争夺一把旧椅子。去推的时候，好像这椅子很可恨，一夺到手，就又觉得是宝贝了，而同时也自觉了自己正和这'旧的'一气。……奴才做了主人，是决不肯废去'老爷'的称呼的，他的摆架子，恐怕比他的主人还十足，还可笑。"❷

鲁迅对革命实景的警醒、对革命前景的忧虑，尤其是对诸多"友军"的不屑与不满，和别尔嘉耶夫对"革命创造新人"的焦虑异曲同工："马克思在青年时的论著中曾说，劳工不具有人的高质，他们是更加非人性、更加丧失人的本性的生存。但后来，在马克思主义的历史中却产生出关于无产阶级

---

❶ 艾思奇：《鲁迅先生早期对于哲学的贡献》，见中国社会科学院文学所鲁迅研究室编：《1913—1983鲁迅研究学术论著资料汇编（第3卷）》，中国文联出版公司1987年版，第432页。

❷ 鲁迅：《上海文艺之一瞥》，见《鲁迅全集（第4卷）》，人民文学出版社1981年版，第301~302页。

的神话，其影响甚大。这种弥赛亚论认为，劳工群众比有产者群众更优秀，更少堕落，更赢得同情。其实，劳工也一样被依赖感、仇恨和嫉妒所支配，一旦胜利，他们也会成为压迫者、剥削者。……马克思的无产阶级缺乏经验的真实，仅是知识分子构想的一项观念和神话而已。就经验真实来说，无产者彼此就有差异，又可以类分，而无产者自身并不具有圆满的人性。"❶鲁迅当然深谙革命摧枯拉朽又泥沙俱下的道理，当然知道再神圣的事业也必须由具体的个人去承担与实践，当然明白革命的预言与承诺往往迥异于革命的现实与后果。所以，面对来自历史的浓黑经验与教训，他只能"梦坠空云齿发寒"："中国革命的闹成这模样，并不是因为他们'杀错了人'，倒是因为我们看错了人。"❷可是，这沉重而肃然的感叹，并不仅仅来自刚刚过去的革命历史；正在发生的革命的错综复杂景观，日益积累的负面经验与体会，更足以使他担心这一革命的历史将会重演。

鲁迅很清楚，自己终究不过是革命的一个同路人。当他向冯雪峰抱怨说"你们到来时，我要逃亡，因为首先要杀的恐怕是我"，❸难道不是意味着自己并不属于"你们"？难道不是在内心深处已经深切感受到"你们"一词的幽暗？如果说，因为与冯雪峰、瞿秋白等人的良好关系，鲁迅和前期"左联"的合作，大致还算顺利。可是，随着他们的离去、新的掌权者登上舞台，鲁迅和"左联"的冲突越积越多，双方渐行渐远，终致势如水火了。郑学稼曾说："'中国的高尔基'对于的文化政策的执行者，不是完全服从的，也有反抗。但聪明的他，把反抗的事件，化为对付个人。"❹如果说在"左联"的前期，鲁迅"把反抗的事件，化为对付个人"之说尚能成立，那

---

❶ [俄]别尔嘉耶夫著，徐黎明译：《人的奴役与自由》，贵州人民出版社1994年版，第187页。

❷ 鲁迅：《〈杀错了人〉异议》，见《鲁迅全集（第5卷）》，人民文学出版社1981年版，第95页。

❸ 李霁野：《忆鲁迅先生》，见中国社会科学院文学所鲁迅研究室编：《1913—1983鲁迅研究学术论著资料汇编（第2卷）》，中国文联出版公司1986年版，第115页。

❹ 郑学稼：《鲁迅正传》，见中国社会科学院文学所鲁迅研究室编：《1913—1983鲁迅研究学术论著资料汇编（第3卷）》，中国文联出版公司1987年版，第1181页。

么面对"左联"后期发生的越来越多的"攻击"事件,他还会把问题的根源仅仅定位在"个人"吗?

他给两萧抱怨说:"敌人不足惧,最令人寒心而且灰心的,是友军中的从背后来的暗箭;受伤之后,同一营垒中的快意的笑脸。因此,倘受了伤,就得躲入深林,自己舐干,扎好,给谁也不知道。我以为这境遇,是可怕的。我倒没有什么灰心,大抵休息一会,就仍然站起来,然而好像终究也有影响,不但显于文章上,连自己也觉得近来还是'冷'的时候多了。"❶他对胡风诉苦说:"最初的事,说起来话长了,不论它;就是近几年,我觉得还是在外围的人们里,出几个新作家,有一些新鲜的成绩,一到里面去,即酱在无聊的纠纷中,无声无息。以我自己而论,总觉得缚了一条铁索,有一个工头在背后用鞭子打我,无论我怎样起劲的做,也是打,而我回头去问自己的错处时,他却拱手客气的说,我做得好极了,他和我感情好极了,今天天气哈哈哈……真常常令我手足无措,我不敢对别人说关于我们的话,对于外国人,我避而不谈,不得已时,就撒谎。你看这是怎样的苦境?"❷仔细琢磨鲁迅的话,虽然不必过度阐释,但也绝不可忽略鲁迅用语背后的复杂含义,例如说"友军"究竟意味着怎样的心理距离?"里面"是不是一个蕴含壁垒森严意味的指称代词?他又为何"冷"而处于"苦境"呢?如果设身处地考虑他的遭遇和切身体验,那么鲁迅这些用语背后有没有显示出他潜意识层面的心理界限乃至精神防卫呢?

郑学稼曾经勾画过"左联"的文艺运动路线图:"在一九二七年,中共的'八七会议'以后,它的文艺政策,就是要建立以成仿吾、李初梨们为代表的'普罗文学'。到一九三二年'红军'有了根据地,并建立'苏维埃政府'后,它的文艺政策,是呼喊创造'社会主义的写实文学',因为中共把江西的'天国',成为'社会主义'的社会。但这只算是过去的尘迹。历史告诉我们,自从希特勒上台,第三国际的主席由史米特洛夫充当起,中共执行它的决议:从事'民族阵线'的运动,不需要那'苏维埃政府',并高挂'国防政府'的大牌。既然在政治上有了激变,那在文化中也不能没有与之

---

❶ 鲁迅:《350423 致萧军、萧红》,见《鲁迅全集(第13卷)》,人民文学出版社1981年版,第116页。

❷ 鲁迅:《350912 致胡风》,同上书,第211页。

相适应的变更。由于产生了'国防文学'。"❶无论怎么说，具体的"个人"是没有能力决定这一文艺运动路线图的，除非掌握足够的权力，更何况这一路线图的设计与规划来自苏俄的遥控。正如鲁迅看到了"你们"，问题的根源并不在于"个人"，而在于由无数那样的"个人"构成的一个所谓的"里面"，乃至"里面"的"里面"。"里面"的个人，也必须按照"里面"的最高政治意志去执行组织的路线、方针、政策和计划；自行其是必然会被视为严重违背组织的背叛行为。一般的"个人"之于群体、组织和运动，实在是可以微不足道。

关于当年"联合"的原因和内幕，鲁迅必定比今天的我们知道和感受的更多。曾经和鲁迅、"左联"论战的梁实秋，后来讥讽说："我离开上海到青岛，'普罗文学'也不久便急剧的消灭了，其消灭的原因是极有趣味的，是由于莫斯科的一场会议，经过的情形具见于美国伊斯特曼所著《穿制服的艺术家》一书中。没有货色的空头宣传当然不能持久，何况奉命办理的事当然也会奉命停办！"❷当年创造社、太阳社成员们放下"武器"，向鲁迅举起橄榄枝，实乃执行组织命令而非内心的心甘情愿；倒是前前后后的一系列"围剿"，颇能代表他们的真实意愿和个人意志。如果说矛盾、纠葛和斗争仅仅来源于"个人"，那问题反而好解决，等着真正的革命者到来就是。但鲁迅知道，他面对的是"友军"，是"你们"。"友军"们能够"奉命办理"，但"由自己决定自己是什么"的鲁迅，能够"奉命办理"吗？

或许正如"革命文学"论战时对手们对他的嘲讽与抨击，不放弃独立性和理想主义的鲁迅，势必会成为"中国的堂·吉诃德"。假如鲁迅没有在1936年死去，而是依然活着，结局又将如何呢？在鲁迅死后的第六年，有人把他和王实味做了一个比较，颇令人遐想："鲁迅毕竟比王实味的运气好，他毕竟没有到过革命圣地，过去的'苏区'或现在的'边区'。如果象王实味那样倒霉鬼到了'边区'，在这'歌啭玉堂春''舞回金莲步'的气氛中，依他老人家那种对于黑暗特别敏感和嫉视，他的笔底下恐怕比王实味还

---

❶ 郑学稼：《鲁迅正传》，见中国社会科学院文学所鲁迅研究室编：《1913—1983鲁迅研究学术论著资料汇编（第3卷）》，中国文联出版公司1987年版，第1181页。引文最后一句中的"由于"，按前后逻辑来看，疑为"于是"之误。

❷ 梁实秋：《鲁迅与我》，同上书，第734页。

要感到黑暗而无望。……如果鲁迅也到了延安之类的地方，是否能够避免王实味的感到寂寞空虚，因而愤怒，更尖锐地搜索生活的缺点，在文艺创作上暴露黑暗面，依鲁迅过去的作品看来，谁也不能保险？幸得鲁迅没有到过这种'新生活环境'中，所以他没有象王实味那样套上'托派'罪名。"❶然而，这终究是假设，因为鲁迅倒在了病魔和攻击中。他当然不会去"圣地"，也不会知道后来的"毛罗对话"。但在见到冯雪峰的大约两年前，他就已经预测着命运的某种可能："倘当崩溃之际，竟尚幸存，当乞红背心扫上海马路耳。"❷

郁达夫评价鲁迅说："当我们见到局部时，他见到的却是全面。当我们热衷去掌握现实时，他已把握了古今与未来。"❸此评价用于鲁迅如何对待革命，诚乃不刊之论。之所以说鲁迅认同与接受马克思主义，只是他视之为看待社会发展与变革的一种思想框架和理论武器，而不能构成他自我存在本性的动力源与终极信仰，就在于他是在中外古今的格局中、在历史与现实的错综复杂中、在人类革命链条的视野中，来认同与接受这一事业的。这种认同和接受，只能是他"对于人类有个伟大的理想"的一个"中间物"。差异、矛盾和断裂之处在于，当革命阵营里的"蛀虫"充斥在他四周，当革命之种种遭遇逾越了他的心理承受阈限，当这个"中间物"的现实形态严重违背和扭曲了他心目中的理论模型和理想建构，他还会将问题的根源仅仅归结为作为"个人"的"元帅""工头""英雄""指导家"和"状元"吗？

在生命的临终岁月，他为何不顾朋友的劝告、不顾组织的疏通，执意暴露"某一群"？他为何毫不顾及徐懋庸们的安危与恐惧："这初看不过是'含血喷人'的手段，是平常的，殊不知这其中有着非常恶毒的一手，那就是暴露左联的秘密，咬实我和左联的关系，揆其目的，岂不是同时要使另外

---

❶ 秋水：《鲁迅与王实味》，见中国社会科学院文学所鲁迅研究室编：《1913—1983鲁迅研究学术论著资料汇编（第3卷）》，中国文联出版公司1987年版，第1111页。

❷ 鲁迅：《340430 致曹聚仁》，见《鲁迅全集（第12卷）》，人民文学出版社1981年版，第397页。

❸ 郁达夫：《鲁迅的伟大》，见中国社会科学院文学所鲁迅研究室编：《1913—1983鲁迅研究学术论著资料汇编（第2卷）》，中国文联出版公司1986年版，第700页。

一种人来迫害我么！"❶用宗派主义、内部矛盾、右倾机会主义、"左"倾幼稚病等原因来解释鲁迅的执意决裂，显然不是糊涂就是欲盖弥彰了。鲁迅的执意决裂，自然更不是一时的忍无可忍。徐懋庸来信只不过是压垮骆驼的最后一根稻草。当组织的前进路向，由理想主义转向实用主义，鲁迅面临的就不仅仅是理想主义诉求的失落了。如果说之前的大多数矛盾、纠葛、冲突，还可以归因于人事纠纷和具体观念分歧；那么在"左联"解散和"国防文学"论战事件中，尽管表面鲁迅上已经认同和接受组织的决定，但却再也无法掩盖鲁迅和"友军"在革命的理论建构和理想形态层面存在的根本性分歧。只不过这种根本性分歧，是以文学论争和人事纠葛的面貌呈现出来罢了。

作为文人的鲁迅，当然无法左右革命的伟力。但他的冲冠一怒，为他那来自本性中的"天真"自我，画上了浓重而悲壮的一笔。仔细看看他在生命最后几年的文章、书信，就能深切地感受到新一轮的"从新做过"，在执意决裂前就已经开始了。在《我的第一个师傅》这样充满温暖记忆的文章中，鲁迅都忍不住随手写入"中国的邪鬼，是怕斩钉截铁，不能含糊的东西的"。尤其值得回味的，当属临死前一个月所写的《女吊》，其结尾更是令人深长思之："被压迫者即使没有报复的毒心，也决无被报复的恐惧，只有明明暗暗，吸血吃肉的凶手或其帮闲们，这才赠人以'犯而勿校'或'勿念旧恶'的格言，——我到今年，也愈加看透了这些人面东西的秘密。"

执意决裂，当然不是最终目的。决裂后，他将如何调整自己的政治信仰、如何重塑自我的精神动力、如何再造作为社会人和政治人的自我形象？如果他继续活着并依旧保持自我的独立，那么他最后10年所经历的一切，是否会成为他创作更深刻文学作品的绝妙素材？然而，后人无法替鲁迅作答。昔人已去，空留一个未能完型的命题。鲁迅生命尽处的遭遇和"转变"迹象，不能不令人深深警醒："催生群众运动的知识分子的悲剧根源在于，不管他们有多么讴歌群体运动，本质上都是个人主义者。他们相信有个人幸福可言，相信个人判断和原动力的重要性。但一个群众运动一旦成形，权力就

---

❶ 徐懋庸：《一封真的想请发表的私信》，见中国社会科学院文学所鲁迅研究室编：《1913—1983鲁迅研究学术论著资料汇编（第1卷）》，中国文联出版公司1985年版，第1460页。

会落入那些不相信也不尊重个人者之手。"❶

　　天不假鲁迅以时日,却留下了一个"临终还要战斗"的悲壮身影。上苍没有给他更多的时间去"从新做过"。但即使再一次"从新做过",他又如何避免革命伟力的秋风扫落叶呢?如果不是他的"友军"们在他活着时听命于王明,那么还会有以后伟大领袖的推崇吗?值得庆幸的是,鲁迅到死都依然保持了"一生不曾屈服"的姿态,从没有丧失那个来自存在本性的"天真"自我。叶公超尝言:"他的思想里时而闪烁着伟大的希望,时而凝固着韧性的反抗狂,在梦与怒之间是他文字最美满的境界。"❷如果细细体会鲁迅生命最后几年的文字,我们难道不可以更深切地感受到他的"梦与怒"吗?在那些满溢着"梦与怒"的文字中,我们难道不是更深切地感受到他从虚妄又回归了真实?

---

❶ [美]埃里克·霍弗著,梁永安译:《狂热分子》,广西师范大学出版社2008年版,第172页。

❷ 叶公超:《鲁迅》,见中国社会科学院文学所鲁迅研究室编:《1913—1983鲁迅研究学术论著资料汇编(第2卷)》,中国文联出版公司1986年版,第665页。

周作人的"镜像"与"另一个鲁迅"
——论1936年周作人对"鲁迅"的叙述

南京师范大学 李　玮

  1936年鲁迅逝世，纪念文章层出不穷，这其中也包括周作人的《关于鲁迅》与《关于鲁迅二》。周作人的文章在当时就备受批评，甚至有人专门写信给周作人让他不要再写有关鲁迅的文章。然而，到了20世纪90年代，他对鲁迅的叙述方式得到许多呼应。周作人对鲁迅的"言说"和"评价"，被学者反复引用。在这种情况下，弄清周作人怎样"言说"鲁迅就十分重要。周作人想借"鲁迅"说什么？而"鲁迅"又帮助他说了什么？"说"与"被说"之间的张力是什么？这些问题都尚待分析。

  在1936年几乎众口一词地把鲁迅塑造成"民族魂"的纪念文章中，周作人有意"疏离"的姿态是很明显的。在鲁迅的逝世纪念活动中，他被定位为"不单是我们文学上思想上的一个先觉者和指导者，在中国民族的反封建和反侵略的民族阵营里，也是一个最坚强最勇敢的战士……"❶许多青年更是将他当做一个超越个体肉身的象征，表示"我是真实地信仰他"。❷而这时周作人强调要把鲁迅当做"人"，不要当做"神"。他的纪念文章有意彰显鲁迅作为"人"的琐碎，甚至在1936年10月22日，就鲁迅逝世接受记者采访时，

---

  ❶ 洪深：《后死者的责任》，见鲁迅先生纪念委员会编：《鲁迅先生纪念集（第三辑）》，上海书店1979年版，第72页。
  ❷ 李野：《信》，同上书，第177页。

周作人也指出鲁迅的"虚无"。❶

任何血肉之躯都是"人",而周作人这里的所谓"人",倒并不是强调其生理意义或在世有限性。"人化",与"神化"相对,都是特定的"话语体系",都是特定意义的表达。所以本文探讨1936年作为"纪念"文章的《关于鲁迅》《关于鲁迅之二》以及周作人有关纪念鲁迅的发言,揭示它们通过"记住"和"忘记",通过另一种历史时间的编织,塑造"另一个鲁迅",从而展现"鲁迅"的矛盾性,表达对中国民族建构的"另一种"理解,对"新文学"的"另一种"理解,对"人"的"另一种"理解。

一

当有关鲁迅的纪念文章以鲁迅在20世纪二三十年代的文学和文化活动为中心时,周作人的《关于鲁迅》《关于鲁迅之二》"偏"提鲁迅的早年,从童年时期到青年时期,最晚到20年代鲁迅创作小说、编小说史。对关于鲁迅"虚无"的结论持商榷态度的学者,便会指出周作人论据的局限性。如唐弢就曾指出:"近十年来,他是一点也没有虚无主义的倾向的。"❷然而,周作人则认为他的立论力量是充足的。他说:"这些事情都很琐屑,可是影响却颇不小,它就'奠定'了半生学问事业的倾向,在趣味上到了晚年也还留下好些明了的痕迹。"❸即"趣味"的获得,是可以超越时代的限制,在"个体"身上延续。所以,虽然,"琐屑"发生在早年,但影响可以贯穿一生。

先把"趣味说"按下不谈,周作人在文章中体现的"历史时间"的观念,就值得人揣摩。自中国知识分子受"进化论"的影响,"时间"便有了意义。"新"必战胜"旧"的思想,成为许多历史立论的基本逻辑。最有代表性的是胡适《白话文文学史》,该著作以"进化论"为中心线索,构建出

---

❶ 周作人:《谈鲁迅》,见《周作人散文全集(第七卷)》,广西师范大学出版社2009年版,第365页。在《与曹聚仁谈鲁迅》中重申"云其意见根本是虚无,正是十分正确。因为尊著不当他是'神'看待,所以能够如此",参见钟叔河编:《周作人文类编10·八十心情》,湖南文艺出版社1998年版,第240页。

❷ 唐弢:《纪念鲁迅先生》,见《鲁迅先生纪念集(第三辑)》,上海书店1979年版,第81页。

❸ 知堂(周作人):《关于鲁迅》,载《宇宙风》1936年第29期。

中国文学由"旧文学"到"新文学"逐步演进的历史必然。这种"进化"的时间线索，也影响着有关鲁迅的叙述。最具代表性的便是瞿秋白将鲁迅的思想描绘为"从进化论到阶级论，从绅士阶级的逆子贰臣到无产阶级和劳动群众的友人"的"进化"。❶

将视野扩大，"进化论"之所以在中国盛行，与19世纪世界殖民化进程中中国的空间性结构是分不开的。伴随着资本全球扩张，民族主义的概念也日益生成。因为该"民族主义"的概念并非自发产生，而是在"被殖民"的挤压下产生，该"民族主义"对"民族"的认定也伴随着对自我"民族"的批判和否定。"传统"和"现代"、"旧"和"新"、"野蛮"和"文明"的分野就此发生。民族自有的文化被认为是影响民族生存和发展的"障碍"。

"进化"的观念在中国的发生，是殖民地文化反应的一种表现，它和"民族主义"情绪相伴。这也使我们易于理解：为什么在近乎狂热地汲取西方资产阶级文化之后，知识分子会在十月革命的炮声中纷纷转向？为什么"进化论"逻辑十分突出的马克思主义有关社会发展的构想，会很快在中国生根？瞿秋白对于鲁迅的论述，根植于对于中国文化发展"进化"的认定。鲁迅的"转变"与"推翻帝国主义"相联系。瞿秋白说："他'一向是相信进化论的，总以为将来必胜于过去，青年必胜于老人'，然而……反封建残余的斗争也不再是纯粹的'父与子'斗争的形式。同时，新兴阶级的领导展开了真正推翻帝国主义和僵尸，推翻流氓资本和地主官僚的新结合的远景。……只有同着新兴的社会主义的先进阶级前进，才能够实现，才能够的伟大的斗争的集体中达到真正的'个性解放'。"❷

在瞿秋白的论述中，民族发展的进化思维成为鲁迅人生的转变必然性的依据，鲁迅因此成为"民族精神"的代表。这也是为什么"鲁迅"葬礼"民族主义"高涨的同时，瞿秋白有关鲁迅论述的方式会被同时反复转引的原因。

周作人虽未明确反对"进化论"，但他对"进化的"历史观的疏离是

---

❶ 瞿秋白：《〈鲁迅杂感选集〉序言》，见《瞿秋白文集》编辑委员会编：《瞿秋白文集（第3卷）》，人民文学出版社1953年版，第997页。

❷ 同上书，第992~993页。

显而易见的。在胡适的《白话文学史》盛行之时，周作人写了《中国新文学的源流》，以"载道"和"言志"的交替，构建了一条"循环"的文学史线索。而他在回忆鲁迅的文章中，也着意沟通鲁迅的"过去"和鲁迅的"现在"之间的一致性。他似乎要以"过去"的存在反驳"进化"的"鲁迅"。他在称赞鲁迅包括文学创作和学术研究的"工作的成就"时，说明"其起因亦往往很是久远，其治学与创作的态度与别人颇多不同，我以为这是最可注意的事"，❶并以"鲁迅从小就喜欢书画"来证明。

当然，我们不能随意揣度周作人作鲁迅纪念文章的真实用意。但首先我们可以注意到："传者"和"传主"之间的"镜像"关系。在纪念鲁迅的文章中，周作人的语气一直显得漫不经心，并强调这些都是"事实"。但他选择什么，放弃什么，都和他的"自我想象"密切相关。❷谈及"鲁迅从小就喜欢书画"，周作人列举鲁迅幼时所读书目，包括《聊斋志异》《夜谈随录》《酉阳杂俎》《容斋随笔》《徐霞客游记》等。周作人专门叙述，"新年出城拜年，来回总要一整天，船中枯坐无聊，只好看书消遣，那时放在'帽盒'中带去的大抵是《游记》或《金石存》……"这段回忆在周作人日记中找不到对应的记录，❸不过购买《徐霞客游记》的过程在周作人的日记中则有记录：

1902年2月初八，"大哥自浙江来，喜极"，带来"《汉魏丛书》二函十六本，《徐霞客游记》四本，《古文苑》四本，《板桥诗集》四本，《科学丛书》四本，《人民学》一本，《谭先生状飞仁学》一本，《剡录》一函二本，《前汉书》十六本，《中西纪事》八本，《日本新政》二本……"❹

这里我们看到，鲁迅去日本求学前，确曾与周作人一起购买书籍，对《徐霞客游记》的喜爱也是实事，不过周作人偏偏记住了类似《徐霞客游记》之类的旧书，而"忘却"了类似《科学丛书》《人民学》等"新式书籍"。与此相似的是，周作人日记中固然也记录了对《容斋随笔》《西

---

❶❸ 知堂（周作人）：《关于鲁迅》，载《宇宙风》1936年第29期。

❷ "里边并没有什么诗，乃是完全只凭真实所写的"，"但也有一种选择，并不是凡事实即一律写的"。参见周作人：《诗与真实》，见《周作人文类编10·八十心情》，湖南文艺出版社1998年版，第86页。

❹ 周作人：《周作人日记》（影印本），大象出版社1996年版，第319~320页。

记》的阅读，但在同一时期他也记下了对于《天演论》的频繁阅读。而在《周作人自述》中，周作人叙述"周作人""并非文人，也不是学者"，"无专门"，"不求学"，"但喜欢读杂书"。❶所谓"杂书"，从他的诸多文章中都可看出亦主要包括《阅微草堂笔记》《酉阳杂俎》《夜谈随录》《容斋随笔》《聊斋志异》《徐霞客游记》等。我们可以看到这个"周作人"和《关于鲁迅》中"鲁迅"十分相似，他"自我"的形象和他笔下的"鲁迅"有颇多交叠。

周作人说鲁迅读"杂书"的经历"都很琐屑"。看起来，周作人是在引用"无意义的""鲁迅"来与"有意义的""鲁迅"抗辩。而实际上，这"琐屑"本身并非"无意义"，在周作人关于"自我"的描述中，我们看到"杂学"实际上是与"举业""八股文""相对"的一种知识范式。在《我的杂学》中，"文章"是指"八股文"，"杂学"是指"普通诗文"，"是不中的举业"。❷

与"功名""应试""载道"无关的文章是"杂学"，周作人认为，正是这些"杂学"才能影响人的"趣味"。不仅在《有关鲁迅》一文中，周作人有如此表述，他谈及"读书的经验"时说自己"后来看书是从闲书学来，《西游记》与《水浒传》，《聊斋志异》与《阅微草堂笔记》……"❸在他的《知堂回想录》中，他也称《酉阳杂俎》是一本吸引他、并给予他的"趣味"以很大影响的书："举凡我所觉得有兴味的什么神话传说，民俗童话，传奇故事，以及草木虫鱼，无不具备，可作各种趣味知识的入门。"❹

研究周作人的学者大抵知道，"趣味"是周作人思想的一个代表性范畴。周作人曾明确表示："我很看重趣味，以为这是美也是善，而没趣味乃

---

❶ 周作人：《周作人自述》，见钟叔河编：《周作人文类编10·八十心情》，湖南文艺出版社1998年版，第1~2页。

❷ 周作人：《我的杂学·小引》，见钟叔河编：《周作人文类编9·夜读的境界》，湖南文艺出版社1998年版，第574页。

❸ 周作人：《读书的经验》，同上书，第178页。

❹ 周作人：《我的新书一》，见《知堂回想录（上卷）》，河北教育出版社2002年版，第160页。

是一件大坏事。"❶"趣味"指日常生活美学。苏文瑜曾指出,"趣味"并非是通常所说的"品味"。该"品味"与特定阶层所具有的家庭传统、教育背景、交友网络以及物质保障有很大关系。而是根植于"风土",融汇在日常生活感觉中的"国民性",它与抽象的民族国家相对,而与非理性的审美情感相联系。正如周作人所说:"我相信,所谓国粹可以分作两部分,活的一部分混在我们的血脉里,这是趣味的遗传,自己无力定他的去留的,当然发表在我们一切的言行上,不必等人去保存他;死的一部分便是过去的道德习俗,不适宜于现在,没有保存之必要,也再不能保存得住。"❷

"趣味",以对"过去"和"现在"的联结,以"地方性"的依托,构建起一种新的"共同体"。该"共同体"不同于由殖民语境的资本侵略带来的"民族国家"概念,而是建立在"个体"与"共同体"相连的审美积淀的基础上。正如苏文瑜所说:在抽象的、政治化的民族国家之外,"趣味"使"民族"更具"可塑性"和"包容性"。❸ 在周作人眼中,"思想感情上"的"联络","中国文化的陶冶",才是真正的"民族性",这种"民族性"可以超越政治的边界:

用时髦的一句话说,现在有强化中国民族意识之必要,如简单地说,也就只是希望中国民族在思想感情上保持一种联络。我不说汉民族,因为包括用中国言语的回满蒙人在内,不说中国人,因为包括东四省台湾香港澳门的人在内。虽然有些在血统上并不是一族,有些在政治上已不是一国,但都受过中国文化的陶冶,在这点上有一种重要的连接,我就总合起来纳在中国民族这名称里面。❹

在政治上分离的,文化以至思想感情上却未必分离,除非用人工去分

---

❶ 周作人:《笠翁与随园》,见钟叔河编:《周作人文类编2·千百年眼》,湖南文艺出版社1998年版,第681页。

❷ 周作人:《地方与文艺》,见钟叔河编:《周作人文类编3·本色》,湖南文艺出版社1998年版,第81~82页。

❸ 苏文瑜著,陈思齐、凌曼苹译:《周作人:自己的园地》,麦田出版社2011年版,第202页。

❹ 周作人:《国语与汉字》,见钟叔河编:《周作人文类编9·夜读的境界》,湖南文艺出版社1998年版,第788页。

离他。❶

因此，周作人在他自己的传记和对"鲁迅"的"回忆"中所列的这些"书目"当然不是"古籍"本身，而是对民族国家的另一种态度。它们以时间错位成为各种"载道"的异质性存在。它们在"回忆"中的"在场"，是对"政治民族话语"中作为"民族解放战士"的"鲁迅"的抗辩。它们"琐碎""无系统"，但正是这种特质表达着有别于"进化史论"的另一种历史线索。在谈及《阅微草堂笔记》时，周作人说："小时候喜看闲书，记得是读《阅微堂笔记》"，是"小时候喜看闲书"，周作人总是要通过时间和人事的错位，来表达对"现在"的"疏离"。这所谓"闲书"，是对"史论"的"讽刺"："说好说歹，本是做史论的秘诀……即真正老牌的遵命文学是也。"❷

周作人认为"史论"，不过是"遵命文学"。"遵命文学"既是指受"权力"威压写出的文学，也指思想上受"道统"影响写出的"载道"的文学。"史论"，无论是"说好说歹"，都是围绕一个中心立论，其"目的论"的"教训"色彩十分强烈。周作人当然不是借此再次批判早已不存在的"史论"，而是针对30年的诸种"宣传""标语"和"论文"。"科举停了三十多年了，看近年许多宣传，自标语以至论文，几乎无一不是好制艺，真令人怀疑难道习得性真能隔世遗传的么？"❸

于是，我们看到了"琐屑"的"鲁迅"，该"鲁迅"没有虽时间演进的"逻辑线索"，却以"琐屑"贯彻始终。在铺天盖地"鲁迅精神不死"的口号中，周作人的这种姿态，具有抗辩的意味。他塑造"另一个鲁迅"，是为了表述有关"民族""文化"的"另一条历史线索"。

二

周作人写关于鲁迅的纪念文章，虽说有作为至亲不得已的成分，但他用

---

❶ 周作人：《国语与汉字》，见钟叔河编：《周作人文类编9·夜读的境界》，湖南文艺出版社1998年版，第788页。

❷❸ 周作人：《遵命文学》，见钟叔河编：《周作人文类编3·本色》，湖南文艺出版社1998年版，第140页。

"另一个鲁迅"对"鲁迅"的辩驳却早就有意而为。

1935年,鲁迅和郑振铎一起组织重印《十竹斋笺谱》。为此,周作人特意做了一篇文章,命名为《十竹斋的小摆设》。"民国新刻本""中华民国二十三年十二月板画丛刊会假通县王孝慈先生藏本翻印,编者鲁迅、西谛……"

"崇祯甲申,岂非明之国难乎,情形严重殆不下九一八,至乙酉而清兵下江南矣。于斯时也而刻《笺谱》,清流其谓之何?夫刻木板已'玩物丧志'矣,木板而又画图,岂不更玩而益丧欤。抑画图而至于诗笺,则非真正'小摆设'而何?使明末而有批评家,十竹斋主人之罪当过于今之小品作家矣。"❶

"小摆设"的批评实际就来自鲁迅本人。20世纪30年代,周作人所倡导的"抒情散文",经由林语堂等人的推动十分盛行,被林称作"小品文"。虽说周作人至林语堂等推崇的"小品文",谓"宇宙之大,苍蝇之微"无不可涉及,不过多数"小品文"立意却还是以"苍蝇之微"为主。周作人论及他在30年代专注写"草木虫鱼"时,这样说:"不必说到政治大事上去,即使偶然谈谈儿童或妇女身上的事,也难保不被看出反动的痕迹",于是只好谈"草木虫鱼",有意"不革命"。❷鲁迅对此曾有不满,曾就评论"语丝派"暗讽周作人,"本身又便变为黑暗了,一声不响,专用小玩意,来抖抖的把守饭碗"。❸他认为周作人不过是由于现实利害的考虑,吟风弄月,远离政治。对于"小品文",鲁迅认为是不合时宜的"小摆设":"……文学上的'小摆设'——'小品文'的要求,却正在越加旺盛起来,要求者以为可以靠着低诉或微吟,将粗犷的人心,磨得渐渐的平滑。这就是想别人一心看着《六朝文絜》,而忘记了自己是抱在黄河决口之后,淹得仅仅露出水面的树梢头。"❹鲁迅认为就一时一地的现实环境来看,创作"小品文",会使性

---

❶ 周作人:《十竹斋的小摆设》,见钟叔河编:《周作人文类编10·八十心情》,湖南文艺出版社1998年版,第159页。

❷ 周作人:《草木虫鱼·小引》,见钟叔河编:《周作人文类编4·人与虫》,湖南文艺出版社1998年版,第7页。

❸ 鲁迅:《致章廷谦 300222》,见《鲁迅全集(第13卷)》,人民文学出版社2005年,第223页。

❹ 鲁迅:《小品文的危机》,见《鲁迅全集(第4卷)》,人民文学出版社2005年版,第591页。

情平和，缺乏斗志。这不利于挽救民族于水火之间的革命诉求。

对此，周作人并未直接辩驳。但就鲁迅重印《十竹斋笺谱》一事，周作人以"小摆设"暗讽鲁迅。正如陈丹青所说，从幼年的《山海经》到中年编印《北平笺谱》，更兼对于欧陆前卫版画的迷恋，鲁迅终生偏爱版画，有一种令人疑惑的"旧文人趣味"。❶于是在《关于鲁迅》中，周作人又不厌其烦地列举鲁迅幼年喜爱影描绣像的"琐事"，并说明这"在趣味上直到晚年也还留下了好些明了的痕迹"。❷

如上所述，周作人的"趣味"联结着"另一条"民族振兴的道路。而重视"艺术趣味"，本就存在于鲁迅"从文"的脉络中，也不与民族诉求绝缘。相对于鲁迅的"变"（从"进化论"到"阶级论"），周作人有意提醒鲁迅的"常"，并以其一以贯之对"版画"的"趣味"，来讽刺他的"政治性"，或者说，以他的"审美诉求"来反驳他的"革命诉求"。也是从这一逻辑出发，周作人对鲁迅的"回忆"，屡屡"从头谈起"，并贯彻一条恒定的线索。

除了古籍趣味外，周作人在《关于鲁迅之二》中重点"回忆"在日本时的鲁迅。这是鲁迅"从文道路"的开始。周作人第一次论述了鲁迅与梁启超的区别：

> 梁任公的《论小说与群治之关系》当初读了的确很有影响，虽然对于小说的性质与种类，后来意见稍稍改变，大抵由科学或政治的小说渐转到更纯粹的文艺作品上去了。不过这只是不看重文学之直接的教训作用，本意还没有什么变更，即仍主张以文学来感化社会，振兴民族精神……❸

并不拘囿于从宣传的角度去理解文学，而是注重文学对于"个体"思想气质的熏陶和感化作用，由此改革社会，这是周氏兄弟和梁启超的区别之处。在政治功能之外，他们对"文学"的审美自足性亦十分看重，认为这是"文学""疏离"政治，从而能够超越和批判政治的根本所在。在日本期

---

❶ 陈丹青：《鲁迅与美术》，见陈丹青：《笑谈大先生》，广西师范大学出版社2011年版。

❷ 知堂（周作人）：《关于鲁迅》，载《宇宙风》1936年第29期。

❸ 知堂（周作人）：《关于鲁迅之二》，载《宇宙风》1936年第30期。

间，鲁迅"弃医从文"，拒绝政治刺杀活动，并写作了《破恶声论》《文化偏至论》《摩罗诗力说》等文章，批评辛亥革命过程中"志士的宣传"，呼唤重视"人"的"精神"，以无功利、超越道德的"文学"来感化心灵。当然，这种"文学"并非完全排斥政治，而是通过自足性，通过异质性，来"影响""政治"。于是，周氏兄弟开始以"新文学"为"志业"。

《域外小说集》即这样的努力。其序言，周作人特意指出是以他的名义发表，却是鲁迅所写。其中有"使有士卓特，不为常俗所囿，必将犁然有当于心，按邦国时期，读其心声，以相度神思之所在……"等语句。"心声"和"神思"均是《破恶声论》《摩罗诗力说》中的"关键词"。在这两篇文章里，鲁迅反驳了当时流行的"民族主义话语"，而主张通过"文艺"来启发个体精神。"心声""神思"都是中国古典文论的词汇，意在通过文学审美性释放人性，摆脱束缚。"心声者，离伪诈者也"，❶这与周作人对"趣味""本色"等强调有同工之处。

那么，鲁迅"审美感知"的特点是什么？周作人认为正是鲁迅后来竭力想摆脱的"黑暗""悲观""虚无"。这是由"趣味"影响得来的，"豫才从小喜欢'杂览'，读野史最多，受影响亦最大"。鲁迅在辛亥革命后所作的小说，"大约现代文人对于中国民族抱着那样一片黑暗的悲观的难得有第二个人吧"，而"有些牧歌式的小说都非佳作。《药》里稍露出一点的情热，这是对于死者，而死者又正是做了'药'了，此外就再也没有东西可以寄托希望与感情"。❷

周作人对鲁迅创作的"理解"当然不是没有根据。今天的研究者，对鲁迅文学创作中"黑暗""悲观"等完全不陌生。鲁迅文学思想对周作人"回忆"的"反射"时时可见，这是因为在对"新文学"的理解上，周氏兄弟从一开始就有很大一致性，这也使得在许多文学观念上，鲁迅和周作人多有呼应。例如，鲁迅一面为女师大学潮呐喊助威时，一面翻译厨川白村的《苦闷的象征》。周作人也通过申说"就我个人的意见，文学是表现思想与情感

---

❶ 鲁迅：《破恶声论》，见《鲁迅全集（第8卷）》，人民文学出版社2005年版，第25页。

❷ 知堂（周作人）：《关于鲁迅》，载《宇宙风》1936年第29期。

的，或者说是一种苦闷的象征"，❶来反抗"文学"的"大众化"。在《革命时代的文学》"文学是余裕的产物"，周作人也认为"纯文学""没有什么大的力量"。❷这些文学思想，表现着审美自足性的诉求，强调文学超功利、个人化的一面。如上所述，周氏兄弟并非"为文学而文学"，而是通过文学的"审美自足性"，来疏离"现实政治"，充盈个体精神，进而实现"群之大觉"。

与鲁迅一直强调"思想革命"相似，周作人并不排斥"新文学""思想革命"的使命。周作人认为"新文学"绝不是语言或文体的改革，而最主要的是"思想"的改革。"反礼教""张个性"，是其思想的特质，否则，"新文学"和古文并无两样："明季的新文学发动于李卓吾，其思想的分子很是重要……民初的新文学运动正是一样，它与礼教问题是密切相关的，形势上是文字文体的改革，但假如将其中的思想部分搁下不提，那么这运动便成了出了气的烧酒，只剩下新文艺腔。"❸

周作人认为在反抗"礼教"、"张扬个性"方面，明末等创作也可看做"新文学"的一部分，而不必拘泥于文字形式。于是，他汲取明末文学资源，提倡"抒情散文"。

然而，不可否认的是，周氏兄弟在日本建立的"文学"和"政治"的关系是一个二元主体的结构，"文学"和"政治"各自有自己的价值标准，在很多时候具有矛盾性。当二者发生冲突时，周氏兄弟往往各有倚重。鲁迅亦认同"新文学""思想革命"的一路，并不反对反抗"礼教"、"张扬个性"，但他亦时时不忘"文学"最终的现实诉求，因此批判任何与现实"苟且"和"妥协"的可能。这二者在思想理路上并不矛盾，但在日益政治化的环境中，"文学"的"超功利"就具有矛盾性，它能够启发"性灵"，但它也与精致的教养、余裕的生活相联系，具有政治上的保守性。因此在哪一种"审美风格"之间，鲁迅就有了选择："以后的路，本来明明是更分明的挣扎和战斗，因为这原是萌芽于'文学革命'以至'思想革命'的。……但现

---

❶ 周作人：《文学的贵族性》，见钟叔河编：《周作人文类编3·本色》，湖南文艺出版社1998年版，第110页。

❷ 周作人：《关于通俗文学》，载《现代》第2卷第6期，1933年4月。

❸ 周作人：《关于近代散文》，见钟叔河编：《周作人文类编3·本色》，湖南文艺出版社1998年版，第693页。

在的趋势,却在特别提倡那和旧文章相合之点,雍容,漂亮,缜密,就是要它成为'小摆设',供雅人的摩挲,并且想青年摩挲了这'小摆设',由粗暴而变为风雅了。"❶

周作人认为鲁迅漠视了"小摆设"原有的价值,而原因就在于过于强调"文学"的政治效用,而忽视了"文学"自足性的重要性。他认为这是"新文学"发展的"流弊",而"流弊"的源头就是"五四运动":"从五四运动的往事中看出幻妄的教训,以为(1)有公理无强权,(2)群众运动可以成事……凭了檄,代电,宣言,游行之神力想去解决一切的不自由不平等,把思想改造实力养成等事放在脑后。"❷

甚至当胡适将"国民革命"和"文学革命"之间建立因果联系时,周作人认为胡适也违背了"文学革命"的精神,即"文学革命"应该以反抗"时代的精神"为主轴,张扬个体精神,实现"思想改造实力",而热衷于以"文学革命"推动"国民革命",热衷于"文学"参与现实政治,是20世纪30年代"革命文学"兴盛的原因。"时下这一般倡说革命文学的人,认为文学如其有它自身存在的价值,那末,便应当根据这一时代的精神来做心轴,在思想上是要先进,在政治上要能够来帮助活动与改革的成功。如这次胡适先生在东京演讲,便说到中国之有国民革命,便是根据于文学革命而来的,换而言之,是先有了文学革命之产生,而后才有今日国民革命之运动。"❸

由是,周作人所塑的"另一个鲁迅",是中国"新文学"的"另一条线索"。在"新文学"发生的过程中,的确存在矛盾性。而"另一个鲁迅"就是对这一矛盾性的彰显。周作人对"另一个鲁迅"的塑造,也在为"新文学"的"另一条历史线索"立论。

三

最后,周作人要还原一个"人"的"鲁迅"。周作人认为他关于"鲁

---

❶ 鲁迅:《小品的危机》,见《鲁迅全集(第4卷)》,人民文学出版社2005年版,第592页。

❷ 益嘿(周作人):《五四运动之功过》,载《京报副刊》,1925年6月29日。

❸ 周作人:《文学的贵族性》,见钟叔河编:《周作人文类编3·本色》,湖南文艺出版社1998年版,第110页。

迅"的"回忆","差不多全是平淡无奇的事,假如可取,可取当在于此,但或者无可取也就在于此乎"。❶"平淡无奇",就是拒绝戏剧化和典型化。这样的"个体"亦是周作人对"鲁迅"的"投射"和"反射"。他在《自己的园地》的序言中说:"我们太要求不朽,想于社会有益,就太抹杀了自己。"❷而这"自己"的存在,可以称为反抗各种外在权力的"新主体"。鲁迅在《破恶声论》《文化偏至论》等文章中也表达过这样的观点,即"己""自性"的取得,是"自由"的保障,"自由之得以力,而力即在乎个人,亦即资财,亦即权利。故苟有外力来被,则无间出于寡人,或出于众庶,皆专制也。国家谓吾当与国民合其意志,亦一专制也"。❸将"国民"与"吾"合而为一,是一种"专制"。

但鲁迅也并不以"个人"作为对"国民""国家"的否定,而只是认为鲁迅的"个人""己"首先应该具有"主体性",它与"民族国家"之间相互独立。并且,"人"的"发扬"是"邦国"的"兴起"的必要条件。"个人"应该怎样实现民族诉求呢?鲁迅认为"伪士当去,迷信当存"。所谓"伪士"在鲁迅的文章中,是指为辛亥革命进行文化宣传的"志士",鲁迅认为他们对"国民意识"的强调有诸多弊端,而关键就在于在"国民话语"中"人"被忽视。所以"志士的宣传"是应该被纠正的。相反,应该提倡"迷信",即"个人的信仰"。"个人"应该具有"主体性",主动接受和"信仰""民族主义"。

在对"自我""有限性"的理解上,周作人的"镜像"与"鲁迅"又不分彼此。周作人本人也并不完全否认"民族主义",只是他拒绝从"国家利益"的角度去建构"民族",而是认为一切"主义"都没有强迫人信从的权力,也不应该成为世皆推崇的"绝对真理",更没有"宣传"的必要。思想不过是,也只能是"个人的倾向"。他以历史来论述被"民族革命思想"迷误个体生命的教训:"我不相信因为是国家所以当爱,如那些宗教的爱国家所提倡,但为个人的生存起见主张民族主义却是正当,而且与更'高尚'的

---

❶ 知堂(周作人):《关于鲁迅》,载《宇宙风》1936年第30期。
❷ 周作人:《自己的园地·旧序》,见钟叔河编:《周作人文类编3·本色》,湖南文艺出版社1998年版,第330页。
❸ 鲁迅:《文化偏至论》,见《鲁迅全集(第1卷)》,人民文学出版社2005年版,第52页。

别的主义也不相冲突。不过这只是个人的倾向,并不想到青年中去宣传,没有受过民族革命思想的浸润并经过光复和复辟时恐怖之压迫者,对于我们这种心情大抵不能理解。"❶

因此,要摆脱"迷误","个人"应该具有"主体性"。这个"主体性"不能通过外力强迫来获得。在《关于鲁迅》中,周作人常说鲁迅做事并非在意"名誉",而只是"爱好"也是强化这一。他强调鲁迅的"不求闻达","上期重在辑录研究,下期重在创作,可是精神还是一贯,用旧话来说可云不求闻达",并举例鲁迅辑录《会稽故事》,"这就证明他做事全不为名誉,只是由于自己的爱好。这是求学问求艺术的最高态度……"❷

对外在一切"名誉""政策"的漠视,将某种"追求"仅仅作为"个体爱好",这是周作人对"个体"的理解。鲁迅亦有许多类似的回应。他给许广平写信,将自己的文化活动表达为"与黑暗捣乱"的个体性情。研究界也对鲁迅个体性情与其文化活动之间的关系有诸多论述。

然而不容忽视的是,周作人和鲁迅所倡导的"个体"本身,就存在巨大的矛盾性。正如有学者论及的那样:"由这真正存在的孤独个体出发,一切道德、法律、宗教、国家、观念体系、现行秩序、习惯、义务、众意……都被作为'我'、'己'、'自性'、'主观'的对立物而遭到否定。"❸ "否定一切"容易带来"虚无"的倾向,但在晚清,"虚无"却有着实际的政治功能。周作人就曾专门著文介绍俄国的"虚无主义",认为它是对沙皇以及贵族文化的反抗,具有革命意义。但同时不可否认的是,"虚无"和"革命"之间有具有矛盾性。以"个体""否定一切"固然具有"革命"的力量,但"革命"本身对于"个体"来说也是外在的权力,也可能对"个体"的精神主体性带来压迫甚至戕害。问题就在于鲁迅的"个体"是否也能对鲁迅的"革命诉求"进行"否定"?

周作人认为,通过"平淡无奇"("化"),便可以把"鲁迅"当一个"人"。周作人所说的"人",也是具有"主体性"的人,这个"主体

---

❶ 周作人:《元旦试笔》,见钟叔河编:《周作人文类编9·夜读的境界》,湖南文艺出版社1998年版,第41页。

❷ 知堂(周作人):《关于鲁迅》,载《宇宙风》1936年第29期。

❸ 汪晖:《反抗绝望——鲁迅及其文学世界》,河北教育出版社2001年版,第18页。

性"以"虚无"的面貌出现,具有"否定权威"的力量。这一形象与"鲁迅还活着""鲁迅精神不死"的口号形成反差,更使作为"民族解放的战士"的"鲁迅"变得可疑。这是周作人对"神化"鲁迅的"反驳"。"神"和"人"的分别在于:"鲁迅"是一种具有普遍号召意义的"精神",还是一个具有"疏离"和"异质"意义的"个人"?

早在1937年,就有人对周作人纪念鲁迅的文章作这样的评价:"固然,他所叙述的点点是真实,谁敢否认,然而是片面的鲁迅,是渣滓的鲁迅……而鲁迅的整个,和真实的灵魂却不是那两篇文字所能捕捉得住,倒是越说得多,越令人糊涂起来。"❶当1936年鲁迅被作为"民族解放的战士"来纪念时,周作人纪念鲁迅的文章的确让当时人"糊涂起来"。今天看了,"令人糊涂"正是周作人作文的目的所在。周作人所塑造的"鲁迅",是具有"另一个灵魂"的"鲁迅",这当然也不能等同于"真实肉身""鲁迅",而是周作人"镜像"中的"鲁迅"。但哪一个"鲁迅"是"真实的"的鲁迅呢?1936年周作人所叙述的"鲁迅",它的"真实性"就在于该"鲁迅",所联结着的周作人乃至鲁迅等人参与民族现代进程的又一种方式,表达着对中国民族建构的"另一种"理解,对"新文学"的"另一种"理解,对"人"的"另一种"理解。而这"另一个鲁迅"与"神化""鲁迅"的矛盾,本来就存在于"鲁迅"之中,存在于中国民族现代进程的矛盾性中。

---

❶ 尧民:《周作人论鲁迅》,载《民国日报》,1937年1月1日。

鲁迅在上海沦陷时期文学中的投影*

淮阴师范学院　李相银

对于身后之是非，鲁迅早有预感却又深知无法避免："文人的遭殃，不在生前的被攻击和被冷落，一瞑之后，言行两亡，于是无聊之徒，谬托知己，是非蜂起，既以自衒，又以卖钱，连死尸也成了他们的沽名获利之具，这倒是值得悲哀的。"❶诚如鲁迅所料，但又不仅如此，历史还要将他放在抗战时期不同的地缘政治中，接受吊诡的文化阐释。20世纪三四十年代的中日战争将中国大地撕裂成国统区、解放区与沦陷区。在国族意识高涨之时，国统区与解放区尊崇乃至神圣化鲁迅均为应有之义。而在沦陷区，汪伪政权也未遗忘具有重要文化象征意义的鲁迅。汪伪机关报《中华日报》副刊《中华副刊》每逢鲁迅祭日便大张旗鼓地开办"纪念鲁迅特辑"，成为上海沦陷时期引人注目的文艺一景。反观同时期的上海其他文学杂志，谈论鲁迅反而不及这份官报积极昂扬。问题由此而来：在上海沦陷时期，是谁在谈鲁迅？谈什么？如何谈？目的为何？结果怎样？这些问题归根结底就是：作为"民族魂"象征的鲁迅在上海沦陷时期留下了怎样的投影？本文以《中华副刊》上的"纪念鲁迅特辑"为中心，旁及其他同时期上海文学期刊上的鲁迅话题，对这一系列问题进行深入探讨。

---

　　*　本文原刊于《中国现代文学研究丛刊》2013年第8期。
　　❶　鲁迅：《忆韦素园君》，见《鲁迅全集（第6卷）》，人民文学出版社2005年版，第70页。

一、不能忘却的鲁迅

沦陷时期居于北京的杨丙辰曾悲哀地认为人们将忘记鲁迅："鲁迅先生逝世在事变前一年，到现在已经有七八年之久，这个时期固然说不上怎样长久，然而南北各大报，大杂志上，已经见不到多少谈论鲁迅先生的文章了，如果照这个样子下去，再过几年，恐怕人们竟也要会把鲁迅先生忘掉的了……"❶但这一担心并未真正出现。只是，鲁迅以何种形象被传承才是核心问题。一方面，日本殖民者深知鲁迅在中国的文化意义，一直在借题发挥，企图将鲁迅打造为"中日亲善"的代表。而追求民族"和平"的汪伪政权也未无视鲁迅的文化价值。另一方面，沦陷区其他立场各异的文化人也在用不同观念阐释鲁迅。与《中华副刊》政治立场不同的《文艺春秋丛刊》便曾就鲁迅的相关话题开辟专栏讨论，其他刊物如《风雨谈》《天地》《万象》《杂志》等的文字亦非无足轻重。种种原因使得上海沦陷时期的鲁迅言说渐成多声部状态。

《中华副刊》是上海沦陷时期最重要的文学副刊之一，由《中华日报》编辑杨之华（杨桦）负责。该刊创刊于1942年6月22日，终刊于1945年8月21日，在其存续的三年多时间里，每逢10月19日鲁迅祭日，便组织"纪念鲁迅特辑"，共出三次特辑。其中又以第一次纪念特辑最为隆重，从1942年10月19日到10月23日五天连出五期。三次特辑纪念文章共计32篇，代表性文章有《忆鲁迅先生》（内山完造，真原译，1942年10月19日）、《鲁迅与林语堂》（亢德，1942年10月20日、21日）、《鲁迅小祭》（柳雨生，1942年10月21日）、《纪念鲁迅先生》（姚克，1942年10月22日、23日）、《佐藤·内山·鲁迅——为纪念鲁迅而作》（陶晶孙，1943年10月19日）、《鲁迅的功绩——关于几部重要的文艺理论的翻译》（许衡，1943年10月20日、21日、23日、24日、26日、28日、31日）、《纪念鲁迅》（路易士，1943年10月20日）、《一点感想——为〈中华副刊〉而作》（杨丙辰，1944年10月19日）、《鲁迅的杂文》（朱肇洛，1944年12月14日、16日、19日、21日）等。

---

❶ 杨丙辰：《一点感想——为〈中华副刊〉而作》，载《中华日报·中华副刊》第501期，1944年10月19日。

除上述纪念文章之外，纪念特辑还有编者的《导言》《编后记》以及鲁迅书简、照片、画像等穿插其间，如《导言》（1942年10月19日）、《编后记》（1942年10月19~22日）、《特辑小语》（1944年10月19日）以及鲁迅《〈活中国的姿态〉序（日文）》（原文制版）、鲁迅致萧剑青书信（原文制版）、鲁迅致邬其山书信（原文制版）、鲁迅1928年在寓所的照片等，这些无疑丰富了纪念特辑的内容。

就撰文者而言，内山完造是世人熟知的鲁迅挚友，他为纪念特辑撰文两篇，另有一篇由雨田从《上海霖话》翻译而来，并非应时之作。此外，他还提供极珍贵的鲁迅日文文稿、鲁迅书信等，为特辑增加纪念厚度。除内山之外，其他作者很难称得上是鲁迅的知己，有些只是某一时期曾经与鲁迅有过交往者，如萧剑青、尸一、姚克、陶晶孙、冯三昧等，甚至是素昧平生者，如周越然、柳雨生、陶亢德等。周越然便直言虽与鲁迅是同宗兄弟，却从无交往。❶这样一群人却要受编者之请来做纪念文章，是不是上文鲁迅所言的"谬托知己"呢？范泉曾尖锐批评道："在鲁迅生前憎恨鲁迅的人，在鲁迅死后竟变成鲁迅的知己；那些鲁迅生前在鲁迅投枪下蛰伏的人，到现在，更像乌鸦一般地变成研究鲁迅的专家了。"❷对此，尸一曾有解释："我和鲁迅确曾相识，但够得上称他为朋友与否，这才是个疑问……但我又以为假令鲁迅在世，我大胆地说句'我的朋友周树人'，他也决不会摆起架子来加以申斥的。"❸推而广之，即便与鲁迅不够亲密，只要保持一个得体的态度，就有一份落笔行文的资格。而绝大多数作者对鲁迅的不够亲密导致稿件生硬、勉强，从而难以为继，如钱希平、时俊等的文字纯粹只是填补版面而已。与之相反的是，此时的上海仍有一批更有资格写纪念鲁迅文章的人士存在，如许广平、夏丏尊、孔另境等，但他们恪守民族立场而绝不会与《中华副刊》合作。此外，与《中华副刊》颇有交情的周作人也无一字支持。因此《中华副刊》在组稿时是颇为捉襟见肘的，以至于1944年第三次的纪念专辑不得不向

---

❶ 周越然：《关于鲁迅》，载《中华日报·中华副刊》第71期，1942年10月19日。

❷ 范泉：《论出版文化及其他》，载《万象》第3年第10期4月号，1944年4月1日，第71页。

❸ 尸一：《可记的事》（后面连载时皆为《可记的旧事》），载《中华日报·中华副刊》第71期。

北京另辟来源："除函请南星先生就近邀请留平作家撰稿外，并特函奉约北大名教授杨丙辰，朱肇洛、李道静诸先生执笔……"❶而北京的一些作者却又将国破家亡之感形诸笔端，造成对汪伪官方意识形态的挑战，这自是与编者的约稿初衷相差甚远。

与《中华副刊》借"特辑"强力打造鲁迅热点不同，《古今》只在1942年7月出版的第5期上刊载过一篇与鲁迅稍微有点关系的文章，题为《从鲁迅谈到龚定庵》（陈亨德作）。与之形成鲜明对照的是，郁达夫、陈独秀、蔡元培等人则常被《古今》谈论，周作人更是《古今》顶礼膜拜的导师。"战士"鲁迅的文化形象与《古今》格格不入，这应该是《古今》对鲁迅兴趣很低的重要原因。

试图与《古今》争夺话语权的《杂志》虽甚少涉及鲁迅话题，但曾刊发《诗人的鲁迅——重论鲁迅先生旧体诗》（文载道，第11卷第4期，1943年7月10日）、《周作人与鲁迅》（胡兰成，第13卷第1期，1944年4月10日）等文。就其文章质量而言，则远胜于《古今》。文载道与胡兰成立场不同，判断也自各异，但各有精彩之处。

《万象》是以民间资本所办的商业期刊，其通俗化的文学趣味与当时的文艺统制政策并无尖锐相悖之处，因而有一定的办刊自由度，所载与鲁迅相关文章较上述两个杂志要多，且文风相对活泼。主要文章有：《秋斋杂感·文抄公》（秋翁，第1年第7期，1942年1月1日）、《闲话作家书法》（贾兆明，第3年第7期，1944年1月1日）、《新录鬼簿（新文坛逸话）》（陈时和，第4年第2期，1944年8月1日）、《关于出售鲁迅遗书》（郁华，第4年第3期，1944年9月1日）、《帝城十日》（晦庵，第4年第5期，1944年11月1日）、《鲁迅杂文拾遗》（柳枝，第4年第5期，1944年11月1日）等。

《天地》所载文章有《关于纪念鲁迅》（赵思允，第2期，1943年11月10日）和《知堂谈阿Q》（郑文，第2期，1943年11月10日）等。《文友》则主要登载了史蝉的《记语丝社》（《第1卷第5期第5号，1943年7月15日》）与《怀内山书店》（第3卷第7期第31号，1944年8月15日）以及人译的《鲁迅书简钞》（第1卷第9期第9号，1943年9月15日）、霜人的《怀鲁迅藏书》（第4

---

❶ 编者：《特辑小语》，载《中华日报·中华副刊》第501期，1944年10月19日。

卷第7期第43号，1945年2月15日）。《风雨谈》则以刊发竹内好《鲁迅底矛盾》（第11期，1944年4月）一文而独标一格。

坚持民族立场的范泉所主持的《文艺春秋丛刊》以平和面目出现，为进步文人提供了一个相对敞开的文学空间，是在变了色的空间中出现的一份不变色的文学期刊。为逃避日伪的期刊登记制度，《文艺春秋》以"期刊的形式，丛刊的名称，分辑出版，每辑一个书名"。❶该刊于1944年10月10日创刊，恰逢鲁迅藏书出售风波发生与鲁迅逝世八周年，因此得以深度介入相关话题并形成两个编辑主题：一是登载范泉所译小田岳夫所著《鲁迅传》系列文章4篇。范泉是该刊的灵魂人物，其翻译工作得到了许广平的帮助。❷二是组织"鲁迅藏书出售问题"专辑（丛刊之一《两年》，1944年10月10日），特将上海各报相关文字收录成辑，烘托保护藏书的舆论氛围。

如果说《中华副刊》显示出汪伪政权想借操弄鲁迅话题管控沦陷区文学的话，那么其他刊物上文人的自发之文则显示出：即便是在沦陷区，鲁迅仍然是大众不能忘却的文化象征。而《文艺春秋丛刊》则在范泉的主导下表现出进步文人维护鲁迅的最大努力。

二、鲁迅的多面镜像

上海沦陷时期有关鲁迅的纪念与评论文章主要围绕如下问题展开：（1）鲁迅生平事迹探寻。（2）鲁迅是不是"亲日派"？（3）周氏兄弟。（4）鲁迅的功绩表现在哪些方面？其小说与杂文创作孰优孰劣？（5）鲁迅旧体诗之评价。对这些问题的讨论既有鲁迅研究的普遍性意义，又具有上海沦陷的特殊性。正因为沦陷，鲁迅与日本的关系被重新打量，而周氏兄弟的比较也在经历此消彼长。鲁迅小说与杂文创作优劣问题也因这一异样时空而被重新衡量。

在论及太宰治以青年鲁迅为主人公的小说《惜别》时，董炳月认为在日本—太宰治—鲁迅三者之间出现纠缠互动的关系，即鲁迅在《惜别》中的复

---

❶ 范泉：《迎着敌人的刺刀——我编〈文艺春秋丛刊〉的回忆》，见范泉：《遥念台湾》，人间出版社2000年版，第240页。

❷ 范泉：《纪念和保卫鲁迅先生二三事》，见范泉：《斯缘难忘》，湖南教育出版社2007年版，第13~24页。

活无法绕过"日本"与"太宰治"因素，同时，鲁迅的自主性又反过来对前两者构成制约力量。❶这一相互制约的情形在《中华副刊》所组织的"纪念鲁迅特辑"中一样明显。

（一）鲁迅生平事迹探寻

上海沦陷后，鲁迅纪念与研究工作受到极大阻碍。《中华副刊》"纪念鲁迅特辑"将回忆、纪念鲁迅的写作权扩大、泛化，在相对生疏的人群中寻找并敦请写作者，从而催生出一批异于亲朋者的回忆、纪念文字。

尸一所作《可记的旧事》一文其实是"我见鲁迅在广州"，提供了鲁迅《革命时代的文学》从演讲到成文发表以至收入《而已集》的经过，以及其他鲁迅写作中的细节故事。尸一将自己定位为与鲁迅有过交往的、"怀有好意"的广州青年，❷这为全文的记述定下了洪流中匆匆相见、相交的基调。与之相似的是萧剑青、李道静对鲁迅的追念。二人皆以无名青年的身份意外获得与鲁迅的交流机会，于是写下可资纪念的场景。❸姚克则回忆鲁迅遗像的拍摄经过以及自己与鲁迅的交往。❹小卒则罗列了鲁迅出葬之日的诸多细节，❺林榕则记述了在获知鲁迅逝世消息之后北京各界的反应以及纪念活动。❻朽木则以居于北京的便利、熟悉而记述了鲁迅位于西三条的故居，但他对鲁迅的记述有些小出入。❼陶亢德的《鲁迅与林语堂》一文则厘清了鲁迅与林语堂相

---

❶ 董炳月：《自画像中的他者——太宰治〈惜别〉研究》，载《"国民作家"的立场——中日现代文学关系研究》，生活·读书·新知三联书店2006年版，第208页。

❷ 尸一：《可记的旧事 四》，载《中华日报·中华副刊》第74期，1942年10月22日。

❸ 萧剑青：《鲁迅先生对于我的启示》，载《中华日报·中华副刊》第71、73~75期，1942年10月19日、21~23。李道静：《追念鲁迅先生》，载《中华日报·中华副刊》第501、502期，1944年10月19日、21日。

❹ 姚克：《纪念鲁迅先生》，载《中华日报·中华副刊》第74期，1942年10月23日。

❺ 小卒：《点滴》，载《中华日报·中华副刊》第72期，1942年10月20日。

❻ 林榕：《鲁迅先生死后》，载《中华日报·中华副刊》第502、503期，1944年10月21日、24日。

❼ 朽木：《迅翁的故居》，载《中华日报·中华副刊》第502、503期，

交与相离的经过。❶这些文字从普通人的角度，记述了鲁迅在日常生活中的点点滴滴，在客观上丰富并激活了上海沦陷时期大众的鲁迅记忆。

值得一提的是，在《中华副刊》的"纪念鲁迅特辑"之外，《中华日报》另一副刊《海风》也登载了一些与鲁迅相关的故事逸闻或趣闻。这些"鲁迅故事"可以视为《中华副刊》纪念专辑的扩充，主要篇目有：《牛奶路》（杨朱，1943年5月25日，第59号）、《文坛旧事之弄巧成拙》（文探，1943年5月31日，第65号）、《文坛旧事之鲁迅悼丁玲》（史歪，1943年6月2日，第67号）等7篇。这些文字皆以讲故事的方式勾勒鲁迅逸闻。即以许广平写情书弄巧成拙一文而论，❷该文颇有小说味道，传递出迥异于正统史家之言的鲁迅。此类文字与《中华副刊》在纪念鲁迅时的端庄、严肃全然两样。《海风》的通俗定位让鲁迅从正史走向传奇。

（二）鲁迅是不是"亲日派"？

在1942年的纪念特辑《导言》中，编者指出在沦陷区评判、纪念鲁迅的意义要在与"孤岛"、国统区不同的维度上展开，其核心便是通过对"联合统一战线"等抗日话语的拒绝，无视鲁迅的民族立场，肢解鲁迅的文章，迎合所谓"中日亲善"的侵略言论，从而打造鲁迅"亲日"的形象，以达到将鲁迅重塑后纳入汪伪意识形态的目的：

> 其对中日两大民族的前途，早就有过肯定的解说："据我看来，日本和中国的人们之间，是一定会有互相瞭解的时候的。"（见《活中国的姿态》序言最末一段，并请参看本刊所载之影写版原稿）如今便是中日两大民族由互相瞭解进而携手合作共保东亚的时候了。我们今日纪念鲁迅先生，便不应轻轻地忽略了先生在七年前的遗言。❸

编者借《导言》所传达的用意不可谓不高明，但撰稿者是否愿意与编者

---

❶ 亢德：《鲁迅与林语堂》，载《中华日报·中华副刊》第72、73期，1942年10月20日、21日。

❷ 文探：《坛旧事之弄巧成拙》，载《中华日报·海风》第65号，1943年5月31日。

❸ 编者（杨桦）：《导言》，载《中华日报·中华副刊》第71期，1942年10月19日。

一起做将鲁迅变成"亲日者"的涂抹工作？鲁迅的文章为众多读者所熟悉，读者已然有"民族魂"鲁迅印象存在，会接受这一被打扮的"亲日者"鲁迅吗？鲁迅又岂是容易随意伪饰的对象？在作者—读者—鲁迅之间俨然存在着一定的相互制约关系。就三次纪念文章而言，编者的引导力量大概只是停留在《导言》中，绝大多数作者对鲁迅与日本的关系并不热心，甚或是刻意回避这一暧昧话题亦未可知。在不多的述及鲁迅与日本之关系的文章中，陶晶孙注重鲁迅与佐藤春夫、内山完造友情的叙述。内山与佐藤因为担忧鲁迅的困苦而为他策划去日本写作，但终为鲁迅所婉拒。陶晶孙很明白在沦陷状态下谈鲁迅与日本人之间的友谊可能会增生的复杂含义，所以一直就事论事，含蓄指出两位日本友人对中国文士"思想苦闷"的理解是双方友谊的基础而不再作过多阐释。❶振源作《鲁迅与藤野》则是对鲁迅散文《藤野先生》的细化与补充，亦未出鲁迅所营造出的情感范围。

相对而言，内山完造也许更能激发读者的兴趣，而其日本人（当时的占领者）的身份是否会为鲁迅增添"亲日"色彩呢？文字将证明内山完造无愧于"鲁迅知己"这一身份。在其所撰写的《忆鲁迅先生》一文中，内山在正视现实时充满了寂寥之感。❷内山曾提及鲁迅三次紧急离家之事，目的不是自炫功绩，却是感叹鲁迅"在狭窄的地方，过着和软禁无异的生活"。❸在《微微的苦笑》一文中，内山回想鲁迅遗言，因此而对鲁迅墓地的荒凉以及被损坏表示痛心：

> 计划了各种纪念事业，但到今天什么纪念事业倒没有做到。你看！万国公墓里的先生的墓碑，他那贫弱（和宋子文一家的墓碑相比较。——笔者注）的只有一个二尺方的陶器的碑位，已因事变的破坏，倒塌（"倒塌"应在"，"之前，原报误。——笔者注）。在中央的先生的玉照，已经不翼而飞，可是堂堂鲁迅纪念事业委员会，并未修葺其陶碑，我想先生于九泉，定

---

❶ 陶晶孙：《佐藤·内山·鲁迅——为纪念鲁迅而作》，载《中华日报·中华副刊》第321期，1943年10月19日。

❷ 内山完造：《忆鲁迅先生》，载《中华日报·中华副刊》第71期，1942年10月19日。

❸ 内山完造：《认识鲁迅的经过》，载《中华日报·中华副刊》第321期，1943年10月19日。

骂都是些无用的饭桶,而私自微笑,液(应为"腋",原报误。——笔者注)下流着冷汗的我,又不禁微微的苦笑了。❶

正是上面这一段文字引发了中国读者的强烈反响,赵思允的《关于纪念鲁迅》一文对内山指责鲁迅纪念委员会之懈怠颇为不满。赵文指出这不是糊涂怠慢所致,而是事变日亟、人事全非的缘故。赵文核心是替沦陷区纪念鲁迅厘清两个重要问题:(1)鲁迅是亲日派吗?(2)怎样纪念鲁迅?赵思允指出鲁迅不是所谓"亲日派",其民族立场才是首要根本立场。在"怎样纪念鲁迅"这一问题上,赵思允认为在鲁迅生前不能取得他的信任与亲近,却也不能在他死后"隐约其词的将他弄得面目全非",❷与《中华副刊》传递出暧昧意味不同,这篇发表于《天地》的文章倒是义正词严。

(三)周氏兄弟之比较

周作人落水后的"风光"不仅在官场,也在文学场域,此时的沪上正兴起周氏散文热。据此而言,周氏兄弟比较似乎对周作人稍为有利一些。但问题又并非如此简单:鲁迅的"民族魂"形象已深深扎根于中国人心中,纪念鲁迅之举又会提示作者连接到周作人,因此撰文者常将二人并提。杨丙辰因评价鲁迅散文而肯定周作人散文的价值。这既是对文学发展事实的再次确认,又兼有赞扬周作人之意。❸周作人的复杂性就在于集荣辱于一身,杨文撇开其他问题,而只在现代小品文的贡献这一点上对周氏表推崇之意,这恰也是多数爱之惜之者共同的立足点。

就柳雨生的两篇纪念鲁迅文章而言,与其说是纪念鲁迅,不如说是向周作人致敬更为恰当。鲁迅去世时,柳雨生恰在上周作人的《六朝散文》课,因此对周作人的情绪表现念念不忘。而其《八年前》便是对前一年《鲁迅小

---

❶ 内山完造:《微微的苦笑》,载《中华日报·中华副刊》第322期,1943年10月20日。

❷ 赵思允:《关于纪念鲁迅》,载《天地》第2期,1943年11月10日,第12页。

❸ 杨丙辰:《一点感想——为〈中华副刊〉作》,载《中华日报·中华副刊》第501期,1944年10月19日。

祭》后半段的扩写。❶柳雨生在《八年前》中不再推测周作人失兄之哀情,而将文字凝聚在知堂的面容上,强化其镜头感。由《关于药堂》一文可知这一场面确是深印于柳雨生心中。❷林榕则对此有所辨析,认为柳雨生所记时间可能不是10月19日周作人接到电报的当天,而可能是之后的一两天,因当时悲痛之情一定让周作人难以如常上课。❸不论怎样,柳雨生为周作人平淡、镇静的表现做多层次的推理解释与课堂场景的反复呈现正可显示出他对周作人的亲近与对鲁迅的生疏之感。

  与柳雨生相比,胡兰成很能切中周氏兄弟精神差异的细微之处。胡兰成曾探讨周氏其人其文,部分论断亦曾得到周作人的承认。❹整体而言,胡兰成虽心仪周作人却更尊崇鲁迅。他将周氏兄弟视作"一个人的两面",❺认为两人晚年之所以相距甚远,是因为"周作人是寻味人间,而鲁迅则是生活于人间,有着更大的人生爱"。❻在"破门事件"中,同情沈启无的胡兰成有感而发:"所以鲁迅慈悲,而周作人明达。一个明达的人的世界是理性的世界,而鲁迅的却是弃生有情的世界。"❼稍早之前的1943年11月,胡兰成另有一篇重要文章《京居随笔》,该文因鲁迅纪念热潮触发而成。文章将鲁迅视作彻底而独立的批判者:"倘若鲁迅现在还在,他将反对军事独裁也反对屈伏。"该文同时深刻地揭示出《中华副刊》赞美鲁迅的限度:"但你倘若举出鲁迅的主张的最微末之节,例如说,鲁迅是反对尊孔读经的,就马上会有

---

 ❶ 柳雨生:《鲁迅小祭》,载《中华日报·中华副刊》第73期,1942年10月21日;雨生:《八年前》,载《中华日报·中华副刊》第321期,1943年10月19日。

 ❷ 柳雨生:《关于药堂》,载《中华日报·中华副刊》第179期,1943年3月28日。

 ❸ 林榕:《鲁迅先生死后——回忆在北京的几件事(上)》,载《中华日报·中华副刊》第502期,1944年10月21日。

 ❹ 胡兰成:《周作人与鲁迅》,载《杂志》第13卷第1期,1944年4月10日,第8页。

 ❺❻ 胡兰成:《周作人与鲁迅》,载《杂志》第13卷第1期,第9页。

 ❼ 胡兰成:《周沈交恶》,见胡兰成:《乱世文谈》,天地图书有限公司2007年版,第45~46页。

上海滩上的白相人喝道：'识相点！'因为这与许可赞颂鲁迅并不相干。"❶

上海沦陷时期，胡兰成的文学批评观渐渐成熟，上文所提及的"人生爱""慈悲""弃生有情"等重要批评词汇在《评张爱玲》一文中得到充分阐释。从对鲁迅的尊崇到对张爱玲的赞美，胡兰成有着一以贯之的批评伦理，而他的鲁迅论述可谓是知人之论。

由上述内容可知，尽管活跃在沦陷区的大多文化人奉周作人为圭臬，但在评价周氏兄弟时却多为持平之论。毫无疑问，周氏兄弟各自的文化形象、读者的认知以及撰文者的良知都在制约着纪念与评价文章的写作。

（四）鲁迅文学业绩之评价

对鲁迅的评价历来是有誉有毁，但谁都无法否认鲁迅在新文学中具有重要地位。誉之者如杨丙辰认为鲁迅最伟大的贡献在小说、小品文与翻译三方面。❷许衡以比较客观的立场高度肯定鲁迅翻译世界文学艺术理论的工作，❸萧剑青则将鲁迅的艺术主张总结为"大众的"与"战斗的"❹。路易士则对鲁迅与左翼青年的关系以及鲁迅的杂文持批评态度：

《阿Q正传》的作者，作为小说家的鲁迅，艺术家的鲁迅，是受我尊敬的。……总而言之，我对鲁迅的不能多写几部小说这件事觉得十分惋惜；而对当日包围着他的那些被称为鲁门弟子的一群，表示愤慨——是他们糟蹋了他的。❺

我觉得先生这一生可说是毁誉参半的，他对于青年人的过分热心结果也就成了青年人对于他利用的机会，逝世以后甚至还有人利用他作为偶像以图

---

❶ 胡兰成：《京居随笔》，载《中华副刊》第339期，1943年11月13日。

❷ 杨丙辰：《一点感想——为〈中华副刊〉作》，载《中华日报·中华副刊》第501期，1944年10月19日。

❸ 许衡：《鲁迅的功绩——关于几部重要的文艺理论的翻译》，载《中华日报·中华副刊》第322期，1943年10月20日。

❹ 萧剑青：《鲁迅先生的艺术思潮》，载《中华日报·中华副刊》第321期，1943年10月19日。

❺ 路易士：《纪念鲁迅》，载《中华日报·中华副刊》第322期，1943年10月20日。

号召，真是使人伤心的事。❶

与路易士等形成对话的朱肇洛等人则高度评价鲁迅的杂文与战斗精神。朱肇洛认为鲁迅晚年最大的贡献是杂文、翻译果戈理的《死魂灵》以及介绍外国版画。❷朱氏《鲁迅的杂文》一文便深度阐释了鲁迅杂文的成就，他在民族话语中解读鲁迅，认为杂文是鲁迅求民族生存、解放的最为显著的文字工作。❸何漫则赞颂鲁迅的战斗精神与犀利文笔："先生始终如一的以他犀利的笔无情的将社会的黑暗面剖示给大家。"❹石樵则认为鲁迅是站在与恶势力斗争前线的大众导师，是让现在的"我们"产生忏悔知青与负疚感的对象。❺

（五）鲁迅的旧体诗之评价

鲁迅的旧体诗早为大众所重视，以通俗趣味见长的《海风》所载7则逸闻中就有3则与旧体诗相关。如果说《海风》上的轶闻还停留在鉴赏诗歌层面，那么柳雨生的评论大有一鸣惊人之意，而文载道则以专文论述鲁迅旧体诗之精神与杂文战斗精神的相通。

鲁迅为纪念柔石等人而作的诗《惯于长夜过春时》一直为人所传诵。这首诗在《关于鲁迅二三事》（真原）、❻《鲁迅小祭》（柳雨生）、《诗人的鲁迅》（文载道）❼等文中一再被提及，只是不同的作者看待这首诗的角度全然不同。真原、文载道看到鲁迅的悲愤与友情，而柳雨生将之视为鲁迅慷慨

---

❶ 李道静：《追念鲁迅先生》，载《中华日报·中华副刊》第502期，1944年10月20日。

❷ 朱肇洛：《鲁迅先生略传》，载《中华日报·中华副刊》第501期，1944年10月19日。

❸ 朱肇洛：《鲁迅的杂文》，载《中华日报·中华副刊》第524期，1944年12月21日。

❹ 何漫：《鲁迅先生的工作态度》，载《中华日报·中华副刊》第504期，1944年10月26日。

❺ 石樵：：《八年祭》，载《中华日报·中华副刊》第515期，1944年11月23日。

❻ 真原：《关于鲁迅二三事》，载《中华日报·中华副刊》第321、322、323、324期，1943年10月19日、20日、21日、23日。

❼ 文载道：《诗人的鲁迅》，载《杂志》第11卷第4期，1943年7月10日，第38~49页。

豪迈诗风的代表,将之与汪精卫双照楼诗词的愁苦并论,认为各代表文学之一面相:

曰忍看,曰怒向,其悲愤之状,溢出言表。慈母最可爱,而大王最怪怖,以之相偶,适见其哀感之极,慷慨豪迈之极也。此是文学之一相,惟至性中人,乃能有此。双照楼词有句云:"光满处,家家愁幕,一时都揭。"又云:"看分光流影到疏巢,乌头白。"此又文学之一相也。词系咏月,而会稽之诗,亦云:"吟罢低眉无写处,月光如水照缁衣",有光有月,则缁衣终能明澈如水,更能"涤来万里关河洁",革命家之抱负,如出一辙。鲁迅之足为东亚民族文学之灵魂,信矣。❶

柳雨生在上海沦陷时期取媚日伪的言论并不少见,但将鲁迅与汪精卫相提并论着实一时无两。文章一方面尊鲁迅为民族文学之灵魂,另一方面又故意将鲁迅纳入大东亚文学谱系。柳氏此举反映出汪伪政府文化建构的症结所在。汪伪政府虽倡导"以中国文化为本位,以东亚为中心",❷但"本位"与"中心"之间便存在显而易见的矛盾,而这恰是日本侵略者与汪伪政府"同床异梦"所致。

文载道的《诗人的鲁迅》正文之前有一《前记》:"数年前应一友人之约,嘱为其所编的文艺丛刊撰一纪念鲁迅之文,因当时适逢先生逝世四周年,乃即成《先生的旧诗》一稿。日前重读一过,颇觉有需补充与修改之处,爰复据旧作重付杂志,并易其名为诗人的鲁迅云。"❸可见作者心中一直有一诗人之鲁迅在。该文不仅对鲁迅旧体诗《自题小像》《惯于长夜过春时》《亥年残秋偶作》《赠画师》《哭范爱农》《悼丁君》《悼杨铨》《答客诮》《无题·血沃中原肥劲草》《秋夜有感》《阻郁达夫移家杭州》《自嘲》等详尽阐释,还指出鲁迅旧体诗之所以为现代文人之一绝的根底载于鲁

---

❶ 柳雨生:《鲁迅小祭》,载《中华日报·中华副刊》第73期,1942年10月21日。

❷ 宣传部:《缔约一年来文化事业之进展》,载《中华日报》1941年11月30日,第2张第6页。

❸ 文载道:《诗人的鲁迅——重论鲁迅先生旧体诗》,载《杂志》第11卷第4期,1943年7月10日,第38页。

迅战斗的精神,是一篇难得的透彻文字。

三、混杂与裂变的上海沦陷时期文学

作为中国现代经济与文化出版中心,上海的现代繁华景象一直与西方列强的殖民格局同体共生。1941年12月太平洋战争爆发之后日军占领租界,完成对上海的独家占领。就实际控制效果而言,侵略者通过对汪伪政府的耳提面命进行统治这一运作系统本身便面临大打折扣的可能,更何况,沦陷区人民并非全无独立立场的驯服者。霍米·巴巴在后殖民研究中以"混杂性"来界定殖民状态下的文化,认为"文学中的混杂性已经成为殖民地经验的象征,蕴含了越界和断裂的可能性"。❶"在殖民者的训导话语试图将自身客观化为一种泛化的知识或一种正常化的霸权实践时,混杂性策略或话语就开辟出一块协商的空间。这一空间里的发声是暧昧而充满歧义的。"❷上海虽不能被简单视为殖民地,但沦陷时期的文化可说是具有霍米·巴巴所言的"混杂性"。

上海沦陷时期文学的混杂性,首先表现在日本因素的强势及其利用。封世辉曾提及日本文人在战争状态下对中国沦陷区文学发展道路的思考,他认为岛田正雄、草野心平等人所倡导的"回到鲁迅"这一讨论未能产生什么实际影响。❸是否产生影响是一个问题,而无法回避的日本因素则是更为重要的问题。日本文人以中国沦陷区文学管理者的身份考虑中国文学的道路并将之与鲁迅相连,这件事足以证明鲁迅在现代中国的导师气质与日本因素的强力存在。

在上文所提及的相关文章中,有一个不容忽视的现象是中国作者对战时日本之鲁迅研究的翻译与传播。对日本人眼中的鲁迅形象进行翻译与传递的举措不仅表现出对域外成果的及时关注与掌握,也是中国翻译者借他人之口言说"鲁迅情结"的有效方式。小田岳夫的《鲁迅传》与竹内好的鲁迅研究

---

❶ 生安锋:《霍米·巴巴的后殖民理论研究》,北京大学出版社2011年版,第120页。

❷ 同上书,第115页。

❸ 封世辉:《导言》,见钱理群主编:《中国沦陷区文学大系·评论卷》,广西教育出版社1998年版,第12~13页。

此时能及时无碍地进入中国，与日军对沦陷区的军事占领显然大有关系，但同时也是中国翻译者精心选择的结果。小田岳夫的《鲁迅传》自1941年由日本筑摩书房出版以来就颇受中国译者重视。真原发表于1943年"纪念鲁迅特辑"的《关于鲁迅二三事》便是对其中《鲁迅先生的晚年》与《鲁迅先生的上海生活》两章的借鉴与改写。范泉则在内山完造的推荐下翻译此书，并于1944年10月在《文艺春秋丛刊》上开始连载，1946年由开明书店出版。需要特别说明的是，小田岳夫的《鲁迅传》还有任鹤鲤的译本，该著于1945年11月由星州出版社发行。由于出版时间恰逢抗战胜利，中国人正忙于清除日本影响之际，该著出版后影响甚微。

何家燕翻译竹内好的《鲁迅底矛盾》一文更能反映出沦陷时期中国读者对日本研究者接受的速度之快，该文发表于1944年4月出版的《风雨谈》上，而竹内好是在1943年11月完成评论著作《鲁迅》。他在该书脱稿的第二个月即应召入伍，被送往中国前线，《鲁迅》经武田泰淳校对，于1944年12月出版。❶由此可知，何家燕在竹内好的专著出版之前已经关注到相关文章并及时进行翻译传播。竹内好将鲁迅定位为文学者，赞美鲁迅的战斗精神与殉道者态度。他认为鲁迅的矛盾是启蒙者与纯粹文学者之间的矛盾，亦是中国文学的矛盾。❷《风雨谈》全刊只有这一篇与鲁迅有关之文字，但其分量却不言而喻。通过竹内好对鲁迅的批评研究影响沦陷时期中国读者的鲁迅观，是一种比较安全而又能体贴读者民族意识的有效手段。

再次，上海文学的混杂性还表现在刊物杂志编辑作为"把关人"角色意识的混杂与分裂，这使得刊物内部出现多元纠葛与对话状况。编辑杨之华处理稿件时就遭遇了多重困境。作为汪伪政府鼓吹"和平文学"运动的重要人物，杨之华在面对众多歧义纷呈的稿件时，也很难将所谓"和平文学"的标尺贯彻到底。汪伪官方意识形态与撰稿者民族立场之间的对立是他无法解决的问题，于是他常常对写作者作出一定程度的妥协。1942年与1943年的两次"纪念鲁迅特辑"中的部分文稿后被杨之华收入其主编的《中华副刊》丛书《文坛史料》中。在《文坛史料》所收录的12篇鲁迅纪念文章中，2篇有

---

❶ [日]藤井省三著，董炳月译：《太宰治的〈惜别〉与竹内好的〈鲁迅〉》，载《鲁迅研究月刊》2004年第6期，第52页。

❷ [日]竹内好著，何家燕译：《鲁迅底矛盾》，载《风雨谈》第11期，1944年4月，第121页。

删除，1篇有改动，共有3篇文章"前后不一"。其中，内山完造的《微微的苦笑》改动最少，只是在《文坛史料》中隐去"宋子文"具体人名以及内山因鲁迅墓地凄凉而对宋子文家族的不平之意。真原的《关于鲁迅二三事》之"前言"本为日文版说明，在《文坛史料》中被删除。路易士《纪念鲁迅》在《文坛史料》中被删除的文字，主要内容一是路易士耿耿于怀所谓"第三种人"论争，二是路易士对当下生活艰苦的抱怨。这些技术性的处理，应该是杨之华权衡再三的结果，由这些细微改动便可见杨之华在现实政治面前的左右为难。

杨之华在《导言》中对将鲁迅塑造为"中日亲善"的象征曾有一定程度的期待，但所组稿件大都南辕北辙，1944年从北京约来的稿件更是民族意识高涨。朱肇洛直指这是一个"国势阽危，风雨飘摇的大时代"，大谈民族危机与学习鲁迅之间的关联："我们不仅要虔诚的诵读先生的杂文，我们更要继承先生的遗志，学习先生的战斗精神，为人类民族的光荣胜利的前途，加倍努力和继续奋斗，那才不失我们纪念鲁迅先生的意义。"❶石樵则在《八年祭》中一吐郁结之气，通过设想"如果鲁迅活着看到今日场景该当如何失望"这一场景，表达对国族命运的不能自抑的忧伤：

八年来，我们祖国的命运在风雨飘摇中、恶势力没有退却……

就是现在，窗外已渐黎明，附近正有军人练习着号角，听那声音，我便止不住自己的战栗了。

我们要忏悔。鲁迅先生今日若在，我们会不会使他失望呢？❷

"附近军人的号角"自然是日本占领军的号角，正是因为直面鲁迅，一直被压抑的民族意识喷薄而出。鲁迅召唤着读者的战斗精神与民族立场，即便是忍辱偷生的北京居民也终于按捺不住发出痛苦而忏悔的呼声。

杨之华对这类约稿的无能为力恰也证明了鲁迅这一特别的纪念对象本身所具有的无法任意扭曲的主体性。在上海沦陷区，"孤岛"时期出版的《鲁

---

❶ 朱肇洛：《鲁迅的杂文》，载《中华日报·中华副刊》第524期，1944年12月21日。

❷ 石樵：《八年祭》，载《中华日报·中华副刊》第515期，1944年11月23日。

迅全集》出现"洛阳纸贵，一纸难求"的现象，其主要原因是"在精神上和他亲炙的人众多。"❶对杨之华这位官报编辑而言，介入与掌控鲁迅话题并非易事。而《中华副刊》对"鲁迅藏书出售"这一事件的刻意漠视则体现出杨之华"趋利避害"的编辑角色意识。

《新中国报》最先披露了鲁迅藏书出售的消息，"并为文呼吁，保全鲁迅手泽"。❷这引起上海文坛的震惊，《文艺春秋丛刊》与《万象》密切关注事态发展。范泉在《文艺春秋丛刊之一 两年》上组织"鲁迅藏书出售问题"专辑，并且点明是别有用心之人图谋出售而非鲁迅家属，其实是将矛头指向周作人。❸而《万象》上先后登载《关于出售鲁迅遗书》与《帝城十日》两文，追踪事件的发展。《关于出售鲁迅遗书》以"补白"方式登载，强调保全藏书的重要性。❹《帝城十日》则是唐弢与友人受托前往北京处理这一事件的记录。文章以日记方式逐日记载，初看上去是一篇地地道道的北京游记。既是游记，免不了枝蔓极多，闲散风格顿出，"只有十月十四日下午四时以后的活动，稍稍透露了我们在危城日暮、兵荒马乱下漫游这个故都的真实的缘由"。❺正是这"稍稍透露"的真实缘由才是整个日记得以成文的根本，这次北京游才有了一根控制线。在11天的日记中，看似漫不经心的逐条记载在记录事件处理经过的同时也在淡化惹人注目的程度。

《中华副刊》对这一事件的刻意回避与《新中国报》等形成鲜明对比。《新中国报》是由中共地下党人掌握的刊物，对这一事件的关注自在意料之中。杨之华则用完全无视的方式处理这一事件，但恰逢"纪念鲁迅特辑"在北京组稿，北京的撰稿者便将关注留在了文字里："最近听说鲁迅先生的藏

---

❶ 冯三昧：《鲁迅先生》，载《中华日报·中华副刊》第327期，1943年10月27日。

❷ 《文化报道》，载《杂志》第13卷第6期，1944年9月10日，第174页。

❸ 范泉：《迎着敌人的刺刀——我编〈文艺春秋丛刊〉的回忆》，见范泉：《遥念台湾》，人间出版社2000年版，第245页。

❹ 郁华：《关于出售鲁迅遗书》，载《万象》第4年第3期，1944年9月1日，第181页。

❺ 唐弢：《〈帝城十日〉解——关于许广平〈鲁迅手迹和藏书的经过〉的一点补充》，载《新文学史料》1980年第3期，第101页。

书有出售的消息,希望这不会是事实。"❶"最近听说鲁迅先生北方的藏书又为其家属出卖。莫非我们这民族具有唯利是图的劣根性?"❷

《中华副刊》对纪念鲁迅的热衷与对"鲁迅藏书出售"事件的回避之矛盾反映出"叶公好龙"式的真实心态。它之所以要高调纪念鲁迅,是为了重塑鲁迅,将之纳入汪伪官方意识形态范畴,但鲁迅是很难被随意歪曲、更改的特异存在,因此上海沦陷时期的文学杂志在涉及鲁迅话题时多半采取谨慎且有效的传播方式。

《中华副刊》纪念鲁迅并不能实现最初的篡改鲁迅之意图,多数纪念篇章的独立态度与其他文学杂志对鲁迅严谨求实的评论与传播说明:鲁迅批判的、民族的精神内涵并未因沦陷而被抹灭,他所积累的自身文化形象资本抵抗了篡改,而大众对他的尊敬与认可使得别有用心的作者、编辑无法将之变形,这既是鲁迅的胜利,又是庶民的胜利。上海沦陷时期文学期刊上的鲁迅话题说明:知识分子的生命力在于民间,民间才是最终承载并孕育中国文化精魂的丰厚土壤。

---

❶ 林榕:《鲁迅先生死后——回忆在北京的几件事(上)》,载《中华日报·中华副刊》第502期,1944年10月21日。

❷ 毕基初:《先生八年祭》,载《中华日报·中华副刊》第504期,1944年12月26日。

文宝峰的鲁迅传播与研究

中南大学 梁海军

1941年珍珠港之战爆发后,近2000名外国传教士被集中送到当时北平的沙巴尼修道院(Maison Chabanel),他们大多为比利时人。这批神父在北平一直待到"二战"结束,其间主要任务是在绥远、北京一带开展传教工作。虽然是初来乍到,但便利的学习工具使得传教士们可以自主研修中文,因为自1884年《汉欧发音对照词典》(le Dictionnaire de la Prononciation Chinoise et Européenne)问世以来,中法词典陆续出版了几种,如《汉法词典》(le Dictionnaire Chinois-Français)(1890年)、《汉法小词典》(le Petit Dictionnaire Chinois-Français)(1903年)等,抗日战争期间(1937~1945年),以马骏声(Eugene Zsamar)为主的耶稣会士甚至计划编撰"汉匈""汉英""汉法""汉西""汉拉"五种词典。传教之余,利用这些词典工具,这批特殊群体开始研修中国文学以及编撰中国小说的读书记录,取得一定成果,成为着眼于中国现代文学研究的第一批人。其中以善秉仁(Joseph Schyns)、文宝峰(Henri van Boven)、明兴礼(Jean Monsterleet)、欧克塔·布里埃尔(Octave Brière)等为代表的圣母圣心会士和耶稣会士成为中国现代文学的首批关注者,他们用法文撰写了数部学术价值较高的中国现代文学研究著作和论文,在中国现代文学的传播与研究中做出了较为突出的贡献。如文宝峰撰写了第一部较为完整的研究中国现代文学史的著作《新文学运动史》(Histoire de la Littérature Chinoise Moderne);善秉仁编写了第一部法文版的、收纳有详尽的中国文学作品篇目并附有对作品的简单评论的著作——《文艺月旦》(Romans à lire et Roman à proscrire);明兴礼完成了第二次世界大战以后的第一篇研究中国新文学的博士论文《中国当代文学:见证时代的作家》(Littérature chinoise contemporaine: écrivain témoins de leur temps);布里埃尔率先发表了一系列关于中国现代文学作家作品研究的论文，分别发表在《震旦杂志》和《中国传教通讯》（*China Missionary Bulletin*）上，对鲁迅、茅盾、巴金、郭沫若等中国现代作家都有所评论。

一、《新文学运动史》

文宝峰是比利时籍圣母圣心会传教士，1944年用法文撰写了《新文学运动史》，1946年由北平普爱堂（Scheut Editions）印行。该书涵盖了自19世纪90年代维新变法时期至20世纪40年代的中国现代文学发展轨迹，较为翔实地记载了中国现代文学史脉络，并阐述了中国传统文学、中国现代西学翻译等对新文学的影响。1918年鲁迅《狂人日记》的发表标志着中国新文学的开端，逐步揭开了西方知识分子对中国新文学的关注和理解的帷幕。《新文学运动史》共有15章：（1）桐城派对新文学的影响；（2）译文和最早的文言论文；（3）新文体的开始和白话小说的意义；（4）最早的转型小说——译作和原创作品；（5）新文学革命：①文字解放运动；②胡适和陈独秀的宣言；③反对和批评；④对胡适和陈独秀作品的评价；⑤新潮；（6）文学研究会；（7）创造社；（8）新月社；（9）语丝社；（10）鲁迅：其人其作；（11）未名社；（12）中国左翼作家联盟和新写实主义；（13）民族主义文学；（14）自由运动大同盟；（15）新戏剧。该书是法语世界第一部比较深入概述中国现代文学的文艺批评著作，具有如下几个特点：一是时间跨度大，几乎涵盖了中国现代文学的整个发展历程；二是涉及范围广，收集了近350位作家及其相关信息；三是重点突出，主要围绕中国新文学的相关内容进行译介和评论，其中着重介绍了鲁迅及其作品。该书首先从桐城派是如何影响新文学的话题入手，继而探讨了最早的文言论文，肯定了白话小说作为新文体在新文学中的意义，分析了"西学东渐"的文学翻译大潮中译品或是西学东用模式下的原作为何成为最早的转型小说。书的第5章"新文学革命"重点阐述了新文学运动的本质、主要代表人物胡适和陈独秀及其作品。书中后几章分别介绍了当时宣扬新文学的各社团，如文学研究会（1921年）、创造社（1921年）、新月社（1923年）、语丝社（1924年）、未名社（1925年）、中国左翼作家联盟（1930年）、自由运动大同盟（1930年）。五四运动之后，当时神州各地先后涌现出40多种文艺社团。文宝峰分章介绍的这几个社团，都是当时宣扬自由民主、崇尚国外进步思想的文艺青年组织，其中文学研究会、语丝社、未名社、中国左翼作家联盟和自由运动大同盟这几个社团的发起人或领军人物就是鲁迅。从书的框架来看，书的第5章"新文学革命"下分小节介绍了"文字解放运动""胡适和陈独秀的宣言""对胡适和陈独秀作品的评价"等内容，而第10章《鲁迅，其人其作》则是单独成章介绍鲁迅及其作品，足以证明鲁迅在该书中占有举足轻重的分量，可见在以文宝峰等为代表的研究中国现代文学的传教士心中，鲁迅当时已经被视为是中国新文学的灵魂人物。除了在第10章《鲁迅，其人其作》中专题介绍鲁迅的社会经历和评论鲁迅作品外，《新文学运动史》一书中多次提到鲁迅，如第6章《文学研究会》（La Société d'Études Littéraires）就数次大篇幅谈论到鲁迅。文宝峰在《新文学运动史》中评论新文学运动中的人物、作品、文学社团等专题时，似乎都无法绕开对鲁迅的品评。

因为文宝峰的这本《新文学运动史》是用法文完成的，所以其在西方的影响远远大于东方。虽然赵燕声早在1948年就认定"西文的中国新文学史，此书现在是唯一本"，❶后梁实秋、❷常风❸等人也回忆起文宝峰其人其作，但文的这本著作并未引起国人的关注。直到2008年厦门大学谢泳教授在《北京青年报》上刊出《读文宝峰〈中国新文学史〉是件幸事》，继而2010年台湾秀威出版公司将该书刊印，这部稀有文学史料才得以在国内学界传播、引起学者们的关注。而在西方，早在1946年《新文学运动史》则已经受到部分学者的关注。劳斯（L. Lauwers）在1946年的《华裔学志》（*Monumenta Serica*）第11期介绍了文宝峰的这本《中国现代文学史》。❹《华裔学志》于1935~1948年在北京发行了13卷，成为了解20世纪40年代的汉学研究的重要史料来源。当年哈佛燕京学社年轻学者海陶玮（J.R. Hightower）（美国哈佛大学教授，曾任哈佛东亚系主任）在《善秉仁的〈说部甄评〉》（1947

---

❶ 赵燕声：《现代中国文学研究书目》，载《文潮（第5卷）》1948年第6期。

❷ 梁实秋：《忆李长之》，见梁实秋：《梁实秋怀人丛录》，中国广播电视出版社1989年版，第318页。

❸ 常风：《记周作人先生》，载《黄河》1994年第3期。

❹ L. Lauwers, "Histoire de la Litterature Chinoise Moderne by HENRI VAN BOVEN", *Monumenta Serica*, Vol.11（1946）, p. 340.

年）一文中就提到了该书。❶哈佛燕京学社年轻学者芮沃寿（Arthur Frederick Wright）（美国耶鲁大学教授、汉学家）在《汉学在北平（1941~1945）》（1947年）一文中也提到了该书，认为该书是研究近40年中国文学发展史的相关书籍中"最为全面"的。❷事实上芮沃寿的这篇论文完成于1945年，因种种原因在1947年才得以在《哈佛亚洲研究》杂志上发表。所以文中提到的《新文学运动史》也是其未付梓之前的情况，可见文宝峰在《新文学运动史》书稿完成后请多人审阅修改过。芮沃寿在开篇特意对此作了详尽说明："读者会注意到下文中涉及到大量未发表的作品。这其中原因有很多：a）纸张缺乏；b）经济的不稳定令出版商转换为新企业；c）有些中国学者，特别是社会科学领域的学者不情愿在被占领的境况中发表；d）希望恢复正常条件后发表作品将有更多出版社可以选择，并拥有更广泛的读者。"❸科莱特·默弗莱（Colette Meuvret）在1949年的《太平洋事务》（Pacific Affairs）第2期上也介绍了《新文学运动史》。❹1947年的《太平洋事务》杂志《所获书目》栏、❺1949年的《太平洋事务》杂志《书目索引》中也列出了文的该书❻以及1950年《通报》的《作者索引》都提及了文宝峰的该书。❼这些都是鼎鼎有名的汉学杂志，《哈佛亚洲研究》和《通报》至今还是名列世界三大权威汉学杂志之位（另外一本是《亚洲研究》（The Journal of Asian Studies）。

---

❶ J. R. Hightower, "Romans à lire et romans à proscrire by Joseph Schyns", *Harvard Journal of Asiatic Studies*, Vol. 9（Feb. 1947）, No. 3/4, pp.378-379.

❷ Arthur F. Wright, "Sinology in Peiping 1941-1945", *Harvard Journal of Asiatic Studies*, Vol. 9（Feb. 1947）, No. 3/4, pp. 315-372.

❸ Ibid., p. 315.

❹ Colette Meuvret, "Romans à Lire et Romans à Proscrire by Joseph Schyns; Histoire de la Littérature Chinoise Moderne by Henri van Boven; Le Savoir-vivre en Chine by Joseph Nuyts", *Pacific Affairs*, Vol. 22, No. 2（Jun. 1949）, pp. 205-206.

❺ "Books Received", *Pacific Affairs*, Vol. 20, No. 4（Dec. 1947）.

❻ "Volume Information", *Pacific Affairs*, Vol. 22, No. 4（Dec. 1949）, pp. 449-454.

❼ "Livres Reçus", *T'oung Pao*, Second Series, Vol. 39, Livr. 4（1950）, pp. 375-386.

此外，阿诺德·H.罗博特姆（Arnold H. Rowbotham）、❶明兴礼（Jean Monsterleet）、❷普实克（J. Prusek）❸在评论中都涉及了《新文学运动史》这本学术著作。Monumenta Nipponica是隶属于日本东京索菲亚大学的期刊，每两年发行一次，用英文发表。20世纪末法国汉学家安必诺（Angel Pino）与何碧玉（Isabelle Rabut）对以文宝峰等为主的传教士展开了更为细致深入的研究，著有一系列相关方面的论文，如《西方传教士与中国现代文学》《西方传教士——中国现代文学的首批读者》《法国研究中国现当代文学状况》《法国汉学家心目中的五四文化运动》等。以鲁迅为代表的中国新文学作家随着《新文学运动》一书漂洋过海，在世界各地传播开来。

二、《新文学运动史》的局限性

传教士起初对中国现代文学的研究是出于规避目的的，当时这2000多名天主教神父不远千里来到中国，对这个异域国度充满了好奇，为消遣闲散时光，很多人从北京图书馆借阅了许多中国现代小说，逐步改变了对中国的看法。为了避免中国现代小说对圣母圣心会士们的"不良影响"，❹以善秉仁为首的西方传教士们审查了519部中国现代文学作品，集体编写了一些书籍，试图厘清中国现代小说与教会、政治等的关系。这个总的指导思想限制了这些著作的学术价值，研究视角也受限于传教与政治行为，使其观点不够深入，甚至有失偏颇。虽然文宝峰在《新文学运动史》的序言中明确指出："关于作家和作品的赏析，我们通常把发言权交给有才能的中国评论家，而

---

❶ Arnold H. Rowbotham, "Comparative Literature", *Spring*, Vol. 5, No. 2（1953）.

❷ Jean Monsterleet, "Review", *Monumenta Nipponica*（日本东京索菲亚大学）, Vol.17（1962）.

❸ J. Prusek, "Basic Problems of the History of Modern Chinese Literature and C. T. Hsia, a History of Modern Chinese Fiction", *T'oung Pao*, Second Series, Vol. 49, Livr. 4（1962）, pp. 357-404.

❹ Joseph Schyns, *Romans à Lire et Romans à Proscrire*, Peiping: C.I.C.M., 1946, pp.37-38.

我们常常只充当编者或译者,让读者在各种辩论性观点中自行选择。"❶但是基于传教与政治维度的狭隘视角,文宝峰对鲁迅的认识难以保留原汁原味。1914~1940年,当时在北京有一份每周都发行的法文画报名为《北京政治报》(La Politique de Pékin),是文宝峰收集鲁迅相关资料的主要渠道。《北京政治报》选译了许多文艺评论家的学术论文,1933年结集出版了《当代中国作家》(Ecrivains Chinois Contemporains)。1932年9月起,该报连载选译了钱杏邨前期发表过的关于鲁迅及其作品的评论性文章,如《死去了的阿Q时代》《死去了的鲁迅》等。在该文中,钱认为阿Q只属于特定的时代——"庚子暴动与辛亥革命"时代,"根据文艺思潮的变迁的形式去看,阿Q是不能放在五四时代的,也不能放在五卅时代的,更不能放在现在的大革命的时代的"。❷并由此得出结论:"《阿Q正传》的技巧随着阿Q一同死亡了,这个狂风暴雨的时代,只有具着狂风暴雨的革命精神的作家才能表现出来,只有忠实诚恳情绪在燃烧,对于政治有亲切的认识,自己站在革命的前线的作家才能表现出来!《阿Q正传》的技巧是力不能及了!阿Q时代是早已死去了!我们不必再专事骸骨的迷恋,我们把阿Q的形骸和精神一同埋葬了吧,我们把阿Q的形骸和精神一同埋葬了吧!"❸

这些有失偏颇的言论经《北京政治报》的转译,在西方学界被奉为学理依据而经常被转载,被视为"鲁迅已死""鲁迅过时了"的铁证,如钱杏邨在泰东书局出版的《现代中国文学作家》(1930年),被Li Tchang-chan的《中国当代作家》(Les écrivains contemporains chinois)一文转译,1933年在《北京政治报》刊出,后文宝峰在《鲁迅,其人其作》(Lou Sin, l'homme et son oevure)的第4段引用了该文中的内容:"鲁迅,不是我们这个时代的作家……在他的作品里仅有清王朝时期的思想……鲁迅不懂他的时代……鲁迅的作品建立在自由主义基础之上,毫无传承的品性。这种作品依附于资

---

❶ F.Henri Van Boven, *Histoire de la Littérature Chinoise Moderne*,Peiping:C.I.C.M,1946,p.1.

❷ 钱杏邨:《死去了的阿Q时代》,载《太阳月刊》1928年3月号;转引自陈漱渝:《说不尽的阿Q:无处不在的魂灵》,中国文联出版公司1997年版,第258页。

❸ 同上书,第259页。

产阶级，既无意义也无用处，就像被掩埋的珠宝。"❶美国保罗·福斯特博士（Paul B. Foster）在《中国国民性的讽刺性暴露——鲁迅的国际声誉、罗曼·罗兰对〈阿Q正传〉的评论及诺贝尔文学奖》一文也引用钱杏邨的《死去了的阿Q时代》中的内容作为开篇语："这个狂风暴雨的时代，只有具着狂风暴雨的革命精神的作家才能表现出来，只有忠实诚恳情绪在全身燃烧，对于政治有亲切的认识，自己站在革命的前线的作家才能表现出来!《阿Q正传》的技巧是力不能及了! 阿Q时代是早已死去了! 我们不必再专事骸骨的迷恋，我们把阿Q的形骸和精神一同埋葬了罢，我们把阿Q的形骸和精神一同埋葬了罢!"❷

然而，事实上，钱杏邨的《死去了的阿Q时代》作于1928年。1930年中国左翼作家联盟成立后，钱与鲁迅成为了一个战壕里并肩作战的战友，在共同的斗争中逐渐认识到鲁迅思想的睿智、人格的伟岸和"横眉冷对千夫指"的决心，逐步消融了对鲁迅的误解进而成为鲁迅的支持者，对鲁迅的作品也渐渐有了新的认识和评论，如曾经认为《野草》只是从"过去的呐喊"到"现在的彷徨"的"人生的诅咒"，但钱在和鲁迅进一步接触之后，逐渐意识到《野草》是一部真正深刻的"人生血书"。在鲁迅编选《中国新文学大系·小说二集》所需要旧文献刊物时，钱也是尽其所能帮鲁迅找到。1935年2月12日《鲁迅日记》中可查："得钱杏邨信并借《新青年》、《新潮》等一包。"❸由此可见钱与鲁迅的关系已经正常化了。钱甚至在《死去了的阿Q时代》一文的附记中就补录了几句声明，一是表明《死》该文仅局限于对鲁迅三书的创作而论，即《呐喊》《彷徨》和《野草》，这是鲁迅初期的三本力作，承认《死》谈不上是一篇完整的鲁迅评论。继而又坦言鲁迅"在中国新文艺运动的初期是很有力量，很有地位的，同时他的创作对于新文坛的

---

❶ F. Henri Van Boven, *Histoire de la Littérature Chinoise Moderne*, Peiping: C.I.C.M, 1946, p.120.

❷ 保罗·福斯特著，任文惠译：《中国国民性的讽刺性暴露——鲁迅的国际声誉、罗曼·罗兰对〈阿Q正传〉的评论及诺贝尔文学奖》，载《鲁迅研究月刊》2004年第8期，第39页。

❸ 鲁迅：《鲁迅日记（下）》，人民文学出版社1959年版，第941页。

推进，也有很大的帮助"。❶最后宣称鲁迅反抗封建势力的思想体现在他的《坟》《热风》《华盖集》《华盖集续编》里，这正是读者需要的"时代精神"。上述言论中钱的矛盾思想无处遁逃，既想批评鲁迅的前期创作，又无法否定鲁迅在新文学前期浪潮中的领军地位这一事实；既想宣扬鲁迅创作的时代已经"死去"，又不得不承认鲁迅后期的杂文更是时代的强音、民族的呼声。钱杏邨在《现代中国文学论》中充分肯定了《阿Q正传》是"对于传统精神文明的攻击"最具体的表现，❷完全体现了鲁迅反封建制度的"最尖端的表现"和思想。❸

三、文宝峰的鲁迅观

虽然文宝峰的研究立场较为保守，也无法避免宗教目的的研究视角，但总体而言该文还是做到了较为客观地批判文学现象，简明扼要地再现了当时中国新文坛的全貌，如文中探讨鲁迅与"创造社"的论战、鲁迅思想对青年人的影响等问题，还是本着客观公正的态度。文宝峰对鲁迅的重点探讨集中在《新文学运动史》一书的第10章《鲁迅，其人其作》（Lou Sin：l'homme et son oeuvre），该章节汇编了国内外学者对鲁迅的评论，文中既参考了国内当代学者的不同心声，如李凝的《鲁迅杂感》、钱杏邨的《中国新文坛秘录》（1933年）、《中国新文学运动史资料》（1934年）、《中国新文学大系·史料索引》（1936年），也参考了美国哥伦比亚大学中国文学教授王际真（Wang Chi-chen）的《鲁迅年谱》、❹《阿Q及其他——鲁迅小说选》，❺更重点研究了鲁迅本人的著作如《呐喊》《二心集》《三闲集》《而已集》

---

❶ 钱杏邨：《死去了的阿Q时代》，载《太阳月刊》1928年3月号；转引自陈漱渝：《说不尽的阿Q：无处不在的魂灵》，中国文联出版公司1997年版，第259页。

❷ 钱杏邨：《现代中国文学论》，同上书，第262页。

❸ 同上书，第264页。

❹ Wang Chi-chen, "LuSin, a Chronological Record", *China Institute Bulletin*, Vol. 3, No. 4（1939）.

❺ Wang Chi-chen, *Ah Q and Others：Selected Stories of Lusin*, U.S.A：Columbia University press, 1941.

等，文章篇末还附有鲁迅生平作品的完整目录，收集的材料接近于第一手资料，所以该研究论文具有较高的文学史价值。

《鲁迅，其人其作》一文开宗明义地指出："鲁迅的品行构成了当代中国文学的中心，因此，值得被进一步深入研究，理应在我们所从事的研究工作中占据非常特殊的地位。"❶继而作者又写道："二十多年以来，鲁迅的人格、个性和作品受到了太多的影射、误解、成见，鲁迅作品的真正价值难以得到正确评估，尤其是如何将作品置身于大师的社会、道义及学识背景去赏析。"❷"1926-1927年鲁迅与陈源的论战以及继后他经历的笔战挑起了更加不正确的批评和评判，使得鲁迅作品的真正价值名望扫地。"❸作者列举了当时创造社强加给鲁迅的两个名号："落后者"（retardataire）和"共产党"（communiste），并使用了法语动词"判处"（condamner）以示其权威性。称鲁迅是"落后者"，文宝峰觉得这种说法可以不攻自破，因为鲁迅激进的思想和犀利的文笔就像一把尖刀，"包含着猛烈的攻击阶级统治的火焰"，❹时刻刺痛着当时统治阶级的诟病。至于第二个称谓"共产党"（communiste），文宝峰对此并不感兴趣，因为其"想保留唯一的文学视角"去品评中国现代作家。但是基于传教士的特殊身份，文宝峰又不能回避诸如此类的问题，因而觉得对此"稍加说明不是毫无意义的"。❺作者觉得鲁迅被创造社称为"共产党"也是有因有果的，因为当时的国民党和共产党是对立的两个政党，非此即彼原则，鲁迅"不是国民党就是共产党"，何况鲁迅自1927年之后就是猛烈抨击国民党对共产党的白色恐怖政策的，"鲁迅的毕生对国民党均持有深深的仇恨"，鲁迅的作品里充满了诸多"社会主义理想"和"共产主义观点"，因而在国民党执政时期，鲁迅作品是"危险和可疑的"，❻自然鲁迅其人其作的真正价值也遭到诋毁和抹黑。作者接着写道："最近这些年各种舆论安静了，大家一致认为鲁迅是中国当代文学最重要的作家。"❼参照王际真的观点，"在法国鲁迅可能成为又一个伏尔泰

---

❶❷❸ F.Henri Van Boven, *Histoire de la Littérature Chinoise Moderne*, Peiping: C.I.C.M, 1946, p.120.

❹ 李凝：《鲁迅杂感集（第二版）》，青光书局1935年版，第11页。

❺❻❼ F.Henri Van Boven, *Histoire de la Littérature Chinoise Moderne*, Peiping: C.I.C.M, 1946, p.121.

（Voltaire），在俄国鲁迅可能成为又一个高尔基（Gorky）"，"在中国鲁迅就是鲁迅"，"作为揭露中国国民性劣根的第一人"，中国的社会现实成就了鲁迅，"因其所承受的五十多年的苦难及今天还在遭受的苦难而纯正和高贵"。❶

关于鲁迅求索的三个问题："1、人追求的理想是什么？2、重建中国的主要障碍是什么？3、国人的根本弊端是什么？"文宝峰认为第一个问题在"鲁迅思想中从来没有找到过恰当的答案"，但后两个问题在鲁迅作品中得到了"绝妙地解决"。❷文章中大篇幅回顾了鲁迅东洋求学、弃医从文及文学创作等经历，并提到了鲁迅在日本接受了"达尔文的进化论、（Nietsche）和（Schopenhauer）的悲观主义哲学，俄国的人道主义"，❸逐步转向共和派的自由理性主义，对现实堪忧，对乌托邦理想怀疑，鲁迅开始思索民族的出路。满洲帝国的颠覆并没有使中国走上资本主义发展道路，1930年后的鲁迅在思想上开始转变："只有19世纪俄国的人道主义才能真正捍卫自由、博爱、确保阶级社会的废除。"❹19世纪俄国的人道主义宣扬的是各族人民的相互帮助和尊敬。而1930年之前的鲁迅只是一位社会现实主义者，仅此而已。"《阿Q正传》不仅展现了革命前绝大部分农民的精神状态，还显现了市井心理的萌芽——孩提时代皈依上帝的梦想被艰难地唤醒。"❺但是鲁迅并不希望依靠宗教去解决人类基本的生存问题，鲜血淋漓的革命事件使人感觉到生存危机。"虽然鲁迅抨击现实社会的陋习和不公、攻击传统恶习的不良影响、鼓吹文化革命的必要性，但1919~1925年鲁迅并未将他的社会现实主义（réalisme）原则与当时的社会经济制度相关联。他待在文化阵营却并未直接关照无产阶级。他是理想家（idéologue），不是社会主义者（agitateur-démagogue）。"❻而后文宝峰又写道："1930年以后鲁迅保留了普遍人道主义理论（humanitarisme universel）。共产主义革命在实践上否定了这些理

---

❶ F.Henri Van Boven, *Histoire de la Littérature Chinoise Moderne*, Peiping: C.I.C.M, 1946, p.122.

❷ Ibid., p.123.

❸ Ibid., pp.125-126.

❹❺ Ibid., p.126.

❻ Ibid., p.130.

论,但在原则上有保留了它们。"❶人无完人,文宝峰认为鲁迅有时不顾他人、思想偏激,对事情的判断有失偏颇和冷静,尤其表现在他浪费太多时间在笔战上,而这笔战又影响了青年人。尽管鲁迅文笔冷峭、讽刺,但内心深刻而真诚,他希望给青年人打开"新道路",他预感这"新道路"是建立在"社会意识和人道主义基础之上的,而这人道主义的几个基本观念都接近基督世界的理念"。❷文宝峰认为鲁迅作品中的"地狱"只是现实社会之"恶"的代名词,而这在基督术语里称为"世俗"。

四、结　语

20世纪二三十年代鲁迅等中国现当代作家作品面向法语读者的译介与传播还是较为及时的,1918年鲁迅的第一篇白话文小说《狂人日记》发表后,中国新文学就开始被西方学界关注,"甚至可以说,中国古典文学史已经结束,取而代之的是另一种文学"。❸这里的另一种文学,正是"五四"以来崭露头角的新文学。其中一重要原因是"旧文学完全是本土化的,然而新文学越来越受到西方的影响"。❹但是笔战期间鲁迅的反对派所发表评论性文章中高姿态的论调,如《死去了的阿Q时代》《死去了的鲁迅》等经传教士们的转载成为了白纸黑字的证据,而今还在继续成为西方某些学者歪曲鲁迅形象的依据,如皮埃尔·里克曼斯(Pierre Ryckmans)所译的《野草》译文前言《官方苗床里的鲁迅的野草》(La mauvaise herbe de Lu Xun dans les plates-bandes officielles)、美国保罗·福斯特博士所写的《中国国民性的讽刺性暴露——鲁迅的国际声誉、罗曼·罗兰对〈阿Q正传〉的评论及诺贝尔文学奖》(The Ironic Inflation of Chinese National Character: Lu Xun's International Reputation, Romain Rolland's Critique of "The True Story of Ah Q," and the Nobel Prize)等文章中的鲁迅研究失真现象,追根溯源与这些论战中的言论存在一定的影响联系。《死去了的阿Q时代》旗帜鲜明地打出

---

❶　F.Henri Van Boven: *Histoire de la Littérature Chinoise Moderne*, Peiping: C.I.C.M, 1946, p.130.

❷　Ibid., p.44.

❸❹　Ibid., p.5.

了无产阶级文学口号，"勇敢的农民为我们又已创造了许多宝贵的健全的光荣的创作材料了"，❶ "现在的时代不是没有政治思想的作家所能表现出的时代"，❷暗示鲁迅的创作脱离了时代背景，脱离了以农民为代表的无产阶级，注定"《阿Q正传》的技巧随着阿Q一同死亡了"。❸对于这些公开发表的抨击性的观点，文宝峰是既恨又爱。于私，文对"周作人和鲁迅都很崇拜"，❹于公，文的传教士身份使得他一刻也不能忘记"护教"的使命，因而传教成了他的第一要务，"他的书首先是为他和教友在内蒙古的学生所写的教材"。❺因此，文宝峰也被劈成了一个矛盾体，主观上，文竭力想与钱杏邨等人的思想保持距离以免观点片面、歪曲文学史真相；客观上，文又不得不把钱的著作作为该书的主要参考资料来源，认为钱的《史料·索引》《中国新文学大系》等著作对研究中国现当代文学是不可缺少的文献。虽然文在序言中着重指出该书的发言权都交给了中国现代批评家，他本人的任务是翻译和汇编，但他对鲁迅的评价甚高常常不由自主地、不加粉饰地溢于言表。文宝峰的言论引起了当时教会领导阶层的担忧，最终他因思想被认定有"危险"倾向在1949年被教会领导阶层委婉地劝了回比利时，❻后来他辗转赴日本工作直至退休。文宝峰在1963年评拉斯特·詹夫（Last Jef）写的《鲁迅——诗人与偶像，对中国小说史的贡献》（Lu Hsün—Dichter und Idol. Ein Beitrag zur Geistesgeschichte des neuen China）（1959年）一文中提到了他当初编写《新文学运动史》的思想概况："在述评之前，我想说的是，除了在中国，我从未读过任何鲁迅的作品。我憎恨翻译：翻译就是背叛。对于外国人或是为外国人写的研究，我也没有特别的偏好，只能访问一小部分中国人。在北京我花了很多时间从周作人那里收集他兄弟的信息，避免总是政治，破坏文学价

---

❶ 钱杏邨：《死去了的阿Q时代》，载《太阳月刊》1928年3月号；转引自陈漱渝：《说不尽的阿Q：无处不在的魂灵》，中国文联出版公司1997年版，第258页。

❷❸ 同上书，第259页。

❹ 常风：《逝水集》，辽宁教育出版社1995年版，第106页。

❺ 安比诺、何碧玉著，孔潜译：《西方传教士——中国现代文学的首批读者》，见钱林森编：《法国汉学家论中国文学——现当代文学》，外语教学与研究出版社2009年版，第84页。

❻ 常风：《逝水集》，辽宁教育出版社1995年版，第106页。

值。我走访那些与鲁迅'有福同享有难同当'的人们。我一直试图通过鲁迅观望政治，而不是通过鲁迅通向政治。这是我唯一的凭据和辩解。再也没有别的。"❶不难看出，文宝峰在剖析鲁迅其人其作时，虽然难免诉求基督宗教和西方政治的目的，但还是竭力保留鲁迅作品的文学价值，较为客观地评判其人其作。

---

❶ Henri Van Boven, "Book reviews", *Monumenta Serica*, Vol. 22, No. 1（1963）, p. 315.

《〈故事新编〉论》导论：
鲁迅的"文脉"及《故事新编》的读法*

中国传媒大学 刘春勇

一

鲁迅在《〈故事新编〉序言》中说："仍旧拾取古代的传说之类，预备足成八则《故事新编》。不足称为'文学概论'之所谓小说。"❶对此，尾崎文昭是这样解释的："其意思应该理解为：这个小说不是已有的'文学概论'范畴里的小说，而是很新颖的，请读者不要以过去的概念来看。"❷基于此，尾崎认为《故事新编》既不是历史小说也不是讽刺小说，"只能认为两个都不是。应该说，这种一定要归纳到历史小说或者讽刺小说的观点本身有问题。《故事新编》应该认为是超越近代文学范畴的新文体"。❸高远东也有类似的看法："像20世纪50年代关于《故事新编》是'历史小说'还是'讽刺小说'的讨论，我以为就是囿于教科书成见的交锋，两派主张虽尖锐对立，但提问的出发点却都错了，学术上收获不多是难免的。记得唐弢先生把这比喻为在教科书的概念里'推磨'，'转来转去仍然没有跳出原来的

---

* 本文原刊于《东岳论丛》2015年第10期，原题为《鲁迅的"文脉"与〈故事新编〉的读法》。

❶ 鲁迅：《故事新编·序言》，见《鲁迅全集（第2卷）》，人民文学出版社2005年版，第354页。

❷❸ 转引自尾崎文昭2013年3月27日、28日在中国人民大学、北京大学的讲演稿《日本学者眼中的〈故事新编〉》。

圈子'。"❶对现有的关于《故事新编》的解读，高认为："……或用布莱希特的'间离效果'理论，或用巴赫金的'狂欢节'理论，或用'表现主义'，或借用后现代的'解构主义'，等等，来理解《故事新编》的特性。这样的读法，兼及《故事新编》的特殊性和其文学意义的普遍性，或对照、或联想，视野宽广，联系广泛，可以揭示《故事新编》的特质及贡献，也出现一些重要的成果（其中最优秀的著作，当属郑家建《〈故事新编〉的诗学》），我以为是不错的。"❷"然而还是有遗憾。最大的遗憾，在于这种读法对鲁迅文学产生的'小宇宙'关注不够，对鲁迅之思想和艺术追求之'文脉'把握不足，在于对已有的文学成规还是太当回事。"❸进而，高提出了关于《故事新编》的"好的读法"："我以为不仅要把《故事新编》视为一部有独特形式和趣味的小说，把它和古今中外有关作家的相关作品对照来看，建立它与古今中外文学之'大宇宙'的联系，而且也应该进入作家创作的深处，把握作家思想和艺术之创造血脉的精微流动，建立与综合体现着作家思想和艺术追求的文学生产的'小宇宙'的联系。这样才能面面俱到，既'串联'，又'并联'，所建立的阅读坐标才是完整的科学的，其对小说之'杂文化'、'寓言性'等特质的揭示才可能是令人信服的。"但，高也意识到，"这样好的读法，说来容易做来难。"❹关于《故事新编》，高有几篇非常了不起的文字，对解读这部奇怪的小说集有着不可或缺的贡献，❺于笔者有过很大的启发，同样，他上面所提出的在鲁迅的"思想和艺术之创造血脉的精微流动"之"文脉"中整体把握《故事新编》这一观点对笔者也有不小的启发。本文正是想沿着这样的一个思路，做一点不自量力的尝试，希望完成后，能有一点微末的收获。

---

❶ 高远东：《〈故事新编〉的读法》，载《中国现代文学研究丛刊》2012年第12期，第174页。

❷❸❹ 同上，第175页。

❺ 高远东：《歌吟中的复仇哲学——〈铸剑〉与〈哈哈爱兮歌〉的相互关系解读》，载《鲁迅研究月刊》1992年第7期，第37~41页。高远东：《论鲁迅与墨子的思想联系》，载《中国现代文学研究丛刊》1999年第2期，第165~181页。

二

关于鲁迅的"文脉",笔者之前也有过简单的论述,为了方便起见,就抄录在如下[1]:

就我目前的理解而言,我认为鲁迅一生的文学生涯可以划分为三个时期。赖以划分这三个时期的两个节点分别是鲁迅一生中最具转折意味的两篇文字:《狂人日记》和《写在〈坟〉后面》。对于《狂人日记》之前的时期,我们经常名之为留日时期,也就是汪卫东所说的"文学自觉"的时期,或者竹内好的"回心"之前的时期。大体来看,我们对这段时期基本上取得了较为统一的意见(当然,只能说是"大体上",因为这里面的分歧还是相当大),即这一时期是鲁迅主体形而上学建立的时期,属于"希望—绝望"哲学的范畴,有着青春之寂寞的喊叫以及汪卫东意义上的"文学主义"的东西存在。用我自己的话来说,这个时期是真正意义上的属于鲁迅个人的"文学时代"。然而这一切坚固的东西在《狂人日记》诞生的那一刹那都烟消云散了。之后,鲁迅就进入到属于他个人的一个大的"之间"之中,这种"之间"的状态一直持续到1926年的11月11日,在厦门的那个晚上,鲁迅不无悲伤地为自己的前半生做了一个总结,这就是《写在〈坟〉后面》。"以为一切事物,在转变中,是总有多少中间物的。动植之间,无脊椎和脊椎动物之间,都有中间物;或者简直可以说,在进化的链子上,一切都是中间物。"[2] "中间物"的提出是对前面这样一个大的"之间"的一个告别辞,同时也不无总结自己前半生的意味,然而,更为重要的是,它开启了属于鲁迅个人的一个辉煌的未来时代:杂文时代——而我更愿意用我个人的术语"文章时代"来替换"杂文时代"。过去,我们对"杂文"这样的概念始终摸不着头脑,以为一定是鲁迅的全新创造,然而,鲁迅其实讲得很明白,杂文,

---

[1] 刘春勇:《非文学的文学家鲁迅及其转变——竹内好、木山英雄以及汪卫东关于鲁迅分期的论述及其问题》,载《东岳论丛》2014年第9期,第30~31页。

[2] 鲁迅:《写在〈坟〉后面》,见《鲁迅全集(第1卷)》,人民文学出版社2005年版,第301~302页。

其实古已有之，即古代的文章❶写作。文学及其时代实际上是现代性主体形而上学的产物及其组成部分，在那个大的"之间"的时期，通过对自我生命的体验与触摸，鲁迅大概隐约明了所谓"文学"的一些根本性问题及其局限，于是在"杂文时代"的一开始，他便有意识地扬弃他过去曾经为之迷狂的"文学"这个事物。他说，"我们试去查一通美国的'文学概论'或中国什么大学的讲义，的确，总不能发现一种叫作Tsa—wen的东西。这真要使有志于成为伟大的文学家的青年，见杂文而心灰意懒：原来这并不是爬进高尚的文学楼台去的梯子。托尔斯泰将要动笔时，是否查了美国的'文学概论'或中国什么大学的讲义之后，明白了小说是文学的正宗，这才决心来做《战争与和平》似的伟大的创作的呢？我不知道。但我知道中国的这几年的杂文作者，他的作文，却没有一个想到'文学概论'的规定，或者希图文学史上的位置的，他以为非这样写不可，他就这样写，因为他只知道这样的写起来，于大家有益。"❷扬弃"文学"，其实质就是扬弃主体形而上学的世界观念与思维模式以及扬弃建基于此二者之上的所谓纯粹文学的创作，只有这样，作为"文章"写作的的杂文（注意是写作，而不是创作❸）才可能真正出现。因此，鲁迅杂文的写作一定是主体彻底沉没的结果。❹

鲁迅这一"文脉"简单地说就是：《狂人日记》之前的留日时期，鲁迅信奉着笛卡尔意义上的具有"主观内面之精神"的主体形而上学的虚无世界像，践行"纯文学"的观念。《狂人日记》之后，一直到《写在〈坟〉后面》，这"之间"，鲁迅此前树立起来的建立于主体形而上学基础上的"纯文学"观念渐次崩毁，竹内好所谓"我也吃过人"的罪的自觉获得的那一刹那，即"回心"，是这崩毁的开始。"虚无世界像乃是对世界终极的那个消失点的僭越的结果，而笛卡尔意义上的主体我思之人的绝对精神的自信亦是

---

❶ 鲁迅：《且介亭杂文·序言》，见《鲁迅全集（第6卷）》，人民文学出版社2005年版，第3页。

❷ 鲁迅：《徐懋庸作〈打杂集〉序》，见《鲁迅全集（第6卷）》，人民文学出版社2005年版，第300~301页。

❸ 在日本，称纯文学写作为"创作"，但不包括杂文。参见王向远：《鲁迅杂文概念的形成演进与日本文学》，载《鲁迅研究月刊》1996年第2期，第38页。

❹ 刘春勇：《非文学的文学家鲁迅及其转变——竹内好、木山英雄以及汪卫东关于鲁迅分期的论述及其问题》，载《东岳论丛》2014年第9期，第30~31页。

这一僭越的产儿，同时这也就是鲁迅留日时期所向往的'主观内面之精神'的人。但是，于日本建立起来的这一信仰在《狂人日记》诞生的前后开始崩毁。所谓'我也吃过人'的觉醒一方面是绝望的对象及于自身的表现，但同时亦是对绝对精神之自信或者对世界终极的那个消失点僭越之结果的反思之始，而虚妄就此闪现。"❶此后，鲁迅的虚无世界像逐渐退场，虚妄世界像❷慢慢在他的世界中清晰起来。这两种世界像以潮退潮起的方式缓慢更替的时期，也正是鲁迅经由从《呐喊》、"随感录"到《野草》《彷徨》，再到《朝花夕拾》写作的时期。《写在〈坟〉后面》成为这一替换的终点。"鲁迅虚妄的世界像最终在1926年《写在〈坟〉后面》一文中得以定型，就是那个著名的表达：中间物。如果没有虚妄世界像的建立，中间物概念的提出是难以想象的。"❸虚妄世界像的建立，伴随着鲁迅"杂文时代"的开启，即笔者所谓"文章的时代"，不过，现在笔者更愿意说"杂文时代"是鲁迅"文"的写作的时代。"文"是中国的一个古老的概念，为鲁迅的老师章太炎所强调。章太炎认为："把文字记载于竹帛之上谓之'文'，论其法式者为'文学'。"❹但，留日时期的鲁迅并不心服这个概念，

> ……与此相关，在有别于最初演讲章的文学论的"国学讲习会"的另一个特为数位关系密切的留学生所开设的讲习会上，有这样的小插曲：根据当时与鲁迅和周作人一道前去参加的许寿裳回忆说，在讲习会席间，鲁迅回答章先生的文学定义问题时回答说，"文学和学说不同，学说所以启人思，文学所以增人感"，受到先生的反驳，鲁迅并不心服，过后对许说：先生诠释

---

❶ 刘春勇：《非文学的文学家鲁迅及其转变——竹内好、木山英雄以及汪卫东关于鲁迅分期的论述及其问题》，载《东岳论丛》2014年第9期，第31页。

❷ 刘春勇：《鲁迅的世界像：虚妄》，见《华夏文化论坛》（2013年第10辑），吉林文史出版社2013年版，第60~67页。

❸ 刘春勇：《非文学的文学家鲁迅及其转变——竹内好、木山英雄以及汪卫东关于鲁迅分期的论述及其问题》，载《东岳论丛》2014年第9期，第32页。

❹ 转引自木山英雄：《"文学复古"与"文学革命"》，见[日]本山英雄著，赵京华编译：《文学复古与文学革命——木山英雄中国现代文学思想论集》，北京大学出版社2004年版，第220页。

文学过于宽泛。❶

说"不心服"或者有为圣者讳的嫌疑，笔者倒是更倾向于另外一种揣测，即以留日时期鲁迅的学历和经历，并不足以全然领会其师太炎先生的小学文辞保种❷的本意（所谓借文学的复古以造成的文学革命❸），而到了1926年，鲁迅有了种种经历之后，他慢慢生发出了一种"大回心"，即向当初其"不心服"的太炎先生的教诲回归，其"文脉"的走向渐次由"文学"而退回到"文"的理路上来。同竹内好著名的以《狂人日记》所定义的"回心"比较起来，1926年，鲁迅以《写在〈坟〉后面》为中心所发生的这个"大回心"似乎更值得注意。所谓的"由'文学'而退回到'文'的理路上来"，这里的"退回"并没有"退步"或"倒退"的意思，而且非但没有这样的一些意思，甚至还含有日本学者所谓的"用前近代的东西作为否定性媒介超越近代性的方法"。❹

三

尾崎文昭说："按张梦阳先生的整理，争论集中在三个问题。其一，

---

❶ 《国粹学报祝辞》，载《国粹学报》第4年第1号，1908年。转引自[日]木山英雄著，赵京华编译：《文学复古与文学革命——木山英雄中国现代文学思想论集》，北京大学出版社2004年版，第223页。

❷ 章太炎在《东京留学生欢迎会演说辞》中说；"但由我们看去，自然本种的文辞，方为优美。可惜小学日衰，文辞也不成个样子，若是提倡小学，能够达到文学复古的时候，这爱国保种的力量，不由你不伟大的。"（参见章炳麟：《东京留学生欢迎会演说辞》，载《民报》1906年第6号。转引自木山英雄著，赵京华编译：《文学复古与文学革命——木山英雄中国现代文学思想论集》，北京大学出版社2004年版，第211页。）章太炎这种由文学的复古抵达文学革命的语文观念同尼采关于古希腊的语文观念似乎有某种相似之处。

❸ 关于文学复古与文学革命之关联的话题，详见木山英雄：《"文学复古"与"文学革命"》，见[日]木山英雄著，赵京华编译：《文学复古与文学革命——木山英雄中国现代文学思想论集》，北京大学出版社2004年版。

❹ 花田清辉语，他虽然是在用这句话讲述《故事新编》，但在笔者看来，这句话同样适用于鲁迅后期的杂文。见尾崎文昭2013年3月27日、28日在中国人民大学、北京大学的讲演稿《日本学者眼中的〈故事新编〉》。

体裁性质以及'油滑'的评价,其二,创作方法,其三,现代小说史上的地位和作用。"❶其中,笔者觉得最重要的问题是体裁定性的问题,这是个根基性的问题,也是后面所有问题得以回答的基础。这或许也是20世纪50年代关于《故事新编》的讨论主要集中在第一问题上的原因。"建国后的主要讨论在第一问题上进行,就是到底它是历史小说还是讽刺小说。可是讨论没有达到大家能共同承认的结论。"❷如前所论,对《故事新编》,无论定性为历史小说还是讽刺小说,都还是局限在"文学概论""教科书"的范畴内,从一开始就已经背离了鲁迅所设想和践行的《故事新编》写作。但在当时众多的争论中,伊凡的《故事新编》是"以故事形式写出来的杂文"❸的观点是值得注意的。随着时间的发展,关于这一问题的讨论还依然存在,"1987年出版的《中国现代文学三十年》延续了这一认识,认为虽然《故事新编》在整体上'保持着小说的基本特质',但其中'穿插'的'喜剧人物'以及'大量现代语言,情节和细节',体现的是'杂文的功能和特色',因此,这部小说集可以说是'杂文化的小说'"。❹"杂文化的小说"这一提法虽然较历史小说或讽刺小说的定性有了一定的进步,但依然还是在"文学概论"的范畴当中。2011年出版的陈方竞的研究著作《鲁迅与中国现代文学批评》在讨论这个问题的时候则在《中国现代文学三十年》的基础上又往前跨进了一步:"在鲁迅的全部小说中,《故事新编》与他的杂文之间有更紧密的联系,这更是表现方式上的,在古代神话传说题材中置入现实生活题材的'油滑'之笔,即'古今杂糅',与杂文的'拉扯牵连,若及若离',特别是'挖祖坟'、'翻老账'等古今联系、比较的运用一样,都可以追溯到绍兴民众戏剧目连戏的启示。但在我看来,《故事新编》的这种艺术表现方式,更是在杂文对此的成熟运用基础上依照'小说方式'发展起来的,与鲁迅后期杂文又更直接的联系。"❺收入该书的一篇长文《鲁迅杂文及其文体考辨》虽然主要在讨论鲁迅的杂文,但在笔者看来,其中的一些主要观点同

---

❶❷ 参见尾崎文昭2013年3月27、28日中国人民大学、北京大学的讲演稿《日本学者眼中的〈故事新编〉》。

❸ 伊凡:《鲁迅先生的〈故事新编〉》,载《文艺报》1953年14号。

❹ 陈方竞:《鲁迅杂文及其文体考辨》,见陈方竞:《鲁迅与中国现代文学批评》,北京大学出版社2011年版,第447页。

❺ 同上书,第457页。

样适用于《故事新编》:"在他看来鲁迅后来的杂文观念同其1925年前后倾注全力翻译的厨川白村的'余裕'的文学观有很大的关联,并且在他另外一篇长文《鲁迅与中国现代文学批评》中,陈方竞对此做了详细的考证,梳理了从夏目漱石到厨川白村的'有余裕'的文学观对鲁迅的影响和启发,并阐述了'有余裕'的文学观在鲁迅杂文成立上所起的决定性作用。"❶陈方竞认为,"这是有助于我们感受和认识鲁迅'杂文'的,同时亦可见鲁迅的'杂文'与'杂感'的差异:如前所述,后者更为敛抑、集中、紧张,有十分具体的针对,……前者如《说胡须》、《看镜有感》、《春末闲谈》、《灯下漫笔》、《杂忆》……题目就可见,并没有具体的针对,……将一切'摆脱','给自己轻松一下',而颇显'余裕'的写法,……",❷"'杂文'较之'杂感'更近于'魏晋文章'"。❸陈方竞所论述的"杂文"的"没有具体的针对,……将一切'摆脱','给自己轻松一下',而颇显'余裕'的写法"其实正是《故事新编》"油滑"手法的精髓。总体来看,陈方竞虽然没有对《故事新编》的性质做出决定性的论断,但他对其表现方法的论述,关于"有余裕"的写作手法同杂文和《故事新编》写作之内在逻辑的关联所做的精彩论述,尽管有继承王瑶、刘柏青、❹钱理群等前人的研究成果,但不得不说在某种程度上是有更大的创见。2014年1月,笔者发表的拙文《留白与虚妄:鲁迅杂文的发生》则是沿着陈方竞的思路继续的探索,与陈方竞不同的是,该文径直把20世纪50年代伊凡的问题重新拎了出来:"在我看来,后期的《故事新编》并非是传统意义上的小说,而是杂文,是以某种类小说形式写作的杂文。"❺在陈方竞的论述基础上,笔者将"有余裕"的创作手法概括为"留白"。❻"留白"不仅是鲁迅后期杂文(包括《故事新编》)

---

❶ 刘春勇:《虚妄与留白:鲁迅杂文的发生》,载《中国现代文学研究丛刊》2014年第1期,第170页。

❷❸ 陈方竞:《鲁迅杂文及其文体考辨》,见陈方竞:《鲁迅与中国现代文学批评》,北京大学出版社2011年版,第415页。

❹ 较早论述鲁迅后期"有余裕"的创作方法的是刘柏青先生。参见刘柏青:《鲁迅与日本文学》,吉林大学出版社1985年版。

❺ 刘春勇:《虚妄与留白:鲁迅杂文的发生》,载《中国现代文学研究丛刊》2014年第1期,第174页。

❻ 同上,第171、172页。

的创作手法,它甚至是鲁迅的美学原则乃至生活伦理法则,其建立的基础是鲁迅"虚妄"世界像的确立。❶在此基础上,2014年笔者在另外一篇文章中则干脆将杂文(这里面自然也包括《故事新编》)称为与现代装置性的"文学"相对的"文章","它开启了属于鲁迅个人的一个辉煌的未来时代:杂文时代——而我更愿意用我个人的术语'文章时代'来替换'杂文时代'。过去,我们对'杂文'这样的概念始终摸不着头脑,以为一定是鲁迅的全新创造,然而,鲁迅其实讲得很明白,杂文,其实古已有之,即古代的文章写作"。❷如前所述,所谓回到"文章"("文")的写作并不是倒退,而是"鲁迅要写故事结束以后的事情,此事意味着从混沌中出现而向混沌里消失,此种叙述结构就是近代以前的小说形式,或者说,如要克服近代绝对的观念,也许需要在第三世界里反照到这样的世界"。❸

四

《故事新编》当中的"油滑"问题其实也应该放在这样的一个"文脉"当中才能理解。"油滑"根本不是一个简单的手法问题,而是使用这一手法的作者同世界的深刻交流当中的一种游刃"有余"的态度,甚至是作者同世界和解的产物。当一个人身处虚无世界像当中时,他同世界的关系一定是紧张的、不和解的,虚无世界像是主体形而上学的产物,是将自我主体化和世界客体化之后所产生的"世界图像",在这样的一个"世界图像"当中,人成为一切的中心和唯一的实体,用昆德拉的话说,"现代将人变成'唯一真正的主体',变成一切的基础(套用海德格尔的说法)。而小说,是与现代一同诞生的。人作为个体立足于欧洲的舞台,有很大部分要归功于小说"。"只有小说将个体隔离,阐明个体的生平、想法、感觉,将之变成无可替代:将之变成一切的中心。"然而,"个体作为'一切的基础'是一种幻

---

❶ 刘春勇:《虚妄与留白:鲁迅杂文的发生》,载《中国现代文学研究丛刊》2014年第1期,第174页。

❷ 刘春勇:《非文学的文学家鲁迅及其转变——竹内好、木山英雄以及汪卫东关于鲁迅分期的论述及其问题》,载《东岳论丛》2014年第9期,第30页。

❸ 竹内好语,引自尾崎文昭2013年3月27日、28日在中国人民大学、北京大学的讲演稿《日本学者眼中的〈故事新编〉》。

象,一种赌注,是欧洲几个世纪的梦"。❶在虚无世界像当中,作为"一切的基础"的个体的人成为世界的唯一中心,即唯一的焦点(聚焦),同时也是世界唯一的"消失点"与"透视点"。作为同现代人一同诞生的小说,或文学,自然也在这一框架中,也因此,文学创作不会溢出焦点叙事的范畴,文学一定会围绕着"主题"展开。既然一切围绕着中心和主题展开,那么,同主题不相关的一切细枝末节都是不必要的,是被删除的对象。在这样一种紧张的、不留白的模式当中,"油滑"显然无处藏身。在1925年的《华盖集·忽然想到》中,鲁迅有这样一段话,

较好的中国书和西洋书,每本前后总有一两张空白的副页,上下的天地头也很宽。而近来中国的排印的新书则大抵没有副页,天地头又都很短,想要写上一点意见或别的什么,也无地可容,翻开书来,满本是密密层层的黑字;加以油臭扑鼻,使人发生一种压迫和窘促之感,不特很少"读书之乐",且觉得仿佛人生已没有"余裕","不留余地"了。

……在这样"不留余地"空气的围绕里,人们的精神大抵要被挤小的。

外国的平易地讲述学术文艺的书,往往夹杂些闲话或笑谈,使文章增添活气,读者感到格外的兴趣,不易于疲倦。但中国的有些译本,却将这些删去,单留下艰难的讲学语,使他复近于教科书。这正如折花者;除尽枝叶,单留花朵,折花固然是折花,然而花枝的活气却灭尽了。人们到了失去余裕心,或不自觉地满抱了不留余地心时,这民族的将来恐怕就可虑。❷

中间的一句"在这样'不留余地'空气的围绕里,人们的精神大抵要被挤小的"其实放到前期的鲁迅身上也同样适用。我们个人的阅读鲁迅的经验都会告诉我们鲁迅前期的《呐喊》、"随感录"大部分文字阅读起来其精神是逼狭的,没有什么余裕可言,自然就不会有"油滑"的产生。只有当鲁迅的世界像从虚无渐次转向虚妄之后,其精神才慢慢显现出同世界和解,这个时候,他的文字才开始逐渐通透明亮起来,"油滑"才成为可能。因此看

---

❶ [捷克]米兰·昆德拉:《小说及其生殖》,见米兰·昆德拉著,尉迟秀译:《相遇》,上海译文出版社2010年版,第47~50页。

❷ 鲁迅:《忽然想到》,见《鲁迅全集(第3卷)》,人民文学出版社2005年版,第15~16页。

来,"油滑"不可能产生在聚焦叙事的文本当中,也即不可能同聚焦叙事的"文学"相容,"油滑"的产生只能在非聚焦(或非主题)叙事的非文学的"文"之中,并且它只能诞生于面对世界时的一种和解的"余裕"心当中。

批评史上对"油滑"的认识同样是一个逐步深入的过程,20世纪80年代之前,大陆在这一问题上的争论一直裹足不前,80年代打破这格局的是王瑶、陈平原师徒二人。对此,木山英雄是这样评价的:

> 这种争论好容易在最近才似乎有了新的变化。一种观点是,认为对成为问题焦点的"油滑"应该从中国的传统戏剧、特别是作者故乡的绍剧或称作绍兴乱弹的地方戏明显的丑角演技中寻根求源(王瑶)。这种丑角,就象作者本人在《二丑艺术》(《准风月谈》)杂文中介绍的例子那样,是在演剧时抛开情节,将剧中人物的缺点作为笑料直接向观众披露或事先明告其穷途末路。另一种观点是,更加积极地援引德国剧作家布莱希特的"间离效果"说来解释,即认为《故事新编》的作者将现代性的异物纳入到历史之中,是与布莱希特对以感情同化为基础的亚里士多德(Arlstoteles)以来的欧洲传统戏剧观提出异议,故意用障碍观众舞台一体化的手法发挥其批评精神出于同样的目的(陈平原)。这些观点是试图叫许多论者感到困惑之处看出鲁迅的积极方法而出现的,不论其正确与否,至少可以说总算为跳出为解释而解释的老圈了提出了一条新路。❶

王、陈师徒两人在解释同一问题上,尽管方向不同——老师是前现代的进取,学生则是向西方的后现代资源靠拢,但在有意"超克""现代"这一点上却是相同的。这两种方向相反却又有着什么相互联系的解决方案,其内在关联的逻辑在20世纪80年代未必有多少人能够懂得,但由于知识结构的未中断性,日本研究者在理解这一问题上是似乎更加得心应手。对此,木山曾这样解释道:

> 布莱希特与中国未必没有某种因缘。纵不说他对墨子抱有的兴趣,关

---

❶ [日]木山英雄著,刘金才、刘生社译:《〈故事新编〉译后解说》,载《鲁迅研究动态》1988年第11期,第23页。

心布莱希特的人都知道，他在从纳粹德国流亡莫斯科时观看过中国京剧名角梅兰芳的演出。当时他发现京剧中有不少与自己的理论一脉相通之处，甚至还写了《中国戏剧的间离效果》（千田是也编译《戏剧可以再现当今世界吗》）的论文。布莱希特对《故事新编》在日本的理解方法也有一定的关系。对日本人的鲁迅观有着巨大影响的竹内好并未能很好评价《故事新编》，而布莱希特的爱好者花田清辉却始终积极推崇《故事新编》。花田还与从事介绍布莱希特的长谷川四郎等人合作，得心应手地将《非攻》、《理水》、《出关》和《铸剑》等四篇小说改写成了剧本（《文艺》一九六四年五月号），并实际搬上了舞台。并且，竹内在晚年也留下了似接近于花田理解方法的言论（《文学》一九七七年五月号）。❶

以上所提到的花田清辉是在日本推崇《故事新编》的代表人物。他曾说："如一国一部地列举二十世纪各国的文学作品，与乔伊斯的《尤利西斯》相提并论，我在中国就选《故事新编》。"❷尾崎文昭曾经总结过日本对《故事新编》研究的三大思路，其中，花田的思路影响最大，"先回顾和清理日本鲁迅研究界过去对《故事新编》的解释，而分为三个思路：其一，竹内好的路子，其二，花田清辉的路子，就是对它比《呐喊》和《彷徨》还要重视，认为它是具有世界最先锋水平的杰作，其三，接受中国和苏联学者观点而展开的路子。"❸"过了几十年的时间后看他们的成果，应该认定为第二种路子最可观，突破'竹内鲁迅'的框架并打开了更丰富的鲁迅文学世界。"❹花田的继承者们大都延续了第二种路子。桧山久雄认为，"鲁迅的作品里同《野草》最为重要，他的文学的归结；（作品里的）自我批评的干燥哄笑，来自于据自己病死的预感把自己一生对象化的觉悟。'油滑'可算是对此哄笑具有信心的表明，同时也有对行动者理想化"❺木山英雄则认为，"作者在序中几度流露出对'油滑'表示反省的话。然而实际上这种手法贯穿着《故事新编》的全部作品。关于此书，作者在书信中除说'油滑'

---

❶ [日]木山英雄著，刘金才、刘生社译：《〈故事新编〉译后解说》，载《鲁迅研究动态》1988年第11期，第23~24页。

❷❸❹❺ 参见尾崎文昭2013年3月27日、28日中国人民大学、北京大学的讲演稿《日本学者眼中的〈故事新编〉》。

之外，还多次自我评说是'玩笑''稍许游戏''游戏之作'等等。令人感到，这与其说是作者表示谦虚，毋庸说是在提醒人们对这一点引起注意。其中也许还包含着鲁迅在创作方法上的自负，故确实值得研究"。❶20世纪90年代以后，尾崎文昭、代田智明等也大体沿着这个思路前行。现在回过头来看，这一思路几乎可以总结为花田清辉的一句话，即"鲁迅通过它（《故事新编》）研究了用前近代的东西作为否定性媒介超越近代性的方法"。❷按照木山的解释，也可以认为他通过布莱希特作为媒介，而已经触碰到了鲁迅由现代性的"文学"而向前近代的"文"退变这一"文脉"的走向了。

---

❶ [日]木山英雄著，刘金才、刘生社译：《〈故事新编〉译后解说》，载《鲁迅研究动态》1988年第11期，第24页。

❷ 参见尾崎文昭2013年3月27日、28日中国人民大学、北京大学的讲演稿《日本学者眼中的〈故事新编〉》。

论鲁迅小说中的"主义"与"问题"之争[*]

湖南师范大学 刘长华

"主义"与"问题"之争是自"五四"延宕至今的思想界图景和经典话题。"五四"的参与者、在场者的鲁迅与这场论争之间存在介入关系,这也是众所周知的。实际上,鲁迅与这场论争的关系还不止停留于普通意义的关涉之上,这正如鲁迅本人在《呐喊·自序》中所述:"古碑中也遇不到什么问题与主义,而我的生命却居然暗暗地消去了,这也就是我惟一的愿望。"不难看出,他既"反话正说"又"正话正说"地陈说了"问题"与"主义"之争与他文化生命和精神结构的骨肉相连,并似成了他从事小说创作的"动因"之一。确乎,"问题"与"主义"之争在鲁迅小说世界中不仅是以主题和意象而且以族群化的方式所呈现的,《一件小事》《头发的故事》《风波》《故乡》《阿Q正传》《端午节》《在酒楼上》《幸福的家庭》《孤独者》《伤逝》等文本约略为见证。这些作品在时间阈值上逸出了思想史视野的界限,且以情感和灵魂(或者自我内在辩诘)的途径书写出另类的精神印痕而一直被放逐在现有思想史版图之外。因此,予其以梳理不仅能烛照在这一问题上的盲点和刷新人们相关认识,而且能为我们深入理解作为"思想者"和"文学者"的鲁迅大有裨益。

一、"来了"与"辫子"革命

通常意义上的"问题"与"主义"之争被认为肇自胡适于1919年7月在《每周评论》第31期上发表的《多研究些问题,少谈些"主义"》一文,

---

[*] 本文原刊于《鲁迅研究月刊》2015年第11期。

而且一个基本判断就是资本阶级自由化与马克思主义的交锋。随着时间的推移，人们的认识逐步开明公允，像罗志田教授就认为，"胡适和李大钊关于'问题和主义'的言论在一段时间里共同成为年轻一辈的'新潮'派的思想资源，提示着这一争论未必像许多人后来认知的那样意味着新文化人的'分裂'，或即使'分裂'也不到既存研究所论述的程度"，❶ "胡适提出的两个重要议题，即中国的问题究竟需要整体改造还是一步步的具体改造，以及外来'主义'与中国国情的关系，仍在困扰着许多中国读书人"。❷ 事实上，鲁迅的两篇与"问题和主义""就事论事"的文章即《随感录》第"五十六"和"第五十九"也是很难管窥出"姓资"与"姓马"两者的冲突。富有意思的是这两篇文章都在胡文之前，这意味着思想界就相应问题的揭橥和争讼颇有时日，问题本身就属跨越时空的范畴，在鲁迅的思想谱牒上盘踞要席。"第五十六"其标题为"来了"，文中绘神绘色地描述了国人视"主义"若洪水猛兽，面对外来思想一律在一片"来了"的惶恐声中夺路逃命；在"第五十九"中，鲁迅直斥："在我们这单有'我'，单想'取彼'"，意即在鲁迅看来，国人信仰匮乏，所谓的"主义"只有"以纯粹兽性方面的欲望的满足"——一枕"圣武"大梦，而别国的"他们因为所信的主义，牺牲了别的一切，用骨肉碰钝了锋刃，血液浇灭了烟焰"。"在刀光火色衰微中，看出一种薄明的天色，便是新世界的曙光"，此乃是将"主义"等同于源自生命底层的"信仰"之必然结果。综上，鲁迅首先对"主义"是尊崇的，因为"现在的外来思想，无论如何，总不免有些自由平等的气息，互助共存的气息"，其次他认定的"主义"必须是归属于主体生命的信仰诉求。而信仰又正是鲁迅一生相当看重的，早在《破恶声论》中鲁迅就此发出过宏论，"夫人在两间，若知识混沌，思虑简陋，斯无论已。倘其不安物质之生活，则必有形上之需求"，"属望止一二士，立之为极，俾众瞻观，则人亦庶乎免沦灭"。有学者说得很好："这种'极'，可以是宗教，也可以是一种信念，一种主义。"❸

---

❶❷ 罗志田：《因相近而区分："问题与主义"之争再认识之一》，载《近代史研究》2005年第3期。

❸ 谭桂林：《信仰纯粹性与鲁迅精神的当代意义》，载《东岳论丛》2012年第12期。

因此，没有信仰作为精神支撑的"主义"运动，鲁迅表示相当的担忧和警惕，"无论什么主义，全扰乱不了中国，从古到今的扰乱也不听说因为什么主义"（《五十六 来了》）。担忧和警惕渗透到《头发的故事》中，就演绎成"N先生"的"快言快语"："我们讲革命的时候，大谈什么扬州十日，嘉定屠城，其实也不过一种手段；老实说：那时中国人的反抗，何尝因为亡国，只是因为拖辫子。"这就是"整体改造"在中国的面相和实质，与之"互文"的便是后文的"改革么，武器在那里？工读么，工厂在哪里？"于此，"N先生"（当然也暗含着鲁迅的思想）对"改良"或"多研究问题"也深感怀疑和茫然，其旨无疑更落在"主义"的难以行通。所以，最后的结论就是："造物的皮鞭没有到中国的脊梁上时，中国便永远是这一样的中国，决不肯自己改变一支毫毛！"易言之，这种没有触及"脊梁"即"大脑"的"主义"运动或"革命"行动，永远只是荒诞的"历史轮回"，人们先是在"来了"声中或心生惧怕或放胆狂欢而最终沦为集体"忘却"。正是基于同一思想出发点，鲁迅又"追加"了一篇《风波》，其中叙述了"七斤"他们风闻"张勋"及其"辫子军""复辟"而惶惶不可终日状。对于"辛亥革命"，对于"自由平等"，他们遑论誓死捍卫甚至根本不曾想要过要为之付出点什么，他们就只是本能性地"保命""逃命"。这就是"启蒙"阙如或者未能深入所导致的恶果。《风波》中的这种情状恰恰与《五十六 来了》构成呼应："民国成立的时候，我住在一个小县城里，早已挂过白旗。有一日，忽然见许多男女，纷纷乱逃：城里的逃到乡下，乡下逃进城里。问他们什么事，他们答道，'他们说要来了'。"整个百姓对于"革命"就是不明就里，活在"混沌未开"之中，一切凭着感觉和本能出发。由着感觉和本能驱使的全部行为终究都是围绕正如上文所提到的"以纯粹兽性方面的欲望的满足"。

与上述思想互相印证和对其更进一层发挥的便是《阿Q正传》中的"阿Q""革命"，小说特意采取"内视角"的叙述方法写下："他有一种不知从那里来的意见，以为革命党便是造反，造反便是与他为难，所以一向是'深恶痛绝之'的。殊不料这却使百里闻名的举人老爷有这样怕，于是他未免也有些'神往'，况且未庄的一群鸟男鸟女的慌张的神情，也使阿Q更快意。""让人怕"和"更快意"在"阿Q"这里就是"圣武"，相对应的正是其他人的"来了"。在这种"圣武"意识的支配之下，"阿Q"的"革命"目的就具体落实到"报复'仇人'""分抢财产""睡女人"等事件上，显而易见件件都是个人欲望的满足,无一出于"形上的需求"。其实,人们对于"阿Q"革命已经有了基本的定性——负面的、否定性的。前两年,汪晖先生提出:"阿Q的革命动力隐伏在他的本能和潜意识里",❶拟从生命主义的角度予以"翻案"和肯定。汪先生最大的失误之处就在于他没有对照《随感录》第"五十六"和"第五十九"来立论,南辕北辙地遗漏掉了鲁迅所认为的"大忌"。通常认为,《阿Q正传》其精髓在于"国民性"——"精神胜利法"的批判。在我们看来,单就此而言,提出"精神胜利法"只是为"革命"做出铺垫而已,陶东风先生精辟地指出:"阿Q的那种本能驱动的、追求食色性的造反就根本不是什么革命,最多是需要加以提升的革命'契机',如果不加以升华,就只能导致重复与循环""我以为这就是《阿Q正传》的最后一章'大团圆'的寓意所在:阿Q式'革命'没有改变中国社会的'基本规则和体制',更没有开启一个新的历史时代。'团圆'在此就是循环,而画圈也是循环。"❷因此,《阿Q正传》的写作意向和中心题旨便是一篇反向认同汪晖的说法"二十世纪中国革命的寓言"。❸其实,不尽然是"二十世纪",而且是整个中国历史。这点鲁迅很明确,一个"Q"字标识正与他一开始所发现中国历史上的"辫子革命"意象联系在一起。陶先生也是疏于对鲁迅其他相关时政论说文的检索和借以援证。

"现代意义上的革命是社会的根本性变化。"❹鲁迅寄寓和服膺的"革命"是"形而上"的,也只有如此才是"革命",才是"主义",因而其前奏是离不开充分的"启蒙"。但自《呐喊》甫一动笔,鲁迅就对中国的"启蒙"持有保留和反思意见。故而,鲁迅就这些问题而言一直活在两难之中——希冀"激进"的"主义"和"革命"搅动国人的"脑袋"和"轮回"的怪圈,但中国"革命"本身和"脑袋"不搭界,只是"怪圈"的轮回,无有"社会的根本变化"。《"生降死不降"》和刊于1935年的《病后杂谈之余》依然对"辫子"式的革命不依不饶。所以,在1924年的《娜拉走后怎

---

❶ 汪晖:《阿Q生命中的六个瞬间——纪念作为开端的辛亥革命》,载《现代中文学刊》2011年第3期。

❷❸ 陶东风:《本能、革命、精神胜利法——评汪晖〈阿Q生命中的六个瞬间〉》,载《文艺研究》2015年第3期。

❹ [美]汉娜·阿伦特,陈周旺译:《论革命》,译林出版社2007年版,第12页。

样》中，鲁迅说道："不是很大的鞭子打在背上，中国自己是不肯动弹的。我想这鞭子总要来，好坏是别一问题，然而总是要打的。但是从那里来，怎么地来，我也是不能确切地知道。"通过上述，我们就不难理解《头发的故事》《风波》《阿Q正传》等作品为何接踵而至、浓墨重彩地谈论"革命"，因为它们本身就是"问题"和"主义"之争这一语境的派生和接续。

二、"一件小事"与"整理国故"

正如上文中所论列到鲁迅对"革命"这种"整体改造"相当警醒的同时，鲁迅对"一步步地具体改造"也是不认同的。对此，人们可能还有"先入为见"——作为左翼代表的鲁迅理所当然与资产阶级自由派胡适的"多研究些问题"势同水火。确乎，不说别的，单看《阿Q正传》中的第一章就有"只希望有'历史癖和考据癖'的胡适之先生的门人们"，揶揄气十足，由是可见一斑。但实际情形不是如此干脆明了。设若如此"清澈见底"，鲁迅也难以成其一个丰富而痛苦的灵魂。立足小说的文本来看，《一件小事》能让我们听到另一种声音。关于这部小说的主题，有学者将其归结为"劳工神圣"与"文人原罪"自有一定的道理。❶问题在于，小说一开篇就有"其间耳闻目睹的所谓国家大事，算起来也很不少"，并在结尾部分为之做出呼应："几年来的文治武力，在我早如幼小时候所读过的'子曰诗云'一般"，并且这又正与如小说的题目所揭示的——"一件小事"（文本内容讲述"人力车夫"放下拉客、主动扶救他人本身的确也是"一件小事"）构成两相对照，如此设计、如此凸显，自不待言是包含作者强烈的主题意向，用"劳工神圣"等萃取，它们与整体结构就存在分裂剥离，只是可有可无的存在。因为语义逻辑清楚地表明上述手法更落在"事大""事小"之间的对比、更落在"务虚""实干"之间的对比。作者并从中明确地表达了"文治武力"还不及"这件小事"，露现出"空谈误国，主义害死人"的思想意蕴和价值评判。"人力车夫"所彰显出的是人道主义光辉。循理，最谙人道主义的"大道理"应是坐在车上的"我"，问题却是——一遭遇具体情况，"我"则唯

---

❶ 周国良：《朱寿桐教授解读不一样的鲁迅》，载《华文文学》2012年第2期。

恐躲闪不及。

　　差不多与该小说同时面世的《随感录》之《六十一 不满》，鲁迅从中就说道："对于人道只能'……'的人的头上，绝不会掉下人道来。因为人道是要各人竭力挣来，培植，保养的，不是别人布施，捐助的。"而"捐助"一语又是与《一件小事》中的"'我'抓起一大铜元交给巡警"的意象系联在一起，所以，最后"我"感慨系之："这一大铜元又是什么意思，奖他么？我还能裁判车夫么？我不能回答自己"，这一回答也正是《不满》中的"照我们的意见，什么才算有人道呢？那答话，想来只能是"的对应。同一天刊发的《恨恨而死》中："中国现在的人心中，不平和愤恨的分子太多。不平还是改造的引线，但必须先改造自己，再改造社会，改造世界，万不可单是不平"，还有《生命的路》中的"什么是路？就是从没路的地方践踏出来的，从只有荆棘的地方开辟出来的"等都是同一心曲作谱，都是演绎"从我做起，具体解决问题"的精神母题。通过如上一番论析，我们也就难再会为鲁迅在《一件小事》中对"人力车夫"的态度和他一以贯之的"国民性"批判深感抵牾不堪，同时对其中所暗含胡适式的"行"的认同和接受也就廓清了。鲁迅和胡适在这一思想流脉上的交汇，其中的一个契机可能就在于阳明哲学为共同的井泉。

　　不过，与上述相伴相随的另一问题又浮出了水面。这种"具体改造"正是自由主义的表象，《一件小事》中的"我""怪""人力车夫""他多事，要自己惹出是非"，"车夫多事，也正是自讨苦吃，现在你自己想法去"。这些恰是人们指摘"我"作为自由主义者的自私、冷漠的"口实"之处；这些约略也是以赛亚·伯林所讲的"消极自由"❶之表现。基此，《一件小事》某种程度就是一张"自由主义"思想的"体检表"，鲁迅以体验的方式道出了其中的两难——弘扬了"践行"，却龟缩了"自我"。在中国，这种两难在知识界极大可能就转入"国故整理"之中，因为"主义"被壅塞，埋头古籍自成不二通途。清代"乾嘉学派"就是"另版"的"预演"。胡适"整理国故"的主张提出便是自然之理。

　　在鲁迅看来，"国故"的最大问题就是滋生遗老遗少。《风波》有两处

---

❶ 黄伊梅：《哈耶克古典自由主义研究》，广东人民出版社2011年版，第75页。

文字值得玩味。其一便是小说开头两段，描写了"鲁镇"晚饭时候的情景，末了特意点出："河里驶过文人的酒船，文豪见了，大发诗兴，说，'无思无虑，这真是田家乐呵！'于此，是不难看出作者是在戏拟"自由主义"知识分子的口吻所做出的摹景和抒情；其二便是文人"赵七爷"的出场介绍，"赵七爷是邻村茂源酒店的主人，又是这三十里方圆以内的唯一的出色人物兼学问家；因为有学问，所以又有些遗老的臭味。他有十多本金圣叹批评的《三国志》，时常坐着一个字一个字的读；他不但能说出五虎将姓名，甚而至于还知道黄忠表字汉升和马超表字孟起。革命以后，他便将辫子盘在顶上，像道士一般；常常叹息说，倘若赵子龙在世，天下便不会乱到这地步了"。两者之间是为断裂，但其联系也是有机的——"文豪"与"学问家"在精神上为伍，只需前者捐弃公共意志，"无思无虑，这真是田家乐"可视为其中的隐喻。在叙述学上，两处联手承担了对自由主义知识分子回归"整理国故"的暗讽。这种暗讽到了《高老夫子》那里更加昭彰了——"他最熟悉的就是三国，例如桃园三结义，孔明借箭，三气周瑜，黄忠定军山斩夏侯渊以及其他种种，满肚子都是，一学期也许讲不完。到唐朝，则有秦琼卖马之类，便是较为擅长"——这些在文句的节奏和情绪的流露上与《风波》中"何其惊人的相似"，与"赵七爷"完全是精神孪生兄弟。"高老夫子"顾盼自雄的是"在《大中日报》上发表了《论中华民国皆有整理国史之义务》这一篇脍炙人口的名文"。虽然胡适1919年他在《新青年》的《"新思潮"的意义》中提出"整理国故"的口号以及1923年在北京大学《国学季刊》的《发刊宣言》中更系统的宣传"整理国故"的主张，都是针对"国粹派"而言；虽然鲁迅在《随感录》第《三十五》中还说过："我有一位朋友说得好：'要我们保存国粹，也须国粹保存我们'"，但鲁迅对"整理国故"持反对意见却是自始至终的，即使鲁、胡两人此时的私谊尚好，因为鲁迅的代表性看法就是："抬出祖宗来说法，那自然是威严的，然而我总不相信在旧马褂未曾洗净叠好之前，便不能做一件新马褂就现状而言，做事本来还随各人的自便，老先生要整理国故，当然不妨去埋在南窗下读死书，至于青年，却自有他们的活学问和新艺术，各干各事，也还没有大妨害的，但若拿了这面旗子来号召，那就是要中国永远与世界隔绝了。"（《未有天才之前》）

遗老遗少突出的毛病就在于生命力和人格的萎缩。《高老夫子》中的"高老夫子"应聘女子学校老师本想满足不可告人的淫欲，但一到讲台就被活泼生鲜的女生吓坏了，不敢直视，"他豫料倘使将眼光下移，就不免又要遇见可怕的眼睛和鼻孔联合的海，只好再回到书本上"，小说用了相当篇幅的"意识流"手法来呈现他内心的挣扎，最后"高老夫子"只好落荒而逃。这又印证了鲁迅关于中国文化是"吃人"文化的一贯观点。有学者论证《狂人日记》中的"吃人"是"人吃人"是颇有说服力的。❶确乎，鲁迅在《论睁了眼看》也写到过："中国的文人，对于人生，——至少是对于社会现象，向来就多没有正视的勇气。我们的圣贤，本来早已教人'非礼勿视'的……现在青年的精神未可知，在体质，却大半还是弯腰曲背，低眉顺眼，表示着老牌的老成的子弟，驯良的百姓"，于是乎"中国人的不敢正视各方面，用瞒和骗，造出奇妙的逃路来，而自以为正路。在这路上，就证明着国民性的怯弱，懒惰，而又巧滑。""高老夫子"正是这样的"集大成者"。

三、"小文化职员"："两难"的具象

"具体改造"推动了"实干"精神，但一旦从"多研究些问题"掉入"整理国故"导致最大的恶果便是生命力的衰退，生命力便是创造力，鲁迅对尼采的接受众所周知；而正如前面所论列到的由生命冲动所主宰的"革命"和"主义"又是鲁迅所极力反对的。生命在"左""右"为难，一如《故乡》中所讲的"都如我的辛苦展转而生活，也不愿意他们都如闰土的辛苦麻木而生活，也不愿意都如别人的辛苦恣睢而生活"，所以"我想到希望，忽然害怕起来"。"问题"与"主义"的两难在鲁迅的生命体验之中更具化成"小文化职员"的生存状态。

《端午节》中的"差不多"一语与胡适《差不多先生传》的姻缘关系毋庸饶舌。胡适说："高谈主义，不研究问题的人，只是畏难求易，只是懒"，❷而"方玄绰""自己虽然不知道是因为懒，还是因为无用，总之觉得是一个不肯运动，十分安分守己的人"。深入展开，则不难发现鲁迅正是就胡适所提出的"懒"予以辩诘的。胡适笔下的"差不多先生"虽然也是"国民性"批评，但落脚点在于国人"敷衍马虎""不讲究学理""不善于

---

❶ 汤晨光：《是人吃人还是礼教吃人？——论鲁迅〈狂人日记〉的主题》，载《湖南师范大学学报（社会科学版）》2004年第1期。

❷ 胡适：《多研究些问题，少谈些"主义"》，载《每周评论》1919年7月20日。

反思",与他的"多研究些问题,少谈些主义"思想一脉相承。不过,正如上文中所论举的:"中国人的不敢正视各方面,用瞒和骗,造出奇妙的逃路来,而自以为正路。在这路上,就证明着国民性的怯弱,懒惰,而又巧滑"(《论睁了眼看》),鲁迅眼里的"懒惰"是缺乏"革命"的勇气,所以《端午节》中也说道:"他这样想着的时候,有时也疑心是因为自己没有和恶社会奋斗的勇气,所以瞒心昧己的故意造出来的一条逃路,很近于'无是非之心',远不如改正了好。"小说出现三次"《尝试集》"意象应是有意强化了鲁迅对胡适在相关问题上的态度。整个情节的铺开都以鲁迅明确地认定"方玄绰"的困窘就是"懒"于"与恶社会奋斗"而不是"懒"于所谓"学理"上的思考为轴心,因为"他又常常喜欢拉上中国将来的命运之类的问题,一不小心,便连自己也以为是一个忧国的志士"。可是,矛盾又在于对于这种"教书的"与"小官僚"又能怎样呢?他们不是"阿Q"式的流氓无产阶级,能逞"革命"一时之快,但又经常处于缺钱少粮;明白"事理"却对"学生团体新办的许多事业"即"具体改造"极不看好——"不是也已经难以出弊病,大半烟消火灭了么?……"而《幸福的家庭》中的主人公"他"本是站在"问题"立场的,他写文章都是围绕着"现在的青年的脑里的大问题是?……大概很不少,或者有许多是恋爱,婚姻,家庭之类罢。……是的,他们的确有许多烦闷着,正在讨论这些事"而展开的,于是乎带着"建设性"的想法"锦绣"一篇有关于"幸福的家庭"的图景,什么男女自由恋爱而成,吃西洋菜,双方都是文艺爱好者啦……这的确崇尚"问题研究"的"小资"们之美梦,然而"他"自己却面临着连柴火都烧不起的境地,妻子的责备,小孩的啼饥号寒,就此许钦文就说过:"没有适当的环境,是连一篇稿子都写不好的",要组建"幸福的家庭",必须先改造环境,进行社会革命。❶因此,在这两部小说里,作者似在告诉我们所谓的"学理"必须以"主义"为背景的"学理",离开"主义"谈"问题解决"是痴人说梦、心造幻景。

如果说《端午节》和《幸福的家庭》更多地倾向"主义"而对"问题"有所压倒的话,那么《伤逝》又是滑向了另一节端。《伤逝》中的"子君"心存"娜拉"主义,以个性的觉醒和反抗者的勇气进行了一场恋爱和家庭的

---

❶ 许钦文:《彷徨分析》,香港汇通书店1998年版,第30~32页。

"革命",但"革命"失败了,有学者归纳得比较到位,认为《伤逝》的主题意蕴是"情爱悲剧,'主义'哀歌",❶而且敏感地意识到"涓生"在整个恋爱过程能不断地"输入学理"、总结经验,譬如"这是真的,爱情必须时时更新,生长,创造。我和子君说起这,她也领会地点点头"等,所以判定"涓生"是"'学理'的奴隶、'主义'的仆从"。❷惜乎,文章就是没有上升到"问题"与"主义"这对思想史命题依旧在鲁迅的内心思想里的博弈和延宕。通过对情节的透析,通过小说中"我"在这场"恋爱"中的表现与最后"自我忏悔"意蕴的对比,是不难看出小说是表达了以"主义"来实现"社会的改造"——"同居"生活意味着与世俗势力、传统文化"对攻"的失效,首要问题更在于"自我的改造"——"涓生"的自私和无能。这种"改造自我""在先"的思想,上文中也引述过——"不平还是改造的引线,但必须先改造自己,再改造社会,改造世界,万不可单是不平"(《恨恨而死》)。显然,这似又驶向了"问题"优先"主义"的轨辙之中。其时,就在写下《伤逝》的前后,鲁迅在曾给许广平的一封信中写道:"其实,我的意见原也不容易了然,因为其中本有着许多矛盾,教我自己说,或者是'人道主义'与'个人的无治主义'的两种思想的消长起伏罢,所以我忽而爱人,忽而憎人;做事的时候,有时确为别人,有时却为自己玩玩,有时则竟因为希望将生命从速消磨,所以故意拼命的做"(《两地书·原信》),从中就充分地"表白"了其内心的矛盾和在"主义"与"问题"上的纠结。"人必须生活着,爱才能有所附丽。世界上并非没有为了奋斗者而开的活路","主义"必须以生活为基石,"我看见了怒涛中的渔夫,战壕中的兵士,摩托车的贵人,洋场上的投机家,深山密林的豪杰,讲台上的教授……"尽管人色不一,但他们的共同点就在于"实干",并在表面上充满"生命活力"。于此,则不难归结鲁迅认为"主义"必须以解决"实际问题"的"主义",否则"娜拉走后怎样?"的问题又扑面而来。

"学理"必须以"主义"为背景的"学理","主义"必须以解决"实际问题"的"主义"。这就是一种两难。所以,作者选择了"文化小职员"为承载对象,诸如《端午节》中的"方玄绰"、《伤逝》中的"涓生"、

---

❶❷ 李林荣:《情爱悲剧,"主义"哀歌——鲁迅小说〈伤逝〉主题蕴含再解读》,载《东岳论丛》2012年第7期。

《在酒楼上》的"吕纬甫"、《孤独者》中的"魏连殳"、《幸福的家庭》中的"他"等都是。"文化小职员"具有文化知识,能够"学理"分析,不是"阿Q"式的农民,可以远离"辫子"革命;由于是"小职员",和农民的生活境遇十分近邻,因而有追求幸福生活的诉求,有"革命"的需求。在某种程度上,鲁迅寄"革命"的希望于他们的身上;但从另一方面而言,"文化小职业"又是耽溺于"学理",惧怕"主义",像"方玄绰"那样规避"便连自己也以为是一个忧国的志士:人们是每苦于没有'自我之明'的",没有"革命"的勇气,而且放不下现有的工作和生活,总在对未来充满着期待和幻想,不愿也疏于去主动改变外在环境和生存社会。所以,这本身又是一种两难。这些"文化小职员"在一定程度上等同于当下所言的"中产阶级",关于"中产阶级",弗朗西斯·福山就说过:"就以往的历史来看,中产阶级很少能够依靠本阶层的力量,带来持久的政治变革。最近发生在伊斯坦布尔和里约热内卢大街小巷上的游行,也不会是一个例外。"❶他的"担忧"和鲁迅在百年之前是有共鸣的。鲁迅想过的解决方案——"抉心自食"般地"改造自我"。通过对小说解读,可以理解它意即在改造自我中改造社会;在改造社会中改造社会。问题这本身就是一种"中庸"。而这庶几正如"抉心自食,欲知本味,创痛酷烈,本味何能知?"(《墓碣文》),所以在《伤逝》的结尾部分,作者写道:"我要向着新的生路跨进第一步去,我要将真实深深地藏在心的创伤中,默默地前行,用遗忘和说谎做我的前导……"

四、结　语

综上,"问题"与"主义"之争在鲁迅小说中不仅是客观的存在,而且是应深入探讨的繁复的存在。我们至少可获得三点认识:第一,鲁迅并不单纯倚重"问题"和"主义"中的一种。"学理"必须以"主义"为背景的"学理","主义"必须以解决"实际问题"的"主义",所以首要问题必须是"自我改造",这是对"具体改造"和"社会改造"的聚合和超越,这

---

❶ [美]弗朗西斯·福山:《新兴国家的麻烦:中产阶级革命》,载http://www.aisixiang.com/data/65494.html。

是"极困苦艰难的事",正如《我们现在怎样做父亲》中所说:"自己背着因袭的重担,肩住了黑暗的闸门,放他们到广阔光明的地方去;从此幸福的度日,合理的做人。"鲁迅对"自我改造"本身并不乐观;第二,思想史视野下的"主义"与"问题"之争在时空阈值需深入勘定。通常认为,"主义"和"问题"之争的起止事件分别为1919年7月20日,胡适发表了《多研究些问题,少谈些"主义"》和1919年8月31日《每周评论》第37期被北洋军阀政府封禁。鲁迅显然不能为这个时域所覆盖。对于思想史中的这桩史实考察不能停留于一两件大事上,而应该深入在场者的心灵,特别是他们的文学和其他带有情感的作品。第三,鲁迅的文学创作与"时政"关系值得发掘。鲁迅的创作与"时政"关系极为密切。但它们并不给出答案,而且总是"难题"体验联系在一起,由"虚无"与"绝望"笼罩着一种茫然,因此鲁迅本质上是"文学者"。与"时政"的纠缠使得鲁迅在后期走向"杂文"写作。

启蒙语境中"故事新编"的尝试、变奏与中断：也论《补天》*

湖南第一师范学院　龙永干

《故事新编》是鲁迅的杰出之作，也是现代文学中极富魅力的独特之作。其中所收8篇作品，不仅创作时间跨度长达13年之久，创作主体的话语空间与生存境遇也是屡有变迁，从而对其进行具体阐释时，既要见到各个作品源自同一创作主体的生命感悟、审美取向与艺术才情的趋同性，更要见到它们各自不同的生成语境、价值意向与话语方式的具体性。

作为《故事新编》首篇，《补天》（《补天》原名《不周山》，鲁迅1936年将其收入《故事新编》后改为《补天》，为论述方便，统一称为《补天》）所引发的关注虽然要弱于《铸剑》《出关》等，但也取得了较为丰富的研究成果。具体来看，人们或将其置于《故事新编》的整体框架中去把握，或进行文本细读以探讨其审美意蕴、叙事创新与表现手法等。这些研究为深入解读《补天》进行了可贵的探索，但依然还有一些值得进一步探讨的地方。如何联系时代语境、作家的创作情境对该作品的出现进行深入把握？如何对作品的创作动机及其具体实践情况进行贴切理解？如何对整个作品的创作心理与情感流变进行全景观照？……这些不仅对于深入理解该作品有着极为重要的价值，更对于整体把握《故事新编》有着极为重要的意义。此处，本文意欲循上述思路，对《补天》进行相应的探究。

---

* 本文原刊于《鲁迅研究月刊》2014年第8期。

启蒙语境中"故事新编"的尝试、变奏与中断:也论《补天》

一

众所周知,《呐喊》于1923年8月由北京新潮社初版时,《补天》是收入集中的。1930年《呐喊》第13次印刷时,鲁迅就将《补天》从中抽取出来,而将其辑入1936年1月由上海文化生活出版社出的《故事新编》之中。此一调整,鲁迅自述道:"第一篇《补天》——原先题作《不周山》——还是一九二二年的冬天写成的。""当编印《呐喊》时,便将它附在卷末,算是一个开始,也就是一个收场。这时我们的批评家成仿吾先生正在创造社门口的'灵魂的冒险'的旗子下抡板斧。他以'庸俗'的罪名,几斧砍杀了《呐喊》,只推《不周山》为佳作,——自然也仍有不好的地方。坦白的说罢,这就是使我不但不能心服,而且还轻视了这位勇士的原因……倘使读者相信了这冒险家的话,一定自误,而我也成了误人,于是当《呐喊》印行第二版时,即将这一篇删除;向这位'魂灵'回敬了当头一棒——我的集子里,只剩着'庸俗'在跋扈了。"❶可以说,鲁迅将《不周山》从《呐喊》之中抽出,不仅是因自己与"创造脸"的成仿吾在文艺观点上的不同而做出的决断,实则是鲁迅在对自己作品结集时的严谨与周详的考虑所致。从其题旨、题材与审美风格来看,将《补天》置于《呐喊》之中,都显得极为突兀与殊异。《呐喊》是鲁迅"还未能忘怀于当日自己的寂寞的悲哀罢,所以有时候仍不免呐喊几声,聊以慰藉那在寂寞里奔驰的猛士,使他不惮于前驱"而做的"战叫";❷是"抱着十多年前的'启蒙主义',以为须是'为人生',而且要改良这人生……",因而其"取材,多采自病态社会的不幸的人们中,意思是揭出病苦,引起疗救的注意"。❸以此考量《补天》,非但取材不是"直面"严酷的现实,审美风格也不是激越而悲愤的"呐喊",其意图更非在于"揭出病苦,引起疗救的注意",将其与《药》《孔乙己》《阿Q正传》等并置,的确显得极为另类。将其从《呐喊》中抽出,不仅无损于集子的完

---

❶ 鲁迅:《故事新编·序言》,见《鲁迅全集(第2卷)》,人民文学出版社1981年版,第341~342页。

❷ 鲁迅:《呐喊·自序》,见《鲁迅全集(第1卷)》,人民文学出版社1981年版,第419页。

❸ 鲁迅:《我怎么做起小说来》,见《鲁迅全集(第4卷)》,人民文学出版社1981年版,第512页。

整，反而让其在审美意蕴与艺术风格上更为统一与整齐。当然，鲁迅当时将《不周山》辑入《呐喊》，也还应有其作为"孤篇"，无从归属而将就入列的现实因素。

《呐喊》篇目的调整是一个有意味的事件，但更有"意味"的是作者为何要在1922年这样一个年份创作这样一个殊异的作品。于是，问题又回到了《补天》出现的缘由的探究上。于此，鲁迅曾阐释说"那时的意见，想从古代和现代都采取题材，来做短篇小说，《不周山》便是取了'女娲炼石补天'的神话，动手试做的第一篇。首先，是很认真的，虽然也不过取了茀洛特说，来解释创造——人和文学的——的缘起。"❶对此，人们多关注《补天》和弗洛伊德学说之间的关联，却很少对他所说的"想从古代和现代都采取题材，来做短篇小说"的说法给予应有的重视。也即是说，抱着"启蒙主义"的立场，认为创作要"为人生"且"改良这人生"的鲁迅，一贯的取材是"采自病态社会中不幸的人们中"，❷为何要从"古代"中去取材？这无疑是理解鲁迅"故事新编"的关键之处，而要回答这一问题，首先应当回到鲁迅此时的创作状态。

《狂人日记》后，鲁迅创作进入了"一发而不可收"的态势，相继创作了《药》《明天》《风波》《孔乙己》《阿Q正传》等以"国民性批判"为中心的作品，以"表现的深切，格式的特别"标志着"中国现代小说的成熟"。❸但在《阿Q正传》后，可明显地见到其作品在审美内涵上的局促与审美张力渐弱的状况。就在创作《不周山》的1922年，鲁迅还创作了《端午节》《白光》《兔和猫》《鸭的喜剧》《社戏》等作品。与上述作品比较，这些作品的审美意蕴不仅要相对简单，其审美张力的强度也大为减弱。可以说"国民性批判"总主题下的创作，在《阿Q正传》后出现了消歇与停滞的状况。这可能是作者在同一主题下题材运用必然面临的状况，也可能是创作主体生活积累在急剧释放后会出现的一种暂时性匮乏。从外在语境来看，还应

---

❶ 鲁迅：《呐喊·自序》，见《鲁迅全集（第1卷）》，人民文学出版社1981年版，第419页。

❷ 鲁迅：《我怎么做起小说来》，见《鲁迅全集（第4卷）》，人民文学出版社1981年版，第512页。

❸ 鲁迅：《〈中国新文学大系〉小说二集序》，见《鲁迅全集（第6卷）》，人民文学出版社1981年版，第238页。

有着新文化运动落潮让主体在情绪与心理上形成了一种无意识的强力抑制，生命虚无体验缠绕而出现了某种乏力的紧张。鲁迅向来要求创作"选材要严，开掘要深，不可将一点琐屑的没有意思的事故，便填成一篇，以创作丰富自乐"。❶如何突破审美定式，寻求创作的新境，应该是鲁迅此时所要严正面临的一个问题。

问题出现了，怎么解决？最为直接的做法就是创作题材的更新与关注视点的调整。题材从哪里来？或是来自生活直接与间接的见闻，或是来自天马行空的神思，或是来自既有文献与作品的改造与加工。若从个人阅历来说，家境颓落、域外求学、婚姻悲剧、中国近现代社会的种种变迁……不可谓不丰富，而这也直接形成了鲁迅对中国历史"没有年代"的停滞与"吃人"本质的体认，影响了他"改造国民性"价值取向的形成。这些也在《呐喊》中有着极为具体与集中的表现。鲁迅向来主张创作应"取下假面，真诚地，深入地，大胆地看取人生并且写出他的血和肉来"，❷那种光凭了神思天马行空式的创作是难于出现在他那儿的。于是，对既有文献或作品进行改造与加工就成了一种可能。而鲁迅这时正好受聘于北京大学与北京高等师范学校任讲师，教授中国古代小说史。这就为鲁迅向古代与历史寻求题材提供了某种现实性的便利。于是，"想从古代和现代都采取题材，来做短篇小说"的想法的出现也就极为自然，❸而1922年11月《补天》的创作就成了这种想法的实践。具体来看，《补天》不仅从历史文献中取材这一点有别于《呐喊》其他小说，而且其创作方法和审美风格也与《呐喊》迥异，其阔大的格局、恢宏的气势、瑰丽的想象、斑斓的色调，与《呐喊》相比堪称豹变。可见，鲁迅从古代取材创作短篇小说，不仅是题材获取的某种转向，而且是创作方法与审美风格上大胆的新变与突破。这不仅是其"表现的深切与格式的特别"的自律，更是其对自己创作定势予以突破的审美尝试的开始。

创作了《补天》之后，鲁迅并没有续接这种创作。等到他在厦门"仍旧

---

❶ 鲁迅：《关于小说题材的通讯》，见《鲁迅全集（第4卷）》，人民文学出版社1981年版，第368页。

❷ 鲁迅：《论睁了眼看》，见《鲁迅全集（第1卷）》，人民文学出版社1981年版，第241页。

❸ 鲁迅：《故事新编·序言》，见《鲁迅全集（第2卷）》，人民文学出版社1981年版，第341页。

拾取古代的传说之类，预备足成八则《故事新编》"之时，❶已经是1926年10月了。从启动到继发，相隔了整整4个年头，这在鲁迅整个创作过程中实属少见。从《呐喊》到《彷徨》，从《野草》到《朝花夕拾》，一旦启动，整个创作就呈现前后继起，彼此相随的状况。不仅《补天》之后，这类创作戛然而止，而更应注意的是其创作"荒歉"年的紧随。1923年整整一年，鲁迅仅做了一篇文章，那就是根据1923年12月26日在北京女子高等师范学校文艺会做的演讲整理而成的《娜拉走后怎样》。就鲁迅1923年的状况来看，之所以会出现这种创作的"荒歉"，应当有以下几个方面的原因：一是他忙于《现代日本小说集》《桃色的云》的翻译；二是在北京大学兼职的同时又被聘为北京女子高等学校讲师，教学事务大大加重；三是他与周作人关系破裂，其心境与情绪的极为苦痛，长时间地病痛缠身，让他无法创作。但纵观鲁迅一生，身体病痛、事务缠身、心境不佳时段常有，而像这种终年创作几乎停顿的现象则是绝无仅有。文学创作不仅受外在因素的制约，同时更受创作主体创作状态的影响。若将《补天》作为鲁迅别于"呐喊"式创作的新的突破的尝试的话，那么它的停顿，则意味着这种突破尝试面临着诸多困境，让他一时难以达到价值预期与创作的自由。

二

鲁迅在述及自己的创作时总能属意高远、真切深情地道出个中之味。他认为《呐喊》是"表现的深切和格式的特别"，《彷徨》则是"技术""比先前好一些，思路也似乎较无拘束"。❷与这种肯定不同，他对《故事新编》总体评价不高，认为整部集子"内容颇油滑，并不佳"，❸"是根据传说改

---

❶ 鲁迅：《故事新编·序言》，见《鲁迅全集（第2卷）》，人民文学出版社1981年版，第341页。

❷ 鲁迅：《〈自选集〉自序》，见《鲁迅全集（第1卷）》，人民文学出版社1981年版，第456页。

❸ 鲁迅：《360118 致王治秋》，见《鲁迅全集（第13卷）》，人民文学出版社1981年版，第292页。

写的东西，没什么可取"，❶ "《故事新编》真是'塞责'的东西"。❷ 创作"如鱼饮水，冷暖自知"。鲁迅如此罕见地反思自责，并非自谦或自律所能阐释，其中可能有着难于言说的苦衷。可能还有着上面所推测的，他在此一时段被创作困境所缠绕，想从历史传说中取材进行创作但并不顺利的缘由。具体情形如何？外围的推测只是一种可能性，而深入文本、紧贴字里行间作者情感意向和精神心理的脉动，才能获得展真实而贴切的理解。

作为以反传统为基本存在的鲁迅来说，运用既有的文献或作品进行创作，无疑是极为危险的。以旧有材料为基础进行创造，如果简单地借古讽今，或"发思古之幽情"，那么不仅无法完成审美新调的形成，反而只会让传统与历史在一种微妙的状况中获得增值的空间，落入"将古人写得更死"的苦恼。那就意味着，既要借助历史与古代的材料，又要勘破先在性的价值成见的遮蔽；既要突破既有的价值藩篱，又要立足其上寻求到新的建构基点；既要放飞想象激活情感接近与拥抱历史，又要在价值理性上厘清异质避免沉沦与同化……这是一种高度紧张且富有挑战性的尝试。而要实现这种新的转向，它需要一种全新的意向作为引导，也需要一个适合生发想象、飞扬才情的材料。以反传统为基本存在的鲁迅，在对待传统文化上也并非铁板一块，且呈现出多样复杂的状态。其在杂文与小说中，对传统的批判是决绝而严峻，甚至是极端的；但在对传统文化的整理与研究上，又是孜孜用功、业绩非凡的。对古代神话传说的瑰丽浪漫的宝爱，对艰苦卓绝勤勉劳作的大禹的推崇，对会稽故书的钩沉，对小说史的整理……无不表现其对传统文化亲和与认同的一面。为何如此，此处不做深究，但有一点值得注意，重塑国民性以构建"人国"，实现民族与国民的独立与自觉，不可能断然去掉传统，否则只能是无本之木或空中楼阁。现状的不堪与苦难，是文化的积弊、统治者的"治绩"，也是历史黑暗的淤积。要批判传统，就要进入历史；进入历史，就要还原历史的朴素。借助历史题材，是创作上的一种尝试，也是敞开历史的一种努力。于是，选择创作得以进入的基点无疑是一个要小心翼翼，而又颇费思量的问题。鲁迅对封建文化的批判无以复加，对于正史更是深恶

---

❶ 鲁迅：《3602038（日）致增田涉》，见《鲁迅全集（第13卷）》，人民文学出版社1981年版，第655页。

❷ 鲁迅：《3602001致黎烈文》，同上书，第299页。

痛绝，而对于杂书野史、笔记传奇则充满了兴趣，对《山海经》、目连戏、老鼠招亲等神话传说民间文艺更是有着特别的亲和与爱好。1922年的他恰好在教授古代小说，选择女娲补天甚或远古时代的传说作为材料，也有了一种切近的便利。

材料选择了，价值意向无疑是最为关键的因素。于此，鲁迅也曾反复解说："我做的《不周山》，原意是在描写性的发动和创造，以至衰亡的……"，❶是"取了茀洛特说，来解释创造——人和文学的缘起的"。❷但粗看文本，是难于见到弗洛伊德的影子。对此，李何林先生也曾指出："原来的神话传说里面并没有说女娲因性的苦闷而'抟黄土作人'；不过作者从这方面来描写，也没有改变女娲'抟黄土作人'的原意。假使作者不说他是'取了茀洛特说来解释创造（人和文学的）的缘起'，'描写性的发动和创造'，我们从小说开始的描写是看不出这意思吧？"❸不仅如此，女娲的"造人""补天"，与弗洛伊德关注的性倒错、性压抑、恋物癖、神经症、俄狄浦斯情结等也是相去甚远，即便将其与《肥皂》《高老夫子》《沉沦》《银灰色的死》《鸠摩罗什》《将军的头》等涉及性心理的作品进行比照阅读，也是有着径庭之别。两者不同是一显在事实，但吊诡的是鲁迅为何反复述说是取了弗洛伊德的学说来描写性的发动和创造？

对此，有论者认为《补天》虽然是取了弗洛伊德的学说，"却经由厨川白村的解释略有了变形了。也就是说，淡化了潜意识领域'利比多'的性和爱欲成分，使之变成一种带有个人主义意味的追求解放的创造力"。❹这种认识看来似乎有其合理性，但是通过鲁迅对厨川白村特别是《苦闷的象征》的接受去进行《补天》创作的阐释，是很成问题的。鲁迅创作《补天》是在1922年，而他首次接触到该书是在1924年4月8日。鲁迅在当日日记中记

---

❶ 鲁迅：《我怎么做起小说来》，见《鲁迅全集（第4卷）》，人民文学出版社1981年版，第513页。

❷ 鲁迅：《故事新编·序言》，见《鲁迅全集（第2卷）》，人民文学出版社1981年版，第342页。

❸ 李何林：《由〈故事新编〉"不如作者前期小说"谈到新版〈鲁迅全集〉的注释问题》，载《黄石师院学报》1981年第3期。

❹ 高远东：《现代如何拿来——鲁迅的思想与文学论集》，复旦大学出版社2009年版，第189页。

道:"往东亚公司买《文学原論》、《苦闷の象徵》……各一部,共五元五角。"❶当然,这也不排除鲁迅可能在日本通过其他途径阅读了这本书的相关内容。因为厨氏学生山本修二氏在给这书做跋时说:"这书的前半部原在《改造》杂志上发表过。"❷但《改造》1919年4月创刊于东京,而鲁迅那时早已离开多时。查证鲁迅日记,也未曾见到购买《改造》的记载,他在《关于〈苦闷的象征〉》中明确表示"我看见厨川氏关于文学的著作的时候,已在地震之后,《苦闷的象征》是第一部,以前竟没有留心他",并对其先前发表的具体情形无从考察表示遗憾:"我没有《改造》杂志,所以无从查考。"❸由此可以推断,鲁迅对厨川白村《苦闷的象征》的接受当是1924年,以它为中介去接受与理解弗洛伊德是不确的。但鲁迅反复说明《补天》的创作意图与弗氏之间的关联,那就意味着他的确受过这方面的影响,而具体认知则是另有机缘。

从鲁迅思想知识构型的关键性阶段来看,东瀛求学无疑是极为重要的时期。在这一时段,他广纳博取了各类知识与多样思潮,从自然科学到社会科学,从古典文化到现代主义……但从《人之历史》《科学史教篇》《文化偏至论》《摩罗诗力说》《破恶声论》等文章来看,虽涉及天文地理、博物医学、政治历史、文艺哲学等,但提及的心理学家却是极少。可见其对心理学的兴趣远弱于哲学政史与文学艺术。但有几点值得注意:一是鲁迅学医的背景。虽然他在述及仙台医学专门学校所学时未曾涉及心理学,但弗洛伊德在临床医学及精神症治疗方面进行的探索在当时开放的日本应该有所注意与介绍。二是同在日本学习的周作人却对心理学、特别是性心理极感兴趣。从霭理斯到弗洛伊德,从威思忒玛克到凯本德,他都有所涉猎,甚至将霭理斯的《性心理研究》称为自己的"启蒙之书",认为"我读了之后眼上的鳞片倏忽落下,对于人生与社会成立了一种见解"。❹此时兄弟俩交流深入且全面,周作人很有可能向鲁迅介绍了弗洛伊德的相关情况。同时,从鲁迅后来在

---

❶ 鲁迅:《日记十三(一九二四年)》,见《鲁迅全集(第14卷)》,人民文学出版社1981年版,第493页。

❷❸ 鲁迅:《关于〈苦闷的象征〉》,见《鲁迅全集(第7卷)》,人民文学出版社1981年版,第243页。

❹ 周作人:《东京的书店》,见《周作人散文全集(第7卷)》,广西师范大学出版社2009年版,第344页。

1924年9~10月翻译厨川白村的《苦闷的象征》,在《我之节烈观》《寡妇主义》等作品中谈及与谢野晶子、爱伦·凯,但明确提及弗洛伊德则是在《听说梦》中,而此时已经是1933年了。可以说,鲁迅虽对性心理学和弗洛伊德的学说的有所接触与认知,但在创作《补天》之前,他对弗洛伊德是缺少深入的理解,对将性的发动作为文学的起源的认识也应该只是一种模糊而泛化的感知。再加上他"启蒙"的意向,严峻的个性与深沉的情怀,让他很难如其他作家那样具体细致地对性心理进行表现,而只会在一种粗略而模糊的感觉下去进行书写,极力地淡化其中性与欲的因子。

在《补天》中,鲁迅在原有故事的基础上,以瑰丽大胆的想象与不羁的创造力,给这一原初女性的活动设置了宏大与恢宏的时空背景,日月并存、色彩秾丽,特别是作者以罕见的笔触对女娲身体进行了粗线条勾勒:"非常圆满而精力洋溢的胳膊""全身的曲线都消融在淡玫瑰似的光海里,直到身中央才浓成一段纯白"……这不仅是对《风俗通》中有关女娲形象的"补足"与丰富,更是对传统意识中"女娲"作为神圣母祖的"冒犯""玷污"。非但如此,作者还对文本中的主体事件"造人"的源起进行了颠覆性的改造。女娲抟土造人,原是中华民族对人之起源的神话想象,是朴素想象与宏大气象的表现,但在文化发展进程中,它被涂抹上了过多的道德政治意味与神秘文化色彩,其蕴藏的生命元气与宏放气象反而被遮蔽。而鲁迅对其造人未曾进行任何张扬性蓄势,而是强调其醒来后精力的洋溢与"无聊"的苦闷。生命力是如此旺盛,也就渴望着将其对象化。于是,以自我为参照而造人,虽有着想象的神秘,文化层积的崇伟,但在文本中更多的却是女性自然本能的释放。正因女娲从抽象的神还原为朴素的人,从道德符号还原为自然生命,她才感到了一种"未曾有的勇往和愉快","第一回笑得合不上嘴唇来"。女娲鲁迅曾谈及古董时有过精辟论述,说"鼎在周朝,恰如碗之在现代,我们的碗,无整年不洗之理,所以鼎在当时,一定是干干净净,金光灿烂",其土花斑驳、古色古香原不过是"……曾埋土中,或久经风雨,失去了锋棱和光泽的缘故"❶。生命也是如此,原本是生命本能,却诲淫诲盗,反复涂饰,最终导致原野气息与原初本性的被覆盖和遮蔽。现将其予以还原

---

❶ 鲁迅:《"题未定"草(六至九)》,见《鲁迅全集(第6卷)》,人民文学出版社1981年版,第428页。

性再现，无疑是一种真正意义上的"故事新编"。同时，作品中还有一处值得注意，那就是《风俗通》在叙写女娲造人的同时还在传播贫贱富贵皆由天定的宿命观，即所谓"富贵者，黄土人也；贫贱者，引絚人也"。对此，而在《补天》中，女娲创造的人虽有"可爱"与"呆头呆脑、獐头鼠目"的区别，但其缘由却只是精力旺盛与否的游戏，是纯粹建基于生理上的表现。由此来看，弗洛伊德学说不仅成为其围绕女娲展开叙事的内在依据，也成了其对传统道德与宿命观念予以解构和反击的工具。也正因如此，鲁迅才会反复言说自己是在借了"茀洛特"的学说来进行创作。

三

从叙事展开来看，女娲造人基本完成，但若就此而止，则显得极为简单，而要继续推进，鲁迅需要新的"因由"。于是本与《风俗通》中"造人"并无关联的《淮南子·览冥训》中补天的女娲，成为鲁迅"故事新编"又一不可多得且能够"随意点染"的材料。但从《补天》文本的具体存在来看，第二节不仅有着如上文所说的与弗洛伊德学说关联的中断，而且在题旨指向、形象塑造上也出现了微妙的变化。

具体来看第二节，文本中女娲面对"歪斜开裂的天""龌龊破烂的地"，决意要竭力炼石以补苍天的叙事，是与解释"创造——人和文学的——的缘起"的意图不相关涉的。原初意图的远离，让女娲形象的塑造也在发生新变。"造人"的女娲洋溢着浑朴的生命之力和宏放的自然气象，而"补天"的女娲则更多地是向着道德人格与伦理值域建构。痛心于天崩地裂的忧患情怀，"修补起来再说"的务实精神，殒身不恤的坚毅与悲壮……无不闪耀着崇高伟岸的人格光华。这种叙述虽依然是在恢弘瑰丽的背景下完成，披沥着创作主体飞扬浓烈的生命激情，但与既有故事相比只是审美激情程度的强化，却未见到值域的质变。审美值域未变，其价值却在滑向传统的"成见"。不仅先前作为自然生命象征的女娲有被挤兑和弱化的危险，而且可能让反传统作为基本存在的创作主体——鲁迅——的价值立场显得含混而暧昧。这对于作者和读者来说都是危险的，这也或许是鲁迅所说的"自误"与"误人"的潜在所指。借助传统以再造又要避免传统的同化，激活想象又要坚守价值理性，接近历史又要避免"成见"的泥淖……这应该是鲁迅想着向古代取材进行小说创作前所未曾料到，但此时却成了《补天》中所要面临的一个现实难题。也即是说,造人、补天已经让女娲形象具有了强烈浓厚的审美意蕴,继续强化,也难有质的突变,他必须寻找现代意蕴得以植入的可能。《补天》的创作出现了难以突破的瓶颈,鲁迅也暂时中断了创作,而这应该就是他自己所说的"不记得怎么一来,中途停了笔,去看日报了"的真正缘由所在。❶

"去看日报",让鲁迅从远古回到当下,从想象回到现实,从激情的张扬回到理性的清醒。"去看日报"的实际情形如何?从鲁迅此一时期前后的创作来看,他在"看日报"时所见到的不仅有胡梦华批判汪静之情诗的《读了〈蕙的风〉以后》(1922年10月24日《时事新报·学灯》),吴宓的对新文化运动予以攻击的《新文化运动之反应》(1922年10月10日《中华新报》增刊),《新申报》《时报》《新世纪》等对翻译的泥古不化,还有亲历的北京大学反对讲义收费的风潮……这些对于向来以"阴暗"心理来揣摩中国时代和社会的鲁迅来说,无疑会触发其长期积聚于心的悲剧性体验的阵涌。正因如此,他一面以《反对"含泪"的批评家》《"一是之学说"》《不懂的音译》予以战斗,一面却无法掩抑内心的悲凉与绝望:"即小见大,我于是竟悟出一件长久不解的事来,就是:三贝子花园里面,有谋刺良弼和袁世凯而死的四烈士坟,其中有三块墓碑,何以直到民国十一年还没有人去刻一个字。"❷传统势力是如此的根深蒂固、顽冥不化,民众又是如此的自私愚昧,麻木凶顽,创造者、牺牲者、抗争者的努力就在这样一种情境中被蚀空与抹杀。这对于严峻激烈、沉郁敏感的鲁迅来说,又是怎样一种令人痛心、焦灼和悲愤的情境?当他再次返归《补天》的创作时,其内心所蕴蓄的情感应不再是单纯因女娲而激活的认同与高扬,更多的应是转向了对"庸众"的"愤激"与"报复",对时世与人生的悲凉与绝望,以及这三者所激荡的情感浊流。于是,如何在想象的飞扬中形成强力的扭折以对应现实的沉重?又如何在拥抱价值对象时让其回落到价值虚无的残酷?……无疑是小说创作进展到此处最为紧张与复杂的转捩点。而这种与先前充满犯冲与悖谬的审美情感,已无法在女娲身上进行变形与改造来进行寄寓,那样不仅会破坏形象的

---

❶ 鲁迅:《故事新编·序言》,见《鲁迅全集(第2卷)》,人民文学出版社1981年版,第341页。

❷ 鲁迅:《即小见大》,见《鲁迅全集(第1卷)》,人民文学出版社1981年版,第407页。

整一性，而且要整个改变先期进行的相关叙写。于是，转向女娲所创造的"小东西"，成了一种现实性的选择。这样一来不仅可以在他们身上宣泄上述情感浊流，并能通过他们的可笑卑劣与愚顽自私所形成的"油滑"与女娲的崇高与神圣形成犯冲，让文本生成无奈、悲怆、而复杂的审美况味。于是，当鲁迅再次回到创作时"就无论如何，止不住有一个古衣冠的小丈夫，在女娲的两腿之间出现了。这就是从认真陷入了油滑的开端"。❶非但如此，我们还可依照第二节的文本推测，他极有可能重新增加了"小东西"的"油滑"内容，以增强审美情感的斑驳和犯冲的张力。第三节中"小东西"更是完全挤兑与覆盖了女娲的存在，一变而成为文本主体。他们没有继承女娲生命的元气，也无法感应女娲补天的悲壮崇高，有的只是贪婪怯懦、自私虚伪、卑劣凶残、愚顽无耻……更令人悲怆欲绝的是，女娲因补天而牺牲后他们却依然恬不知耻、愚顽凶残地争夺着牺牲者的身体。在这里我们又见到了《药》中夏瑜为救民众而牺牲，而愚顽的民众却将其鲜血做药引的悲剧。于是，女娲——小东西之间的关系，不仅是创造者和被创造者的关系，而且生成了与启蒙者——民众相呼应的召唤结构。女娲的命运与启蒙者的命运也有了本质的一致，也即与《补天》同时的《即小见大》中所述："凡有牺牲在祭坛前沥血之后，所留给大家的，实在只有'散胙'这一件事了。"❷这样，瑰丽恢宏、崇高雄浑的审美色调中加入了油滑可笑、喜剧与荒诞。整个作品一改单纯的色调，形成了其一贯"爱憎不相离，不仅不相离而且相争"的审美激情。同时，整个作品的题旨也鲜明地呈现出《呐喊》一以贯之的"国民性"批判意蕴。于是，利用历史因由随意点染的故事新编带上了浓烈的启蒙色彩，而恢宏瑰丽的想象最终也无法脱离残酷的现实语境而振翥高飞，借助弗洛伊德学说来解释创造最终曲折变奏为启蒙境遇中生命体验的释放……

之所以会出现上述情况，原因应是多方面的。首先，启蒙主题下的创作虽然出现困窘，但20世纪20年代启蒙低潮语境，让沉郁执着的鲁迅在苦闷彷徨中陷入了更为紧张的思考。虽想向历史取材，但他无法从浃骨沦髓的悲剧性体验中抽身而出。其次，如何借助历史以激活想象又避免传统的同化，

---

❶ 鲁迅：《故事新编·序言》，见《鲁迅全集（第2卷）》，人民文学出版社1981年版，第341页。

❷ 鲁迅：《即小见大》，见《鲁迅全集（第1卷）》，人民文学出版社1981年版，第407页。

依托传统张扬创造意志又不脱离现实的黑暗与残酷，对于鲁迅来说，是以一个难于处理的难题。还有，就是外在启蒙语境对其创作才能的塑型与规约，这正如丹纳在《艺术哲学》中所说的："必须有某种精神气候，某种才干才能发展；否则就流产。因此，气候改变，才干的种类也随之改变；倘若气候变成相反，才干的种类也变成相反。精神气候仿佛在各种才干中做着'选择'，只允许某几类才干发展而多多少少排斥别的"，"时代的取向始终占着统治地位。企图向别方面发展的才干会发觉此路不通；群众思想和社会风气的压力，给艺术家定下一条发展的路，不是压制艺术家，就是逼他改弦易辙"。❶新文化运动形成的启蒙气候，让沉郁执著的鲁迅无法也不可能轻易离开。再则，创作最终回归到启蒙文学的审美范式，从作者创作心理上看也有着一种价值期待的安全。

四

《补天》完成后，鲁迅说"我决计不再写这样的小说，当编印《呐喊》时，便将它附在卷末，算是一个开始，也就是一个收场"。❷当然，后来的创作表明他未曾在这种故事新编类创作上"收场"，但《补天》之后的中断却是一个显见的事实。他之所以发出此种感慨，对《补天》的不满意应该是一个重要的缘由。的确，不仅《补天》的创作意图出现了变奏与位移，即使就整个作品的审美情调与艺术风格来看，前后变化无疑是太过突兀。特别是第三节，叙事基本上未曾展开，从而只能用短短的400来字予以草草结束。而这也从一个角度表明鲁迅在对整部《故事新编》评价不高时，会特别说及《补天》，"《不周山》的后半是很草率的，绝不能成为佳作"的缘由。❸

除开上述原因，"补天"类作品的中断，还有一个更为重要的原因，那就是此时沉寂的鲁迅应正在对启蒙进行更为深入的思考。与1923年的"荒歉"相比，1924年鲁迅的创作就出现了大的调整，那就是中断了从"古代""采取题材"，来做短篇小说"的想法，开始了《彷徨》的创作，且出

---

❶ [法]丹纳著，傅雷译：《艺术哲学》，安徽文艺出版社1991年版，第79页。
❷ 鲁迅：《故事新编·序言》，见《鲁迅全集（第2卷）》，人民文学出版社1981年版，第341页。
❸ 同上书，第342页。

现了短短1个月之内就完成《祝福》《在酒楼上》《幸福的家庭》等创作的"井喷"。这无疑可以看作是其创作上枢机得通,文思泉涌新境到来的表现。这些创作虽依然是继续围绕"启蒙"展开,但其关注的焦点由国民性批判转向了对知识分子生存境遇的关注与精神人格的反思,转向了对知识分子存在意义与生命抉择的深度拷问。❶ 相对于鲁迅来说,切近的知识分子题材远比历史题材易于把握和驾驭,知识分子悲剧性命运的体验也是其长期淤积于心且更为深浓的生命体验,而且启蒙落潮后知识分子的生命抉择与存在反思是更为令人焦灼痛苦而又充满强力吁求的审美召唤。

  也正是基于上述原因,鲁迅在创作了《补天》后,中断了此类"故事新编",而等到1926年10月再次重启,那时鲁迅也已远离北京而身在厦门了。

---

  ❶ 龙永干:《现代知识分子生存境遇的还原与无地彷徨的自觉》,载《文学评论》2013年第5期。

"鲁迅学术史"考辨*

江苏师范大学 邱焕星

鲁迅研究无疑是一门"显学",因其现实重要性和研究者众多而著称,由此也导致鲁迅的方方面面被纳入了研究的视野。在这其中,关于鲁迅研究的学术史整理工作也占有自己的一席之地,大部头的著作学界也出版了不少。但不能不说的是,如果将鲁迅研究界比喻为一个乐队的话,"学术史"的地位却很可疑,它看起来不像台上的演出人员,而更像幕后的服务人员,只在开闭幕的时候出现,又或者像旅游指南和敲门砖,甫一用完即放一边。

但是放眼整个学界,"学术史"明明在很多专业具有举足轻重的地位,以中国传统学术为例,黄宗羲的《明儒学案》《宋元学案》、江藩的《国朝汉学师承记》、钱穆和梁启超同名的《中国近三百年学术史》,不只在本领域,对于其他领域都具产生了辐射性的影响。"而到了1990年代,学术史研究在大陆则一跃而成为中心,成为学界的'热点'、'焦点',成为1990年代最大的学术中心",❶像大陆的桑兵、罗志田,台湾的王汎森,美国的柯文、艾尔曼,都有影响颇大的观点和论著行世。

在学术史研究如火如荼的时候,鲁迅学术史却处在时代的大潮之外,以致大家内心里实际视其为"前沿性学问的总结和附庸,做得再好,也只能算第二等的学问",❷这种尴尬很像托马斯·库恩出现之前的科学史研究,由于"最新才是最好"的进化论观念作祟,科学向来被视为无史的,由此导致科学史只有"编年"的意义,科学史研究者不但偏处一隅,还要饱受"不是科

---

* 本文原刊于《中国现代文学研究丛刊》2014年第4期。

❶ 王学典:《"20世纪中国史学"是如何被叙述的?》,载《清华大学学报》2008年第2期。

❷ 胡文辉:《现代学林点将录》,广东人民出版社2010年版,第602页。

学家""没有科学贡献"的指责。有鉴于目前的这种状况，找出致使鲁迅学术史处在依附边缘位置的根本原因，进而探究如何建立一个具有自身独立性和合法性的学术史研究领域，就成了本文需要解决的问题。

一、"研究综述"阶段

相较于其他领域，鲁迅学术史的起步并不算晚，学界也早就有建立"鲁迅学"的倡议，但实际上还处在"研究综述"的阶段。投入了很大的精力和时间，却没有实质性的突破，这就需要对既往的学术史理念进行反思。总体来看，既往工作大致有如下思路和问题：

最多也最主流的是"综述式"，比较著名的代表作如张梦阳的《中国鲁迅学通史》、王富仁的《中国鲁迅研究的历史与现状》、袁良骏的《当代鲁迅研究史》、彭定安的《鲁迅学导论》等。这类著作多是宏观总论式的巨型研究：一是以时间为序分段述评，追求历史脉络的清晰，譬如张梦阳在《中国鲁迅学通史》中以"宏观描述"来命名上卷，并将1919~2000年的鲁迅研究史划分为11个阶段；二是各个领域兼顾，追求研究视野的全面，还是以张著为例，上卷"宏观描述"论及各个时期代表性的著作和名家，下卷"微观透视"则涉及《野草》、阿Q学史、狂人学史、《故事新编》、杂文学史等主要专题领域。其他学者如王富仁、袁良骏等，也基本都是类似研究方式，区别只是分段的数量和囊括领域的多寡。

正是因为这些论著是全景扫描式的，所以它们自然成了系统了解鲁迅研究史的有力助手。但是这种研究的缺点也很明显，直观上首先是因过于追求全面而显庞杂，深层看，以时间分段描述却缺乏充分的学理依据，以致不同著作划分各异。更关键的是，忽视鲁迅研究变迁与外在社会思潮变动之间的关系，局限于学术史的内在理路，但又对自身的理论、概念、方法缺少探究。这方面，王富仁的《中国鲁迅研究的历史与现状》有所注意，他试图以马克思主义学派、人生—艺术派、国家政治派、精神启蒙派、人生哲学派等来概括鲁迅研究的不同流派，并标明不同流派背后不同的政治文化理念，但缺点一是经验概括，不具有严格的学理性，二是相互之间有明显交叉，因而也就缺乏区分度，所以这些命名和划分并未在鲁迅研究界得到公认。

此外，还有"专题式"的学术史论著，譬如张梦阳的《鲁迅杂文研究六十年》、葛中义的《〈阿Q正传〉研究史稿》、王家平的《鲁迅域外百年传播史》、王吉鹏等的《鲁迅世界性的探寻——鲁迅与外国文化比较研究史》《鲁迅民族性的定位——鲁迅与中国文化比较研究史》等。专题式的研究成果也非常多，但基本理念和第一种的"综述式"大致相似，也都是时间和空间的双向展开，只是更为具体化和专题化，单从学术史的角度看，也更为细片化。

上述两种其实都是通论式的学术史著作，还有一些研究与此不同：

一种是内部的方法论研究。这类关注鲁迅研究内部的方法论和理论体系的著作比较少见，值得注意的是冯光廉等主编的《多维视野中的鲁迅》，这本书并非以惯常的专题来分类，其上编从哲学、人格学、伦理学、思维学、宗教学等学科理论加以阐释，中编从社会学方法、传记学方法、心理学方法、比较文学方法、叙述学方法等研究方法进行解读，下编则从文体史、文学批评史、美学史、翻译史、汉语史等学科史角度加以评估。此书的编者和作者表现出鲜明的方法论意识和理论自觉性，但可惜的是，此书是一本鲁迅专题研究和学术史整理的混合体，且重心更偏于前者，其次是分类庞杂又缺少足够的区分度和学理性。

另一种是从外部进行社会功能研究。譬如汪晖的《鲁迅研究的历史批判》（《文学评论》1988年第6期）、藤井省三的《鲁迅〈故乡〉阅读史》、徐妍的《新时期以来鲁迅形象的重构》等。这类论著数量很少，但学术眼光独特，思想性较强，它们不追求全景式的扫描综述，而是着眼于鲁迅学术史研究的社会效应，即它与中国现代政治、思想、文化史变动之间的关联和互动。

这其中，藤井省三的《鲁迅〈故乡〉阅读史》以"想象的共同体"理论为中心，从文学传播和接受的角度，考察了《故乡》在1921年发表之后被阅读、被评论的变迁情况，以此来展示鲁迅文学在民族国家建设中起到的重要工具功能，无疑具有开创性的典范意义。汪晖则重点批判了鲁迅研究所肩负的"党和国家的意识形态规范"任务，并且以伽达默尔的阐释学为认识论基础，批判了既往鲁迅研究的先验论和线性决定论思维。不过，藤井省三此书重点在"文学与国家"的关系，而非一种学术史著作，徐妍的著作同样也是如此。而汪晖虽然借重了阐释学理论，但却有过于强烈的价值立场，视鲁迅研究的意识形态性为负面因素，以至于他塑造的鲁迅完全是一个"去政治化"的存在主义者形象，在凸显新思维的同时形成了新遮蔽。

不难发现，除了部分成果之外，既往的鲁迅学术史还处在一种初步整理性的"研究综述"水平,既不能执简御繁、宏观把握,又缺乏深度剖析,尚未触及具体研究背后的深层的认识和历史逻辑,所以直观的表现自然就是纷乱庞杂,而学术史变迁的脉络和动因却不清晰。

二、"以鲁迅为本体"之误

"研究综述"水平不能仅仅视为研究能力的问题,考虑到鲁迅学术史研究展开的时间已经足够长久,那么这种状态的持续存在,实际表明了鲁迅学术史研究的基本理念是有问题的。在笔者看来,鲁迅学界的认识一直局限在传统的"辨章学术,考镜源流"的视野里,这个章学诚在《校雠通义》中提出的认识,一直被学界奉为圭臬,譬如陈平原就曾在《"学术史丛书"总序》中认为:"所谓学术史研究,说简单点,不外'辨章学术,考镜源流'。通过评判高下、辨别良莠、叙述师承、剖析潮流,让后学了解一代学术发展的脉络与走向,鼓励和引导其尽快进入某一学术传统,免去许多暗中摸索的工夫——此乃学术史的基本功用。"❶张立文在《中国学术通史·总序》中也说:"通过考镜源流、分源别派,历史地呈现其学术延续的血脉和趋势。这便是中国学术史。"❷

在这种视野中的"学术史"研究,其实是一种内部的"研究史"或者"学科史"整理,正如有的学者所认为的:"作为'研究的研究',近代学术史研究应将学术本身作为研究的核心内容和内在依据,使学术史研究回归到学术本身",❸"学术史的主要研究对象既不应是纯粹的思辨,也并非某种思想观念,而是从学科发展的角度来衡量其是非价值,也就是从知识增长('学')和方法论('术')的角度来描述某一学科的发展及建设——这才是学术史所要做的主要内容"。❹基于这种"学科史"理念,一些学者提出了自己的框架构想,譬如有人认为学术史应研究四个基本方面:一是树立学

---

❶ 陈平原主编:《中国文学研究现代化进程二编》,北京大学出版社2002年版,第1页。

❷ 张立文:《中国学术通史·总序》,人民出版社2004年版,第5页。

❸ 舒习龙:《重写中国近代学术史:体例与方法》,载《河北学刊》2013年第1期。

❹ 陈墨:《乾嘉学术十论》,生活·读书·新知三联书店2006年版,第2页。

术思想的演变；二是提炼体现于学术著作中的方法；三是整合出各学科的学术范型；四是叙述评论学术业绩和成果。❶也有人认为包括六个方面：（1）学科发展史；（2）学科研究成果及其重大学术问题；（3）学者研究；（4）研究机构和学术团体；（5）学科学术活动；（6）学术期刊。❷还有一些学者提出了更多的研究内容，但总体来看与此类似。❸

而在以"学"与"术"为本位的同时，学术与外部社会历史变动的有机关联就会受到排斥，譬如有学者批评"许多研究被学术或真或假的外部现象所牵引，成为了泛泛而论的'思想史'课题，对学术内在理路的探寻在广度和深度上尚有不足，学术意识尚待加强"，❹但如此以来，"学术"自身的脉络可能清晰了，但其形成和演变的动因却很难搞清楚。

具体到鲁迅学术史研究来说，这种内在理路将鲁迅学术史的主要工作，变成了一种对鲁迅研究者所持"方法论"的梳理，这就将鲁迅学术史的作用"工具化"了，潜意识里其实是认为"鲁迅"比"鲁迅研究者"更重要，这样就形成了一个以"鲁迅"为起点和中心的递减序列：鲁迅—鲁迅研究—鲁迅研究的研究，让鲁迅学术史在"研究的再研究"中退变成一个二度加工厂，直接导致了鲁迅学术史地位的边缘化，处在一个"二重反革命"的地位，其被动性和依附性是不言而喻的，这也就难怪学术史研究被讥讽为不吃猪肉却看猪跑的二流学问。

更关键的是，以"鲁迅"为起点和中心的背后，是一种"符合论"的真理观，即把认识看成是对对象的客观反映，所以力求还原鲁迅自身的思想，强调"历史性"和"客观性"，视研究的主观性为偏离鲁迅本体的错误行为。这种"以鲁迅为本体的研究"，造成了对研究者的主体性和"鲁迅"的当下意义的忽视，更容易因对"鲁迅"的不同认识，而相互指责对方是"假

---

❶ 董乃斌：《关于"学术史"的纵横考察》，载《文学遗产》1998年第1期。

❷ 姚晓南：《关于学术史研究几个理论问题的辨识》，载《华南师范大学学报》2008年第3期。

❸ 刘曙光：《关于"当代学术史"学科建设的若干思考》，载《云梦学刊》2005年第4期；季玢：《关于建构"中国现代文学学术史"的思考》，载《沈阳师范大学学报》2005年第4期。

❹ 王刚：《立场与路径：中国近代学术史研究中的内在理路问题探论》，载《江西师范大学学报》2011年第1期。

鲁迅"。所以，以"鲁迅"为起点的鲁迅学术史自定位，最终失落了"学术史"自身的主体性和独特意义，这种自我定位的蒙昧混沌，致使学术史研究也必然停留在一种简单整理水平。其尴尬恰如从欣赏风景即"旅游"的角度看"旅游指南"，无论它如何华丽，也必然不如"风景"本身，但是，如果从媒介传播即"指南"的角度，那我们马上就会看到"旅游指南"的自身规定性和重要性。

事实上，鲁迅学术史的本质既然是"鲁迅研究的研究"，它就应该以"鲁迅研究"而非"鲁迅"为研究对象，而"鲁迅研究者"才应是研究的本体和逻辑起点，重点是考察研究者的主体意识及其来源。

三、"研究共同体"为中心

为什么鲁迅学术史研究的本体应该是"鲁迅研究者"呢？关于这一点，托马斯·库恩在《科学革命的结构》一书中进行了系统的探讨。库恩是科学历史主义的代表人物，他在考察科学史的变迁时，"对科学是由个别科学家做出的贡献而组合在一起的这种累积过程的极大怀疑"，他发现科学发现更多是"非累积的""整体性的"而非个人性的，研究者实际是作为"一个特定共同体的成员"而受控于"共有的信念、价值、技术等构成的整体"即"范式"（Paradigm）。[1]

"范式"是在前范式阶段竞争中脱颖而出的理论，"通常只剩下一个"，具有主导性和排他性，在它的主导下，研究进入"常规科学"阶段，整个学术共同体形成了稳定而独特的研究对象、基本观念、思维方式、话语模式和研究方法，其个体成员通过"范例"来习得这些理念方法，因为共识的原因，个体并不总是对自己使用的知识体系有明确的自觉，也不会对基本前提产生争论。常规科学的主要工作，是在范式的指导下进行"解谜"，扩大范式的广度和精度，这是一种高度累积性、确定性和非创造性的"扫尾工作"，因为在接受范式的最初，实际已经预定了对象、边界和结论。当"反常"累积到足够数量，以致范式的解释捉襟见肘时，"危机"便出现了，需

---

[1] [美]托马斯·库恩著，金吾伦、胡新和译：《科学革命的结构》，北京大学出版社2003年版，第157页。

要寻求一个新范式来代替旧范式，这个时候"科学革命"就开始了。

"范式"理论的出现，在学术史上具有划时代的意义：

首先，"范式"打破了学术研究的客观性神话，将视点从客体转向主体，把认识看成是对对象的"建构"而非客观反映，这种对"研究者"主体性和"时代"当下性的强调，凸显了"学术史"作为研究者的"探索史"和"自我理解史"的独立价值。也正因此，库恩始终坚持"相对主义"，认为"错误""迷信""过时的理论"自有其不可替代的意义，就像马克思所言的："希腊人是作为古希腊人认识自己的，而不会像我们对他们的认识那样，如果指责古希腊人对自己没有像我们对他们的这种认识……就等于指责他们为什么是古希腊人。"❶具体到"鲁迅学术史"而言，它首先需要一场"认识革命"，打破客观性的神话，认识到"鲁迅研究"其实是"研究者"自我理解的投射，"鲁迅—鲁迅研究—鲁迅学术史"这三者各有自身存在的合法性和必要性，所以要走出"以鲁迅为起点"的自定位误区，将"鲁迅学术史"的逻辑起点从"鲁迅"转向"鲁迅研究者"，进而考察研究者主体意识的嬗变及其对鲁迅形象的历史建构，最终获得学术史研究的独立性和合法性。

其次，就"范式"的形成、信仰和革命而言，库恩让我们意识到研究主体看似主动实则被动，由于它受控于学术研究的共同体，这种必然性和群体性将"知识社会学"问题凸显了出来。范式选择的社会性，即"共同体"与其背后的社会、历史之间的关系，成为必须考察的研究对象。具体来说，以"知识社会学"考察为中心的"学术史"体系有三个重要组成部分：

（1）内部的认识论考察。要超越简单的综述整理，进入到深层的认识结构层面，重点考察学术共同体的研究对象、研究范例、研究理念、研究方法、思维方式、概念范畴等。这种方法论研究的典范之作，可参考柯文的《在中国发现历史——中国中心观在美国的兴起》，该书1989年由中华书局出版，它批判了美国的中国史研究中的"冲击—回应"模式、"传统—近代"模式和帝国主义模式，指出今后应走向"在中国发现历史"的中国中心观，虽然柯文使用了"model"而非"paradigm"，但对后来"范式"理论的推广，无疑具有极为重要的推动和范例作用。

---

❶ 《马克思恩格斯全集（第3卷）》，人民出版社1996年版，第280页。

（2）外部的社会互动考察。核心是"知识"与"社会"的互动研究，既要考察"社会中的知识"，即学术共同体与外部社会历史的关系，也要考察"知识中的社会"，即学术共同体内部的构成关系，默顿将这些方面归为两大部分："a.社会基础：社会地位、阶级、世代、职业角色、生产方式、群体结构（大学、官僚机构、科学院、派别、政党）、'历史地位'、利益、社团、种族归属关系、社会流动性、权力结构、社会过程（竞争、冲突等）。b.文化基础：价值观、精神特质、舆论趋向、大众精神、时代精神、文化类型、文化思想、世界观，等等。"❶曼海姆则特别强调了三个关键要素，其中"传播"包括教育制度、报纸、知识普及和宣传等，"社会组织"包括中小学、大学、研究院、学术团体、博物馆、图书馆、研究所、实验室、基金会以及出版机构等，"知识分子"则要注意考察群体构成、社会起源、吸收人员方法、组织形式、阶级归属、取得的报酬和声望等。❷

这方面福柯的知识考古学和权力话语理论尤其值得借鉴，比较好的学术史代表作是艾尔曼的《从理学到朴学——中华帝国晚期思想与社会变化面面观》和《经学、政治和宗族——中华帝国晚期常州今文学派研究》、余英时的《朱熹的历史世界——宋代士大夫政治文化的研究》、陈以爱的《中国现代学术研究机构的兴起——以北大研究所国学门为例》等。

（3）学术变迁考察。上面两种考察偏重于组织结构和关系功能这些共时性问题，学术史研究还有历时性变迁的一面，在这种变迁考察中，有几点是必须强调的：一是不要变成单纯的学术史考察，仍须以知识社会学为中心，从"话语"的角度来考察学术与社会的互动变迁，以此来观察学术思想在社会历史演进中的功能、意义和局限；二是反对进化论观念，学术演进并非简单的以新代旧，而是社会历史变迁的产物；三是反对库恩关于范式的"不可通约性"的认识，人文学科具有前后传承、多元共存的特点，不同范式之间实际有着共生性和内在统一性。这方面的学术史代表作是柯文的《在中国发现历史》、王学典的《二十世纪中国历史学》、王汎森的《中国近代思想与学术的系谱》等。

---

❶ [美]R.K.默顿著，鲁旭东、林聚任译：《科学社会学（上册）》，商务印书馆2004年版，第14页。

❷ 路易斯·沃思：《序言》，见[德]曼海姆著，黎鸣、李书崇译：《意识形态与乌托邦》，上海三联书店2011年版，第21页。

四、鲁迅研究范式的嬗变

虽然学术史研究体系有三个重要组成部分，但正如库恩向我们提示的，它的关键表征无疑是学术研究范式的形成、冲突、信仰和嬗变革命。"没有学科范式，就不会有严格意义上的学术积累和进步。"❶就鲁迅学术史而言，考察鲁迅研究范式的嬗变，探究不同时代的研究者基于不同的范式而创造出的不同的鲁迅形象，既能从认识论的角度搞清鲁迅研究的不同理论体系，也能看到鲁迅本体的丰富性和现实意义，更能从这些形象和范式的变迁中，看到现代中国的"社会"变迁。

总体来看，既往鲁迅研究大致有过三种基本范式：

（一）政治革命范式

政治革命范式应当是鲁迅研究的第一个主导性的范式，它的提出最初和鲁迅"左转"在当时受到的批判有关，为此左翼阵营的瞿秋白等人在《〈鲁迅杂感选集〉序言》等文章中，提出了关于鲁迅从进化论到阶级论转换的解释。而政治革命范式地位的确立，则和毛泽东以及中华人民共和国的成立有关，其范例是1954年陈涌在《人民文学》发表的《论鲁迅小说的现实主义——〈呐喊〉与〈彷徨〉研究之一》，他将鲁迅定位为革命民主主义者和现实主义作家，认为"鲁迅的这种彻底的革命民主主义的思想反映在文学思想上，首先便是要求文学自觉地服从于政治、服从于中国的革命斗争"，所以"从民主主义到共产主义，这是鲁迅思想发展的根本方向、根本规律"。❷这个定位显然来自毛泽东的"新民主主义论"和关于鲁迅的权威定位，上承瞿秋白的经典论述。这种解读以毛泽东对中国社会各阶级政治态度的分析为纲，所以，农民为中心的各被压迫阶级的状况和道路选择，成为分析的重点，而知识分子和资产阶级革命，则处于被批判的位置。

这种肯定后期、否定前期的解读，在"文革"结束前一直是唯一合法的范式，有强大的意识形态和体制保障，它对"鲁迅方向"的强调，一方面扩

---

❶ 吴国盛：《总序》，见[美]库恩著，金吾伦、胡新和译：《科学革命的结构》，北京大学出版社2003年版，第1页。
❷ 陈涌：《论鲁迅小说的现实主义——〈呐喊〉与〈彷徨〉研究之一》，载《人民文学》1954年第11期。

大了鲁迅的现实意义,另一方面论证了共产革命的合法性。但是,随着"文革"的结束,其意识形态性开始受到严厉地批评,不过仍然是一种重要的范式,无论是官方还是学界,都有众多的支持者。而从学理的角度看,这种解读尽管存在王富仁所说的"偏离角",却并非后来者批评的那样只具有意识形态功能。阶级分析的确能有效地解读出《呐喊》和《彷徨》的政治意义,而对鲁迅后期道路、革命精神和杂文的肯定,也能从鲁迅的文本,尤其是他对《〈鲁迅杂感选集〉序言》的肯定中找到依据。更重要的是,中国现代革命史和鲁迅道路转换的内在一致性,也表明这是一种历史的选择,并非纯粹是基于意识形态的"想象"和"虚构"。

(二)文化革命范式

文化革命范式在"文革"结束后,逐渐成为20世纪80年代鲁迅研究的主导范式,在启蒙主义者特别是知识分子中尤其有影响力,它是当时启蒙主义思潮的反映,因为"文革"被解读为封建复辟,所以应当重回"五四"和鲁迅,来展开"新启蒙"运动。其范例是王富仁的博士论文《中国反封建思想革命的一面镜子——〈呐喊〉〈彷徨〉综论》,其他学者提出的"改造国民性""立人"观,也是范式的重要组成部分。王富仁认为"中国社会政治革命的问题在其中不是被直接反映出来的,而是在中国反封建思想革命的镜子中折射出来的",所以"首先要回到鲁迅那里去",要有"整体的研究系统"的改变,他认为鲁迅此一时期思想的中心,是进化发展观、个人主义和人道主义,创作方法上以现实主义为主,兼有浪漫主义、象征主义。王富仁颠倒了陈涌关于农民与知识分子的关系,认为鲁迅是"站在'孤立的个人'的思想立场上抨击整个社会的思想、批判'群众''多数'的愚昧和落后",这反映了鲁迅当时找不到出路的"苦闷、彷徨的心情",所以作品整体带有"沉郁"的风格。❶

文化革命范式复原了鲁迅早期的启蒙思想,激活了鲁迅的批判精神和知识分子的主体意识,适应了从教条主义的桎梏下解放的时代需要。但正如汪晖批评的,它以"思想革命"为起点和终点,带有先验论和决定论的倾向,难以呈现鲁迅的非意识本质层面的"复杂性",自然也就无法解读《野草》

---

❶ 王富仁:《〈呐喊〉〈彷徨〉综论》,载《文学评论》1985年第3、4期。

《朝花夕拾》《故事新编》等作品。❶实际上，文化革命范式最大的问题，是从"救亡压倒启蒙"的立场，肯定鲁迅的前期否定他的后期，将"左转"视为一种退步。这显然是一种非历史的观点，既不符合鲁迅的道路，也不符合中国现代历史的走向。

（三）生命哲学范式

生命哲学范式是20世纪90年代之后崛起的范式，范例是汪晖的《反抗绝望：鲁迅及其文学世界》，他将研究的视野从前两种的"镜子"反映论，转向鲁迅的"主观精神结构的复杂性、矛盾性和悖论性"，认为其精神结构是"历史的中间物"意识，人生哲学是"反抗绝望"，其小说形式是鲁迅精神分裂的外在反映。在汪晖看来，鲁迅"自我的困境和思想的悖论"是"对启蒙主义历史观的否定和确认"。汪晖将鲁迅的思想源泉从18世纪的启蒙主义，挪到了19世纪末的西方现代思潮，特别是存在主义那里，这就使鲁迅的中期思想，特别是《彷徨》《野草》得到了较好的解读。❷

生命哲学范式着眼于鲁迅的世界意义，视鲁迅为"人类探索真理的伟大代表"和"真正反现代性的现代人物"。这种定位迎合了解构启蒙、告别革命、走向全球化的20世纪90年代语境，在后现代主义流行的背景下，关于鲁迅思想的解读越来越体系化、西方化和存在主义化，鲁迅的革命倾向和启蒙思想都处于被遮蔽的状态，鲁迅研究也退化为一种远离现实的、学院化的理论思辨，全民鲁迅成了部分精英知识分子的鲁迅，鲁迅精神逐渐被玄学化和"软化"了。以至于汪晖自己后来都认为"将鲁迅放置在一个孤独的知识分子的位置上来理解他是多么地狭隘"，所以他提出要"重新理解大革命之后的鲁迅"。❸

以上三个范式的变迁，塑造了"革命民主主义者—启蒙主义者—存在主义者"三种鲁迅形象，这显然是研究者及其时代理念的投射，反映了现代中国经历了"共产革命—反思'文革'—告别革命"的三大时代变迁。所以，鲁迅研究范式其实是特定群体和时代关于现代中国历史走向及其未来选择的

---

❶ 汪晖：《鲁迅研究的历史批判》，载《文学评论》1988年第6期。

❷ 汪晖：《初版导论》，见《反抗绝望：鲁迅及其文学世界（增订版）》，生活·读书·新知三联书店2008年版。

❸ 汪晖：《"重构我们的世界图景"》，载《别求新声——汪晖访谈录》，北京大学出版社2009年版，第464页。

思考，每种范式都隶属于特定的时空，其意义和局限也都与此有关，而未来的鲁迅研究范式，也必将是对革命问题的更新回答。

五、结　语

黑格尔在《小逻辑》的一开端就强调"哲学的开端就是一个假定"❶，这句话对我们理解理论和研究的本性是至为重要的，因为就像H.G.布洛克所言的："正如大多数哲学谬论一样，困惑的结果总是产生于显而易见的开端（假设）。正因为这样，我们才应该特别小心对待这个'显而易见的开端'，因为正是从这儿起，事情才走上了歧路。"❷但是长期以来，"中国史学家对于知识论的预设无深究的兴趣，更不必说把这些预设推至逻辑的极端了"，❸更多时候我们看到的是，研究者忙于低头拉车却不抬头看路，由此制造了一个又一个的重复选题和缺乏建设性的知识积累。

我们必须认识到的是，没有理论建树的学术史研究是没有出路的。对于学术史的内涵、外延、独立性、合法性这些元理论问题，必须进行充分的关注和深入的思考，尤其是不能将"合法性"自动默认为研究的前提，而是应该将其作为研究的对象进行思辨质疑，如果像诸葛亮在《空城计》里所唱的那样，"国家事用不着尔等劳心"，那么学术研究不过是一种康德所批判的"教条式的昏睡"而已。

---

❶ [德]黑格尔著，贺麟译：《小逻辑》，商务印书馆1980年版，第38页。

❷ [美]H.G.布洛克著，滕守尧译：《美学新解》，辽宁人民出版社1987年版，第202页。

❸ 余英时：《中国文化的海外媒介》，见沈志佳编：《现代学人与学术》，广西师范大学出版社2006年版，第107页。

鲁迅与"失语者"

扬州大学 施 龙

鲁迅小说中的人物形象类型大概以"看客"和"孤独者"最为著名，而两种人物类型基本和鲁迅其他文类所指称的现实中的"庸众"和"前驱者"分别相对应。这两类人物之间的关系，既是一种"全部，或全无"式的对立，❶更是相互依存的统一，这就是说，看客、庸众与孤独者、前驱者互为对方存在意义的照见者。不过，无论何种语境，二者之间的关系都是不平衡的，看客是孤独者以新文化之眼观察到的一种浑噩的人生状态，而庸众恰成为前驱者活动的一堵背景墙，"铁屋子"之性质，正是黑、冷、硬。从这个角度看，看客、庸众和孤独者、前驱者双方之间很难有真正的对话，面对对方时，都无可避免地成为失语者。

当下学界关于失语者人物形象的研究，援引最多的是福柯的话语权力理论，而女性主义文学则提供了最便利的实证研究场域。这一研究现状表明失语者绝不可能只是单纯的文学形象，然而，失语者作为被侮辱被损害者直接涉及种种现实压迫问题，文化批判者无力涉及之后变成无心触及，遂将之轻轻放过，而表现出一种过甚其词的理论义愤。❷不过，这却是回到鲁迅本人那里时无法回避的实实在在的问题，故本文虽无意遵从这一思路探究鲁迅笔下

---

❶ 鲁迅：《在现代中国的孔夫子》，见《鲁迅全集（第6卷）》，人民文学出版社1981年版，第313页。此语译自"All or nothing"，为易卜生诗剧《勃兰特》主角所信奉的格言，"五四"时期影响甚巨。参见鲁迅：《随感录四十八》，见《鲁迅全集（第1卷）》，人民文学出版社1981年版，第337页。

❷ 这就是理查德·罗蒂所批评的文化"左"派"从行动主义立场撤退到了只搞理论的旁观立场"。参见[美]理查德·罗蒂著，黄宗英译：《筑就我们的国家》，生活·读书·新知三联书店2006年版，第69页。

的失语者,而主要立足文本分析作为失语者的庸众是一种怎样类型的美学型态,但也在需要的时候作有限度涉及,以此沟通文本与现实。

一、失语者的三种类型

考察失语者是否失语,最基本的判断条件是其与他人之间能否完成有效交流,这里的有效交流,指的是言说者语言当中所蕴含的意愿、情感、意志等信息能否为受众所接收、认知、理解(在相当程度上,也包括认同)。因此,言说者之所以被认定为失语者,不在于其是否有语言能力,也不在于受众之多寡,而在于双方能否通过说—听的行为模式产生共鸣,如果只是鸡同鸭讲式的所谓对话,那么失语迟早会发生。从这个意义上讲,鲁迅小说中最明显的失语现象"大都发生在代表启蒙话语的、具有现代性思想意识的知识分子与落后的、不觉悟的群众之间",❶紧贴文本来讲,亦即发生在孤独者、前驱者和看客、庸众之间。

在"无物之阵"中欢喜、悲哀无从表达的魏连殳、吕纬甫之外,这一类型的失语者尚可举《药》茶馆里的看客和《故乡》中的"我"为例加以说明。刽子手康大叔绘声绘色转述,当红眼睛阿义到牢里盘查底细、试图榨取油水时,革命者夏瑜对其进行策反,待发觉事无可为后,居然连声说他可怜。接下来便是这样一幅情形:

康大叔显出看他不上的样子,冷笑着说,"你没有听清我的话;看他神气,是说阿义可怜哩!"

听着的人的眼光,忽然有些板滞,话也停顿了。(着重号为笔者所加。——笔者注)小栓已经吃完饭,吃得满身流汗,头上都冒出蒸汽来。

"阿义可怜——疯话,简直是发了疯了。"花白胡子恍然大悟似的说。

"发了疯了。"二十多岁的人也恍然大悟的说。

店里的坐客,便又现出活气,谈笑起来。小栓也趁着热闹,拼命咳嗽……

---

❶ 徐志伟:《"我"为何无话可说——鲁迅〈故乡〉中的"失语"现象新解》,载《语文建设》2009年第2期。以下引用该文时标作徐文,不再一一注出。

店里诸位看客刹那间的失语，源于他们对革命和革命者精神境界的隔膜，也来自他们对另一套语言体系的隔绝。康大叔不是斥责夏瑜所谓"这大清的天下是我们大家的"不是"人话"吗？所以，作为顺民，他们将夏瑜的言行归结为大逆不道，而对他们难以理解的"话语"，只有将之归结为疯言疯语，然后才能继续"谈笑起来"。

相较而言，《故乡》中"我"的失语情形要复杂一些。徐文引用费孝通、张灏等人关于宗法社会、知识分子的研究，力图阐明"我"之所以在杨二嫂、闰土面前失语，在于初具现代特质的知识分子作为脱离了乡土社会的"游离分子"，已经无法认同杨二嫂们对其作出传统士绅社会角色的延续性界定，又无力给予他们切实的救助，故而成为"不断失语的'困惑者'"。其实，杨二嫂何尝有这样的理论自觉？她对"我""阔了""放了道台""有三房姨太太""出门便是八抬的大轿"之类的描述，不过是为了贪图小便宜而顺口夸大的乡人关于富贵的想象而已。这样胡搅蛮缠的说辞，"我"不会不明白其用意，故而"我知道无话可说了，便闭了口，默默的站着"，一个"知道"透露出无奈。至于徐文以为闰土坚持称呼"老爷""传达出来的依然是故乡人对传统社会制度和民间伦理的依恋"，并称"闰土似乎比'我'更清楚一套完整的伦理秩序对于乡村的重要性"，无疑更是言过其实了。其实，"我"在闰土一声"老爷"之后的"说不出话"，重点在情感的"隔绝"，而这源于闰土的后天"自我封闭"（说详下文）。因此，"我"对杨二嫂的言行是"吃了一吓"之后"愕然""愈加愕然"，而对闰土，则"似乎打了一个寒噤"。

思想上的不理解、行为上的不赞赏、情感上的不相通，最终汇聚到交流层面，导致人物的失语。这一现象当然是两套价值体系的错位造成的，须知新观念方生、旧观念未死之际，新旧两面均容易遭遇失语情形，而在交流无效的情况下，双方都会将对方言行纳入自己所能理解的范畴，如果原有的观念体系难以容纳，那么也需要一个说法，故"狂人"必须是疯子。从这个角度来看，革命者夏瑜说不动阿义，便用"可怜"作结，和看客将他视为"疯子"，虽不无差别而其实殊途同归，因为双方都是"执着于自己的想法的一

个人物"。❶

那么，如果没有价值、话语体系上的差异，有无可能失语？事实上，鲁迅小说中的失语者，最为常见的类型是由于缺乏倾诉对象而处于失语状态。可以说，赴诉无门是普通民众作为失语者的最普遍情形。如单四嫂子。她是一个"粗苯"女人，在丈夫死了之后，面对环伺周围的红鼻子老拱、蓝皮阿五之流，除了和对门的王九妈之间的鸡毛蒜皮，大概只会"心里计算"。她在宝儿活着的时候，欢喜从无表达，只是觉得"连纺出的棉纱，也仿佛寸寸都有意思，寸寸都活着"而已；而在宝儿病死后，不过"但觉得这屋子太静，太大，太空罢了"。又如闰土。闰土态度恭敬但分明的一句"老爷"虽然划出阶级的鸿沟，所谓"隔了一层可悲的厚障壁"，但他在迟疑地坐下来之后，对自己境况的描述，则除了断续的简单几句话，剩下来的"只是摇头"："他大约只是觉得苦，却又形容不出，沉默了片时，便拿起烟管来默默的吸烟了。"应该说，单四嫂子、闰土的失语都与外在的具体社会环境有关，正如《故乡》所言，"多子，饥荒，苛税，兵，匪，官，绅，都苦得他像一个木偶人了"，职是故，虽然他们并不是没有语言能力，但在长期缺乏倾诉对象的情状中，开始是无从倾诉，到后来就变成变为无力倾诉乃至无法倾诉，最后只能是以简单的肢体语言（如单四嫂子的呆坐、闰土的摇头）示人，不得不表现为麻木。

这里尚需注意的是，长年累月的辛苦劳作，使得单四嫂子们无暇表达，久而久之，就丧失了表达的能力、习惯，陷入自我封闭，也是他们沦为失语者的重要主观原因。单四嫂子回想从前时候"自己纺着棉纱，宝儿坐在身边吃茴香豆"的情形，心中充满喜悦，但苦于生计，只是闷着头做活，无暇回应乃至顾及孩子稚气而真诚的愿望，与亲人之间缺乏必要的交流，到了后来，就也只能是胸中满藏着悲苦而难以言明——她在无人可说而外，实在是已经不知道怎么说了。（王九妈"掐着指头仔细推敲"宝儿葬礼有无缺陷，那是一种仪式化的建制"语言"，与单四嫂子无涉）当然，这不是说麻木的庸众在需要表达的时候就完全不能、不会表达，但那是一种极端变形的形式。"真能做"的阿Q只在农忙的时候进入未庄人的视线，与人甚少发生交

---

❶ [法]柏格森著，徐继曾译：《笑》，北京十月文艺出版社2005年版，第124页。

涉,而他也的确有自己的"交际":酒店里的调笑、赌场里的喧嚷以及和土谷祠老头子的拌嘴,但这些都算不得所谓表达,以至于在他有了"恋爱"冲动以后,只能对吴妈说出"我和你困觉",并伴以肢体语言,"抢上去,对伊跪下了"。表达能力、习惯的缺失,使得阿Q在需要表达的时候慌不择路,虽然粗俗,但意思还是明确的,只是效果不好。吴妈自不待花前月下,但也接受不来如此鄙陋的方式。所以,从这里又引出另一类失语者,即因表达方式不恰切和受众的心理期待、心理承受之间的不协调而造成的失语。

如孔乙己。他在"短衣帮"说他偷书时,坚持称之为"窃",不过是为了"穿长衫的"读书人的最后一丝尊严而掩上一层遮羞布。偷、窃之"争"当然影响到孔乙己的心理、情绪,但也无伤大雅,所以他虽然"自己知道不能和他们谈天",是一个大众取乐的对象,也还有心情"向孩子说话"。孩子们贪图茴香豆与其周旋,待豆子不多而依然不散,孔乙己先是用口语,"不多了,我已经不多了",一种下意识的反应,而在回过神来之后,立即改口为"多乎哉?不多也",恢复到自我保护状态,也就和他与短衣帮之间的交际模式如出一辙了。"我"则因为"样子太傻",又读过书,其实是孔乙己的首选目标,但可惜他选择的话题是茴香豆的茴字怎么写。"我"的"不耐烦"和"愈不耐烦",并没有使得孔乙己意识到自己的迂腐,而只是"叹一口气"之后放弃了。客观地说,孔乙己选择自己熟悉的领域扳谈,固然有一丝卖弄的意思,但无恶意,不过要在孩子们身上找寻他久矣不遇的温情,这就有些交流的意思了,不过他的形象在众人眼中已经定格,甚而至于影响到孩子们,所以这一类的失语者之所以失语,在表达方式之外,还有并不体会受众心理的一面。

这样的典型也包括祥林嫂。当她重新出现在鲁四老爷家,第一遍讲述"我真傻,真的"的悲惨故事时,四婶"眼圈就有些红了",而镇上的人们初听,也不免叹息流泪,但祥林嫂沉浸在自己的世界之中,"只是直着眼睛,和大家讲她自己日夜不忘的故事",就使得人们"一听到就烦厌得头疼"。祥林嫂述说自己悲惨的故事,出于倾诉的本能,但她还需要听众,就是心理、情感方面的交流需要了,而面对人们的"烦厌和唾弃",她虽然迟钝了许多,也终于意识到"自己再没有开口的必要了",因此成为真正的失语者。在丧失了倾诉、表达、诉说的意愿、欲望之后,祥林嫂也就成为"眼珠间或一轮"的"活物"。平心而论,任何一个人都缺乏持续表现同情心的耐性,更无论群体,所以他们的厌烦实属意料中事,祥林嫂情动于中而形于外，本不择言而出，但世间不幸尚多，她的悲惨故事除了成为无聊的庸众一时的消遣，还能怎样呢？

以上主要从失语者主体缺乏表达习惯、受众接受心理以及双方之间语言（价值）体系的错位三方面对其成因略加论析，据此，鲁迅小说中的失语者也相应地分作三类：无力表达的失语者、无心表达的失语者和无从表达的失语者。所以，除了浮在表层的无意义的话语泡沫，鲁迅的小说世界实在是一个"无声的中国"，人们无从、无力、无心"发表自己的思想，感情"。❶

二、失语者的喜剧底色

鲁迅小说叙述的差不多都可以称为"几乎无事的悲剧"："这些极平常的，或者简直近于没有事情的悲剧，正如无声的言语一样，非由诗人画出它的形象来，是很不容易觉察的。然而人们灭亡于英雄的特别的悲剧者少，消磨于极平常的，或者简直近于没有事情的悲剧者却多。"❷那么，失语者是哪一种意义的"悲剧"？鲁迅关于悲剧的说法众所周知，"悲剧将人生有价值的东西毁灭给人看"，❸而失语者终其一生鲜见闪光之处，故其命运大抵也只当得起鲁迅在小说《兔和猫》中的一句情绪复杂的感喟："假使造物也可以责备，那么，我以为他实在将生命造得太滥，毁得太滥了。"其实，"几乎无事的悲剧"是果戈里以"含泪的微笑"之讽刺技法勾勒出的某种生命状态，指的是"用平常事，平常话，深刻的显出当时地主的无聊生活"，鲁迅进而借《死魂灵》中恶少地主罗士特莱夫请众人鉴别一只瞎眼母狗"确乎瞎了眼"的情节，指出"世界上有一些人，却确是嚷闹，表扬，夸示着这一类事，又竭力证实着这一类事，算是忙人和诚实人，在过了他的一整世"。❹如果说这是悲剧，也是有感于生命的无谓浪费，而从审美的角度来看，毋宁是一种喜剧。

---

❶ 鲁迅：《无声的中国》，见《鲁迅全集（第4卷）》，人民文学出版社1981年版，第11页。

❷❹ 鲁迅：《几乎无事的悲剧》，见《鲁迅全集（第6卷）》，人民文学出版社1981年版，第371页。

❸ 鲁迅：《再论雷峰塔的倒掉》，见《鲁迅全集（第1卷）》，人民文学出版社1981年版，第192～193页。

失语者的喜剧性在于僵化的外部言行，特指那些笨拙地执着于自己的思想、行为、语言而失却其所应有的对环境的适应性的那一类人。夏瑜向牢头红眼睛阿义宣传革命大义，孔乙己热心肠地教茴字的四种写法，祥林嫂喋喋不休地展示自己的悲惨，待被迫中止之时，在失语的刹那之间就往往产生一个"从人到物的瞬时转变"，这一转变所产生的美学效果，正是柏格森所谓"与其说是丑，不如说是僵"的滑稽，❶而亚里士多德将喜剧界定为对"对于比较坏的人的摹仿，然而，'坏'不是指一切恶而言，而是指丑而言，其中一种是滑稽"。❷故鲁迅本人用"平常事，平常话"刻画出来的失语者形象，原也带有喜剧性，虽然大都笼罩着悲哀的气氛，但在根本上不改失语者喜剧性的审美本质。

甚至《伤逝》中的子君也不无这种喜剧性。子君对涓生"谈家庭专制，谈打破旧习惯，谈男女平等，谈伊孛生，谈泰戈尔，谈雪莱""总是微笑点头，两眼里弥漫着稚气的好奇的光泽"，靠着这些听来的哲人哲理，却能够傲视"鲇鱼须"和"雪花膏"，宣称"我是我自己的，他们谁也没有干涉我的权利"，实在勇敢，勇敢得多少有些莽撞，这是因为，支撑子君这种勇敢行为的力量，与其说是"好奇"，即那些挂在口头的理论，毋宁是"稚气"，即年轻人无知无畏的生命活力。两人同居后，子君从恋爱时"诗"的激情状态跌入"散文"的凡俗日常生活之流（茅盾的短篇小说《诗与散文》刻画了热情如火和柔情似水两种类型的女性。），作为操持家务的主妇，做饭、养小油鸡和叭儿狗阿随以及和官太太暗斗成为她每日的常规，不消多少时日，生命的光彩已然黯淡许多。这时的子君，可以引为慰藉的，是在夜阑人静的时候与涓生"相对温习"恋爱功课，但也并没有持续多久：

这温习后来也渐渐稀疏起来。但我只要看见她两眼注视空中，出神似的凝想着，于是神色越加柔和，笑窝也深下去，便知道她又在自修旧课了。

---

❶ [法]柏格森著，徐继曾译：《笑》，北京十月文艺出版社2005年版，第39、19页。

❷ [古希腊]亚里士多德著，罗念生译：《诗学》，人民文学出版社1982年版，第16页。

从"相对温习"到"自修旧课",子君逐渐从对话状态走向失语状态。在"她所磨炼的思想和豁达无畏的言论,到底也还是一个空虚,而对于这空虚却并未自觉"的情况下,爱情又没有"时时更新,生长,创造"的新因素,子君就已经沦为机械的活物,那些温习旧课的言行也就难以不让人产生滑稽之感了。

滑稽是"诉之于纯粹的智力活动"的结果,具体来说,是"当一群人全都把他们的注意力集中到他们当中的某一个人身上,不动感情,而只运用智力的时候,就产生滑稽"。❶然而,鲁迅笔下无从、无力、无心表达的三种类型的失语者,除极少数人物、极特别的情形(如阿Q求爱、短衣帮对孔乙己的调侃),读者最基本的情绪体验却是同情,鲁迅式的"含泪的微笑"风格总是"泪"强于"笑"。对众多研究者已经指出的鲁迅小说形喜实悲的风貌,需要追问一个问题,那就是基调为喜剧的鲁迅小说为何会有这样的审美效果。

喜剧,照鲁迅本人的定义,是将人生"无价值的撕破给人看"的艺术,而"讥讽不过是喜剧的变简的一支流",❷天然适用于勾画失语者作为庸众的可鄙、可笑、可怜之处。然而,讥讽事实上分作"无情的冷嘲和有情的讽刺"两种,虽然二者"相去本不及一张纸",❸但差别仍在,取决于作者是"有情"还是"无情"。鲁迅如以不动声色的冷嘲笔法——白描,虽不多赞一词,而人物丑态毕现,特别是那些以"砭锢弊常取类型"的笔法,❹只撷取某一特征命名的人物,如红眼睛阿义、花白胡子之流,本身的行径就是其丑态的充分写照;鲁迅如若"哀其不幸,怒其不争",那就是掺入感情了,因此由冷嘲转入热讽,读者的情绪也自然随之起伏。就鲁迅本人的文体实践看,主要诉诸于智力的杂文多用冷嘲,小说则多用讽刺,实在不为无因。

---

❶ [法]柏格森著,徐继曾译:《笑》,北京十月文艺出版社2005年版,第4、6页。

❷ 鲁迅:《再论雷峰塔的倒掉》,见《鲁迅全集(第1卷)》,人民文学出版社1981年版,第193页。

❸ 鲁迅:《热风·题记》,见《鲁迅全集(第1卷)》,人民文学出版社1981年版,第292页。

❹ 鲁迅:《伪自由书·前记》,见《鲁迅全集(第5卷)》,人民文学出版社1981年版,第4页。

当然，失语者之所以值得同情，更为根本的在于其所失去的是"人生有价值的东西"。闰土的生命活力、单四嫂子、祥林嫂的亲子之情、子君的爱情，都是人之所以为人的价值体系不可或缺的组成部分。鲁迅将"有价值的撕破给人看"，在启蒙文学观之外，也有文体方面的原因。这一点或如柏格森所论，喜剧"在众多特性中选择那些能重复产生，从而也是并非与人的个性不可分地结合在一起的特性——可以说是一些共同的特性"为描写对象，一方面"创造一些显然属于艺术范畴的作品，因为这些作品有意识地以取悦人为目的"，而在另一方面，这些作品"因为它们具有一般性，并且还有纠正人、教育人这个潜在的意图"，所以喜剧是"介乎艺术与生活之间的中间物"。❶鲁迅也曾说过，"非写实决不能成为所谓'讽刺'"，❷亦此之谓。

三、失语者的"古雅"性质

王国维观察到"天下之物"中，存在诸多"决非真正之美术品，而又非利用品者。又其制作之人，决非必为天才，而吾人之视之也，若与天才所制作之美术无异者"，因无现成的名词指称，王氏遂名之为"古雅"。❸根据这一界定，喜剧作为艺术与生活的中间物，失语者人物形象作为艺术性与现实性的有机结合，在性质上均属古雅。

什么是古雅？❹一言以蔽之，曰"形式之美之形式之美也"。王国维亦称之为"第二形式"，所以，只有先剖明"第一形式"，然后才能理解古雅的性质。王国维根据"美术者，天才之制作也"这一康德以来"百余年间学

---

❶ [法]柏格森著，徐继曾译：《笑》，北京十月文艺出版社2005年版，第115页。

❷ 鲁迅：《论讽刺》，见《鲁迅全集（第6卷）》，人民文学出版社1981年版，第278页。

❸ 王国维：《古雅之在美学上之位置》，见徐中玉主编：《中国近代文学大系·文学理论集1》，上海书店1994年版，第219页。以下引文未注明出处者，均出此文。

❹ 本文只是根据论述需要勘定其基本内涵，而无意详尽剖析王国维"古雅"说的来源及内在的矛盾等问题，有兴趣者可参阅罗钢：《王国维的"古雅"说与中西诗学传统》，载《南京大学学报（人文社会科学版）》2008年第3期。

者之定论",指出"一切之美,皆形式之美",这里的"形式"就是本文语境中的"第一形式"。形式之为美,分优美、宏壮(壮美、崇高)两种。优美指的是"一对象之形式不关乎吾人之利害,遂使吾人忘利害之念,而以精神之全力沉浸于此对象之形式中。自然及艺术中普通之美,皆此类也",而壮美存之于"超乎吾人知力所能驭之范围,或其形式大不利用吾人,而又觉其非人力所能抗,于是吾人保存自己之本能,遂超乎利害之观念外,而达观其对象之形式,如自然中之高山大川、裂缝雷雨;艺术中伟大之宫室、悲惨之雕刻像、历史画、戏曲、小说等皆是也",前者"存于形式之对称、变化及调和",后者存于"无形式之形式"。❶总之,"(第一)形式"是使人完全忘却利害从而沉浸于或平静或激烈的纯粹的情绪体验的自然存在或天才创造,而前者为本,因为天才亦不过将能够引起优美、壮美体验的自然存在"捕攫之而表出之"而已。

古雅作为王国维认定的一种审美范畴,基本特性与优美、壮美同,所谓"可爱玩而不可利用者",但"古雅之致,存于艺术而不存于自然",故多与优美、壮美复合,"然后得显其固有之价值":

故除吾人之感情外,凡属于美之对象者,皆形式而非材质也。而一切形式之美,又不可无他形式以表之,惟经过此第二之形式,斯美者愈增其美,而吾人之所谓古雅,即此第二种之形式。即形式之无优美与宏壮之属性者,亦因此第二形式故,而得一种独立之价值。

古雅作为第二形式只是第一形式的附加,主要功用也在于"优美及宏壮之原质愈显",但还可使"第一形式之本不美者,得由其第二形式之美(雅),而得一种独立之价值",故其本身亦"得离优美宏壮而有独立之价值",而这些审美体验是混合在一起的,因此,古雅所唤起的,是优美和壮

---

❶ 此处对"优美""壮美"的界定较为偏重形式,此外尚有较为偏重接受的界定:"今有一物,令人忘利害之关系,而玩之而不厌者,谓之曰优美之感情。若其物直接不利于吾人之意志,而意志为之破裂,唯由知识冥想其理念者,谓之曰壮美之感情。然此二者之感吾人也,因人而不同;其知力弥高,其感之也弥深。"参见王国维:《叔本华之美学》,见徐中玉主编:《中国近代文学大系·文学理论集一》,上海书店1994年版,第205页。

美两相混合的体验。职是故，王国维认定古雅为"低度之优美"、"低度之宏壮"，处于"优美与宏壮之间，而兼有此二者之性质"之位置。

相比于优美、壮美的先天性、普遍性和必然性，古雅是后天的、经验的、偶然的，对它的判断取决于时代、环境、人种等因素。正因为古雅之"判断但由经验"，所以古雅虽然从美学上看不及优美、壮美，"然自其教育众庶之效言之，则虽谓其范围较大成效较著可也"。换句话说，古雅介于艺术和现实两者之间的美学品质，就决定了它必将与新文学发生后全社会范围内的文学的启蒙发生联系。

鲁迅在《摩罗诗力说》中也指出，"由纯文学上言之，则以一切美术之本质，皆在使观听之人，为之兴感怡悦。文章为美术之一，质当亦然，与个人暨邦国之存，无所系属，实利离尽，究理弗存"，其"职与用"，在于"涵养人之神思"，与王国维的观点并无不同，但鲁迅不同于王国维的地方，在于后者以为最与现实相关联的审美范畴古雅之基本功能是文学启蒙，而鲁迅认为文学"犹有特殊之用一"，在于"启人生之閟机"即揭示"人生之诚理"，因为"人生诚理，直笼其辞句中，使闻其声者，灵府朗然，与人生即会"，是故文学的"效力，有教示意；既为教示，斯益人生；而其教复非常教，自觉勇猛发扬精进，彼实示之。凡苓落颓唐之邦，无不以不耳此教示始"。据此而言，鲁迅推重摩罗诗人的"伟美之声"，在于"震吾人之耳鼓者"，即启蒙。

王国维、鲁迅之间"文学的启蒙"和"启蒙的文学"之别，源于文化立场的不同。王国维思想保守而学术趋新，还带有"中体西用"的影子，故西学虽好，仍然是观念层面的接受，而鲁迅作为破落户子弟出身，亟待新的观念、力量打破僵死的社会格局，故主张"拿来主义"，要它落地生根。因此，在一个穷则思变的时代条件下，鲁迅的文学主张无疑更有现实基础。至于西方的文艺理念在中国的土壤上开什么花、结什么果，那是谁也无法预测的，因而只管放手直干好了。周作人在《小河·诗序》对他个人所作诗歌的自我评判鲜明地体现了这一点："或者算不得诗，也未可知；但这是没有什

---

❶ 鲁迅：《摩罗诗力说》，见《鲁迅全集（第1卷）》，人民文学出版社1981年版，第71~72页。

么关系。"❶

客观地说,"五四"时期的众多作品在美学层次上都接近王国维所谓"古雅",这是一个文学的时代的"舆论的气候"。如果说周作人的《人的文学》还只是一种理论号召,那么《平民文学》提出的"以普通的文体,写普遍的思想与事实"和"以真挚的问题,记真挚的思想与事实",目的在于"研究平民生活——人的生活",进而"想将平民的生活提高,得到适当的一个地位",❷都如后来胡适对"人的文学"的极其精准的阐释,即"'人情以内,人力以内'的'人的道德'的文学"。❸这种后天的、经验的、偶然的文学"更类似于意识形态语言的和更日常形式的运行",❹正是古雅。王国维认为"个人之汲汲于争存者,决无文学家之资格",❺但毋庸讳言,包括鲁迅在内的新文学作者却正是在"汲汲于争存"的条件下登上文学的历史舞台的。

鲁迅小说的艺术性和现实性成色各各不同,但"几乎无事的悲剧"作为书写对象无疑决定了它更多地侧重后者,历来的研究多发掘其中的历史文化内涵即为表征之一。失语者作为"沉默的国民的魂灵来"之代表,❻如王国维所论,属"第一形式之本不美者",但以鲁迅"人格诚高,学问诚博"的修养之力"画出它的形象",得以以"几乎一篇有一篇新形式"❼的第二形式之雅而获得较为独立的审美价值。此外,或又如王国维《古雅之在美学上之位置》所言,文学作品中"往往书有陪衬之篇,篇有陪衬之章,章有陪衬

---

❶ 俞平伯:《诗底自由和普遍》,载《新潮》第3卷第1号,1920年。

❷ 周作人:《平民的文学》,见《艺术与生活》,上海群益书社1931年版。

❸ 胡适:《〈中国新文学大系〉建设理论集·导言》,见赵家璧主编:《〈中国新文学大系〉建设理论集》,上海良友图书印刷公司1935年版。

❹ [英]特里·伊格尔顿著,郭国良、陆汉臻译:《沃尔特·本雅明或走向革命批评》,译林出版社2005年版,第164~165页。

❺ 王国维:《文学小言》,见徐中玉主编:《中国近代文学大系·文学理论集一》,上海书店1994年版,第224页。

❻ 鲁迅:《俄文译本〈阿Q正传〉序及著者自叙传略》,见《鲁迅全集(第7卷)》,人民文学出版社1981年版,第82页。

❼ 沈雁冰:《读〈呐喊〉》,载《时事新报》1923年10月8日。

之句",而"此等神兴枯涸之处,非以古雅弥缝之不可"。鲁迅对围绕在失语者周围的那些没有名字的看客,顺手刺他一下的笔墨往往有意想不到的精彩,也能体现其古雅之修为。

在鲁迅的小说世界里,孤独者属"摩罗诗人",颇具第一形式之美,民众大多是"奴隶",乃事实存在,美与不美在于有无经过诗人之眼的观照。鲁迅以深邃的古雅修为、功力勾勒出民众作为失语者的审美面目,使之从物质存在转化、升华成观念存在,所以失语者也就成为凝聚其文艺才华和现实关怀的结晶。

从比较视野论鲁迅儿童观的先锋性

南京师范大学 谈凤霞

鲁迅是中国现代儿童文学的重要奠基者之一,他早在20世纪初就已从儿童文学翻译(科学小说、童话等)、儿童教育、儿童文学理论等方面披荆斩棘地开拓道路。关于鲁迅与儿童文学之关系,学界已多有关注。研究鲁迅之于儿童文学的贡献,一个重要的基点在于鲁迅的儿童观,研究者多将鲁迅的儿童观与其弟周作人的儿童观作比较,并据此评判其在中国现代儿童文学史和思想文化史上各自的功绩和地位,大多将周作人的《儿童的文学》奉为中国现代儿童观和儿童文学观确立的圭臬,但也有学者认为鲁迅的儿童观当居于中国现代儿童观的中心位置。❶21世纪以来,后现代主义理论下发生的重评现代儿童文学史引发了关于儿童文学观的本质论和建构论问题之争,论争的焦点主要也在于"五四"时期周作人为代表的单纯的"儿童本位论",而未能注意作为中国现代儿童观双子星座之一的鲁迅对儿童本质的认识所具有的

---

❶ 相关代表论述有:汤山土美子的《我对鲁迅、周作人儿童观的几点看法》(发表于《鲁迅研究动态》1988年第1期),蒋风、韩进的《鲁迅周作人早期儿童观比较——兼论中国现代儿童文学发展的鲁迅方向》(发表于《鲁迅研究月刊》1994年第2期),二文都指出鲁迅儿童观的历史性和社会性,周作人的则是理想性或生物学的理论;朱自强的《"儿童的发现":周氏兄弟思想与文学的现代性》(发表于《中国文学研究》2010年第1期)指出 "周作人以思想理念、鲁迅以文学形象发现'儿童'、发现'童年'";徐妍、孙巧巧的《鲁迅,为何成为中国现代儿童观的经典中心》(发表于《中国海洋大学学报》2013年第5期)认为"鲁迅儿童观的独特性正是在于鲁迅对儿童观体验和表达上的深刻性、矛盾性和复杂性,由此开启并探索了中国现代儿童观的诸多要义并居于中国现代儿童观的经典中心位置"。

辩证性和建构性内涵。鲁迅在1918年发表的小说《狂人日记》中发出"救救孩子"这一"辟孩子荒"的呐喊，包含了对于儿童生存、生活、生长状态的困境和可能的深切认识。因此，全面考察鲁迅儿童观的丰富内涵及其先锋性价值，可对发轫于"五四"的现代儿童观所达到的深度和之于文学的影响作重新厘定，也可为厘清当今与儿童观有关的争论提供新的思路。

鲁迅曾说过："对于儿童观，我竟一无所知。……中国似向未尝想到小儿也。"❶而对于儿童文学，他也声称自己"向来没有研究过儿童文学"。❷的确，相比对于儿童文学有着专门研究的周作人，鲁迅并非纯粹意义上的儿童教育家、儿童文学家和理论家，但是他对中国儿童问题和儿童读物一向都很关注，其思考也显得新锐而深远。他在留学日本之初的1903年就翻译了法国小说家凡尔纳的科幻小说《月界旅行》，提倡"科学小说"，认为"导中国人群以进行，必自科学小说始"。❸鲁迅和周作人合译的《域外小说集》1909年在日本出版，第一集即刊载了英国作家淮尔特（今译"王尔德"）的童话《安乐王子》（今译《快乐王子》），表明了他对童话的认可。从日本回国后，鲁迅曾在教育部任职，对于儿童教育有了更实际的关心。1918年1月《新青年》刊登了征求关于"儿童问题"文章的启事，鲁迅对此做出了积极的响应，在《新青年》上接连发表小说和杂文。发表于1918年5月的小说《狂人日记》发出了"救救孩子"的呐喊，同年9月的《随感录二十五》提出孩子是"人之萌芽"的身份和地位并呼吁"人之父"，1919年1月发表的《随感录四十》则进一步提出："旧账如何购销？我说，'完全解放了我们的孩子！'"而阐释最充分的则是发表于1919年11月的杂文《我们现在怎样做父亲》，他接连吹响了解放儿童的启蒙主义号角。

鲁迅在"五四"时期标举的儿童教育思想并非空穴来风，究其根源，乃是他1907年《文化偏至论》中确立的"立人"思想的延续，他提出"立国必先立人"，"首在立人，人立而后凡事举；若其道术，乃必尊个性而张精

---

❶ 鲁迅：《致许寿裳》，见《鲁迅全集（第11卷）》，人民文学出版社1981年版，第662页。

❷ 鲁迅：《致杨晋豪》，见《鲁迅全集（第13卷）》，人民文学出版社1981年版，第325页。

❸ 鲁迅：《〈月界旅行〉辨言》，最初印入鲁迅译《月界旅行》单行本，日本东京进化1903年10月版。

神"。❶作为"人之萌芽"的儿童乃是立人的起点,儿童教育因此被提上了重要位置。许寿裳在《亡友鲁迅印象记》里谈道:"至于鲁迅的为将来,可以他的儿童教育问题为代表。'救救孩子'这句话是他一生的狮子吼,自从他的《狂人日记》的末句起,中间像《野草》的《风筝》说儿童的精神虐杀,直到临死前,愤于《申报·儿童专刊》的谬说,作《立此存照(七)》有云:真的要'救救孩子'。他的事业目标都注于此。"❷鲁迅对儿童的关注跟他对现实童年生存情形的不满有关,他也"拿来"世界儿童教育的各种先进思想,结合中国的历史和现状,提出了振聋发聩的批判性和建设性意见,体现出新锐、宽广而深刻的现代性视野。本文拟从比较视野来考察鲁迅儿童观及其儿童教育思想的多种内涵,以见其同构性渊源,也见其异质性超越。

一、生物进化论之维:生命、幼者本位、牺牲

承接着小说《狂人日记》结尾"救救孩子"那句相对抽象的呐喊,鲁迅在之后的一系列杂文中阐释了为何要救救孩子的原因以及如何救救孩子的做法,建构自己的儿童观。在倡扬"德先生与赛先生"的五四时代,鲁迅对于儿童问题的考察首先源于一个科学基点即达尔文的生物进化论,他将人类中的儿童当作生物界中的一种生命来考察,探索的是"生物学的真理",因而具有科学性。鲁迅在留日之前就接触过严复翻译的《天演论》,留日时期在日本学术界引介达尔文学说潮流中,经由日本近代动物学者丘浅次郎的影响而达到了对达尔文生物进化论的真正理解和接受,❸写于《我们现在怎样做父亲》之前的短文《随感录四十九》就直接将动物与人类生命过程相类比,批判壮年、老年"占尽了少年的道路,吸尽了少年的空气"的"生物界的怪现象",又根据进化途中新陈代谢的规律提出:"老的让开道,催促着,奖励着,让他们走去。路上有深渊,便用那个死填平了,让他们走去。少的感谢

---

❶ 鲁迅:《文化偏至论》,最初发表于《河南》1908年8月第7号,署名"迅行"。

❷ 许寿裳:《挚友的怀念——许寿裳忆鲁迅》,河北教育出版社2000年版,第52页。

❸ 李冬木、李雅娟:《鲁迅与丘浅次郎(上)》,载《东岳论丛》2012年第4期。

他们填了深渊,给自己走去;老的也感谢他们从我填平的深渊上走去。——远了远了。明白这事,便从幼到壮到老到死,都欢欢喜喜的过去;而且一步一步,多是超过祖先的新人。"鲁迅认为这才是人类应该遵循的"生物界正当开阔的路"。❶在《我们现在怎样做父亲》这篇长文中,再次明确声称:"我现在心以为然的道理,极其简单。便是依据生物界的现象,一,要保存生命;二,要延续这生命;三,要发展这生命(就是进化)。生物都这样做,父亲也就是这样做。"他从生物学角度探讨生命要走进化之路的意义,并且指出:"走这路须有一种内的努力,有如单细胞动物有内的努力,积久才会繁复,无脊椎动物有内的努力,积久才会发生脊椎。所以,后起的生命,总比以前的更有意义,更近完全,因此也更有价值,更可宝贵;前者的生命,应该牺牲于他。"他把人类的生育与生物繁衍发展相比拟,揭示了"中国的旧见解"中父子关系的错误:"本位应在幼者,却反在长者;置重应在将来,却反在过去。""此后觉醒的人,应该先洗净了东方古传的谬误思想,对于子女,义务思想须加多,而权利思想却大可切实核减,以准备改作幼者本位的道德。"鲁迅进一步阐释"幼者本位"的做法需要改变父母对于子女的态度,要以生物天性生发的"爱"代替交换关系、利害关系导致的"恩"。"只是有了子女,即天然相爱,愿他生存;更进一步的,便还要愿他比自己更好,就是进化。""所以我现在心以为然的,便只是'爱'"。鲁迅从生物进化论出发提倡的幼者与长者关系中的"进化""爱"等,都是抛开社会化的伦理纲常,而代之以对自然生命体的尊重、对生命发展规律的把握和追求,并强调生命"停顿不得,所以还须教这新生命去发展",进而上升到人文层面的认识:"所以觉醒的人,此后应将这天性的爱,更加扩张,更加醇化;用无我的爱,自己牺牲于后起新人。"❷

鲁迅在日本作家有岛武郎的小说《与幼者》中也找到了思想的共鸣。他在写了《我们现在怎样做父亲》的后两日读到此篇小说(后翻译此作),并

---

❶ 鲁迅:《随感录四十九》,原载《新青年(第6卷)》第2号,1919年2月15日。

❷ 鲁迅:《我们现在怎样做父亲》,原载《新青年(第6卷)》第6号,1919年11月1日。

写下一篇阅读随感，❶文中大段引用小说中父亲对儿女们的劝导："你们若不是毫不客气的拿我做一个踏脚，超越了我，向着高的、远的地方去，那便是错的。……像吃尽了亲的死尸，贮着力量的小狮子一样，刚强勇猛，舍了我，踏到人生上去就是了。……你们该从我倒毙的所在，跨出新的脚步去。但那里走，怎么走的事，你们也可以从我的足迹上探索出来。"鲁迅连篇累牍援引的思想，与他写于之前的《随感录四十九》中的观点惊人的一致。"前途很远，也很暗。然而不要怕。不怕的人的面前才有路。'走罢！勇猛着！幼者呵！'"鲁迅赞赏有岛武郎小说中的这句话，它也表达了鲁迅对于觉醒了的幼小者的鼓舞和期望，宣扬了他"对于一切幼者的爱"。

  鲁迅关于父子关系的现代性思考与黎巴嫩作家纪伯伦的诗歌名篇《你的孩子》所阐释的亲子立场相仿佛。"你的孩子，/不是你的孩子，/他们是生命的子女，/并渴求生命。/他们是通过你而降生，/而不是从你那里来。/与你一起生活，/但他们并不属于你。/你可以给予他们爱，/但不是给予你的思想。/因为他们拥有自己的思想。/你可以给予他们肉体的寓所，/却给不了灵魂的家，/因为他们的灵魂是属于未来。/你无法探访，甚至无法梦想。"纪伯伦的诗中所表明的孩子只是"生命的子女"，并不属于父母，可以给予"爱"而非"思想"，因为孩子属于"未来"，这些观点和鲁迅的几乎如出一辙。尽管纪伯伦的诗作直到他去世的1931年才被译介到中国（冰心译其诗集《先知》），鲁迅和纪伯伦作品之间可能并没有什么交集，但是在对于儿童和父子关系的洞见上，这两位具有世界影响的东方文坛和思想界骄子都达到了相当前卫的高度。《你的孩子》的后半部分诗歌所提出的"给你的孩子当一把弓"和鲁迅在《我们现在怎样做父亲》一文的开头和结尾都强调的利他性的"解放"观点又是不谋而合。"力求像他们那样，别试图让他们像你这样。/因为生命是没有退路，/更不是与过去同步。/他如箭般往前射出去，/给你的孩子当一把弓吧！/生命的射手，/看到了通往无尽未来的道路，/他强而有力弯曲你这把弓，/以便能使那箭飞得又快又远，/乐意地被弯曲在他的手中吧！/因为他既爱那飞翔的箭，/也爱那稳定坚韧的弓。"纪伯伦敏锐地表达关于过去和未来的发展意识，并以弓和箭的意象来比喻父子关系。鲁迅也用了一个

---

  ❶ 鲁迅：《随感录六十三》，原载《新青年（第6卷）》第6号，1919年11月1日。

比喻，号召觉醒的人："自己背着因袭的重担，肩住了黑暗的闸门，放他们到宽阔光明的地方去；此后幸福的度日，合理的做人。"无论是帮助射箭的"弓"，还是扛住黑暗闸门的"肩膀"，都包含了一种利他精神。就鲁迅而言，除了这种促进生命个体发展意识之外，还多了一种"历史中间物"的意识和更为自觉而壮烈的牺牲精神。

"肩起闸门"的觉醒者、担当者形象，在比杂文《我们现在怎样做父亲》早发表两个月的散文诗《自言自语》中就已出现，这组散文诗的第三节是题为《古城》的短篇诗剧，主要情节是：少年知道沙来了，拼了死命举起闸门，挤幼小的孩子逃出去，老者却把孩子拽回来，少年依然敦促孩子快走。这个敦促孩子逃离被掩埋的命运的少年是先行的觉醒者、自觉的牺牲者。叙事者说："以后的事，我可不知道了。你要知道，可以掘开沙山，看看古城。闸门下许有一个死尸。闸门里是两个还是一个？"鲁迅用"两个还是一个"这样模棱的说法给故事安排了一个不确定的结局：有可能孩子能听从少年的劝告而奋力逃出去，也可能是被老者拽着成了陪葬品。这种不确定的结局，意味着鲁迅对于这种壮举的态度，他并不一味乐观，但也并不完全悲观，并非像有的学者所认为的那样，故事"隐喻了儿童无法获救的悲剧性宿命"，"鲁迅的内心深处非但无法虔信历史进化论，反而陷入挥之不去的绝望之中"。❶事实上，鲁迅认为只要去做，就有可能和希望，也正因为此，在之后的《我们现在怎样做父亲》中，他依然诚挚、热切地呼吁觉醒的父亲要肩起黑暗的闸门，哪怕自己是当了"历史中间物"（从旧到新的过渡桥梁），因为鲁迅清醒地知道几千年来根深蒂固的封建礼教之"黑暗的闸门"的沉重分量，所以他在热烈地肯定这一壮举的重要意义之时，也切实地指出施行中的艰巨："这是一件极伟大的要紧的事，也是一件极困苦艰难的事。"❷这一号召是用热情包裹的理性，内中有其硬度和韧性。不妨再对照《狂人日记》结尾隐含的深层情绪，结尾没有铺写绝望，其中一个原因是鲁迅还想将一线希望寄托于"孩子"身上，"没有吃过人的孩子，或者还有？

---

❶ 徐妍、孙巧巧：《鲁迅，为何成为中国现代儿童观的经典中心》，载《中国海洋大学学报》2013年第5期。

❷ 鲁迅：《我们现在怎样做父亲》，最初发表于《新青年》1919年第6卷第6号。

救救孩子……"❶他采用"或者还有"这一不确定的表达，是对其可能性的揣测和期冀；末句不用表达强烈感情的惊叹号，而用省略号，可以理解为他认识到"救救孩子"的路途漫长，需要上下求索。虽然前途未知，但只要觉醒、只要行动，就可能会有希望，这是鲁迅当时的一个重要意识，从而也使得他勇于当捅破"铁屋子"的先行者，勇于当"肩起黑暗的闸门"的"中间物"。

二、儿童教育学之维：理解、解放、"完全的人"

除了依据"生物学的真理"，鲁迅的儿童观同时吸取儿童发展心理学和教育学的原理。鲁迅概括了"现在怎样做父亲"的三个步骤，即理解、指导和解放。"开宗第一，便是理解"，即理解儿童生命究竟应为何种形态、何种地位。对此根本问题，他从古今中外做了比较性考察："往昔的欧人对于孩子的误解，是以为成人的预备；中国人的误解，是以为缩小的成人。直到近来，经过许多学者的研究，才知道孩子的世界，与成人截然不同；倘不先行理解，一味蛮做，便大碍于孩子的发达。所以一切设施，都应该以孩子为本位……"❷他所说的"许多学者的研究"，当是指民国初年译介的日本和欧美的儿童心理学和教育学成果。

鲁迅回国后在教育部任职期间，翻译日本多篇有关儿童社会教育、艺术教育以及儿童心理学方面的论文，如上野阳一所著的三篇专论：《艺术玩赏之教育》（刊《教育部编纂处月刊》第一卷第七册，1913年8月）、《社会教育与趣味》（刊《教育部编纂处月刊》第一卷九至十册，1913年10~11月）和《儿童之好奇心》（刊《教育部编纂处月刊》第一卷第十册，1913年11月），还翻译了日本高岛平三郎所撰的《儿童观念界之研究》（收录于鲁迅主持编辑的《全国儿童艺术展览会纪要》的专刊，署"教育部社会教育司编辑"，1915年3月出版）。这些论文的翻译是出于工作之需，和《拟播布美术意见书》一样，用于推广蔡元培的美育思想；同时，这些翻译工作也必然会

---

❶ 鲁迅：《狂人日记》，最初发表于《新青年》1918年第4卷第5号。
❷ 鲁迅：《我们现在怎样做父亲》，最初发表于《新青年》1919年第6卷第6号。

加深鲁迅对儿童及儿童艺术和社会教育问题的理解，而且有可能促使他将国民性的改造与儿童教育问题联系在一起，为日后呼吁"救救孩子"或"解放孩子"提供了心理学和教育学依据。鲁迅和周作人关于儿童问题、儿歌、童话等话题时有通信交流，周作人在留日时期就接触了西方人类学而产生了研究"人"的兴趣，回国后他对儿童学和儿童文学的译介倾注了许多心力，也翻译过日本学者关于儿童教育的研究论文等。周作人对儿童学的先行研究和对儿童文学的倡导得到了鲁迅的认同、鼓励和支持，兄弟之间的思想也会互相吸取或触发。鲁迅赞赏日本研究儿童的事业，有岛武郎是日本童心主义儿童文学的代表作家，崇尚儿童的纯真童心和自由想象所代表的人生境界。鲁迅也赞赏儿童丰盈的赤子之心："孩子是可以敬服的，他常常想到星月以上的境界，想到地面下的情形，想到花卉的用处，想到昆虫的言语；他想飞上天空，他想潜入蚁穴……"❶在推崇幼小的儿童自由不羁的想象力之外，鲁迅在小说《社戏》《故乡》等中对于农村少年满怀爱意的描摹，也表达了他对自由、能干、勇武的少年气性的标举。

除了受到日本儿童学和作家影响，鲁迅对儿童独特生命阶段的认识与西方儿童教育先驱的思想也颇为趋近。"五四"前后，在民主与科学精神的倡导下，形成了介绍西方教育思想的热潮，影响较大的主要是福禄贝尔、蒙台梭利以及杜威的教育思想。鲁迅由生物进化论提出的"幼者本位"和杜威针对教学实施中师生地位而提出的"儿童中心论"和实用主义教育思想在性质上并不一致，而与德国的福禄贝尔和意大利的蒙台梭利倡导的自然与自由主义的儿童教育思想更有共鸣。周作人曾译介福禄贝尔的思想，鲁迅或应有所了解。福禄贝尔在《人的教育》等著述中提出"人性教育"、人类成长"连续发展"原理等，认为教育应当追随儿童发展之自然，每个人在童年时就应当被作为人类的一个不可缺少的基本成员来看待、承认和培育。关于蒙台梭利新教育法的介绍和研究，1912~1922年《教育杂志》等发表了多篇论文。周作人也曾提到民国初年蒙台梭利教育思想在中国的传播较为热闹，他自己

---

❶ 鲁迅：《〈看图识字〉》，最初发表于《文学季刊》1934年第3期。

也多有收集并寄给北京女高师。❶曾在教育部任职的鲁迅对蒙台梭利的教育思想当会有所关注。因1907年在罗马创办"儿童之家"而闻名世界的蒙台梭利的教育思想是在福禄贝尔的基础上，结合当时的生物学、医学、心理学等而形成，蒙台梭利新教育法特色之一在于："悉听儿童之自由，使其精神无处不发现。"❷蒙氏认为儿童存在与生俱来的内在生命力，教育的任务是激发和促进儿童的内在潜力的发现，并按期自身规律获得自然的和自由的发展；她也指出童年构成了人一生中最重要的部分，儿童受到成人的压抑时就不能发展和生长。鲁迅所言的"孩子的世界，与成人截然不同"即是认识到了儿童生命的独特性，而他警告的"小的时候，不把他当人，大了以后，也做不了人"，❸则是强调对儿童作为人类基本成员地位的尊重和对其未来发展的前瞻，与福氏和蒙氏观点相仿。

　　福氏还强调父亲对幼儿教育的重要性，指出一个父亲必须及早指导幼儿对事情的正确想法，通过活动来引导他们树立勤劳的精神、活动精神及家庭与社会的美德。鲁迅也选择以"怎样做父亲"为角度来谈儿童教育，不仅是鉴于家庭中"父亲"这一角色之于儿童教育的关键性，而且还结合中国社会、家庭的现实，着眼于更深广的文化思想的"破"与"立"。他在《我们现在怎样做父亲》一文开宗明义："我作这一篇文的本意，其实是想研究怎样改革家庭；又因为中国亲权重，父权更重，所以尤想对于从来认为神圣不可侵犯的父子问题，发表一点意见。总而言之：只是革命要革到老子身上罢了。"❹可见，鲁迅对于儿童问题的关注并不仅限于儿童教育学，而是将之作为一个思想文化范畴的重大命题。所以他在思考儿童教育的变革之道时，

---

❶　参见周作人《论救救孩子》一文（最初刊于1934年12月8日《大公报》，署名知堂）："民国初年曾经有人介绍过蒙德淑利（蒙台梭利。——笔者注）的《儿童之家》，一时也颇热闹，我在东南的乡下见到英文书也有十种之谱，后来我都寄赠女高师，现在大约堆在什么地方角落里，中国蒙德淑利的提倡久已消灭，上海大书店所制的蒙氏教具也早无存货罢。"

❷　慤生：《蒙台梭利新教育法之设施》，载《教育杂志》1912年第5卷第5期。

❸　鲁迅：《随感录二十五》，最初发表于《新青年》1918年第5卷第3号。

❹　鲁迅：《我们现在怎样做父亲》，最初发表于《新青年》1919年第6卷第6号。

认为爆破口在于推翻中国封建社会旧有的伦常思想、父权思想，去养成"独立的人"。子女和父亲之间的关系在于："子女是即我非我的人，但既已分立，也便是人类中的人。因为即我，所以更应该尽教育的义务，交给他们自立的能力；因为非我，所以也应同时解放，全部为他们自己所有，成一个独立的人。"❶鲁迅对于父子关系问题的思考旨在向父权所代表的封建伦常、专制主义教育开炮，因为家庭中父子关系的变革与国家的未来休戚相关。"看十来岁的孩子，便可以逆料二十年后中国的情形；看二十多岁的青年，——他们大抵有了孩子，尊为爹爹了，——便可以推测他儿子孙子，晓得五十年后七十年后中国的情形。"❷鲁迅的"逆料"所强调的是"中国的情形"，他所提倡的"救救孩子"不仅着意于个体意义上的立人，而且还放眼于社会意义上的民族和国家的未来。鲁迅将理想中的"父亲"角色定位于"人"之父，他批判中国所多的是只生不教的"孩子之父"，提倡"以后是只要'人'之父"，即"生了孩子，还要想怎样教育，才能使这生下来的孩子，将来成一个完全的人"。❸

在儿童教育的某些具体细节上，鲁迅和西方的先行者也有相通之处。福氏建立起了一个以活动与游戏为主要特征的幼儿园课程体系，并创制了一套专供儿童使用的玩具，称为"恩物"。《晨报副刊》曾连载过《福禄贝尔恩物的研究》，❹蒙氏也创造了一些专门的教具，在游戏中促进儿童的发展。鲁迅对儿童玩具也多有关注，并由玩具思考儿童心性的培养。散文诗《风筝》中谈到年少时曾经折断了弟弟偷偷做出来的风筝，直到中年时"不幸偶而看了一本外国的讲论儿童的书，才知道游戏是儿童最正当的行为，玩具是儿童的天使。于是二十年来毫不忆及的幼小时候对于精神的虐杀的这一幕，忽地在眼前展开，而我的心也仿佛同时变了铅块，很重很重的堕下去了"。❺在《风筝》之前，鲁迅在已于1919年8月发表的散文诗《自言自语》中《我的兄弟》一篇谈过此事。虽然暂不知鲁迅所说的那本外国讲论儿童的书究竟是

---

❶❸ 鲁迅：《我们现在怎样做父亲》，最初发表于《新青年》1919年第6卷第6号。

❷ 鲁迅：《随感录二十五》，最初发表于《新青年》1918年第5卷第3号。

❹ 张雪门译：《福禄贝尔恩物的研究》，《晨报副刊》1925年3月21日起连载了4期。

❺ 鲁迅：《风筝》，最初发表于《语丝》周刊1925年第12期。

谁的著述，但可以肯定的是，鲁迅对于儿童的理解确实受到了外国儿童教育思想的启迪，他进而对照和反思中国教育思想中的误区和盲点（如认识到受"玩物丧志"的思想因袭而认为风筝之类是没出息孩子所做的玩意儿）。当他认识到儿童的游戏天性，便提倡要爱护和助长。他在"儿童年"（1934年）写下的《玩具》一文中谈到"时常看看造给儿童的玩具"，发现中国孩子只会惊异地看着外国孩子玩创造铁甲炮车的游戏，批判"中国是大人用的玩具多：姨太太，鸦片枪，麻雀牌……没有工夫想到孩子身上去了。虽是儿童年，虽是前年身历了战祸，也没有因此给儿童创出一种纪念的小玩意，一切都是照样抄"，揭示中国顽固不化的教育病症，即中国依然没有重视和激发孩子的游戏天性，其思想的矛头还延至国人的精神气概，并且还批判本国创造力的普遍缺失，赞扬创造了粗笨的机枪玩具的江北人"以坚强的自信和质朴的才能与文明的玩具争"，呼唤民族创造力和自信心的建立。❶

很明显，鲁迅儿童观与20世纪初进入中国的世界儿童心理学、教育学领域的先进思想相接轨。不过，作为思想家的鲁迅，他对儿童问题的思考没有止步于纯粹的教育理论范畴，而总会进一步跨入思想文化阵地，结合中国的历史和现状进行深入的批驳和反思，寻找根本性的变革中国的教育出路。

三、启蒙思想之维：反对奴化、童心恶、"真的人"

鲁迅"人之萌芽"的儿童观的现代性内涵不仅得到生物学和儿童学的借鉴和佐证，而且也明显受到了社会学范畴中人文主义思想的影响，具有厚重的启蒙主义质地。鲁迅十分推崇18世纪杰出的思想家和文学家、法国启蒙运动的主将卢梭。卢梭的教育小说《爱弥儿：论教育》的最早中译本出版于1923年❷，鲁迅在写作《我们现在怎样做父亲》之前可能尚未读到此作的其他语种的译本，但是其观点与卢梭的教育思想有着深度的契合。

鲁迅对于卢梭的认同，在根本上是出于对其反封建的思想、勇于抗争的精神和独立不羁的个性的赞赏。早在1907年的《文化偏至论》中，鲁迅就谈及崇尚情感的卢梭（他在文中译为"卢骚"），1908年鲁迅又在《破恶声

---

❶ 鲁迅：《玩具》，最初发表于《申报·自由谈》1934年6月14日。
❷ [法]卢梭著，魏肇基译：《爱弥尔》，商务印书馆1923年版。

论》中将卢梭奉为"志士英雄",他赞扬卢梭写作《忏悔录》的巨大勇气和"白心":"伟哉其忏悔录之书,心声之洋溢者也。若其本无有物,徒附丽是宗,辄岸然回首因善天下,则吾愿先闻其白心,使其白心于人前,则不若伏藏其伦仪,荡涤秽恶,俘众清明,容性解之竺生,以起人之内曜。"❶鲁迅也在《写在〈坟〉后面》文中表白自己的启蒙姿态:在"解剖别人"的同时"更无情地解剖我自己"。❷卢梭和鲁迅都对人性中的"恶"进行了挖掘和解剖,鲁迅在《狂人日记》中也流露了先觉者的忏悔意识。"我未必无意之中,不吃了我妹子的几片肉,现在也轮到我自己……有了四千年吃人履历的我,当初虽然不知道现在明白,难见真的人!"唯有真正的勇者才有深刻的自剖和忏悔。卢梭和鲁迅也都用启蒙的"解剖刀"去切中传统的儿童教育之弊害,且鲁迅还更进一步地解剖现实中变异的童心和潜藏的邪恶。

　　卢梭作为思想家、文学家、教育家,其各种学说自晚清起先后被引进中国,相较而言,其教育思想在中国的评介出现得稍晚,❸并且是先有对其教育思想的评介,而后才有其教育小说《爱弥儿》(副标题"论教育")的中文节译本。"卢氏教育学说最大之优点者,为人须独立,自由,自主,不受何等之权威束缚。"❹卢梭的教育思想和其反对封建专制、主张自由平等的社会思想一脉相承,对于民国时期随着新文化运动而兴起的教育改革也起到推动作用。鲁迅对于卢梭的《爱弥儿》虽没有直接、专门的评论,但是他在批判梁实秋关于卢梭的女子教育思想的评价而写成的讽刺性杂文《卢梭和胃口》

---

　　❶ 鲁迅:《破恶声论》,最初发表于1908年12月5日在日本东京出版的《河南》月刊第8期,署名"迅行"。

　　❷ 鲁迅:《写在〈坟〉后面》,见《鲁迅全集(第1卷)》,人民文学出版社1981年版,第284页。

　　❸ 笔者目前看到的此专题的较早论文是:耿佐军:《对于卢梭自然教育之批评》,载《建设(上海1919)》1920年第1卷第6期。其他一些发表于民国时期的评介如韦青云:《卢梭教育学说之分析及评论》,载《北京师大周刊》1926年第293期;思慎:《卢梭对于儿童教育的主张》,载《兴华》1931年第28卷第46期等,数量不多。

　　❹ 韦青云:《卢梭教育学说之分析及评论》,载《北京师大周刊》1926年第293期。

中，❶谈到了他对《爱弥儿》的认识，他对卢梭思想的理解和梁实秋的完全不同，鲁迅对于"卢梭发向世界上的新思想和新感情的激流"是持拥戴之心的，❷他曾赞道："无破坏即无新建设，大致是的，但有破坏却未必即有新建设，卢梭，斯谛纳尔，尼采，托尔斯泰，伊李生等辈，若用勃兰兑斯的话来说，是'轨道破坏者'。其实他们不单是破坏，而且是扫除，是大呼猛进，将碍脚的旧轨道不论整条或碎片，一扫而空……"❸和卢梭一样，鲁迅也是反封建的"轨道破坏者"，卢梭对他假设的教育对象爱弥儿施行的教育，旨在将他从摧残身心的封建教育制度中解放出来，使他得以发展完全的人格，而鲁迅自《狂人日记》大呼"救救孩子"始，就将一生都致力于扫除一切阻碍"人之萌芽"成"人"的封建桎梏。

卢梭是近代启蒙主义教育思潮之开山鼻祖，核心思想是"自然教育"，虽然福禄贝尔和蒙台梭利被奉为现代学前教育的两位重要先驱，但追根究底，他们的自然和自由的教育思想也都受益于卢梭。卢梭主张把儿童看做儿童，"大自然希望儿童在成人以前就要像儿童的样子"，❹顺应儿童自然之顺序以发展儿童固有能力，以好奇心与兴趣作为学习动机，注意活用教育。他还将爱弥儿的学习环境归于自然，摆脱封建经院教育的束缚，在大自然中让其身心得到自由发展。鲁迅在散文《从百草园到三味书屋》中所表达的喜欢在生机勃勃的花园里玩耍和猎奇而不喜刻板的私塾课堂的倾向，也契合卢梭的这一自然教育的实践指向。卢俊在《爱弥儿》中强调家庭教育："既然真正的保姆是母亲，则真正的教师便是父亲。愿他们在尽责任的先后和采取怎样的做法方面配合一致；愿孩子从母亲的手里转到父亲的手里……因为，用热心去弥补才能，是胜过用才能去弥补热心的。"❺他所言的父母的"热心"

---

❶ 梁实秋：《卢梭论女子教育》，最初发表于《晨报副刊》1926年12月15日，后略加修改，重刊于1927年11月的《复旦旬刊》创刊号。他认为卢梭关于女子教育的意见"实足矫正近年来男女平等的学说"。

❷ 鲁迅：《卢梭和胃口》，最初发表于《语丝》周刊1928年第4卷第4期。

❸ 鲁迅：《再论雷峰塔的倒掉》，最初发表于《语丝》周刊1925年第15期。

❹ [法]卢梭著，李平沤译：《爱弥尔：论教育》，商务印书馆2009年版，第101页。

❺ 同上书，第29页。

乃是由父母对于子女的天然之爱而生发。鲁迅在《我们现在怎样做父亲》文中大力倡导："父母对于子女，应该健全的产生，尽力的教育，完全的解放。"❶鲁迅在做了父亲之后，就实践自己的"解放"理论。他在散文《五猖会》中追忆儿时遭父亲压制的一段经历，对受到的压抑深以为苦，所以他在儿子海婴的教育上，坚决做到理解和尊重孩子顽皮的天性。他没有过早地教孩子认字，而是和卢梭一样，重视培养孩子强健的体魄和自由的心性，在给母亲的一封信中谈及："现每日上午，令裸体晒太阳约一点钟，余任其自由玩耍。"❷他在给亲友的信中频频报告海婴的成长动态，常提及孩子在家捣乱，但此嗔怨流露的是对于孩子"顽健"的欣赏。

对于儿童教育的最终目的和方法，卢梭和鲁迅也都作了鞭辟入里的探索，主要有二：一是让儿童成为"真的人"，反对奴化教育；二是防止习恶与精神变异。人学是卢梭和鲁迅教育思想共同的立足点。卢梭在《爱弥儿》第一卷中直接表明儿童教育的目标："从我的门下出去，我承认，他既不是文官，也不是武人，也不是僧侣；他首先是人"，"他在紧急关头，而且不论对谁都能尽到做人的本分；命运无法使他改变地位，他始终将处在他的位置上"。❸他所主张的教育是为了培养自由、平等、独立的人，鲁迅的"立人"思想与卢梭的"育人"思想相一致，二者都是针对封建时代奴化教育而发起的一场思想革命。卢梭在《爱弥儿》中说："我们的种种智慧都是奴隶的偏见，我们的一切习惯都在奴役、折磨和遏制我们。文明人在奴隶状态中生，在奴隶状态中活，在奴隶状态中死：他一生下来就被人捆在襁褓里；他一死就被人钉在棺材里；只要他还保持着人的样子，他就要受到我们的制度的束缚。""我们要真正研究的是人的地位。"❹鲁迅也运用启蒙主义思想批判封建思想对儿童的奴役："暴君的专制使人们变成冷嘲，愚民的专制使人们变成死相"，"世上如果还有真要活下去的人们，就先该敢说，敢笑，敢

---

❶ 鲁迅：《我们现在怎样做父亲》，最初发表于《新青年》1919年第6卷第6号。

❷ 鲁迅著，徐妍辑笺：《鲁迅论儿童文学》，海豚出版社2003年版，第424页。

❸ [法]卢梭著，李平沤译：《爱弥儿：论教育》，商务印书馆1981年版，第15页。

❹ 同上书，第17页。

哭，敢怒，敢骂，敢打，在这可诅咒的地方击退了可诅咒的时代！"❶少年应警惕"正经"的大人对其自由生命的压迫而变成死相。鲁迅在《从孩子的照相说起》一文中比较了中日儿童的不同形象，他欣赏儿子海婴"健康，活泼，顽皮，毫没有被压迫得瘟头瘟脑"的样子和敢于责问父亲"什么爸爸"的独立气性，反对"对一切事无不驯良""没有出息"的"奴隶性"。❷然而从"五四"到20世纪30年代，儿童这一"人之萌芽"似乎并未能真正成"人"。鲁迅愤懑于愚民式教育的顽固不化，他在《新秋杂识》中揭示蚂蚁掠取幼虫的原因乃在于："使在盗窟里长大，毫不记得先前，永远是愚忠的奴隶，不但服役，每当武士蚁出去劫掠的时候，它还跟在一起，帮着搬运那些被侵略的同族的幼虫和蛹去了"，进而从昆虫界的现象延至"万物之灵"的人类的教育，"然而制造者也决不放手。孩子长大，不但失掉天真，还变得呆头呆脑，是我们时时看见的"。鲁迅批判现行教科书和儿童书同样也是在制造"愚忠的奴隶"和"愚昧的帮凶"，呼吁"打掉毒害小儿的药饵，打掉陷没将来的阴谋：这才是人的战士的任务。❸封建时代的儿童压迫和奴化教育的实质是一场"人肉筵席"，鲁迅呼吁"扫荡这些食人者，掀掉这筵席，毁坏这厨房"是"现在的青年的使命"，❹自然也是他身为"人的战士"一直自觉肩负的重大使命！

尽管新文化提倡了很多年，但鲁迅看到中国儿童教育的问题积重难返，他在1933年撰写的《上海的儿童》一文中直揭家庭教育中的愚昧麻木："中国中流的家庭，教孩子大抵只有两种法。其一，是任其跋扈，一点也不管，骂人固可，打人亦无不可，在门内或门前是暴主，是霸王，但到外面，便如失了网的蜘蛛一般，立刻毫无能力。其二，是终日给以冷遇或呵斥，甚而至于打扑，使他畏葸退缩，仿佛一个奴才，一个傀儡，然而父母却美其名曰'听话'，自以为是教育的成功，待到放他到外面来，则如暂出樊笼的小

---

❶ 鲁迅：《忽然想到（五）》，最初发表于《京报副刊》1925年4月22日。

❷ 鲁迅：《从孩子的照相说起》，最初发表于《新语林》1934年第4期。

❸ 鲁迅：《新秋杂识》，最初发表于《申报·自由谈》1933年9月2日。

❹ 鲁迅：《灯下漫笔》，最初分两次发表于《莽原》周刊1925年第2期和第5期。

禽,他决不会飞鸣,也不会跳跃。"❶他从给儿童的画本这一"精神食粮"和中外儿童形象的比较来指出这一问题的严重性:"现在总算中国也有印给儿童看的画本了,其中的主角自然是儿童,然而画中人物,大抵倘不是带着横暴冥顽的气味,甚而至于流氓模样的,过度的恶作剧的顽童,就是钩头耸背,低眉顺眼,一副死板板的脸相的所谓'好孩子'。这虽然由于画家本领的欠缺,但也是取儿童为范本的,而从此又以作供给儿童仿效的范本。我们试一看别国的儿童画罢,英国沉着,德国粗豪,俄国雄厚,法国漂亮,日本聪明,都没有一点中国似的衰惫的气象。"❷他痛心地指出:"顽劣,钝滞,都足以使人没落,灭亡。童年的情形,便是将来的命运。""先前的人,只知道'为儿孙作马牛',固然是错误的,但只顾现在,不想将来,'任儿孙作马牛',却不能不说是一个更大的错误。"❸鲁迅不断强调"将来",因为他理想中的"将来"是"真的人"而非"马牛"的"将来"。正是这强烈的"将来"意识使得鲁迅对于儿童问题的探问富有远见、深度和力度。

鲁迅和卢梭都注意环境对儿童成长的影响,但是对于童心(也关及人性)的本质认识有所分歧。卢梭是人性善论者,《爱弥儿》开头"夸张"地写道:"出自造物主之手的东西,都是好的,而一到人手里,就会变坏了。"❹他认为人性生来是"善"的,但在长大过程中与"恶"的社会接触,"善"的本性会逐渐迷失。鲁迅在《漫骂》一文中也谈到了儿童"变坏"的原因:"说儿童为了一点食物就会打起来,是冤枉儿童的,其实是漫骂。儿童的行为,出于天性,也因环境而改变,所以孔融会让梨,打起来的,是家庭的影响,便是成人,不也有争家私、夺遗产的吗?孩子学了样。"❺他指出无论善、恶,都是家庭对孩子的影响。为了避免不良环境的影响,卢梭提出儿童教育早期之道采用"消极"原则,即先隔绝外界事物之种种不良影响,防止他沾染罪恶,防止他的思想产生谬见,所以他在爱弥儿的童年时即带他远离城市,到自然淳朴的乡村,然后本其天性,施以积极的人为教育,以养成其完全的人格。而鲁迅的多篇小说则从反面提供了证据:童年的良善天性

---

❶❷❸ 鲁迅:《上海的儿童》,最初发表于《申报月刊》1933年第2卷第9号。

❹ [法]卢梭著,李平沤译:《爱弥儿:论教育》,商务印书馆2009年版,第6页。

❺ 鲁迅:《漫骂》,最初发表于《申报·自由谈》,1934年1月22日。

若得不到保护，或让儿童生活于谬见之中，则会有坏的发展，谬见也会得以滋生繁衍。他在《故乡》中以喜爱之情描写少年闰土的矫健敏捷，而写到中年闰土时则痛心于他被封建等级思想铸就的麻木呆滞。已有学者通过对鲁迅小说《故乡》、散文诗《风筝》等的考察而指出："鲁迅通过对'童年'与'成年'的对比性描写，提出了来自鲁迅人生哲学深处的一个深刻的'现代'主题——在'童年'与'成年'的冲突中，人的生命逐渐被'异化'的问题。这个主题也是人类精神发展的永恒主题。"❶若从鲁迅的其他涉及儿童形象的小说进一步考察，则可发现鲁迅更大的痛心还不止于"童年到成年"的异化，而是在于看到童年阶段就已经发生了"恶"的变异。

《狂人日记》中，狂人出门发现遇到的人都交头接耳地议论他，但他不怕；可是当他发现小孩子也同样如仇敌似的对他时，不由深怕。狂人可以找出自己和赵贵翁结怨在于"把古久先生的陈年流水簿子"踹了一脚，"但是小孩子呢？那时候，他们还没有出世，何以今天也睁着怪眼睛，似乎怕我，似乎想害我。这真教我怕，教我纳罕而且伤心"。狂人最终找到的原因是："我明白了。这是他们娘老子教的！"孩子从小就被娘老子教会了"恶狠狠地瞪眼"，加入了"吃人"的行列，鲁迅真正的怕和大的伤心是在这里，所以他才会在结尾信心不足地询问："没有吃过人的孩子，或者还有？"才会痛心疾首地呼喊："救救孩子……"鲁迅呼吁"救救孩子"的着眼点基于"没有吃过人的孩子，或者还有"这一线希望，这句启蒙主义呐喊包含两大层面的救助：不让孩子被吃，也不让孩子去吃人。有学者认为："'五四'时期的鲁迅，虽然自觉地选取了启蒙者视点的启蒙主义儿童观，但不可否认他对'儿童'的理解存在着某种想象性的成分，甚至，还存在着某种隔膜。"❷其实，从一开始的《狂人日记》起，鲁迅对孩子的认识就不带有想象性成分，他直指儿童之恶。在小说《示众》中，鲁迅写及一群孩子看客，如卖馒头的胖孩子、小学生、被老妈子抱着的小孩等，老妈子哄小孩看被巡警牵着示众的白背心，"阿，阿，看呀！多么好看哪！"鲁迅向来对于作为帮凶的看客深恶痛绝，而孩子从小就混迹于看客，无疑更让他惊心和忧虑。在

---

❶ 朱自强：《"儿童的发现"：周氏兄弟思想与文学的现代性》，载《中国文学研究》2010年第1期。

❷ 徐妍、孙巧巧：《鲁迅，为何成为中国现代儿童观的经典中心》，载《中国海洋大学学报》2013年第5期。

发表于1925年的《杂感》中他点明这些"瞪眼"的孩子之来处和去向："勇者愤怒，抽刃向更强者；怯者愤怒，却抽刃向更弱者。不可救药的民族中，一定有许多英雄，专向孩子们瞪眼。这些屠伯们！孩子们在瞪眼中长大了，又向别的孩子们瞪眼，并且想：他们一生都过在愤怒中。"这种"瞪眼复瞪眼"生生不息的循环，必然会"杀"了属于真正"敢说，敢笑，敢哭，敢怒，敢骂，敢打"的"真的人"的将来。

鲁迅对儿童观注入专门探讨的小说是《孤独者》，通过魏连殳和"我"关于儿童的争辩来深入剖析儿童性。起初，魏连殳认为"孩子总是好的。他们全是天真……"而"我"认为"那不尽然"，他则辩解："大人的坏脾气，在孩子们是没有的。后来的坏，如你平日所攻击的坏，那是环境教坏的。……我以为中国的可以希望，只在这一点。""我"再度反驳："如果孩子中没有坏根苗，大起来怎么会有坏花果？"这番对于孩子天性的冒渎之言使魏气愤，而令他深受打击的不仅是他的屋里站了一大一小两个"不像人"的亲戚，更是街上拿了一片芦叶指着他喊"杀"的婴儿。这个婴儿形象在之前的散文诗《颓败线的颤动》中是一个关键性元素，❶最终给老妇人带来"颓败线"的全面颤动的也是那最小的孩子举着干芦叶挥动大刀般的喊"杀"的行为，甚至比娘老子还凶狠，使得她"登时一怔"，转而厌弃了残酷、丑恶的世界。但是文中的叙事者"我"并没有让自己沉沦于绝望，"我梦魇了，自己却知道是因为将手搁在胸脯上了的缘故；我梦中还用尽平生之力，要将这十分沉重的手移开"。发现儿童沾染成人的恶习会产生思想的谬见，再加上发现儿童本来的天性中竟然藏恶，❷这让鲁迅更加意识到立人之艰难。《孤独者》中叙事者"我"和魏连殳关于儿童观的辩难其实是"一体两面"，反映了鲁迅对儿童的认识过程中所经历的变化，他对于童心恶的洞悉与德国思想家本雅明对于儿童的认识——"从儿童身上能发现潜在的专制君

---

❶ 鲁迅：《颓败线的颤动》，最初发表于《语丝》周刊1925年第35期。

❷ 在西方儿童文学中，较早集中表现童心之恶的是诺贝尔文学奖得主、英国作家威廉·戈尔丁所著的儿童小说《蝇王》（Lord of the Flies，1954年），讲述一群6~12岁的儿童在荒岛上，因为失去了规约而导致了本性中的恶的爆发。鲁迅对于儿童本性之恶的发现和表现早于此作。

主品质"可视为同向。❶可见，鲁迅看待儿童的目光比浪漫主义的卢梭更为锐利和深刻。他虽然赞赏童心具有的活泼的生机和丰富的想象力，但他并不是一个完全的童心崇拜者，也没有加入"五四"时期发现"人"和儿童之初充满理想主义气息的"童心颂"时潮。❷鲁迅以其冷峻的目光看到现实中童心被各种封建思想陈规所玷污的真实情形，并警惕着童心的变异以及潜藏之恶的爆发。他在1932年4月24日写成的《三闲集·序言》中谈到进化论思想的轰毁，对曾经信任和爱护的青年改用"怀疑的眼光"而"不再无条件敬畏"，不同的是，他对于"天真"的孩子从《狂人日记》开始就不是"无条件的敬畏"，他对儿童的认识态度比之对于青年的要切实。究其原因，可能在于他对作为"拯救者"（肩负"扫荡食人者"重任）的青年充满厚爱与热望，而将暂时无力行动的儿童视为"被拯救者"，所以能有相对冷静和真切的剖析。有学者认为，鲁迅的儿童观处于生物进化论和历史循环论的冲突之中，大致经历了从希望到绝望的过程。❸笔者认为，鲁迅严厉地解剖童心，对于童心藏恶和变异的深度认识并不能说明他对于民族变革或立人意图的"绝望"而陷入"历史循环论"，至少在儿童观上不是如此。鲁迅早就认识到了改革之难、耗时之长，在1919年的《自言自语》散文诗中《波儿》一篇的结尾，他发表洞见："世上哪有半天抽芽的蔷薇花，花的种子还在土里呢。便是终于不出，世上也不会没有蔷薇花。"❹鲁迅并非廉价的乐观者、浪漫的梦想者，不轻言胜利的人一般也不轻言败退，该篇并非表现儿童天真梦想的"不可能实现"和"痴傻"，格调也并非"哀伤、凄美"，❺而是显现了鲁迅对于实现梦想之艰难的正视，但他依然存有希望。

　　鲁迅对童心本质有着正反两面的辩证认识，并指出童心受环境影响容易发生变异，即环境对儿童的内外认知具有建构作用。鲁迅的儿童观具有发展的眼光和切近的现实关怀，旨归在兼具个体生命意义和社会意义的"立

---

❶ [德]瓦尔特·本雅明著，徐维东译：《本雅明论教育：儿童·青春·教育》，吉林出版集团有限责任公司2011年版，第5页。

❷ 谈凤霞：《论中国五四文坛的童心崇拜》，载《江西师范大学学报》2002年第1期。

❸ 徐妍、孙巧巧：《鲁迅，为何成为中国现代儿童观的经典中心》，载《中国海洋大学学报》2013年第5期。

❹ 鲁迅：《自言自语·五波儿》，最初发表于《国民公报》1919年9月7日。

❺ 鲁迅著、徐妍辑笺：《鲁迅论儿童文学》，海豚出版社2013年版，第197页。

人"。他对于儿童文学的评价也不仅仅局限于单纯的"儿童本位"论，这可从他对于外国童话的翻译选择和评价标准中得以反映。鲁迅在"五四"时期翻译被日本驱逐的俄罗斯盲诗人爱罗先珂的多篇童话，从其《狭的笼》看出"他只有一个幼稚的然而纯洁的心，我掩卷之后，深感谢人类中有这样的不失赤子之心的人与著作"，但同时又褒扬他"用了血和泪写的"童话所具有的"俄国式的大旷野的精神"，❶即《鱼的悲哀》中所体现的"对于一切的同情"，"至于'看见别个捉去被杀的事，在我，是比自己被杀更苦恼'则便是我们在俄国作家的作品中常能遇到的，那边的伟大的精神"。❷鲁迅在《爱罗先珂童话集·序》中说："我觉得作者要叫彻人间的是无所不爱，然而不得所爱的悲哀，而我所展开他来的是童心的，美的，然而有真实性的梦。这梦，或者是作者悲哀的面纱罢？那么，我也过于梦梦了，但是我愿意作者不要出离了这童心的美的梦，而且还要招呼人们进向这梦中，看定了真实的虹，我们不至于是梦游者（Somnambulist）。"❸他看到作者本意的"悲哀"，但他强调"真实的虹"这一并不虚妄的理想，既肯定"童心的、美的"这种自由的心灵和美好的向往，同时"招呼人们"用行动"进向"这梦中，为美梦而切实奋斗。❹荷兰作家望·蔼覃的《小约翰》这部"象征写实底童话诗"是鲁迅"自己爱看，又愿意别人也看的书"，"预觉也有人爱，只要不失赤子之心，而感到什么地方有着'人性和他们的悲痛之所在的大都市'的人们"。❺他所言的"赤子之心"当指具有想象力的天真童心，但同时他也指出了这部童话之可贵还在于其表现"人性的矛盾""祸福纠缠的悲欢"的深度，他在谈到翻译的困难时专门提到"末尾的紧要而有力的一句"："上了走向那大而黑暗的都市即人性和他们的悲痛之所在的艰难的

---

❶ 鲁迅：《〈狭的笼〉译者附记》，最初同译文一起发表于《新青年》1921年第9卷第4号。

❷ 鲁迅：《〈鱼的悲哀〉译者附记》，最初同译文一起发表于《妇女杂志》1922年第8卷第1号。

❸ 鲁迅：《爱罗先珂童话集·序》，上海商务印书馆1922年版。

❹ 谈凤霞：《鲁迅与爱罗先珂童话》，载《鲁迅研究月刊》2002年第1期。

❺ 鲁迅：《〈小约翰〉序》，最初发表于《语丝》周刊1927年6月第137期，后印入《小约翰》单行本，题为《〈小约翰〉引言》，未名社1928年版。

路。"鲁迅对于儿童文学的主张,不完全等同于五四时期许多专门的儿童文学作家和评论者所主张的"为儿童"的写作,他一再指出儿童文学的读者对象也包括不失赤子之心的大人们,因为兼顾后一层次的大读者,儿童文学必得有令大人品味的深广意蕴。因此,鲁迅所看好的儿童文学(包括翻译的外国儿童文学和本土创作)既是"童心的"和"美的",又是"人性的"和"社会性的"兼容,并不仅是对于儿童天真心性和单纯生活的书写,归根结底乃在于他具有建基于"立将来之人"的"人之萌芽"的儿童观。儿童被鲁迅视作"人之萌芽",意味着有其个体生命的独特性和生长性,也有普遍人性蕴含的复杂性和隐秘性,还有其成长环境所赋予的社会性。由此,儿童文学也应包含对于"真的人""完全的人"的追求,在追求"童心的""美"的轻盈时,也要兼具"社会人生"和"普遍人性"的质感。

四、结　语

喊出了"救救孩子"的《狂人日记》或可看做中国现代教育小说的先声。鲁迅借由狂人对几千年的封建教育本质进行彻底揭露和深度清洗,揭示中国封建"仁义道德"教育的"吃人"实质,呼吁拯救孩子,免于他们代代陷落于"吃与被吃"的历史命运。鲁迅将中国的将来寄希望于这不再被吃、也不再吃人的"人之萌芽"。在《狂人日记》及其后的一系列小说、杂文等中,他高举"立人"这盏不灭的理性和理想之灯,对于"人之萌芽"的生命和生长状态作了多层次的立体、动态透视,显现了"五四"时期中国儿童观所能臻于的现代高度。但遗憾的是,这一先锋性的启蒙主义儿童观长期以来未能在专门"为儿童"的儿童文学领域中形成强有力的思想冲击波,大多数"跟从者"更多看到的是其儿童观中外在的"社会性"指向,而未顾及内在的"人性"这一蕴藏。鲁迅启蒙主义的儿童观至今都未能以其"完全之身"成为中国现代儿童文学观的中心,这一缺失导致了中国儿童文学长期以来对于儿童生活和内心的表现都缺乏"完全的人"的深度观照,因此也难以真正全面、透彻地发现"完全的儿童"。不过,在并非针对儿童读者的"关于儿童"的小说——尤其是以"文革"为历史背景的童年书写中,鲁迅的儿童观在许多作家的笔下(如刘心武的《班主任》、苏童的《桑园留念》、王朔的《动物凶猛》、陈丹燕的《一个女孩》等)得到了充分的接续,他们深入表现童心的复杂性,表现儿童"被吃"的悲剧与"吃人"的罪恶,集体性地打破了对于"天真无邪"童年的浪漫想象,彰显了鲁迅在"五四"时期所倡导的"这样做父亲"的教育缺席或错误所导致的儿童精神遭受的摧残、心灵滋生的谬见及其令人发指的破坏力。❶鲁迅的"人之萌芽"的儿童观自"文革"结束后的伤痕文学起，就已经成为中国当代（成人）文学界关于人性挖掘的思想资源，近年来在儿童文学创作界，也有个别作家开始承接此脉，渗入更多的童年人性关怀。无疑，对鲁迅儿童观的重新审视和全面把握和定位，对于提升中国儿童文学的深度品质有着举足轻重的意义。若从鲁迅对于儿童本质的辩证认识出发，则近年来关于儿童文学的本质论和建构论之争或可换一个角度重新考虑，因为其实早在"五四"前后，鲁迅就已经逐渐形成了他那兼具本质论和建构论性质的现代儿童观，且这一先锋性的儿童观至今仍不逊色于世界先进的儿童观。对于鲁迅这一现代儿童观的标举，可以提供另一种不同于纯粹的"儿童本位"的标准去重估中国现代儿童文学发展历程中的成败得失，给中国儿童文学寻找新的有力的发展道路。

此外，从教育实践来看，鲁迅的儿童观和儿童教育思想也具有超越时代的前瞻性、先锋性和经典性。他在20世纪初提出的"救救孩子"的启蒙使命经过一个世纪的磨砺，至今依然任重道远。当下时代，童年生态危机重重，不仅依然有旧的封建教育痼疾挡道，而且还有新的教育蒙昧和陷阱（也包括鲁迅曾批判过的教材和儿童读物这些精神食粮）。鲁迅早在《我们现在怎样做父亲》中提出警醒："总而言之，觉醒的父母，完全应该是义务的，利他的，牺牲的，很不易做；而在中国尤不易做。中国觉醒的人，为想随顺长者解放幼者，便须一面清结旧帐，一面开辟新路。"❷今天的"父亲们"虽不必再悲壮地"自己牺牲于后人"，但能否有先行的觉醒与决心去"肩住黑暗的闸门，放他们到宽阔光明的地方去"，仍然是变革中国教育的一个关键所在。鲁迅对于"人之萌芽"应该具有的素质和能力也依然可以作为当今教育的方向："养成他们有耐劳作的体力，纯洁高尚的道德，广博自由能容纳新潮流的精神，也就是能在世界新潮流中游泳，不被淹没的力量。"❸现在的教育依然要真正地"理解、指导和解放"儿童，否则将来"难见真的人"！

---

❶ 谈凤霞：《历史苦难的边缘性诠释——"文革"背景的童年叙事系列考察之一》，载《南京社会科学》2010年第2期。

❷❸ 鲁迅：《我们现在怎样做父亲》，最初发表于《新青年》1919年第6卷第6号。

论周作人附逆事件中的"鲁迅"因素
——从佚诗《褴衫吟》说起

东华理工大学 唐东堰

周作人出任伪职期间对自己的"投敌"之事一向抱着不解释主义,并以"倪元镇决口不言为张士信所辱"之事来表明辩解之不必要,因而他这一时期的作品中很少有直言"投敌"的内容。❶这为我们准确把握周作人投敌的心理与缘由增加了难度。笔者最近在翻阅沦陷区旧刊物时,偶然看到了周作人刊发在《中国公论》上的一首新诗。该诗一改周作人的"隐忍哲学",不仅直言了附逆的原因,还详细地描绘了其投敌时的复杂心理,为我们准确把握周作人附逆前后的生存与思想提供了宝贵的线索。由于这首诗歌长期以来都未被研究者们所关注——不仅"诗集""全集"未见收录,相关"年谱""传记"亦无任何记载,笔者现将之抄录如下:

褴衫吟
子荣

他穿了褴衫归来,
一切都背他走开。
"从此我将失掉吗?——
热烈的握手,
定情的恩爱。"

---

❶ 周作人一些古体诗也偶尔涉及其投敌后的生活,然而写得极为深晦、含蓄,且受到古诗体例的限制,容纳的信息有限。

怅望那些熟悉的背影,
一时他陷于可怜的孤零。
"你们相信我呀!
我枯瘦的身子,
仍怀着未变的坚贞。"

"坚贞能饱腹还能御寒?
如今那已是败朽的愚顽!
凭您骨是铁的硬,
心是钢的坚,
总会给生活的锤头,
一下下榨软。"

镜里看自己确已与人不同,
瘦脸上剩下一对
大得怕人的眼睛。
他摸摸胸口仍然突突跳动:
"我们还在同一人间啊,
同一人间存在不同的人生?"

"谁闲心同您叨叨诡辩?
你明白当初却昧于眼前。
想当年,
我们还不是一样
具有理想与锋棱,
但也一样读过天演物竞。

"也许不久就有那末一天,
生活把您的理想压扁,
锋棱磨圆。
生活的皮鞭最无情,
您该记起旅店里

卖过马的英雄。"

从此他懂悟了人生的哑谜
微笑一笑再没有言语。
想起出关的老子,
采薇的兄弟。
孤零地又走了,
穿了褴衫走去。

一、《褴衫吟》系周作人所作的理由

  《褴衫吟》署名子荣,刊发在1942年第7卷第4期的《中国公论》上。子荣是周作人20年代常用的笔名之一。1923~1925年,他用此笔名在《晨报副镌》《京报副刊》《语丝》等刊物上发表诗文20余件,其中重要的文章有《吃烈士》《茶话》系列《宿娼之害》《花》(新诗)等。1925年以后,周作人很少再用"子荣"的笔名发表文章,那么1942年《中国公论》上的"子荣"是否就是十多年前的"子荣"呢?笔者经过多方考证认为两个"子荣"系同一个人,现将考释情况略介绍如下:
  首先,《褴衫吟》的内容及用典都与周作人当时的情况相吻合。第一,《褴衫吟》全诗围绕"坚贞"的问题展开,其内容主要是为失节行为辩护,这与周作人附逆前后的心理关注点相吻合。另外,诗歌所展现的孤零、落魄的境遇也与周作人附逆前后的生存感受也颇为一致。第二,《褴衫吟》出现了周作人亲人的相关信息。该诗虽然没有直接点出鲁迅其名,但是诗中的"采薇的兄弟""出关的老子"显然暗指鲁迅及其作品。另外,诗歌其他地方也闪烁着鲁迅的影子,如诗歌第六节"想当年,我们还不是一样,具有理想与锋棱,但也一样读过天演物竞。"众所周知,鲁迅青年时期经常与周作人一起阅读西方进步书籍,赫胥黎的《天演论》就是其中著名的一本。周作人日记对此多有记载,例如1920年2月2日他写道:"晚大哥忽至,携来赫胥黎《天演论》一本,译笔甚好。"❶1920年3月9日又写道:"夜阅《物竞论》少许,虽不甚解,而尚微知其意理,以意揣之,解者三四,颇增兴会。"即使到1926年(此时兄弟已经失和),周作人仍恋恋不忘此书:"当时我们正苦枯寂,没有小说消遣的时候,翻译界正逐渐兴旺起来,严幾道的《天演论》,林琴南的《茶花女》,梁任公的《十五小豪杰》,可以说是三派的代表。我那时的国文时间实际上便都用在看这些东西上面。"❷如此之繁地提及《天演论》,可见它在周作人心中的地位非同一般,《褴衫吟》再提"天演物竞"也不足为奇,更何况它还是周作人青年时代思想与生命的象征。❸

其次,《褴衫吟》的艺术风格与周作人后期新诗创作的风格也较一致。周作人的诗歌创作自从20世纪20年代以后逐渐形成了所谓的"杂诗"的风格,其"特色是杂,文字杂,思想杂",这里说的"文字杂"即"随意说话的自由"。❹这虽然不是专门针对新诗创作而言的,但其新诗的语言亦与此相符,具体表现在:其一爱以对话或独白的语气写诗,尤其爱用反问句(见《歧路》《山居杂诗·七》等诗);其二爱用连词,尤其爱用带转折意味的词来连接诗句(见《爱与憎》《山居杂诗·四》等诗)。这些语言特征在《褴衫吟》中得到了充分的体现。首先该诗的主体是依靠对话(或自我对话)推动的,出现了很多的交谈感极强的疑问句与反问句,如"坚贞能饱腹还能御寒?""谁闲心同您叨叨诡辩?"等。另外,诗句间的连接也多依赖于转折性关联词,如"但""却"等。这些证据虽然不足证明该诗就一定为周作人所作,但至它们至少表明《褴衫吟》与周作人后期新诗创作的一贯风格并不违背。

再次,《中国公论》的创办背景及主要支持者与周作人存有千丝万缕的联系。在中国现代史的进程中,以"中国公论"命名的刊物有好几家,本

---

❶ 徐重庆:《鲁迅与严复》,见《严复研究资料》,福建人民出版社1990年版,第194页。

❷ 周作人:《我学国文的经验》,见《周作人散文全集(第5卷)》,广西师范大学出版社2009年版,第770页。

❸ 《褴衫吟》中,"天演物竞"也指代诗人充满了"理想与锋棱"的青年人生。

❹ 周作人:《杂诗题记》,见《周作人散文全集(第9卷)》,广西师范大学出版社2009年版,第669页。

文所说的《中国公论》创刊于1939年4月1日的北京，其主要支持者与资助者是当时的伪华北政务委员会。华北伪政府要人如王揖唐、林柏生、喻熙杰、钱稻荪等人以及日本间谍小山贞知、尾崎秀实等人都在这个刊物上发表过文章。该刊"以促进国家建设，研讨国际问题，发扬东方文化，树立中心思想加强反共运动为宗旨"，❶每期的社论、专稿大多以宣扬"东亚共荣论"，美化日军侵略战争，强化奴化教育为目的，带有鲜明的日伪政治立场与战争色彩。

身为伪政府要人的周作人同样也是《中国公论》的重要约稿对象，除了待考证的《褴衫吟》外，周作人还于1941年发表了《日本之雏祭》（第4卷第6期，署名知堂），1943年发表了《齐一意志，发挥力量——新民青少年团中央统监部成立大会开会词》（第8卷第4期，署名周作人）。《日本之雏祭》现已收录《周作人散文全集》，《齐一意志，发挥力量》由于存在政治问题未录入"散文全集"，但在周作人"年谱""传记"中都有记载。按照周作人的发稿习惯，他很少给不熟悉的编者投稿，更何况有3篇之多，这表明周作人与《中国公论》的编者的关系是较为密切的。在这种情况下，他人冒用（误用）周作人的笔名发表文章的可能性不大，理由有：第一，"子荣"系周作人使用次数较多的笔名之一，而《中国公论》的编者与周作人较为熟悉（该刊一年前就征发过周作人的稿件），且审稿严苛，规定"来稿须书明真实姓名及通讯地址"，❷"冒名"的情况不大可能发生。第二，该刊的同一期同一个栏目上还登有周作人同僚兼好友钱稻荪的两首译诗，如有他人误用周作人之笔名，周氏当时应有所察觉，且按照周作人的一贯做法应有所声明。例如1919年因有人误用"启明"的笔名发表文章，周作人特地登报声明那个"启明"不是自己。综合上述种种原因，笔者认为《中国公论》上署名"子荣"的《褴衫吟》为周作人所做。

《褴衫吟》是周作人特殊时期的重要佚诗，里面蕴藏了不少新的信息，对纠正以往有关周作人的某些片面之论具有重要价值。例如过去研究界普遍认为周作人"新诗写作只存在短短的五年时间"，❸该诗的发现无疑将周作人

---

❶ 编者：《发刊词》，载《中国公论》创刊号，1939年4月1日。

❷ 《中国公论》编者：《编者按》，载《中国公论》1939年4月1日创刊号。

❸ 包小晗：《周作人新诗研究》，南京大学2013年硕士学位论文。

的新诗歌创作期限从20世纪20年代延长到40年代。更重要的是，该诗所包含的信息还多方面地丰富我们对周作人投敌事件的认识。首先，它真实地展现了周作人投敌前后的复杂心理，尤其是那种深刻"孤零感""被排斥感"。由于周作人附逆后很少敢言自己的处境与心态，该诗无疑成了我们把握其投敌心理的重要证据；其次，它以当事人之口交代了附逆的原因，尤其是点出了八道湾亲人在其投敌中的态度与作用，这比起周作人事后的辩解来说更具可信度；最后，它还明确地展示了"鲁迅"在周作人投敌过程中的影响与作用。下面笔者以《褴衫吟》的解读为契机，谈谈"鲁迅"在周作人变节事件中的影响与作用。

二、从《褴衫吟》看周作人投敌过程中对"鲁迅"思想的误用

周作人出任伪职面临一个重要的心理障碍就是民族气节问题。当然，关于周作人的"气节观"，学术界也存在着不同的声音，例如陈思和认为"在周作人的道德观念里气节的概念本不存在"，❶袁良骏也持同样的看法，认为"周作人没有气节，不讲气节"。❷然而佚诗《褴衫吟》却表明情况并不是这样。周作人在"附逆"问题上也充满了重重的顾虑与矛盾。正如诗歌第一节所写的那样，诗人一方面呼吁"你们相信我呀！/我枯瘦的身子/仍怀着未变的坚贞"，表明自己坚守民族气节的决心，另一方面又觉得坚贞"如今那已是败朽的愚顽"，不值得去坚守。两种声音的纠杂将周作人在民族大义问题上的进退失据、左右为难的心理完全暴露了出来。

周作人对"气节"的否定与他"五四"时期批判"三纲五常"的立场是一致的。早在1918年，他就在《新青年》上发表《爱的成年》《贞操论》等文猛烈抨击"夫为妻纲"的封建礼教观念。他认为传统"忠贞观"以一种空洞的道德之名压制个体的生命，对个人生命价值缺乏起码的尊重，从根本上说是反人道的。传统君臣关系"援夫为妻纲的例而来"，"忠贞、气节，都是说明臣的地位身份要与妾妇一致"，因此"气节"也是"顶不合理的事

---

❶ 陈思和：《关于周作人的传记》，载《中国现代文学研究丛刊》1991年第3期。

❷ 袁良骏：《周作人"文化救国论"新评》，载《汕头大学学报》2013年第4期。

情"。❶不过，周作人并没有完全否定"气节观"，因为气节背后所蕴含的"舍生取义精神"在他看来是非常宝贵的，"所以重气节当然决不能算是不好"。❷周作人反感的是"假气节"，他说"（中国）何尝有真气节，今所大唱而特唱者只是气节的八股罢了，自己躲在安全地带，唱高调，叫人家牺牲。"❸可见，周作人道德观念里并不是没有气节的概念，尽管他在理性上批判、否定传统道德当中不尊重个体生命价值的"气节"观，在情感上他仍然难以置民族大义于不顾。

《褴衫吟》不仅揭示了周作人在民族大义上首鼠两端、进退失据的状态，并将这种内在矛盾外化为主客间的对话，通过两者的辩驳与谅解最终回复到平静的心灵状态——

<blockquote>
从此他懂悟了人生的哑谜
微笑一笑再没有言语。
想起出关的老子，
采薇的兄弟。
</blockquote>

"出关的老子""采薇的兄弟"是鲁迅《故事新编》中《出关》《采薇》的主人公。周作人在此援引它们，颇有深意。"出关的老子"暗示"出门做官"的意思，"采薇的兄弟"则包含两方面的意思：一是以伯夷、叔齐来暗喻自己的处境。伯夷、叔齐隐居终南山后，生活受到了威胁，面临生存与道义的冲突。周作人将自己的处境等等同于伯夷、叔齐，表明自己的变节亦为生存的压力所迫。二是借助《采薇》中"义不食周"的荒诞、无意义来证明自己"变节"的合情、合理，并以此表明自己言行与其兄鲁迅的一致性。客观地说，《采薇》确实表现了鲁迅对传统的气节与隐逸思想的批判与否定。鲁迅一向尊重个人的生存权利，在他看来，"隐"也得先有"啖饭之

---

❶ 周作人：《一九四九年的一封信》，见《周作人散文全集（第9卷）》，广西师范大学出版社2009年版，第786页。

❷❸ 周作人：《颜氏学记》，见《周作人散文全集（第6卷）》，广西师范大学出版社2009年版，第194页。

道","假如无法啖饭,那就连'隐'也隐不成了"。周作人对此心领神会,于是在诗歌中做了如下联想——"他"(极可能暗指鲁迅)因为主人公的生活压力而原谅了其变节,并说:"也许不久就有那末一天,/生活把您的理想压扁,/锋棱磨圆。/生活的皮鞭最无情"。"他"的谅解让诗人的焦躁、孤零一扫而光,重回泰然自若的状态——"微笑一笑再没有言语"。

周作人在此引用"鲁迅"并不是为了假借鲁迅的权威向外界证明自己行为的合理性,而是向内,以其兄长的认同与谅解来缓解内心矛盾、孤零与愧疚。众所周知,由于父亲早逝,鲁迅在相当长的时期内都扮演着周作人心理上的"父亲"和"引路人"的角色。周作人对鲁迅的依赖在兄弟失和之后大为收敛,然而当他在附逆问题上陷入左右为难、无人可商的困境时,聆听"鲁迅"的意见,获取"鲁迅"的支持又成了他情感和思想上的重大需求。这正是《褴衫吟》中反复出现"鲁迅"影子的原因所在。

然而以鲁迅的《出关》《采薇》来证明"投敌变节"的清白从逻辑上看是行不通的。日本侵华与历史上的周取代商的性质完全不同,这是法西斯的战争,是对人道的抹杀。周作人将"义不食周"与"投敌日伪"混为一谈,混淆了二者的性质,也违背了鲁迅的一贯思想。事实上鲁迅对日本侵华的态度早在《友邦惊诧论》等文中就有明确地体现。周作人引用《出关》《采薇》而故意不提《友邦惊诧论》,暴露出他对"鲁迅"工具化的利用。可见"鲁迅"的思想不仅没能阻止周作人投敌日伪,反而成为他证明自己行为合理的工具。

总之,周作人对"投敌"的态度是双重的,他一方面对自己变节、投敌愧疚不已,极力辩解,以证明自己的清白;另一方面又认为民族气节是封建的愚顽,在新的道德里根本不值得去维系。思想深处的矛盾使得周作人时而为"附逆"感到愧疚,时而又觉得理直气壮,最终在鲁迅的作品中找到了思想和精神上的"支持"与"共鸣",义无反顾地投向了日伪政权的怀抱,并不再做任何解释。

---

❶ 鲁迅:《隐士》,见《鲁迅全集(第6卷)》,人民文学出版社1981年版,第224页。

三、周作人苦守北平中的"鲁迅"因素

周作人附逆有个重要的契机就是留守北平。关于"苦住北平"的原因,周作人做过多次说明,概括起来无外乎是"家累太重""南迁太苦"。这些解释大抵是可信的,不愿吃苦是周作人性格上的弱点,加之其妻信子也不赞成南下,自然造成了留守北平的事实。然而,一个事件的原因常常是多方面的,周作人"苦住北平"不肯南下除了上述因素外,也与"鲁迅"存在一定的联系。

据郑振铎回忆,北平沦陷时"许多人都劝他(周作人)南下。他说,他怕鲁迅的'党徒'会对他不利,所以不能来"。❶周作人与鲁迅的矛盾可以追溯到1923年的兄弟失和,不过到了20世纪30年代,兄弟间的矛盾逐步缓和。尽管鲁迅对周作人的小品文不以为然,周作人对鲁迅加入左联也颇多微词,但两人间的相互欣赏在暗暗滋长。鲁迅曾对斯诺说周作人是中国现代最优秀的散文家,而周作人在日本接受采访时亦对鲁迅的文学业绩给予较高的评价。尤其是鲁迅去世后,周作人的悲痛之情也十分深切,❷事后还列名于鲁迅治丧委员会,写了不少回忆性文章,如《关于鲁迅》《关于鲁迅之二》等。就在兄弟俩的矛盾逐渐消除的时候,周作人与鲁迅追随者们("鲁迅党徒"❸)的矛盾却日益加深。周作人悼念鲁迅的文章发表不久,武昌田上君寄来明信片批评周作人,并要剥夺他纪念兄长的权力:

鲁迅先生死了!

今天看见《宇宙风》二十八期所载下期新目预告,将有鲁迅的学问一文发表。我想,鲁迅先生的学问,先生是不会完全懂得的,此事可不劳神,且留特别些年青人去做,若稿已告成,自可束之高阁,不必发表。

此上祝好! 武昌田上❹

---

❶ 郑振铎:《惜周作人》,载《周报》1946年第1期。
❷ 唐弢:《关于周作人》,载《鲁迅研究动态》1987年第5期。
❸ 此处所谓的"鲁迅党徒"系周作人原话,当然它并不一定是真实存在的,或许只是周作人那么认为而已。
❹ 转引自张菊香、张铁荣:《周作人年谱》,天津人民出版社2000年版,第512页。

周作人看完之后，极为愤怒，于11月17日做《关于鲁迅书后》一文抗议田上君的指责，并故意选取鲁迅捐刊《百喻经》一事来抹黑"鲁粉"心中的神圣鲁迅形象。几天后，周作人又撰写了《论骂人文章》对上海的"鲁迅的党徒"开火，称左翼文艺批评是古代"文字狱""官骂文章"在当代的复活。当然左翼作家未必都是鲁迅的追随者，他们与周作人的矛盾也未必都与鲁迅有关，然而周作人却不加细察地将两者归为一体，锻造出"鲁迅的党徒"一词。显然在他看来，他与左翼作家的恩怨是与鲁迅联系在一起。

针对周作人的攻击，"鲁迅的党徒"也有回敬。尤其周作人留守北平之后，南方文化界关于他的猜疑与流言从来就没有停止过。1938年周作人参加日方"更生中国文化建设座谈会"，更是让他们"有词可藉"。一时间批判文章翻天覆地扑向周作人。《文摘》的"译者评语"率先指责周作人"甘为倭寇奴狗，认贼作父"。❶接着，武汉的中华全国文艺界抗敌协会公开发布《文化界驱逐周作人》的宣言。其好友郁达夫等18人发表《致周作人的一封公开信》宣布与周作人断交。上述行为长期以来都被学界解读为"挽救周作人"的爱国之举。然而就现有的关于"更生中国文化建设座谈会"的资料与报道（包括日方资料）来看，周作人在会上并无汉奸言论发表，倒是对日本的某些行为表达了深深的失望与不解。南下同志在不清楚周作人具体发言的情况下就轻信流言，给周作人扣上"汉奸"的大帽子，显然是欠妥的。这也从侧面反映出大家对周作人的"成见"与不信任。事实上，在这个期间周作人还私下多次顶住生活的压力力拒敌伪的拉拢，光1938年3~8月就有7次之多：

1938年3月22日，周作人辞伪满大学之邀。

1938年4月29日，周作人辞北京师院教师之聘。

1938年6月12日，辞不入"留日同学会"。❷

1938年8月6日，"辞女院教课事，并嘱咐友人黎子崔不要加入东亚文化协会"。❸

---

❶ 张菊香、张铁荣：《周作人年谱》，天津人民出版社2000年版，第549页。

❷ 同上书，第553页。

❸ 同上书，第557页。

1938年8月8日,"又辞北京师院教课事"。❶

1938年8月16日,罗文仲又来送聘书邀周作人为北京师院教课,周作人仍辞谢不就。

1938年8月18日,黎子崔访周作人转告汤尔和欲命周作人为北大校长兼文学院院长。周作人请黎子崔代为转辞。

这些事实表明,周作人在没有投敌之前就已背上了"汉奸"罪名,故俞平伯认为"左翼文人久嫉苦茶"。❷当然南下同志的过激行为或许是出于善意,意在警示周悬崖勒马,但是在周作人内心所起的效果却不是这样。在这些批判文章的轰炸下,周作人感受到的不是"爱护"和"挽救",而是"排斥"与"敌意"。正如《褴衫吟》的开篇所呈现的那样:

> 他穿了褴衫归来,
> 一切都背他走开。
> "从此我将失掉吗?——
> 热烈的握手,
> 定情的恩爱。"
>
> 怅望那些熟悉的背影,
> 一时他陷于可怜的孤零。

"汉奸"的罪名也孤立了周作人在北平的生存,文化界、教育界的人士不敢再与周作人有过密交往,青年学生受南方媒体的影响更是对周作人充满敌意。这在一定程度上加剧了周作人生活和精神的压力。例如后来周作人想从辅仁大学谋个教课的机会养家,"中文系就有很多人反对"从而"没有人敢搭腔"。❸而1939年发生的"元日枪击事件",如果真是爱国学生的"锄奸"义举的话,显然也是南下同志舆论造势有着直接联系。过去研究界常常认为,南

---

❶ 张菊香、张铁荣:《周作人年谱》,天津人民出版社2000年版,第557页。

❷ 止庵:《周作人传》,北京十月文艺出版社2010年版,第250页。

❸ 张菊香、张铁荣:《周作人年谱》,天津人民出版社2000年版,第571页。

下同志的批判与劝诫阻止了周作人投靠日伪的步伐，事实上它在警醒周作人的同时也在一定程度上将他推向了"敌营"——对于民族气节本来就不够坚定的周作人来说，祖国和同胞"排斥"将更加消解他坚守气节的底气。

此外，周作人对鲁迅及其"党徒"的反感与敌意进一步发展为对其生活地——上海的反感与恐惧。据台静农回忆："抗战初，北京危机的时候，有人劝周作人赶快逃出北京到上海去，周作人说：'我去上海作什么？那里是人家的地盘。'所谓'人家'，大概是指左翼作家，也可能兼指鲁迅，尽管那时鲁迅已经逝世了。"❶后来，周建人写信邀周作人来上海并告知商务印书馆愿意供养他，周作人也置之不理。周作人对"上海"的敌意与恐惧直到上海沦陷以后仍然未消除，据记载，1943年周作人在南京任伪国府委员期间曾赴苏州游玩，其好友周黎庵写信邀他顺道来上海游玩。周作人勃然大怒，"回信说得斩钉截铁，说他绝不足履上海一步"。❷周黎庵说，"他（周作人）对上海那么讨厌，我实在难以索解"。❸不光周黎庵如此，郑振铎等人也理解不了周作人的这种"奇怪"心理。他们认为那不过是周作人为了留守北平而捏造的"完全是无中生有的托辞"。❹因为在他们看来，假使周作人真的南下，"鲁迅的党徒"也绝不会对他有什么"不利"。然而，周作人的感知已经被根深蒂固的成见与敌意所蒙蔽，"鲁迅""鲁迅的党徒"以及"上海"已成为他难以克服的心理"魔障"。不管现实真相究竟会怎样，周作人始终包围在"被迫害狂"式的恐惧里。周作人对"鲁迅圈"和"上海"的厌恶大大超出了我们的意料，构成了他不肯留守北平不肯南下的内在原因之一。

总之，鲁迅的影响不仅没能有效地阻止周作人投靠敌伪，相反还在一定程度上加速了他附逆的步伐。一方面鲁迅的某些思想在周作人的"误读"下成了他附逆的依据。另一方面在鲁迅去世后，周作人与"鲁迅的党徒"的矛盾以及对他们生活地"上海"的抗拒与恐惧也阻碍了他南下，从而为后来的投敌事件埋下了祸根。重新梳理周作人附逆过程中的"鲁迅"因素对于全面认识周作人的投敌事件以及周氏兄弟间的微妙关系都具有积极意义。

---

❶ 舒芜：《忆台静农先生》，载《新文学史料》1991年第2期。

❷ 刘绪源编：《名人笔下的周作人 周作人笔下的名人》，东方出版中心1998年版，第115页。

❸ 周黎庵：《周作人与〈秋灯琐记〉》，见《苦雨斋主》，东方出版中心1998年版。

❹ 郑振铎：《惜周作人》，载《周报》第19期，1946年1月12日。

鲁迅在德语世界的传播与接受

湖南师范大学 谢 淼

自20世纪20年代以来，鲁迅作品的英、法、俄译本便开始在德语世界流传，而从1935年其作品的第一个德译本问世开始，鲁迅便越来越受到德语世界读者尤其是汉学学者的关注与重视。作为"中国现代文学之父"，鲁迅既是西方文化在中国的倡导者、译介者，又是同时期中国故事的叙述者、组织者，还是中国革命、政治、文化和艺术的呈现者，多种身份的重合使他成为一种文化象征，在不同的时代和场景中拥有多种阐释的可能。在这一传播历程中，鲁迅在德语世界获得了较为广泛的译介与较为深入的研究，成为德语汉学界和知识界公认的中国作家代表，在普通读者中亦颇具影响。那么，鲁迅及其作品在德传播和接受的情况是怎样的？按照不同的时代、不同的政体和不同的视野，经历了哪几个阶段？

如果以1935年汉学家霍福民（Alfred Hoffmann）所译《孔乙己》在《东亚评论》上的发表❶作为鲁迅在德语世界传播的起点，那么这段历程迄今为止已有80多年。在这80多年里，德语区遭遇了纳粹统治、战争侵袭、两德分裂、民族统一等种种政治波澜，经历了汉学学科的兴起、中落、复苏、繁荣的曲折历程，也呈现出相应的国家意志、学院精英与大众趣味对于鲁迅的种种接受与解读。按照历时的维度，结合上述时代风潮瞬息变幻和学科发展跌宕起伏的综合影响，我们将鲁迅及其作品在德语世界的传播和接受分作三个阶段来讨论，并试图通过德语世界这一个案，探讨其在对外传播过程中的途径、策略、模式等问题。

---

❶ [德]霍福民（Alfred Hoffmann）译：《孔乙己》，载《东亚评论》1935年第16卷第12期，第324~326页。

一

鲁迅在德语世界传播的第一阶段从20世纪20年代开始,持续到40年代,这也是其传播的开端阶段。实际上,20年代的德语地区并没有公开出版的鲁迅作品德译本。我们将鲁迅在德传播的开端定义到此时,是出于两个原因。原因之一是这时已经出现了鲁迅作品的其他语种译本:1926年,梁社乾翻译的英文版《阿Q正传》出版;同年,敬隐渔翻译的法文版经由罗曼·罗兰审阅推荐至《欧罗巴杂志》发表,1929年收入《中国当代短篇小说家作品选》在巴黎出版;1929年,瓦西耶夫和斯图金翻译的俄文版出版……那么,这些译本在德语地区的流传至少为读者们接触鲁迅提供了一种最初的可能。原因之二是现今可查的鲁迅作品最早的德文翻译,可以追溯至20年代。根据鲁迅日记记载,中国人廖馥君和德国人汉斯·玛尔瑞·卢克斯(Hanns Maria Lux)于1928年与其有文事交往,那时他们共同完成了《阿Q正传》的翻译,遗憾的是译稿带回德国后没有出版。❶

20世纪30年代,鲁迅在德语地区的翻译、评介和研究等各个方面都出现了新的突破。1935年汉学家霍福民(Alfred Hoffmann)翻译发表了小说《孔乙己》,这是鲁迅作品的第一个德译本,成为严格意义上鲁迅德传的开端。紧随霍福民之后,海因里希·艾格特(Heinrich Eggert)分别于1936年、1937年在《东亚杂志》上发表了《伤逝》和《示众》的德译文。与此同时,其他语种的译本仍然在德流传:1930年王际真在香港出版的《鲁迅小说集》英译本,1930年、1931年分别在英国和美国出版的由敬隐渔鲁迅选本转译的英文本,1932年张天涯在敬隐渔选本基础上出版的《鲁迅短篇小说选》法文本,以及1937年埃德加·斯诺(Edgar Snow)选编的小说集《活的中国》(*living China*)英文本……均是这一时期德语读者接触鲁迅作品的资源。除了翻译,这时的杂志上也出现了评介鲁迅的文章,比如1935年德国普罗作家约翰内斯·贝歇尔(Johannes R. Becher)就在他主编的杂志《国际文学——德国之页》上刊载了一篇题为《鲁迅:中国文学的残酷性》的论文,介绍了鲁迅对

---

❶ 1928年10月17日《鲁迅日记》记载:"廖馥君、卢克斯来,赠以《朝花夕拾》及《奔流》等。"2005年版的《鲁迅全集》第17卷第37页,注道:"卢克斯,德国人。1928年在上海同济大学任教。为出版德译本《阿Q正传》与译者同访鲁迅,得到鲁迅的帮助。后将译稿带回德国,未见出版。"

于中国礼教"吃人"本质的揭露。贝歇尔是一位有左翼倾向的自由主义作家，1935年因纳粹统治流亡到莫斯科，"二战"后成为东德首任文化部部长，对于50年代鲁迅在东德的译介与研究也产生了较大影响。30年代德语地区还出现了世界上第一篇研究鲁迅的博士论文，这便是由王澄如所著的《鲁迅的生平和作品：一篇探讨中国革命的论文》。❶王澄如早年毕业于中山大学，曾在上海国民党妇女部任职，1936年赴德后在柏林、科隆、波恩学习，后来师从汉学家艾里希·施密特（Erich Schmitt），1939年在波恩大学汉学系通过博士论文答辩，论文最初刊登在《柏林大学外语学院通报》，1940年发行单行本。论文通过对鲁迅生平和作品的分析，探讨其人格的高度复杂性，更多地从政治和革命的视角解读作家，这样的论述角度既受到了当时中国文坛和学界对鲁迅主流评价的影响，同时也影响了此后西方世界的鲁迅研究路径与方式。

20世纪40年代，整个德语地区的文化和学术都遭遇到纳粹的压制和战争的破坏，汉学学科因其与政治格外紧密的联系更加未能幸免于难。德语汉学界鲁迅翻译研究的中坚力量在这场浩劫中或去世，或流放，或者即使留居故土也不得不放弃相关的译介和研究。直到"二战"结束之后几年，鲁迅的翻译工作才重新开始，1947年，汉斯·莱斯格（Hans Reisiger）和约瑟夫·卡尔姆（Joseph Kalmer）分别出版了鲁迅译作《风波》和《祝福》，其中后者是鲁迅小说集，日本学家奥斯卡·本尔(Oskar Benl)则于1948年将小说《故乡》译成了德文。40年代初期，捷克科学院东方所所长普实克用德文发表了一篇题为《中国新文学》的论文，其中有大量篇幅分析鲁迅。普实克与鲁迅曾有书信交往，并将《呐喊》翻译成捷克文，是欧美汉学界在中国现代文学研究方面成就最为突出的学者之一，这篇细致深入分析鲁迅的论文，是这一时期德语地区关于鲁迅为数不多的引介文字。

如上所述，鲁迅在德传播的开端阶段，一方面已经有了一些标志性的成绩，出现了一些鲁迅小说的德译本，以及少量对于鲁迅的介绍和评述文章，甚至诞生了世界上第一部关于鲁迅的博士论文。但另一方面，从整体上而言，开端阶段鲁迅在德传播和接受的广度和深度均极为有限，基本上局限于

---

❶ 王澄如（Wang Chêng-ju）：《鲁迅的生平和作品：一篇探讨中国革命的论文》，柏林：Reichsdruckerei出版社1940年版。

汉学界，而不为德语文学界和读书界所知，更不论在普通读者群体中的声誉和影响了。同时，早期的研究文章和论著，尽管当时反响不大，但是它们对于鲁迅革命性的强调和偏向政治角度的解读，却极大地影响了鲁迅形象在德语世界的最初建构，鲁迅作为一个激进的革命作家闯入西方视野，他与政治的密切关系构成了其传播与接受历程中的一个重要因素。

二

鲁迅在德语世界传播的第二阶段从20世纪50年代开始，到70年代，这也是其传播的发展阶段。第二次世界大战之后的民族分裂和冷战局势，使得鲁迅传播在归属不同政治阵营的东西两德，因为不同的意识形态、政治制度、外交格局和社会文化，而遭遇了截然不同的命运。从20世纪50年代到70年代，两个德国彼此隔绝，汉学学者之间互无通信，普通读者之间也交流颇少，他们在各自国家的政体下进行着各自的中国研究，感受着各自的中国形象，在不同的年代里分别呈现出了对鲁迅的截然不同的传播和接受景况。

20世纪50年代正值东德与中国的外交亲密期，二者同属于社会主义阵营，希望在政治、经济、文化等各个领域都有更密切的交往。在这种意识形态的主导下，东德显示出了对于中国文学尤其是现代文学的极大兴趣。东德执政党德国社会统一党的文化政策鼓励和支持出版来自中国的文学作品，尤其是鲁迅、茅盾、丁玲、萧军以及其他左翼作家的作品。50年代初，由于汉学人才的缺乏，东德地区流行的鲁迅译本部分还转译自俄文，例如约瑟夫·冯·科斯科尔（Josi Von Kull）的《中国小说选》，收入了鲁迅小说、散文共九篇，并附上苏联法捷耶夫撰写的《论鲁迅》。这一时期派往北京大学等中国高等学府留学的汉学系学生，如梅薏华(Eva Müller)、费路（Roland Felber）、尹虹（Irmtraud Fessen-Henjes）等，后来都成为了中国文学研究专家，是鲁迅在东德传播的重要学者。这一时期鲁迅在东德汉学界和知识界所受到的瞩目和青睐，既出自对政治盟友认识和交往的必要与热忱，也受到了中国和苏联学界与文坛的舆论影响。毛泽东曾在《新民主主义论》提出，鲁迅是"文化新军的最伟大和最英勇的旗手""中国文化革命的主将""最正确、最勇敢、最坚决、最忠实、最热忱的空前的民族英雄"，❶这一评价为新中国成立后很长一段时期中国学界研究鲁迅定下了总体基调。毛泽东和中国主流舆论对于鲁迅的评价不仅影响到当时与中国交好的苏联，同时也影响到此时对苏联唯马首是瞻的东德。作为中国官方意识里最为政治正确的作家，鲁迅的《阿Q正传》❷《呐喊》《彷徨》《野草》《朝花夕拾》❸的部分篇章以及一些杂文都被译成了德文，以单行本或选集的形式在东德地区传播，汉学家赫尔塔·南（Herta Nan）、理查德·荣格（Richard Jung）、约翰娜·赫兹费尔特（Johanna Herzfeld）在鲁迅译介工作中成绩斐然。同时，介绍和研究鲁迅的报刊文章和学术论文也层出不穷，很多还刊登在发行量很大的期刊上，鲁迅在东德文化政策的护航之下迅速被普通读者所熟悉。1956年10月，东德的文化主管部门为纪念鲁迅去世20周年还举行了隆重的纪念活动。

而同一时期，在"反共"思潮笼罩之下的西德，鲁迅的待遇却大相径庭。同样出于意识形态的原因，此时西德和其他西欧国家的社会各阶层均对中国不感兴趣，对中国现代文学更是隔膜。上文中提到的曾在20世纪40年代出版过鲁迅作品的约瑟夫·卡尔姆，1955年出版了一部名为《漫长的旅途》的鲁迅作品集，此书尽管装帧考究，却销路不畅，西德读者的冷淡与东德文坛的热情形成了巨大的反差。50年代的西德，一方面和其他西方世界国家一道把中国看成"红色恐怖"和"黄祸"而将之妖魔化，另一方面汉学学科却在"二战"后跟随着大学的恢复而获得部分重建。当然，此时的汉学界相对更感兴趣的是中国古代文学，现代文学获得的关注微乎其微。尽管如此，这一阶段却出现了战后德国的第一本鲁迅研究专著，这是1959年出版的由荷兰

---

❶ 《毛泽东选集（第2卷）》，人民出版社1981年版，第691页。

❷ 《阿Q正传》由民主德国汉学家赫尔塔·南（Herta Nan）和理查德·荣格（Richard Jung）翻译，1954年出版，理查德·荣格是乌利希·乌格尔（Ulrich Unger）的笔名，乌利希后来成为联邦德国明斯特大学教授，曾是西德鲁迅研究学者顾彬（Wolfgang Kubin）的老师。

❸ 《朝花夕拾》由约翰娜·赫兹费尔特（Johanna Herzfeld）翻译，1958年出版，这本书并不是《朝花夕拾》的全译本，而是选译了《呐喊》《彷徨》《野草》《朝花夕拾》的部分篇章和杂文19篇。

人拉斯特撰写的《鲁迅——诗人与偶像:一篇探讨新中国思想史的论文》。❶拉斯特文深入探讨了鲁迅思想的来源、形成、发展和演变过程,不仅把他当作一个革命家、更多的还有诗人和知识分子来分析。此文在接续王澄如之后中断了近20年的鲁迅研究的同时,体现出了作者视野的新颖和见解的独到:一是论文将研究重点更多地放在了鲁迅的书信、杂文上,而不是先前大家更关注的小说;二是论文参考了大量德、法、俄文资料,立论依据超越了意识形态的对立,开启了一条"去共产主义化"的研究路径。

进入20世纪60年代之后,鲁迅在两德的接受发生了倒置。1959年由于中苏关系的破裂,紧随苏联的东德也对中国实行"冰冻"政策,德国统一社会民主党中央委员会于1960年8月向文化部下达命令,对中国文学作品尤其是现代题材作品的新版和再版进行严格的审查,同时不准再将有关中国政治和文化的德语出版物介绍到东德。这一时期东德汉学学者对于中国的研究包括鲁迅译介工作,由于世界风云突变、两国在意识形态上的深刻隔膜与严格管束,不得不停滞了下来。一些汉学家的辛勤工作一夜之间成为尘封之学,鲁迅在东德的传播从此进入漫长的休眠期。有的研究成果,例如葛柳南(Fritz Gruner)和伊玛·彼得斯(Irma Peters)1957年在莱比锡大学完成的国家考试论文,❷因为政治形势的急转直下没能公开出版。东德鲁迅传播的这种"冰冻"状况一直持续到70年代末,在此期间,仅有少数翻译和研究成果发表出版,如文化部禁令尚未下达之前1960年出版的《奔月》(《故事新编》全译本),❸伊玛·彼特斯(Irma Peters)1960年在莫斯科召开的国际东方学会议上的论文《1927-1930鲁迅对文学与革命之关系的看法》及其延滞十余年后于1971年出版的博士论文《通过鲁迅创造性的政论看他的思想发展》。

在西德,20世纪60年代出现了对于鲁迅传播的两个重要转机,一是大学汉学学科的迅速恢复和增建,二是爆发于1968年、其影响持续数年的大学

---

❶ 杰夫·拉斯特(Jef Last):《鲁迅——诗人和偶像:一篇探讨新中国思想史的论文》,法兰克福:Metzner出版社1959年版。

❷ 葛柳南(Fritz Gruner):《对〈摩罗诗力说〉前三节的翻译和评论》,伊玛·彼得斯(Irma Peters):《论鲁迅对于传统素材的处理》,两篇均为莱比锡大学国家考试论文(1957)。

❸ 《奔月》由东德女汉学家约翰娜·赫兹费尔特(Johanna Herzfeld)翻译,1960年出版,实际上就是《故事新编》的全译本。

生抗议运动。继50年代部分汉学系恢复之后，60年代又有一批大学新设立了汉学系：如科隆大学、法兰克福大学、海德堡大学、明斯特大学、维尔茨堡大学、鲁尔大学和埃尔兰根大学等。汉学学科的迅速发展与此后影响深远的1968年大学生抗议运动的关系密切。德国汉学对于理想化中国形象的塑造，很多与实际相差甚远的乌托邦似的描绘，经抗议者们的想象夸张之后变成了他们反击现实社会的最有力的精神寄托。德国乃至整个欧洲的知识分子误以为中国的"文化大革命"走出了一条最能有效反对西方资本主义的道路，将中国塑造成了一个"真实存在的社会主义"的替代品。汉学自身的发展和抗议运动中欧洲大陆对中国政治态度的这些转变，均为后来的鲁迅热潮积累了学术背景和情感基础。如果说早期的学生运动对中国知之不多，而且也对中国鲜有兴趣，只是借用了"文化大革命"的形式，那么后来，这些运动中人们对于中国以及中国人的生存方式是产生了强烈的认同感的。这种认同感的体现之一，便是伴随着对于理想化中国的夸张想象和政治兴趣的急剧增长，鲁迅一跃成为了这一时期众多青年读者的精神领袖，其反思意识和独立精神受到了极大的关注和推崇。他的有关文艺与革命的杂文德译本刊登在当时最受知识分子追捧的杂志《时刻表》（Kursbuch）上，该杂志由德国著名诗人、作家汉斯·马格努斯·恩岑斯伯格（Hans Magnus Enzensberg）主编。人们强烈关注和热情追随着鲁迅，但并不从文学的角度讨论鲁迅，而是特别推崇他具有将文学和政治融为一体、并因此赋予文学新意义的能力。

20世纪60年代末青年知识分子对鲁迅的关注与追随在70年代的鲁迅传播中越发显示出来。1973年由布赫（H.C.Buchs）和王迈（Mong May）编译的鲁迅杂文集《论雷峰塔的倒掉——关于中国文学和中国革命的杂文》，❶主要翻译了鲁迅的48篇杂文，附译注数条，并参考了法译本和英译本。译者之一的布赫所撰的《后记》，后来成为了西德广播电台的节目蓝本，对青年读者和听众接触鲁迅影响颇深。1979年由顾彬主编的鲁迅作品集《野兽训练法》出版，尽管原计划的八卷本并没有实现，但该选集收入了《孔乙己》《藤野先生》《故乡》《怀旧》小说4篇，杂文5篇，诗歌5首，以及译者对每一个作品的详细评价，成为后来1994年出版的那一套鲁迅全集的基础与滥觞。中

---

❶ 布赫（H·C·Buchs）、王迈（Mong May）编译：《论雷峰塔的倒掉——有关中国文学与革命的杂文》，赖恩贝克：Rowolht出版社1973年版。

国外文出版社出版的德译本《鲁迅小说选》（1974年）、《野草》（1978年）、《朝花夕拾》（1978年）全译本以及图文并茂的鲁迅研究资料《鲁迅——一个伟大的革命家、思想家和文学界》（1975年）等，都为德语地区的鲁迅研究提供了资料的便利和观点的参照。西柏林莱布尼茨文化交流会于1979年出版的《鲁迅同代人》，收入鲁迅自传、小说、杂文共26篇，此书是为1980年的鲁迅展览会准备的图册，设计精美，内容丰富，为德语地区的读者建构了一个更为有血有肉的、生动的鲁迅形象。

综上所述，20世纪五十至七十年代鲁迅在两德地区传播是如此戏剧性地摆荡在高潮与低谷之间，相互隔绝，又此消彼长，划出了两条完全不一样的曲线。对于鲁迅以及中国文学，东德从热情到冷冻的历程，西德从冷漠到狂热的转变，都清晰地显示出传播背后的意识形态、时代潮流与文化场域等诸多因素的综合影响。然而，在这迥然相异的氛围之下，此阶段两德的鲁迅传播却有着殊途同归的本质，无论在东德还是西德，无论是褒扬还是贬抑，鲁迅更多地是被意识形态化解读，鲁迅研究也一直具有强烈的政治色彩。

三

20世纪80年代的东德较之六七十年代已经发生了很大的变化，东西两德之间的文化交流和对话日益频繁，东德政府已无力扭转这种逐渐放开的文化趋势，对于社会各界发出的针对社会主义制度的质疑与批判，显得力不从心。与此同时，东德与中国的关系进入了"复合期"，标志性事件是1986年昂纳克访华。鲁迅传播自60年代的沉寂之后终于被作家克里斯托夫·海因（Christoph Hein）所打破。海因1983年根据鲁迅小说改编创作的剧本《阿Q正传》（Die wahre Geschichte des Ah Q），描绘了阿Q及其朋友王胡的生存尴尬和人生变故，充满对于东德政府的讽刺和隐喻。该剧不仅在东柏林连演数场，好评如潮，成为当时东德文化界的一个奇迹，甚至还蔓延至西德和西欧其他国家，先后在斯特拉斯堡、巴黎、苏黎世、杜塞尔多夫、纽伦堡等地上演，同样反响热烈。此剧是80年代东德戏剧界积极参与社会变革对话的一

---

❶ 克里斯托夫·海因（Christoph Hein），《阿Q的真实故事》（在狗与狼之间），达姆施塔特与新维德：Hermann Luchterhand出版社1984年版。

个典型和缩影，更是鲁迅作品在德流传和产生回响的一个最佳例证。

20世纪80年代的西德，以60年代末学生运动对中国的狂热和对鲁迅的推崇为起点，又经历了70年代德国经济的起飞和汉学学科的进一步繁荣。1972年中德建交后，一些年轻汉学学者获得了到中国深造和访学的机会，他们后来在中国文学研究上成就斐然，如科隆大学的吉姆（Gimm, Martin）教授、海德堡大学的鲍吾刚（Wolfgang-Bauer）教授、瓦格纳·艾格特（Marion Eggert）教授、波恩大学法伊特（Veit Veronika）教授等。一批鲁迅翻译和研究的代表人物在这个时段涌现了出来，最突出的如波恩大学的顾彬（Wolfgang Kubin）教授和波鸿大学的马汉茂（Helmut Martin）教授，在此时开始崭露头角。曾经主编过杂志《时刻表》的汉斯·马格努斯·恩岑斯伯格在1980年编译了一部名为《长城——鲁迅作品选》的集子，共收入鲁迅小说、诗歌、散文共39篇，包含《狂人日记》《阿Q正传》《野草》等重要篇章以及《译者后记》《毛泽东论鲁迅》《鲁迅大事年表》等。马汉茂翻译的《阿Q正传》于1982年发行单行本，后附马汉茂后记《阿Q究竟是谁，请问鲁迅》。杨恩林和康拉德·赫尔曼（Konrad Herrmann）编译《鲁迅选集——写在深夜里》于1981年出版，该书辑录了鲁迅的小说、散文诗、杂文30篇，书信10封，以及著名女作家露特·维尔纳（Ruth Werner）写的前言。在研究方面，这一阶段出现了很多有创见的论文，转向对鲁迅的创作思想，如与外国思想家和作家的关系，或者作品中的艺术技巧与特征，如抒情因素、美学结构、反讽、象征等手法的分析。❶西德汉学家魏格林-斯威德兹克·苏珊娜（Weigelin-Schwiedrizik Susanne）在80年代初期发表的学术论文《鲁迅与"希望原则"》，着重探讨鲁迅与外国思想家尤其是与尼采、赫胥黎等人的关系，❷是此时最重要的鲁迅研究论文之一。波恩大学汉学系为纪念鲁迅逝世50周年，1986年举办了鲁迅国际研讨会，会议发言于1989年整理出版，该文集

---

❶ 参见顾彬（Wolfgang Kubin）编：《百草园——鲁迅研究论集》，波恩：Bouvier出版社1989年版。

❷ 魏格林（Susanne Weigelin-Schwiedrzik）：《鲁迅与"希望原则"：鲁迅对赫胥黎和尼采的接受研究》，见《波鸿东亚研究年鉴（第三卷）》，1980年，第414~431页。

收入论文15篇,❶其中分析鲁迅小说的占8篇,早期思想一篇,研究杂文和散文的论文6篇,集中体现了研究者在研究方向上的文学艺术转向。

20世纪90年代之后,"冷战"结束,两德统一,德语地区的政治、经济进入到一个崭新的发展阶段,鲁迅的译介与研究也体现出更多政治视野之外的文学艺术的考量。这一时期鲁迅传播最具代表性的翻译成果是1994年由顾彬主编的《鲁迅全集》❷六卷本的出版,该选集涵盖了鲁迅所有的小说、诗歌、杂文集《坟》、散文集《野草》,是迄今为止德语地区最全面的推介鲁迅的选集。90年代中后期,该选集又以单行本的形式重新出版,在德语地区影响较大。在研究方面,这一时期相比之前出现了更多论文研究论文和论著,如方维规的《鲁迅与布莱希特》(1991年出版),将国内一些学者如王瑶和陈平原等人的观点借鉴融合,传播至德语世界。此外还有两部以鲁迅为研究对象的博士论文,分别是张芸的《别求新声于异邦——论鲁迅与西方文化》(1999年出版),重点论述鲁迅与欧洲思想的关系,以及土博纳(Tübner)的博士论文《中国的新圣人:鲁迅在中国的地位》(2004年出版),分析了20世纪新中国成立以后鲁迅被神化的过程,鲁迅在中国的社会学意义等。

综上所述,在经历了80年代之前长时间的封闭与隔绝之后,德国人期待着对中国这个遥远而神秘的东方古国有更真实的接触和更深入的了解。1978年的改革开放为西方人的探索提供了前提,德语世界的学者和读者得以从各个途径获得更为全面和丰富的鲁迅研究资料,同时中国大陆的鲁迅研究也在王富仁等学者的倡导下步入了"回归鲁迅"的新阶段。在这些变化的综合效应下,德语地区的鲁迅传播视角发生了转移,他们逐渐摆脱先前对于鲁迅的革命政治解读的桎梏,开启了更为纯粹的文学艺术解读的模式,鲁迅也越来越被汉学学者公认为和李白、杜甫、苏轼等相并举的文学家。

---

❶ 顾彬(Wolfgang Kubin)编:《百草园——鲁迅研究论集》,波恩:Bouvier出版社1989年版。

❷ 1994年,顾彬组织翻译的7卷本《鲁迅文集》在瑞士联合(union)出版社出版。20世纪90年代中后期,该文集又以单行本的形式重新出版,在德语地区影响颇大。遗憾的是,由于参与翻译的人员水平不一,文集的译文质量良莠不齐。文集后附有顾彬长达43页的后记,后记主要介绍了鲁迅在德的传播历程,分析了鲁迅生平与其创作的联系,将鲁迅与尼采等人进行了深入比较。

托洛茨基"太初为事"与鲁迅的文艺批评观*

重庆师范大学 杨 姿

1923年,维·什克洛夫斯基在柏林出版《马步》一书,该书列出了五条反对唯物主义艺术观的详尽理由。面对这样的公开反对,托洛茨基首先表明了平等的讨论立场:"如果不算革命前各种思想体系的微弱回声,那么,形式主义的艺术理论大概是这些年来在苏维埃的土壤上与马克思主义相对立的唯一理论……但形式主义者的相当一部分探索工作是完全有益的。"托洛茨基认为不能把这个对立的艺术理论"排除在未来艺术的准备过程之外"。其次,托洛茨基对五条理由背后的哲学特质进行了分析。无论什克洛夫斯基是谈情节、讲故事,还是引述人种志学,托洛茨基均认为:"以问题的偶然的、次要的或简直没有根据的因素为依靠的虚假的客观主义,不可避免地要走向恶劣的主观主义。"他以"笔相术或骨相术"打比方,认为笔迹中花笔道的数量和圆滑度,后脑勺隆起部的特点虽具有纯客观特征,但以之测算心理或卜算命则暴露出视野的狭窄与方法的浮浅,本质上与迷信无异,形式主义学派标举"追求客观主义"寻找用来进行分类和评价的精确特征最终也"走向词语的迷信",其本质是"百分之五的形式主义和百分之九十五的最无批判性的直觉"。最后,托洛茨基回到文艺批评的基本原则上:"对于他们来说,'太初为词'。而对于我们来说,太初为事。语词出现在事件之后,有如它的有声的影子。"❶在这里,"太初为词"与"太初为事"是对两种不同的文艺生产原则的对应式的概括。所谓"太初为词"概括的是俄国

---

* 本文系国家社科基金青年项目"鲁迅后期思想、文学创作与托洛茨基研究"的阶段性成果,项目编号:14CZW044。

❶ [俄]托洛茨基著,刘文飞、王景生、季耶译:《文学与革命》,外国文学出版社1992年版,第170页。

形式主义流派的理论原则。这一流派借鉴未来主义学说，否定以往的所有艺术传统，要求把词语周围积存下来的一切非文学因素全部分离出去；宣布艺术要使人第一次感觉到词语，使词语复活。所谓"太初为事"，显然是一种历史唯物主义的价值取向。它肯定"事件"和"语词"的秩序，本质上是尊重客观事实以及事实的变动。对俄国形式主义这种强调话语材料的纯形式革新，并且把这一任务作为文学的唯一理想的文艺思潮，巴赫金曾批评说："他们发展的不是词语的文化功能，而只是语言学功能。在这方面我们看到了他们的狭隘。"❶托洛茨基处在苏联文化建设的复杂局势中，当然会更加突出地强调居于核心的"事件"，既确立起作为主流的无产阶级的文艺成长，也鼓励了同期并存的其他文学的转化和变革。毫无疑问，"太初为事"构成托洛茨基文艺批评的基本原则与最为鲜明的特色，体现在托洛茨基文艺批评的方方面面。受其影响，"太初为事"在某种程度上也成为后期鲁迅从事文艺批评的逻辑原点。不过，在中国的"革命文学"壮大和成熟过程中，有些理论问题是必须放在"语词"和"事件"的参照中才能得到辩证的揭示。鲁迅对于文学的自由问题、文学的矛盾问题以及文学的境界问题的看法即是如此。

一

　　文艺的自由是任何时代都难以回避的问题，特别是在社会环境变得日益严苛，留给文学的空间日益逼仄的情况下，文学怎样在保持自身审美品格的同时，又承担对话时代的功能？当形式主义以"艺术永远是独立自在的纯形式的创作"为名展开"纯艺术"和"倾向性艺术"的争论时，文艺的自由问题就被聚焦于倾向性的论辩。托洛茨基说："从客观的历史进程角度来看，艺术永远是服务于社会的、历史的功利的，因为它要为昏暗和朦胧的情绪寻找必要的词语节奏，使思想与感情接近或让两者彼此对立；它要丰富个人或集体的精神体验，使感情更加细腻，变得更灵活、反应更灵敏、更有反响；它要扩展思想的容量，但不依赖于个人积累的经验；它要对个人、社会团

---

　　❶ [苏]巴赫金著，万海松、夏忠宪、周启超等译：《巴赫金全集（第七卷）》，河北教育出版社2009年版，第244页。

体、阶级、民族进行教育。这完全不取决于艺术在这样的过程中是打着'纯艺术'的旗号还是公开的倾向性艺术的旗号。"❶那么，为什么要推崇倾向性呢？托洛茨基是这样解释的："倾向性是那些寻求与人民联系的知识分子的旗帜。软弱的知识分子受到沙皇制度迫害，没有文化环境，他们在下层寻求支持，竭力向'人民'证明，他们只想着人民，只为人民而活着，他们'非常非常地'热爱人民。正如到民间去的民粹派打算不穿干净衬衣、不用梳子、不用牙刷刷牙那样，知识分子也准备在自己的艺术中牺牲形式的'高招'，以便最直接地表达出被压迫者的苦难和希望。"❷也就是说，在这个严苛的时代里，无论是"纯艺术"还是"倾向性"都丢失了艺术之为艺术的自由性。在革命斗争的条件下，"知识分子的阶级利己主义"与"崇高的自我牺牲的形式"不过是名义的调换，"知识分子并不掩盖反而竭尽全力地表明倾向性，他们经常在艺术中牺牲艺术本身，如同他们牺牲其他许多东西那样"❸。接着，托洛茨基以马克思主义的观点辩证地分析了"纯艺术"和"倾向性艺术"的社会根源，明确地指出："我们对艺术客观的社会依赖性和社会功利性的马克思主义的理解，若翻译为政治语言，则绝不意味着想借助法令或指示去指挥艺术。似乎对于我们来说，只有谈论工人的艺术才是新的艺术或革命的艺术，这是不对的；似乎我们要求诗人们必须描写工厂的烟囱或反对资产阶级的起义，这更是无稽之谈！自然，新艺术就其本性来说不能不将无产阶级的斗争置于其注意的中心。但新艺术的犁铧绝不限于翻耕那些刚刚编了号的土地……艺术形式在一定的和非常广泛的范围内是独立的，但是，作为这一形式创造者的艺术家和欣赏这一形式的观众，并不是用来创造形式和接受形式的空洞的机器，而是具有固定的心理的活生生的人，这种心理是某种整体，虽说这一整体并不总是和谐的。他们的这一心理是受社会制约的。艺术形式的创造和接受是这一心理的功能之一。"❹在托洛茨基看来，心理的守旧是难得以新的方式来感知世界的，反之，心理的变化也必然带来新的感知世界的方式。同处一个时代的作者的心理与读者受众的心理构成了整体性的社会心理，这是一个心理统一体，文艺创作的"纯艺术"要求

---

❶❷ [俄]托洛茨基著，刘文飞、王景生、季耶译：《文学与革命》，外国文学出版社1992年版，第156页。

❸ 同上书，第157、158页。

❹ 同上书，第158页。

与"倾向性"要求都根基于这种心理统一体中。所以,他批评形式主义者将"纯艺术"和"倾向性艺术"对立起来,"整个简单的观念的基础,仍是对进行创造或使用创造出来的东西的那个社会的人的心理统一体的忽视"❶。可见,托洛茨基一方面推崇倾向性,一方面强调"艺术形式在一定的和非常广泛的范围内是独立的"。他在苏联文艺界最早澄清了"纯艺术"和"倾向性艺术"对立的误解,而且还从马克思主义的角度阐述了将二者作同质性理解的批评家。

"革命文学"的论战中,由于思想界对阶级观念的强调与思想斗争的激化,这样的对立被再次提出来。鲁迅一边与钱杏邨等太阳社成员论争,一边与以梁实秋为代表的新月社诸君子对垒,后来又与杜衡和胡秋原发生了争论,论争的焦点之一就是文艺的自由问题。钱杏邨在革命文学论战中发表了4篇批判鲁迅的文章:《死去了的阿Q时代》《死去了的鲁迅》《"朦胧"以后》和《鲁迅》。除了第四篇是论战被叫停之后所作,前三篇均含有对鲁迅思想和文艺创作的否定。其中一条理由便是鲁迅缺乏战斗的方向:"他虽是富有反抗一切破坏一切的思想,但终于是一种滥泼的思想……他不但没有站将起来,根本上他就没有兴奋,任青年的血是怎样的沸腾,他充其量也不过站在路旁吹一两下嗡哨而已。"❷梁实秋则反对文学的阶级性,否认普罗文学,他在非常抽象的层面构建了匮乏人民性的文学观:"文学就是表现这最基本的人性的艺术。无产阶级的生活的苦痛固然值得描写,但是这苦痛如其真是深刻的必定不是属于一阶级的。"❸关于翻译问题的论战其实也是文学的阶级性问题论争的一个接续。很有意味的是,在这些论战中,鲁迅可谓左右开弓:"所谓'有出息'的要爬上资产阶级去的'无产者'一流,他的作品是穷秀才未中状元时候的牢骚,从开手到爬上以及以后,都绝不是无产文学。无产者文学是为了以自己们之力,来解放本阶级并及一切阶级而斗争的一翼,所要的是全般,不是一角的地位。就拿文艺批评界来比方罢……向

---

❶ [俄]托洛茨基著,刘文飞、王景生、季耶译:《文学与革命》,外国文学出版社1992年版,第159页。

❷ 钱杏邨:《死去了的阿Q时代》,载《太阳月刊》1928年3月号。

❸ 梁实秋:《文学是有阶级性的吗?》,见中国社会科学院文学研究所现代文学研究室编:《"革命文学"论争资料选编》,人民文学出版社1981年版,第1094页。

南面摆两把虎皮交椅，请梁实秋钱杏邨两位先生并排坐下，一个右执'新月'，一个左执'太阳'，那情形可真是'劳资'媲美了。"❶对左翼知识分子，鲁迅强调的是文艺的自由度；对自由主义者，鲁迅突出的是文艺的阶级倾向性。而且，在具体的论战中，鲁迅显现出从容自如的理论自信。这并非是理论上的无是非和左右逢源，而是因为鲁迅在托洛茨基对"纯艺术"和"倾向性艺术"的批评中获得了深刻的理论启示。

那么鲁迅对文艺的自由究竟持有怎样的尺度？自由要回到具体的社会条件中才有谈论的可能性。鲁迅在1929年编译卢那查尔斯基的论文集的附记中重复了作者的观点"艺术在社会主义社会里之必得完全自由，在阶级社会里之不能不暂有禁约"，认为译文"对于今年忽然高唱自由主义的'正人君子'，和去年一时大叫'打发他们去'的'革命文学家'，实在是一帖喝得会出汗的苦口的良药"。❷卢文写于1919年，正是"十月革命"后不久，俄国艺术处于衰微状态。在那样的境况下，卢那查尔斯基说："新的社会和社会主义制度，不但将艺术家解放而已，还给他一定的刺戟。"他还对"刺戟"作了进一步解释："我们也常从动摇的农民和劳动者方面，得到要求。那要求，是给他们科学，给他们艺术，使他们知道蓄积至今的宝物，给他们设立可以发见对于自己的期待，体验，见解的反应的机关，对他们解放知识和修得的源泉等。他们能够用了这些，将久已酝酿在国民的心底的东西，秘而不宣的东西，以及正如革命解放了各人的个性那样地已经解放的东西等，适当地，天才底，或者未曾有地，描写出来。"❸正如托洛茨基所说："艺术形式在一定的和非常广泛的范围内是独立的。"❹这个"独立"的存在有一种限定，即使"非常广泛"，也还是有一定的范围。哪怕进入无产阶级社会，无产阶级的自由仍旧不是形而上的自由，而应是阶级解放最大化的反映。鲁迅

---

❶ 鲁迅：《"硬译"与"文学的阶级性"》，见《鲁迅全集（第4卷）》，人民文学出版社2005年版，第212页。

❷ 鲁迅：《文艺与批评·译者附记》，见《鲁迅译文全集（第4卷）》，福建教育出版社2008年版，第388页。

❸ [苏]卢那察尔斯基著，鲁迅译：《今日的艺术与明日的艺术》，见《鲁迅译文全集（第4卷）》，福建教育出版社2008年版，第336、347页。

❹ [俄]托洛茨基著，刘文飞、王景生、季耶译：《文学与革命》，外国文学出版社1992年版，第158页。

像托洛茨基一样，主张文艺要有自由，但从不相信绝对的自由，文艺的自由既有作家的自由也有创作的自由，但统一地看，仍旧应以承担着文学和人的基本关系为前提。

1932年，胡秋原、苏汶和左翼文学家进行了一场关于文艺自由的论辩。胡秋原对左翼文学的指责建立在"革命文学"派的机械论错误上。他在《文化评论》创刊号上发表了《阿狗文艺论》，提出："将艺术堕落到一种政治的留声机，那是艺术的叛徒。"其后，又发表《勿侵略文艺》，主张多种文学艺术的存在。苏汶先后发表了《关于"文新"与胡秋原的文艺论辩》《"第三种人"的出路》《答舒月先生》和《论文学上的干涉主义》，声称自己是为那些在两种截然不同而互不相让的文艺观面前无所适从的作家代言。他批评左翼文艺"用狭窄的理论来限制作家的自由"❶，还以马克思对待海涅的态度证明马克思允许"第三种人"的存在。鲁迅并没有从无产阶级党性原则出发对二人加以批判。他坚持文明的批评，反对辱骂和恐吓的办法，主要以阐述学理的方式分析了那种超阶级超政治的"苦境"和"幻影"，同时也就左翼作家的错误做了说明。鲁迅的意见和态度引起左翼阵营的不解，被指摘为"极危险的右倾的文化运动中和平主义"。❷这种批评状况和批评关系展示出的也是鲁迅对文艺自由的理解与普通知识分子的差异。鲁迅对文坛复杂现象的认识有一种特有的清醒，能够识别各种名号背后的企图。1932年编译完《竖琴》写前记的时候，他把文学研究会介绍为"为人生的文学"，并和20世纪20年代末期再度兴盛的苏联文学浪潮进行比对，指出当时反对俄国文学的"三标新旧的大军"（喊着"自我表现"推崇"为艺术而艺术"的创造社；反感"下层社会的叫唤和呻吟"颂扬"艺术之宫"的英美小说派；以小说为"看闲书"消遣的"看官"）并无自由精神，而俄国文学也随着国内战争和列强封而锁萎谢荒凉；正在崛起的一派虽然是非苏维埃文学，却兴起于苏联文学之前，且为西欧和日本赞赏。鲁迅说："恐怕也还是这种没有立场的立场，反而易得介绍者的赏识之故。"❸ "立场"即"倾向性"的集中

---

❶ 苏汶：《论文学上的干涉主义》，载《现代》第2卷第1期，1932年1月。

❷ 首甲：《对鲁迅先生的〈辱骂和恐吓绝不是战斗〉有言》，载《现代文化（第1卷）》第2期，1933年2月。

❸ 鲁迅：《竖琴·前记》，见《鲁迅译文全集（第6卷）》，福建教育出版社2008年版，第6页。

体现。鲁迅这个"立场"的说法，可以当作他对文艺自由度的观点。任何文学的思想与感情都会受到一定的社会制约，这种制约在社会、阶级的历史发展中并非占据绝对的统治地位；它要允许新形式的创造，当然这种形式的特点还需要符合自身的感情序列。自由不在政治保障这边，也不在形式制造那边，应是一种艺术自决的获得。

认识艺术的自由，还不能仅仅在艺术的内部来理解。文学受到文化财富和文化力量增减的干预，在广泛的意义上说，文学创作永远处于非文学领域的新的推动的影响之下。在现代中国，文学比任何时候都更为明显地表现出对特定的社会阶级、阶层和团体的精神、生活和物质上的依赖，向左和向右都有各自自由的目标，但哪一种自由有利于创作？或者说，哪一种创作更能实现那种自由？托洛茨基说过："永远不能只凭马克思主义的原则去评判、去否定或接受艺术作品，这一点是完全正确的。艺术创作的产品，首先应该用它自己的规律，亦即艺术的规律去评断它。但是，只有马克思才能解释：某一时代的某一艺术派别为何出现和自何处而来，亦即是谁和为何对这一类、而不是对那一类艺术形式提出了要求。"[1]在这一批评原则上，鲁迅深得托洛茨基思想的精髓。无论是对同路人的作品，还是对左翼作家的创作，他的批评都既是党派的，又是非党派的。在理论的大是非上，鲁迅有鲜明的党派性，体现出他作为左翼作家领袖的文化立场；而在具体的艺术作品价值的评判上，鲁迅则是非党派的，体现出一个真正的文学家对艺术自身规律的应有的尊重。他的批评往往既能够读出"非革命"的"真实"，也能领会无产者文学解决"永久底全人类的主题"，其原因就在于此。

二

文艺怎样处理矛盾？进入革命时代，阶级矛盾空前突出的时候，文学怎样面对这个矛盾？这是每一个从事文艺的工作者要解决的首要问题。矛盾是否进入文学的书写以及如何看待矛盾的形成与发展，这构成了革命文学向何处去的一个指向标。李初梨和郭沫若曾经就"留声机"论发生了争议。郭沫

---

[1] [俄]托洛茨基著，刘文飞、王景生、季耶译：《文学与革命》，外国文学出版社1992年版，第166页。

若提出:"当一个留声机器——这是文艺青年们的最好的信条。"❶李初梨则说:"我以为'当一个留声机器',是文艺青年最宜切戒的态度,因为无论你如何接近那种声音你终归不是那种声音……文艺与其说它是自我的表现,毋宁说它是生活意志的要求。"❷郭沫若认为两人思想并无分歧。他认为李初梨所谓"不当"的理由是"反对以表现或者描写革命事实为革命文学……把文学当成生活意志的要求诉诸实践",而自己所谓"当"的理由则是"要人不要去表现自我",而去"反映阶级的实践的意欲"。❸两人的分歧并非只是表达的问题,实质上反映出创造社在转型过程中面临的最尴尬也最棘手的问题,即对文学是"表现"还是"反映"的取向。他们不是从哲学的层面理解反映和表现,其"留声机器"论介于二者之间:反对"客观的描写"目的在于否定"表现自我",提倡"反映"还是依据"获得了新的观念。便向新思想新文艺新的实践方面出发",根底上还是陷于"自我的意识"。这个悖论直接影响了创造社成员在构建革命文学理论时对现实刻画的观念。他们强调揭露阶级矛盾,但是必须是有利于革命前途的揭露,拒绝有损于本阶级形象和志气的揭露。对茅盾《从牯岭到东京》的猛烈批判即是如此,否定茅盾所写的"不断的在追求,不断的在幻灭",反对对小说主人公矛盾的写照;把茅盾对中国革命道路的思考简化为"茅盾先生说许多人呼号呐喊的'出路',差不多这出路成了'绝路'",❹本质上就不承认茅盾对当时无产阶级革命面临的各种复杂因素的分析和暴露。"我们暴露黑暗,同时还得注意所暴露的社会黑暗的某一种现象,给于革命的利益为何如?"钱杏邨说他们"暴露与不暴露,完全的是出发于集体",而鲁迅"是糊涂的,忘却时代的,忘却集体的,只凭个人的直觉的暴露"。他们反对鲁迅这种"个人'趣

---

❶ 麦克昂:《英雄树》,载《创造月刊(第1卷)》1928年第8期。
❷ 李初梨:《怎样地建设革命文学》,载《文化批判》第2号,1928年2月15日。
❸ 麦克昂:《留声机器的回音——文艺青年应取的态度的考察》,载《文化批判》第3号,1928年3月15日。
❹ 克兴:《小资产阶级文艺理论之谬误》,载《创造月刊(第2卷)》1928年第5期。

味主义'的暴露"。❶对矛盾的片面认识,导致了他们对革命阶段的判断流于表象,而文学的选材、形式和技巧也受到误导。

矛盾是历史的矛盾,选择性的彰显或遮蔽矛盾是对历史唯物主义的违背;仅仅从阶级的一方来看待矛盾,某种程度上便是取消矛盾存在的阶级性。对"革命文学"而言,只有直面矛盾,才有可能在矛盾中找到进化的动力。托洛茨基说:"认为每个阶级都能完完全全地从其内部产生出自己的艺术,比如说无产阶级能通过封闭的艺术讲习班、小组、无产阶级文化协会等创造出新的艺术,这种想法是孩子气的。一般地说,历史的人的创作就是继承。每一新的上升阶级都站在其前驱的肩头上。但这是一种辩证的继承,亦即通过内部的排斥和决裂而实现的继承。"❷他所谈到的"继承",首先,是允许非无产阶级有矛盾,有走向革命或徘徊不前的矛盾;其次,即使是无产阶级也有矛盾,有追求光明或正视黑暗的矛盾。这种思维方式重的是过程,而不是结果,它是一种过程性的思维方式。鲁迅的革命文学观也沿着这样的过程性思维路向发展。

鲁迅在《伪自由书·后记》中说自己对张资平的讥刺在于"三角四角的那许多角",可如果放在他与革命文学派论战的背景中,其厌恶的缘由会更为清晰。像张资平这样写言情小说的作家自称"转换方向",摇身一变就成了"最进步"的"无产阶级作家",这是毫无阶级性可言的。1928年鲁迅编完《壁下译丛》谈到自己翻译的动机:"今年是似乎大忌'矛盾',不骂几句托尔斯泰'矛盾'就不时髦,要一面几里古鲁的讲'普罗列塔里亚特意德沃罗基',一面源源的卖《少年维特的烦恼》和《鲁拜集》……这才算是不矛盾,在革命了。"❸时尚与摩登,这本来就是资产阶级的意识形态内容,投身革命成为时尚,这本身就是对无产阶级意识形态的背离。鲁迅不相信会有那种没有矛盾的革命,所以他在"革命文学"论战中采用的最切实的做法就是呈现矛盾,介绍过渡时代的革命和类革命文学,尤其是种种试验性

---

❶ 钱杏邨:《"朦胧"以后——三论鲁迅》,载《我们月刊》创刊号,1928年5月20日。

❷ [俄]托洛茨基著,刘文飞、王景生、季耶译:《文学与革命》,外国文学出版社1992年版,第166页。

❸ 鲁迅:《壁下译丛·译后附记》,见《鲁迅译文全集(第4卷)》,福建教育出版社2008年版,第111页。

的文字，以此来为中国的"革命文学"提供参考。他关注"绥拉比翁的弟兄们"，这是"一个于十月革命并不密切的文学者团体"，但他们书写了置身于革命浪潮中的现象和感受。鲁迅对这个团体的许多成员的作品都有翻译和评议。关于莱阿夫·伦支的《在沙漠上》，他说："篇末所写的神，大概便是作者所看见的俄国初革命后的精神……现今的无产阶级作家的作品，只一意赞美工作，属望将来，和那色黑而多须的真的神不相类的也已不少了。"❶对"神"的评价很容易使我们回想起鲁迅对亚历山大·勃洛克《十二个》中最后那个"基督"的推测。片上伸曾在《北欧文学的原理》中解释基督为宗教意义上的救赎，而鲁迅还是采纳了托洛茨基关于俄罗斯精神的说法。鲁迅对伦支的解读可以说是托洛茨基对《十二个》的解读的翻版，其观念、角度、方法都极为相似。更为重要的是，鲁迅认同对革命的过程化思维，对革命文学家们已经显露出的"反映论"的政治化倾向尤为不满。他注重"矛盾者"描绘的"矛盾"。"描写混乱，黑暗，可谓颇透了，虽然粉饰了许多诙谐，但刻划分明，恐怕虽从我们中国的'普罗塔列亚特苦里替开尔'看来，也要斥为'反革命'……然而在他本国，为什么并不'没落'呢？我想，这是因为虽然有血，有污秽，而也有革命；因为有革命，所以对于描出血和污秽——无论已经过去或未经过去——的作品，也就没有畏惮了。这便是所谓'新的产生'。"❷这其中蕴含了鲁迅对"革命文学"的考虑，"革命文学"的"新"不是对过去的颠覆和摒除，不是一种僵化意识的替代关系，新意味着适应发展趋势而产生的结果，具有变革空间，旧也不是"过时""落后""保守"和"反动"，是一种无力促进甚至阻碍发展的状态。"旧"和"新"的转化，不是外部的命名和规定，而是内部自发的甚至是艰难的运动而得。这个观念对于文学如此，对于制度也如此，它是从鲁迅生命的体验中产生的。对于"革命文学"早期倡导者而言，他们把"五卅惨案"之前的文学作为旧文学，试图通过革除"五四"以来文学思想，炮制"革命文学"的新样式。对鲁迅来说，更为重要的则是回答这样的问题：为何文学会变旧？为何新的文学也会变旧，面临革命？

---

❶ 鲁迅：《在沙漠上·译者附识》，见《鲁迅译文全集（第6卷）》，福建教育出版社2008年版，第86页。

❷ 鲁迅：《竖琴·译者附记》，见《鲁迅译文全集（第6卷）》，福建教育出版社2008年版，第90页。

如果仅仅认为在"革命文学"理论建设过程中，鲁迅把同路人创作的标准作为一个高级的或者是终极的要求，对于文艺怎样处理矛盾的问题还是没有很好的解答。在同路人文学中，鲁迅看到的是矛盾的呈现状态和呈现方式，他说："一切'同路人'，也并非同走了若干路程之后，就从此永远半数在半空中翱翔的，在社会主义底建设的中途，一定要发生离合变化。"❶即使同路人在革命之后一度显示出比无产者文学更"新"的一面，他们自身的缺失仍旧是鲁迅关注的。鲁迅在翻译完雅各武莱夫的《农夫》之后又译了《十月》，他指出："临末的几句光明之辞，并不足以掩盖通篇的阴郁的绝望底氛围气。"作者本身所属的阶级和思想感情决定了这样的写作，所以塑造的人物"没有一个是铁底意志的革命家，亚庚临时加入，大半因为好玩，而结果却在后半大大的展开了他母亲在旧房子里无可挽救的哀惨"。❷鲁迅还把这种写法和安捷列夫相比，这是和先前的文学相关联的部分，同时，他又把所写的内容和法捷耶夫相比，认为《毁灭》对革命的认识更为准确。这种比较推动着鲁迅的矛盾观的成熟，"一九二七年顷，苏联的'同路人'已因受了现实的熏陶，了解了革命，而革命者则由努力和教养，获得了文学……我们看起作品来，总觉得前者虽写革命或建设，时时总显出旁观的神情，而后者一落笔，就无一不自己就在里边，都是自己们的事"。❸对同路人文学的批评和无产者文学的认可放在同一个评价体系中。其一，内容是旧的，情感是新的。略悉珂的《铁的静寂》刻画出"工人的对于复兴的热心，小市民和农民的在革命时候的自利"，鲁迅说作家"观念形态和'同路人'较相近"，但"那同情在工人一方面，是大略一看，就明明白白的"。其二，人物是旧的，角度是新的。绥甫林娜的《肥料》非常生动："地主的阴险，乡下革命家的粗鲁和认真，老农的坚决，都历历如在眼前。"鲁迅所肯定的是"绝不见有一般'同路人'的对于革命的冷淡模样"。其三，题材是新的，手法是旧的。绥拉菲摩维支的《一天的工作》聚焦于药房学徒的生活，"没有'英雄'，没有标语，没有鼓动，没有'文明戏'里的演说草稿"，但是

---

❶❷ 鲁迅：《十月·后记》，见《鲁迅译文全集（第6卷）》，福建教育出版社2008年版，第220、218页。

❸ 鲁迅：《一天的工作·前记》，见《鲁迅译文全集（第6卷）》，福建教育出版社2008年版，第228页。

"暴露社会生活的强有力",以真实的事实"不断的揭穿一切种种的假面具"。❶那种交错的、混杂的评语一方面显示出鲁迅并没有陷于"同路人"或"无产者"这样的名称之中,他的观察是动态的,另一方面则不断地更新着他对革命的认识。

"革命文学"必须要回到革命这个轴心,但什么是真正的革命?鲁迅在对同路人和无产者的文学读解中,逐渐析出作为书写对象的"革命"的薄弱与优长。译介毕力涅克的《苦蓬》时,他认为作者"所写的革命,其实不过是暴动,是叛乱,是原始的自然力的跳梁,革命后的农村,也只有嫌恶和绝望"。❷这种革命的不深刻,在于未能揭示革命背后那种矛盾的心理、复杂的社会势力,以及拥护者与反对者各自的困境。但对与之相反的另一种革命,鲁迅也不赞同,"中国的革命文学家和批评家常在要求描写美满的革命,完全的革命人,意见固然是高超完善之极了,但他们也因此终于是乌托邦主义者"。❸对"美满的革命"的要求,对"完全的革命人"的自诩,这是结果主义的思维方式。这种结果主义的思维方式和托洛茨基"重矛盾""重发展"的过程性的思维方式形成了强烈对比。鲁迅无疑倾心于后者,认同革命过程中的倒退和进步都组成革命的一部分。革命历来都是先觉者和大众之间的一场持久战役。在思想革命引发的新文化运动中,鲁迅始终有呐喊而无人应和的孤独之感。当他再看社会革命激发的革命文学时,内在的情绪记忆必将被唤起。鲁迅以《毁灭》中描写袭击团受到日军和科尔却克军迫压时队员对队长的反抗和冷漠为例:"当革命进行时,这种情形是要有的,因为倘若一切都四平八稳,势如破竹,便无所谓革命,无所谓战斗。大众先都成了革命人,于是振臂一呼,万众响应,不折一兵,不费一矢。"鲁迅称赞法捷耶夫对危境之中人的消极面的描绘,却不赞成毕力涅克写扰乱和流血的不安,根本原因就在于《毁灭》是动态的,而《苦蓬》是静止的。"'溃灭'正是新生之前的一滴血……虽然有冷淡,有动摇,甚至于因为依赖,因为本能,而大家还是向目的前进,即使前途终于是'死亡',但这'死'究竟已经失了

---

❶❷ 鲁迅:《一天的工作·后记》,见《鲁迅译文全集(第6卷)》,福建教育出版社2008年,第325、326、329页。

❸ 《〈毁灭〉第二部一至三章译者附记》,见《鲁迅译文全集(第5卷)》,福建教育出版社2008年版,第415页。

个人底的意义,和大众相融合了。"❶这种矛盾的发展观,不单单是丰富了革命的内涵,扩充了革命文学的范围,更重要的是鲁迅对"生"和"死"的思考超越了早期在形而上层面的抽象思考,多了一重实践理性的维度。鲁迅后来对青年的血有一种格外的情感,就不纯粹是受到进化论思想影响的,对下一代的寄望和倚重,更是看到青年个体生命融入到民族生命的一种延续和升华。

  托洛茨基把矛盾作为继承的前提、发展的条件,强调矛盾既形成了新与旧的对立,也造就了旧与新的转化。鲁迅更是看到矛盾中的复杂性。他曾讲,欧洲的蛮族杀害老人,在文明人看来是残酷之举,而考古证实是受食物不足与强敌逼害的胁迫;两相比较,那杀害里也有爱的存在。能够从极端的恶中看出相对的善,这是鲁迅的矛盾观使然。以此逻辑,鲁迅更反对那种预先地假设革命路径或革命进程的文学;文学不是标本,而应当是鲜活地呈现革命和革命人矛盾的存在。

三

  "革命文学"论争中,关于"标语口号文学"发生了极为激烈的争执,一度也把俄国未来派文学的失败作为参照。但"革命文学"家们大都认为"未来派的失败并不是为着标语与口号,实在是因为未来派文学为大众所不能了解,不是普罗文学",意即标语口号对普罗文学的意义是必要的,并非要"根据所表现的事实,让题材客观的去动人",只需要有"丰富的煽动的力量",而这样的境界自然也有新的精神。❷对此,鲁迅显然是不认同的。文学的境界是否深远,不在于标杆竖得多么高,境界并非取决于主观性的规定。托洛茨基在分析形式主义的主观性时,这样阐释:"对于一个唯物主义者来说,宗教、法律、道德、艺术都是根本上统一的社会发展进程的各个单独的方面。政治、宗教、法律、伦理和美学虽然脱离了其生产的基础,变得复杂了,其特点得到了加强和详细的说明,但它们仍旧是一个有社会联系的

---

 ❶ 《〈毁灭〉第二部一至三章译者附记》,见《鲁迅译文全集(第5卷)》,福建教育出版社2008年版,第413、415页。
 ❷ 钱杏邨:《幻灭动摇的时代推动论》,载《海风周报》第14、15期合刊,1929年4月21日。

人的功能，仍服从于人的社会组织的法则。而一个唯心主义者所见的，不是能提供出必需的机构与功能的历史发展的统一过程，而是某种独立自在的因素——宗教的、政治的、法律的、美学的和伦理的实体的交叉和结合，它们在本身的称谓中已可找到自己的起源和阐释。黑格尔的唯心主义（辩证唯心主义）以自己的方式推翻了这些实体（而它们是永恒的范畴），将它们归结为发生学上的统一体。尽管黑格尔的这个统一体就是在自己辩证的表现过程中产生各种不同'因素'的绝对精神，他的体系仍能提供出一个关于历史现实的概念，如同一只翻过来的手套能给出人手的概念一样，——能做到这一点，并不因为它是唯心主义的，而是因为它是辩证的。至于说到形式主义者（形式主义者中最大的天才是康德），在他们作出本身的哲学新发现的时日，他们抓住的不是发展的动态进程，而是发展的横断面。在这一断面上，他们发现他们的对象（不是过程，因为他们并不思考过程）的复杂性和多样性。他们把这一复杂性加以分解和分类。他们给各种因素以称谓，这些称谓马上变成了实质，变成了无依无靠的次绝对精神：宗教、政治、道德、法律、艺术……这已不是一只翻过来的历史手套，而是从各个指头上剥下来的皮，这层皮被风干到完全抽象的程度，而且，这只历史之手原来是拇指、食指、中指及其他'因素''相互作用'的产物。美学的'因素'就是这小指，它小巧，但同样可爱。"❶

这段论述包含了这样几层意思：第一，文学在整个社会结构中是有着自身属性的一部分，和其他成分一样受到特定的组织法则约束，文学不会也不能从某一形式上取得凌驾于一切的精神；第二，文学的内部也是有着复杂构成并且在内外因素共同作用下不断变动的，其中某一个元素无法具备独立的、超高的作用，片面地夸大其效能不过就是陷入绝对抽象。托洛茨基曾说在理论领域，马克思对黑格尔有一种批判的继承，并且还在某种程度上延续了英国古典经济学。❷这段话表明他对辩证唯物主义和辩证唯心主义的区分是合理的，以"手套"和"手"来比作历史现实与文学形态的关系，突出了整体感和镜像感。托洛茨基认为形式主义把音节、修饰语或者音响、色点等强

---

❶ [俄]托洛茨基著，刘文飞、王景生、季耶译：《文学与革命》，外国文学出版社1992年版，第170页。

❷ [俄]托洛茨基著，张俊翔译：《托洛茨基自传》，人民文学出版社2013年版，第102页。

调为艺术的最高境界，类似于把化学分析当做了"炼金术"。鲁迅赞同托洛茨基的这一观点，并且运用这一观点与思路评价文学现象和文学作品。最有典型意义的案例是关于"静穆"的境界问题对朱光潜的批评。

朱光潜在1935年12月的《中学生》杂志第60号上发表了《说"曲终人不见，江上数峰青"》的文章。文章评说这两句诗达到一种美的极致："我爱这两句诗，多少是因为它对于我启示了一种哲学的意蕴。'曲终人不见'所表现的是消逝，'江上数峰青'所表现的是永恒。可爱的乐声和奏乐者虽然消逝了，而青山却巍然如旧，永远可以让我们把心情寄托在它上面。人到底是怕凄凉的，要求伴侣的。曲终了，人去了，我们一霎时以前所游目骋怀的世界猛然间好像从脚底倒塌去了。这是人生最难堪的一件事，但是一转眼间我们看到江上青峰，好像又找到另一个可亲的伴侣，另一个可托足的世界，而且它永远是在那里的。'山穷水尽疑无路，柳暗花明又一村'，此种风味似之。不仅如此，人和曲果真消逝了么？这一曲缠绵悱恻的音乐没有惊动山灵？它没有传出江上青峰的妩媚和严肃？它没有深深地印在这妩媚和严肃里面？反正青山和湘灵的瑟声已发生这么一回的因缘，青山永在，瑟声和鼓瑟的人也就永在了。"这篇文章看似谈艺，但隐含的目的是通过静穆境界的推崇来批评"革命文学"的怒吼与激荡。这是"革命文学"推动整个中国现代文学的转型之时，一部分自由主义作家选择更为潜隐的方式来对抗左翼文艺激流的表现。鲁迅敏锐地看到了这一点，并且迅速地做出了有力的回应。

就朱光潜的理论，鲁迅从"摘句"和"静穆"两个角度进行了批评。鲁迅说："最能引读者入于迷途的，是'摘句'。它往往是衣裳上撕下来的一块绣花，经摘取者一吹嘘或附会，说是怎样的超然物外，与尘浊无干，读者没有见过全体，便也被他弄得迷离惝恍。"❶他认为朱光潜推二句为极致，"未免有以割裂为美的小疵"。对局部的、表象的否定，令我们想起了托洛茨基所说的"小指"。当然，朱光潜更多的在意象上谈意境的问题，是艺术原理的一种演绎。鲁迅不赞成摘句，更主要的是认为文学境界不应该是"小摆设"。虽然他也认为在太平盛世这样的玩味和把玩是无妨碍的，但是在"风沙扑面，狼虎成群"的时代需要的是"大建筑"。所以他从摘句说到了

---

❶ 鲁迅：《"题未定"草（六）》，见《鲁迅全集（第6卷）》，人民文学出版社2005年版，第439页。

选本:"选本所显示的,往往并非作者的特色,倒是选者的眼光。"❶鲁迅认为这样的选本对于原著是一种误读,原著的精神在断行取义中被窜改。不能不说,鲁迅的这个意见确实是对历史时代的反应;反摘句是批判形式对内容的颠覆,反选本是批判形式对思想的桎梏。发展到反静穆就有些远离朱光潜的本意,而彰显"革命文学"的境界旨意了,这也反映出鲁迅在这个问题上的思想高度,这个高度的背后所站着的理论家就是托洛茨基。朱光潜写道:"艺术的最高境界都不在热烈。就是人之所以为人而论,他所感到欢喜和愁苦也许比常人所感到的更加热烈。就诗人之所以为诗人而论,热烈的欢喜或热烈的愁苦经过诗表现出来以后,都好比黄酒经过长久年代的储藏,失去它的辣性,只剩一味醇朴……'静穆'自然只是一种最高理想,不是在一般诗里所能找得到的……'静穆'是一种豁然大悟,得到归依的心情。它好比低眉默想的观音大士,超一切忧喜,同时你也可说它泯化一切忧喜。"❷"静穆"从艺术的原矿中被剥离出来,发展为托洛茨基所说的"无依无靠的次绝对精神",其根本在于失却了艺术的底子。鲁迅不认可其"最高境界"之说,他以为"凡论文艺,虚悬了一个'极境',是要陷入'绝境'的"。❸也就是说,文学境界本身是精神的延续和反映,朱光潜美的"极境论"和"革命文学"论者对至高阶级的宣扬,在某种程度是同一的性质,都脱离了精神所必要的依附和进化。马克思在《1844年经济学—哲学手稿》中批判黑格尔所谈到的客观精神和客观理性都是从主观精神、从自我意识出发,同时也指出黑格尔在主观精神中建立了世界结构,根本上肯定了人的主体性中能动的一面,但最重要的还在于主观精神的客观基础。鲁迅早期所提倡的精神进化受到尼采影响,强调主体意志的自由本质和形而上的反抗性,把对外界束缚的解放寄托于内在心灵的重建,"独往来于心之天地"是完成国民精神疗救的手段和目的。这一思想在文艺批评观理论体系上更接近武者小路实笃和厨川白村。在接触托洛茨基之后,鲁迅的精神进化有了新的发展,从客观上强化了作者的主观和对象的联结作用,但又不陷入材料分析的理性活动

---

❶ 鲁迅:《"题未定"草(六)》,见《鲁迅全集(第6卷)》,人民文学出版社2005年版,第436页。

❷ 朱光潜:《说"曲终人不见,江上数峰青"》,载《中学生》第60号,1935年12月。

❸ 鲁迅:《"题未定"草(七)》,见《鲁迅全集(第6卷)》,人民文学出版社2005年版,第442页。

中。这个思路后来在胡风那里得到最完备的继承和发展。针对郑伯奇、罗荪等提出的"和人物生活在一起""观察""归纳""描写","概括""分析""精密的工作",胡风指出:"依照他们二位底解释,创作过程就成了一种冷静的、'精密'的、单纯的、逻辑思维的过程,新的现实主义所一再向作家要求的战斗意志底燃烧、情绪底饱满、站在比生活更高的地方,等等,就弄得无影无踪。"[1]胡风以主观精神向"革命文学"家投出的这支利箭,未尝不是经托洛茨基到鲁迅再引申出来的批评理路。

文学的境界不依靠词句的筛选,也不在于某一模式的仿制;境界的高与低,更是一个综合的、有机的协同工作的结果。诚如胡风所说:"使各种情操力量自由地沸腾起来,由这个作用把各种各样的生活印象统一,综合,引申,创造出一个特定的有脉络的体系,一个跳跃着各种情景和人物的小天地。"[2]境界需要一定的形式来完成,但应该是"寻求最无伪的、最有生命的、最能够说出他所要把捉的生活内容的表现形式"。[3]左翼文学在后来的发展中,流露出一种形式做派,把革命分解为一些孤立的元素,再把这些元素变为独一无二的权威概念,如题材的尖端化、反抗的组织化、人物转变的阶级化……一言以蔽之,这些元素变成了托洛茨基所一直批判的"次绝对精神"。如果说境界是一种连续不断的力的合成,那么这种片段的、静态的盆景式的制作,则难以形成阔大的、深邃的力量。鲁迅所警示的"绝境"意正在此。

李霁野译完《文学与革命》写作后记时这样分析:"相信着形式决定内容,唯心的形式派与马克斯主义立于完全相反的地位。'他们(形式主义者)相信起始是字。但是我们相信起始是事。'如著者在第五章底结尾所说。换言之,有了生活内容,才会有对于文学或艺术的形式之需要,必有历

---

[1] 胡风:《今天,我们的中心问题是什么?》,见《胡风评论集(中)》,人民文学出版社1984年版,第108页。
[2] 胡风:《文学与生活》,见《胡风评论集(上)》,人民文学出版社1984年版,第312页。
[3] 胡风:《略论文学无门》,见《胡风评论集(上)》,人民文学出版社1984年版,第393页。

史的必需，才能发生新形式。马克斯主义的观点是如此的。"❶托洛茨基的观点并不费解，李霁野的领会也比较准确。鲁迅与托洛茨基一样，并非要把"革命文学"就当作形式主义来比附。他们的天才之处就在于，精准地发现了"革命文学"与形式主义的思维方式和革命逻辑在某种程度上的近似之处。鲁迅答复冬芬的信说，在当时的上海滩上，要做成艺术家，则需要自己或熟人来兼做批评；没有一伙，是不行的。"一伙"的形成，抑制了个体生命感悟文学的创造力，破坏了文艺生态有序有效的循环，丧失了批评介入社会的功能。为什么会有"一伙"呢？鲁迅说，因为"不敢正视现实"，只能"吹嘘同伙"。换言之，当出现反对者的时候才是文艺批评开始的时候。鲁迅与创造社、太阳社诸君子的笔战，和自由主义者的论争，包括同"第三种人"以及各种各样的"革命人"发生的种种争议，正是在托洛茨基的影响下，对现代中国革命文艺批评理论的一种自觉的建设。"太初为事"不是一种抽象的、笼统的普泛化认识，它在托洛茨基的革命语境中代表了摒除既成观念、定型模式的一种信仰，一种直面现实、拷问真相的立场。托洛茨基对形式主义学派的看法并非独具一格，甚至还有一些在摸索中的不确定判断，但是他却做出了一种示范，即"革命文学"是革命过程中的文学，对全过程的经验才有可能健全革命意识。后期鲁迅的文艺观无论是"太初为事"的本质特征，是处理矛盾的过程性的思维方式，还是关于文艺"绝境"的警示，都从文学精神、文学题材以及文学修辞等多个关键层面借鉴并深化了托洛茨基的认识，从而使鲁迅不仅在20世纪30年代的马克思主义文艺批评家中独具一格，而且以其自身独特的思维特征与表达方式在文学的领域显现出马克思主义理论本土化的多元性特征。

---

❶ 李霁野：《后记》，见特罗茨基（今译为托洛茨基）著，韦素园、李霁野合译：《文学与革命》，北新书局1928年版，第340页。

再说"看"与"被看"*
——鲁迅、李翊云或围观的阴影

南京大学　叶　子

让鲁迅弃医从文的著名"幻灯片事件"是现代中国一段重要的集体记忆。1922年,在《呐喊·自序》中,鲁迅提及在仙台医学专门学校的课堂"画片"上,见到替俄国人做军事侦探的中国人正要被日军砍头,周围是"赏鉴这示众的盛举的人们"。❶4年后,这一段经历在《藤野先生》中得以重述,课堂电影放日本人枪毙中国人,围着看的也是中国人,而"在讲堂里的还有一个我"。❷这一场"幻灯经验"是否可以作为一件明确无误的史料,鲁迅看的究竟是幻灯片还是电影,给俄国人做侦探的中国人是被砍头还是枪毙?这一经验又是否可以作为鲁迅文学的起点?应该从"国民批判"的现代性还是从视觉文化"看与被看"的图文关系去考量它?近年来,批评家关于"幻灯片事件"的讨论从未停止。与此同时,华人小说家在文学文本中对于鲁迅的效仿却艰涩又隐蔽。鲁迅无处不在,但这一"在场"又总是藏在越来越精致的叙事表象之下。

美国的华裔女作家李翊云或许可以作为一个例外。李翊云初出茅庐即收获了广泛关注和热烈讨论,2010年入围《纽约客》杂志评选的全美最有前途"20位40岁以下的作者"。在她短篇小说和散文的意义世界,始终有一个与

---

*　本文原刊于《南方文坛》2016年第1期。

❶　鲁迅:《呐喊·自序》,见《鲁迅全集(第1卷)》,人民文学出版社2005年版。第438页。

❷　鲁迅:《藤野先生》,见《鲁迅全集(第2卷)》,人民文学出版社2005年版。第317页。

"冷眼围观"的启蒙者鲁迅极其相似的存在。

一、藏在万花筒背后的"围观":为什么要由"我"来说?

"我要说给你们听的,是一件真事",散文《那与我何干?》("What Has That to Do With Me?"❶)这样开头。这篇2003年夏天发表在《葛底斯堡评论》(*The Gettysburg Review*)的回忆散文写于李翊云创作成长的准备期,之后她的文学运势急剧上升,但无论再写散文、短篇还是长篇,似乎都与这一篇的原初气质有所关联。

李翊云的小说通常避免过多的主观性流露,或许是要更为明显地与小说区分,拉开文类上的间隔。这一篇并没有用相对超然直白的说书人叙事,而特意采用自从5岁起一直到当下的"我"的主观叙事。短文不过十来页,"我要说的""但我还没有说完的""我接下来说",这许多个"我说",远多于一篇平铺直叙的散文应该有的数量。如果判定《那与我何干?》并不是一篇承认叙述行为存在的元小说,而是一篇以回忆为主干的杂记,那么,就不得不先论证这样一种"我说"的合理性。

"我"要说的这件"真事"这样展开:"文革"初期,湖南省某个19岁的高中共青团女书记见证了红卫兵的诸多暴行。女孩在与男友的通信中质疑了"文化大革命",却被男友出卖,因此被判处了10年监禁。这10年中她不断申诉,誓不悔改,最终在1978年被判死刑。刑前,医务人员在没有麻醉的情况下取出了女孩的双肾,植入某省级革命委员父亲将死的身体。即便政府向女孩的家人收取了执行死刑的24分钱子弹费,故事依然没有结束,残酷不断升级。曝尸荒野的"她"被环卫工人奸尸,割下的性器官被泡在甲醛瓶里。"所以你看,在我们的国度,一个人死了并不代表故事结束。"❷

李翊云笔下的女孩"她"未被冠以任何姓名。"文革"初期被恋人揭发,"文革"后未得平反、被判死刑,尸体受百般凌辱,这些元素大概取自江西赣州李九莲的经历。有人说"活体取肾"发生在1978年为李九莲申冤的

---

❶ Li Yiyun, "What Has That to Do with Me?", *The Gettysburg Review*, Vol. 16 No.2, Summer 2003, pp.183-192.

❷ Ibid., p.185.

钟海源身上。向家人索取子弹费，应该是1968年遭受枪决的"现行反革命"林昭的故事。李翊云根据坊间流传的"文革"记忆，从跨越10年的三段冤案中，融合出了一种类似于最大公约数的叙事。所以表面上一口气讲完的叙事，实际是故事套故事："被男友出卖"引出"死刑"，"死刑"引出"活体取肾"，再引出"向家人讨要子弹钱"等种种。每一段苦难都是闻所未闻的，简单相加未必更震慑人心；把并不完全可信的复杂内容强行加入本已足够痛苦的故事里，这让"我说"的叙事危机四伏。

在这一系列悲剧事件中，来自"我"的目光长久停留于行刑的过程。"我"不断体验自己实际并未参与的这一场"围观"：匆促间消完毒的手术刀如何切入皮肤，手术与死亡间歇的如何难捱。当时还不满6岁的"我"，目光如何能够触及那个远在湖南某小镇的体育场。倘若一直在反复强调"真实性"的"我"就是处在文本外部的李翊云，那么，她应该1972年出生在北京，1996年前往美国爱荷华大学念免疫学硕士，之后成为著名的"爱荷华作家工作坊"学员。李翊云的文学叙事通常有着清晰的时空界定，一类跟随着她移民的脚步，文学地图扩展至北美的小镇，但更多时候还是发生在她的生长地——北京。比如新时期国家转型后的受害者，被新恋情、新工作双双抛弃的林奶奶的故事《多余》，紫禁城最后一代的公公死后得以不朽的传奇《不朽》，由社会新闻演变出的都市父女孽缘《一个像他这样的男人》，再比如受威廉·特雷弗（William Trevor）《三人行》（Three People）启发后写作的《金童玉女》。

《那与我何干？》中有了与现实不符的时空转移。远在熟悉的北京之外，发生在湖南某体育馆的酷刑，像"一支怪诞的万花筒旋转着令我惊恐不已的花色"，"我"要闭上眼才能摆脱。❶为了不打破元叙事的假象，李翊云赋予了"我"一种罕见的召唤鬼魂、为鬼魂悲哀的能力，像巫术一样，不受时空限制，睁开眼就能"看见"。这里她没有用"望远镜"，而是下意识地用了"万花筒"（kaleidoscope），不仅减少了主体窥视（去看不该看的东西）的"隐秘感"，而且自觉表达了"所见并不为实"的意味——现实花色正被有意识有规则地变幻重叠，再造成像，为"我"所观看。比如：

---

❶ Li Yiyun, "What Has That to Do with Me？", *The Gettysburg Review*, Vol. 16 No.2, Summer 2003, p.185.

我可能出现在湖南的体育场，五岁还是七十五岁，一个困在童年苦恼中的小孩，还是一个已厌倦了长日的老人。在医务人员试着摁倒她时，我是否见证了剧烈的挣扎？我是否听见她被捂住嘴里发出的闷声哭喊……不，我没看见，我没听见。我无聊地要打瞌睡。❶

作者与作品间的距离越短，语言主体与叙述对象捆绑得越牢，读者对其中的"真"意就越好奇，越无法单纯地信任那样一个完全主观的"第一人称"。但或许不应该单纯从艺术模仿或重现现实的可靠性来对李翊云的这篇文章做文理分析。柏拉图说艺术无特别之用，也无真实可言；现实还原的准确度，只能在某一维度上作为参考。文学的"具象性"要表达李翊云怎样的"主观"，这不仅仅与"内容"有关，还有"形式"上的考量。"我要说……"或"我想说……"之后，作为宾语从句的残忍故事并不是表达的核心。它们是尾大不掉的叙述包袱，需要不断用"我说"这一"阐释"的硬壳去包裹，去修补翻新，去重写改动。"内容"上的过度显眼，分泌出了"我说"的记忆方法；在倾入对象时有足够的深度，但又有天然的虚构意味。

李翊云一方面反复强调叙述的真实性，一方面对这种故意为之的"讲不对"又供认不讳。无论再怎样恰如其分地冷静描述，无论再怎样洞彻事理，回忆到底在多大程度上符合现实。李翊云先于评论者一步，放大了《那与我何干？》中的虚构性意味。为什么不可能记忆有误或改造记忆，毕竟过去与现在之间有着令人难以跨越的鸿沟。鲁迅先生关于幻灯片的记忆中，亦有一个"并不稳定一致"的"我"；正是叙述者所拥有的这一特别的选择空间，突出了讲述时间和故事发生时间两者客观存在的距离。在阅读李翊云时，不免有这样一种奇特的感受：一边斩钉截铁一边又面目不清，自在但也脆弱。这样一片似真似假既矛盾又融合的国族景观，在"苦难"转化成"救世心"、"受难"方须"救治/救赎"的经济用途上，好处也许是明显的。它是对极权世界马力十足、无须破解的批判手段。问题是，这里面始终有一种过于清晰的自我意识，对自己感受的深信不疑。它也很有可能陷入虚构本身，容不下可能的自

---

❶ Li Yiyun, "What Has That to Do with Me？", *The Gettysburg Review*, Vol. 16 No.2, Summer 2003, p.185.

我审视，也容不下任何来自第三方的质疑。

鲁迅通过对"幻灯片事件"中"围观"的重述来呐喊，李翊云将"围观"作为最惹人注目的段落，对其进行最有效地筛选与编排，不仅为了让故事中的残忍延绵不断，也在不断制造一种"看"与"被看"的关系。但《那与我何干？》还有"万花筒"之外的"观看"："我"不仅是一个讲述者，还必须作为亲历者参与到"围观"中去，让"残忍的围观"与"被围观的残忍"共同作用，才有了更引人注目的景观。

二、作为真实观者的诉说

作为唯一的中国学生，鲁迅颇受侮辱地被迫观看同胞的惨状，这一"幻灯经验"，很可能是一次文学的虚构。竹内好曾否定将现代文学的合法性建立在"幻灯片事件"上：

> 不管怎么说，幻灯事件与那个令人讨厌的时间相关，但与文学志向没有直接的关系。我认为，幻灯事件给与他的东西是与那个令人讨厌的时间同样性质的屈辱感。屈辱，都是他自己的屈辱。与其说是怜悯同胞，不如说是怜悯不得不怜悯同袍的他自己；而不是一面怜悯同袍，一面想到文学。❶

不论鲁迅到底因为什么弃医从文，竹内好认定鲁迅的耻辱，一部分来自日本同学的凝视，一部分又将他者的凝视镜像化为自我的观察。身处异国他乡的鲁迅，被迫处在这样一种屈辱的中心点。

再回到李翊云笔下的五岁半孩童"我"。除了通过万花筒时空切换后的围观之外，"我"真正参与的围观历史，是操场空地上对4个"反革命分子"的死刑判决。空地上的历史瞬间以平淡的生活常态被捕捉下来：警车用扩音器宣判，百姓带着板凳和阳伞围观，学校各个年级的学生鱼贯而出，托儿所的女老师王阿姨"嚼着一袋豆腐干"，而我在"数云朵玩蚂蚁"。如果一定要说叙述者掩藏在"围观"回忆幻象中的欲望本身是最值得讨论的对象，那

---

❶ [日]竹内好著，李心峰译：《鲁迅》，浙江文艺出版社1986年版，第59页。

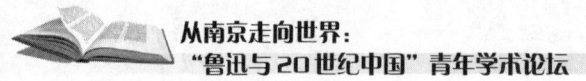

么,属于"我"的耻辱感来自何处呢?

李翊云既然提到作为光学玩具的"万花筒",历史也就自然而然成为孩童游戏的一部分。亲身参与的1978年,上托儿所的"我"爱"编故事",在打仗游戏中虚构出日本侵略军、国民党反革命、"韩战""越战"中的美国兵等假想敌。在围观人群欢呼"反革命分子死罪"之时,王阿姨一边用手在"我"脑袋边"比划出一支枪",一边教育:"如果你有太多自己的想法,有一天就成了罪犯。砰,你便完蛋。"王阿姨体罚我蹲着看完审判,这场小小的额外的欺凌是空地上正在进行审判的镜像。"我"正是在"蹲下"的惩罚中,以一种"蜷着腿,脊椎弯曲,臀部下坠"的姿态完成了属于"我"的围观。让"我"记忆深刻的,并非是被示众者的缺乏尊严,而是自己在"围观"过程中所承受的屈辱。"我"在幼年生活中对于死刑审判的无意照见,与鲁迅当年目睹屠杀同胞幻灯片的一样,不仅是"看",也是"被看"的一部分。

王阿姨这个"围观"的熟悉身影,并不起眼也极不可靠;既无前史也无行动力的单薄角色,在叙述中承担着重中之重的反派任务。"王阿姨"是伦理而非心理的存在,她陷入"围观"却不以为意,是粗野、愚昧、恶意满满的对应物。有意思的是,"我"得不到王阿姨的认同,不在其他,而在于"我"有一种虚构能力,是一个"编造历史"的不安分孩子。之后,"我"的成长过程依旧紧密围绕"围观"展开。在大学入学前的军训中,"我"又"围观"了某地方法院临时法庭对火车劫犯的审判。幼儿时期盲目讨好成年人的"我",不理解王阿姨无来由的恨意,而再一次作为"看客"的"我"却同样生长出成年人对于种种对生活的怨恨。愤怒让"我"像"发酵的面团"一样膨胀,"愤怒让我们的生活有意义,用虚大的自我填充真实的自我"。作为看客的"我"从孩童时期步入青春期的心理转变,又从被罚蹲"被看"的委屈,变回了强迫围观"去看"的委屈:"时间被浪费掉了",这一切"与我何干"。

虽然李翊云常常提及自己的"无意识观","我"过去是迷惑的,只有到了多年之后,成年后的"我"身在美国,距离让"我"明白了过去并不清楚的事情。实际上,"我"越是不知该如何讲述,越是以这样一种笃定的方式准确无误地来传达。不需要格外厘清所有不愉快的痛苦记忆,也能明白一句"那与我何干"的怨言,实在是伤感的"那与我息息相关"。一方面,"围观"的背后是背井离乡的叙述者眼中"人"的局限;另一方面,"围观"又是作为远走他乡的一系列契机而被记忆的。

李翊云的文学记忆仿佛是一个巨大而笨拙的舌头，努力寻找着"围观"这颗隐隐作痛的牙齿。鲁迅曾用一整篇小说《示众》去"看"那些看"热闹的人"，虽然示众的对象到底是谁终究没有说明白，但看热闹的"众"被白描了。李翊云的《那与我何干？》既有鲁镇人因为祥林嫂悲哀"又冷又尖"的笑影，也有阿Q赴死前法场周围饿狼一样咬他灵魂的眼睛。"围观"在一篇短小的篇幅中大张旗鼓，令人痛苦得重复着。由于文体本身的暧昧，有时它是现实的一部分，有时又是剧情的一部分。这一套残忍麻木又僵固的中国景观，虽然曝光过度，但不具有一致性，它遵循的逻辑也带有符指化的偶然性。

三、关于自由诗意的"血统性"交代

"我想干预历史，异想天开地编故事，给传奇制造花边。"《那与我何干？》的最后一部分，祖籍浙江的李翊云让从不同"围观"体验生长出的"我"私下幻想——家族中被称为"大人物"的曾叔父，是清末女革命者秋瑾的老师：

他（曾叔父）是最后一个王朝的革命者，和他的志同道合者为建立共和国而战斗。秋瑾24岁，是大人物最漂亮的学生。她被派去刺杀皇帝的私人代表；炸弹未被引爆，她被捕了，在我们家乡的镇中心被斩首。在她死刑的那一天，上百个人围观她在街上的游行，她的身体被折磨得厉害。许多人带来成堆的银元贿赂刽子手，好拿上一只蘸了她鲜血的馒头，据说这样的馒头可用来治愈肺痨。那天消耗了多少只血馒头，多少人又被治愈了？秋瑾死后不久，大人物发动了另一次刺杀行动。他成功了却被守卫抓捕。他的心肝被挖出来，炒成菜给守卫们吃。❶

与第四次"围观"有关的叙述，是一次对英雄事迹的改编。徐锡麟教

---

❶ Li Yiyun, "What Has That to Do with Me?", *The Gettysburg Review*, Vol. 16 No.2, Summer 2003, p.191.

会秋瑾"射击、击剑、马术和制造炸药",李翊云暗示了两人间可能的爱恋,并且颠倒两者就义的前后顺序。被人炒食心肝的大人物,带了洋钱去买血馒头,这里面既有鲁迅在《范爱农》中隐而不发,关于徐锡麟刺杀安徽巡抚恩铭被擒的故事,也有对小说《药》中华老栓为儿治病沾血馒头的照应。既然"我永远也讲不对大人物和秋瑾的故事,我想让大人物爱上秋瑾。我想让大人物参加自杀式的行动,作为对秋瑾,他的同志,他的爱人的纪念",为什么还要一意孤行,强行插入这一段关于秋瑾的"元叙事"。或许"讲不对"的重点不在于暴露叙述的无力,而在于不想"讲对"的潜在欲望,因为"对"的重要性低于"我"所要表达的历史意识。拒绝认罪的秋瑾,与藏在万花筒后看到的被凌辱的女孩一样,有侠女烈士所有的自由诗意。李翊云试图用"最简单的私心"掩藏重述历史的野心:"我禁不住想让秋瑾做我的家人","我"想让自己身上流淌这样一种侠女的"无畏血脉",以此来追溯与"看客"鲁迅同期的历史记忆,为之前的三次"看"与"被看"给出一种血统上的交代。

鲁迅认为自己"在《药》的瑜儿的坟上凭空添上一个花环"是"不惜用了曲笔","因为那时的主将是不主张消极的……我的小说和艺术的距离之远,也就可想而知了"。鲁迅对自己"凭空填上的花环"如此敏感,而让他深感羞愧的"曲笔",被李翊云做了最残酷的减法。在她绝大多数小说中,很少能看到热情洋溢的人物。充沛的活力,鲜活的情感,强烈的感知力,这些被谨慎地回避掉了。巨大黑洞般吃人的社会中,不论男女老少,都在成长过程中遭受重创,消极被动,并不因不满与不幸而做出改变。这样一群萎靡不振、精神憔悴、笼罩在孤独隐痛光线下的叙述者,对人生有着已成执念的枯燥智慧,每日隐忍克己,沉浸在对于过去记忆(多数与中国有关)的深深厌恶之中。虽然李翊云的人物也有着十分倔强的沉默,却不同于鲁迅小说中的胆怯、压抑和沉甸甸的苍凉感。无论李翊云的散文还是之后的小说,没有什么东西是无法言说的,"隐而不说"都以"在说"的方式袒露无遗。有时,这些外化的残忍让人疼痛,却与鲁迅以退为进、"不可言说"的、混浊的、来源不详的痛感大相径庭。

 鲁迅:《呐喊·自序》,见《鲁迅全集(第1卷)》,人民文学出版社2005年版,第441~442页。

伦敦的企鹅经典丛书出版了由蓝诗玲（Julia Lovell）翻译的《阿Q正传及鲁迅其他小说》❶，李翊云写作了《后记》。

五岁时，我和托儿所的小伙伴们被护送去围观一群死囚临刑前的批斗会。之后，有个不喜欢我嫌我调皮的老师，用手比划成手枪抵着我的头。"不听话，就和这些犯人们一样。砰！"她说着，扣动虚拟的手枪扳机，也逗乐了其他老师们。当我重读鲁迅的故事，《药》里面也有与此共振的时刻——侩子手康大叔为愚众津津乐道描绘革命青年被砍头前的情形。回想起来，托儿所老师的话与康大叔的一样是插科打诨又怡然自得；事实上，两人都很擅长用他者的厄运开玩笑。❷

《那与我何干？》中的关键点在此得以重述。例如，自己和鲁迅一样，也经历了从"医药科学"到"文学"的回心。从北京四中毕业后，李翊云于1991年考入北大生物系，后以理科留学生的身份初入美国。再比如被迫参与围观时在王阿姨"手枪"逼迫下又被"围观"的经历。当然，还有对《药》的重提。

李翊云强调重读鲁迅时惊叹于他能够精确地、不动声色地写无名的"围观者（onlooker）"。无论时代交迭嬗递，"围观者"总还是会享受他者的不幸，"或许，文学是无法改造世界的；也许改造不了才是文学不死的原因，也因此鲁迅的小说在五十年、一百年后，还会有读者"。❸一方面，李翊云向英语世界的读者转述着一个永远在场的前驱者鲁迅；另一方面，她又提及自己并不完全认同鲁迅的文学精神，甚至重提了海外中国文学研究中常有的意识形态——狭窄化的、被鲁迅遮蔽掉了的中国文学样貌。无论李翊云如何直言自己的逆反与误读，无论她是否因"影响的焦虑"而与鲁迅刻意保持着审慎距离，重提《那与我何干？》的写作逻辑，理清李翊云对于"围观"的重构与追认，正视其中的困难与局限，方能讨论她创作中新的可能性。

---

❶ Lu Xun, Julia Lovell Trans. Li Yiyun Aft., *Real Story of Ah-Q and Other Tales of China: The Complete Fiction of Lu Xun*, London：Penguin Group, 2010.

❷ Ibid., pp. 415-416.

❸ Ibid., p. 416.

知识、日常、身体的权力策略*
——鲁迅对早期中国市民社会知识女性命运的探讨

东南大学 张 娟

城市与女性息息相关,城市化进程往往在女性问题上表现最为突出。古希腊时代,柏拉图在《理想国》中就指出了女性往往是非理性的,他认为"最具多样性的欲望、快乐和痛苦通常属于孩子、女人和奴隶,也属于大多数声望不高的自由人"。❶亚里士多德也认为:"女性总是提供物质材料,而男性总是塑造它。"❷男性往往被认为是理性的,代表家国观念和公共秩序,女性则是琐碎的、非理性的、情感性的、物质的。女性的性别本质与城市的走向有某种契合之处。城市是适合女性居住之所,城市也呼唤女性的重新发现。城市与女性具有天然的关联,考察城市的转型与流变,女性问题是一个典型的角度,或者说,"从特定意义上说,女性就是城市的象征"。❸重体力的农业社会催生了男性的中心地位,但是到了更重视智力、交际、流通的现代城市社会,女性的生理优势开始凸显,城市的成长也伴随着女性的成长。

无论是西方还是中国妇女研究的历史经验告诉我们,城市空间是考察

---

* 本文系国家社科基金重大项目"鲁迅与20世纪中国研究"11&ZD114阶段性成果。原刊于《鲁迅研究月刊》2015年第12期。

❶ [加]巴巴拉·阿内尔著,郭夏娟译:《政治学与女性主义》,东方出版社2005年版,第17页。

❷ 同上书,第22页。

❸ 朱德发:《城市意识觉醒与城市文学新生——五四文学研究另一视角》,载《东岳论丛》1994年第5期,第65页。

妇女"性别空间"状态的重要窗口。因为无论是西方还是中国社会，作为历史存在（同样也是现实存在）的父权统治常将妇女行为规范于一定空间范围内（这种规范往往是理论上的）。而充当政治、经济、文化和社交中心的城镇，历来被视为妇女活动"真空地带"。相应地，一旦属于妇女的"性别空间"出现扩张趋势，其征兆往往首先出现在城市空间中。❶

中国的早期城市化进程，也伴随着女性命运的改变与转型。知识女性的性别解放从晚清就已经开始。熊月之曾指出："晚清上海社会的妇女具备了五个特征：就业人数较多，出入社交场所较早较普遍，婚姻自由的酝酿，不缠足运动中心，女学普及与女报众多。"❷夏晓虹在《晚清女性与近代中国》中以女性报刊为研究对象，论述了中国第一个华人自办女子学堂——中国女学堂，和在上海出版的著名女性报刊《女子世界》。❸在晚清上海史研究中，也研究了知识女性、上层妇女的状况。钱南秀在《重崇"贤媛"传统：1898年变法中的女性们》一文中指出，1898年的妇女运动就有自身的机构和组织，女性可以获得教育权；这些女性立足于魏晋以来的贤媛传统、近世的女性文学传统和长江三角洲地区十七八世纪以来的结社传统，早在维新变法前就开始思考"性别"和"国家"的关系，是"活跃的组织者"和"智慧的思想者"。❹20世纪早期，既是一个在物质文化语境中重组社会结构的时代，也是一个呼唤和发现"人"的时代。在城市化进程中，对"人"的发现，在某些层面上就突出表现为对"女人"的发现。女性，作为在传统封建文化体系中被长期压抑的"第二性"的存在，其被重新认识和发现的价值远远超过其他群体。

鲁迅在其创作中描写过不同类型的女性，有传统的具有"地母"气质的长妈妈，有"迁移"到都市的流民阿金，有知识分子女性子君。其中，着力

---

❶ 姚霏：《空间，角色与权力——女性与上海城市空间研究（1843-1911）》，上海人民出版社2010年版，第6页。

❷ 熊月之：《晚清上海：女权主义实践与理论》，载《学术月刊》2003年第11期，第45页。

❸ 夏晓虹：《晚清女性与近代中国》，北京大学出版社2004年版。

❹ Qian nanxiu, "Revitalizing the Xianyuan（Worthy Ladies）Tradition: Women in the 1898 Reforms", *Moderm China*, Vol, 29, No.4, 2003, pp.399-454.

最深的是作为知识分子女性的子君。子君在《伤逝》中的"失语"往往被之前的研究者认为是鲁迅的"大男子主义",是男性性别话语对女性生存空间的挤压。本文试图从娜拉的中国化传播和早期中国的城市语境出发,分析鲁迅的《伤逝》实质是对《玩偶之家》开放式结尾的进一步思考。子君在《伤逝》中的"失语",从日常生活理论、性别语言、福柯的"权力"理论角度解读,可看到鲁迅借助女性问题,发现了中国早期城市社会中潜伏的身体与精神的矛盾、传统与启蒙的矛盾、个人追求与社会体制的矛盾、男性霸权与女性话语的矛盾等。

一、娜拉的中国化传播与早期中国的城市语境

"娜拉"形象出自易卜生的《玩偶之家》。娜拉这个中产阶级女性形象以其出走家庭的符号性意义成为中国女性解放的代名词。"五四"时期的中国,娜拉出走的姿态与其对于父权夫权社会的反叛性姿态成为新女性的精神偶像;同时,娜拉的出走,牵涉的同样是城市语境中的女性命运问题。

1907年,鲁迅在《文化偏至论》中以"伊孛生"的译名将著名的挪威话剧家易卜生及其话剧作品介绍到中国,1918年,《新青年》以"易卜生专号"对《玩偶之家》进行了专门介绍,当时剧名为《娜拉》,由胡适和罗家伦合译,后来《娜拉》一剧又由欧阳予倩、沈邱等多人改译,各地剧社纷纷演出。丹纳在《艺术哲学》中指出,任何一个文学现象的发生与它所处的环境密切相关,文学发展的三要素为种族、时代、环境。对于娜拉来说,她在中国的深度传播和当时的时代有密切关系。"殊不知我们所熟悉的易卜生早已不是那个原汁原味的挪威戏剧家了,而是被中国的文化逻辑和中国语境重新锻造出的易卜生。"[1]

《玩偶之家》最著名的结尾是女主人公愤然出走,门"砰"地一声关上,故事戛然而止。也正是由于这样的结尾,留下了无尽的思考与话题。当时,出现不少妇女问题刊物参与讨论,如《妇女声》《新妇女》《女界钟》等,不少革命家、学者也加入了妇女问题的讨论,如陈独秀的《孔子之道

---

[1] 万同新:《论"五四"对易卜生戏剧的误读》,载《剧作家》2011年第4期。

与现代生活》、胡适《贞操问题》、周作人《贞操论》、鲁迅《我之节烈观》。1923年，鲁迅作了一次著名的演讲《娜拉走后怎么样》，对易卜生在《玩偶之家》的结尾留下的问题做出了解答。他的解答颇有现代市民意识，基于经济基础的考量，认为娜拉出走以后只有两条路：一条是回去，一条是堕落。因为她没有钱，也就没有赖以独立和生存的资本。在演讲中，鲁迅肯定了娜拉出走的启蒙意义，认为她已经认识到了个人的价值，但是有一件事比启蒙更加重要，就是要"立人"。妇女启蒙当然重要，但是没有经济基础，没有安身立命的根本，启蒙终将落空。鲁迅认为："一个娜拉的出走，或者也许不至于感到困难的，因为这人物很特别，举动也新鲜，能得到若干人们的同情，帮助着生活。生活在人们的同情之下，已经是不自由的了，然而倘有一百个娜拉出走，便连同情也减少，有一千一万个出走，就得厌恶了，断不如自己握着经济权为之可靠。"❶鲁迅在演讲中，抽离了娜拉的革命意义和启蒙意义，把娜拉放在了一个残酷的、现实的城市语境中，把娜拉从崇高的闪耀着精神光辉的抽象意义中拉回到柴米油盐的现实。

鲁迅的物质主义的立场和胡适等形成了鲜明的对比。胡适的《易卜生主义》不遗余力地赞扬娜拉的觉醒，认为她摆脱了海尔茂的束缚、勇敢地从玩偶之家出走，是一条自我解放之路。他不但没有批判娜拉抛夫弃子，反而赞扬这是一种个人主义的胜利，认为娜拉的出走是她向内寻求自我的解放，为社会的变革准备了一个新社会的分子。❷胡适对娜拉的认可与激赏是新时代启蒙的呼声："由晚清最推崇女性的文人学者所构想的'女子世界'，其根基明显与西方女权运动不同。欧美妇女的要求平等权，是根据天赋人权理论，为自身利益而抗争；诞生于中华大地的'女子世界'理想，昭示着中国妇女的自由与独立，却只能从属于救国事业。"❸茅盾对娜拉革命启蒙意义的解读也颇富代表性。茅盾曾说："如果我们说，五四时代的妇女运动不外是'娜拉主义'，也不算是怎样夸张的。"❹茅盾在

---

❶ 鲁迅：《娜拉走后怎样》，见《鲁迅全集（第1卷）》，人民文学出版社1981年版。

❷ 胡适：《易卜生主义》，载《新青年》1918年第4期，第6页。

❸ 夏晓虹：《晚清女性与近代中国》，北京大学出版社第2004年版，第83页。

❹ 茅盾：《从〈娜拉〉说起》，载《珠江日报》1938年4月29日。

1942年7月写作的《〈娜拉〉的答案》中则把娜拉和中国的女革命家秋瑾并列,挖掘出了娜拉的革命性意义,认为中国女性应该从家庭生活中出走,参加革命。

"娜拉"出走怎样,并非一个简单的女性出走问题。娜拉的出走,不仅仅是背叛一场婚姻,而是背叛男性为主体的婚姻契约,背叛传统男尊女卑的文化,背叛"男性与文化相关,女性与自然相关"的传统法则。在20世纪早期的中国,"娜拉出走"更成了革命启蒙、城市话语的交锋之地。

二、物质的子君:城市日常话语的觉醒

娜拉在革命的语境下被胡适、茅盾等启蒙主义者塑造成为一个勇敢独立的战斗者,彰显出战斗的符号意义。但没有人从日常生活的层面为娜拉的出路担忧,也没有人从物质的层面为娜拉的生计盘算。鲁迅的《伤逝》就这种革命语境中,操持着截然不同的城市日常现代性话语,写出了在城市化进程刚刚开始,城市社会还没有发育成熟的情况下,一位被革命的热潮裹挟着冲出封建家庭的女性,会面对怎样的一种限度与可能。

首先,城市发育的不成熟造就的生存空间的逼仄与狭窄。逼仄的家庭生活空间和陌生人之间日益复杂的人际关系,正是城市生活出现的新问题,而涓生和子君都缺乏解决这些问题的经验和智慧。正反映了城市化初期的现代市民生活面临的新挑战。涓生和子君遇到的最直接的困难就是居住空间的得之不易。寻住所便看了20多处,才得到了一个"暂且敷衍的处所",[1]但是由于寄居官太太住所,时时引起子君和官太太的暗斗,"人总该有一个独立的家庭。这样的处所,是不能居住的"。涓生和子君所处的社会空间充满了无聊的看客与无声的封建势力的监管。"那鲇鱼须的老东西的脸"和"加厚的雪花膏"涓生在子君在路上同行时,也"在路上时时遇到探索,讥笑,猥亵和轻蔑的眼光";为了和子君同居,涓生"也陆续和几个自以为忠告,其实是替我胆怯,或者竟是嫉妒的朋友绝了交",这些围观者的目光代表着一种无声的道德监督与审判,无形中形成了现代城市发展的阻力。

---

[1] 鲁迅:《伤逝》,见《鲁迅全集(第2卷)》,人民文学出版社1981年版,第110~131页。下文中出自《伤逝》的引文均出于此,不再标注。

其次，经济问题也是现代城市生活对新市民提出的新挑战。西美尔认为"对于婚姻来说，经济动机才是根本性的，这在任何时代、任何文明阶段都如此"，"出于其他原因而不是纯粹个人的内心偏爱来决定婚姻的选择，绝对是自然的、合乎目的的。"❶ 传统的农业社会可以靠天吃饭，依赖耕作自给自足，涓生和子君都是城市的新移民，他们没有土地，必须靠自己的劳动获得生活资料。但是早期的城市社会并没有给她们提供合适的充足的工作岗位。子君读了书，却没有工作，只能在家做家庭妇女；涓生算是脱离了农耕生活的早期知识分子，也不再依靠传统科举考试赢取功名，而是利用自己的学识写稿件和钞文书，但是在局里钞文书的生活百无聊赖而且朝不保夕，译书与写作也无法形成固定的收入，连温饱问题都不能解决，这些都市新移民遇到的第一个大问题，其实不仅仅是启蒙，而是如何填饱肚子，如何有尊严地活下去。

再次，在小说中，我们屡屡可以看到子君的日常生活话语与涓生的启蒙话语的错位。子君对涓生的爱，产生的根源是复杂的，一方面，子君为了逃避胞叔和父亲的封建压迫而在情感上选择涓生，对于子君而言，她身受着父权文化的压迫，寄居在城里的叔叔家，从文中可看出，子君在家中的所受精神压迫是深重的。对于涓生的爱的投靠，很大意义上是来自对父权文化的反抗和逃避。另一方面，子君充满了对知识分子的涓生的崇拜感，但是，对于子君而言，这种崇拜也仅仅是一种仰视的膜拜，并非从内心里接受了启蒙的思想，子君虽然勇敢地喊出了"我是我自己的，他们谁也没有干涉我的权利！"但子君更多是在日常生活的角度选择了涓生，认为涓生可以把他带离父权的压迫，开启未知的新生活。但是此时涓生对此事的认知是："这几句话很震动了我的灵魂，此后许多天还在耳中发响，而且说不出的狂喜，知道中国女性，并不如厌世家所说的那样的无法可施，在不远的将来，便要看见辉煌的曙色的。"涓生的视角实质是精英化的、启蒙的、革命的，而子君的视角则是日常的、世俗的、具有实用主义的盘算的。

"现代性的根本焦虑，一方面来自无法摆脱的社会结构和权力关系的制约，另一方面来自面对风险社会不确定性的恐惧和建构自我生存空间的困

---

❶ [德]西美尔著，刘小枫选编，顾仁明译：《金钱、性别、现代生活风格》，华东师范大学大学出版社2010年版，第88~89页。

惑。"❶子君作为一个被启蒙思想唤醒的女性，表面上拥有可以选择未来的权力，但是当他们的生活被真正地抛入到日常话语中时，就会发现，早期城市虽然已经开始发育，但社会提供女性就业机会较少，陌生人社会中"看客"无处不在，现实生存空间逼仄，经济压力增大，爱情可以栖身的空间实质是逼仄而狭小的，涓生和子君的爱情悲剧实质是一种早期城市发育不完善的社会悲剧。

三、失语的子君：分裂的性别意识

在《伤逝》中，子君是失语的，这种反常的"失语"可作为一种"症候"，成为研究早期中国市民社会性别结构和权力关系的逻辑起点。"不论是易卜生时代的欧洲还是鲁迅时代的中国，都还没有一种观念、一种学说解释过'女性'这个群体，女性的真相从未形成过概念——语言。这里无意中出现一个有趣的逻辑：一方面，女人不是玩偶，女人不是社会规定的性别角色，但女人也不是她自己。因为所谓'我自己'，所指的不过是'同男人一样'的男人的复制品。另一方面，女儿若是否认同男人一样，承认自己是女人，则又落回到历史的旧辙，成为妻子或女人味儿的女人。"❷女性的真相到底是什么，这个女性主义命题的无解往往来自女性在男性话语霸权中的"失语"与性别认同的内在紧张。

子君的"失语"并不是子君的选择，而是被男性霸权塑造的。涓生爱的正是幽静的子君。生活困窘的时候，涓生抱怨"可惜的是我没有一间静室，子君又没有先前那么幽静，善于体贴了。"这个抱怨的言外之意也正是之前幽静的失语的子君正是涓生所爱。只不过当不爱之后，这种幽静和失语也成了涓生抱怨的对象。当构思被催促吃饭打断后，涓生毫不掩饰自己的怒色，而他眼中的子君就像一个无知的农妇一样"总是不改变，仍然毫无感触地大嚼起来"。子君的"失语"也表现在两性交流的无效。在有限的涓生和子君交流的话语中，我们看到子君所参与的交流却是完全无效的。阿随被推倒土

---

❶ 吴小英著：《回归日常生活：女性主义方法论与本土议题》，内蒙古大学出版社2011年版，第286页。

❷ 孟悦、戴锦华：《浮出历史地表：现代妇女文学研究》，中国人民大学出版社2004年版，第32页。

坑里之后，子君生活中的唯一寄托也消失了，心情自是非常低落，但当涓生询问时，她却以沉默拒绝交流。

马乔里·德沃尔特在她的《解放方法》中认为对语言的新关注应该成为女性主义研究计划的核心，反对把女性的谈话当做"闲话"或琐事的表达排斥在外。❶她认为："在男女混合的群体中，女人比男人更少被倾听，她们所说的东西也更少被相信或被别人采纳。她们比男人更多被打断，想要继续谈话也必须花费更大的努力。这些发现可视为男人和女人之间权力关系的结果，也证明了女人充分而自信地表达自己所面对的特殊障碍。"❷在男权社会中，女性是一个"沉默的群体"。在涓生和子君的相处中，我们看到子君大部分时间都是沉默的，她的意见并不被重视，也没有表达意见的空间；甚至到涓生愿意倾听，希望和子君交流的时候，子君已经进入了一种自我封闭的状态，不愿意把自己的痛苦与紧张、悲哀与焦虑表达出来。从文中来看，子君之所以在交流中自我掩饰，答非所问，并不是没有表达的能力，而是"哀莫大于心死"。她认为和涓生交流已经没有意义，这其实是内心绝望的一种表征。

从性别的角度来看，子君的悲剧是男女两性的一种根本意义的悲剧。"现有的社会研究将男性的经验和立场作为普遍知识的天然代表，女人被系统地排斥在整个知识体系之外而被迫保持沉默，反映了我们的文化和知识结构中存在着男性霸权主义的意识形态机制（ideological apparatus）。"❸女性一方面生活在男性的经验世界和统治世界中，另一方面又必须回归到由家务、打扫、照看孩子等行为构成的日常生活世界中。子君在男性具有霸权的经验世界中没有话语权力，在自己的日常生活中又承受着涓生的不理解与鄙薄，这造就了子君失语的悲剧。

在现代城市社会中，女性的性别悲剧与现代市民社会对女性的双重要求是密不可分的。女性主义者将女性在现代社会日常生活中时时体验到的性

---

❶ De Vault, Majorie L, *Liberating Methed: Feminism and Social Reseach*, 1999, pp.56-57.

❷ Ibid., p.61.

❸ 吴小英：《回归日常生活：女性主义方法论与本土议题》，内蒙古大学出版社2011年版，第70页。

别认同的内在紧张表述为"分裂的意识"(bifurcated consciousness)。❶一方面,女性要向男性的标准看齐,另一方面,要回归女性角色,履行女性性别角色规范的要求。"今天的女性拥有名义上的机遇去追寻全部的可能性与机会,然而在男性主义的文化中,许多这样的路径实际上仍是关闭着的。并且,为了赢得这些存在着的可能性和机会,女性不得不以一种比男人更为彻底的方式,抛弃其较陈旧的'固定化'认同。换言之,她们以一种更圆满的然而更为矛盾的方式体会着晚期现代性的开放性。"❷在《伤逝》中,涓生潜意识里要求子君能够一直做一个进步的知识女性,和他保持同步的精神追求。但是,子君又不得不回到传统女性的角色中,操持家务。子君的行为从日常生活和性别分工角度来讲,都是有价值的,但在男性启蒙话语中,却是无意义的。传统的社会结构、固化的权力关系、沉淀在集体无意识中的性别定势……都成为女性的圈套,娜拉出走以后的路还很漫长。

四、娜拉的解放之路:知识、物质、身体的权力制衡

《伤逝》是一部早期市民社会知识分子精神追求的彷徨史,也是女性解放的失败史,但在这部失败史中鲁迅也提出了一些新的话语模式和路径。虽然在《伤逝》中子君并没有能力实践,但鲁迅实际在文中已经提出了这种新的话语模式的潜在可行性与社会必然性,这就是女性的经济话语、知识分子话语与身体话语的关系问题。而更有意味的是,在《伤逝》的前半部分子君丰满的、高昂的知识分子话语和后半部分完全被淹没的经济话语形成了显著的断裂。"话语"一词在福柯的意义上是指用来建构知识领域和社会实践领域的不同方式,它本身隐含着权力关系,规定了某种社会秩序,塑造着人们的身份和地位。"正是话语的这些社会作用才是话语分析关注的焦点。"❸性别话语的考察实质上就是研究社会性别结构是如何被社会和历史建构起来

---

❶ 杨宜音、王甘、陈午晴、王俊秀:《性别认同与建构的心理空间:性别社会心理学视角下的互联网》,见孟宪范主编:《转型社会中的中国妇女》,中国社会科学出版社2004年版。

❷ [英]吉登斯著,赵旭东、方文译:《现代性与自我认同》,生活·读书·新知三联书店1998年版。

❸ [英]诺曼·费尔克拉夫著,殷晓蓉译:《话语与社会变迁》,华夏出版社2003年版,第3页。

的。"五四"时期的中国,城市转型和日常生活语境下的性别话语与国家、经济发展和传统文化影响息息相关,它们从不同的角度、以不同的力量共同规定了男女两性之间的权力关系。

《伤逝》前半部分中,女性的知识分子话语高昂。子君是活跃的、时尚的,也是具有话语主导权的,完全是一个早期市民社会朝气蓬勃的女性知识分子形象。这种形象不仅在外表体现出来,也在言行中流露出来。小说刚开始,子君是以"皮鞋的高低尖触着砖路的清响"亮相的。高跟鞋对于中国的女性而言,具有革命的意义。正如朱安就是裹小脚的,广大传统女性受压迫的一个最鲜明的表征就是裹脚。裹脚意味着女性无法走出家门,同时也象征着女性的"被物化",只能被关在家中成为男人的赏玩之物。《伤逝》中描写到子君的出现,都是未见其人先闻其声。皮鞋的脆响说明子君的着装时尚,同时她放天足,穿着从西方传入的皮鞋证明其个性解放,具有全新的思想观念。"五四"时期的中国正处于性别话语的转型期,古老的中国由于社会的变迁而呈现出一些新的姿态,国家、物质、文化等在性别关系上都扮演了微妙的角色,引起了女性生存境况不同程度的改变。

子君的知识分子话语如此坚决,可见启蒙的成功与思想革命的成果。但是小说的后半部分却通过经济话语的介入,质疑了单纯的知识分子话语是否能够真正带给妇女解放的希望。城市的发展带来的最大改变在于经济话语加入性别关系的影响力量,深刻冲击了原先传统话语一统天下的局面。它将性别关系改造为一种争夺经济权的物质关系,一旦女性获得经济权,就有机会在两性关系中获得主导地位。小说后半部分,涓生和子君遭遇了种种经济危机。在两个人的经济关系上,子君以一种现代知识分子的话语角度,卖掉自己仅有的金戒指和耳环,加入新建立小家庭的股份,表现出女性思想启蒙的成果。但是现实是残酷的。作为在家里没有一点经济权的子君,她的道路只能和传统女性一样,现代女性的决断与见识已经全部被日常生活消磨殆尽。

中国早期市民社会,传统性别模式依然存在,女性缺乏现实的生存基础。"五四"新文化运动中,人格自由、个性独立等民主思想首先在性别问题上找到了突破口。"与封建礼教抗争、走出家门接受西式教育、投身社会寻求新生活的独立'新女性'成为当时的时尚标杆,恋爱自由、两性平等和女性解放成为当时追求文明、进步和现代化目标的中国知识分子的一面旗帜。"❶但是，女性走出家门却发现，社会根本没有给她们留下生存的空间。从社会分工上讲，当时适合女性工作的机会非常少，女性无法通过自己的社会劳动换取独立生活的资本。没有工作权就没有经济权，没有经济权在婚姻关系中就依然要受制于男性；同时，整个社会对于走出家门的女性是嘲笑的、反对的、不认可的。在《伤逝》中，无所不在的看客们就扮演了这个社会的旁观者的角色，谈恋爱时的"擦雪花膏的小东西"和"鲇鱼须的老东西"代表了窥视的反动的眼光。同居时涓生的旧日好友都与他疏远，而子君更是和父亲、叔叔都断绝了联系，他们的爱情成为了社会的众矢之的，不但无法获得祝福，甚至还要对抗社会。所以涓生一旦离开，子君只能赴死，因为这个社会并没有给子君留下一条生路。

娜拉走出家庭，依靠自己的力量在社会立足，到底应该如何立足？在《伤逝》中，鲁迅把男女两性放置在早期中国市民社会语境中，探讨了爱情（身体）、经济（物质）、知识（启蒙）在性别关系中的作用。知识话语强调性别平等和独立意识。把女性的性别特征遮蔽掉，要求女性作为一个个体在现代的城市生活中具备基本的知识素养和竞争能力。很明显，子君的思想启蒙并未完成。而在鲁迅后期的《阿金》中，可以看到鲁迅的另一种探讨：非知识女性反而以毫无传统负累的昂扬姿态更快拥有了身体和经济的自主权。经济问题是伴随着市民社会产生的。现代两性无法依靠传统伦理和土地依附解决生存问题，现代城市爱情必然伴随着日常生活的挑战。20世纪30年代，许地山的《春桃》中开始出现掌握自己经济命运并挑战男性霸权的女性春桃形象，彰显了物质理性在城市语境中的重要意义。伴随着身体感觉的爱情本身强调女性作为身体和性的特殊价值，而且这种价值从家庭这种私人领域被推向两性的公共空间，强调女性要以传统性别角色规范呈现自己，并更好地发挥消费文化中身体符号的作用。以丁玲的"莎菲"形象为代表，女性开始有了身体的自主权。但对于子君来说，当时连涓生谋生都困难，她根本没有出去和男性一起打拼的可能性，她只能依靠女性作为身体和性的特殊价值。在和涓生的关系中，她也无法实现身体独立，而是作为两性关系中的"第二性"存在。

---

❶ 吴小英：《回归日常生活：女性主义方法论与本土议题》，内蒙古大学出版社2011年版，第283页。

1923年鲁迅《娜拉走后怎样》的演讲，可看做鲁迅从城市语境角度对"娜拉出走"这一命题做出的具有物质理性的现代质疑；1925年9月的《伤逝》，则可以看做鲁迅对走入城市的娜拉命运的逻辑推演。波伏娃认为女人是后天生成的，就是强调性别的社会文化建构性。"我们的社会性别身份也不是固定不变的，我们在自己履行的话语实践中占据了这些位置，如此我们作为个人的身份逐渐被建构出来。从这个观点来看，我们的自我感知也不是固定的，这是一个过程，一种'话语效果'，因此也是可变的。"[1]中国的娜拉们实质是在不断成长的。子君已经接受了一定程度的思想启蒙，拥有女性知识话语，如果再能获得经济权，命运就有改写的可能。鲁迅在《伤逝》里推演了得到部分思想启蒙又没有经济独立的、出走的娜拉的命运逻辑，其实也是提出了一种可能性的判断，指出经济话语、日常生活、身体话语在城市知识女性命运中具有同等的重要性。成就真正独立自信的娜拉，需要整体社会文化的建构。

---

[1] [英]玛丽·塔尔博特著，艾晓明译：《语言与社会性别导论》，华中师范大学出版社2004年版，第156页。

越轨的都会之恶：《阿金》的挑战*

深圳职业技术学院　张　克

鲁迅生命的最后10年是在上海度过的，他对更具摩登色彩的现代都市的感受和评论也多集中在这一时期。关于他的点滴意见，已有学人努力做出了文化社会学层面的描绘和评述。本文不再就此做全面的研析，而是集中选择最可能反映他对现代都市生态最隐晦态度的文本——《阿金》一文作深度的透视。为学自然或求广博，或务求深解。笔者不揣浅陋，愿专心往深钻细研一路尝试，读者谅之。

一、《阿金》的挑战

《阿金》一文写于1934年12月21日。简略地说，鲁迅笔下的阿金只是一个上海弄堂里被外国主人雇佣、廉耻感稀薄——"好像颇有几个姘头"，既善于嘻嘻哈哈调笑，又有强悍刁蛮的一面，声音响亮、勇于吵嘴的女仆而已。奇特的是文中"我"对她的异常的讨厌，"自有阿金以来，四周的空气也变得扰动了，她就有这么大的力量。"❶"我的讨厌她是因为不消几日，她就摇动了我三十年来的信念和主张。"❷《阿金》文末甚至说："我不想将我的文章的退步，归罪于阿金的嚷嚷，而且以上的一通议论，也很近于迁怒，

---

* 本文原刊于《鲁迅研究月刊》2015年第10期。

❶ 鲁迅：《阿金》，见《鲁迅全集（第6卷）》，人民文学出版社2005年版，第206页。

❷ 同上书，第208页。

但是，近几时我最讨厌阿金，仿佛她塞住了我的一条路，却是的确的。"❶言辞之间虽然有自省，但恨意仍难以抑制。对阿金如此沉重的苛责是不同寻常的。

事实上，关于《阿金》一文究竟是写实的随笔、漫谈还是鲁迅以杂文形式虚构的作品也不乏争议。李冬木于2000年年底和次年3月通过对上海市虹口区山阴路132弄9号鲁迅故居（鲁迅居住时的地址名称为"施高塔路130号大陆新村9号"）的实地踏查，质疑《阿金》的写实性。加之无论从许广平的多个回忆录还是从萧红的曾详细记录鲁迅当时日常生活的《回忆鲁迅先生》等文章中都不能得到关于阿金的实证性的信息，李冬木得出的结论是："'阿金'是一个想像的产物，是一个虚构的人物。"❷

无论《阿金》一文的生活细节是否写实，无可否定的是，文中"我"对阿金的情绪反应的真切和激烈确是实在的，且也并不脱离弄堂生活的真实生态，非采用了如《故事新编》那样借一点由头点染一片的笔致——当然细究起来文末还是不乏此种痕迹。竹内实观察到："那文中所描写的，应该是市井的一般情景和日常生活。然而在一般杂志里，并没有写过这些。"❸竹内实尝试把阿金与中国的"泼妇"传统相勾连，并延伸到对鲁迅的其他作品的解读上。譬如，他指出，"鲁迅的杂文《阿金》中的负面形象阿金，到小说《采薇》里，已经被赋予了正面的、反封建的意义。用俗话讲，这也许可以称之为'以毒攻毒'。"❹竹内实勾连的细致功夫令人赞叹，但诠释的效果并不尽如人意，至少不及王瑶自"油滑"入手把《故事新编》的笔致与传统文

---

❶ 鲁迅：《阿金》，见《鲁迅全集（第6卷）》，人民文学出版社2005年版，第209页。

❷ 李冬木：《鲁迅怎样"看"到的"阿金"》，见王锡荣主编：《纪念鲁迅定居上海80周年学术研讨会论文集》，上海社会科学院出版社2009年版，第434页。

❸ [日]竹内实：《阿金考》，见竹内实著，程麻译：《中国现代文学评论》，中国文联出版社2002年版，第133页。

❹ 同上书，第146页。

化资源勾连来得妥帖。笔者以为,《阿金》一文的神韵不在传统而在现代,❶阿金带给"我"的挑战内蕴着深具现代意味的危险性。这一点竹内实似乎也有所意会,他把阿金和其生活的社会秩序之间的关系定性为互相否定的关系——"阿金确实是一个社会中应该否定的人物。然而,如果其社会也必须被否定的话,那阿金又可以称得上是足以否定社会的人物。"❷这里所说"否定"性是值得留意的。

与竹内实把阿金与中国的"泼妇"传统相勾连不同,李冬木考虑的是《阿金》的写作机制——"鲁迅以怎样的意识框架把这些要素构制为一篇作品?"❸他把对鲁迅的"意识框架"的寻找转化成对某类思想文本的追溯。他寻找到的是,《阿金》与美国传教士斯密斯的《支那人气质》一书的日译本中关于"异人馆"的"厨子"这一内容的相似性。他的结论是:"'阿金'这一人物创作基本处在自斯密斯的'从仆'、'包依'到鲁迅自身的'西崽'、'西崽相'这一发想的延长线上,或者再扩大一点说,与鲁迅借助斯密斯对国民性的思考有关。"❹

竹内实、李冬木的研究都建立在亲自探访鲁迅故居的基础上,但饶有意味的是,他们的落脚点都落在了"阿金"与某种文化资源(或中或西)的勾连上。这是合宜的研读方式吗?

---

❶ 《阿金》一文写于1934年年末。那一年,鲁迅写作了几篇以宋元明清野史为材料的杂文,如《儒术》《买〈小学大全〉记》等,同时期给人的信件中也多谈此类史料。1934年,关于此类材料分量最重的两篇长文《病后杂谈》《病后杂谈之余》恰恰写于年末的12月,《病后杂谈》写就于12月11日,《病后杂谈之余》写就于12月17日,补充的附记则写就于12月23日。《阿金》的写就时间是2月21日,刚好是在《病后杂谈之余》一文完成不久。如果考虑到23日鲁迅又给《病后杂谈之余》增加了一段附记的话,可以说鲁迅本月的写作状态,确实存在谈现实的《阿金》与谈历史的《病后杂谈》《病后杂谈之余》之间微妙的映衬关系。笔者尚未读到自此角度切入、考察的文章。

❷ [日]竹内实:《阿金考》,见竹内实著,程麻译:《中国现代文学评论》,中国文联出版社2002年版,第149页。

❸ 李冬木:《鲁迅怎样"看"到的"阿金"》,见王锡荣主编:《纪念鲁迅定居上海80周年学术研讨会论文集》,上海社会科学院出版社2009年版,第436页。

❹ 同上书,第438页。

二、"阿金"的力量

笔者却想把理解《阿金》的重点铆在鲁迅笔下"我"对阿金异常厌恶的情绪得以滋生的某种空间感受上——"自有阿金以来,四周的空气也变得扰动了,她就有这么大的力量。"只要这种"空间感受"是真切可信的,我们其实不必纠缠《阿金》一文里的生活细节包括阿金本人是写实抑或虚构的问题。

众所周知,鲁迅在上海时期历经数次搬家。自景云里到拉摩斯公寓,之后又到大陆新村,他最大的考虑是寻找较安静的写作空间。这并非易事,习惯、租价、居住感受等都是原因。他曾在给萧军、萧红的信里感慨:"生长北方的人,住上海真难惯,不但房子像鸽子笼,而且笼子的租价也真贵,真是连吸空气也要钱……"❶许广平对鲁迅深为市井俗音所干扰的印象非常深刻,她回忆说:"住在景云里二弄末尾二十三号时,隔邻大兴坊,北面直通宝山路,竟夜行人,有唱京戏的,有吵架的,声喧嘈闹,颇以为苦。加之隔邻住户,平时搓麻将的声音,每每于兴发之时,把牌重重敲在红木桌面上。静夜深思,被这意外的惊堂木式的敲击声和高声狂笑所纷扰,辄使鲁迅掷笔长叹,无可奈何。尤其可厌的是在夏天,这些高邻要乘凉,而牌兴又大发,于是径直把桌子搬到石库门内,迫使鲁迅竟夜听他们的拍拍之声,真是苦不堪言的了。"❷可见,《阿金》一文的情绪确有着真实的生活基础,李冬木也认为,鲁迅把这一大段经历复活在《阿金》里了。❸

其实,作为在现代都会中卖文为生之人,鲁迅在《阿金》一文里呈现的那种在逼促的住宅空间里不悦的情绪反应——因阿金生出的各种扰攘的声音、行动分明打扰了自己的写作而产生厌烦是不足为奇的,真正的问题是如何理解这一切。德国文人本雅明在观察大都市生活时曾写道,"一个大城市

---

❶ 1934年鲁迅致萧军、萧红的信,见《鲁迅全集(第13卷)》,人民文学出版社2005年版,第260页。

❷ 许广平:《景云深处是我家》,见鲁迅博物馆等编:《鲁迅回忆录(散篇中册)》,北京出版社1999年版,第959~960页。

❸ 李冬木:《鲁迅怎样"看"到的"阿金"》,见王锡荣主编:《纪念鲁迅定居上海80周年学术研讨会论文集》,上海社会科学院出版社2009年版,第434~436页。

变得越离奇莫测，在那里生存就越需要对人性有更多的认识。实际上，生存竞争越来越激烈，这就促使个人迫不及待地宣告自己的利益所在。在对一个人的行为进行评价时，对其利益的熟悉就远过对其人格的熟悉更有用"。❶不难看出，"我"对阿金的感受正是这样，"对其利益的熟悉就远过对其人格的熟悉"。阿金在"我"的感受里，并不具备清晰、全面的"人格"特征，几个弄堂生活的场景片段过后她只给"我"留下了道德上的不洁和有股野性的生命力的模糊印象："阿金的相貌是极其平常的。所谓平凡，就是很普通，很难记住，不到一个月，我就说不出她究竟是怎样一副模样了。但是我还讨厌她，想到'阿金'这两个字就讨厌；在邻近闹嚷一下当然不会成这么深仇重怨，我的讨厌她是因为不消几日，她就摇动了我三十年来的信念和主张。"❷尽管面目模糊，但阿金对我利益的伤害却变得越发清晰、严重起来，大有愈演愈烈之势，以至于达到"摇动了我三十年来的新念和主张""仿佛她塞住了我的一条路"这样的力度。

阿金是在哪种意义上有如此大的力量？或者，颠倒过来看，鲁迅笔下的"我"缺乏哪种力量、因为哪种原因才被阿金如此轻易地就"摇动"和"塞住了""一条路"的呢？

阿金的力量不正来自她在自己生活世界的生存竞争中，"个人迫不及待地宣告自己的利益所在"，以至于不屑于掩饰，恣肆放纵甚至完全无视社会道德约束的野性的生命力吗？这可真是"越轨的都会之'恶'"。❸"越轨"是说阿金的野性和放纵不合礼法秩序，尤其是中国社会对女性的伦理要求，

---

❶ [德]本雅明著，刘北成译：《巴黎，19世纪的首都》，上海人民出版社2006年版，第99~100页。

❷ 鲁迅：《阿金》，见《鲁迅全集（第6卷）》，人民文学出版社2005年版，第208页。

❸ "越轨的都会之'恶'"是笔者尝试站在"我"的立场上给阿金行为的社会定性。笔者使用"越轨"一词的灵感其实是来自鲁迅在《萧红作〈生死场〉序》一文中对萧红行文的评价——"女性作者的细致的观察和越轨的笔致，又增加了不少明丽和新鲜。"（参见鲁迅：《鲁迅全集（第6卷）》，人民文学出版社2005年版，第422页。）而"都会之'恶'"是表明阿金的"反道德"的举止本身就是都会生活的一部分。值得留心的是，鲁迅或其笔下的"我"以为"越轨"的事项，反倒恰恰可能是审视鲁迅精神世界的好材料。

而这种野性的疯长自然与脱离乡村熟人社会的规训、进入都会生活有关，正如阿金宣称的："弗轧姘头，到上海来做啥呢？"

"我"对阿金的厌恶里，可以说有着双重原因。其一是，出于自己安静的写作空间被不断打扰，会影响自己卖文的生计，这自然也属于"个人迫不及待地宣告自己的利益所在"。其二是，"我"的轻易被阿金生发的声音、神态、行动等扰动，恰恰对比出"我"缺乏那种不为环境所左右的强悍生命力，而这却恰是阿金所具备的。她能在弄堂的底层社会生态里任性而为，应付自如，这对靠写作谋生，四体不勤，生存能力柔弱又敏感的"我"来说，不啻是个暗暗的并不令人愉快的对照，甚至是个辛辣的讽刺。自认为在知识、道德、社会身份等方面均高出一筹、善感但不免柔弱的文人与野性十足、毫无廉耻感的底层女仆，狭小的都市住宅空间更是放大了这一触目的映衬，"我"遭遇的心灵刺激恐有着内在的杀伤性。"我"在触及这种对照的冲击时顾左右而言它，唠唠叨叨地臆想起大而空疏的关于中国男性与女性的历史承担问题："我以为在男权社会里，女人是决不会有这种大力量的，兴亡的责任，都应该男的负。"❶这不过是焦虑、羞愧于自己的虚弱，反而自诩道德高尚且有反省精神的遁词罢了。所以，对于"我"来说，与其愤恨而无奈地感慨"愿阿金也不能算是中国女性的标本"，不如直面：在激烈的生存竞争中，中国男性的标本应是如何？

三、阿金与阿长

只有在逼促狭窄的上海弄堂那样的都会住宅空间里，"阿金"之流才有可能如此难以躲避地侵入"我"的生活，造成对"我"的极大精神压力，当然也对照出了"我"的无力和焦躁。而势必引发出的自我的诘问从来都是令人难堪的，非反身而诚即可直面那么简单。所以，尽管"我"的言辞在表面上显得好像已经足够有自我解剖的精神了，但语气、语态、运思上却分明可以看出"我"的种种逃避、掩饰和责怪。

在这里，将鲁迅在《朝花夕拾》里的《阿长与〈山海经〉》和《阿金》

---

❶ 鲁迅：《阿金》，见《鲁迅全集（第6卷）》，人民文学出版社2005年版，第208页。

对照会看出更多意味来。《阿长与〈山海经〉》里记录的也是一位女仆，并且也多次强调了"我"的空间感受——睡觉时被阿长挤占了多半个席位而愤恨。整个文章前半部分"我"的叙述语气也是"迫不及待地宣告自己的利益所在"，这是一种乔装的、如孩童的俏皮天真一般然而读者又分明能体会到这已是经历了人生沧桑后的诚挚而温暖的语气。《阿长与〈山海经〉》里，"我"对自己童年的成长世界里并不高明的阿长的不以为然乃至厌烦、憎恶、怨恨也是真切的。不过在作者的叙述中，当朴实的阿长特意为童年的自己带来心爱的宝书《山海经》时，一切纷杂的情感都汇作了深沉的敬意，命运施于阿长的不幸也被一种心灵终归安宁的宿命感取代了。虽然阿长的世界与"我"长大以后的世界毕竟还是隔离的，"我的保姆，长妈妈即阿长，辞了这人世，大概也有了三十年了罢。我终于不知道她的姓名，她的经历；仅知道有一个过继的儿子，她大约是青年守寡的孤孀"。❶但"我"最终以无限的深情祈求、希冀着："仁厚黑暗的地母呵，愿在你怀里永安她的魂灵！"❷

阿长与阿金，同为女仆，前者为生活于故乡的乡下女人，见识不高却遵循着朴素甚至略显可笑的传统伦常过活着；后者虽也出身乡下现在却已混迹于现代都会的弄堂里，所见杂多、濡染渐深，越发野性十足，早已失却了对传统伦常的一丝敬意。

如何理解鲁迅对阿长与阿金这两种类型的女性生命的截然相反、又都刻意推向极致的情感态度？让我们不妨做一个并非毫无理由的设问，在20世纪以降"中国的都市化进程"中，一个事实恐怕是：更多的阿长们要被裹挟着进入都会，她们还能如在乡下时那样抱朴见素、淳淳昏昏吗？势必有相当一部分要或深或浅的出现"阿金"化的情形吧。"我"的追忆里阿长的单纯，难道就应当是她的真实人生吗？"我"对阿长的深情、对"阿金"的苛责，其中的情愫不也有着混迹于现代都会的小资产阶级文人"我"的一种自我精神救赎、恐惧的投射吗？《阿金》一文里"我"看上去既理直气壮又闪烁其词的语气，还有行文中对"我"情不自禁的自嘲和反讽不也时时提醒我们，"我"刻意隐藏起来的虚弱、恐惧究竟为何恐怕才是我们更应紧紧盯住的命题。

---

❶❷ 鲁迅：《阿长与〈山海经〉》，见《鲁迅全集（第2卷）》，人民文学出版社2005年版，第255页。

四、世界的"阿金化"

恩格斯曾写过三篇《论住宅问题》的文章，特地提到了小资产阶级知识分子对住宅问题的敏感。"我"对阿金的空间感受正是在逼促狭窄的都会住宅空间内发生的，是否也属于此类情形呢？

恩格斯认为城市里住宅的短缺、条件的恶劣是和现代都会对农业人口的急剧地吸纳有关的，但它能成为可讨论的公共话题却是与小资产阶级的利益和感受有关。"工人阶级和其他阶级特别是和小资产阶级共同遭受的这种痛苦，是蒲鲁东所属的那个小资产阶级社会主义尤其爱研究的问题。"❶被恩格斯严厉抨击的蒲鲁东的改善住房条件的设想，无非是诉诸于平等的公民权利和政府需提供公共福利的责任。而这在恩格斯看来，"都是建立在从经济现实向法学空话的这种救命的跳跃上的。每当勇敢的蒲鲁东看不出经济联系时——这是他在一切重大问题上都要遇到的情况——他就逃到法的领域中去求助于永恒公平"。❷这是在批评蒲鲁东缺乏以"经济"的眼光洞穿住宅问题本质，只好乞灵于"法学空话"的思想方法。而对于另一个提出了用"在现在占统治地位的社会制度框架内使所谓的无财产者阶级上升到有财产者的水平"❸的方式来改善工人住宅条件的小资产阶级学者萨克斯，恩格斯则严厉批判道："蒲鲁东曾把我们从经济学领域带到法学领域，而我们这位资产阶级社会主义者在这里则把我们从经济学领域带到道德领域。"❹

总之，恩格斯激烈批判的是（小）资产阶级知识分子无力从根本上彻底解决住宅问题，只好求助于冠冕堂皇的法学或道德空话的做法。在他看来，住宅问题只是整个社会问题的表征而已，说到底，现代大都会的出现本身就是现代资本主义经济制度、生产方式的产物，所以结论只能是："想解决住宅问题又想把现代大城市保留下来，那是荒谬的。但是，现代大城市只有通过消灭资本主义生产方式才能消除，而只要消灭资本主义生产方式这件事一开始，那就不是给每个工人一所归他所有的小屋子的问题，而完全是另一回

---

❶ [德]恩格斯：《论住宅问题》，见《马克思恩格斯选集（第3卷）》，人民出版社1995年版，第144页。
❷ 同上书，第147页。
❸ 同上书，第165页。
❹ 同上书，第167页。

事了。"❶领略了恩格斯对蒲鲁东、萨克斯不无苛刻的批判之后，其实也不难循着鲁迅的反讽笔调发现，《阿金》里"我"对"阿金"的莫名的愤怒与厌恶，这里面难道就没有恩格斯批判的那种"带到道德领域"的无力吗？究竟该如何理解阿金身上的野性这一"越轨的都会之'恶'"？

鲁迅早年在《摩罗诗力说》中不是也曾礼赞过"蛮野如华"吗？那时他可是激动地宣称："尼佉（Fr.Nietzsche）不恶野人，谓中有新力，言亦确凿不可移。盖文明之朕，固孕于蛮荒，野人狂獉其形，而隐曜即伏于内。文明如华，蛮野如蕾，文明如实，蛮野如华，上征在是，希望亦在是。"❷阿金不可以视为"野人其形"，"蛮野如华，上征在是，希望亦在是"的可能的力量吗？须知，恶的萌动从来都伴随着对既有道德、秩序的"越轨"和破坏，显示出丑陋、不洁乃至可怕的面相。现在，《阿金》里的"我"，空有"带到道德领域"的浮动言辞。文末从阿金到中国文史上的诸如昭君出塞、木兰从军、妲己亡殷、西施沼吴、杨妃乱唐的联想，无非想刻意申明"我"自己作为男性对于女性并无道德上的歧视；相反，"我"也认定不应把历史败亡的大罪过都推到女性身上。这种刻意表明"我"对女性还是有一份正确的现代道德观念的自辩，究竟有多少说服力呢？除了让我们看到刻意"带到道德领域"的无力感外，岂有他哉？

正如恩格斯并不负责局部地、技术性地提出改善住宅的方案，他从城市住宅这一微观问题里看到的是全部资本主义生产关系终结的必要性，他瞩目的是整个世界的革命性变化。相类地，鲁迅笔下的"我"在对"阿金"这一刁蛮女佣侵扰到自己的空间感受里，直觉到并且深为恐惧的也是整个世

---

❶ [德]恩格斯：《论住宅问题》，见《马克思恩格斯选集（第3卷）》，人民出版社1995年版，第174页。

❷ 鲁迅：《摩罗诗力说》，见《鲁迅全集（第1卷）》，人民文学出版社2005年版，第66页。

界的变化——"世界的'阿金化'"❶——"愿阿金也不能算是中国女性的标本。"❷

细细思量，鲁迅以对阿金的"空间感受"上的文学直觉（整个世界的"阿金化"）和恩格斯以"经济"的眼光看待城市住宅问题（整个世界的全面变革），体现出的是相同的思致：这是一种或以一个支点撬动整个世界（认识），或对世界的革新毕其功于一役（行动）的思维特点。鲁迅的这一思维特点当然有其作为文学家的直觉性，如孙歌指出的那样："鲁迅终其一生留给我们的精神产品，几乎是严格地限定在不能直接还原为这些时代特征的思想层面，而他主要的论战对象也并非可以直接还原为现实中的强权政治和非人暴力。"❸所谓"不能直接还原"的根本原因就在于，这样会把鲁迅思考的问题——无限掘进的否定性走过的作为一个环节的结论、意见封闭、凝结起来，进而教条化。鲁迅的这一思维特点提醒我们，在理解、陈述鲁迅的精神遗产时，是万万不可拘泥于某种直接、具体的结论的。对《阿金》的理解同样应该如此，径直肯定对"阿金"的指责是武断而毫无意义的。尤其是，不可以不顾《阿金》一文本身除了对"阿金"的讽刺之外，还有对"我"本身的意见也发出了强烈的自我反讽。

如何看待这一思维特点？它对我们认知现代都市文明，乃至构建中国的市民社会是否大有裨益还是需要有所扬弃？这自然是值得追问的大问题。关于鲁迅的思维方式，笔者曾参照苏格拉底式的"反讽"思维，指出鲁迅的思

---

❶ "世界的'阿金化'"是笔者对鲁迅关于阿金的深层感受的提法。鲁迅的这一直觉体现出他作为文学家极为敏感的心灵品质。其实在当时，讨论上海住宅问题的文章并不鲜见，例如，郑振铎在1927年的《文学周报（第4卷）》上就曾发表过《上海的居宅问题》一文，历数了诸如杂陈无章法的建筑的安全隐患，"伙夫、堂倌"等底层人的睡觉问题等事项，还引英国的伦敦为参照，讨论大都市的住宅问题。不过郑振铎的讨论只停留在社会事务层面，和鲁迅的《阿金》体现出的对精神问题的直觉和关注有着相当的差距。参见郑振铎：《上海的居宅问题》，见《郑振铎全集（第3卷）》，花山文艺出版社1998年版，第64~69页。

❷ 鲁迅：《阿金》，见《鲁迅全集（第6卷）》，人民文学出版社2005年版，第209页。

❸ 孙歌：《为什么"从'绝望'开始"》，见[日]竹内好著，靳丛林编译：《从"绝望"开始》，生活·读书·新知三联书店2013年版，第395页。

维方式也是近于"反讽"式的,其核心是以连根拨起、以承受虚无的决绝来获取无限掘进的否定性。❶有意思的是,如果说苏格拉底反讽思维的出现恰恰是雅典城邦文明衰落的标志的话,鲁迅式的"反讽"思维的出现难道是中国走向现代市民社会的预兆?

在歌德的巨著《浮士德》里,被陈腐的书斋生活纠缠多年的学者浮士德博士想要重获生命的无限活力时,可是要去勇敢地把生命拼将上去,和恶的、否定性的魔鬼靡非斯特一起走进市民社会、创造出不断自我超越的人生的。《阿金》里的"我"与"阿金",其结构非常类似尚未出书斋的浮士德与靡非斯特的关系。但与浮士德的狂躁然而进取相比,"我"多的是东方式的"带到道德领域"的无力和虚弱的自怜自辩,缺乏的正是浮士德不惮投身于并不纯净的人生历程和市井生活中,在自我超越、自我否定、永不满足的生命冲动里创造、搏击,最终成就崇高人生的动的精神。《阿金》里"我"指责"阿金"时有一个观察是,"她无情、也没有魄力。独有感觉是灵的",❷这不恰恰也是"我"的精神自画像吗?

《阿金》一文,可视为鲁迅在光怪陆离的上海都会生活里,对底层人物的感受中直觉到的、对中国社会在大转型期所需的、一方面强悍、冲动、有力量,另一方面又会呈现出"野人其形"的样态甚至还会带来对传统的伦理秩序产生极大破坏的近代精神——"浮士德精神"。在这个意义上,《阿金》里"自有阿金以来,四周的空气也变得扰动了,她就有这么大的力量""我的讨厌她是因为不消几日,她就摇动了我三十年来的信念和主张"等言辞,并非夸饰的虚张声势;相反,这种深沉的恐惧感倒是显示了,即使在中华民族最优秀的文人代表如鲁迅那样强悍的生命身上,对"浮士德精神"依然有着强烈的不适应感。这种不适应感,恐怕正是大多数中国现代文人在20世纪以降中国的都市化进程中关于都市文明的种种言辞背后的真正心理动因。

---

❶ 张克:《颓败线的颤动:鲁迅与中国文学的现代性》,生活·读书·新知三联书店2011年版,第239~254页。

❷ 鲁迅:《阿金》,见《鲁迅全集(第6卷)》,人民文学出版社2005年版,第207页。

五、结　语

《阿金》里还具体提及了两首流行的市井小曲："'奇葛隆冬强'的《十八摸》"和"比绞死猫儿似的《毛毛雨》"。后者由黎锦晖创作、演唱，传唱甚广，被鲁迅说成"比绞死猫儿似的《毛毛雨》"，可见不喜欢之极。它的歌词如下：

毛毛雨，下个不停；微微风，吹个不停；微风细雨柳青青，哎哟哟，柳青青。小亲亲，不要你的金；小亲亲，不要你的银；奴奴呀，只要你的心，哎呀呀你的心。

毛毛雨，不要尽为难；微微风不要尽麻烦；雨打风吹行路难，哎哟哟，行路难。年轻的郎，太阳刚出山；年轻的姐，荷花刚展瓣；莫等花残日落山，哎哟哟，日落山。

毛毛雨，打湿了尘埃；微微风吹冷了情怀；雨息风停你要来；哎哟哟，你要来。心难耐等等也不来，意难捱再等也不来；又不忍埋怨我的爱，哎哟哟，我的爱。

毛毛雨，打得我泪满腮；微微风吹得我不敢把头抬；风暴雨怎么安排，哎哟哟，怎么安排，莫不是生了病和灾？猛抬头，走进我的好人来，哎哟哟，好人来。❶

以现在的眼光看，歌词、曲调当然已经是相当传统了。有意思的是，为鲁迅极为厌恶的《毛毛雨》却被沪上作家张爱玲认为恰是最能体现上海弄堂气质的音乐作品，她的喜爱溢于言表：

我喜欢《毛毛雨》，因为它的简单的力量近于民歌，却又不是民歌——现代都市里的人来唱民歌是不自然的，不对的。这里的一种特殊的空气是弄堂里的爱：下着雨，灰色水门汀的弄堂房子，小玻璃窗，微微发出气味的什物；女孩从小襟里撕下印花绸布条来扎头发，代替缎带，走到弄堂口的小吃

---

❶ 转引自陈子善：《张爱玲说〈毛毛雨〉》，见陈子善：《沉香谭屑——张爱玲生平和创作考释》，上海书店出版社2012年版，第42页。

食店去买根冰棒来吮着……加在这阴郁龌蹉的一切之上，有一种传统的，扭捏的东方美。多看两眼，你会觉得它像一块玉一般地完整的。❶

"这里的一种特殊的空气是弄堂里的爱。"鲁迅与张爱玲，竟有着如此不同的对于上海弄堂流行小曲的感受？孰是孰非呢？同样都能捕捉到上海弄堂里"一种特殊的空气"，至于那"空气"的振动牵引出的是"弄堂里的爱"还是扰动出恐惧的阿金那样的"越轨的都会之'恶'"，想必迄今为止人们多有各自的偏爱。若是依照"浮士德精神"，为何不能将"爱"与"恶"的冲突、激荡和奏鸣视为中国的都市化进程、中华文明谋求现代化的过程中的常态欣然接受并奋力投身呢？而这，正是笔者对《阿金》一文的领会，争辩后的领会。

---

❶ 这段话出自胡兰成的《记南京》一文里所引的张爱玲的谈《毛毛雨》的文字，参见陈子善：《张爱玲说〈毛毛雨〉》，见陈子善：《沉香谭屑——张爱玲生平和创作考释》，上海书店出版社2012年版，第41页。

鲁迅留日时期的历史观

西安交通大学　张　勇

鲁迅早期的历史观通常被概括为进化史观。如瞿秋白在《〈鲁迅杂感选集〉序言》中的论断，"鲁迅从进化论进到阶级论，从绅士阶级的逆子贰臣进到无产阶级和劳动群众的真正的友人，以至于战士"，❶勾勒了鲁迅从进化史观向唯物史观的转变。这种看法也可以在鲁迅本人那里得到印证。鲁迅《〈三闲集〉序言》中曾表示他所接触的"科学底文艺论"，"救正"了他的"只信进化论的偏颇"。❷笼统地看，以进化史观涵括鲁迅早期的历史观并没有错，但也遮蔽了一些更有价值的问题。例如，鲁迅在翻看历史文献时经常萌生的"古已有之"之感——"一治史学，就可以知道许多'古已有之'的事"，❸这种历史的重复感在鲁迅那里是如何与进化史观共存的？线性的进化史观是如何被用来解释中国近代以来的衰落，或者欧洲历史上的倒退现象的？更为重要的是，如果进化史观昭示了历史演进的必然规律，那么在其中如何安放人类的努力和主观能动作用？

伊藤虎丸在考察"鲁迅留学日本时期的进化论"时发现，进化论的影响在鲁迅那里表现为"一种非常奇妙的'倒过来'的进化论"，毋宁说是一种"退化论"。"进化论法则并未被把握为遵循这一法则而进行的历史过程，即史的（？）进化论，而是从处在这个过程终极点的某一假定的'时

---

❶　何凝（瞿秋白）：《序言》，见《鲁迅杂感选集》，青光书局1933年版，第20~21页。
❷　鲁迅：《三闲集·序言》，见《鲁迅全集（第4卷）》，人民文学出版社1981年版，第6页。
❸　鲁迅：《又是"古已有之"》，见《鲁迅全集（第7卷）》，人民文学出版社1981年版，第229页。

刻'（不是流动的'时间'）——从一种心像，从中国人'绝种'，后人在抚摸着那些'化石'叹息的终末景象当中——反过来被把握为进化的整个过程。"鲁迅的"终末论"式的进化观承袭了严复的"从'弱者的视点'出发对进化的理解"，但是与严复信奉斯宾塞的"任天说"和"进化的伦理"不同，鲁迅倾向于赫胥黎的"胜天说"和"伦理的进化"。❶伊藤虎丸拒绝把进化论看作是鲁迅的历史观。那么，鲁迅留日时期的历史观是怎样的呢？伊藤虎丸是在鲁迅留日期间的第一篇论文《中国地质略论》（1903年）中看到"退化论"思想的。这种思想在后来有何发展？本文拟通过对鲁迅留日后期的5篇论文的分析，考察鲁迅这一时期的历史观及其特征。

一

尽管鲁迅留日后期的5篇论文都发表于《河南》杂志，但是它们大多应该不是为《河南》杂志约稿而写。《人之历史》《摩罗诗力说》《科学史教篇》《文化偏至论》4篇文章都署有完成时间，均为1907年；它们在《河南》杂志上的发表时间，除了《人之历史》是在1907年12月外，其余的在1908年2~8月。因此大致可以断定，它们可能在《河南》杂志约稿之前就已经完成了。《破恶声论》只在《河南》杂志第8期（出版时间为1908年12月5日）上刊载了一部分，在接下来的第9期（1908年12月20日）没有连载；而目前见到的《河南》杂志仅有9期，停刊时间不详。❷我们无法判断鲁迅是否完成该文，也无法判断鲁迅创作该文的时间。总体而言，正如周作人所言，这些文章代表了"鲁迅本来想要在《新生》上说的话"。❸从《摩罗诗力说》所涉及的材源之多、之广❹以及《文化偏至论》论题之宏大来看，这些文章绝非短时

---

❶ [日]伊藤虎丸著，李冬木译：《鲁迅与终末论：近代现实主义的成立》，生活·读书·新知三联书店2008年版，第142~153页。

❷ 《河南》杂志各期目录及出版时间，参见上海图书馆编：《中国近代期刊篇目汇编·第二卷（中）》，上海人民出版社1981年版，第2316~2320页。

❸ 周作人：《鲁迅的青年时代》，见鲁迅博物馆、鲁迅研究室、《鲁迅研究月刊》选编：《鲁迅回忆录（中册）》，北京出版社1999年版，第816页。

❹ 《摩罗诗力说》的材源可参见[日]北冈正子著，何乃英译：《摩罗诗力说材源考》，北京师范大学出版社1983年版。

间里完成的,而是经历了相当长时间的积累。因此,这些文章反映了鲁迅在"弃医从文"之后的一段时期内所关注的焦点问题。

在这5篇论文中,《人之历史》和《科学史教篇》都有明确的材源,❶严格来说只能算是编写,相对而言也不如《摩罗诗力说》《文化偏至论》《破恶声论》重要,往往为论者所忽视。然而,如果把鲁迅早期的这些论文视为一个整体,将它们看作是共同反映了鲁迅早期思想的结构,那么就会产生一个疑问:一个广为人知的事实是,鲁迅1906年3月从仙台医专退学,是希望用文艺来"唤醒人民"的;❷对于业已立志"从文"的鲁迅来说,为何会涉足像种族发生学和科学史这样的领域,而没有局限于狭义上的"文艺"?值得注意的是,只有把《人之历史》《科学史教篇》这样的明显体现了作者浓厚的历史兴趣的篇章纳入考虑,鲁迅早期的历史视野才能清晰地浮现出来,而历史视野事实上正是鲁迅智慧最为重要的特征之一。

《人之历史》介绍的是德国生物学家海克尔(Ernst Haeckel)的种族发生学,这类知识虽然对于当时的中国知识分子而言尚属新鲜,但是其背后的生物进化学说则几乎已被确立为"公理"了。正如鲁迅在文中所言:"中国迩日,进化之语,几成常言,喜新者凭以丽其辞,而笃故者则病侪人类于猕猴,辄沮遏以全力。"❸既然如此,鲁迅为何还要怀着兴趣介绍海克尔的学说呢?与其说鲁迅着迷的是海克尔学说的内容,毋宁说是它所展现出的一元论方法和历史观。在海克尔那里,人类不仅与猿猴联系在一起,也与原生动物联系在一起。在文章的最后,鲁迅甚至根据当时最新科学研究发现,比海克尔更进一步,把生物与无生物联系到一起。"故有生无生二界,且日益接

---

❶ 关于《人之历史》的材源可参见陈福康:《〈人之历史〉的再认识——兼述评日本中岛长文先生鲁迅此文的研究》,载《东北师大学报》1984年第4期。关于《科学史教篇》的材源可参见蒋晖:《维多利亚时代与中国现代性问题的诞生:重考鲁迅〈科学史教篇〉的资料来源、结构和历史哲学的命题》,载《西北大学学报(哲学社会科学版)》2012年第1期。

❷ 鲁迅博物馆、鲁迅研究室编:《鲁迅年谱(增订本)(第1卷)》,人民文学出版社2000年版,第177页。

❸ 鲁迅:《人之历史》,见《鲁迅全集(第1卷)》,人民文学出版社1981年版,第8页。下文援引该篇语句,均依此版本,除特别情形外,不再标明出处。

近,终不能分,无生物之转有生,是成不易之真理,十九世纪末学术之足惊怖,有如是也。"可以看出,与当时进化论所普及的人由猿猴进化而来的看法相比,甚至与海克尔的人类起源于原生动物的理论相比,生物由无生物转化而来的看法更让鲁迅震惊。也就是说,通过这一看法,鲁迅获得了一种可以涵盖宇宙万物的一元论视野;对鲁迅而言,这种一元论的视野甚至比进化论更有影响。从一元论的视野返观人类的发生与进步,鲁迅看到的正是人类的能动性:"人类进化之说,实未尝渎灵长也,自卑而高,日进无既,斯益见人类之能,超乎群动,系统何妨,宁足耻乎?"

鲁迅对于一元论的兴趣,源于他希图把握世间万象背后的本原及规律。应该说,鲁迅此时对这一规律的把握还显得简单,把"物质全界"和"宇宙间现象"的形成仅仅归之于"因果"规律。然而,鲁迅的独特之处在于,他不是一般地接受某个结论,而是通过自己的梳理、辨别得出结论。尽管由于学识限制,鲁迅往往并不能推翻已有结论,进而形成自己的结论,但是梳理、辨别的过程使得他不同于当时很多新式知识分子接受外来学说的方式。外来学说并不是直接被拿来"凭以丽其辞"、被当做某个权威或合法性的来源的。以种族发生学为例,与其说鲁迅关注的是这一学说本身,不如说他对于它的形成过程更感兴趣。《人之历史》主要是根据海克尔的《宇宙之谜》一书,特别是其中的第五章《我们种族的历史》编译而成。鲁迅保留了原著中关于生物进化学说形成历史的叙述,从林奈(Carl von Linné)、居维叶(G. Cuvier)、歌德(W. von Goethe)、拉马克(Jean de Lamarck),直至达尔文、海克尔。此外,鲁迅还增加了海克尔书所没有的内容,如进化学说始于希腊哲学家泰勒斯(Thales),关于人类起源的说法则增加了中国神话中的盘古辟地,西方《创世记》中的上帝造人等传说。❶当然,鲁迅增加的这些内容未必正确,尤其是在介绍科学学说的文章中加入神话的内容,也让人觉得不够严谨。然而,这恰恰反映了鲁迅试图在更长的历史线索中把握对象的努力。他除了向前追溯外,也向后延伸,《人之历史》最后增加了耐格里(Carl Naegeli)和某法国人的最新发现,都是出于相同的动机。这样,鲁迅所介绍

---

❶ 鲁迅增加的内容,可对照海克尔著作的英文版得知,参见Ernst Haeckel, *The riddle of the Universe at the Close of the Nineteenth Century*, trans. Joseph McCabe, New York and London: Happer & Brothers Publishers, 1900.

的对象——海克尔的种族发生学实际上就被置于历史的脉络之中了。

鲁迅的历史视野还有一个独特之处，即重视各种历史因素之间的关系。在《人之历史》中除了有不同学说的递进之外，还有学说之间的对抗。例如，鲁迅提到了圣希雷尔（E. Geoffroy St. Hilaire）和居维叶在巴黎法国科学院上著名的辩论；同样也注意到了即使在进化学说无往而不胜的当时，也还存在质疑的声音，甚至像德国哲学家保罗生（Fr. Paulsen）这样的人也反对海克尔的学说。这些对抗的声音虽然尚不足以动摇鲁迅对于进化论的信仰，但是对于鲁迅历史观的形成却有着重要的意义。鲁迅看到了历史变动不居的本质，其背后充满了对抗与竞争，这或许正是历史变化与进步的动力吧。换言之，鲁迅由信仰进化论而形成的进步史观，不是把进步视作一个自然而然到来的过程，而是竞争与对抗的结果。这种竞争与对抗也不完全等同于进化论中的"生存竞争"，更多地展现的是人的主观能动精神。

《人之历史》中即已初露端倪的对人的精神的侧重，到《摩罗诗力说》中则占据了核心的位置。鲁迅把"精神"确立为人文之历史的中心，"盖人文之留遗后世者，最有力莫如心声"。❶他从印度、希伯来、伊朗、埃及、中国等文明古国由盛而衰的历史中看到的正是"精神"的委顿。值得注意的是，鲁迅把精神的衰微看作是文明衰落的原因，而非结果。精神因而与人类的进化联系在一起：精神的"上征"、对未来社会的理想是人类进化的动力之一，"延颈方来，神驰所慕之仪的，日逐而不舍，要亦人间进化之一因子欤？""立意在反抗，旨归在动作"的摩罗诗人是这种精神的绝佳注脚，"人得是力，乃以发生，乃以曼衍，乃以上征，乃至于人所能至之极点"。在鲁迅看来，真正的进化并不意味着臣服于自然的命运或迎合世俗和潮流，而是"争天拒俗"，追求理想，对现实作永不妥协的抗争。

鲁迅的逻辑是，进化是一个不可逆的过程，一般的人只是顺应这一过程，而摩罗诗人则可以在这一过程中展现自己的主观能动性。"进化如飞矢，非堕落不止，非著物不止，祈逆飞而归弦，为理势所无有。此人世所以可悲，而摩罗宗之为至伟也。"鲁迅汲取了进化论中的竞争因素，把竞争与

---

❶ 鲁迅：《摩罗诗力说》，见《鲁迅全集（第1卷）》，人民文学出版社1981年版，第63页。下文援引该篇语句，均依此版本，除特别情形外，不再标明出处。

进化一样视为历史中普遍的现象。"平和为物,不见于人间",无论是自然界还是人事都是如此,即使只有两个人同处一室,也会"生颢气之争,强肺者致胜"。竞争与进化一样无可避免,这就是鲁迅说"人世所以可悲"的缘由。然而,一般的人只作盲目的生存竞争,摩罗诗人则通过抗争自然和现实,掌控了进化的方向。

在《摩罗诗力说》中,鲁迅也从"精神"的层面探寻了中国文明衰落的原因。应该说,在解释这一问题时,鲁迅的历史视野和文化视野之间存在一定的紧张。从文化的角度看,他倾向于把中西方的差异看成是本质性的,"中国之治,理想在不撄""作此念者,为无希望,为无上征,为无努力,较以西方思理,犹水火然"。然而,这显然无法解释中国的"灿烂于古,萧瑟于今"。从历史的角度来看,中国文化显然有个轻视"精神"的过程,"孤立自是,不遇校雠,终至堕落而之实利;为时既久,精神沦亡",才导致其衰落。结合鲁迅这一时期乃至回国前期的其他文章来看,后者是鲁迅更常采用的看法。如《文化偏至论》开篇所说,"屹然出中央而无校雠,则其益自尊大,宝自有而傲睨万物……惟无校雠故,则宴安日久,苓落以胎,迫拶不来,上征亦辍,使人荼,使人屯,其极为见善而不思式",❶同样是指出了中国文化缺乏与异邦的联系、比较,造成了它的自大与衰落。直到《〈越铎〉出世辞》(1912年)中,鲁迅仍然持有相同的看法,把"渐专实利而轻思理"当作"民不再振"❷的直接原因。"实利"作为"思理"、精神的对立面,也是鲁迅这一时期历史观中非常重要的关键词。

随着精神重要性的凸显以及精神/实利二分法的产生,鲁迅越来越背离他在《人之历史》中所确立的世界的物质本原及一元论的视点,倾向于把精神当作进化的本质,而类似中国文明衰落这样的事实又提醒着鲁迅不把精神的进步看成是直线式的。有趣的是,鲁迅在《摩罗诗力说》中提及生物学上的返祖现象,不过,返祖现象不是被当成退化的证据来谈的,恰恰是复现了祖先未被驯服之前的性状。鲁迅以此来解释摩罗诗人的出现、存在的合理性,对应的显然是"性解"(天才)/"众数"(庸众)的划分,也显示了尼采

---

❶ 鲁迅:《文化偏至论》,见《鲁迅全集(第1卷)》,人民文学出版社1981年版,第44页。

❷ 鲁迅:《〈越铎〉出世辞》,见《鲁迅全集(第8卷)》,人民文学出版社1981年版,第39页。

思想的影响。这里实际上已经暗含对于当代整体文化而不只是中国文化的批判，也迫使鲁迅对人类历史的发展作出比进化论更为准确的解释。

《科学史教篇》同样是关于历史的，但是鲁迅的兴趣显然不仅在于"科学史"，同时兼及"人文史实"。鲁迅考察的历史因素较《人之历史》中的远为复杂，涉及政治、宗教、道德、科学等多个方面。正因为如此，鲁迅的看法前后也不乏游移之处。鲁迅所遇到的最大挑战在于，他需要面对更为复杂也更为具体的人类历史现象。出于对精神的重视，鲁迅更多探讨的实际上是科学精神。他推崇古希腊的"科学之盛"和"思想之伟妙"，认为"其精神，则毅然起叩古人所未知，研索天然，不肯止于肤廓，方诸近世，直无优劣之可言"。❶因此，鲁迅就必须去解释科学精神在此后的"衰微"，也迫使自己放弃了直线式的进化史观，代之以螺旋式的进步观。"可知人间教育诸科，每不即于中道，甲张则乙弛，乙盛则甲衰，迭代往来，无有纪极。……特以世事反复，时势迁流，终乃屹然更兴，蒸蒸以至今日。所谓世界不直进，常曲折如螺旋，大波小波，起伏万状，进退久之而达水裔，盖诚言哉。且此又不独知识与道德为然也，即科学与美艺之关系亦然。"鲁迅在这里注意到了历史中的"反复"和"退"的现象，并将其归诸历史中不同因素的相互制约而造成的此消彼长。不过，这种解释与鲁迅所注意到的其他现象是有冲突的，如希腊罗马的科学与文艺并盛，"希腊罗马科学之盛，殊不逊于艺文"；知识进步常得益于道德力的鞭策，"盖科学发见，常受超科学之力，易语以释之，亦可曰非科学的理想之感动，古今知名之士，概如是矣"。

鲁迅整体上并未动摇对于历史进步的信心，不过，他对具体进步历史的兴趣显然让位于对于进步源头的探寻。他由西方的实业、军事等的令人炫目的繁荣表象追溯至其背后的科学。二者被比喻为"葩叶"和"本柢"间的关系，孰轻孰重当然不言自明。当然，鲁迅并没有把这个问题简单化，"非谓人必以科学为先务，待其结果之成，始以振兵兴业也"，只是认为："进步有序，曼衍有源，虑举国惟枝叶之求，而无一二士寻其本，则有源者日长，逐末者仍立拨耳。"因为他注意到了科学与实业之间不是单向的作用关

---

❶ 鲁迅：《科学史教篇》，见《鲁迅全集（第1卷）》，人民文学出版社1981年版，第26页。下文援引该篇语句，均依此版本，除特别情形外，不再标明出处。

系，"实业之蒙益于科学者固多，而科学得实业之助者亦非鲜"。科学进而被追溯至科学精神，即"仅以知真理为惟一之仪的""试察所仪，岂在实利哉？"也就是说，科学也是"无用"的。这可能是鲁迅在科学史中最为重要的发现。论者多注意到鲁迅早期"不用之用"的文学观，却很少注意到鲁迅对于科学"无用"的观察。鲁迅并不是从科学有用对立的角度谈文学"无用"的，而是从无关实利的角度谈文学和科学的"无用"。鲁迅当然没有把科学与文学混为一谈，他是在同等的层面上对待它们的。除此之外，还有艺术、宗教等，"盖无间教宗学术美艺文章，均人间曼衍之要旨，定其孰要，今兹未能"。它们都是"精神"的重要组成，某一项走向偏至最终损伤的都是整体的精神、文明和人性，"顾犹有不可忽者，为当防社会入于偏，日趋而之一极，精神渐失，则破灭亦随之"。鲁迅此后在《破恶声论》中所主张的"伪士当去，迷信可存"也是从这个意义上得出的。❶

鲁迅从"有用"出发的追溯，其源头指向"无用"，最终落脚点却是"人性"——"致人性于全，不使之偏倚"。应该说，《文化偏至论》中的"立人"主张此时已经具备雏形。需要注意的是，"立人"不只是对中国的要求，也包含着对西方19世纪文化偏至的激烈批判。换言之，西方不再是简单地确立为中国的标准，它本身也是反思的对象。尽管鲁迅主要批判的对象是西方19世纪末叶文明中的"物质"和"众数"，他仍然把它们放在更长的西方文明发展的脉络中去考察。从罗马帝国、宗教改革、工业革命直至法国大革命，都有简略的论述。这样，"物质"和"众数"本身被历史化了，而非不言自明的真理。当鲁迅将目光转向西方文化史时，他看到了远远超过科学史的复杂性，文化、思想往往是"新者虽作，旧亦未僵"，呈现出新旧杂陈的局面。鲁迅也在历史的梳理中形成了自己的见解。首先，历史是永远变动的，以变动为其常态，"顾世事之常，有动无定"。❷其次，历史是具有延续性的，它的变动常常又是矫枉过正的，"文明无不根旧迹而演来，亦以矫往事而生偏至"。因此，可以预言，作为19世纪文化偏至"物反于极"的产

---

❶ 鲁迅：《破恶声论》，见《鲁迅全集（第8卷）》，人民文学出版社1981年版，第28页。

❷ 鲁迅：《文化偏至论》，见《鲁迅全集（第1卷）》，人民文学出版社1981年版，第47页。下文援引该篇语句，均依此版本，除特别情形外，不再标明出处。

物,"新神思宗之至新者"的 "掊物质而张灵明,任个人而排众数"精神,必将成为20世纪文化"新思想之朕兆,亦新生活之先驱",而它的根柢"乃远在十九世纪初叶神思一派"。可以看出,鲁迅这里的历史观与《科学史教篇》中世界的此消彼长式的螺旋式运动是一致的,但少了后者中对于"进退久之而达水裔"的那份确信。

"文明无不根旧迹而演来"是鲁迅新发展出的一个观点,不过它也给鲁迅带来了一定的困惑。鲁迅用它来解释物质、民主这样极端的文化在西方出现的必然性,"根史实而见于西方者不得已",同时也用来驳斥中国人生搬硬套这些"迁流偏至之物"的做法。但是,如果文明的发展都离不开自己文化的母胎,那么如何保证从西方借鉴来的文化可以生根发芽呢?正因为如此,鲁迅开始正视中国的文化传统,批判了青年中流行的蔑古思想,认为学习西方的真正方法是"外之既不后于世界之思潮,内之仍弗失固有之血脉,取今复古,别立新宗",这与《摩罗诗力说》中所提的"别求新声于异邦"已经有了些微妙的差别了。此外,鲁迅所提倡的"尊个性而张精神"到底是西方文明的根柢——"人"的要求,还是仅仅是代表了最新的"世界之大势"的新神思宗的思想?如果是后者,那么它会不会也是历史发展中的一种偏至?或者在将来的历史发展中被置换?鲁迅并没有直接面对这些问题,但是从他在文章中的措辞来看,他是把"尊个性而张精神"既看成是西方文明的根柢也看成是"世界之大势"的。探寻西方文明根柢一直是鲁迅的追求,不过,他仍然无法完全摆脱进化论所带来的求新的冲动,二者的冲突也多少在他的字里行间表现出来。

《破恶声论》作为驳论文章,并没有对历史的梳理,但是鲁迅在之前文章中的历史观察仍然构成了他驳论的基础。《破恶声论》延续了《摩罗诗力说》中的看法,把战争看做人类社会的一种常态,"顾战争绝迹,平和永存,乃又须迟之人类灭尽,大地崩离以后;则甲兵之寿,盖又与人类同终始者已"。❶这是由人类本性中的兽性残留所决定的:"人类顾由盽,乃在微生,自虫蛆虎豹猿狖以至今日,古性伏中,时复显露,于是有嗜杀戮侵略之

---

❶ 鲁迅:《破恶声论》,见《鲁迅全集(第8卷)》,人民文学出版社1981年版,第32页。下文援引该篇语句,均依此版本,除特别情形外,不再标明出处。

事，夺土地子女玉帛以厌野心。"从人类的起源来解释人类的杀戮、侵略，并倾向于将其当成人类的某种本性，这种解释显然留有海克尔的影响。不过，鲁迅并没有把人性看成完全恶的，"恶喋血，恶杀人，不忍别离，安于劳作，人之性则如是"。人性的发展正在于对动物性的超越。正因为如此，由战争的常态化所导致的结论不是崇尚战争与侵略，恰恰是对"兽性之爱国"的批判，"人欲超禽虫，则不当慕其思"。鲁迅也没有完全反对战争，但这仅限于自我保存的正义战争。他反对托尔斯泰的和平主义，认为其理想固然高妙，却是脱离现实的。

"兽性爱国"往往以进化论的"优胜劣汰"说作为侵略的借口，鲁迅对进化的理解则不同。鲁迅否定了进化会趋向"大同"，"夫人历进化之道途，其度则大有差等，或留蛆虫性，或猿狙性，纵越万祀，不能大同"。"人类之不齐"是历史必然现象，反过来看，则是各种"不齐"都具有存在的合理性。鲁迅在这里看法像是同时融合了孟子和庄子的观点，孟子的"夫物之不齐，物之情也"指出的是万物不齐的自然现象，❶而庄子的"万物一齐，孰长孰短"则表明了万物都具有被平等对待的权利。❷这是一种从弱者的立场出发的进化论，主张的是弱者的进化而非灭亡。当然，鲁迅只是把强者、弱者区分为进化程度上的不同，并未怀疑它们遵循着相同的进化道路。这与其说是源于鲁迅对于进化论的信仰，不如说是源于他的一元论世界观。事实上，鲁迅对于精神的强调以及他此时所尊崇的"摩罗派"和"新神思宗"，无不冲击着他关于世界的物质本原的看法，也使他的一元论世界观大为松动。有趣的是，《破恶声论》中再次提及海克尔的"一元之说"，却是为了说明即使如一元论者海克尔，也认为应该把"诚、善、美"区别看待。鲁迅保留了精神的物质本原的看法，并不是将精神归于物质，恰恰是为了彰显精神的能动作用。

二

以上按照鲁迅发表早期5篇论文的顺序，简要地梳理了鲁迅这一时期的

---

❶ 杨伯峻译注：《孟子译注》，中华书局1960年版，第126页。
❷ 孙通海译注：《庄子》，中华书局2007年版，第254页。

历史观。5篇论文发表的顺序不一定即是鲁迅创作的顺序,而且前4篇都是在同一年完成的,时间相对集中,并不能反映鲁迅历史观演进的轨迹,但是,至少可以看到鲁迅在不断地调整自己的看法。另外,鲁迅的思想常常会给人以早熟之感。5篇论文中所展现出的一些思想也仿佛很早就萌发了,如伊藤虎丸从《中国地质略论》中看到的"退化论"思想,再如"致人性于全""立人"等看法,在鲁迅初到日本时就已经是他关注的重心。据鲁迅好友许寿裳回忆,鲁迅在弘文学院的时候就常常与他讨论"三个相关的大问题",其中第一个问题便是"怎样才是最理想的人性"。❶因此,追溯鲁迅的历史观是如何形成的、受到了哪些思想和学说的启发,是非常困难的。

鲁迅对历史感兴趣,根本原因在于他试图在历史中发现西方文明的根柢,说到底是为了解决如何学习西方的问题。如果说中国自近代以来面对西方时的不断挫败确立了学习西方的合法性、紧迫性的话,那么如何学习西方、学习什么则始终是一个众说纷纭的问题。甲午战败之后,洋务派的"中体西用"说受到质疑,继之而起的改良、革命、无政府主义等思潮使得如何学习西方的问题呈现出更为复杂的局面。进化论某种程度上可以简化这一问题,它所描绘的单线式的不可逆转的人类发展过程,把不同民族和社会形态纳入进化链条中,解释为进化程度的不同。既然西方处于进化的最前端,那么后进民族只需学习西方最新的东西即可。然而,对于有抱负的知识分子来说,这样的答案显然不能让他们满足。这意味着后进民族永远只能亦步亦趋于西方之后,更为重要的是,他们不能对近在眼前的殖民主义的西方视而不见。事实上,学习西方、"寻求富强"的吁求之中潜含着复制西方殖民主义论调的危险。鲁迅从当时国内流行的"崇强国"、"侮胜民"的论调中看到的正是这种危险。❷而杨度在1907年年初所祭出的"金铁主义"救国方略——"所谓经济的军国主义",❸也给人似曾相识之感,仿佛是洋务派学习西方军事、科技主张的一个"进化"版本,表现出明显的对于西方军事、经济强国的崇拜。

---

❶ 许寿裳,马会芹编:《挚友的怀念——许寿裳忆鲁迅》,河北教育出版社2000年版,第12页。

❷ 鲁迅:《破恶声论》,见《鲁迅全集(第8卷)》,人民文学出版社1981年版,第32页。

❸ 杨度:《金铁主义》,载《中国新报》1907年第1号。

中国学习西方的历史和现实不只是鲁迅探索西方文明根柢的背景，也是他直接对话的对象。如《文化偏至论》中对"竞言武事""制造商估立宪国会之说"的批判，而《摩罗诗力说》中的"黄金黑铁，断不足以兴国家"反驳的是杨度的"金铁主义"。难能可贵的是，鲁迅并没有满足于此，他看到了各种救国主张背后往往都隐藏着强大的理论基础，如科学、进化、文明等。"至所持为坚盾以自卫者，则有科学，有适用之事，有进化，有文明，其言尚矣，若不可以易。特于科学何物，适用何事，进化之状奈何，文明之谊何解，乃独函胡而不与之明言，甚或操利矛以自陷。"❶因此，要真正辨别这些救国主张是否合理，就需要对它们立论的基础——科学、进化、文明等有正确的认知。这正是促使鲁迅关注海克尔的种族发生学、英国科学史上的论战、19世纪文明的偏至的动因。值得注意的是，科学、进化、文明对于当时大多数中国知识分子而言，都是被当作不言自明的"公理"或"公例"而接受的。鲁迅则将它们置于历史脉络之中去审视，尽管并不一定是为了推翻它们，但是这种历史化的做法本身就意味着不同，把西方文明看成是特殊的，而非普遍的。

以进化论为例，当中国近代知识分子将其运用到历史、社会领域时，理论和现实之间多少都会发生龃龉，但在很多人那里，这种抵触并未成为他们反思或修正自己进化史观的契机。我们可以将梁启超与鲁迅稍作比较。事实上，鲁迅的一些看法与梁启超十分相似，也许是受到了梁启超的影响也未可知。例如，关于中国文明衰落的原因，两人的看法里都提到了中国缺少外国的比较这个因素，梁启超的看法甚至更全面一些，他在《论中国人种之将来》（1899年）中指出，中国"中世以还，国势统一，无外国之比较，加以历代君相，以愚民为术，阻思想之自由，故学风顿衰息，诚有如欧洲之所谓黑暗时代者"。❷再如鲁迅在《科学史教篇》中关于世界螺旋式前进的描述，梁启超也有类似看法："就历史界以观宇宙，则见其生长而不已，进步而不知所终，故其体为不完全，且其进步又非为一直线，或尺进而寸退，或大涨

---

❶ 鲁迅：《破恶声论》，见《鲁迅全集（第8卷）》，人民文学出版社1981年版，第26页。

❷ 梁启超：《论中国人种之将来》，见沈鹏主编：《梁启超全集·第二卷（瓜分危言）》，北京出版社1999年版，第261页。

而小落,其象如一螺线。"❶

总体上看,梁启超所谓的"新史学"事实上即是进化史,"历史者,叙人群进化之现象而求得其公理公例也"。❷那么,如何把中国历史的叙述纳入在他看来唯一的历史对象——进化之现象之中呢?依照进化史观又该如何去解释中国的衰落呢?从梁启超此时的大量文字来看,这并未给他造成太大的困扰。最有趣的例证出现在《中国专制政治进化史论》(1902年)的"绪论"部分,梁启超由谈进化起笔,"进化者,向一目的而上进之谓也。日迈月征,进进不已,必达于其极点,凡天地古今之事物,未有能逃进化之公例者也",紧接着笔锋一转谈到中国的情形,"中国者,世界中濡滞不进之国也,今日之思想,犹数千年前之思想"。❸作者似乎没有察觉其中的矛盾、突兀之处。从他随后谈中国专制政治的"进化"可以看出,他对"进化"一词的使用实际上是相当随意的,并未紧扣他所界定的"上进"之义。梁启超对于中国历史何时出现停滞的论述也是游移的。《中国专制政治进化史论》中的说法略近于《新民议》(1902年)中的说法,后者认为:"我国以开化最古闻于天下。当三千年欧西狉狉獉獉之顷,而我国之声明文物,已足以彼之中世史相埒。由于自满自惰,墨守旧习,至今阅三千年,而所谓家族之组织,国家之组织,村落之组织,社会之组织,乃至风俗礼节学术思想道德法律宗教一切现象,仍岿然与三千年前无以异。"不过,梁启超大概不会觉得中国的停滞有违进化公例,就在上述文字之前,他指出中国在王朝更递之中:"合一群而统计之,觉其仍循进化之公例,日征月迈,而有以稍善于畴昔。"❹

在梁启超同样作于1902年的《论中国学术思想变迁之大势》一文中,我们则看到了较为不同的说法:"故合世界史通观之,上世史时代之学术思想,我中华第一也;(泰西虽有希腊梭格拉底、亚里士多德诸贤,然安能及我先秦诸子?)中世史时代之学术思想,我中华第一也;(中世史时代,我国之学术思想虽稍衰,然欧洲更甚。欧洲所得者,惟基督教及罗马法耳,自

---

❶❷ 梁启超:《新史学》,见沈鹏主编:《梁启超全集·第三卷(新民说)》,北京出版社1999年版,第739页。

❸ 梁启超:《中国专制政治进化史论》,见沈鹏主编:《梁启超全集·第三卷(新民说)》,北京出版社1999年版,第771页。

❹ 梁启超:《新民议》,同上书,第621页。

余则暗无天日。欧洲以外，更不必论。）惟近世史时代，则相形之下，吾汗颜矣。虽然，近世史之前途，未有艾也，又安见此伟大国民，不能恢复乃祖乃宗所处最高尚最荣誉之位置，而执牛耳于全世界之学术思想界者！"❶ 这些慷慨激昂的文字显然不同于《中国专制进化史论》中的悲观、沉痛，可见梁启超的论述会因时因地变化，也会因为个人境遇、心绪的不同而变化。更为重要的是，它们需要背负鼓动民气的重任，时常损害了学理上的严谨。一般而言，它们的论述模式是以一个进化的西方对照中国的停滞或衰落。其呼吁中国人奋起直追的宣传效果是毋庸置疑的，但是恰恰强化了西方作为标准的地位。而鲁迅则深入西方历史，注意到西方历史之中的衰落或偏至，进而探寻历史进步的源动力。

鲁迅对科学、进化、文明的历史分析，最终殊途同归地落实于"精神"。这一过程有其必然性，"精神"不仅仅是物质、表象背后的某种隐秘的本质，更重要的是，它是一种相对稳定的存在，不像进化之中的事物那样瞬息万变。因此，"精神"非但缓解了进化论所带来的焦虑，也把"过去"从历史中拯救了出来，不再是无意义的被超越的对象了。当然，"精神"在鲁迅那里是需要特别界定的。它不是一般意义上的人的意识、思维活动和心理状态，而是人类在解释、构想世界时的想象力，或改造自然和社会过程中所表现来的意志力。鲁迅有时也常常以"意力""心声""神思""思理"等命名之。总之，它是与人类的主观能动性联系在一起的一种思想活动和创造。鲁迅的"精神"之中包含着摩罗诗人、尼采、卡莱尔等人的影响。叔本华认为"意力为世界之本体"，尼采呼唤"意力绝世，几近神明之超人"，鲁迅则从"人类尊严"的角度赋予了"意力"的重要性，"排斥万难，黾勉上征，人类尊严，于此攸赖，则具有绝大意力之士贵耳"。❷ 卡莱尔的英雄史观则认为"世界历史是伟人们的传记"，"对英雄崇拜的感情是人类生命的要素，是我们这个世界上人类历史的灵魂"。❸ 在他的英雄殿堂里，诗人、文

---

❶ 梁启超：《论中国学术思想变迁之大势》，见沈鹏主编：《梁启超全集·第三卷（新民说）》，北京出版社1999年版，第771页，第561页。

❷ 鲁迅：《文化偏至论》，见《鲁迅全集（第1卷）》，人民文学出版社1981年版，第55页。

❸ [英]托马斯·卡莱尔著，周祖达译：《论英雄、英雄崇拜和历史上的英雄业绩》，商务印书馆2005年版，第14、33页。

人占据了很大的比重。

鲁迅对"精神"的关注与晚清特别是甲午战争后的知识语境也是分不开的。汪卫东先生注意到:"对'力'的置重和强调,是晚清的一个普遍思潮,如谭嗣同的'心力',严复'民力',在此视角中,鲁迅的'意力',正汇入晚清的'力本主义'思潮。"❶实际上,精神也是甲午战争后国内知识界偏爱讨论的话题。例如,甲午战败后兴起的"国民"论述,从严复"民智、民德、民力"的提出再到梁启超那里,便有一个明显的偏向"国民"的性格、精神和道德品质方面讨论的转移。❷再如章太炎1906年在东京留学生欢迎会上的演讲,提出了两件最重要的事:"第一,是用宗教发起信心,增进国民的道德;第二,是用国粹激动种性,增进爱国的热肠。"❸不过,和这些从集体性的"国民"角度所谈论的精神不同,鲁迅的"精神"带有鲜明的个人主义的印记。鲁迅当然不否定群体和民族主义,但是他是把真正觉醒的个人作为群体和民族主义的基础的,也只有这样的个人才能构成群体和民族主义的基础。正如伊藤虎丸所言,鲁迅"那种彻底的个人主义(彻底接受欧洲近代)和……以民族的'觉醒'为内容的文化上的民族主义,在当时的潮流中,的确是相当孤立的存在"。❹这或许就是鲁迅真正深入西方的历史和文明中的收获吧。

---

❶ 汪卫东:《现代转型之痛苦"肉身":鲁迅思想与文学新论》,北京大学出版社2013年版,第321~332页。

❷ 笔者在一篇文章中专门讨论了这个问题,参见拙文:《晚清"国民"论述语境中的鲁迅"改造国民性"思想》,载《中国现代文学》(台湾)2014年第25期。

❸ 章太炎:《在东京留学生欢迎会上之演讲》,见章念驰编订:《章太炎演讲集》,上海人民出版社2011年版,第3页。

❹ [日]伊藤虎丸著,李冬木译:《鲁迅与日本人——亚洲的近代与"个"的思想》,河北教育出版社2000年版,第44页。

剑指国民性：重读《死后》

中山大学　朱崇科

毋庸讳言，《死后》是鲁迅的又一篇瑰丽奇幻的独创。作为《野草》梦幻系列创制之一，它巧妙借助了"梦、死"的双重策略——可以借此巧妙返观个体死后的诸多尴尬、无聊或无奈，反过来又折射出对生者世界尴尬存在的深刻反省，的确别具匠心。当然，这种写法也可能是鲁迅死亡焦虑的一种反映，"表达了他对无情、无聊、无耻世界的'愤怒'和'厌烦'……不是病理上的焦虑，而是在现实生存压力下生死难择的灵魂冲突，也是鲁迅对死亡焦虑的一种深刻体验"。❶

粗略考察有关此文的研究，对于该文的意义指涉主要有如下几种论点。

第一种，现实指涉。一方面，以其为鲁迅对复古派和相关思潮的大力批判。如徐梵澄就指出："勃古斋书铺的小伙计，以及明板《公羊传》，皆似有历史根据。八国联军之役前后，中国士大夫盛倡《春秋》、《公羊传》之学，其主尊王、攘夷，复九世之仇……等'大义'，皆与时局有关。稍后张之洞电召章太炎出山，到湖北讲《春秋左氏传》，是想抵抗其时代思潮的。'勃'，重唇音，其爆发音，轻读则为'复'，勃古斋即复古斋，暗指此一运动。其所欲恢复之古，也不过是明之代元。学者之流，也只是旧书铺中的小伙计。"❷另一方面，认为其反衬出鲁迅先生坚韧、顽强的斗争精神。借助《死后》的反省可以看出，作者这种对敌斗争的坚决、彻底不妥协的精

---

❶ 任毅、陈国恩：《从生命体验到反抗哲学——论鲁迅〈野草〉哲理内涵的实现方式》，载《海南师范大学学报》2013年第8期，第26页。

❷ 徐梵澄：《略说"杂文"和〈野草〉——为纪念鲁迅先生逝世五十周年作》，载《鲁迅研究动态》1986年第10期，第9页。

神,是终生一致、至死不变的。❶

第二种,爱情说。有论者认为,《死后》反映出鲁迅情爱满足之后的身心愉悦。如胡尹强就认为:"《死后》的行文中,却流露出《野草》其他散文诗中少见的诗人性格中另一面:达观、轻松、诙谐和幽默。这是彷徨、苦闷和焦虑消退的征象,也是在情爱满足后的身心愉悦中,对此前他俩也许很认真、很紧张地连续不断谈了一段时间的'神圣的情死'的一种解嘲和调侃。"❷

第三种,复仇说。有论者认为,这是鲁迅借助梦境对现实中的人、事进行特别的复仇。如孙玉石先生就指出:"前面所描写的死后种种感觉中的现象,本身就是一种复仇的方式。他说'许多梦也都做在眼前',是这种复仇情绪在非现实的潜意识世界的延伸。这一点,也许更集中更典型地体现了鲁迅作为一个思想家型的启蒙战士的性格的精髓。"❸

上述观点自然不乏开启读者心智和眼界之效,但同样也不乏可商榷之处,尤其是论者往往极易忽略的《死后》书写的繁复策略和更核心的意义指向。日本学者片山智行说:"总之,《死后》先将恶劣的'旁观者'式的存在作为问题提出,最后表达出对'仇敌'的憎恶。""由此看来,这篇作品的主题略有些分散,作为散文诗,不能不说缺少些凝缩性。"❹在我看来,《死后》的意义指涉只是貌似分散,而主要剑指国民劣根性;这其中既有现实的锁定式关切,同时更不乏对国人长期以来形成的文化劣根性的挞伐。

同样值得关注的,还有《死后》的双重封套结构:第一重是"梦死"策略,"我们常说'浮生如梦'或'醉生梦死'。这些浸淫中国传统智慧的词语至少有两层意思:一是生如梦,梦如生,两者是可通可变的存在状态;二是梦又如死,至少是对死的推延和想象。这样一来,我们便明白鲁迅为什么要写梦,为什么要在梦中写死,又为什么故意混淆回忆('生'的状态)与

---

❶❷ 李何林:《鲁迅〈野草〉注解》,陕西人民出版社1981年1月第3版,第156页。

❸ 胡尹强著:《鲁迅:为爱情作证——破解〈野草〉世纪之谜》,东方出版社2004年版,第245页。

❹ [日]片山智行著,李冬木译:《鲁迅〈野草〉全释》,吉林大学出版社1993年版,第98页。

梦境"。❶借此，鲁迅可以实现对现实人生的关切、反省与批判，同时又可以展示其文学式的哲学省思，有更高的精神提炼；第二重则是文本内部的张力结构，"我的心"和"他的身"之间的节奏不合拍亦可以反衬出主体的选择与拒斥。

一、剑指国民性：层次与方法

论者往往很容易看到《死后》的三个场景的书写内容和风格。有论者指出："批判市侩主义，是通过一幅具体、可感的生活图画来体现。揭露反动文人的丑恶本质则又采用了隐喻的手法。在画面中突出具有高度概括力的片言只语，用来讽刺那个不能任意生存也不能任意死掉的黑暗社会。通过简洁和有个性的对话，揭示了商人剥削本质。而作者不妥协的斗争精神，则又是在'死者'的议论中流露了出来。"❷但在笔者看来，这未必真正读出鲁迅可能借此有限篇幅剑指国民劣根性的真正意图和哲思。

（一）看客

在《死后》中，鲁迅把看客分为两类：一类是无所事事、盲目狂热却又冷漠的闲人；而另一类则是动物意象，❸如蚂蚁和青蝇等。

对第一类看客的描写可谓传神而又犀利：

死了……

嗡。——这……

哼！……

啧。……唉！……

不难看出，这些人根本无力得出自己具有主体性的结论，遑论一针见

---

❶ 李点：《鲁迅〈野草〉的梦幻叙述》，载《新文学评论》2012年第3期，第163页。

❷ 吉明学：《读〈死后〉》，载《扬州师院学报（社会科学版）》1981年第2期，第60页。

❸ 更全面的论述可参见靳新来：《"人"与"兽"的纠葛：鲁迅笔下的动物意象》，上海三联书店2010年版。

血的批评？这些无名的看客群体只能以简单表情和语气词人云亦云，表达最原始的刻板情绪。但鲁迅对付他们也有自己的策略："我十分高兴，因为始终没有听到一个熟识的声音。否则，或者害得他们伤心；或则要使他们快意；或则要使他们添些饭后闲谈的材料，多破费宝贵的工夫；这都会使我很抱歉。现在谁也看不见，就是谁也不受影响。好了，总算对得起人了！"（《死后》）

对第二类看客动物们的批判，鲁迅又分成两个层面，如蚂蚁的单纯骚扰的一面，而相对复杂的则是青蝇。它们不仅烦扰，而且颇具处心积虑的利用之心，"事情可更坏了：嗡的一声，就有一个青蝇停在我的颧骨上，走了几步，又一飞，开口便舐我的鼻尖。我懊恼地想：足下，我不是什么伟人，你无须到我身上来寻做论的材料……"而且，青蝇们的离开也具有戏剧性，"忽然，一阵风，一片东西从上面盖下来，他们就一同飞开了，临走时还说——'惜哉！……'"（《死后》）毫无疑问，它们同样具有看客的特征。

不必多说，对看客的分类雕琢可以看出鲁迅的用心，借用半死人梦幻的策略严肃思考生生不息、数目庞大的看客们的弊端，甚至也是一种战斗（如对抗乌合之众的劣根性）的策略。如人所论："用梦的形式来表现不只可以增加诗意，收到'言有尽而意无穷'的艺术效果，而且也正表现了它与黑暗现实的某种对立的性质……他做梦并不是企图在超现实的梦幻境界中来逃避斗争，而正是为了目前的战斗来探索正确的道路的；这些梦也并不是为了在幻觉中找寻精神上的慰藉，而正是一些为了要改造现实而必须严肃思考的问题。"❶

（二）唯利是图

如前所述，在对青蝇的细描中，鲁迅呈现出对其"或许有"的功利心的批评和厌烦，因为它们很可能有沽名钓誉的实质。而更集中的批评却是对勃古斋❷小伙计的刻画。他来推销时，"我"的反应是："我又看看六面的

---

❶ 王瑶：《论〈野草〉》，见王瑶：《中国现代文学史论集（重排本）》，北京大学出版社2008年版，第45页。

❷ 这里的"勃古斋"当为现实中的专营古旧书的博古斋，定居上海后的鲁迅也的确曾经从此书店购书。具体可参见姚一鸣：《中国旧书局》，金城出版社2014年版，第86~89页。

壁,委实太毛糙,简直毫没有加过一点修刮,锯绒还是毛戎戎的。""'那不碍事,那不要紧。'他说,一面打开暗蓝色布的包裹来。'这是明板《公羊传》,嘉靖黑口本,给您送来了。您留下他罢。这是……'"被拒绝后,他还是说:"'那可以看,那不碍事。'"鲁迅通过这段描写,一方面表达出他对唯利是图、不择手段、强行推销的批判,同时又呈现出对自我荣誉或许惨遭利用和扭曲的担忧。换言之,污名化操作恰恰是死人无法操控的事务,如人所论:"如果说《墓碣文》是诗人对自我的最无情的剖析和审视,《死后》的主题便可视为是诗人希望知晓他人对自己的评价。散文诗中固然也藏匿着诗人对庸俗社会舆论的反感,但更多的却是对自己名誉的忧虑和担心。"❶

而半死的"我"对付这种骚扰,即使头脑清醒,似乎也无能为力,"我即刻闭上眼睛,因为对他很烦厌。停了一会,没有声息,他大约走了。但是似乎一个蚂蚁又在脖子上爬起来,终于爬到脸上,只绕着眼眶转圈子"。这段话既是一种调侃和幽默,也是一种担忧——后继的蚂蚁继续骚扰,这隐喻了劣根性的生生不息。

(三)不认真

鲁迅在比较中日两国人民的差异性时指出:"日人太认真,而中国人却太不认真。中国的事情往往是招牌一挂就算成功了。日本则不然。他们不像中国这样只是作戏似的。"❷而《死后》亦有对"不认真"这一劣根性的批评。

首先,是对丧葬业的殡仪工作人员的态度的批评:"'怎么要死在这里?……'"鲁迅在文章中屡屡提及到死后的尴尬,而这样的歧视底层和烦躁态度显然令人不解,底层人士中谁又能选择自己的死法和地点呢?但这种态度中不乏抱怨、嫌麻烦、不专业的特征。

其次,是钉棺材钉子的敷衍。鲁迅写道:"我被翻了几个转身,便觉得向上一举,又往下一沉;又听得盖了盖,钉着钉。但是,奇怪,只钉

---

❶ 李天明:《难以直说的苦衷——鲁迅〈野草〉探秘》,人民文学出版社2000年版,第101页。

❷ 鲁迅:《今春的两种感想》,见《鲁迅著译编年全集(第14卷)》,人民出版社2009年版,第394页。

了两个。难道这里的棺材钉,是钉两个的么?"按理讲,棺材应该要钉4个钉子,这样才能防盗,也是文化习惯,但工人们只是相当浮泛地钉了2个,这既是对逝者的不尊重,又是对职业的不上心。

最后,是收敛的草率。在文字描述上就一目了然了:"可恶,收敛的小子们!我背后的小衫的一角皱起来了,他们并不给我拉平,现在抵得我很难受。你们以为死人无知,做事就这样地草率?哈哈!"又继续解释说:"我的身体似乎比活的时候要重得多,所以压着衣皱便格外的不舒服。但我想,不久就可以习惯的;或者就要腐烂,不至于再有什么大麻烦。"

某种意义上说,丧葬制度更多是方便和规训人们更好地寄托哀思、表达真情的文化设置,❶但到了《死后》的殡仪工这里,似乎变成了可有可无的累赘。这既是对故去的人的漠视,更是文化淡漠、人性粗糙的呈现。

可以理解的是,嘲讽完国民劣根性,鲁迅又加上了一段精彩的论述:"万不料人的思想,是死掉之后也会变化的。忽而,有一种力将我的心的平安冲破;同时,许多梦也都做在眼前了。几个朋友祝我安乐,几个仇敌祝我灭亡。我却总是既不安乐,也不灭亡地不上不下地生活下来,都不能副任何一面的期望。现在又影一般死掉了,连仇敌也不使知道,不肯赠给他们一点惠而不费的欢欣。"孙玉石先生认为这是一种独特而深刻的复仇:"他就用这'无血的大戮',实现了他的报恩和复仇。对于鲁迅复仇观中这一个特有的内涵,人们用一般的思维是很难达到的,思之颇觉沉痛,味之更感刚毅,一个启蒙而又深味孤独的战士的生命哲学中所含的悲剧色彩,透露于这篇杂感中,也凝聚在《死后》这篇散文诗中。这才是此篇作品由现实生活层面的讽刺上升到生命哲学层面的思考的灵魂之所在。"确是的论。❷

似乎意犹未尽,鲁迅继续写道:"我觉得在快意中要哭出来。这大概是我死后第一次的哭。""然而终于也没有眼泪流下;只看见眼前仿佛有火花一样,我于是坐了起来。"这里的快意当然是反讽的、复杂的,如人所论:

---

❶ 可以参考的著述不少,比如罗开玉著《中国丧葬与文化》(三环出版社1987年版)、郭于华著《死的困扰与生的执著——中国民间丧葬仪礼与传统生死观》(中国人民大学出版社1992年版)、陈华文著《丧葬史》(上海文艺出版社1999年版)等。

❷ 孙玉石:《现实的与哲学的:鲁迅〈野草〉重释》,上海书店2001年版,第239页。

"其实,所谓'快意',只是违心之言,实际上包藏着自己身世的无限心酸和苦痛,'快意'中'要哭出来',感情的复杂可想而知,然而一面又想摆脱这些复杂的思想感情的纠缠,独自走自己的路。"❶

在笔者看来,整篇文本中,心灵和肉体之间往往不合拍,张力十足。而在结尾,鲁迅却又一次让其尸变(《墓碣文》中已有一次),可谓意蕴深长:这是鲁迅对未竟的国民劣根性批判的不放心、不甘心以及高度用心,最终他还是成全了灵魂"我的心",同样也隐喻了他自己的如椽大笔必须继续嘲讽、批判、揭露下去。

二、双重封套结构:彷徨与悲剧

有论者指出《死后》的审丑美学策略及其意义:"鲁迅就是通过这样一个死尸的所见、所闻、所感、所意识到的种种事物和它的悲惨遭遇的描写,淋漓尽致地揭露和鞭挞了旧中国的丑恶现象,使丑的描写转化为艺术作品中发人深思的意蕴美,给人深刻的教育和启发,《死后》一篇也因此具有深广的社会意义和美学价值。"❷在我看来,鲁迅采用了双重封套结构:一方面是"梦死"折射"醉生",另一方面则是用灵魂对抗尸体。而这样的结构又呈现出意义探寻的复杂性征:一种是自我/主体的彷徨性,另一种则是无处可逃的悲剧性。不必多说,这是鲁迅批判国民劣根性及其生成机制的又一立场和策略。

(一)彷徨性:我的心VS.他的身

某种意义上说,《死火》《影的告别》《死后》的主要角色都有一种相似性,那就是身份、自我主体的裂合、对话以及与此相关的彷徨性。

1.悬置状态

不必多说,《死后》中也预想了一种非生非死的生存状态,好比"死火",好比徘徊于敏感之间的独特的"影"——"在我生存时,曾经玩笑地设想:假使一个人的死亡,只是运动神经的废灭,而知觉还在,那就比全死

---

❶ 陈安湖:《〈野草〉释义》,人民出版社2013年版,第162页。
❷ 薛伟:《从丑中掘出美来——论〈死后〉》,载《广东教育学院学报》1995年第4期,第37页。

了更可怕。谁知道我的预想竟的中了,我自己就在证实这预想。"这样,既可以生者的眼光观看后续发展,又可以死人的身份经历死亡。因此,鲁迅一开始就悬置了死亡的诸多细枝末节,而不加详细解释。"这是那里,我怎么到这里来,怎么死的,这些事我全不明白。总之,待我自己知道已经死掉的时候,就已经死在那里了。"同时又要加以限制:"我想睁开眼睛来,他却丝毫也不动,简直不象是我的眼睛;于是想抬手,也一样"。换言之,如果"半死"依旧可以活动自如,那就可能因为愤怒、不满或难以忍受诸种骚扰而过早尸变。如此一来,无法通过眼睛连接他人和"我"并存的丰富多彩的现实,进而吓退参与者和批判对象。

有论者指出,《死后》中有一种"反生理性":"如《死后》。这是一篇用'我'死后的一段经历结构的生活画面来象征社会昏暗、污浊的散文诗。按生理规律,人死后,思维和感觉都已不复存在。但作者为了揭露种种丑恶的社会相,基于盖棺论定的传统的不顾忌死去的人会复生,世人的真面目会一反过去地在死人面前暴露出来的原因。"❶但这恰恰是鲁迅对中间状态的精心设置:你可以观察,可以思考,但无法行动。"听到几声喜鹊叫,接着是一阵乌老鸦。"喜忧并存的写法也可以让人看出"半死"的临界状态和巨大包容性。

同样,鲁迅也写到了"半死"的时间问题。按照一般传说,死尸/鬼魂更多属于凄冷的阴间,是很难见阳光的,容易魂飞魄散,但鲁迅的《死后》却从"大约正当黎明时候罢"写起,让这种悬置的半死"中间物"经历光天化日之下的现实琐屑、龌龊与卑劣。因此,梦的功能就会减弱。"梦是黑暗的产物,但《死后》却从太阳升起的时候写起。太阳是意识的象征,则梦就成了无意识活动的残迹,这时已成为一个空壳。出现在梦中的都是现实中存在的问题,'许多梦也都做在眼前了'。这样,《野草》的无意识活动就基本结束了。"❷

2.无法自控的裂合

相当耐人寻味的是,"半死"中的灵魂"我"与尸体之间主要的是分裂

---

❶ 陈光陆:《象征主义与鲁迅〈野草〉中的"梦"》,载《东疆学刊》1988年第4期,第38页。

❷ 刘彦荣:《奇谲的心灵图影——〈野草〉意识与无意识关系之探讨》,百花洲文艺出版社2003年版,第263页。

关系。"我"有知觉、能思考、有判断,却无力控制已死的尸体免受各种尴尬和骚扰,这就让人产生绝望感、悲剧感和彷徨意识。

有些分裂性描写是感官的、细节的:"切切嚓嚓的人声,看热闹的。他们踹起黄土来,飞进我的鼻孔,使我想打喷嚏了,但终于没有打,仅有想打的心。"这些只是一些铺垫性书写,更耐人寻味的是对抗性、分裂性更强的展览。例如,"我"对死后盖棺论定的期待:"我忽然很想听听他们的议论。但同时想,我生存时说的什么批评不值一笑的话,大概是违心之论罢:才死,就露了破绽了。"但结果可想而知,不仅是看客们没有态度和判断力的无聊嗫嚅,而且还有蚂蚁和青蝇们的骚扰、利用,令人厌烦。

同样,还有任人摆布的尸体安放、入棺实践等,都不乏苦闷,但更令人难受的是勃古斋小伙计的死后继续攘扰。内心的清醒、判断却连连遭遇现实的扭曲、利用和不负责任,却又无力还手或拒斥,这当然是一种死后主体的悲哀与痛苦,也是对自我的再度审视和确认。"从根本上说,《死后》(甚至于整部《野草》)不过是借助于一个象征性的梦境,对身处于现实中的鲁迅及其心态的剖示,是鲁迅在思想和心理上的一次调整。换言之,通过这一重新认识自我的过程,鲁迅抛弃了'旧我',找到了自己存在的现实位置"。❶

(二)悲剧性:无处可逃

《死后》中弥漫着一种无处可逃的悲剧性,某种意义上说,可谓生不如死,但死后亦无处可逃,仍需面对劣根性重重的生者的侵犯。如人所论:"《死后》所揭示的这种'非全死'的存在的恐怖,是生存恐怖的死后延续。其恐怖在于:一方面不仅'生'是被任意处置、四面碰壁,绝无自由和尊严可言,而且死也是无可选择,'六面碰壁,外加钉子。真是完全失败',生和死都必然处于令人绝望的'失败'境地;另一方面,死亡虽然是生命的消失和否定,却又不是思想意识的彻底摒弃,生命消失的死亡,延续着生存时的孤独寂寞以及被围攻被观赏的痛苦知觉。"❷

---

❶ 李玉明:《"人之子"的绝叫:〈野草〉与鲁迅意识特征研究》,北京大学出版社2012年版,第146页。

❷ 吴小美、肖国庆:《"生死场"——鲁迅生死观的文化哲学意蕴》,载《中国现代文学研究丛刊》1996年第4期,第26页。

1.死后无法盖棺

人常言,"死后一了百了"。鲁迅却通过《死后》深刻地反省了这种论点的虚妄性和逃避性。例如,所谓"盖棺论定"就化成了看客们的无聊谈资和八卦消费,他们根本无力提供有用的评论,更多只是观望、骚扰和找寻可资利用的剩余价值。同样,死后也很难"入土为安",敛尸者根本不敬业且抱怨连连,甚至连钉棺材都只是浮皮潦草的只钉2个钉子。无论从精神评价上还是从物质运作上皆如此。如人所论,《死后》的琐屑、"无聊"打破了《过客》中"坟"作为栖息之地的可能性,而和"过客"曾经走过、不愿回首的地方成为一样的境域,以至于让"我"终于"坐了起来"。死已经成为一个平庸而嘈杂的世界。在这个痛苦思索和体会的过程中,鲁迅意识到死不但不能成为生的救赎或解脱,而且根本就是生之苦的延续;生不能解决的问题,死更不能解决,因为死首先就意味着活动力的丧失。这样,他就穿过了"死亡"。❶

当然,如果结合《野草》的其他篇章略微展开,从精神旨趣上看,《死后》恰恰是居于《过客》和《墓碣文》之间的精神贯穿与连缀。《死后》接过了《过客》中对"坟"的反思,否定了驻足不走的老丈的幻想,指出"坟"并非最后的美好归宿。恰恰是因为"半死",维系和折射出许多现实的关联。"《死后》中的'我'完全可理解为是进入了他的归宿'坟'中的'客',鲁迅正是借'我'死后的苦痛与荒诞影射了'我'在现世人间的无量悲哀。"❷ 同时,《死后》更多是从自我存在的主客观环境层面加以反思,而《墓碣文》却侧重于让"我"见到主体/自我的主动、深刻而又惨烈的剖析,但不必多说,"死"亦并非逃避的港湾和尘埃落定的归宿。

2.生存依然艰难

鲁迅之所以设置一种悬置状态,以死喻生、以死察生,目的显而易见:"《死后》确乎像是鲁迅在为他自己的重要经历与思想进行一次汇集和总结。这进一步印证了我们前面所说的:这一篇不是写'死',而是写'生'。事实上,鲁迅无论是写鬼、写动物、写植物,其实都是为了写

---

❶ 靳丛林、刘颖异:《寻找"鲁迅创造的鲁迅"》,载《中国现代文学研究丛刊》2013年第3期,第208页。

❷ 丁念保:《上穷碧落下黄泉,两处茫茫皆不见——论鲁迅散文〈过客〉和〈死后〉的精神关联》,载《美与时代(下)》2011年第11期,第45页。

'人'；同样，他写'死'、写神魔、写来世前生，也都是为了写'现世'，这一点，是他在写作中始终从来不变的基本原则与特征。"❶

以后人的眼光反观生者的荒谬世界时，不难发现生存的艰难。鲁迅在文本中多有涉及，例如，有关碰壁的说法："我想：这回是六面碰壁，外加钉子。真是完全失败，呜呼哀哉了！……"早在书写《死后》的1925年7月12日之前，他在5月21日写过《"碰壁"之后》，就北京"女师大事件"写道："碰壁，碰壁！我碰了杨家的壁了！""中国各处是壁，然而无形，像'鬼打墙'一般，使你随时能'碰'。能打这墙的，能碰而不感到痛苦的，是胜利者。"❷毫无疑问，这是既关联现实，又进行升华的精妙论断。

有关勃古斋的小伙计，自然也有现实介入。鲁迅指涉了复古派的行径，他原本主张青年们少读经，乃至不读中国书，却碰到他人阴险的借刀杀人——言及鲁迅能够有今天，也是古文教育和涵养成就了他。这当然是极其荒谬的，对小伙计的精细刻画和厌恶至极别有现实深意："这里体现了鲁迅先生的良苦用心——反对读经、关心青年读书，鲁迅对书店小伙计的厌恶，是对虽经劝说而依然麻木不觉者的厌恶，是对宣扬经书者的拒绝姿态。"❸

耐人寻味的是，《死后》亦有一种貌似调侃和浮华的风格，如人所论："《死后》则把对于生存现状中他人以及自我的生存虚无都在某种近乎调侃、戏说的氛围中展示出来。"❹这其实更多是一种"含泪的笑"，以喜写悲、其悲更悲。而在1925年7月9日《致许广平》的信函中，鲁迅在解释《莽原》为何刊发许广平的议论文章时写道："先前是虚伪的'花呀''爱呀'

---

❶ 张洁宇：《独醒者与他的灯：鲁迅〈野草〉细读与研究》，北京大学出版社2013年版，第262页。

❷ 鲁迅：《"碰壁"之后》，见《鲁迅著译编年全集（第6卷）》，人民出版社2009年版，第230页。

❸ 李斌：《鲁迅的散文诗〈死后〉新解》，载《海南师范学院学报（社会科学版）》2006年第6期，第16页。

❹ 彭小燕：《存在主义视野下的〈野草〉：鲁迅超越生存虚无，回归"战士真我"的"正面决战"（下）》，载《中国现代文学研究丛刊》2006年第6期，第232页。

的诗,现在是虚伪的'死呀''血呀'的诗。呜呼,头痛极了!"❶不必多说,他自己在书写《死后》时,想必对虚伪的"死"书写风格有所警醒,而相关的真诚性元素的介入也是题中应有之义,所以在调侃的背后依旧是认真和悲凉。

三、结　语

表面上看,《死后》有着相当纷繁的主题指涉,但在我看来,它们实际上都围绕着剑指国民劣根性批判了看客、唯利是图和不认真等缺陷。同时,鲁迅在此文中采用了双重封套结构,也即大结构方面的"梦死"与醉生策略,小结构内部的"我的心""他的身"之间的复杂张力,借此呈现出个体自我在裂合中的彷徨性。同时,又写出了无处可逃的悲剧性:无论是生者的现实时空,还是死者的阴间世界都是悲剧的。这也潜在地提醒人们必须直面现实、勇敢反抗。

---

❶ 鲁迅:《"碰壁"之后》,见《鲁迅著译编年全集(第6卷)》,人民出版社2009年版,第289页。

从绍兴到南京：文化场域的转换与青年鲁迅的"书剑"人格建构*

绍兴文理学院　卓光平

　　鲁迅文化人格的建构与他所处的文化环境和现实环境是分不开的。从绍兴到南京的求学经历与生活体验，对于青年鲁迅文化人格的建构无疑有着重要影响。为了"寻求别样的人们"，鲁迅在1898年4月离开生活了17年的故乡绍兴，走上了"走异路，逃异地"的人生新路，这第一站便是南京。从绍兴到南京，鲁迅既体验了家庭破落的屈辱，又经历了对水师学堂"乌烟瘴气"的厌恶；既受到了传统书塾的教育，又学习了近代知识。这些人生经历使得传统和现代两种文化在他身上相互融合转化。正是在新旧不同的文化场域中建构并生成了青年鲁迅的文化人格。因而，只有对鲁迅在绍兴与南京的现实人生砥砺、书塾与学堂中新旧知识的"杂学旁收"以及青年鲁迅特立独行的个性和追求进行系统考察，才可以对青年鲁迅的文化人格有一个比较准确的把握。

一、从"S城"到"N"：现实砥砺中的独异性格

　　鲁迅生于绍兴府会稽县东昌坊口新台门周家，出生时家里还有四五十亩水田，算得上是小康之家。在衣食无忧的幼年时期，故乡绍兴带给鲁迅的主要是自由自在、天真快乐的美好记忆。无论是在乡下看社戏，与农村朋友的

---

　　* 本文系浙江省哲社规划项目（编号14NDJC081YB）、中国博士后基金第56批面上项目（编号2014M561745）和浙江省教育厅2012年度科研项目（Y201225930）阶段性成果。原刊于《绍兴文理学院学报》2016年第2期。

384

交往，还是对"义勇鬼"的向往和对"女吊"的喜欢，都使他对自由生活充满了向往，而这些儿时的故乡生活也成为他后来"思乡的蛊惑"。❶然而，故乡之于鲁迅，既是他人生反顾的情感之源，也是他心灵饱受创伤的屈辱之地。

在鲁迅13岁那年，祖父因科场舞弊案入狱。后来，父亲又患病去世。曾经富裕的家庭一下子败落下来，鲁迅不得不过早地步入社会。此后，故乡绍兴带给他更多的是窒息、苦闷和压抑，而他与故乡的"交恶"正是始于家道中落之时。由于卷入科场舞弊案，祖父被判"斩监候"，成为轰动一时的"钦案"。周家不得不变卖田产，年年设法营救。为躲避可能发生的株连，鲁迅和弟弟也被家人送到亲戚家。这时家庭经济拮据，社会地位也发生了微妙的变化。在亲戚家避乱时，鲁迅变得非常敏感，所以当受到冷遇，尤其是被人称为"乞食者"时，心灵便深受刺激。正如他后来所说："有谁从小康人家而坠入困顿的么？我以为在这途路中，大概可以看见世人的真面目。"❷从大家族的少爷沦为"乞食者"，过早地进入社会使少年鲁迅的内心受到伤害。周作人也说："这个刺激的影响很不轻，后来加上本家的轻蔑与欺侮，造成他的反抗的感情，与日后离家出外求学的事情也是很有关联的。"❸

"祖父科场案"案发之后，鲁迅父亲的重病和亡故给家庭带来了更大的冲击，也使鲁迅受到周围人的白眼和侮辱。由于父亲长期患病，家庭经济已落到不得不靠变卖衣服和首饰维持的地步，他后来曾回忆说："我有四年多，曾经常常，——几乎是每天，出于质铺和药店里，年纪可是忘却了，总之是药店的柜台正和我一样高，质铺的是比我高一倍，我从一倍高的柜台外送上衣服或首饰去，在侮辱里接了钱，再到一样高的柜台上给我久病的父亲去买药。"❹作为长子的鲁迅不得不过早地承担起家庭的重担，这让他这个衰落家庭的子弟遭受到更多的白眼。尤其是在父亲病故后，鲁迅以家中长子

---

❶ 鲁迅：《小引》，见《鲁迅全集（第2卷）》，人民文学出版社2005年版，第236页。

❷❹ 鲁迅：《呐喊·自序》，见《鲁迅全集（第1卷）》，人民文学出版社2005年版，第437页。

❸ 周作人：《鲁迅的青年时代》，北京十月文艺出版社2013年版，第14页。

的身份出席本房家族会议,当长辈们做出损害他家利益的决定要他签字时,他没有答应,便被严厉训斥。周作人后来回忆说,这件事"给予鲁迅的影响很是不小,至少不见得比避乱时期被说是'讨饭'更是轻微吧"。❶家庭败落不仅让鲁迅遭到周围人的歧视,连亲戚都来欺负他,这使他受到世态炎凉的刺激,"带给内心的创伤是深重的,使他从小就看清了本家长辈们的真面目"。❷

家庭败落,被当做"乞食者"固然感到屈辱,但流言家的造谣更让鲁迅感到愤怒。在父亲去世后不久,本属亲戚的衍太太多次教唆年少的鲁迅去偷家里的首饰和财物去卖,随后又散布谣言说鲁迅偷了家里的东西去变卖。鲁迅便一下"觉得有如掉在冷水里","一遇流言,便连自己也仿佛觉得真是犯了罪,怕遇见人们的眼睛,怕受到母亲的爱抚"。❸衍太太制造的流言使鲁迅看清了"S城"人的嘴脸,使他对"衍太太"们的痛恨远在对畜生和魔鬼的痛恨之上。他说:"S城人的脸早经看熟,如此而已,连心肝也似乎有些了然。总得寻别一类人们去,去寻为S城人所诟病的人们,无论其为畜生或魔鬼。"❹鲁迅的逃出就是为了"去寻为S城人所诟病的人们,无论其为畜生或魔鬼",而这正是对那些流言者们的复仇。他就是要走到那些让S城人讨厌、笑骂的地方。

绍兴的现实经历和生活体验让鲁迅感到压抑、屈辱、讨厌,甚至是愤怒,他要逃出绍兴,然而到哪里去呢?当时衰落了的读书人家子弟常走的两条路,一是学幕,二是学经商,但是鲁迅没有选择,而是要进新式学堂。然而,新式学堂在当时是备受嘲讽的,因为在人们的观念里,"读书应试是正路,所谓学洋务,社会上便以为是一种走投无路的人,只得将灵魂卖给鬼

---

❶ 周作人:《鲁迅的青年时代》,北京十月文艺出版社2013年版,第34页。

❷ 俞芳:《太师母谈鲁迅先生》,见俞芳:《我记忆中的鲁迅先生》,浙江人民文学出版社1981年版,第95页。

❸ 鲁迅:《琐记》,见《鲁迅全集(第2卷)》,人民文学出版社2005年版,第302页。

❹ 同上书,第303页。

子，要加倍的奚落而且排斥的"。❶最明显的就是当时为全城所笑骂的是绍兴刚开不久的中西学堂，学堂中仅因为在汉语之外又教了一些洋文和算学，便成了上至熟读圣贤书的秀才们、下至目不识丁的普通人所嘲笑讥诮的众矢之的。但鲁迅还是决意要去，他最终选择了南京的江南水师学堂，免交学费自然是一个重要的原因。而另一方面，当时他的族祖父周庆蕃在江南水师学堂担任汉文教习兼轮机科的舍监，也为他去南京提供了便利。他说："我要到N进K学堂去了，仿佛是想走异路，逃异地，去寻求别样的人们。"❷鲁迅产生"逃异地"的想法，正是源于绍兴的屈辱体验和对"S城"封闭的反感，去寻求别样的人们，去经历"S城"人未曾经历过的人生。

不过，离开了风气闭塞的故乡绍兴，刚进入水师学堂不久，他对学堂内的"乌烟瘴气"感到失望了。学堂虽然名为水师学堂，但是却没有游泳池，原因是以前的水池因为淹死过两个学生，后来不仅填平了，还造了一所关帝庙。为了驱散淹死鬼的游魂，每年七月十五还请来一群和尚念咒。学堂的管理不善，活像一个衙门。学堂内的等级制度让刚进来的低班生受不了，低班生不仅在待遇上远不如高班生，高班的学生还经常欺负新来的学生。而以福建人为主的学堂管理者又歧视非闽籍的学生。鲁迅当时被分配到管轮班，这预示着将来只能在舱底工作，呼吸闷热的空气，"上不了舱面了"。❸鲁迅对此很是不满。学堂中的课程也过于简单，新东西并不多，尤其是汉文课程比较守旧，"一整天是读汉文：'君子曰，颍考叔可谓纯孝也已矣，爱其母，施及庄公。'一整天是做汉文：《知己知彼百战百胜论》、《颍考叔论》，《云从龙风从虎论》，《咬得菜根则百事可做论》"。❹另外，由于学生在背后讥笑老师，包括鲁迅在内的许多学生都受到了几乎要被开除的处罚。整个学堂里弥漫着保守、陈旧、沉闷和压抑的氛围，所以鲁迅感到"乌烟瘴气"，"总觉得不大合适，可是无法形容出这不合适来。现在是发现了大致

---

❶ 鲁迅：《呐喊·自序》，见《鲁迅全集（第1卷）》，人民文学出版社2005年版，第437~438页。

❷ 同上书，第437页。

❸ 鲁迅：《自传》，见《鲁迅全集（第8卷）》，人民文学出版社2005年版，第401页。

❹ 鲁迅：《琐记》，见《鲁迅全集（第2卷）》，人民文学出版社2005年版，第303页。

相近的字眼了,'乌烟瘴气',庶几乎其可也。只得走开"。❶正因为这样恶劣的环境,鲁迅非常反感,于是重新考入江南陆师学堂附设的矿路学堂学开矿去了。不过,鲁迅在矿路学堂虽然下过几回矿井,学习了一些近代科学知识,但依然不能感到满足。1902年1月,鲁迅从矿路学堂毕业,虽然获得"第一等"的毕业文凭,但他依然感到迷茫,所以还是决定继续寻找自己别样的人生。

尽管从小就耳濡目染的越地异端文化对鲁迅独立、反叛的独异精神有着不可忽视的潜在影响,但是现实人生砥砺更是其独异精神形成的不可或缺的显著因素。从绍兴到南京的现实人生砥砺激发了鲁迅抗争、反叛和独立的个人意识,如其所说:"'个人的自大',就是独异,是对庸众的宣战。"❷虽然说鲁迅少年时期在绍兴度过了他最为怡然自得的童年时光,但是陡然而来的家庭变故以及此后的屈辱体验深深刺激了他,使他愤然离开风气闭塞的绍兴"去寻求别样的人们"。可以说,绍兴的创伤和屈辱体验加深了鲁迅对现实人生的认识,激发了他的抗争意识。所以,故家虽然败落了,但是鲁迅断然放弃学幕或经商的旧路,选择为时人所不屑的军事学堂。在南京时期,一边是水师学堂的"乌烟瘴气",一边又是对近代科学知识的不满足。这些求学经历与现实经历一方面养成了青年鲁迅坚毅果敢和抗争到底的性格,同时也激发了青年鲁迅独立、反叛的独异精神。

二、从书塾到学堂:"杂学旁收"的求索精神

在绍兴和南京的人生经历不仅催生了鲁迅反叛时俗和特立独行的独异个性,还使其养成了"杂学旁收"的求索精神。在绍兴到南京的求知之路上,鲁迅先后经历了从家塾到书塾,再从水师学堂到矿路学堂,传统文化和近代科学知识不仅开拓了青年鲁迅的知识眼界,也激发了他更强烈的求知欲望。

鲁迅的求知之路,自然是从在家塾中的发蒙开始的。鲁迅在绍兴先后经过周玉田、周子京和寿镜吾三位塾师。在绍兴学习时期,鲁迅明显表现出对

---

❶ 鲁迅:《琐记》,见《鲁迅全集(第2卷)》,人民文学出版社2005年版,第305页。

❷ 鲁迅:《随感录三十八》,见《鲁迅全集(第1卷)》,人民文学出版社2005年版,第327页。

历史文化知识的喜好，尤其注重对野史、杂说等书籍的"杂学旁收"。从7岁开始，鲁迅先是在新台门的家塾跟随远房叔祖周玉田启蒙。周玉田是一位博学多才、善诗作文的秀才。他知识渊博，教学生首先从历史入手，所以鲁迅说："我最初去读的地方是私塾，第一本读的是《鉴略》。"❶周玉田还藏有丰富的图书，其中就有图书本《毛诗草木鸟兽虫鱼疏》、插图本《花镜》和插图本《山海经》等，这些图画书也极大地满足了少年鲁迅的好奇。他后来曾满怀深情地回忆说："我那时最爱看的是《花镜》，上面有许多图。他说给我听，曾经有过一部绘图的《山海经》，画着人面的兽，九头的蛇，三脚的鸟，生着翅膀的人，没有头而以两乳当作眼睛的怪物……"❷

后来，鲁迅跟随本族的族叔周子京读了一年多的《孟子》，在12岁时进入三味书屋读书。三味书屋是当时"全城中称为最严厉的书塾"，塾师寿镜吾是"本城极方正，质朴，博学的人"，❸也是鲁迅终生最尊敬的老师之一。寿镜吾"方正，质朴，博学"，不喜欢八股，所采用的课本也是当时新刊行的俞樾的《曲园课孙草》，内容较别处书塾课本要清新浅显。而且寿镜吾"常手抄汉魏六朝古典文学，但鲁迅亦喜阅之，故往往置正课不理，其抽屉中小说杂书古典文学，无所不有"。❹在三味书屋，正是鲁迅泛观博览的时期。寿镜吾之子寿洙邻常教鲁迅一些课程，他对鲁迅勤于读书的印象非常深刻。他说："其时我正阅览明季遗老诸书，如亭林、梨洲、船山，及《明季稗史》、《明史纪事本末》、《林文忠全集》、《经世文编》等书。鲁迅尽

---

❶ 鲁迅：《随便翻翻》，载《鲁迅全集（第6卷）》，人民文学出版社2005年版，第140页。

❷ 鲁迅：《阿长与山海经》，见《鲁迅全集（第2卷）》，人民文学出版社2005年版，第254页。

❸ 鲁迅：《从百草园到三味书屋》，见《鲁迅全集（第2卷）》，人民文学出版社2005年版，第289页。

❹ 寿洙邻：《我也谈谈鲁迅的故事》，见寿永明、裘士雄编著：《三味书屋与寿氏家族》，浙江大学出版社2010年版，第34页。

阅之。"❶鲁迅自己也说:"余少批阅古说。"❷在三味书屋学习的7年里,鲁迅进步很快,16岁就读完了"四书""五经"。鲁迅后来所说"我几乎读过十三经",❸就是在三味书屋。

在绍兴读书时期,鲁迅对大量野史、子部杂家笔记的阅读,不仅引导他的学问向"杂"也就是博的方面发展,而且进一步激发了他探寻新知识的求知欲望。当时绍兴刚刚开办了私立学校"中西学堂",可是鲁迅没有去那里,一是因为学费贵,二是那里只教汉语、算数、英文和法文等,他显然感到并不满足。另一个地方是祖父推荐的杭州求是书院,但也因为需要交学费而不得不放弃。他在自传里说:"因为没有钱,就得寻不用学费的学校,于是去南京,住了大半年,考进了水师学堂。"❹1898年5月,鲁迅进入南京水师学堂,但是很快他就发现这里不仅少有水师方面的知识,就连汉文学习也是陈词滥调,如《知己知彼百战百胜论》《咬得菜根则百事可做论》等,毫无新意。由于水师学堂"乌烟瘴气"的氛围,鲁迅便又考进了江南陆师学堂附设的矿路学堂。

相较于水师学堂,矿路学堂不仅课程要新颖得多,读书的风气也比较浓厚。周作人曾回忆:"功课是以开矿为主,造铁路为辅,期限三年毕业,前半期差不多是补习中学功课,算学,代数,几何,三角,物理,化学,应有尽有,鲁也照例学过了。"❺鲁迅自己也说:"还有所谓格致,地学,金石学……都非常新鲜。"❻鲁迅在矿路学堂的学习为其后来的医学等自然科学

---

❶ 寿洙邻:《我也谈谈鲁迅的故事》,见寿永明、裘士雄编著:《三味书屋与寿氏家族》,浙江大学出版社2010年版,第35页。

❷ 鲁迅:《〈古小说钩沉〉序》,见《鲁迅全集(第10卷)》,人民文学出版社2005年版,第3页。

❸ 鲁迅:《十四年的读经》,见《鲁迅全集(第3卷)》,人民文学出版社2005年版,第138页。

❹ 鲁迅:《自传》,见《鲁迅全集(第8卷)》,人民文学出版社2005年版,第401页。

❺ 周作人:《鲁迅与中学知识》,见周作人著:《鲁迅的青年时代》,北京十月文艺出版社2013年版,第56页。

❻ 鲁迅:《琐记》,见《鲁迅全集(第2卷)》,人民文学出版社2005年版,第305页。

的学习奠定了根基。他说:"在这学堂里,我才知道世上还有所谓格致,算学,地理,历史,绘图和体操。生理学并不教,但我们却看到些木版的《全体新论》和《化学卫生论》之类了。我还记得先前的医生的议论和方药,和现在所知道的比较起来,便渐渐的悟得中医不过是一种有意的或无意的骗子,同时又很起了对于被骗的病人和他的家族的同情;而且从译出的历史上,又知道了日本维新是大半发端于西方医学的事实。"❶南京的经历,使得他的眼界大开,不仅对近代科学有了初步的了解,对医学也有了深入的认识,认为中医多少是"一种有意的或无意的骗子",而西方医学对日本的维新曾起过非常重要的作用。可以说,也正是父亲的病死以及在南京获取的医学知识使他在日本最终走向医学救国的道路和更广阔的求知之路。

鲁迅在矿路学堂时,维新思想已经渗透进青年鲁迅的内心。而鲁迅能较早接受进化论这种新思想,与总办俞明震在矿路学堂提倡新学是分不开的。鲁迅对俞明震有着深刻的印象:"第二年的总办是一个新党,他坐在马车上的时候大抵看着《时务报》。"❷而新学知识的学习使他对进化论有了一定的了解。当时中国还没有专讲进化论的书,鲁迅便在课外买了一本严复翻译的《天演论》,对进化论开始了真正的接触,懂得了"物竞天择"这些道理。从多年后的回忆文章《琐记》来看,鲁迅对当年阅读《天演论》的情景历历在目,却对当年一个长辈要他阅读参康有为变法奏折的报纸文章"是一句也不记得了,总之是参康有为变法的;也不记得可曾抄了没有"。❸鲁迅当时的生活却是"一有闲空,就照例地吃侉饼,花生米,辣椒,看《天演论》"。❹正是在矿路学堂的学习使得鲁迅对进化论有着深刻的了解,同时也对西方近代科学产生了极大的兴趣,并进一步刺激了他对新思潮和新知识的求索欲望。

鲁迅在南京"旁收杂取"的阅读,一方面表现为对进化论知识的痴迷,另一方面则是对林译小说的喜爱。学堂里虽然只有"汉文"这一门文史方面的功课,但也较为陈旧,鲁迅自然很不满足。但他利用空余时间阅读了大量

---

❶ 鲁迅:《自序》,见《鲁迅全集(第1卷)》,人民文学出版社2005年版,第438页。

❷ 鲁迅:《琐记》,见《鲁迅全集(第2卷)》,人民文学出版社2005年版,第305页。

❸❹ 同上书,第306页。

的书籍和报刊，使他的知识大为扩充。为博览知识，在南京的几年间，鲁迅接触了《时务报》《苏报》以及《游戏报》等大量传播新思想的报刊。当时的矿路学堂专门设有阅报处，《时务报》便在其中。那时的鲁迅也关注过《苏报》。在1902年2月2日晚饭后，他曾到南京水师学堂与周作人一同看《苏报》等刊物。那时，鲁迅对林纾翻译的外国文学也有非常强烈的兴趣。自阅读《巴黎茶花女遗事》以后，他对林纾的翻译几乎是随出随买，一共有近30本。也正是林译小说的影响，鲁迅才走上翻译外国文学的道路。鲁迅后来进行小说创作，也源于他看林译小说所学的技巧。

正是在南京的学堂中，鲁迅既注重学习包括进化论思想在内的西方新学知识，也注重学习文史方面的知识。鲁迅这种"杂学旁收"的作风，应该说在绍兴书塾读书时就已形成，但仅限于中国书，只有到了南京后才更发扬光大，进而为古今中外之学。从绍兴到南京，对传统历史文化与近代西方知识的学习，特别是对古今中外书籍的"杂学旁收"使得鲁迅在传承文化根脉和融化西学新知方面达到融合。正因为鲁迅注重旧学与新知的融合，才使他在日本留学时便提出了"外之不后于世界之潮流，内之弗失固有之血脉"的文化主张。❶鲁迅博览群书，"杂学旁收"，注重课内课外学习相结合，广泛阅读各种报刊。特别是南京时期深受进化论和新小说的影响，既刺激了鲁迅求知的欲望，也激发了他求索的精神，同时为他之后的道路埋下了种种可能。所以在南京，鲁迅虽然在南京水师学堂爬上过20丈的桅杆，在矿路学堂下过20多丈矿井，但他仍然感到一无所能。因此，在矿路学堂毕业之时，他还是感到："学问是'上穷碧落下黄泉，两处茫茫皆不见'了。所余的还只有一条路：到国外去。"❷

三、从"周樟寿"到"戛剑生"：鲁迅"书剑"文化人格的建构

鲁迅毅然抛弃父辈和乡人们所走的道路，义无反顾地离开台门，去远方寻找自己的新生，显示出独异、求索的精神和坚毅反抗、卓然独立的个性。

---

❶ 鲁迅：《文化偏至论》，见《鲁迅全集（第1卷）》，人民文学出版社2005年版，第57页。

❷ 鲁迅：《琐记》，见《鲁迅全集（第2卷）》，人民文学出版社2005年版，第307页。

从绍兴到南京"走异路,逃异地"的人生选择,显示了青年鲁迅独立的人格精神和相对成熟的文化人格。而在南京,鲁迅不仅为自己取了"戛剑生"和"戎马书生"等别号来激励自己,还创作了一些抒发个人情怀和志向的旧体诗歌,这些作品明显都有着青年鲁迅精神人格在其中的投射。

在南京,鲁迅为自己取过多个别号,而他的本名也是在南京被改过的。1989年5月,鲁迅在进入江南水师学堂时的第一件事就是改名。他在水师学堂任职的族祖父周庆蕃认为本族子弟"当兵"有辱家族声誉,丢了祖宗的脸,不宜再使用谱名,于是将他的名字由"周樟寿"改为"周树人"。在当时的士大夫眼里,读书应试才是正途,即便是衰落了的人家的子弟也要么去学做幕友,要么去学经商。江南水师学堂是新办的学校,那里的学生被认为等同于当兵,而且被认为进的是"将灵魂卖给鬼子"的洋学堂。鲁迅选择去水师学堂被认为是走途无路的选择,在当时是让人非常看不起的,因而改名"周树人"是当时一种被迫的举措。

除了本名"周樟寿"被长辈改为"周树人"以外,鲁迅为自己取别号也正是从南京开始的。他曾刻有三枚"戎马书生""文章误我"和"戛剑生"等别号的印章。这些别号既是对自我人生的一种期许,也是他当时思想状态的自况。"戎马书生"是鲁迅当时爱好骑马的自况,颇能显示出他当时意气风发的风采。鲁迅在南京开始爱上骑马,并表现出了一种不屈服的性格,即便被摔得头破血流还是要骑。他曾骑马经过旗营附近,遇到旗人的攻击。他不甘心受旗人的欺负,于是扬鞭穷追,以致坠马摔伤了自己。"文章误我"表明了鲁迅已经意识到读科举文章只会贻误青春,因此要向传统科举告别。事实上,在南京求学回乡期间,鲁迅曾在家人的安排下参加过一回科举考试,但还是主动放弃了,因为受过新式教育的他坚决不愿再回到从前的老路上。"戛剑生"也是当时鲁迅自命的别号,这个别号明显带有自我激励的意味。"戛"乃"嘎然"之谓;"剑"乃拔剑而起之意。"戛剑生"意为舞剑、击剑之士。从某种意义上说,这些别名是和青年鲁迅的个性和追求融为一体的,是青年鲁迅文化人格的一个标签,正如他自己所说:"一个作者自取的笔名,自然可以窥见他的思想。"❶鲁迅的这些别号一方面显示出他对于

---

❶ 鲁迅:《辱骂和恐吓决不是战斗》,见《鲁迅全集(第4卷)》,人民文学出版社2005年版,第464页。

越文化中胆剑精神和异端文化血脉的继承,另一方面更显示出其特立独行的独异精神和"杂学旁收"的求索精神。

鲁迅为自己所取的别号带有明显的自我期许和自我激励的意味,他也曾用"戛剑生"为笔名创作过一些诗歌作品。鲁迅一生的笔名共有140多个,其中最早的就是"戛剑生"。从1898年作《戛剑生杂记》一直到他去日本留学为止,他主要使用的笔名就是"戛剑生"。这一时期,鲁迅创作了10多首旧体诗,包括1900年所作的《莲蓬人》和《别诸弟》3首,1901年的《庚子送社即事》《祭书神文》《和仲弟送别元韵》3首和《惜花四律》4首以及1902年所作的挽联《挽丁耀卿》等。此外,1899年12月19日,鲁迅还参加过《游戏报》题为《花好月圆》的征诗活动,并获得甲等第七名。

鲁迅现存最早的作品就是他在南京所作的《戛剑生杂记》。文中写出了当时鲁迅对万里之外故乡老亲弱弟的想念,可谓真情动人。以身在南京抒发对家乡和兄弟思念之情的作品还有《别诸弟》3首和《和仲弟送别元韵》3首等。1900年在南京所作的《别诸弟》3首是鲁迅存世最早的旧体诗。此3首诗最早见于周作人1900年4月14日的日记,署名为"豫才未是草"。周作人日记1901年4月12日重录时署名"戛剑生未是草"。这3首诗歌写他到南京求学思念家乡和兄弟,以及"文章得失"要靠努力学习,而不能听天由命。1901年的《和仲弟送别元韵》3首也是写他在南京时对家乡的思念,盼望和家中兄弟一起养花种草。3首诗充满感伤的情调,表达了兄弟情深。这些作品从一个侧面展现了鲁迅早期的意识和志向。他虽有无限的沉郁苦闷,却绝不颓唐,而是如其别号"戛剑生"所意指的,要毅然呐喊着,"嘎然"而起,挥剑前行,去寻找人生的新路。

1900年所作的《莲蓬人》是一首咏物寄情的诗,同时也是青年鲁迅的一首明志诗。诗中形象地描绘了莲蓬生长的环境、季节,更衬托了它淡雅、净立风姿的可贵,表现了青年鲁迅高洁的内心与高远的志趣。《庚子送灶即事》以送灶祭灶神而描绘了当时鲁迅家中败落后的困顿,针对旧社会而发的情感透露着作者的爱憎之情。《祭书神文》是一首楚辞体诗,在"钱神醉兮钱奴忙"的时候,诗人宁可冷冷清清地祭书神。这几首诗虽然形式上比较陈旧,但内容上却表现了青年鲁迅不同凡俗的心灵境地和奋发有为的内心追求。1902年1月,鲁迅为悼念死于肺病的矿路学堂同班同学丁耀卿,还作过一首挽联:"男儿死耳,恨壮志未酬,何日令威来华表?魂兮归去,知夜台难瞑，深更幽魂绕萱帏。"❶ "男儿死耳，恨壮志未酬"虽然是对同学英年早逝的惋惜，但也足可显露即将远赴日本留学时鲁迅的远大志向和追求。

这些诗歌作品正是青年鲁迅思想、意志和心理特征的真实流露。他的文字中既有对家乡和兄弟的怀恋之情，也有对现实的批驳，表现出青年鲁迅当时的精神状态。鲁迅是当时那个封建时代的叛逆者，他毅然摈弃父辈和乡人们所走过的"正路"，偏要隐忍思乡恋亲之痛，进"洋学堂"，寻求人生的新路。这些诗歌习作不仅显示了青年鲁迅的精神风貌，而且标志着青年鲁迅"书剑"文化人格的形成。虽然从客观上说，鲁迅以"戛剑生"为笔名的习作并没有更多的新的文学意识，但是其意气风发的精神面貌以及独立的文化人格为其后来的人生追求和发展埋下了种种可能。

可以说，在南京进入矿路学堂学习近代科学和接受进化论是青年鲁迅文化人格建构的关键因素，南京也为青年鲁迅提供了一个不同于故乡绍兴的文化人格建构的场域。"南京求学时期对于鲁迅的重要性在于，他思想中新的因素在不断增加，并且促使他走出狭小的传统乡土而逐渐融入现代新潮。"❷ 正是在南京，鲁迅冲破了半新半旧的障碍，没有被学校的小圈子束缚，通过自己的阅读，接触了西洋科学、哲学、文学的著作。除了阅读《时务报》《天演论》外，他还看过生理学、严复翻译的《法意》，另外就是看小说，特别是林译小说为最多，南京的经历使鲁迅成为一个特立独行的求索者，使他能够不为时俗所囿去选择自己的人生新路。而3年多的南京生活与求学经历不仅打开了青年鲁迅向往世界和探索未知的心扉，激起了他对新的人生道路的渴望，也促使他生成现代文化人格，因而南京在鲁迅走向世界的道路上具有重要意义。也正因如此，南京"上穷碧落下黄泉"的知识求索依然不能使他获得满足，所以"到国外去"就是他唯一道路。而离开南京时的鲁迅显然是意气风发的，他已兼具独立反叛、特立独行的独异精神和博通古今、"杂学旁收"的求索精神，成为一个不断超越自我的求索者和义无反顾的前行者。

当然，就文化人格的生成与建构来说，鲁迅走出绍兴，进而接受新知、

---

❶ 鲁迅：《自传》，见《鲁迅全集（第8卷）》，人民文学出版社2005年版，第401页。

❷ 高旭东、葛涛：《图本鲁迅传》，长春出版社2011年版，第31页。

融化新知固然是其现代文化人格建构的关键环节,但是故乡绍兴的现实生活经历对鲁迅的影响和以越文化为内核的传统文化"固有之血脉"对鲁迅的濡染也是鲁迅现代文化人格生成所不可忽视的因素。从绍兴到南京的人生历程中,鲁迅经历了种种人生遭遇;传统和现代两种文化也在鲁迅身上相互融合转化,从而在新旧不同的文化场域中形成了青年鲁迅兼具独异精神与求索精神的"书剑"文化人格。一方面,从现实环境来说,鲁迅离开了风气闭塞的"S城"来到"N",离开了"乌烟瘴气"的水师学堂去了矿路学堂;他虽然爬过几次桅杆,下过几回矿井,但依然不满足的他还是毅然决定要去留学外洋。鲁迅身上这种独立反叛、特立独行的独异精神某种程度上是受到现实环境的激发。另一方面,从文化环境来说,鲁迅受过故乡绍兴书塾的传统文化教育和南京水师学堂、矿路学堂近代科学教育。他身上"杂学旁收"的求索精神早在绍兴书塾中就已形成,到了南京后便发扬光大,进而为古今中外之学。因而,没有故乡绍兴的经历和体验,鲁迅不可能成为后来的鲁迅;如果鲁迅没有离开绍兴去"走异路,逃异地,去寻求别样的人们",也不会成为后来的鲁迅。从绍兴到南京的这一段人生经历不仅使鲁迅形成了坚毅的性格、开阔的胸怀和视野,也让鲁迅既不忘情于自然科学,又非常爱好文学艺术。这些为鲁迅此后从事科幻文学的翻译,以及去仙台学医和后来在东京从事文艺运动都埋下了可能。因而,南京是鲁迅人生的一个新起点,但这一起点并不必然与其故乡绍兴相分离。

后　　记

　　2015年9月25~27日，"从南京走向世界：鲁迅与20世纪中国"青年学术论坛在南京师范大学召开。这次会议由中国鲁迅研究会、江苏省鲁迅研究会、南京师范大学中国现当代文学学科、国家社科基金重大项目"鲁迅与20世纪中国研究"课题组联袂举办，由国家社科基金重大项目"鲁迅与20世纪中国研究"课题组成员具体承办。参加会议的代表有40余人，都是1970年以后出生的青年学者，来自国内30多个高等学校和科研机构。中国鲁迅研究会的副会长张福贵教授、副会长兼秘书长赵京华研究员、副会长及江苏鲁迅研究会会长朱晓进教授亲临会议进行指导，作了热情洋溢的精彩发言。这次青年学术论坛有大会主题报告，也有分会场的小组发言，主持和评点全由青年学者自己执行，在议程安排上也留出了较多时间进行开放式的讨论。出席会议的大都是目前鲁迅学界相当活跃的青年研究者，他们思维敏捷、视野开阔、追求新创，在会上尽情挥洒着他们的学术智慧与激情。收入本集子的就是与会青年学者提交给会议的大部分论文，会议主题的精彩、发言的热烈、学术思考的深入以及与会学者对鲁迅研究的热爱与执着，从这些论文中都可略见一斑。

　　在20世纪中国学术史上，鲁迅研究是具有重要影响力的研究领域之一。老中青学者的薪火相传，是鲁迅研究界的优良传统；青年学者的茁壮成长，是鲁迅研究不断攀升学术高峰的保障，也是鲁迅研究能够长盛不衰的重要保证。目前，一批70年代后出生的青年学者已在鲁迅研究中崭露头角，引起学界的广泛关注，显示出鲁迅研究的勃勃生机，也显示了鲁迅研究代际转换的迫切性。但是，正如赵京华研究员在会议的总结中所言，目前"70后"的青年鲁迅研究者还没有提出自己的口号，还没有形成自己显著的代际特征，这是比较遗憾的。所以，本次青年学术论坛的召开，目的就在于为青年学者提供一个交流的平台，为青年学者共构自己的代际特征营造氛围与声势。当然，这个目的不是一次、两次会议就能够实现的，它需要鲁迅研究界持续不断的努力。希望以后这种青年学术论坛能够不断地有学术机构接力下去举办，这也是与会学者与会议举办者的一个共同的心愿。

这次会议的举办得到南京师范大学文学院的大力支持，课题组成员李玮、张克、张娟、杨姿，博士后唐东堰，博士生白玉兰、葛天逸、武斌斌，硕士生王阳、黄晗艳、陈铎、王伟、李莎莎、宋夜雨、江蓉、吴嘉莉、谈茜桐等，承担了会议筹备与举办的各种事务工作，知识产权出版社的领导和责编文茜女士，为会议论文集的出版付出了大量的劳动，在此一并表示衷心的感谢。

编　者

2016年2月22日